U0100851

国家社会科学基金重大项目
"《文心雕龙》汇释及百年'龙学'学案"
（批准号：17ZDA253）阶段性成果

国家出版基金项目

NATIONAL PUBLICATION FOUNDATION

「龙学」前沿书系

《文心雕龙》的思想渊源

戚良德 主编

刘文忠 著

长江出版传媒

崇文书局

图书在版编目（CIP）数据

《文心雕龙》的思想渊源 / 刘文忠著． -- 武汉 ：
崇文书局，2023.8
（龙学前沿书系）
ISBN 978-7-5403-7385-6

Ⅰ．①文… Ⅱ．①刘… Ⅲ．①《文心雕龙》—研究
Ⅳ．① I206.2

中国国家版本馆 CIP 数据核字（2023）第 121493 号

丛书策划：陶永跃
责任编辑：薛绪勒
封面设计：杨　艳
责任校对：董　颖
责任印制：李佳超

《文心雕龙》的思想渊源
WENXINDIAOLONG DE SIXIANG YUANYUAN

出版发行：长江出版传媒　崇文书局
地　　址：武汉市雄楚大街 268 号 C 座 11 层
电　　话：(027)87677133　　邮政编码：430070
印　　刷：湖北新华印务有限公司
开　　本：880mm×1230mm　　1/32
印　　张：14.125
字　　数：350 千
版　　次：2023 年 8 月第 1 版
印　　次：2023 年 8 月第 1 次印刷
定　　价：98.00 元

总　序

《文心雕龙》是一部什么书？

戚良德

四十年前的 1983 年，中国《文心雕龙》学会在青岛成立，《人民日报》在同年 8 月 23 日以《中国〈文心雕龙〉学会成立》为题予以报道，其中有言："近三十年来，我国出版了研究《文心雕龙》的著作二十八部，发表了论文六百余篇，并形成了一支越来越大的研究队伍。"因而认为："近三十年来的'龙学'工作，无论校注译释和理论研究，都取得了丰硕的成果。"至少从此开始，《文心雕龙》研究便有了"龙学"之称。如果说那时的二十八部著作和六百余篇论文已经是"丰硕的成果"，那么自 1983 年至今的四十年来，"龙学"可以说取得了令人瞩目的巨大成就。据笔者统计，目前已出版各类"龙学"著述近九百种，发表论文超过一万篇。然而，《文心雕龙》是一部什么书？这一看起来不成问题的问题，却在"龙学"颇具规模之后，显得尤为突出，需要我们予以认真回答。

众所周知，在《四库全书》中，《文心雕龙》被列入集部"诗文评"之首，以此经常为人所津津乐道。近代国学天才刘咸炘在其《文心雕龙阐说》中却指出："彦和此篇，意笼百家，体实一子。故寄怀金石，欲振颓风。后世列诸诗文评，与宋、明杂说为伍，非其意也。"他认为，《文心雕龙》乃"意笼百家"的一部子书，将其归入"诗文评"，是不符合刘勰之意的。无独有偶，现代学术大家刘永济先生虽然把《文心雕龙》当作文学批评之书，但也认为其书性质乃属于子书。他在《文心雕龙校释》中说，《文心雕龙》为我国文学批评论文最早、最完备、最有系统之作，而又"超出诗文评之上而成为一家之言"，从中"可以推见彦和之学术思想"，因而"按其实质，名为一子，允无愧色"。此论更为具体而明确，可以说是对刘咸炘之说的进一步发挥。王更生先生则统一"诗文评"与"子书"之说，指出"《文心雕龙》是'文评中的子书，子书中的文评'"，并认为这一认识"最能看出刘勰的全部人格，和《文心雕龙》的内容归趣"（《重修增订文心雕龙导读》）。这一说法既照顾了刘勰自己所谓"论文"的出发点，又体现了其"立德""含道"的思想追求，应该说更加切合刘勰的著述初衷与《文心雕龙》的理论实际。不过，所谓"文评"与"子书"皆为传统之说，它们的相互包含毕竟只是一个略带艺术性的概括，并非准确的定义。

那么，我们能不能找到更为合乎实际的说法呢？笔者以为，较之"诗文评"和"子书"说，明清一些学者的认识可能更为符合《文心雕龙》一书的性质。明人张之象论《文心雕龙》有曰："至其扬榷古今，品藻得失，持独断以定群嚣，证往哲以觉来彦，盖作者之章程，艺林之准的也。"这里不仅指出其"意笼百家"的特点，更明白无误地肯定其创为新说之功，从而具有继往开来之用；所谓"作者之章程，艺林之准的"，则具体地确定了《文心雕龙》一书的性质，那就是写作的章程和标准。清人黄叔琳延续了张之象的这一看法，论述更为具体："刘舍人《文心雕龙》一书，盖艺苑之秘宝也。观其苞罗群籍，多所折衷，于凡文章利病，抉摘靡遗。缀文之士，苟欲希风前秀，未有可舍此而别求津逮者。"所谓"艺苑之秘宝"，与张之象的定位可谓一脉相承，都肯定了《文心雕龙》作为写作章程的独一无二的重要性。同时，黄叔琳还特别指出了刘勰"多所折衷"的思维方式及其对"文章利病，抉摘靡遗"的特点，从而认为《文心雕龙》乃"缀文之士"的"津逮"，舍此而别无所求。这样的评价自然也就不"与宋、明杂说为伍"了。

清代著名学者章学诚在其《文史通义》中则有着流传更广的一段话："《诗品》之于论诗，视《文心雕龙》之于论文，皆专门名家，勒为成书之初祖也。《文心》体大而虑周，《诗品》思深而意远；盖《文心》笼罩群言，而《诗品》深从六艺溯流别也。"这段话言简意赅，历来得到研究者的肯定，因而经常被引用，但笔者以为，章氏论述较为笼统，其中或有未必然者。从《诗品》和《文心雕龙》乃中国文论史上两部最早的专书（即所谓"成书"）而言，章学诚的说法是有道理的，但"论诗"和"论文"的对比是并不准确的。《诗品》确为论"诗"之作，且所论只限于五言诗；而《文心雕龙》所论之"文"，却决非与"诗"相对而言的"文"，乃是既包括"诗"，也包括各种"文"在内的。即使《文心雕龙》中的《明诗》一篇，其论述范围也超出了五言诗，更遑论一部《文心雕龙》了。

与章学诚的论述相比，清人谭献《复堂日记》论《文心雕龙》可以说更为精准："并世则《诗品》让能，后来则《史通》失隽。文苑之学，寡二少双。"《诗品》之不得不"让能"者，《史通》之所以"失隽"者，盖以其与《文心雕龙》原本不属于一个重量级之谓也。其实，并非一定要比出一个谁高谁低，更不意味着"让能""失隽"者便无足轻重，而是说它们的论述范围不同，理论性质有异。所谓"寡二少双"者，乃就"文苑之学"而谓也。《文心雕龙》乃是中国古代的"文苑之学"，这个"文"不仅包括"诗"，甚至也涵盖"史"（刘勰分别以《明诗》《史传》论之），因而才有"让能""失隽"之论。若单就诗论和史论而言，《明诗》《史传》两篇显然是无法与《诗品》《史通》两书相提并论的。章学诚谓《诗品》"思深而意远"，尤其是其"深从六艺溯流别"，这便是刘勰的《明诗》所难以做到的。所以，这里有专论和综论的区别，有刘勰所谓"执一隅之解"和"拟万端之变"（《文心雕龙·知音》）的不同；作为"弥纶群言"（《文心雕龙·序志》）的"文苑之学"，刘勰的《文心雕龙》确乎是"寡二少双"的。

令人遗憾的是，当西方现代文学观念传入中国之后，我们对《文心雕龙》一书的认识渐渐出现了偏差。鲁迅先生《题记一篇》有云："篇章既富，评骘遂生，东则有刘彦和之《文心》，西则有亚理士多德之《诗学》，解析神质，包举洪纤，开源发流，为世楷式。"这段论述颇类章学诚之说，得到研究者的普遍肯定和重视，实则仍有不够准确之处。首先，所谓"篇章既富，评骘遂生"，虽其道理并不错，却显然延续了《四库全书》的思路，把《文心雕龙》列入"诗文评"一类。其次，《文心》与《诗学》的对举恰如《文心》与《诗品》的比较，如果后者的比较不确，则前者的对举自然也就未必尽当。诚然，《诗学》不同于《诗品》，并非诗歌之专论，但相比于《文心雕龙》的论述范围，《诗学》之作仍是需要"让能"的。再次，所谓"解析神质，包举洪纤，开源发流，为世楷式"，这四句用以评价《文心雕龙》则可，用以论说《诗学》则未免言过其实了。

鲁迅先生之后，传统的"诗文评"演变为文学理论与批评，《文心雕龙》也就理所当然地成了文学理论或文艺学著作。1979 年，中国古代文学理论学会在昆明成立，仅从名称便可看出，中国古代文论已然等同于西方的所谓"文学理论"。作为中国古代文论的代表，《文心雕龙》也就成为继承和发扬中国古代文学理论的重点研究对象。在中国《文心雕龙》学会成立大会上，周扬先生对《文心雕龙》作出了高度评价："《文心雕龙》是一个典型，古代的典型，也可以说是世界各国研究文学、美学理论最早的一个典型，它是世界水平的，是一部伟大的文艺、美学理论著作。……它确是一部划时代的书，在文学理论范围内，它是百科全书式的。"一方面是给予了崇高的地位，另一方面则把《文心雕龙》限定在了文学理论的范围之内。这基本上代表了 20 世纪对《文心雕龙》一书性质的认识。

实际上，《文心雕龙》以"原道"开篇，以"程器"作结，乃取《周易》"形而上者谓之道，形而下者谓之器"之意。前者论述从天地之文到人类之文乃自然之道，以此强调"文"之于人类的重要性和必要性；后者论述"安有丈夫学文，而不达于政事哉"，强调"摛文必在纬军国，负重必在任栋梁"，从而明白无误地说明，刘勰著述《文心雕龙》一书的着眼点在于提高人文修养，以便达成"纬军国""任栋梁"的人生目标，也就是《原道》所谓"观天文以极变，察人文以成化，然后能经纬区宇，弥纶彝宪，发挥事业，彪炳辞义"。因此，《文心雕龙》的"文"，比今天所谓"文学"的范围要宽广得多，其地位也重要得多。重要到什么程度呢？那就是《序志》篇所说的："唯文章之用，实经典枝条：五礼资之以成，六典因之致用，君臣所以炳焕，军国所以昭明。"即是说，社会生活的各个方面——政治、经济、军事、法律、制度、仪节，都离不开这个"文"。如此之"文"，显然不是作为艺术之文学所可范围的了。因此，刘勰固然是在"论文"，《文心雕龙》当然是一部"文论"，却不等于今天的"文学理论"，而是一部中国文化的教科书。我们试读《宗经》篇，刘勰说经典乃"恒久之至道，不刊之鸿教"，即恒久不变之至理、永不磨灭之思想，因为它来自于对天地自然以及人事运行规律的考察。"洞性灵之奥区，极文章之骨髓"，即深入人的灵魂，体现了文章之要义。所谓"性灵镕匠，文章奥府"，故可以"开学养正，昭明有融", 以至"后进追取而非晚, 前修久用而未先", 犹如"太山遍雨, 河润千里"。这一番论述, 把中华优秀文化的功效说得透彻而明白, 其文化教科书的特点也就不言自明了。

明乎此, 新时代的"龙学"和中国文论研究理应有着不同的思路, 那就是不应再那么理所当然地以西方文艺学的观念和体系来匡衡中国文论, 而是应当更为自觉地理解和把握《文心雕龙》以及中国文论的独特话语体系, 充分认识《文心雕龙》乃至更多中国文论经典的多方面的文化意义。

目　录

附　录

《文心雕龙》产生的文化背景

《文心雕龙》和《诗品》，一个"体大而思精"[①]，一个"思深而意远"[②]，它们可谓是中国古典文学理论著作中的"双子星座"，而且都产生于齐梁时代，都产生于六朝政治经济文化的中心南京，这绝不是偶然的，而是有着深厚而广阔的文化背景。本文仅就《文心雕龙》产生的文化背景，做一些粗浅的论述。

一、六朝文学创作的繁荣是《文心雕龙》产生的肥沃土壤

文学理论究其实不过是对文学创作的概括与总结，创作的繁荣与理论批评的繁荣往往是同步的。文学创作的繁荣，在刘勰看来是从建安时代开始的。《文心雕龙·时序》篇云：

> 自献帝播迁，文学蓬转，建安之末，区宇方辑。魏武以相王之尊，雅爱诗章；文帝以副君之重，妙善辞赋；陈思以公子之豪，下笔琳琅；并体貌英逸，故俊才云蒸。……观其时文，雅好慷慨，良由世积乱离，风衰俗怨，并志深而笔长，故梗概而多气也。[③]

刘勰在《文心雕龙·明诗》篇，提到建安诗歌，也有一段颇高

<hr>

① ［梁］刘勰撰，［清］黄叔琳注，［清］纪昀评：《文心雕龙辑注》，北京：中华书局，1957年，第404页。

② ［清］章学诚：《文史通义·诗话》，叶瑛校注：《文史通义校注》，北京：中华书局，1985年，第559页。

③ 范文澜：《文心雕龙注》，北京：人民文学出版社，1958年，第673—674页。

的评价：

> 暨建安之初，五言腾踊，文帝陈思，纵辔以骋节；王徐应刘，
> 望路而争驱；并怜风月，狎池苑，述恩荣，叙酣宴，慷慨以任气，
> 磊落以使才；造怀指事，不求纤密之巧；驱辞逐貌，唯取昭晰之能：
> 此其所同也。[1]

无独有偶，钟嵘也认为诗歌创作的繁荣也是从建安时代开始的。
其《诗品序》云：

> 东京二百载中，惟有班固《咏史》，质木无文。降及建安，
> 曹公父子，笃好斯文；平原兄弟，郁为文栋；刘桢、王粲，为其羽翼。
> 次有攀龙托凤，自致于属车者，盖将百计。彬彬之盛，大备于时矣。[2]

我们通常称建安时代为"文学的自觉"时代，这时的文学已经
摆脱了经学的附庸地位，而走向了独立。同时，这种"自觉"又是
与在文学中发现自我、追求个性的发展与自由相联系的。由于有了
这种独立与自觉，有了作家的个体意识，也由于摆脱了忽视文学审
美的传统的教化说，文学创作便得到了迅速的发展。晋室南渡后，
北方的士人大量南迁，又加上以南京为中心的江南一带，原来的经
济文化就比较发达，东晋以后，中原地区的文化和江南文化合流，
更促进了南朝文化的发展和繁荣。如果我们将《汉书·艺文志》和《隋
书·经籍志》对照阅读一下，便会发现六朝人的文集，如雨后春笋

---

[1] 范文澜：《文心雕龙注》，第 66—67 页。
[2] 周振甫译注：《诗品译注》，北京：中华书局，1998 年，第 16—17 页。

般地涌现，在世族文人中甚至出现"家家有制，人人有集"①的盛况。各种不同类型的文体都得到了不同程度的发展。宋文帝时，于儒学、玄学、史学三馆之外，另立文学馆，这标志着在封建统治机构中文学已独立于儒学之外。这一时期的文学观念，也发生了变化。其变化之一，是由"言志"向"缘情"的变化，日益重视文学创作"吟咏情性"的特点。二是重视文学作品的审美特点，对作品的形式技巧日益讲求，重视辞藻的华美，以至出现讲对偶、重声律、尚丽辞的倾向。刘宋初，出现了山水诗，对诗歌形式美的追求更进了一步。故刘勰概括说："宋初文咏，体有因革，庄老告退，而山水方滋；俪采百字之偶，争价一句之奇，情必极貌以写物，辞必穷力而追新，此近世之所竞也。"②到了南朝齐的永明年间，又出现了以人为声律代替自然音律的"永明声律说"，诗歌创作发生了"新变"，产生了齐梁新体诗。在文的方面出现了"骈四俪六""抽黄对白"的骈体文，对于文学创作产生的新现象，出现的新问题，刘勰都及时地进行了总结，反映在《文心雕龙》中，就有了讨论形式技巧的一些专篇：如《声律》《章句》《丽辞》《事类》诸篇。

不少《文心雕龙》的研究者指出，刘勰对宋以后的文学创作是不满的，《文心雕龙》的写作，有补时俗之偏、救时俗之弊的作用。这种看法倒也不错。但提到六朝文学的流弊，往往是眼睛只盯住新变派，好像复古派就没有流弊似的，这种看法是不全面的。复古派"崇正斥变"，只注重文学的教化功能，排斥文学的审美功能与娱乐作用，他们连山水诗都加以排斥，因袭模拟，只能写出"了无篇什之美"③

---

① ［梁］萧绎撰，许逸民校笺：《金楼子校笺》，北京：中华书局，2011年，第11页。
② 范文澜：《文心雕龙注》，第67页。
③ ［梁］萧纲：《与湘东王书》，［清］严可均辑：《全梁文》上册，北京：商务印书馆，1999年，第115页。

的作品，如此复古，难道就没有流弊吗？刘勰论文，既然采用了"擘肌分理，唯务折衷"①的方针，纠偏补弊理应对复古与新变两派而言，不可能只是针对新变派。在相当一段时间内，不少研究者过分看重了刘勰与六朝文风不协调的一面，而相对忽视了刘勰与六朝文风协调的一面。刘勰的审美观，虽然有深厚的历史渊源，但主要的还是建安以后乃至魏晋南北朝时代，即发生新变后的文学作品和文化环境熏染出来的。马克思说："一件艺术品——任何其他的产品也是如此——创造了一个了解艺术而且能够欣赏美的公众。"②刘勰的美学观，是植根于我国优秀的文学遗产和六朝文学创作繁荣的土壤之中的，他是由先秦到他那个时代优秀的文学艺术作品所创造出来的欣赏美的公众之一。他既有随时适变的应变能力，也有"雕画奇辞"③的创造性，对于由建安到宋齐的新变，他基本上是接受下来了，不然，他就不会写总结新变成果的《声律》与《丽辞》了。

二、儒、道、释三教的同时流行，思想活跃与解放，是《文心雕龙》产生的大环境

刘勰生活的齐梁时代，并非是儒家思想居于一尊的时代，自东汉以后，儒家思想便逐渐失去控制地位。一般来说，儒家思想是比较保守的，对于文学的社会作用，他们比较强调"教化说"，而容易忽视文学的审美功能。所以清代的程廷祚讥笑汉儒说："汉儒论诗，不过美刺两端。"④六朝文学的创作和批评不像汉代那样强调文学的政治教化作用，而较为重视文学的抒情与写景，而且所抒之情并非都遵守"发乎情，止乎礼义"的原则，这一时期人们的思想

---

① 《文心雕龙·序志》，范文澜：《文心雕龙注》，第 727 页。
② 《马克思 恩格斯论艺术》第一卷，北京：人民文学出版社，1960年，第 207 页。
③ 《文心雕龙·风骨》，范文澜：《文心雕龙注》，第 514 页。
④ ［清］程廷祚：《青溪集》卷二《诗论十三》，《金陵丛书乙集》本。

比较活跃，也比较解放。如此宽松的环境对创作和理论批评的发展都是有利的。而儒、道、玄、释的同时流行，打破了任何一家的一言堂，他们之间可以互相辩难，也可以互相吸收和融合。当时的辩论之风颇为盛行，有玄学方面的"言意之辨"，哲学方面的"神灭"与"神不灭"之争，文体方面的"文笔之辨"，等等。这些辩论不但活跃了学术和文化的气氛，也提高了人们的思辨能力，而思辨能力的提高，正为理论巨著的产生准备了条件。用刘勰的话说就是："辨雕万物，智周宇宙。"[①] 也就是说，通过辩论精细地论述万事万物，其智慧可以认识整个世界。我们如果回忆一下历史上学术辉煌的时代，对此问题的认识也可以得到一点佐证。战国时代，由于出现了百家争鸣的局面，随之而来的是学术的繁荣与诸子百家的出现，正如《文心雕龙·诸子》篇所描述的："逮及七国力政，俊乂蜂起。孟轲膺儒以磬折，庄周述道以翱翔，墨翟执俭确之教，尹文课名实之符，……并飞辩以驰术，餍禄而余荣矣。"[②] 这也说明了辩论如何促进了"百家腾踊"的局面。

三、齐梁文坛复古与新变两种思潮的斗争，是《文心雕龙》产生的小环境

前文已经指出，六朝文学已经发生了巨大的新变，面对这种新变，有拥护者，也有反对者。如何看待当时的文学创作现状，今后的文学应当如何发展，摆在了每一个关心文学的人的面前。不同思想、不同派别的人，做出了不同的回答。复古与革新往往是对立的，所以对新变反对最大的是复古派。裴子野（469—530）《雕虫论》云：

① 《文心雕龙·诸子》，范文澜：《文心雕龙注》，第310页。
② 范文澜：《文心雕龙注》，第308页。

古者四始六义，总而为诗，既形四方之风，且彰君子之志，劝善惩恶，王化本焉。而后之作者，思存枝叶，繁华蕴藻，用以自通。若悱恻芬芳，《楚骚》为之祖；靡漫容与，相如和其音。由是随声逐影之俦，弃指归而无执。赋诗歌颂，百帙五车，蔡邕等之俳优，扬雄悔为童子。圣人不作，雅郑谁分？其五言为家，则苏、李自出，曹、刘伟其风力，潘、陆固其枝柯。爰及江左，称彼颜、谢，箴绣鞶帨，无取庙堂。宋初迄于元嘉，多为经史。大明之代，实好斯文，高才逸韵，颇谢前哲，波流同尚，滋有笃焉。

自是闾阎年少，贵游总角，罔不摈落六义，吟咏情性。学者以博依为急务，谓章句为专鲁。淫文破典，斐尔为功，无被于管弦，非止乎礼义。深心主卉木，远致极风云，其兴浮，其志弱，巧而不要，隐而不深。讨其宗途，亦有宋之风也。若季子聆音，则非兴国；鲤也趋庭，必有不敢。荀卿有言："乱代之征，其文匿而采。"斯岂近之乎？①

裴文大约写于梁武帝大通元年（527）以后的一两年内，而刘勰的《文心雕龙》成书于齐末，似乎两者关系不大。实则不然，裴、刘二人，年岁基本相当，裴子野所代表的复古思潮，在齐末早已是客观存在。在宋末，王僧虔就曾上表反对新声艳曲，主张在礼乐上复古制，遵正典。《南齐书·王僧虔传》云：

僧虔好文史，解音律，以朝廷礼乐多违正典，民间竞造新声杂曲，时太祖（指萧道成）辅政，僧虔上表曰："夫悬钟之器，以雅为用，凯容之礼，八佾为仪。今总章羽佾，音服舛异，又歌钟一肆，克谐女乐，以歌为务，非雅器也。……又今之《清商》，

---

① ［清］严可均辑：《全梁文》，第575—576页。

实由铜爵，三祖风流，遗音盈耳，京、洛相高，江左弥贵。谅以金石干羽，事绝私室，桑、濮、郑、卫，训隔绅冕，中庸和雅，莫复于斯。而情变听移，稍复销落，十数年间，亡者将半。自顷家竞新哇，人尚谣俗，务在噍杀，不顾音纪，流宕无崖，未知所极，排斥正曲，崇长烦淫。……故喧丑之制，日盛于廛里；风味之响，独尽于衣冠。"①

此文写于昇明二年（478），时当宋顺帝刘準朝，距齐萧道成称帝仅有一年时间。王氏表中所言礼崩乐坏，"家竞新哇，人尚谣俗"的情况，正说明宋末新声艳曲已广为流行，连朝廷也无法控制。又裴子野《宋略》云：

乱俗先之以怨怒，国亡从之以哀思。扰杂子女，荡悦淫志。充庭广奏，则以鱼龙靡曼为瑰玮；会同享觐，则以吴趋楚舞为妖妍。纤罗雾縠侈其衣，疏金镂玉砥其器。在上班扬宠臣，群下亦从风而靡。王侯将相，歌伎填室；鸿商富贾，舞女成群。竞相夸大，互有争夺，如恐不及，莫为禁令，伤风败俗，莫不在此。②

王、裴二人在反对新声艳曲方面，其声调是一致的。而新声艳曲的流行，在复古派看来，不仅可以败坏社会风气，还可以导致亡国。"乱俗先之以怨怒，国亡从之以哀思"，来源于《礼记·乐记》所说的"乱世之音怨以怒，其政乖；亡国之音哀以思，其民困"③。这是儒家

---

① 《南齐书·王僧虔传》，［梁］萧子显：《南齐书》，北京：中华书局，1972年，第594—595页。

② ［宋］李昉编纂，任明、朱瑞平、李建国校点：《太平御览》第5卷，石家庄：河北教育出版社，1994年，第497页。

③ 《礼记·乐记》，钱玄等注译：《礼记》，长沙：岳麓出版社，2001年，第495页。

的传统观点，按照这种观点，"郑、卫之音，乱世之音也。……桑
间濮上之音，亡国之音也。"①《乐记》对于古代民间兴起的新的
乐歌，是持反对态度的。王、裴二人所继承的正是这种儒家传统的
观点。他们在乐歌方面所提倡的"正典"，也就是"中庸和雅"之音。
在新声艳曲流行的时代，这种提法显然是复古的。

我们还可以从齐梁两代的最高统治者所颁发的诏令中，也可看
出尊孔崇经，以及复古乐的思想有所抬头，仅举数例如下：

齐明帝于永泰元年（498）三月颁发《复孔子祭秩诏》：

> 仲尼明圣在躬，允光上哲，弘厥雅道，大训生民，师范百王，
> 轨仪千载。立人斯仰，忠孝攸出。玄功潜被，至德弥阐，虽反袂遐旷，
> 而祧荐靡阙。时祭旧品，秩比诸侯。顷岁以来，祀典陵替，俎豆
> 寂寥，牲奠莫举，岂所以克昭盛烈，永隆风教者哉。可式循旧典，
> 详复祭秩，使牢饩备礼，钦飨兼申。②

从文中所言"顷岁以来"的情况看，前一时期的祭典已经荒废了，
明帝时颁此诏，自有其尊孔崇经之意，而在封建社会，提倡尊孔崇
经往往是与复古联系在一起的。

梁武帝天监元年（502）曾下《访百寮古乐诏》，诏曰：

> 夫声音之道，与政通矣。所以移风易俗，明贵辨贱。而《韶》
> 《濩》之称空传，《咸》《英》之实靡托。魏晋以来，陵替滋甚，
> 遂使雅郑混淆，钟、石斯谬。天人缺九变之节，朝宴失四悬之仪。
> 历年永久，将堕于地。朕昧旦坐朝，思求厥旨，而旧事匪存，未

---

① 《礼记·乐记》，钱玄等注译：《礼记》，第 496 页。
② 《南齐书·明帝纪》，［梁］萧子显：《南齐书》，第 91 页。

获厘正，瘝寐有怀，所为叹息。卿等学术通明，可陈其所见。①

"声音之道，与政通矣"，是《乐记》中的原话，而《韶乐》《大濩》《咸池》《云英》都是古乐，梁武帝认为古乐自魏晋以来已经被废弃了，这与前引王僧虔的说法是一致的。王僧虔认为宋末流行的《清商曲》，乃是魏之三祖所创制的新乐，不合古制，他们都注意到从音乐方面进行复古。

天监元年，梁武帝又有《答何佟之等请修五礼诏》：

> 礼坏乐缺，故国异家殊。实宜以时修定，以为永准。但顷之修撰，以情取人，不以学进。其掌知者，以贵总一，不以稽古，所以历年不就，有名无实。此既经国所先，外可议其人，人定即便撰次。②

由此诏可见，梁武帝之所以修五礼，是有感于当时的"礼坏乐缺"，他把礼乐视为"经国所先"，也足见他对礼乐的重视，而且强调了修定五礼时"稽古"的重要，流露出复古的倾向。

天监四年，颁发《置五经博士诏》：

> 二汉登贤，莫非经术。服膺雅道，名立行成。魏晋浮荡，儒教沦歇，风节罔树，抑此之由。朕日昃罢朝，思闻俊异，收士得人，实惟酬奖。可置五经博士各一人，广开馆宇，招内后进。③

---

① ［清］严可均辑：《全梁文》上册，第14—15页。
② ［清］严可均辑：《全梁文》上册，第15页。
③ ［清］严可均辑：《全梁文》上册，第17页。

从以上数诏可以看出，在刘勰生活的时代，《文心雕龙》成书的前后，存在着一种以尊孔崇经和复古乐斥新声为中心的思潮，而且这种思潮与最高统治者的提倡有着密切的关系，刘勰的"宗经"思想，正是这种时代思潮的投影。

另外，刘勰在音乐观方面，大概是受了齐梁时代以古乐斥新乐的影响，表现出浓厚的复古倾向。在《文心雕龙·乐府》篇中，他一方面感叹"自雅声浸微，溺音腾沸，……中和之响，阒其不还。"①一方面又像王僧虔那样，贬低魏之三祖的音乐："至于魏之三祖，气爽才丽，宰割辞调，音靡节平。观其北上众引，秋风列篇，或述酣宴，或伤羁戍，志不出于淫荡，辞不离于哀思，虽三调之正声，实韶夏之郑曲也。"②他也像王僧虔一样，对新声艳曲深致不满，所以在上引《乐府》篇的后文又说："若夫艳歌婉娈，怨志诀绝，淫辞在曲，正响焉生？"③崇正斥变、崇雅抑俗、尊韶夏而排郑卫的观点相当严重。

但齐梁处在一个文学新变的时代，处在一个新声艳曲广为流行的时代，尤其是"永明声律说"的产生，又促使了诗歌创作的新变。在齐代，新变派也大有人在，除了沈约、谢朓等新变派外，还有一位张融（444—497），齐永明中，他在其所撰写的《门律自序》中说：

> 吾文章之体，多为世人所惊。汝可师耳以心，不可使耳为心师也。夫文岂有常体，但以有体为常，政当使常有其体。……且中代之文，道体阙变，尺寸相资，弥缝旧物。吾之文章，体亦何异，何尝颠温凉而错寒暑，综哀乐而横歌哭哉？政以属辞多出，比事

---

① 范文澜：《文心雕龙注》，第101页。
② 《文心雕龙·乐府》，范文澜：《文心雕龙注》，第102页。
③ 范文澜：《文心雕龙注》，第102页。

不羁，不阡不陌，非途非路耳。然其传音振逸，鸣节竦韵，或当未极，亦已极其所矣。汝若复别得其体者，吾不拘也。①

张融在临终前，又戒其子曰：

> 吾文体英绝，变而屡奇，既不能远至汉魏，故无取嗟晋宋。岂吾天挺，盖不溃家声。②

他主张为文方面要师心自运，认为文章的体式并非是一成不变的，要努力使自己的文章自成一体。大丈夫当删《诗》《书》，制礼乐，不应因循沿袭前人，寄人篱下，而不能自树立。他自认为自己的文章是"变而屡奇"的，不受成规的束缚。这显然是主张"新变""新奇"，而反对循规蹈矩的文学理论。他曾自言："不恨我不见古人，所恨古人又不见我。"③又批判"中代之文"的省事变化，"尺寸相资，弥缝旧物"，标举"变而屡奇"，这正是永明年间文学风气追新尚奇的反映。

南朝梁的文学新变，比起南朝齐来是有所发展的。齐代的"新变"，其核心问题是永明声律说，这仅是诗歌形式美的一个方面。梁代的"新变"，涉及到内容与形式的各个方面，其理论表现较为系统，"新变"成为他们文学发展观的组成部分，而且提出了"若无新变，不能代雄"的理论纲领。而提出这一纲领的便是齐高帝萧道成的孙子萧子显（489？—537？）。他在《南齐书·文学传论》中说：

---

① 《南齐书·张融传》，[梁]萧子显：《南齐书》，第 729 页。
② 《南齐书·张融传》，[梁]萧子显：《南齐书》，第 729 页。
③ [唐]李延寿：《南史》，北京：中华书局，1975 年，第 835 页。

习玩为理，事久则渎。在乎文章，弥患凡旧。若无新变，不能代雄。建安一体，《典论》短长互出；潘、陆齐名，机、岳之文永异。江左风味，盛道家之言，郭璞举其灵变，许询极其名理，仲文玄气，犹不尽除，谢混情新，得名未盛。颜、谢并起，乃各擅奇；休、鲍后出，咸亦标世。朱蓝共妍，不相祖述。①

他认为凡是供玩赏娱乐的事物，如久不变化，便会使人失去新鲜感，产生厌倦心理，而文章尤其如此，最可怕的就是"弥患凡旧"。这是《文心雕龙》所说的"厌黩旧式"②。在文学创作上，没有"新变"，便不能成为一代之雄，要在文坛上占据重要的地位，必须有自己独特的贡献，才能算有"擅奇"和"标世"之处，而且这种独擅之功，是不能互相祖述的，要靠自己的创新。在他看来，"新变"简直成了文学的生命和文学发展的原动力。他不再注意文学的教化作用，而把文学比作"习玩"的对象，而且以读者的审美心理为前提来考虑问题，用作品的美学效果取代风教说，这是较为典型的"新变"论。

刘勰比萧子显年长约二十岁，在《文心雕龙》成书前，刘勰未及看到萧子显的新变论，也未及看到萧纲（503—551）的新变论。裴子野的《雕虫论》大力抨击新变派，而萧纲的《与湘东王书》则给予裴以有力的回击：

比见京师文体，懦钝殊常，竞学浮疏，争为阐缓。玄冬修夜，思所不得，既殊比兴，正背《风》《骚》。若夫六典三礼，所施则有地；吉凶嘉宾，用之则有所。未闻吟咏情性，反拟《内则》

---

① ［梁］萧子显：《南齐书》，第 908 页。
② 《文心雕龙·定势》，范文澜：《文心雕龙注》，第 531 页。

之篇；操笔写志，更摹《酒诰》之作；迟迟春日，翻学《归藏》；
湛湛江水，遂同《大传》。……但以当世之作，历方古之才人，
远则杨、马、曹、王，近则潘、陆、颜、谢，而观其遣辞用心，
了不相似。若以今文为是，则古文为非；若昔贤可称，则今体宜
弃。俱为盍各，则未之敢许。又时有效谢康乐、裴鸿胪文者，亦
颇有惑焉。何者？谢客吐言天拔，出于自然，时有不拘，是其糟
粕；裴氏乃是良史之才，了无篇什之美。是为学谢则不届其精华，
但得其冗长；师裴则蔑绝其所长，惟得其所短。谢故巧不可阶，
裴亦质不宜慕。……至如近世谢朓、沈约之诗，任昉、陆倕之笔，
斯实文章之冠冕，述作之楷模。①

这里所说的"京师文体"，实指以裴子野为首的"古文体派"，他
们是齐梁文坛的复古派，萧纲认为复古派的毛病在于文字写得"懦
钝殊常"，文章古板沉闷，与比兴之义，《风》《骚》之旨相背离。
他认为作为文学作品的诗歌，应注意"吟咏情性"，不能走"宗经"
的老路，更不能模拟典诰之体。不同的文章应有不同的写法。并认
为古之才人，在遣辞用心上均"了不相似"，这是重创造性的言论。
显而易见，这是强调诗歌"吟咏情性"的特点和美学特征的。但他
把古文体与今文体绝对地对立起来，把二者视为水火，"若以今文
为是，则古文为非；若昔贤可称，则今体宜弃。俱为盍各，则未之
敢许"。看来他是反对折衷于古今的，这当然有其形而上学的一面。
他反对拟古，但并不一概反对模拟，一视模拟对象而论。他指出谢
灵运不可学，因为谢灵运"巧不可阶"，学他的结果只能得其冗长，
不能得其精华；裴子野不值得学，因为他的文章"了无篇什之美"，
文章太质朴。可学者只有近世的"谢朓、沈约之诗，任昉、陆倕之

---

① ［清］严可均辑：《全梁文》上册，第115—116页。

笔，斯实文章之冠冕，述作之楷模"。由此可知，他标举的诗文传统，是自谢朓、沈约而创始，以"永明声律说"为中心的"新变派"的传统，从而流露出鲜明的新变派观点。

在《文心雕龙》成书之前，刘勰虽然没有看到梁代以裴子野为代表的复古派和以萧子显、萧纲为代表的新变派的论争，但古今之争在各个朝代都会遇到。东汉王充的《论衡》、东晋葛洪的《抱朴子》，都曾猛烈地抨击过厚古薄今，这是他们对古今之争做出的回答。齐梁时代，在文学艺术领域的古今之争，其一表现在音乐方面，其一表现在古今文体之争上。古文体派是复古派，而今文体派是新变派。前已指出，齐代已经存在这两个派别，只是两派的正面论战没有梁代激烈罢了。刘勰在写《文心雕龙》的时候，他对古与今、复古与新变是进行过认真思考的，用折衷的办法来对待这些问题，便是刘勰的选择。《文心雕龙·序志》篇有几句名言："同之与异，不屑古今。擘肌分理，唯务折衷。"[①]刘勰的"折衷"是贯穿在《文心雕龙》全书之中的，对于刘勰来说，折衷已不仅仅是方法论，而是他美学思想的重要组成部分。如《文心雕龙·通变》篇，就比较集中地反映了刘勰的折衷思想，其中有几句名言："斯斟酌乎质文之间，而櫽括乎雅俗之际，可与言通变矣。"[②]他在质与文之间折衷，在雅与俗之间折衷，在"资于故实"与"酌于新声"之间折衷，在"望今制奇"与"参古定法"之间折衷。

四、《文心雕龙》产生的理论批评背景

我国古代有着丰富的文化遗产，刘勰曾认真地研究过古代的各种典籍，这使得刘勰的哲学思想、美学思想具有深厚的历史渊源。

---

① 范文澜：《文心雕龙注》，第 727 页。
② 范文澜：《文心雕龙注》，第 520 页。

笔者曾有几篇论文论及这些问题，此从略。现仅就魏晋以来文学理论批评的发展与《文心雕龙》产生的关系，作一点粗线条的论述。

上文已经指出，"文学的自觉"从建安时代便开始了。其后专门论文的著作逐渐多了起来。如曹丕的《典论·论文》，陆机的《文赋》，挚虞的《文章流别论》，李充的《翰林论》。到了南北朝时期，文学批评又有了很大的发展。这一时期的文学批评著作，除书信、序言和子、史书中的专篇外，还出现了不少文论专著。在《文心雕龙》之前，据史传所载，尚有宋傅亮的《续文章志》、宋邱渊之的《文章录》、宋严竣的《诗例录》和沈约的《宋世文章志》等。在《文心雕龙·序志》篇中，刘勰提到了许多文论著作，但却没有一种是他所满意的，他说：

> 详观近代之论文者多矣：至于魏文述典，陈思序书，应场文论，陆机《文赋》，仲洽《流别》，宏范《翰林》，各照隅隙，鲜观衢路。或臧否当时之才，或铨品前修之文，或泛举雅俗之旨，或撮题篇章之意。魏典密而不周，陈书辩而无当，应论华而疏略，陆赋巧而碎乱，《流别》精而少巧，《翰林》浅而寡要。又君山公干之徒，吉甫士龙之辈，泛议文意，往往间出，并未能振叶以寻根，观澜而索源。不述先哲之诰，无益后生之虑。①

"魏文述典"指曹丕的《典论·论文》，"陈思序书"指曹植的《与杨德祖书》，"仲洽流别"指挚虞的《文章流别论》，"宏范翰林"指李充的《翰林论》，还有应场的《文论》、陆机的《文赋》，刘勰是一概看不上，认为他们只接触到文章的某些方面，而很少能从大处着眼。他对于桓谭（字君山，在其所著《新论》中偶尔有论及

---

① 范文澜：《文心雕龙注》，第726—727页。

文学的）、刘桢（字公干，其论文著作今不传，《文心雕龙》的《风骨》《定势》两篇，引用过他的论文观点）、应贞（字吉甫，论文著作今不传）、陆云（字士龙，其论文观点见于与其兄的书信中）等人的论文，也不满意，认为他们未能做到"振叶以寻根，观澜以索源"。刘勰真可谓是齐梁文论界的狂人，魏晋以来（还包括东汉的桓谭）的文论著作，他都一一指出他们的缺点与不足之处，这就等于为自己的理论建树找到了突破口。

另外，促使刘勰"搦笔和墨，乃始论文"①的一个动因是，他有强烈的"树德建言"的欲望。他曾不无感慨地说：

> 岁月飘忽，性灵不居；腾声飞实，制作而已。……形同草木之脆，名逾金石之坚，是以君子处世，树德建言。岂好辩哉？不得已也。②

刘勰是下定决心要以自己的著作而留名于后世的，他大概没考虑要从事文学创作，是写理论著作还是为经书作注，做一个经学家呢？刘勰是进行过考虑的。他崇拜圣人，认为"自生人以来，未有如夫子者也"③。而要"敷赞圣旨"，最好的办法就是注经。但在刘勰的时代，依靠注经而成名是比较困难的，汉代的经学家马融、郑玄等人，在注解经书方面已经取得了很大的成就，要超过他们是不容易的，所以他在《序志》篇中说："敷赞圣旨，莫如注经，而马、郑诸儒，弘之已精，就有深解，未足立家。"④看来刘勰的选择是

---

① 《文心雕龙·序志》，范文澜：《文心雕龙注》，第726页。

② 《文心雕龙·序志》，范文澜：《文心雕龙注》，第725页。

③ 《文心雕龙·序志》，范文澜：《文心雕龙注》，第725—726页。

④ 范文澜：《文心雕龙注》，第726页。

以"立家"为重，没有用注经的方式来"敷赞圣旨"。他留下的遗憾，似乎找到了弥补的办法，那就是用"征圣""宗经"的观点来弥补。以今天的观点看来，刘勰不选择注经而选择撰写《文心雕龙》是对的，这部"体大而思精"的《文心雕龙》，已引起国内外学者的注意，成为当代之显学，成为"树德建言"的不朽之作。

试论《易传》对《文心雕龙》的影响

《文心雕龙》的思想渊源是博大而深厚的，它显示出了五彩纷呈的特色，它有儒家的影响，有道家的影响，有阴阳五行学说的影响，有魏晋玄学的影响，也有佛学的影响。看来刘勰像个杂家，但又不同于一般的杂家，他吸收了众多前哲的理论与思想的营养，而又有独秀前哲之处。他的理论体系是自出机杼的，但又吸收了前哲的一切积极成果。各家对他的影响并非是半斤八两，其中有主次之分，轻重之别。综而论文，《易传》对他的影响最大，这一影响贯穿全书之中，成了《文心雕龙》的理论基础，可以这样说：没有《易传》，就没有"体大而虑周"[①]的《文心雕龙》。本文仅就有关问题，略陈梗概而已。

一、从《原道》看《易传》的影响

《原道》篇开宗明义地说：

> 文之为德也大矣，与天地并生者何哉？夫玄黄色杂，方圆体分，日月叠璧，以垂丽天之象；山川焕绮，以铺理地之形：此盖道之文也。仰观吐曜，俯察含章，高卑定位，故两仪既生矣。惟人参之，性灵所钟，是谓三才：为五行之秀，实天地之心。心生而言立，言立而文明，自然之道也。傍及万品，动植皆文：龙凤以藻绘呈瑞，虎豹以炳蔚凝姿；云霞雕色，有逾画工之妙；草木

---

① ［清］章学诚：《文史通义·诗话》，叶瑛校注：《文史通义校注》，北京：中华书局，1985年，第559页。

贲华，无待锦匠之奇：夫岂外饰，盖自然耳。①

《文心雕龙》开篇第一句首倡"文之为德也大矣"，也就是强调"文德"的巨大作用，"文德"的出处，见于《易·小畜》的《象传》：

风行天上，《小畜》。君子以懿文德。②

高亨《周易大传今注》说："《象传》亦训畜为积蓄。《集解》引虞翻曰：'懿，美也。'《小畜》之上卦为巽，下卦为乾。巽为风，乾为天。然则《小畜》之卦象是'风行天上'。按《象传》以风比德教，以天比朝廷，以风行天上比德教行于朝廷之上。德教行于朝廷之上，其成功是逐渐积蓄。但其德教仅及于朝廷，未及于民间，其积蓄尚小，是以卦名曰《小畜》。君子观此卦象及卦名，从而美其文德，以推行或接受或协助朝廷之德教。故曰：'风行天上，《小畜》。君子以懿文德。'"③

"文之为德也大矣"，其实质是强调文的辅政与教化作用，这正是儒家所主张的文要经世致用，要用"化感"的作用，也即是儒家的传统文学观。

上引《原道》中的一段话，许多词语、概念，我们均可在《易传》中找出其出处：

夫玄黄者，天地之杂也，天玄而地黄。（《坤卦·文言》）
仰以观于天文，俯以察于地理。（《系辞上》）

① 范文澜：《文心雕龙注》，北京：人民文学出版社，1958年，第1页。
② 黄寿祺、张善文译注：《周易译注》，北京：中华书局，2007年，第63页。
③ 高亨：《周易大传今注》，济南：齐鲁书社，1979年，第134—135页。

离，丽也。日月丽乎天，百谷草木丽乎土。（《离卦·彖辞》）

含章可贞。（《坤卦六三》）

天尊地卑，乾坤定矣；卑高以陈，贵贱位矣。（《系辞上》）

是故《易》有太极，是生两仪。两仪生四象，四象生八卦。（《系辞上》）

是以立天之道，曰阴与阳；立地之道，曰柔与刚；立人之道，曰仁与义；兼三才而两之，故《易》六画而成卦。（《说卦传》）①

上引文字可以明显地看出，刘勰的《原道》，是综合推演《易传》而成，他把天地、日月、山川的感性存在形式称之为"文"，并认为它是"道"的表现，从而将"文"与"道"联系起来，称为"道之文"，这种"文"只能是广义的"文"。这与《易传》对"文"的理解有点相似。《易·系辞下》说："物相杂，故曰文。"②《系辞上》说："分阴分阳，迭用柔刚，故《易》六位而成章。"③（章，文章也。六爻有阴柔，有阳刚，两者迭用，交错成文。）可见《易传》所说的"文"，与文学乃至文化的关系不大，刘勰如果仅仅停留在这里，不用《易经》的精神进行推演，就很难写出《文心雕龙》来。从本质上看"人文"与"天文""地文"有本质的不同。"人文"是人类的创造，是艺术美；而"天文"与"地文"是自然形态的东西，是自然美。人是五行之秀，是万物的灵长，是有心之物，是有七情六欲而又能说话的高等动物，所以"人文"自应与"天文""地文"有所不同。因此刘勰又推演出："（人）为五行之秀，实天地之心，

---

① 黄寿祺、张善文译注：《周易译注》，第 25、379、176、19、374、392、428—429 页。

② 黄寿祺、张善文译注：《周易译注》，第 428 页。

③ 黄寿祺、张善文译注：《周易译注》，第 429 页。

心生而言立，言立而文明，自然之道也。"刘勰把由"心"到"言"再到"文"的运动过程，即"文"产生的过程称为"自然之道"，这个"道"只能理解为道理或规律。刘勰又用自然界的万物，不管是动物也好，植物也好，都要呈现文采：龙凤的藻绘，虎豹的炳蔚，云霞的雕色，都超过画工的妙笔，草木的贲华，无需锦匠加工，它们不需外饰，是自然而成。从美学的角度看，这是强调自然美超过人工美、艺术美，是很有见地的看法。但刘勰的某些方面又混淆了自然美与艺术美的区别，作为自然形态而存在的"天文""地文"，可以说是与天地并生的。对于"人文"来说，并非与天地并生，而是比天地的寿命短得多，在这一点上不能不说刘勰的观点是不科学的。

　　《原道》篇的首段，重在阐明文原于道，盖出自然。刘勰使用比附与推理的方法，由自然而推及人类，由千汇万状的"无识之物"而推及"有心之器"的人类。他说："至于林籁结响，调如竽瑟；泉石激韵，和若球锽；故形立则章成矣，声发则文生矣。夫以无识之物，郁然有彩；有心之器，其无文欤！"[1]这里又显示出《易经》的影响。《易·系辞上》说："形而上者之谓道，形而下者之谓器。"[2]所谓"器"，就是物，形而上者指思想、学术、理论、方法、制度等，形而下者指天地、动植物、器械等；"有心之器"，指的是有思想有感情的。按照这种简单的分类法，"道"本身就是文化现象，就是广义的"文"。但这种分析并不符合刘勰《原道》的本意，也不符合《易传》中有关"道"的含义。《易经·系辞上》说："一阴一阳之谓道。"[3]《系辞下》说："《易》之为书也，广大悉备，

---

① 《文心雕龙·原道》，范文澜：《文心雕龙注》，第1—2页。
② 黄寿祺、张善文译注：《周易译注》，第396页。
③ 黄寿祺、张善文译注：《周易译注》，第381页。

昔者圣人之作《易》也，幽赞于神明而生蓍。（《易·说卦》）

古者庖牺氏之王天下也，仰则观象于天，俯则观法于地，观鸟兽之文与地之宜，近取诸身，远取诸物，于是始作八卦，以通神明之德，以类万物之情。（《易·系辞下》）

文言，文饰卦下之言也。（《周易音义》）①

河出图，洛出书，圣人则之。（《易·系辞上》）

上古结绳而治，后世圣人易之以书契。（《易·系辞下》）

百姓日用而不知。（《易·系辞上》）②

极天下之赜者存乎卦，鼓天下之动者存乎辞。（《易·系辞上》）③

通过以上的简单分析，我们可以看出《原道》与《易传》（主要是《系辞》）有至为密切的关系。说它们是推演《易传》而成，是不过分的。至于刘勰对《易传》的理解，在根本上采用的是汉儒古文派的立场，即从"宇宙论"的角度来理解《易》，而不是从魏晋玄学的"本体论"而理解《易》的，但刘勰的《文心雕龙》是用"擘肌分理，唯务折衷"的方法写成的，他吸收了道家、玄学的思想，不过不占主要。刘勰对"道"的理解是儒、道、玄学折衷的产物，既有唯物主义的因素，也有唯心主义的成分。但在文学起源问题上，其看法基本上是唯心的。

---

① 陆德明撰，张一弓点校：《经典释文》，上海：上海古籍出版社，2012年，第25页。

② 按：此句刘勰仅改一个字。

③ 以上所引分别见黄寿祺、张善文译注：《周易译注》，第427、402、392、403、381、397页。

二、《易传》对《通变》的影响

"通变"是《文心雕龙》中的一个重要的美学范畴，它是论述文学的继承与创新，发展与变化的理论纲领，"通变论"是贯穿全书的观点，并非限于《通变》一篇，不少论者已指出这一点，此不赘述。我所要说的刘勰"通变"论的理论基础，依然是《易传》。《易》是讲变化的：《易》者，易也。《系辞上》说："生生之谓易。"[1]意思是阴阳与万物皆新陈代谢，生生不已，是谓变易。《系辞》作者认为《易经》之"易"即"变易"之义，并以此论阴阳万物变化之道。"通变"或合言之，或分言之，我们可以在《易传》中找到许多例证：

> 在天成象，在地成形，变化见矣。
> 刚柔相推而生变化。
> 变化者，进退之象也。[2]
> 爻者，言乎变者也。通变之谓事。[3]
> 参伍以变，错综其数，通其变，遂成天下之文。极其数，遂定天下之象。非天下之至变，其孰能与于此？
> 一阖一辟谓之变，[4] 往来不穷谓之通。
> 化而裁之谓之变，推而行之谓之通。[5]
> 刚柔相推，变在其中矣。

[1] 黄寿祺、张善文译注：《周易译注》，第381页。
[2] 按：《易经》卦爻之变化象事物之变化。事物变化是旧者退而去，新者进而来，故卦爻变化乃事物进退之象。
[3] 按：通事物之变化，采取行动，是谓之事。
[4] 按：宇宙之门一闭一开，万物一入一出，是谓之变。
[5] 以上引文皆见《易·系辞上》。黄寿祺、张善文译注：《周易译注》，第374、376、376、381、390、392、396页。

刚柔者，立本者也；变通者，趣（趋）时者也。

通其变，使民不倦；神而化也，使民宜之。

《易》，穷则变，变则通，通则久。

上下无常，刚柔相易，不可为典要，惟变所适。①

《系辞》对《易》之"通变"，解释非一，但总的精神，强调的是变，变是绝对的，无往而不在，通变就是事物的一切。"变"是运动，变的动力是阴阳二气的互相推动与交感，是刚柔的互相转化与矛盾。其中含有《易》的朴素的辩证思想。而且认为，事物只有能通能变，才能长久存在下去，这就是"变则通，通则久"的辩证关系。这是《周易》的精华所在，刘勰对此是有比较深刻的认识的。

《易传》的通变是"弥纶天地，无所不包"的，当然也包括"文"。因它所言的通变主要是通过卦爻的组合变化与"象"的变化来显示自然和人类社会的发展变化，可以说是有共性而无特殊性的"通变"。文学的"通变"是有其特殊性的，刘勰把它运用到文学上不能不有所变通。在《易传》中，"通"的含义没有继承传统的意思，有"往来不穷"的含义与"推而行之"的含义。"通变"在《易传》中还很难说是个美学范畴。刘勰把它引入文论中，情况就发生了变化，他要从文学发展的特点出发来阐述"通变"，把《易传》的"参伍以变"②改为"参伍因革"③，把"通变"理解为继承与创新的辩证统一。

刘勰认为文章的体式、名理是有一定之规的，而写作技巧（即

---

① 以上引文皆见《易·系辞下》。黄寿祺、张善文译注：《周易译注》，第400、400、402、402、407页。

② 《易·系辞上》，黄寿祺、张善文译注：《周易译注》，第390页。

③ 《文心雕龙·通变》，范文澜：《文心雕龙注》，第521页。

"变文之数") 没有一定之规。前者是"有常之体",后者是"无方之数",而只有晓"通变",才能使文章经久不衰,永葆强大的生命力。怎样进行"通变"呢? 刘勰提出的一条原则是: "名理有常,体必资于故实;通变无方,数必酌于新声。"① 意思是各种文体的名称及基本的写作原理要借鉴过去的作品,对作品的"文辞气力"等表现方法,要酌取新的作品。这是《易传》所言"变通者,趣(趋)时者也"的具体运用与发挥。而"通变则久"和"通变"能使文学事业"骋无穷之路,饮不竭之源"② 的思想,是直接来源于《易传》的"穷则变,变则通,通则久"③。刘勰"通变论"的创造性,首先在于他赋予"通"以新的内涵,使它与继承传统联系起来,这是《易传》中所没有的。其次是他从总结文学史发展的正反两方面的经验,提出如何进行"通变"的问题,反对的是"竞今疏古""近附而远疏",提出"矫讹翻浅"的办法是"还宗经诰"④,这是刘勰"宗经"思想的反映。但刘勰是主张"通"与"变"是不可偏废的,他明确指出: "斯斟酌乎质文之间,而櫽括乎雅俗之际,可与言通变矣。"⑤ 进而他又提出"凭情以会通,负气以适变"⑥,强调在"通变"之中要凭借、依靠作者自己的感情和气质,这一点又流露出《易传》的影响。上引《系辞上》说: "推而行之谓之通。"可见"通"要见之于行动,有身体力行的含义,而且要求有一定力度,这正是《易传》的积极进取精神,也即"天行健,君子以自强不息"⑦

---

① 《文心雕龙·通变》,范文澜:《文心雕龙注》,第519页。
② 《文心雕龙·通变》,范文澜:《文心雕龙注》,第519页。
③ 《易·系辞下》,黄寿祺、张善文译注:《周易译注》,第402页。
④ 《文心雕龙·通变》,范文澜:《文心雕龙注》,第520页。
⑤ 《文心雕龙·通变》,范文澜:《文心雕龙注》,第520页。
⑥ 《文心雕龙·通变》,范文澜:《文心雕龙注》,第521页。
⑦ 《易·乾·象》,黄寿祺、张善文译注:《周易译注》,第5页。

的精神。在《通变》篇的赞中，刘勰提出："文律运周，日新其业。变则其久，通则不乏。趋时必果，乘机无怯。望今制奇，参古定法。"①其使用之概念多半来自《易传》，"日新"出自《易·系辞上》："富有之谓大业，日新之谓盛德。"②"变则其久，通则不乏"，出自《易·系辞上》："穷则变，变则通，通则久。""趋时"出自《系辞下》："变通者，趣（趋）时者也。"在刘勰的时代，论及文学的发展变化，有三个概念可供刘勰选择。一是"正变"，这是从《诗大序》的"风雅正变说"而来的美学范畴，刘勰虽受其影响，但很少使用这个词，仅在《颂赞》篇中，使用过"正变"一次。二是"新变"，这是齐梁文论的新概念，刘勰已看出"新变"的流弊，不满"新变"的"穷力追新"③与"竞今疏古"④，所以弃之不取，而独取《易传》中的"通变"。刘勰是位"擘肌分理，唯务折衷"的理论家。在他所处的齐梁时代，文坛上存在着古今文体之争，一派是以裴子野为代表的古文体派，主张复古；一派是以萧纲为首的"新变派"，他对裴子野《雕虫论》中的复古观点，进行了针锋相对的反驳。萧纲的《与湘东王书》，可视为讨伐复古派的檄文，是齐梁美学史上有重要意义的文献。萧子显在《南齐书·文学传论》中，又提出"在乎文章，弥患凡旧。若无新变，不能代雄"⑤的理论纲领。刘勰一方面反对"新变"派只求词藻的华丽而不顾是否合乎正道，另一方面又反对复古派只追求内容的雅正而否定词藻的华丽，他在复古派与"新变派"之间采取了一种折衷的立场，"通变"论就是刘勰这种折衷的产物。尽管"新变派"偶尔也用"通变"这个概念，如萧绎在《金楼子·立

---

① 范文澜：《文心雕龙注》，第 521 页。

② 黄寿祺、张善文译注：《周易译注》，第 381 页。

③ 《文心雕龙·明诗》，范文澜：《文心雕龙注》，第 67 页。

④ 《文心雕龙·通变》，范文澜：《文心雕龙注》，第 520 页。

⑤ ［梁］萧子显：《南齐书》，北京：中华书局，1972 年，第 908 页。

言》篇中说："吟咏风谣，流连哀思者谓之文，而学者率多不便属辞，守其章句，迟于通变，质于心用。"① 所谓"迟于通变"，意即在通变方面迟钝，指不善于贯通经籍的大义，融会变化去运用它。所谓"质于心用"，是指在独立思考方面表现笨拙。他虽然对"通变"没做解释，但从他所批判的死守章句的儒生的情况看，与刘勰的"通变"论是不同的，刘勰可以说是第一个将"通变"引入文论中的，并使他成为《文心雕龙》的一个重要的美学范畴，它脱胎于《易传》，但又有刘勰的创新。

三、《文心雕龙》中的《易经》模式

刘勰对《易经》是推崇备至的，《文心雕龙》引述《易经》的地方处处可见，超过"五经"的任何一经。刘勰虽然没有写出有关《易经》的专著，但他对《易经》的精神实质真正做到了心领神会，运用自如，达到"用人若己"的程度。刘勰对于《易传》，就连它的文词也是极为欣赏的。《丽辞》篇云：

> 《易》之文系，圣人之妙思也。序乾四德，则句句相衔；龙虎类感，则字字相俪；乾坤易简，则宛转相承；日月往来，则隔行悬合。虽句字或殊，而偶意一也。②

"序乾四德"，指《易·乾·文言》中的一段文字："元者，善之长也；亨者，嘉之会也；利者，义之和也；贞者，事之干也。君子体仁足以长人，嘉会足以合礼，利物足以和义，贞固足以干事，君子行此四德者，故曰：'乾：元，亨，利，贞。'"③ "乾坤易简"，

① ［梁］萧绎撰，许逸民校笺：《金楼子校笺》，北京：中华书局，2011年，第12页。
② 范文澜：《文心雕龙注》，第588页。
③ 黄寿祺、张善文译注：《周易译注》，第7页。

指《系辞上》的"乾以易知，坤以简能；易则易知，简则易从；易知则有亲，易从则有功；有亲则可久，有功则可大；可久则贤人之德，可大则贤人之业。易简则天下之理得矣。天下之理得，而成位乎其中矣。"①"日月往来"，指《系辞下》的"日往则月来，月往则日来；日月相推，而明生焉。寒往则暑来，暑往则寒来；寒暑相推，而岁成焉。往者屈也，来者信（伸）也；屈信相感，而利生焉。"②刘勰指出《易传》在语言上或"句句相衔"，或"字字相俪"，或"隔行悬合"，不为过誉。《文心雕龙》在语言上亦有模仿《易传》的痕迹，刘勰认为《易传》的语言是美的，合乎丽辞的标准，故乐于仿效，他对《易传》的语言模式是十分赞赏的。

《文心雕龙》全书五十篇，在篇章结构与"名理定位"方面是费过一番匠心的，这里姑且不论它的理论体系，只指出一点，他在安排全书的篇章中，心目中是想到《易经》的。《序志》篇明确指出：

> 盖《文心》之作也，本乎道，师乎圣，体乎经，酌乎纬，变乎骚，文之枢纽，亦云极矣。若乃论文叙笔，则囿别区分，原始以表末，释名以章义，选文以定篇，敷理以举统，上篇以上，纲领明矣。至于剖情析采，笼圈条贯，摛神性，图风势，苞会通，阅声字，崇替于《时序》，褒贬于《才略》，怊怅于《知音》，耿介于《程器》，长怀于《序志》，以驭群篇，下篇以上，毛目显矣。位理定名，彰乎大易之数，其为文用，四十九篇而已。③

---

① 黄寿祺、张善文译注：《周易译注》，第374页。
② 黄寿祺、张善文译注：《周易译注》，第408页。
③ 范文澜：《文心雕龙注》，第727页。

《易·系辞上》说："大衍之数五十，其用四十有九。"①《易传》的大衍之数，指天地的数字。"衍"即"演"之义，先秦人称算卦为衍，汉人称算卦为演。金景芳《易通》说："当作'大衍之数五十有五'，脱'有五'二字。"②大衍之数即天地之数。《周易正义》引姚信、董遇说："天地之数五十有五，者（当作'省'）其六以象六爻之数，故减之而用四十九。"③这是说用《易经》算卦，备蓍草五十五策，但只用四十九策，余六策而不用，以此六策标明六爻之数。天地之数为什么是五十五呢？这是据《易·系辞上》而来："天一，地二，天三，地四，天五，地六，天七，地八，天九，地十。""天数五，地数五，五位相得而各有合，天数二十有五，地数三十。"④"相得"即相加，一、三、五、七、九，五数相加等于二十五；二、四、六、八、十，五数相加等于三十，故言天地之数五十有五。另有东汉人马融的说法，见《周易集解》，他认为"大衍之数五十"指太极、两仪（天地）、日月、四时、五行、十二月、二十四气，相加共五十，用四十九，即除去太极。我们姑且不论两说何者为是，因刘勰用此，只说明他的《文心雕龙》总数五十篇，《序志》为序言，留下不算在内，正文四十九篇。可见他写作《文心雕龙》，到底写多少篇是有计划的，篇数与《易经》的大衍之数有关。这可见《易传》的模式多么深入刘勰的内心，这样一来，问题就出现了：首先是《辨骚》篇的归属问题，按《序志》说，它应属于"文之枢纽"的部分，但"骚"又是一种文体，如果把《辨骚》作为"文之枢纽"，文体论岂不少了一种"骚"，但篇数有限，取的又是大衍之数，已不可再增一篇，

① 黄寿祺、张善文译注：《周易译注》，第387页。
② 金景芳：《易通》，上海：商务印书馆，1945年，第60页。
③ ［魏］王弼、韩康伯注，［唐］孔颖达等义：《周易正义》卷七，《十三经注疏》，北京：中华书局，1980年影印本，第80页。
④ 黄寿祺、张善文译注：《周易译注》，第392、387页。

这就给研究者留下一个争论点。《辨骚》是不是文体论之一篇？直到今天，研究者对《辨骚》的归属问题尚有不同的看法。这似乎可以说是刘勰受《易传》的影响，硬要削足适履写五十篇，留下了一个后遗症。

由此，又引出一个值得思考的问题，刘勰在《文心雕龙·体性》篇中，把文章的风格，归纳为八种不同的类型："一曰典雅，二曰远奥，三曰精约，四曰显附，五曰繁缛，六曰壮丽，七曰新奇，八曰轻靡。"① 在这八种风格类型中，刘勰又分成相反的四对："雅与奇反，奥与显殊，繁与约舛，壮与轻乖。"② 为什么文章的风格不多不少就八种呢？为什么八种之中又可以分为相反的四对呢？这是值得思索的问题。如果把"八体"绘成一个两两相对的圆形封闭的图，我们就可看出它活像"八卦图"，八卦图也可分为相反的四对：乾与坤对，乾为天，坤为地。震与巽对，震为雷，巽为风。坎与离对，坎为水，离为火。坎与兑对，坎为山，兑为泽。八卦的卦象，在对应的卦中，阴阳爻的排列是相反的，所象之物是互相矛盾对立的。刘勰的"八体说"虽未言明与八卦的关系，但我们可以说"八体说"是《周易》八卦的模式。八种卦象两两排列组合，可以演为六十四卦，而刘勰的八种风格也是可以演变的，他曾自言"若夫八体屡迁，功以学成"③，足证他认为风格是可屡屡变迁的。不少研究者指出这八种基本风格类型还可以组合成许许多多不同的风格。詹锳先生的《〈文心雕龙〉的风格学》一书曾指出此点。周振甫先生在《文心雕龙注释·体性》篇的"说明"也指出此点，他认为"除了相反四组的风格不能相兼外，其他各组都可相兼。如奇正、隐显、繁简、

---

① 范文澜：《文心雕龙注》，第505页。
② 范文澜：《文心雕龙注》，第505页。
③ 《文心雕龙·体性》，范文澜：《文心雕龙注》，第506页。

刚柔相反，奇不能兼正，隐不能兼显，繁不能兼约，刚不能兼柔。此外，奇可以兼隐或显，兼繁或简，兼刚或柔，其他各种风格也一样。这就构成丰富多彩的风格，不限于八体了。"① 这种相兼的变化，不正如同八卦可演变为六十四卦吗？所不同的是由于相反的风格不能相兼，八体还变不出六十四种风格来。

四、《易传》对《文心雕龙》创作论的影响

《周易》六十四卦，每卦皆有卦象，每种象皆有一定的含义，所以有"彖辞"，有《象传》。八卦之象是《周易》的根本，一切变化皆依据八卦之象来推演。《易经》认为自然社会人事的变化通过象可以预测，人的祸福休咎都隐含在"象"中，从某种意义上说，《易经》可以说是"象"学。《周易》的卦辞与爻辞为经，《彖》《象》《文言》等均为《传》。《易传》中的《象》辞，是解释卦爻象的，实际上它是卦爻象的演义与再创造。《象》是用"言"来表述卦爻象的"意"的，这样，"言""意""象"就密切地联系在一起了。

《易传》中的言、意、象本来与文学关系不大，因为文学是语言艺术，描写事物需要"拟诸其形容，象其物宜"②，所以文学离不开言、意、象，正因为如此，《易传》中的言、意、象才被自然地引入文学之中。在刘勰之前，文论、画论已引入《易传》的"意象"来论文论画了，不过没有刘勰那样深刻而系统。

《易传》中直接与文学有关系的是"言"与"意"的关系，它认为"言"不能尽"意"，唯有"象"才能尽"意"。《系辞上》说："子曰：'书不尽言，言不尽意。'然则圣人之意，其不可见乎？子曰：'圣人立象以尽意，设卦以尽情伪（情谓情实，伪谓虚伪），系辞焉以

---

① ［梁］刘勰著，周振甫注：《文心雕龙注释》，北京：人民文学出版社，1983年，第317页。

② 黄寿祺、张善文译注：《周易译注》，第397页。

尽其言，变而通之以尽利，鼓之舞之以尽神。'"①（高亨先生《周易大传今注》中说："神是最高智慧之称，此言《易经》鼓舞人以尽其智慧。"②）

刘勰受《易传》言不能尽意的影响，他也是主张言不能尽意的，《文心雕龙·神思》篇说：

> 方其搦翰，气倍辞前；暨乎篇成，半折心始。何则？意翻空而易奇，言征实而难巧也。③

"半折心始"是说在创作过程中往往有一半的意不能表达，可见刘勰是主张"言不尽意"的，他还从理论上总结了造成"言不尽意"的原因：原因之一是"意翻空而易奇，言征实而难巧"，原因之二是"意授于思，言授于意；密则无际，疏则千里，或理在方寸而求之域表，或义在咫尺而思隔山河"④。也就是说在构思时思路有通塞，言和意的关系，有时吻合，有时乖离，至于"思表纤旨""文外曲致"⑤，就更不容易诉诸语言了。刘勰虽然主张"言不尽意"，但他并非消极地停留在"半折心始"的阶段，他用《易传》的"鼓之舞之以尽神"的积极进取精神，努力使言尽可能地尽意。在《比兴》篇中他提出"拟容取心"⑥的命题。所谓"拟容"是指模拟现实的表象，而"取心"是指揭示现实的意义，这是对《易传》所说的"拟诸其形容，象其物宜"的发展。

---

① 黄寿祺、张善文译注：《周易译注》，第396页。
② 高亨：《周易大传今注》，第542页。
③ 范文澜：《文心雕龙注》，第494页。
④ 《文心雕龙·神思》，范文澜：《文心雕龙注》，第494页。
⑤ 《文心雕龙·神思》，范文澜：《文心雕龙注》，第495页。
⑥ 范文澜：《文心雕龙注》，第603页。

另外,《比兴》篇的"称名也小, 取类也大"①, 是直接引自《易·系辞下》:"其称名也小, 其取类也大。其旨远, 其辞文, 其言曲而中。"②《易经》常举小事物以喻大事物。"称名"即举事物之名而言之,"取类"即取类似之事物以为喻。刘勰把兴的托喻意义, 用《易传》的语言表述出来, 不仅贴切, 而且有创造性。与此相联系的是他在《物色》篇中又提出"以少总多, 情貌无遗"③的创作理论; 与"称名也小, 取类也大"互为补充, 把小与大、少与多这些对立的范畴统一起来, 隐含着通过个别去表现普遍, 通过有限去表达无限。王元化先生在《刘勰的文学起源论与文学创作论》中曾经指出:"刘勰这种看法, 可以说已经蕴涵了'典型性'这一艺术理论的胚胎。"④这个看法是精辟的。

此外, 刘勰对《易传》中的"意"与"象"的关系, 在创作论中也是既有继承又有发展, 形成了自己的"取象"说与"意象"说, 此说虽与现代的形象思维概念不同, 但可以说已经蕴含了形象思维的胚胎。

以上是我学习《易经》与《文心雕龙》的一点体会, 不当之处, 敬希海内外专家批评指正。

① 范文澜:《文心雕龙注》, 第 601 页。
② 黄寿祺、张善文译注:《周易译注》, 第 412 页。
③ 范文澜:《文心雕龙注》, 第 694 页。
④ 王元化:《文心雕龙创作论》, 上海: 上海古籍出版社, 1979 年, 第 56 页。

《荀子》对《文心雕龙》的影响

近年来《文心雕龙》的研究，已取得丰硕的成果，各方面的研究已逐渐深入，但也还有一些薄弱环节，如《文心雕龙》的思想渊源就属于这种薄弱环节，《周易》、道家以及佛学对刘勰的影响，已有少数论文可见，但还有许多家对《文心雕龙》的影响，迄今尚无一篇论文发表。著名"龙学"家牟世金先生在《文心雕龙》研究中做出了突出的贡献，他的著作绝少涉及刘勰的思想渊源问题，他甚至不大同意这种做法，称这种做法为"查三代"。刘勰是个佛教徒，以此定成分，他属于唯心一族。但通过"查三代"之后，必然得出他属于唯物一族，因为他的思想，渊源于许多唯物主义的思想家，刘勰是不怕"查三代"的。

《荀子》对《文心雕龙》的影响，不少专著已偶有涉及，但还不曾有专篇论文作系统的论述，本文试图就此问题，做一些初步的探索，以求教于海内外"龙"学界的朋友们。

通观《文心雕龙》全书，刘勰曾多次论及《荀子》，以篇章次序排列，可见如下数条：

> 荀况《礼》《智》，宋玉《风》《钓》，爰锡名号，与诗画境，六义附庸，蔚成大国。……观夫荀结隐语，事数自环，宋发巧谈，实始淫丽。[1]

---

[1] 《文心雕龙·诠赋》，范文澜：《文心雕龙注》，北京：人民文学出版社，1958年，第134—135页。

《礼记·月令》，取乎吕氏之《纪》；三年问丧，写乎荀子之书，此纯粹之类也。……研夫孟、荀之书，理懿而辞雅。[①]

荀卿以为"观人美辞，丽于黼黻文章"，亦可以喻于斯乎？[②]

齐楚两国，颇有文学。齐开庄衢之第，楚广兰台之宫。孟轲宾馆，荀卿宰邑。故稷下扇其清风，兰陵郁其茂俗。[③]

荀况学宗，而象物名赋，文质相称，固巨儒之情也。[④]

从以上所引文字看，荀子在刘勰心目中占有重要的地位。有人认为，"刘勰尊儒，除孔子外，首推荀子，其次是孟子。而刘勰的重视荀子，又是由于他所推崇的《易传》本来与荀学有密切的渊源关系。……在先秦儒家各派中，刘勰的思想最接近于荀子一派。"[⑤] 我认为这种看法是正确的。但要认识荀子对《文心雕龙》的影响，仅靠以上引文是远远不够的，这里所涉及的范围还比较狭窄，如《诠赋》篇所言，不过是说以赋名篇始于荀子和荀子赋的特点。《史传》篇所引荀子之言，涉及到史传的真实性问题。《诸子》篇所引除了赞美荀子著作的"理懿雅辞"之外，多少触及到荀子的一个美学观点，即"纯粹"之美。荀子在《劝学》篇中提出"不全不粹之不足以为美"[⑥]，可视为刘勰"纯粹"之美的渊源。《章表》篇所引荀子，出自《荀子·非相》篇，原文为"观人以言，丽于黼黻文章"[⑦]。刘勰改"观人以言"

---

① 《文心雕龙·诸子》，范文澜：《文心雕龙注》，第308—309页。

② 《文心雕龙·章表》，范文澜：《文心雕龙注》，第408页。

③ 《文心雕龙·时序》，范文澜：《文心雕龙注》，第671页。

④ 《文心雕龙·才略》，范文澜：《文心雕龙注》，第698页。

⑤ 李泽厚、刘纲纪著：《中国美学史》（下），合肥：安徽文艺出版社，1999年，第595页。

⑥ 《荀子·劝学》，［清］王先谦撰，沈啸寰、王星贤整理：《荀子集解》，北京：中华书局，2012年，第18页。

⑦ ［清］王先谦撰，沈啸寰、王星贤整理：《荀子集解》，第83页。

为"观人美辞"，是根据《荀子·非相》之文而来："故君子之于言也，志好之，行安之，乐言之。故君子必辩：凡人莫不好言其所善，而君子为甚。"[①]荀子将"言"分为"奸言"与"善言"两类："凡言不合先王，不顺礼仪，谓之奸言，虽辩，君子不听。"[②]对于"奸言"，荀子是不屑一顾的，只有君子之言才能算是善言。善言与"美辞"，意思略同，刘勰所引《荀子》，虽非原文，但也并没有歪曲荀子的原意。从"丽于黼黻文章"的比喻来看，却触及到荀子的一个重要的美学观点，即重视美的感性形式。黼黻文章的美，有黑白相间的花纹，看起来是悦目的，是可以感知的，这正是荀子美学思想的一个特征。同时也影响了刘勰，刘勰也认为言辞的美，也有感性形式存在，他甚至比黼黻文章更鲜明，更美丽。

以上所言，还不过是一些皮相，要认识荀子对《文心雕龙》的影响，还必须将荀子与刘勰的思想特别是美学思想，做一些多层次多侧面的比较。下文将分几个方面进行一些比较。

一、刘勰对"道"的认识与荀子之"道"的渊源关系

刘勰对道的认识，比较集中地反映在《原道》篇中，由于《文心雕龙》一书是用"擘肌分理，唯务折衷"[③]的方法写成的，因此《原道》的思想渊源显得十分复杂，它融合了先秦诸子、汉代古文经学派、魏晋玄学等不同派别的思想。事物本身的复杂，又加研究者对刘勰《原道》理解的不同，因此分歧较多。

现在我们先看看刘勰对"道"的认识。刘勰在《原道》篇指出，"文"是与天地而并生的，当然这种"文"还不是"人文"，而是

---

① ［清］王先谦撰，沈啸寰、王星贤整理：《荀子集解》，第83页。
② 《荀子·非相》，［清］王先谦撰，沈啸寰、王星贤整理：《荀子集解》，第83页。
③ 《文心雕龙·序志》，范文澜：《文心雕龙注》，第727页。

指的日月、山川、地理之文。再扩而大之，"傍及万品，动植皆文"，有"藻绘呈瑞"的"龙凤"；有"炳蔚凝姿"的"虎豹"；有"雕色"的"云霞"，"贲华"的"草木"；它们都有文采，而且都是美的。[①]这种美，不是靠外饰而来，是自然的。天地、日月、山川之文，都是"道之文"，那么，人文呢，当然也应是"道之文"。人与天地、日月、千品万汇的动植物不同的是，人是万物的灵长，是"灵性所钟"，是"五行之秀"，也是"天地之心"。所以刘勰又说："心生而言立，言立而文明，自然之道也。"[②]这里提出了一个"自然之道"的概念。对于"自然之道"，多数研究者认为与老、庄之道关系密切，因为老子主张"道法自然"，尽管《老子》和《庄子》书中，还没有"自然之道"的提法。蔡钟翔先生在《论刘勰的"自然之道"》一文，曾为"自然之道"一语，追本溯源，得出结论是：汉代的扬雄、王充已多次使用这个概念。[③]

也有人认为，《原道》篇所说的"自然之道"的"道"，是一般所说的"道理"。张少康先生在《文心雕龙新探》一书中说：

> "原道"之"道"，以及"道之文"的"道"，指的是事物的本质和规律，而此处"自然之道"之"道"字，即是一般说的"道理"之意。周振甫先生《文心雕龙选译》中译为"自然的道理"，这是很正确的。此"道"并非特殊术语，……有的同志把这个"自然之道"的"道"和"道之文"的"道"相混，合而为一，结果就容易把"道"的含义弄乱，反而不容易认识刘勰论"道"的真

---

① 《文心雕龙·原道》，范文澜：《文心雕龙注》，第1页。
② 《文心雕龙·原道》，范文澜：《文心雕龙注》，第1页。
③ 参见中国《文心雕龙》学会编：《文心雕龙学刊》第一辑，济南：齐鲁书社，1983年，第138—155页。

正意思所在。由此得出刘勰之"道"即老庄之"自然之道"，未免过于简单。[1]

这个说法也是有道理的，至少可以说把刘勰之"道"，归结为老庄的"自然之道"是片面的，因为刘勰之"道"还包含着儒家的"道"，而且所占成分更大。

但张少康同志并未否认刘勰之"道"与老庄"自然之道"的密切关系，他在后文中又说："刘勰所说的广义的'文'所体现的'道'，是说的宇宙万物内在的普遍的自然规律，这是近于老庄所说的那种哲理性的'自然之道'的。但是刘勰所说的狭义的'文'，即'人文'所体现的'道'，则是指的具体的儒家的社会政治之'道'。换句话说，刘勰认为儒家的社会政治之'道'乃是对作为普遍的自然规律的哲理之'道'的具体运用和发挥，这也是'六经'之所以有崇高地位之原由。这样，刘勰就把老庄那种哲理性的'自然之道'具体化为儒家之'道'，又把儒家之'道'上升为普遍的自然规律之体现，抽象化为老庄的哲理之'道'。"[2]张少康同志进而指出："刘勰的着眼点仍然是在具体的儒家之'道'，……他之所以要把近于老庄的抽象的哲理之'道'和儒家的具体社会政治之'道'结合起来，其目的是要从哲学上提高儒家之'道'的地位，把老庄之'道'熔铸到儒家之'道'中来。"[3]笔者认为，这个看法是很精辟的。

比张少康的《文心雕龙新探》晚出版三个月的《中国美学史》第二卷（李泽厚、刘纲纪主编），对刘勰"道"的分析，接近于张

---

① 张少康：《文心雕龙新探——刘勰文学理论体系及其渊源》，济南：齐鲁书社，1987年，第25—26页。

② 张少康：《文心雕龙新探——刘勰文学理论体系及其渊源》，第28页。

③ 张少康：《文心雕龙新探——刘勰文学理论体系及其渊源》，第28—29页。

少康的看法，他们认为："刘勰对'自然'或'自然之道'的强调"，"明显是源于道家的思想"。但"刘勰是站在《易传》、儒家思想基础上来讲'自然'的，这显然不同于道家。道家推崇'自然'之美是与对儒家政治伦理的批判结合在一起的，它所向往的是一种超越现实社会政治的'素朴'的美，并且把天然的美放在人工的美之上。刘勰则不同，他所说的'自然'之美决非要回到道家理想中的素朴无为状态，而是和儒家社会政治理想的实现不能分离的。"① 同时指出，刘勰很重视美的人工作用，重视以"雕缛成体"的美，既与道家纯任"自然""素朴"的美根本不同，又与魏晋玄学家很不相同。刘勰重视感性形式的辉煌、盛大、艳丽的美，玄学所向往的是那种超越形色感官的绝对的美，刘勰和玄学家又有很大的不同。从而得出结论："总之，刘勰是站在儒家的立场来讲'自然''自然之道'的。"② 我很赞同这种看法，这与张少康认为刘勰是把老庄之道熔铸在儒家之道中的看法是一致的，而且他们都注意到刘勰的思想渊源来自荀子。

荀子是先秦时代的一位以儒为主，兼取各家之长的唯物主义思想家，他对"道"的认识也是以儒家为主，熔铸了老庄之道的。荀子的唯物主义自然观是他对"道"的认识的集中表现。在论述自然界的起源时，荀子说，"天地合而万物生，阴阳接而变化起"③，意思是说自然界的生成与发展是天地阴阳变化的结果。自然界有它自己的规律："天有常道矣，地有常数矣"④，即自然界的运动变

① 李泽厚、刘纲纪著：《中国美学史》（下），第656页。
② 李泽厚、刘纲纪著：《中国美学史》（下），第657页。
③ 《荀子·礼论》，［清］王先谦撰，沈啸寰、王星贤整理：《荀子集解》，第356页。
④ 《荀子·天论》，［清］王先谦撰，沈啸寰、王星贤整理：《荀子集解》，第305页。

化有其客观必然性，既非人意也非天意，没有意志，没有目的，完全是自然界本身的职能，荀子称它为"天职"。所谓天职，就是"不为而成，不求而得，夫是之谓天职"①。荀子认为"天"就是自然或自然界。在《天论》中说："天行有常，不为尧存，不为桀亡。"②"天不为人之恶寒也，辍冬；地不为人之恶辽远也，辍广。"③"列星随旋，日月递炤，四时代御，阴阳大化，风雨博施，万物各得其和以生，各得其养以成，不见其事而见其功，夫是之谓神。皆知其所以成，莫知其无形，夫是之谓天。"④这与老子反对天道有知，而主张天道无为的思想是一致的。老子的"道"是物质性的，又是事物的总的规律。庄子也主张"自然无为"之道，但他对老子的道做了唯心主义的解释，他在《大宗师》中说："夫道有情有信，无为无形，可传而不可受，可得而不可见。自本自根，未有天地，自古以固存。神鬼神帝，生天生地。在太极之先而不为高，在六极之下而不为深，先天地生而不为久，长于上古而不为老。"⑤经庄子这样一番解释，"道"变成了脱离一切事物的神秘的精神。荀子扬弃了老子的"无为"和庄子的唯心，建立了自己的唯物主义的"天道自然观"。

前已指出，刘勰是将老庄之道熔铸于儒家之道中，这一点又受荀子什么影响呢？荀子除"天道自然观"以外，还极为重视儒家的

① 《荀子·天论》，［清］王先谦撰，沈啸寰、王星贤整理：《荀子集解》，第301页。

② 《荀子·天论》，［清］王先谦撰，沈啸寰、王星贤整理：《荀子集解》，第300页。

③ 《荀子·天论》，［清］王先谦撰，沈啸寰、王星贤整理：《荀子集解》，第304页。

④ 《荀子·天论》，［清］王先谦撰，沈啸寰、王星贤整理：《荀子集解》，第302页。

⑤ 《庄子·大宗师》，［清］王先谦撰，陈凡整理：《庄子集解》（第2版），西安：三秦出版社，2005年，第87页。

社会政治之道。我们知道,荀子特别重视"礼"。在《礼论》中,荀子指出,人是"生而有欲,欲而不得,则不能无求,求而无度量分界,则不能不争,争则乱,乱则穷。先王恶其乱也,故制礼义以分之,以养人之欲,给人之求。"①他认为人天生有追求耳、鼻、口、目等感官享受的欲望,但这种种欲望一方面要满足它,另一方面又要用"礼"来节制它。用荀子的话说,就是"故人一之于礼义,则两得之矣;一之于情性,则两丧之矣"②。意思是说,专一于礼义,则礼义情性两得,专一于情性,则礼义情性两丧。荀子所以如此"隆礼",是因为礼乃是"人道之极"③。荀子还认为,圣人是最懂得"礼"的,所以又说:"故天者,高之极也;地者,下之极也;无穷者,广之极也;圣人者,道之极也。"④荀子的"礼",简直成了"道"的同义词、代名词。荀子的《礼论》,对刘勰的美学思想有较为明显的影响。刘勰重视感性形式的美以及"征圣"的主张,均与此有关。总之,刘勰对"道"的认识,较接近于荀子。刘勰是折衷各家之说,荀子是集先秦诸子的大成,在总体趋向上,都是把老庄的"自然之道"熔铸于儒家的社会政治之"道"中。

二、在"文"与"道"的关系上刘勰所受荀子的影响

刘勰在《原道》中论述"文"与"道"的关系,从广义的文来看,他认为凡是物质的实体都有"文"。日月山川、龙凤虎豹、云霞草木,

---

① 《荀子·礼论》,〔清〕王先谦撰,沈啸寰、王星贤整理:《荀子集解》,第337页。

② 《荀子·礼论》,〔清〕王先谦撰,沈啸寰、王星贤整理:《荀子集解》,第340页。

③ 《荀子·礼论》,〔清〕王先谦撰,沈啸寰、王星贤整理:《荀子集解》,第347页。

④ 《荀子·礼论》,〔清〕王先谦撰,沈啸寰、王星贤整理:《荀子集解》,第348页。

都是有其物必有其形，有其形必有其文，这是自然的规律（或称自然的道理）。刘勰称此为"道之文"。"道之文"包括的范围很广，其中有"天文""地文""人文"以及动植之文。这里的"文"，已成为"物"的一种属性，即"道"的一种可感的美的形式，说不上是"外化"。就"人文"而言，又有广狭之分。就广义而言，用符号表示某种意象，亦可以为"文"，如八卦的符号即是。所以刘勰说"人文之元，肇自太极。幽赞神明，《易》象为先。庖牺画其始，仲尼翼其终；而乾坤两位，独制《文言》。言之文也，天地之心哉！"①后文又说："爰自风姓，暨于孔氏，玄圣创典，素王述训，莫不原道心以敷章，研神理而设教。取象乎《河》《洛》，问数乎蓍龟，观天文以极变，察人文以成化；然后能经纬区宇，弥纶彝宪，发挥事业，彪炳辞义。故知道沿圣以垂文，圣因文而明道。"②

这里且不说刘勰的说法尚有不科学的地方，值得注意的是刘勰论述"文"与"道"的关系，以及由此而产生的一系列的问题：如人"为五行之秀，实天地之心"的问题，"道心敷章""神理设教"问题，以及刘勰的认识与提法的渊源问题。

将"文"与"道"联系起来，称之为"道之文"，在《周易》中没有明确说过。孔子和孟子都认为儒家之道是"文"的根本，但他们也没有明确讲过"文"与"道"的关系。"文"与"道"的关系是刘勰受到荀子《礼论》的启发而提出的，李泽厚、刘纲纪主编的《中国美学史》亦持这种看法。

《荀子·礼论》说：

> 三年之丧，何也？曰：称情而立文，因以饰群，别亲疏贵贱

---

① 《文心雕龙·原道》，范文澜：《文心雕龙注》，第2页。
② 《文心雕龙·原道》，范文澜：《文心雕龙注》，第2—3页。

之节，而不可损益也。故曰：无适不易之术也。创巨者其日久，
痛甚者其愈迟。三年之丧，称情而立文，所以为至痛极也。①

对于"称情而立文"，郑康成注云："称人之情轻重，而制其礼也。"②
可见这里所说的"文"与刘勰的狭义的"文"还有不同，荀子这里
的"文"是指"礼"或对"礼"的文饰。但有时荀子又把"道"当
作"礼"的代名词。前已指出，荀子曾说："礼者，人道之极也。"
又曾在《礼论》中说："君子之道，礼义之文也。""三年之丧，
人道之至文也。"③看来在荀子的《礼论》中，"道""文"与"礼"
是三位一体的，"文"与"礼"是"道"的一种表现形式，这与刘
勰论"文"与"道"的关系极其近似。

荀子在《正名》中又说："期、命、辨、说也者，用之大文也，
而王业之始也。""辨说也者，心之象道也。心也者，道之工宰（意
为主宰——笔者按）也。"④这里的"文"，与《礼论》篇的含义不同，
包括作为语言文辞的辨说，而"辨说"又是用以"象道"的，"象道"
就是"道"的表象或表现形式，这与刘勰认为"文"是"道之文"
是一脉相承的。

刘勰在《原道》中提出："玄圣创典，素王述训，莫不原道心
以敷章，研神理而设教。""道沿圣以垂文，圣因文而明道。"这
里又提出"道心""神理"以及"道""文"与"圣"（圣人）的关系。

考察"道心"一词，出自《荀子·解蔽》："故道经曰：'人

---

① ［清］王先谦撰，沈啸寰、王星贤整理：《荀子集解》，第 361—362 页。
② ［清］王先谦撰，沈啸寰、王星贤整理：《荀子集解》，第 361 页。
③ ［清］王先谦撰，沈啸寰、王星贤整理：《荀子集解》，第 349、363 页。
④ 《荀子·正名》，［清］王先谦撰，沈啸寰、王星贤整理：《荀子集解》，第
409、410 页。

心之危，道心之微。' "①这个"道经"，不是《道德经》，旧注有两说：郝懿行注云："道经，盖古言道之书。"②他也指出《伪古文尚书》有此一语。《伪古文尚书》的时代比荀子晚，所以可以说"道心"一语始见于《荀子》，指的是能深刻领会"道"的"心"。"道心"连为一词的，《荀子》一书仅此一处，但"道"与"心"对举成文，则比较多。"道心"虽然可以通过"虚壹而静"③的方法，进入"大清明"④的境界而获得，但并非常人所能获得，"道心"实际上是不同于常人的"圣人"之"心"。刘勰大概就是从这里将"道""文"与"圣"三者联系在一起的。

与此相联的是刘勰对人在自然中的地位的认识，也有荀子影响的烙印。《原道》中所说人为"五行之秀，实天地之心"的说法，源于《礼记·礼运》："人者，其天地之德，阴阳之交，鬼神之会，五行之秀气也。……故人者，天地之心也，五行之端也，食味、别声，被色而生者也。"⑤《礼记》本来就出自荀学一派，《礼记》的这种思想，实际渊源于荀子，荀子说："心居中虚，以治五官，夫是之谓天君"⑥，"心者，形之君也，而神明之主也"⑦。又说："故治之要在于知道。人何以知道？曰：心。心何以知？曰：虚壹

① ［清］王先谦撰，沈啸寰、王星贤整理：《荀子集解》，第387页。
② ［清］王先谦撰，沈啸寰、王星贤整理：《荀子集解》，第388页。
③ 《荀子·解蔽》，［清］王先谦撰，沈啸寰、王星贤整理：《荀子集解》，第383页。
④ 《荀子·解蔽》，［清］王先谦撰，沈啸寰、王星贤整理：《荀子集解》，第385页。
⑤ ［汉］郑玄注，［唐］孔颖达疏，吕友仁整理：《礼记正义》（中），上海：上海古籍出版社，2008年，917、928页。
⑥ 《荀子·天论》，［清］王先谦撰，沈啸寰、王星贤整理：《荀子集解》，第303页。
⑦ 《荀子·解蔽》，［清］王先谦撰，沈啸寰、王星贤整理：《荀子集解》，第385页。

而静"①，"坐于室而见四海，处于今而论久远。疏观万物而知其情，参稽治乱而通其度，经纬天地而材官万物，制割大理而宇宙裹（当为'理'）矣。……明参日月，大满八极，夫是之谓大人"②，"天有其时，地有其财，人有其治，夫是之谓能参"③。《荀子》一书中虽然没有用"五行之秀""有心之器"等词语，但《荀子》一书多有强调人在天地之间的地位，强调人在天地之间是最有智慧的，指出天与人各有分职，突出人的能动性，又提出"制天命而用之"④的光辉论点。他处处肯定人的认识能力，而认识是靠"心"的，而又特别突出人在自然界中的地位。上引"天有其时"云云，杨倞注说："人能治天时地财而用之，则是参于天地。"⑤这与刘勰所说的"惟人参之，性灵所钟，是谓三才"，其精神实质是一致的。

三、刘勰的"虚静说"与荀子的关系

众所周知，《文心雕龙》的《神思》篇是论文学的构思和想象的，是刘勰"创作论"的重要组成部分。《神思》篇说：

> 是以陶钧文思，贵在虚静，疏瀹五藏，澡雪精神。积学以储宝，酌理以富才，研阅以穷照，驯致以绎辞。⑥

---

① 《荀子·解蔽》，［清］王先谦撰，沈啸寰、王星贤整理：《荀子集解》，第383页。

② 《荀子·解蔽》，［清］王先谦撰，沈啸寰、王星贤整理：《荀子集解》，第385页。

③ 《荀子·天论》，［清］王先谦撰，沈啸寰、王星贤整理：《荀子集解》，第302页。

④ 《荀子·天论》，［清］王先谦撰，沈啸寰、王星贤整理：《荀子集解》，第310页。

⑤ ［清］王先谦撰，沈啸寰、王星贤整理：《荀子集解》，第302页。

⑥ 范文澜：《文心雕龙注》，第493页。

这就是大家所说的刘勰的"虚静说"。"虚静"作为一个哲学范畴，最早应追溯到老子。不过在《老子》一书中，"虚静"二字没有联为一词，《老子》第十六章说："致虚极，守静笃。万物并作，吾以观复。"① 这里所说的"致虚""守静"，是使"心境空明宁静，不为杂念所乱，不为外物所惑"的一种状态。处在这种状态之中，乃能观察万物之变化，看到万物变化皆要复归于根本。这种静观变化，正是老子"无为"主义的哲学基础。但老子的虚静说，有否定人在具体的感性认识中的作用，主张"绝学""弃智"，从而陷入带有神秘色彩的直观认识论的泥淖。

老子之后，宋、尹学派把老子的"致虚极，守静笃"加以发展，克服了老子的缺点，进一步论证了"心"在认识中的作用。他们的著作《心术》就是研究"心"在认识中的作用问题的②。宋钘、尹文认为，只有去掉妨碍认识的主观好恶，才能做到"心"的"虚壹而静"。关于"静"，《心术》篇说："毋先物动，以观其则，动则失位，静乃自得。"③ 关于"壹"，《内业》说："血气即静，一意专心，耳目不淫，虽远若近。"④ 主张聚精会神，心智专一，是宋、尹学派"虚壹而静"说的特点，也是他们第一次提出的。这对荀子有很大影响。

---

① ［魏］王弼注，楼宇烈校释：《老子道德经注校释》，北京：中华书局，2008年，第35页。

② 《心术》是《管子》中的一篇，宋钘、尹文是战国中期的唯物主义哲学家，据《汉书·艺文志》记载有《宋子》十八篇，《尹文子》一篇，均已佚。今存《尹文子》是东汉末的伪书。《管子》中的《心术》上下、《白心》《内业》等四篇，据近人考证，这四篇的思想和《庄子·天下篇》《荀子》《韩非子》《吕氏春秋》等书记载的宋、尹思想基本一致，所以姑且当作宋、尹的著作引用。此问题学术界尚有争论，特作说明。

③ 黎翔凤撰，梁运华整理：《管子校注》（中），北京：中华书局，2004年，第759页。

④ 黎翔凤撰，梁运华整理：《管子校注》（中），第943页。

庄子的"虚静说"又把老子的"虚静"说向另一个极端发展，与宋、尹学派大不相同。《庄子·天道》篇说："夫虚静恬淡，寂漠无为者，天地之平而道德之至，故帝王圣人休焉。休则虚，虚则实，实者伦矣。虚则静，静则动，动则得矣。静则无为，无为也，则任事者责矣。无为则俞俞，俞俞者忧患不能处，年寿长矣。夫虚静恬淡，寂寞无为者，万物之本也。"① 成玄英于"虚静恬淡寂寞无为"八字的《疏》云："四者异名而同实者。叹'无为'之美，故具此四名，而天地以此为平，道德用兹为至也。"② 可见庄子的"虚静"是可与"无为"划等号的。而且庄子的"虚静"是与"休虑息心"③不可分的，是与追求"物我两忘"紧密相联的，它与宋、尹学派的专心致志完全不同。宋、尹学派的"虚静"是为认识事物扫清道路，而庄子的"虚静"是"绝学""弃智"，是毁灭认识，最后归于虚无，归于"无欲无知"，归于无意识，两者具有根本的差别。

庄子还谈到由"虚静"而进入"大明"的问题。《庄子·有宥》中有一段广成子回答黄帝的问话：

> 至道之精，窈窕冥冥；至道之极，昏昏默默。无视无听，抱神以静，形将自正。必静必清，无劳女（即"汝"，下同）形，无摇女精，乃可以长生。目无所见，耳无所闻，心无所知，女神将守形，形乃长生。慎女内，闭女外，多知为败。我为女遂于大明之上矣，至彼至阳之原也；为女入于窈冥之门矣，至彼至阴之原也。④

---

① ［清］王先谦撰，陈凡整理：《庄子集解》（第 2 版），第 176 页。
② ［晋］郭象注，［唐］成玄英疏，曹础基、黄兰发整理：《庄子注疏》，北京：中华书局，2011 年，第 248 页。
③ ［晋］郭象注，［唐］成玄英疏，曹础基、黄兰发整理：《庄子注疏》，第 248 页。
④ ［清］王先谦撰，陈凡整理：《庄子集解》（第 2 版），第 143—145 页。

这个广成子实为庄子的化身，他的"虚壹而静"的养生之道，实为庄子的"清静无为"之道。他所说的"大明"境界，就是庄子的"至道"。所谓"大明"，实为"大不明"，即"窈窈冥冥""昏昏默默"的一种状态。还要"无视无听"，"目无所见，耳无所闻，心无所知"，因为"多知"是坏事，是破坏"至道"的，故说"多知为败"。由此可见，庄子的由"虚静"而进入"大明"，与认识论有根本的区别，而是"绝学""弃智"的。这不是认识的途径，而是庄子"无为"之道的本身。

荀子的"虚壹而静"与庄子是根本不同的。《荀子·解蔽》说：

> 故治之要在于知道。人何以知道？曰：心。心何以知？曰：虚壹而静。心未尝不臧也，然而有所谓虚；心未尝不满也，然而有所谓一；心未尝不动也，然而有所谓静。人生而有知，知而有志。志也者，臧也。然而有所谓虚，不以所已臧害所将受谓之虚。心生而有知，知而有异，异也者，同时兼知之；同时兼知之，两也；然而有所谓一，不以夫一害此一谓之壹。……然而有所谓静，不以梦剧乱知谓之静。未得道而求道者，谓之虚壹而静。……虚壹而静，谓之大清明。[1]

荀子的"虚壹而静"，继承了宋、尹学派的观点，才真正具有认识论的价值。荀子的《解蔽》是为了扫除认识上的蔽塞而作。他的所谓"虚"就是不以心中已有的"臧"（通"藏"），即先入为主的知识积累或成见去看事物。所谓"壹"，就是集中感知，专心致志，聚精会神。所谓"静"就是使思虑不为梦想、偏见等所干扰，都是从认识论的角度来论"虚壹而静"的。他的"大清明"境界，是经

---

① ［清］王先谦撰，沈啸寰、王星贤整理：《荀子集解》，第383—385页。

过"解蔽"之后认识上的升华。

现在再回过头来看刘勰的"虚静说"。从上引《神思》篇的一段话可知，刘勰的"虚静说"，首先是为了"陶钧文思"的，即运用于创作构思的时候，必须做到沉寂宁静，思考专一，涤除一切杂念的干扰，使思想净化。仅仅做到这些还不够，还必须"积学以储宝，酌理以富才，研阅以穷照，驯致以绎辞"。即要用认真学习的方法来积累自己的知识，要辨明事理来丰富自己的才华，要参照自己的生活经验获得对事物的彻底理解，要训练自己的情致来恰切地运用文辞。刘勰的"虚静说"源于荀子，他与荀子有三点相似。第一，荀子的"虚静说"是解决认识上的蔽塞的，刘勰用以解决创作构思时的蔽塞，这就是《神思》所说的"神居胸臆，而志气统其关键；物沿耳目，而辞令管其枢机。枢机方通，则物无隐貌；关键将塞，则神有遁心"①。可见刘勰的"虚静"是解决关键地方的蔽塞的。第二，刘勰的"虚静说"，属认识论范畴，含专心致志之意，这一点与荀子相似，只不过是刘勰将荀子的"虚壹而静"第一次引入文论中。第三，荀子的"虚静说"，扬弃了庄子"虚静说"的神秘主义与唯心主义，刘勰将"虚静说"辅之以"积学以储宝"等四个方面，与荀子《劝学》《解蔽》等篇的精神一致，而与老庄的"绝学弃智"是格格不入的。尽管"疏瀹五藏，澡雪精神"用的是《庄子·知北游》的典故，但这只是辞语的借用，在精神实质上，刘勰"虚静说"仍然与老庄格格不入。张少康同志在《文心雕龙新探》中说："在如何认识'道'的方法上，荀子和老庄也有共同之处。老庄认为要认识'道'，必须通过'玄览''虚静'，而达到'大明'境界，进入了这种认识的最高阶段，才能真正认识'道'，把握'道'。"②

---

① 范文澜：《文心雕龙注》，第493页。

② 张少康：《文心雕龙新探——刘勰文学理论体系及其渊源》，第29页。

并认为刘勰"在创作上论'虚静'时，他（指刘勰）又更多是受老庄影响的"①。我认为这个看法是值得商榷的，虽然我并不反对老庄对刘勰有不少影响。

四、荀子论艺术的本质和社会功能及其对刘勰的影响

在先秦诸子中，在论述艺术的本质和社会功能方面，以荀子最为系统，也最为突出。《乐论》开头便说："夫乐者，乐也，人情之所必不免也，故人不能无乐。乐则必发于声音，形于动静。而人之道，声音、动静、性术之变尽是矣。故人不能无乐。"②他首先明确提出，艺术是审美主体情感宣泄的需要，是人的内心情感的表现。而荀子的这一认识，是以他的"人性论"为前提的。他把人的审美要求看成是人的自然本性，把艺术看成是人七情六欲的表现。但人的情感宣泄又不能不受节制，所以又提出以礼节情，《诗大序》的"发乎情，止乎礼义"，就是渊源于此，而刘勰在《明诗》篇所说的"人秉七情，应物斯感，感物吟志，莫非自然"③，也同样渊源于荀子。在《乐府》篇中，刘勰又说："夫乐本心术，故响浃肌髓，先王慎焉，务塞淫滥。"④所谓"心术"，即运用心思的方法，实指思想感情的表现，与荀子对"乐"的本质认识是完全一致的。荀子在《礼论》中指出："先王恶其乱也，故制礼义以分之，以养人之欲，给人之求，使欲必不穷乎物，物必不屈于欲，两者相持而长，是礼之所起也。"⑤他认为人的欲望的满足，只有当它符合于"礼"，即符合于伦理道德要求的时候，才是合理的。"礼"在某种意义上说，

---

① 张少康：《文心雕龙新探——刘勰文学理论体系及其渊源》，第 30 页。

② ［清］王先谦撰，沈啸寰、王星贤整理：《荀子集解》，第 368 页。

③ 范文澜：《文心雕龙注》，第 65 页。

④ 范文澜：《文心雕龙注》，第 101 页。

⑤ ［清］王先谦撰，沈啸寰、王星贤整理：《荀子集解》，第 337 页。

就是"理"，乐与礼的关系，也就是"文"与"理"的关系，或者说"情""理"对举成文，如《体性》篇云："情动而言形，理发而文见。"①《情采》篇云："情者文之经，辞者理之纬。"②《征圣》篇云："或博文以该情，或明理以立体。"③《章表》篇云："周监二代，文理弥盛。"④并要求"精理为文"⑤，等等，这些都说明刘勰对"文"与"理"的认识与荀子很接近。

荀子论乐，主张"制雅颂之声以道（导）之"，"使夫邪污之气无由得接焉"，并提出"以道制欲"⑥，"禁淫声"⑦等，在说明"乐"之重要时，不时抬出"先王""圣人"。他说："夫声乐之入人也深，其化人也速，故先王谨为之文。乐中平则民和而不流，乐肃庄则民齐而不乱"，"故先王贵礼乐而贱邪音"⑧。这与刘勰所说的"先王慎焉，务塞淫滥"，如出一辙。

荀子在论述艺术的社会功能方面，已大大突破了孔子"兴""观""群""怨"之说。荀子对社会的精神文化成果的价值有较为深刻的认识，他在精神与物质两方面都主张最大限度地满足人们的需求。而这种满足离不开"礼"，否则，精神的需求就会失控，就不能"以道制欲"，所以要实行"礼义"。而"礼"的实行又是离不开"乐"的，他要通过"乐"来影响人们的感情，从而使"礼"

① 范文澜：《文心雕龙注》，第505页。
② 范文澜：《文心雕龙注》，第538页。
③ 范文澜：《文心雕龙注》，第15页。
④ 范文澜：《文心雕龙注》，第406页。
⑤ 范文澜：《文心雕龙注》，第17页。
⑥ 《荀子·乐论》，［清］王先谦撰，沈啸寰、王星贤整理：《荀子集解》，第368、371页。
⑦ 《荀子·王制》，［清］王先谦撰，沈啸寰、王星贤整理：《荀子集解》，第166页。
⑧ 《荀子·乐论》，［清］王先谦撰，沈啸寰、王星贤整理：《荀子集解》，第369页。

得到最好的实行。荀子还认为，"乐"也有"化人"、"感人"、陶冶人的性灵的作用。"夫声乐之入人也深，其化人也速"；"乐者，圣人之所乐也，而可以善民心，其感人深，其移风易俗。故先王导之以礼乐，而民和睦。夫民有好恶之情，而无喜怒之应，则乱。先王恶其乱也，故修其行，正其乐，而天下顺焉"。^①后文又说："故乐行而志清，礼修而行成。耳目聪明，血气和平，移风易俗，天下皆宁，美善相乐。"^②荀子的这些基本观点，在《文心雕龙》的《原道》《征圣》诸篇中多次见到它们的影子。

荀子和刘勰所说的文学艺术的社会功能，都带有浓厚的儒家色彩，除娱悦作用外，都看重了文艺为政治教化服务的一面，这自有他们的局限，笔者仅指出值得注意的两点。

第一，刘勰所谓"陶铸性情"，实出自荀子。范文澜《文心雕龙注》就是引《荀子·性恶》来解释"陶铸性情"的，引文说："凡所贵尧禹君子者，能化性，能起伪。伪起而生礼义。然则圣人之于礼义积伪，亦犹陶埏而生之也。"^③荀子认为："人之性恶，其善者伪也。"^④杨倞注："伪，为也，矫也，矫其本性也。凡非天性而人作为之者，皆谓之伪。"^⑤"化性"即改变人的性情，"起伪"即引人向善。荀子在《性恶》篇中屡次用"陶人埏埴而生瓦"为喻，说明制陶工人不是天生就能制出瓦来，是"积伪"而后成。这个"积伪"是"积善"与"积学"的结合，刘勰化用荀子的"化性""起伪"，以及

---

① 《荀子·乐论》，[清]王先谦撰，沈啸寰、王星贤整理：《荀子集解》，第369、370页。

② 《荀子·乐论》，[清]王先谦撰，沈啸寰、王星贤整理：《荀子集解》，第370页。

③ 范文澜：《文心雕龙注》，第17页。

④ 《荀子·性恶》，[清]王先谦撰，沈啸寰、王星贤整理：《荀子集解》，第420页。

⑤ [清]王先谦撰，沈啸寰、王星贤整理：《荀子集解》，第420页。

"陶埏生瓦"的比喻，而提出"陶铸性情"之说，其受荀子的影响，昭然可见。

第二，刘勰在《序志》篇说到"文章之用，实经典枝条"时，首标"五礼资之以成，六典因之致用"。[①] 所谓"五礼"，指吉礼、凶礼、宾礼、军礼、嘉礼，见《礼记·祭统》郑玄注，"五礼"包括了祭祀、丧吊、朝觐、阅车徒、正封疆、婚、冠等礼仪。所谓"六典"，见于《周礼·大宰》，包含治典、教典、礼典、政典、刑典、事典。"五礼"与"六典"均与礼有关。我们知道，荀子是"隆礼"的，刘勰谈到"文章之用"时，如此重视"礼"，笔者认为，这是受荀子"隆礼"思想影响的结果。

---

① 范文澜：《文心雕龙注》，第 726 页。

《文心雕龙》与儒家的渊源关系

刘勰虽然生活在儒道释三教合流的齐梁时代，但不能不说《文心雕龙》受儒家思想影响最大，它显示出儒家文论的特色。《原道》篇所原之道，虽有道家"自然之道"的成分，但主要还是以周孔为代表的儒之道。《征圣》篇所征之圣，就是周孔，故曰"征之周孔，则文有师矣"。《宗经》篇所宗之经，实为儒家经典。刘勰对文学社会作用的看法，纯属儒家，这是识别《文心雕龙》为儒家文论的重要标志。《文心雕龙》的批评标准，也脱胎于儒家经典。作为其重要美学思想的"通变"，实源于儒家经典的《周易》。

一、从刘勰论文之枢纽看《文心雕龙》与儒家思想的渊源

《文心雕龙》的前五篇，刘勰在《序志》篇自称为"文之枢纽"，许多研究者也把这五篇当作刘勰论文的总纲看待。不可否认，《原道》篇是有道家思想的影响的。以"原道"名篇，明显受到《淮南子·原道训》的影响。《原道》篇曾言及"自然之道"，它说：

> 夫玄黄色杂，方圆体分，日月叠璧，以垂丽天之象；山川焕绮，以铺理地之形：此盖道之文也。仰观吐曜，俯察含章，高卑定位，故两仪既生矣。惟人参之，性灵所钟，是谓三才。为五行之秀，

实天地之心，心生而言立，言立而文明，自然之道也。^①

刘勰在《原道》篇中所提出的"道"与"自然之道"的性质与渊源归属，从性质来看大约有十几种理解。从渊源归属而论，涉及到儒道释三家，大多数学者认为刘勰所原之"道"为"儒家之道"（原于《易》道说者包括在内），原于道家说的只是少数，力主佛道说的仅有马宏山先生一人而已^②。而且主张道家说者，或者认为它兼含儒家之道；或者认为自然之道与儒家之道二者并行不悖，受魏晋玄学儒道合流的影响。上引的一段文字，为主张"道家"说者所注意。如果我们打开范文澜的《文心雕龙注》和詹锳的《文心雕龙义证》便可以看到，从两书所引的这一段话的出处来看，出自《易经》的占绝大多数，范注引《易》者八处；詹先生之《义证》引《易》者六处；涉及到道家著作者，范、詹两先生仅引了《庄子》一处、《淮南子》一处。詹锳先生在《原道》篇的题解中明确地说："刘勰所谓道，就是《易》道。"^③我认为这是很有见地的看法。刘勰对宇宙的起源、文学的起源和对文学本体的认识，是渊源于《易经》的。观《原道》篇的全文，三句话离不了《易经》，便可得到证明。

《征圣》篇的思想渊源比较明确，此篇所征之圣，就是周公、孔子，故曰"征之周孔，则文有师矣"^④。李曰刚《文心雕龙斠诠》云："彦和此篇所称之圣，即指孔子，虽曾有'征之周孔，则文有师焉'之言，特叙笔偶及公旦耳。故篇中独举孔子之言论著述为多。两谓

---

① 《文心雕龙·原道》，范文澜：《文心雕龙注》，北京：人民文学出版社，1958年，第1页。

② 参见杨明照主编：《文心雕龙学综览·专题研究综述·原道》，上海：上海书店出版社，1995年，第137—147页。

③ 詹锳：《文龙雕龙义证》（上册），上海：上海古籍出版社，1989年，第1页。

④ 《文心雕龙·征圣》，范文澜：《文心雕龙注》，第16页。

夫子，屡称文章，皆指仲尼。况征诸《序志》'尝夜梦执丹漆之礼器，随仲尼而南行'等句，则实属意于孔子无疑矣。"①所言极是。

再从《征圣》篇征引的文献和行文的出处来看，几乎完全出自儒家经典和孔子。开篇所云："夫作者曰圣，述者曰明"②，引自《礼记·乐记》："作者之谓圣，述者之谓明。"③"夫子文章，可得而闻"④，出自《论语·公冶长》："子贡曰：夫子之文章，可得而闻也。"⑤"圣人之情，见乎文辞矣"⑥，脱胎于《易·系辞下》："圣人之情见乎辞。"⑦"是以远称唐世，则焕乎为盛；近褒周代，则郁哉可从"⑧，源于《论语·泰伯》："子曰：大哉尧之为君也！巍巍乎！唯天为大，唯尧则之。荡荡乎！民无能名焉。巍巍乎其有成功也，焕乎其有文章！"⑨和《论语·八佾》："子曰：周监于二代，郁郁乎文哉！吾从周。"⑩《征圣》篇又云："褒美子产，则云：'言以足志，文以足言'；泛论君子，则云：'情欲信，辞欲巧。'此修身贵文之征也。然则志足而言文，情信而辞巧，乃含章之玉牒，秉文之金科矣。"⑪"言以足志，文以足言"出自《左传·襄公二十五年》。"情欲信，辞欲巧"，出自《礼记·表记》引孔子的原话。语言是思维的物质外壳，所有这些已足以说明，刘勰在写《文心雕龙》时，

---

① 转引自詹锳：《文龙雕龙义证》（上册），第32页。
② 范文澜：《文心雕龙注》，第15页。
③ 《礼记·乐记》，钱玄等注译：《礼记》，长沙：岳麓出版社，2001年，第501页。
④ 《文心雕龙·征圣》，范文澜：《文心雕龙注》，第15页。
⑤ 杨伯峻译注：《论语译注》（第3版），北京：中华书局，2009年，第45页。
⑥ 《文心雕龙·征圣》，范文澜：《文心雕龙注》，第15页。
⑦ 黄寿祺、张善文译注：《周易译注》，北京：中华书局，2007年，第400页。
⑧ 《文心雕龙·征圣》，范文澜：《文心雕龙注》，第15页。
⑨ 杨伯峻译注：《论语译注》（第3版），第82页。
⑩ 杨伯峻译注：《论语译注》（第3版），第28页。
⑪ 《文心雕龙·征圣》，范文澜：《文心雕龙注》，第15页。

脑子里已装满了儒家的经典，儒家的五经在他心中是根深蒂固的，对他来说，征圣也好，宗经也好，是很自然的现象。

我们再看他的《宗经》篇。此篇在刘勰论文之枢纽五篇之中占有最重要的地位，是刘勰论文的纲中之纲，宗经的文学观是刘勰最基本的文学观点。《宗经》篇的开篇，便把儒家的经典推向了一个极其崇高的地位：

> 三极彝训，其书曰经。经也者，恒久之至道，不刊之鸿教也。故象天地，效鬼神，参物序，制人纪，洞性灵之奥区，极文章之骨髓者也。[①]

下文又分别对儒家的五经做出了高度的评价，其中又特别强调了孔子的删述作用：

> 自夫子删述，而大宝咸耀。于是《易》张《十翼》，《书》标七观。《诗》列四始，《礼》正五经，《春秋》五例，义既埏乎性情，辞亦匠于文理，故能开学养正，昭明有融。[②]

《正纬》篇的写作，是从宗经的观点出发来纠正纬书之谬的，其出发点仍然离不开宗经。刘永济《文心雕龙校释》云："舍人之作此篇，以箴时也。盖谶纬之说，宋武禁而未绝，梁世又复推崇。其书多托始仲尼，抗行经典，足以长浮诡之习，扬爱奇之风。故列四伪以匡谬，述四贤以正俗。疾其'乖道谬典'，正所以足成《征圣》

---

① 范文澜：《文心雕龙注》，第 21 页。
② 《文心雕龙·宗经》，范文澜：《文心雕龙注》，第 21 页。

《宗经》之义也。故次之以《正纬》。"①所言极其中肯。《辨骚》篇之作也是从宗经的观点出发的。刘勰虽然对屈原的以《离骚》为代表的楚辞作了高度的评价，但骨子里还是离不开宗经，离不开"依经立义"。他把《离骚》分为"同乎风雅者"四事，"异乎经典者"②四事，就足以说明他的批评标准是宗经的。

关于"文之枢纽"五篇的关系，笔者认为叶长青《文心雕龙杂记》论述得颇为到位，他说："原道之要，在于征圣，征圣之要，在于宗经。不宗经，何由征圣？不征圣，何以原道？纬既应正，骚亦宜辨，正纬辨骚，宗经事也。舍经而言道、言圣、言纬、言骚，皆为无庸。然则《宗经》其枢纽之枢纽欤？"③

二、刘勰的批评标准与儒家经典的关系

半个多世纪以来，"龙学"界的研究者们，对《文心雕龙》的批评标准的认识并不一致。有人根据《宗经》篇的"六义"说，"故文能宗经，体有六义：一则情深而不诡，二则风清而不杂，三则事信而不诞，四则义贞而不回，五则体约而不芜，六则文丽而不淫。"④把此处的"六义"当作刘勰的批评标准。有人根据《知音》篇的六观："是以将阅文情，先标六观：一观位体，二观置辞，三观通变，四观奇正，五观事义，六观宫商。斯术既形，则优劣见矣。"⑤认为这"六观"就是刘勰的批评标准。笔者认为，"六观"说只能作为鉴赏的方法或方面，因缺乏每一观的质的规定性，还不宜作为批评标准。也有人把《宗经》篇的六义和《镕裁》篇中的"三准"（"设情以

---

① 刘永济校释：《文心雕龙校释》，北京：中华书局，1962年，第8页。
② 《文心雕龙·辨骚》，范文澜：《文心雕龙注》，第46—47页。
③ 叶氏《文心雕龙杂记》原于1933年7月由福州中学印刷厂印行，第14—15页。
④ 范文澜：《文心雕龙注》，第23页。
⑤ 范文澜：《文心雕龙注》，第715页。

位体""酌事以取类""撮辞以举要"①）结合起来，作为刘勰的
批评标准。

　　窃以为，刘勰的批评标准，存在着一个系统，《文心雕龙》在
任何地方均未明确地用几句话来概括他的批评标准，所以大家对刘
勰的批评标准的认识才出现许多分歧。研究者从《文心雕龙》中概
括出来的批评标准，大多是从刘勰对写作的基本要求概括出来的。
而刘勰对写作的最高要求，我们可以在《征圣》篇中找到几句话：
"然则志足而言文，情信而辞巧，乃含章之玉牒，秉文之金科矣。"
刘勰把思想充实而语言要有文采，情感要真实而文辞要巧妙，当作
写作的金科玉律，而且这两句话包含着两个基本方面，"志"与"情"
属于思想内容的方面，"言"与"辞"属于形式技巧的方面。"足"
与"信"是思想内容方面的规定性，"文"与"巧"是形式技巧方
面的规定性。这两句话体现了刘勰论文要求文质并重、内容与形式
相结合的特点。刘勰论文是以"征圣""宗经"为纲领和基本指导
思想的，他非常注意"依经立义"和"镕式经诰，方轨儒门"②。"志
足而言文，情信而辞巧"两句话，正是来源于儒家经典："言以足志，
文以足言。"③"情欲信，辞欲巧"④。这完全符合刘勰论文的宗旨。
可以说刘勰论文的最高批评标准，正是儒家经典论文的标准。所以
这个标准，具有鲜明的儒家印记和"征圣""宗经"的色彩。

三、孔子是刘勰心目中的偶像

　　《文心雕龙·序志》篇云："予生七龄，乃梦彩云若锦，则攀

---

　　① 范文澜：《文心雕龙注》，第 543 页。

　　② 《文心雕龙·体性》，范文澜：《文心雕龙注》，第 505 页。

　　③ 《左传·襄公二十五年》，杨伯峻：《春秋左传注》（修订本），北京：中华
书局，1981 年，第 1106 页。

　　④ 《礼记·表记》，钱玄等注译：《礼记》，第 734 页。

而采之。齿在逾立，则尝夜梦执丹漆之礼器，随仲尼而南行；旦而
寤，乃怡然而喜，大哉圣人之难见也，乃小子之垂梦欤！自生民以
来，未有如夫子者也。"① 在这段话里，刘勰写了他两次的梦境。
七岁时做的梦与孔子的关系是模糊的，但三十多岁所做的梦，"夜
梦执丹漆之礼器，随仲尼而南行"，则完全是为孔子而发。他认为
孔子是亘古以来的第一人，对孔子的顶礼膜拜可以说到了无以复加
的程度。而且"自生民以来，未有如夫子者也"这两句话，源自孔
子弟子子贡的话：《孟子·公孙丑上》："子贡曰：……自生民以来，
未有夫子也。"②

通观《文心雕龙》全书，有二十多处以崇敬的口吻提到孔子，
仅对孔子的称谓就有八个：或称"素王"，或称"圣人"，或称"孔
子"，或称"夫子"，或称"仲尼"，或称"尼父"，或称"孔氏"，
或与周公并提而称"周孔"。现择其要者，引录如下：

> 人文之元，肇自太极，幽赞神明，《易》象惟先。庖牺画其始，
> 仲尼翼其终。而乾坤两位，独制《文言》，言之文也，天地之心哉！③
>
> 至若夫子继圣，独秀前哲，镕钧六经，必金声而玉振；雕琢
> 情性，组织辞令，木铎起而千里应，席珍流而万世响，写天地之
> 辉光，晓生民之耳目矣。④
>
> 爰自风姓，暨于孔氏，玄圣创典，素王述训，莫不原道心以
> 敷章，研神理而设教。⑤
>
> 夫作者曰圣，述者曰明，陶铸性情，功在上哲，夫子文章，

① 范文澜：《文心雕龙注》，第725—726页。
② 杨伯峻译注：《孟子译注》（第2版），北京：中华书局，2005年，第64页。
③ 《文心雕龙·原道》，范文澜：《文心雕龙注》，第2页。
④ 《文心雕龙·原道》，范文澜：《文心雕龙注》，第2页。
⑤ 《文心雕龙·原道》，范文澜：《文心雕龙注》，第2—3页。

可得而闻，则圣人之情，见乎文辞矣。先王声教，布在方册，夫子风采，溢于格言。是以远称唐世，则焕乎为盛；近褒周代，则郁哉可从。[1]

故知繁略殊形，隐显异术，抑引随时，变通适会，征之周孔，则文有师矣。[2]

虽精义曲隐，无伤其正言；微辞婉晦，不害其体要。体要与微辞偕通，正言共精义并用；圣人之文章，亦可见也。颜阖以为仲尼饰羽而画，徒事华辞。虽欲訾圣，弗可得已。然则圣文之雅丽，固衔华而佩实者也。[3]

皇世《三坟》，帝代《五典》，重以《八索》，申以《九邱》，岁历绵暧，条流纷糅，自夫子删述，而大宝咸耀。于是《易》张《十翼》，《书》标七观。《诗》列四始，《礼》正五经，《春秋》五例，义既埏乎性情，辞亦匠于文理。故能开学养正，昭明有融。然而道心惟微，圣谟卓绝，墙宇重峻，吐纳自深，譬万钧之洪锺，无铮铮之细响矣。[4]

有命自天，乃称符谶，而八十一篇，皆托于孔子。……原夫图箓之见，乃昊天休命，事以瑞圣，义非配经。故河不出图，夫子有叹，如或可造，无劳喟然。昔康王河图，陈于东序，故知前世符命，历代宝传，仲尼所撰，序录而已。于是伎数之士，附以诡术，或说阴阳，或序灾异，若鸟鸣似语，虫叶成字，篇条滋蔓，必假孔氏，通儒讨核，谓伪起哀平，东序秘宝，朱紫乱矣。[5]

昔帝轩刻舆几以弼违，大禹勒笋簴而招谏，成汤盘盂，著日

① 《文心雕龙·征圣》，范文澜：《文心雕龙注》，第15页。
② 《文心雕龙·征圣》，范文澜：《文心雕龙注》，第16页。
③ 《文心雕龙·征圣》，范文澜：《文心雕龙注》，第16页。
④ 《文心雕龙·宗经》，范文澜：《文心雕龙注》，第21页。
⑤ 《文心雕龙·正纬》，范文澜：《文心雕龙注》，第30页。

新之规，武王户席，题必诫之训，周公慎言于金人，仲尼革容于敧器，列圣鉴戒，其来久矣。①

至鬻熊知道，而文王谘询，余文遗事，录为鬻子。子自肇始，莫先于兹。及伯阳识礼，而仲尼访问，爰序道德，以冠百氏。然则鬻惟文友，李实孔师，圣贤并世，而经子异流矣。②

昔者夫子闵王道之缺，伤斯文之坠，静居以叹凤，临衢而泣麟，于是就太师以正《雅》《颂》，因鲁史以修《春秋》，举得失以表黜陟，征存亡以标劝戒；褒见一字，贵逾轩冕，贬在片言，诛深斧钺。然睿旨幽隐，经文婉约，丘明同时，实得微言，乃原始要终，创为传体。传者，转也；转受经旨，以授于后，实圣文之羽翮，记籍之冠冕也。③

若乃尊贤隐讳，固尼父之圣旨，盖纤瑕不能玷瑾瑜也；奸慝惩戒，实良史之直笔，农夫见莠，其必锄也；若斯之科，亦万代一准焉。④

赞曰：史肇轩黄，体备周孔。世历斯编，善恶偕总。腾褒裁贬，万古魂动。⑤

圣哲彝训曰经，述经叙理曰论。论者，伦也；伦理无爽，则圣意不坠。昔仲尼微言，门人追记，故仰其经目，称为《论语》；盖群论立名，始于兹矣。⑥

于是聃、周当路，与尼父争途矣。⑦

---

① 《文心雕龙·铭箴》，范文澜：《文心雕龙注》，第 193 页。
② 《文心雕龙·诸子》，范文澜：《文心雕龙注》，第 308 页。
③ 《文心雕龙·史传》，范文澜：《文心雕龙注》，第 283—284 页。
④ 《文心雕龙·史传》，范文澜：《文心雕龙注》，第 287 页。
⑤ 《文心雕龙·史传》，范文澜：《文心雕龙注》，第 287—288 页。
⑥ 《文心雕龙·论说》，范文澜：《文心雕龙注》，第 326 页。
⑦ 《文心雕龙·论说》，范文澜：《文心雕龙注》，第 327 页。

　　　　而去圣久远，文体解散，辞人爱奇，言贵浮诡，饰羽尚画，

　　文绣鞶帨，离本弥甚，将遂讹滥。盖周书论辞，贵乎体要，尼父陈训，

　　恶乎异端，辞训之异，宜体于要。于是搦笔和墨，乃始论文。①

从上引文字看，刘勰对孔子的论述已经涉及到孔子的各个方面，他论述"文之枢纽"的五篇文章，几乎每篇都提到孔子。按照传统的说法，五经都是经过孔子修订的。《春秋》为孔子所作，对于孔子作《春秋》，刘勰给与了高度的评价，首先肯定了孔子作《春秋》的缘起是"闵王道之缺，伤斯文之坠"和"举得失以表黜陟，征存亡以标劝戒"，总结历史的经验教训以垂教后代的巨大作用，又特别强调了《春秋》的一字褒贬，说它"褒见一字，贵逾轩冕，贬在片言，诛深斧钺"。并概括出《春秋》的风格特点是"幽隐""婉约"的。《诗经》是经过孔子删订编次的，《易经》的《十翼》（指《上象》《下象》《上象》《下象》《上系》《下系》《文言》《说卦》《序卦》《杂卦》）也是出自孔子之手。经书一经孔子之手，或删或述，均能大放光彩。刘勰热情地赞扬了孔子在修订五经方面的巨大贡献。在这方面是无人与孔子相提并论的。

四、刘勰论文学的社会作用的思想渊源

　　儒道释三家，唯有儒家重视文学的社会作用，究其原因，这与三家的人生态度有密切的关系。儒家的人生态度是积极入世的，"达则兼济天下，穷则独善其身"是他们的人生信条。道家是崇尚自然、无为的，他们信奉的是遁世哲学，文学对社会的积极影响不是他们所关心的问题。释家是弃世的，把一切都视为"空无"，这与佛经的劝善与因果报应有关，与儒家论文学的社会作用不是一回事。儒道释三家只有儒家是重视文学的社会作用的，这是无可辩驳的事实。

――――――――

　　① 《文心雕龙·序志》，范文澜：《文心雕龙注》，第 726 页。

　　《文心雕龙》虽然写于定林寺，刘勰在那里还是做了一个"执丹漆之礼器，随仲尼而南行"的梦，这说明他身在佛寺心在孔庙，也就是要追随孔子而著书。刘勰依沙门僧祐之后并没有很快落发，而是等待了将近二十年，这期间他仍在"待时而动"，等待着朝廷的任用，仍然期望着纬军国、任栋梁。他这时的心愿和期待，可用《文心雕龙·程器》篇的一段话来概括：

> 　　是以君子藏器，待时而动。发挥事业，固宜蓄素以弸中，散采以彪外，楩柟其质，豫章其干；摛文必在纬军国，负重必在任栋梁；穷则独善以垂文，达则奉时以骋绩，若此文人，应梓材之士矣。①

　　"穷则独善以垂文，达则奉时以骋绩"，这与儒家的名言"达则兼济天下，穷则独善其身"在精神上是一致的，"独善以垂文"可以说比"独善其身"更富有积极进取精神。垂文属于儒家三不朽的"立言"，言论还可以发挥"纬军国"的巨大作用，这说明刘勰在完成《文心雕龙》的写作之日，仍然在笃信着儒教。

　　刘勰写《文心雕龙》的动机，在《序志》篇中有明确的交代，其中也从宏观的角度谈到文章的作用："唯文章之用，实经典枝条，五礼资之以成，六典因之以致用，君臣所以炳焕，军国所以昭明。"②文章的作用虽然比不上儒家的经典，但却是经典的"枝条"，在治理军国中具有重大的作用，这是刘勰一再所强调的，与首篇《原道》所云之"经纬区宇，弥纶彝宪，发挥事业，彪炳辞义"③意思是相近的。

---

① 范文澜：《文心雕龙注》，第 720 页。
② 范文澜：《文心雕龙注》，第 726 页。
③ 范文澜：《文心雕龙注》，第 3 页。

也与上引《程器》篇的一段话如出一辙。反复致意之点仍在"摛文必在纬军国",没有忘记文章乃经国之大业。其他如《明诗》篇云:"顺美匡恶,其来久矣。"①《乐府》篇所强调的"务塞淫滥",以及"化动八风"②的作用,《诠赋》篇则反对"无贵风轨,莫益劝戒"③之作,《谐隐》篇对谐辞隐语也要求能"大者兴治济身,其次弼违晓惑",而反对"无益时用""无益规补"的文字游戏。④《史传》篇提出史传应"彰善瘅恶,树之风声","举得失以表黜陟,征存亡以标劝戒"。⑤至于章表奏议等应用文体,则更重其实用价值。此类例证不胜枚举。

总的来说,刘勰要求一切文章都要在政治教化中发挥较大的作用,他对文学社会作用的理解偏重在带有功利主义的教化说上,这种思想正是来源于以孔子为代表的先秦儒家(包括汉儒)之说。孔子就特别重视文学的社会作用,《论语·阳货》云:"诗可以兴,可以观,可以群,可以怨。迩之事父,远之事君,多识于鸟兽草木之名。"⑥这种兴、观、群、怨、事父、事君的作用,不仅适用于诗歌,也适用于其他样式的文学作品。不仅孔子重视文艺的教化作用,在先秦的其他典籍中每每可见这种教化说。《尚书·尧典》云:"帝曰:夔,命汝典乐,教胄子,直而温,宽而栗,刚而无虐,简而无傲。诗言志,歌永言,声依永,律和声,八音克谐,无相夺伦,神人以和。"⑦这是现存最早的文献,也是乐教施行的开始。上古时代的诗乐舞是三位一体的,诗乐舞都包括在乐的范围内。先秦儒家把六经都视为

---

① 范文澜:《文心雕龙注》,第65页。
② 范文澜:《文心雕龙注》,第101页。
③ 范文澜:《文心雕龙注》,第136页。
④ 范文澜:《文心雕龙注》,第271页。
⑤ 范文澜:《文心雕龙注》,第283—284页。
⑥ 杨伯峻译注:《论语译注》(第3版),第183页。
⑦ 〔汉〕孔安国撰,〔唐〕孔颖达正义:《尚书正义》卷三,《十三经注疏》,上海:上海古籍出版社,1997年影印本,第131页。

施教的工具，《礼记·经解》篇云："孔子曰：'入其国，其教可知也。其为人也，温柔敦厚，《诗》教也；疏通知远，《书》教也；广博易良，《乐》教也；絜静精微，《易》教也；恭俭庄敬，《礼》教也；属辞比事，《春秋》教也。'"①《周礼·地官司徒》又有所谓"六艺之教"。教化所被，真是无所不在。他们甚至把礼乐与刑政的社会作用等同起来，如《礼记·乐记》所云："礼以道其志，乐以和其声，政以一其行，刑以防其奸。礼乐刑政，其极一也。"②这个"极"，就是统治者或施教者所要达到的终极目的，也就是礼乐刑政皆所以为治，而这个终极目的的达到又是通过礼乐刑政各自的社会作用而实现的。

先秦的儒家著作在文艺的社会作用上，我们可以归纳为两点：其一是"致乐以治心"，即把艺术当作涵养人格的工具。《礼记·祭义》云："君子曰：礼乐不可斯须去身，致乐以治心，则易、直、子、谅之心油然生矣。易、直、子、谅之心生则乐，乐则安，安则久，久则天，天则神，天则不言而信，神则不怒而威，致乐以治心者也。"③把乐当成涵养人格的工具，孔子也有类似的言论："兴于诗，立于礼，成于乐。"④"子路问成人，子曰：'若臧武仲之知，公绰之不欲，卞庄子之勇，冉求之艺，文之以礼乐，亦可以为成人矣。'"⑤成人之所以有赖于乐，正是乐足以治人心的缘故。其二是致乐以化民，即以乐为移风易俗之工具。《孝经》云："子曰：移风易俗，莫善于乐。"《乐记》云："故乐行而伦清，耳目聪明，血气和平，移风易俗，天下皆宁。故曰：'乐者，乐也。'君子乐得其道，小人

---

① 钱玄等注译：《礼记》，第653—654页。
② 钱玄等注译：《礼记》，第494页。
③ 钱玄等注译：《礼记》，第624页。
④ 《论语·泰伯》，杨伯峻译注：《论语译注》（第3版），第80页。
⑤ 《论语·宪问》，杨伯峻译注：《论语译注》（第3版），第147页。

乐得其欲。以道制欲，则乐而不乱；以欲忘道，则惑而不乐。"①《乐记》又云："乐也者，圣人之所以乐也。而可以善民心，其感人深，其移风易俗，故先王著其教焉。"②乐，本来就有审美愉悦的作用，《乐记》上也有"乐者，乐也"的说法，但先秦儒家们出于狭隘的功利主义，对乐的审美愉悦作用，一方面加以贬抑，一方面加以防范。他们把听乐之人分为君子与小人两种，认为"君子乐得其道，小人乐得其欲"。并且提出"以道制欲"的主张，而反对"以欲忘道"，其目的乃在强化其教化说。春秋时代由于民间新乐的兴起，出现了"郑卫之声"，所以孔子提出"放郑声，……郑声淫。"③又曰："恶郑声之乱雅乐也。"④其出发点还是在维护乐之治心与化民的社会作用。从上引典籍可见，乐在先秦，乃所以为治，而非以为娱。正如《乐记》所云："先王之制礼乐也，非以极口腹耳目之欲也，将以教平民好恶而反人道之正也。"⑤对此司马迁说得更为明确："夫上古明王之举乐者，非以娱心自乐，快意恣欲，将欲为治也。"⑥

　　《诗大序》对诗歌社会作用的认识比温柔敦厚的诗教说又发展了一步，它从"发乎情，止乎礼义"和"主文而谲谏"的创作原则出发，十分重视诗歌的讽谏作用，提出"上以风化下，下以风刺上"，"言之者无罪，闻之者足以戒"。⑦先秦时代的教化说强调的是上对下的教化，是上对下的"治心"与"化民"，民不过是施教的对象，永远处于被动的地位。《诗大序》从先秦儒家的民本思想出发，

① 钱玄等注译：《礼记》，第 510—511 页。
② 钱玄等注译：《礼记》，第 507 页。
③ 《论语·卫灵公》，杨伯峻译注：《论语译注》（第 3 版），第 162 页。
④ 《论语·阳货》，杨伯峻译注：《论语译注》（第 3 版），第 185 页。
⑤ 钱玄等注译：《礼记》，第 497 页。
⑥ 《史记·乐书》，[汉]司马迁：《史记》，北京：中华书局，1959 年，第 1236 页。
⑦ [汉]毛亨传，[汉]郑玄笺，[唐]孔颖达疏：《毛诗正义》，北京：北京大学出版社，2000 年，第 15 页。

提出了诗歌的美刺讽谏作用，虽未摆脱教化说的影响，但对文学社会作用的认识比单纯的教化说前进了一步。它对后代产生的影响是巨大的。

刘勰的诗乐观是植根在先秦两汉儒家诗乐观的基础之上的，他对文学社会作用的看法也深受儒家的影响，他对"温柔敦厚"的诗教和《诗大序》的观点，基本上是接受下来了，可以说他是个既遵诗教又遵《诗序》的人。他在《宗经》篇中说：

> 《诗》主言志，诂训同《书》，摛《风》裁兴，藻辞谲喻，温柔在诵，故最附深衷矣。[①]

这几句话的意思是说：《诗经》是抒情言志的，注解它同《尚书》一样困难，其中有《风》《雅》等不同类型的诗篇，又有比、兴等不同的表现手法，文辞华美，比喻曲折，讽诵起来，可以体会它温柔敦厚的特点，所以它最能贴近读者的内心。这里把温柔敦厚的《诗》教的全部内容都涵盖进去了，而且他是结合《诗大序》来理解《诗》教的，包括了美刺、比兴与"主文而谲谏"的内容。"藻辞"指"主文"而言，"谲喻"指"谲谏"而说。值得注意的是，他认为要体会《诗经》温柔敦厚的特点，关键在于吟咏讽诵，只有这样才能与自己的心灵贴近，体会到它的温柔敦厚之美。这是用温柔敦厚对《诗经》进行审美观照，汉代《诗》学突出的是《诗经》的教化功能，而刘勰突出的是审美功能，这是刘勰对温柔敦厚的一个发展。

刘勰在《辨骚》篇中，他从"依经立义"的观点出发，认为《离骚》有"同乎经典"的四个方面，也有"异乎经典"的四个方面，其中有两个方面是与《诗》教、《诗大序》有关，即"规讽之旨"与"比

---

① 范文澜：《文心雕龙注》，第22页。

兴之义"。用比兴的手法来进行讽谏,是《诗》教的组成部分,也与《诗大序》的美刺说密切相关。而"讽谏"与"美刺",都是诗歌社会作用的具体化。

在《明诗》篇中,刘勰将诗歌的美刺传统追溯得非常遥远。"及大禹成功,九序惟歌;太康败德,五子咸讽;顺美匡恶,其来久矣。自商暨周,雅颂圆备,四始彪炳,六义环深。子夏监绚素之章,子贡悟琢磨之句,故商、赐二子,可与言诗。自王泽殄竭,风人辍采;春秋观志,讽诵旧章,酬酢以为宾荣,吐纳而成身文。逮楚国讽怨,则《离骚》为刺。……汉初四言,韦孟首唱,匡谏之义,继轨周人。"①这里除了论述诗歌的美刺作用之外,还论及《诗经》的"四始""六义"。这些都渊源于《诗大序》。

在《乐府》篇中,可以看出刘勰的诗乐观继承的是儒家传统的观点。他是崇《韶》《夏》而抑郑、卫的。对于汉代以后乐府,均有微辞,说汉乐府或"丽而不经",或"靡而非典",批评魏乐府"志不出于淫荡,辞不离于哀思,虽三调之正声,实《韶》《夏》之郑曲也。"②并感叹"中和之响,阒其不还"③。对于音乐的社会作用,刘勰遵循的还是先秦儒家的观点:"夫乐本心术,故响浃肌髓,先王慎焉,务塞淫滥。敷训胄子,必歌九德,故能情感七始,化动八风。"④强调的是乐的教化作用,没有给乐的审美愉悦作用留有一点位置,这不能不说刘勰的音乐观具有传统儒家的保守性。

五、《文心雕龙》的通变思想渊源于《周易》

刘勰的通变观是贯穿《文心雕龙》全书的美学思想,通变作为

①　范文澜:《文心雕龙注》,第65—66页。
②　范文澜:《文心雕龙注》,第101—102页。
③　《文心雕龙·乐府》,范文澜:《文心雕龙注》,第101页。
④　《文心雕龙·乐府》,范文澜:《文心雕龙注》,第101页。

一个美学范畴在《文心雕龙》一书中居于重要的地位。关于通变的美学内涵，我在拙著《正变·通变·新变》中已有详细论述，此处不再赘述。尽管"龙学"界的研究者们对"通变"的理解还存在分歧，有人把"通变"的内涵理解为文学发展中继承与革新的统一，有人把通变理解为论述文学的发展变化，但有一点大家的认识是相同的，即刘勰的"通变"思想渊源于《易传》。

"通变"一词最早来源于《易·系辞上》："极数知来之谓占，通变之谓事。"① 意思是说：穷尽卦爻变化以预测未来就叫占问，通晓事物的变化而有所行动就叫做事。"通变"，《易经》中有时也称"变通"。《易·系辞下》云："刚柔者，立本者也；变通者，趣时者也。"② 高亨先生解释说："《易传》所谓时指当时之具体形势、环境与条件。人之行事有变通，乃急趋以应当时之需要也。天地万物之变通亦在趣时。"③

"通变"或"变通"在《易传》中，有时也分为单音词互文对应使用：

> 是故形而上者谓之道，形而下者谓之器，化而裁之谓之变，推而行之谓之通。④

《易传》把形而上者叫作"道"，形而下者叫作"器"。所谓"化而裁之"，就是将道与器结合起来加以调整，这就叫"变"。合着道与器推衍运用，叫做"通"。形而上者，指文化、制度等思想意

---

① 黄寿祺、张善文译注：《周易译注》，第 381 页。
② 黄寿祺、张善文译注：《周易译注》，第 400 页。
③ 高亨：《周易大传今注》，济南：齐鲁书社，1979 年，第 556 页。
④ 《易·系辞上》，黄寿祺、张善文译注：《周易译注》，第 396 页。

识形态；形而下者，指天地万物等物质形态。"道"，即理论、方法、原则，所以属于形而上；"器"，指具体的物质性的东西，所以属于形而下。《易经》能充分反映人的思想、言论与活动，又能反映天地万物的变化，而人类的事业在于利用道与器而加以变通。

《易经》的卦爻象和卦爻辞足以指导人们去做种种事情。《易·系辞上》又用宇宙之门的开合来说明"变"与"通"的关系：

> 是故阖户谓之坤，辟户谓之乾；一阖一辟谓之变，往来不穷谓之通。①

高亨先生注云："阖，闭也。辟，开也。坤为地，此坤谓地气，即阴气也。乾为天，此乾为天气，即阳气也。秋冬之时，万物入，宇宙之门闭，是地之阴气当令，故曰：'阖户谓之坤。'春夏之时，万物出，宇宙之门开，是天之阳气当令，故曰：'辟户谓之乾。'宇宙之门一闭一开，万物一入一出，是谓之变。闭开入出，往来不穷，是谓之通。"②

春夏秋冬四时的变化，是阳气当令与阴气当令的递转变化，所以《易·系辞上》又说：

> 是故法象莫大乎天地，变通莫大乎四时，县（悬）象著明莫大乎日月。③

也就是说，通变最显著的就是春夏秋冬四季的变化。《易·系辞下》

---

① 黄寿祺、张善文译注：《周易译注》，第392页。
② 高亨：《周易大传今注》，第537页。
③ 黄寿祺、张善文译注：《周易译注》，第392页。

又说：

> 通其变，使民不倦；神而化之，使民宜之。①

意思是说："通于事物之变化（包括前人之创造），使民利用不厌，加以神妙之改作，使民利用皆宜。"②《易·系辞下》又说：

> 《易》，穷则变，变则通，通则久。③

高亨注："此举《易》道以明变化之必要。"④《易·系辞上》又说：

> 参伍以变，错综其数，通其变，遂成天下之文。极其数，遂定天下之象。⑤

高亨注：参，读为三。伍，读为五。三五代表较小而不定之数字。变指爻变从而卦变。《易经》各卦六爻之变三五不定。错，交错。综，综合。数指爻之位次。

《易经》各卦六爻之数交错综合，形成爻位与爻位之关系。成犹定也。……事物必有关系，《易经》以卦爻之数反映事物之关系，故尽《易经》卦爻之数，则能定天下事物之象。⑥

《易传》中与"通变"义相近的还有"会通""适变"二词：

---

① 黄寿祺、张善文译注：《周易译注》，第 402 页。
② 高亨：《周易大传今注》，第 562 页。
③ 黄寿祺、张善文译注：《周易译注》，第 402 页。
④ 高亨：《周易大传今注》，第 562 页。
⑤ 黄寿祺、张善文译注：《周易译注》，第 390 页。
⑥ 高亨：《周易大传今注》，第 532—533 页。

> 圣人有以见天下之动，而观其会通，以行其典礼，系辞焉以断其吉凶，是故谓之爻。①

"观其会通"，孔颖达谓"观其物之会合变通"。可见"会通"与"变通"义近。《易·系辞下》在谈到易道屡迁、变动不居时又说：

> 上下无常，刚柔相易，不可为典要，唯变所适。②

"唯变所适"也是随时所变以适时用，与上文所引的"变通者趣时者也"义近。

在先秦典籍中，使用"通变"一词最多最集中的就是《易·系辞》，其中的"通变"，本来是一个反映卦爻和事物发展变化的概念。"通变"一词，不管是合组成词也好，将通、变二字分而言之也好，通与变还是含有对立统一关系的，其含义不单纯是讲发展变化。《易·系辞》用宇宙之门的开合来说明"变"与"通"的关系，开与合就是对立的。"阖户谓之坤，辟户谓之乾"，坤与乾也是对立的。"一阖一辟谓之变，往来不穷谓之通"，不仅"变"与"通"含义不同，"变"本身就含有矛盾的对立。《易经》专家高亨先生在解释"通其变，使民不倦；神而化之，使民宜之"时，指出"通变"含继承前人的创造在内，有继承前代文化、意识形态的因素。

"通变"在《易传》中还只是个哲学概念，在刘勰之前还无人把它引入文论中。"通变"成为美学范畴是刘勰的创造。而刘勰据以发展创造的思想渊源便是《易经》。

---

① 《易·系辞下》，黄寿祺、张善文译注：《周易译注》，第384页。
② 黄寿祺、张善文译注：《周易译注》，第417页。

　　《易经》认为整个世界是在"阴""阳"这两种相反力量的互相作用下不断运动、变化、生成、更新的，刚柔相推而生变化，整个自然和人类社会只有在变化中才能存在和发展。

《文心雕龙》与汉代诗学的渊源关系

一、汉代诗学概述

汉代的诗学，基本上就是《诗经》学。汉代虽有"继轨周人"[①]的四言诗，但终汉之世，却不见有人评论汉代的四言诗或五言诗。西汉就设有乐府机关，也采集到不少乐府诗，但两汉时代也很少有人评论过乐府诗。尽管《汉书·礼乐志》和《汉书·艺文志》都提到过乐府诗，亦不过是连类而及而已。兹仅举两例，以见一斑：

> 至武帝定郊祀之礼……乃立乐府，采诗夜诵，有赵、代、秦、楚之讴。以李延年为协律都尉，多举司马相如等数十人造为诗赋，略论律吕，以合八音之调，作十九章之歌。[②]
>
> 自孝武立乐府而采歌谣，于是有代、赵之讴，秦、楚之风，皆感于哀乐，缘事而发；亦可以观风俗，知薄厚云。[③]

上引《汉书·艺文志》的一条，对乐府诗的产生和"感于哀乐，缘事而发"的特点及功用算是做了简单的评价。

汉代的主要文学形式是辞赋，司马相如的赋刚刚问世，比他小二十余岁的司马迁就在《史记·司马相如列传》中做出了评价，此

---

① 《文心雕龙·明诗》，范文澜：《文心雕龙注》，北京：人民文学出版社，1958年，第66页。

② 《汉书·礼乐志》，〔汉〕班固撰，〔唐〕颜师古注：《汉书》，北京：中华书局，1962年，第1045页。

③ 《汉书·艺文志》，〔汉〕班固撰，〔唐〕颜师古注：《汉书》，第1756页。

后扬雄、班固等人都对赋进行过评论。但汉人评汉诗者却绝无仅有，这是一个很奇怪的现象。可能与钟嵘所说的汉代是"词赋竞爽，而吟咏靡闻"①有关。所以我们说，汉代的诗学，基本上就是《诗经》学。

汉代的"《诗经》学"有两个中心点：一是《礼记·经解》篇所提出的"温柔敦厚"的"诗教说"，一是《毛诗序》。《礼记》与《毛诗序》的作者与成书时代在历史上曾有不同的说法，但近现代学者多认为是出自汉人之手，笔者姑从此说。《礼记·经解》篇云：

> 孔子曰："入其国，其教可知也。其为人也，温柔敦厚，《诗》教也。疏通知远，《书》教也。广博易良，《乐》教也。洁静精微，《易》教也。恭俭庄敬，《礼》教也。属辞比事，《春秋》教也。故《诗》之失愚，《书》之失诬，《乐》之失奢，《易》之失贼，《礼》之失烦，《春秋》之失乱。其为人也，温柔敦厚而不愚，则深于《诗》者也。疏通知远而不诬，则深于《书》者也。广博易良而不奢，则深于《乐》者也。洁静精微而不贼，则深于《易》者也。恭俭庄敬而不烦，则深于《礼》者也。属词比事而不乱，则深于《春秋》者也。"②

孔颖达《礼记正义》释"温柔敦厚"说：

> 温，谓颜色温润。柔，谓情性和柔。《诗》依违讽谏，不指切事情，故云"温柔敦厚"是《诗》教也。③

---

① 《诗品序》，周振甫译注：《诗品译注》，北京：中华书局，1998 年，第 16 页。
② 钱玄等注译：《礼记》，长沙：岳麓出版社，2001 年，第 653—654 页。
③ ［汉］郑玄注，［唐］孔颖达疏，吕友仁整理：《礼记正义》（下），上海：上海古籍出版社，2008 年，第 1904 页。

在这里我们已经可以看出，孔颖达是用《毛诗序》的观点来解释"温柔敦厚"的。他所说的"依违讽谏，不指切事情"，就是《毛诗序》所说的"主文而谲谏"。他已与《诗》的"美刺比兴"联系起来，但严格地说他仅仅说的是刺诗，是诗的"讽谏"。所谓"不指切事情"，就是要求诗歌的讽谏不要直接指斥某人某事，不要急切地指责某人某事。要做到这一点，当然最好是使用比兴的手法。而《诗》的"美刺比兴"与"主文而谲谏"最早是《毛诗序》提出的。《毛诗序》云：

> 故诗有六义焉：一曰风，二曰赋，三曰比，四曰兴，五曰雅，六曰颂。上以风化下，下以风刺上，主文而谲谏，言之者无罪，闻之者足以戒，故曰风。至于王道衰，礼义废，政教失，国异政，家殊俗，而变风、变雅作矣。国史明乎得失之迹，伤人伦之废，哀刑政之苛，吟咏情性，以风其上，达于事变而怀其旧俗者也。故变风发乎情，止乎礼义。发乎情，民之性也；止乎礼义，先王之泽也。是以一国之事，系一人之本，谓之风；言天下之事，形四方之风，谓之雅。雅者，正也，言王政之所由废兴也。政有大小，故有小雅焉，有大雅焉。颂者，美盛德之形容，以其成功告于神明者也。是谓四始，《诗》之至也。①

《诗大序》提出三个与"温柔敦厚"的诗教有关的问题：一是"六义"之中的"比兴"说；二是"化下刺上"说；此说之中又提出一个原则："主文而谲谏，言之者无罪，闻之者足以戒。"三是"风雅正变"说；此说之中又规定了"变风发乎情，止乎礼义"的

---

① ［汉］毛亨传，［汉］郑玄笺，［唐］孔颖达疏：《毛诗正义》，北京：北京大学出版社，2000年，第13—22页。

原则。对于"风",它只言及"化下刺上"而没有提到"美","美刺"只及其一,只是在后文说到"颂"时说:"颂者,美盛德之形容,以其成功告于神明者也。"后人以《风》之刺和《颂》之美合而言之,概括为"美刺"说。以上这些要比"温柔敦厚"四字的内涵丰富得多。但《诗大序》的以上内容又无一不与诗教有关,所以它们的融合已成为自然之势,实践证明,后人理解、运用诗教也是将《诗大序》的这些内容纳入诗教的范畴之中的。二者的融合使"温柔敦厚"与诗的"美刺""比兴","主文而谲谏","发乎情,止乎礼义",变成了多位一体的联合系列,同时也使得"温柔敦厚"变成了一个"多媒体"。这个多位一体的联合体成了汉代诗学的几根支柱,从而构成了汉代的诗学体系。且不要小看这个体系,它是我国诗学的发凡,而且对后代的诗学产生了巨大的影响,也对刘勰的《文心雕龙》产生了巨大的影响。

二、刘勰的诗乐观与汉儒之关系

以孔子为代表的先秦时期的儒家诗乐观,到了汉代可谓是集其大成。孔子论诗乐的话成了汉儒的口头禅,不断地有人称述。不过他们所称述的大多是孔子论诗乐的片言只语,未能形成系统。儒家的诗乐观在汉代形成系统的有两个重要的文献:一是《礼记·乐记》,一是《毛诗序》。而《文心雕龙》的诗乐观,则比较集中地表现在《明诗》与《乐府》两篇中。《文心雕龙·明诗》篇开篇便说:

> 大舜云:"诗言志,歌永言。"圣谟所析,义已明矣。是以"在心为志,发言为诗";舒文载实,其在兹乎!诗者,持也,持人情性;《三百》之蔽,义归无邪,持之为训,有符焉尔。[1]

---

[1] 范文澜:《文心雕龙注》,第65页。

"诗言志，歌永言"是《尚书·舜典》中的两句古训，《文心雕龙》是"依经立义"的，而《尚书》又是儒家经典，故刘勰首标其义。这个古训虽然没有错，但在汉以后之人看来，却有明显的不足，那就是没有突出情感在诗歌中的地位。接着刘勰就引用了《毛诗序》的说法："诗者，志之所之也。在心为志，发言为诗。"[①]刘勰所引《毛诗序》的两句话仍然没有摆脱《舜典》的古训。但是有一点应当指出，《毛诗序》提到诗歌是"吟咏情性，以风其上"的。刘勰在《明诗》篇虽然没有提到"吟咏情性"，但他对"情"字并没有忘怀。所以他又提出"诗者，持也，持人情性；《三百》之蔽，义归无邪；持之为训，有符焉耳。"

"诗者，持也"是汉代纬书《诗纬·含神雾》中的说法。纬书是汉代以阴阳五行和天人感应来解释儒家经书的著作，汉以后已经不太行于世，至唐代纬书已散佚殆尽，不过是偶见唐、宋类书所引而已。"诗者，持也"，为《诗谱序》正义所引。训"诗"为"持"，在训诂学上是有根据的。《仪礼·特牲馈食礼》："主人左执角，再拜稽首受，复位，诗怀之，实于左袂，挂于季指。"[②]郑玄注："诗，犹承也。（诗怀）谓奉纳之怀中。"[③]郑玄是东汉的经学大师，在训诂学上是权威，可见训"诗"为"持"，不是纬书的胡说。"持人情性"四字，是《诗纬·含神雾》的话，还是刘勰的发挥，现在已无法考定，因《诗纬·含神雾》"诗者，持也"的下文已散佚了。在汉代诗歌是表现情性的说法已屡见不鲜。翼奉说："诗之为学，

---

① ［汉］毛亨传，［汉］郑玄笺，［唐］孔颖达疏：《毛诗正义》，第7页。

② ［汉］郑玄注，［唐］贾公彦疏：《仪礼注疏》，北京：北京大学出版社，2000年，第999页。

③ ［汉］郑玄注，［唐］贾公彦疏：《仪礼注疏》，第999页。

情性而已。"①刘歆《七略》佚句有"诗以言情。情者，性之符也"②。《春秋纬·演孔图》说"诗含五际六情"③。这说明在汉代把诗与情或情性联系起来已成为较为普遍的现象了。从"诗言志"到陆机《文赋》所提出的"诗缘情而绮靡"④，中间有一个过渡时期，那便是诗歌的"吟咏情性"说，汉代便是这个过渡期。刘勰对于这个过渡时期的诗学，给予了足够的重视，所以在《明诗》篇的"释名章义"部分，除了"诗言志"之外，他更多地吸收了汉儒的诗学观点，同时还吸收了汉代纬书的观点。在中国的文学批评史上，刘勰是第一个认识到纬书中关于诗乐的论述有些是有价值的，并把它纳入自己的理论体系之中，他之所以撰写《正纬》篇并把它当作"文之枢纽"，与此有密切的关系。

整部《文心雕龙》提到"情性"的"吟咏情性"的一共6次：《原道》篇有"雕琢情性，组织辞令"⑤之说，《明诗》篇有"持人情性"之句，《体性》篇对"情性"两次致意焉：一是把才之庸俊、气之刚柔、学之深浅、习之雅正，统统归之于"情性所铄，陶染所凝"；一是认为"气以实志，志以定言，吐纳英华，莫非情性"。⑥《情采》篇出现"情性"与"性情"并提多处：一说"文采所以饰言，而辩丽本于情性"；一说"研味李老，则知文质附乎性情"。《情采》篇的后文又说："昔诗人什篇，为情而造文；辞人赋颂，为文而造情。何以明其然？盖风、雅之兴，志思蓄愤，而吟咏情性，以讽其上，此为情而造文也；

① 《汉书·翼奉传》，[汉] 班固撰，[唐] 颜师古注：《汉书》，第3170页。
② 《初学记》卷二十一，《御览》卷六百九引，载 [清] 严可均辑：《全汉文》，北京：商务印书馆，1999年，第421页。
③ 《文选·陆士衡〈文赋〉》李善注引，载 [梁] 萧统编，[唐] 李善注：《文选》，上海：上海古籍出版社，1986年，第772页。
④ [清] 严可均辑：《全晋文》，北京：商务印书馆，1999年，第1025页。
⑤ 范文澜：《文心雕龙注》，第2页。
⑥ 范文澜：《文心雕龙注》，第505页。

诸子之徒，心非郁陶，苟驰夸饰，鬻声钓世，此为文而造情也；故为情者要约而写真，为文者淫丽而烦滥。"①"吟咏情性，以讽其上"是直接引自《毛诗序》。但刘勰并非是拿来主义者，他把"吟咏情性，以讽其上"加以发展与升华，已经提升到创作论的高度了。

《明诗》篇还有四句著名的话："人禀七情，应物斯感，感物吟志，莫非自然。"②大家习惯于用"感物说"概括这段话的意思。"感物说"形成比较系统的理论是从《礼记·乐记》开始的。《乐记》一篇，据班固《汉书·艺文志·六艺略》说："武帝时，河间献王好儒，与毛生等共采《周官》及诸子言乐事者以作《乐记》。"③虽然有不同的说法，但《乐记》是经过汉儒加工和编定的，既阐述了以孔子为代表的先秦儒家的文艺思想，又体现了汉儒的文艺思想是大体可以断定的。《乐记》说：

> 凡音之起，由人心生也。人心之动，物使之然也。感于物而动，故形于声。声相应，故生变，变成方，谓之音。比音而乐之，及干戚羽旄，谓之乐。乐者，音之所由生也，其本在人心之感于物也。……人生而静，天之性也；感于物而动，性之欲也。④

《乐记》对"感于物而动"，反复言之，它不仅对什么是音、什么是乐做了"释名章义"的工作，并把"感于物而动"当作音乐产生的本原，是人天性欲念的表现。"感物说"是荀子《乐论》所不曾提出的。《毛诗序》虽然提出："诗者，志之所之也，在心为志，

① 范文澜：《文心雕龙注》，第 538、537、538 页。
② 范文澜：《文心雕龙注》，第 65 页。
③ ［汉］班固撰，［唐］颜师古注：《汉书》，第 1712 页。
④ 钱玄等注译：《礼记》，第 494—498 页。

发言为诗。情动于中而形于言，言之不足故嗟叹之，嗟叹之不足故永歌之，永歌之不足，不知手之舞之，足之蹈之也。"①但也没有谈到动于心中的感情是如何产生的，它与外物是什么关系。所以最早的"感物说"是出自《礼记》。刘勰的"人禀七情，应物斯感，感物吟志，莫非自然"云云，是渊源于《礼记》。

《文心雕龙·情采》篇把"文"分为三类："故立文之道，其理有三：一曰形文，五色是也；二曰声文，五音是也；三曰情文，五性是也。五色杂而成黼黻，五音比而成《韶》《夏》，五性发而为辞章，神理之数也。"②把五音当作文的一种类型是《乐记》的说法："凡音者，生人心者也。情动于中，故形于声。声成文，谓之音。"③这里所说的"声成文"，就是刘勰所说的"声文"。五音通过不同的排比组合，再通过乐器的演奏，就变成乐舞或乐章了。所以刘勰说"五音比而成《韶》《夏》"。这又与《乐记》所说的"比音而乐之，及干戚羽旄，谓之乐"④是一脉相承的。

刘勰的音乐美学思想比较集中地表现在《乐府》一篇中，从此篇我们可以看出它与《乐记》和《汉书·礼乐志》等均有一定的渊源关系。从《乐府》篇的资料来源来看，先秦的典籍，它使用过《尚书》《左传》《吕氏春秋》等，但大量使用的是汉代的典籍，其中使用《史记》《汉书》的资料颇多。尤其是《汉书·礼乐志》，用其资料多达七八次。关于这一点，只要翻检一下范文澜《文心雕龙·乐府》篇的注，就可得到证明，此不赘述。

刘勰心目中的乐府诗，不专指乐府机关采集来的诗歌，而是指

① ［汉］毛亨传，［汉］郑玄笺，［唐］孔颖达疏：《毛诗正义》，第7页。
② 范文澜：《文心雕龙注》，第537页。
③ 钱玄等注译：《礼记》，第495页。
④ 钱玄等注译：《礼记》，第494页。

合乐的诗歌。乐府机关的设立见于典籍的是从汉武帝开始的，但从近年的出土文物发现，秦时已经设立乐府了。刘勰在《乐府》篇开篇便说："乐府者，声依永，律和声也。"①他把一切能入乐的诗歌统谓之乐府。萧涤非先生《汉魏六朝乐府文学史》说："乐府之范围，有广狭之二义。由狭义言，乐府乃专指入乐之歌诗，故《文心雕龙·乐府》篇云：'乐府者，声依永，律和声也。'而由广义言，则凡未入乐而其体制意味，直接或间接模仿前作者，皆得名之曰乐府。"②《乐府》篇所说的南北东西的四音之始，多为不可靠的传说，在《乐府》篇的"释名章义"部分，刘勰引了许多上古乐歌，这可能是受了《汉书·礼乐志》的影响。《礼乐志》也是在叙述了许多古乐之后而引《尚书·舜典》说：

> 昔黄帝作《咸池》，颛顼作《六茎》，帝喾作《五英》，尧作《大章》，舜作《招》，禹作《夏》，汤作《濩》，武王作《武》，……自夏以往，其流不可闻已，《殷颂》犹有存者。《周诗》既备，而其器用张陈，《周官》具焉。典者自卿大夫师瞽以下，皆选有道德之人，朝夕习业，以教国子。国子者，卿大夫之子弟也，皆学歌九德，诵六诗，习六舞、五声、八音之和。故帝舜命夔曰："女典乐，教胄子，直而温，宽而栗，刚而无虐，简而无敖。诗言志，歌咏言（颜师古注：咏，永也。），声依咏，律和声，八音克谐。"此之谓也。③

《乐府》开篇的叙述，大体与《礼乐志》一个模式，刘勰不过是先引

---

① 范文澜：《文心雕龙注》，第 101 页。
② 萧涤非：《汉魏六朝乐府文学史》，北京：人民文学出版社，1984 年，第 9 页。
③ ［汉］班固撰，［唐］颜师古注：《汉书》，第 1038 页。

《舜典》罢了。

就《乐府》篇的美学思想而论，刘勰所推崇的是具有中和之美的雅正的古乐，这与《乐记》和《礼乐志》是完全一致的。《乐记》多次讲到"和""合"与"同"的问题："乐者为同，礼者为异。同则相亲，异则相敬。"①"大乐与天地同和，大礼与天地同节。"②"乐者，天地之和也；礼者，天地之序也。和，故百物皆化；序，故群物皆别。"③所谓"和"，就是"中和"，就是和谐，乐的作用就是通过具有中和之美的乐章来感化人，以求得人际关系的和谐，同时也净化人的心灵，以使"奸声乱色不留聪明，淫乐慝礼不接心术，惰慢邪僻之气不设于身体。使耳目鼻口心知百体皆由顺正，以行其义"④。《乐记》中"中和"二字连读虽然未见，但从它所倡导的阴阳刚柔的适度中，即"阳而不散，阴而不密，刚气不怒，柔气不慑"⑤等，我们可以看出《乐记》的美学思想是独钟于中和之美的。

《乐记》的这种思想完全为班固的《汉书·礼乐志》所因袭，有不少话是直接来自《乐记》，如说："乐以治内而为同，礼以修外而为异；同则和亲，异则畏敬；和亲则无怨，畏敬则不争。……夫民有血气心知之性，而无哀乐喜怒之常，应感而动，然后心术形焉。是以纤微瘁瘁之音作，而民思忧；阐谐嫚易之音作，而民康乐；粗厉猛奋之音作，而民刚毅；廉直正诚之音作，而民肃敬；宽裕和顺之音作，而民慈爱；流辟邪散之音作，而民淫乱。先王耻其乱也，故制雅颂之声，本之情性。稽之度数，制之礼仪，合生气之和，导五常之行，使之阳而不散，阴而不集，刚气不怒，柔气不慑，四畅

---

① 钱玄等注译：《礼记》，第499页。
② 钱玄等注译：《礼记》，第500页。
③ 钱玄等注译：《礼记》，第502页。
④ 钱玄等注译：《礼记》，第509页。
⑤ 钱玄等注译：《礼记》，第508页。

交于中，而发作于外，皆安其位而不相夺也。"① 这一段话几乎是完全照抄《乐记》。这说明班固的音乐美学思想基本上同于《乐记》，都崇尚中和之美，都继承了以孔子为代表的先秦儒家的音乐观，崇雅正而抑淫俗，极力排斥郑卫之声。

汉代对古雅而又具有中和之美的音乐的推崇，也只能说是一种理想的追求和理论上的倡导，而在现实之中，终两汉之世始终未能实现。据《汉书·礼乐志》载："汉兴，乐家有制氏，以雅乐声律世世在大乐官，但能纪其铿锵鼓舞，而不能言其义。高祖时，叔孙通因秦乐人制宗庙乐。"② 可见汉初的宗庙乐舞已非古制，不过是因袭秦乐而已。高祖刘邦是楚人，"高祖乐楚声，故《房中乐》楚声也"③。看来古乐在汉初就没有行得通。武帝时，"河间献王有雅材，亦以为治道非礼乐不成，因献所集雅乐。天子下大乐官，常存肄之，岁时以备数，然不常御，常御及郊庙皆非雅声。……今汉郊庙诗歌，未有祖宗之事，八音调均，又不协于钟律，而内有掖庭材人，外有上林乐府，皆以郑声施于朝廷。"④ 可见在国力鼎盛的汉武帝时代，虽有河间献王所献的雅声，不过是束之高阁而已，朝廷常用的乐舞皆非雅声，而设立乐府之后情况更差，郑声已经广布朝廷内外了。河间献王虽经过多次努力，为此，他"聘求幽隐，修兴雅乐以助化。时大儒公孙弘、董仲舒等皆以为音中正雅，立之大乐。春秋乡射，作于学官，希阔不讲。故自公卿大夫观听者，但闻鏬（当作"铿"）锵，不晓其意，而欲以风谕众庶，其道无由。是以行之百有余年，德化至今未成。"⑤ 实践是检验真理也是检验艺术的唯

---

① ［汉］班固撰，［唐］颜师古注：《汉书》，第 1028—1037 页。
② ［汉］班固撰，［唐］颜师古注：《汉书》，第 1043 页。
③ ［汉］班固撰，［唐］颜师古注：《汉书》，第 1043 页。
④ 《汉书·礼乐志》，［汉］班固撰，［唐］颜师古注：《汉书》，第 1070—1071 页。
⑤ 《汉书·礼乐志》，［汉］班固撰，［唐］颜师古注：《汉书》，第 1071—1072 页。

一标准，既然雅乐在当时已无人晓其义，乐之教化功能又如何发挥呢？所以"行之百有余年，德化至今未成"。这也是必然的结果。这也证明了复古是行不通的。到了汉成帝时，郑声更为流行。《汉书·礼乐志》载："是时（指成帝时），郑声尤甚，黄门名倡丙彊、景武之属富显于世，贵戚五侯定陵、富平外戚之家，淫侈过度，至与人主争女乐。哀帝自为定陶王时疾之，又性不好音，及即位，下诏曰：'惟世俗奢泰文巧，而郑卫之声兴。夫奢泰则下不孙（通"逊"，引者注）而国贫，文巧则趋末背本者众，郑卫之声兴则淫辟之化流，而欲黎庶敦朴家给，犹浊其源而求其清流，岂不难哉！孔子不云乎？'放郑声，郑声淫。'其（当的意思，引者）罢乐府官。郊祭乐及古兵法武乐，在经非郑卫之乐者，条奏，别属他官。'……然百姓渐渍日久，又不制雅乐有以相变，豪富吏民湛沔自若，陵夷坏于王莽。"[1]看来，哀帝用行政命令的办法来罢乐府、禁止郑卫之声也未奏效，其原因有二：一是郑卫之声在百姓中已经浸染日久，一是只破不立，官方制订不出能取代郑卫之声的雅乐，特别是豪富吏民依然沉湎于郑卫之声中。《文心雕龙·乐府》篇在论及汉代乐府沿革时，系概括《汉书·礼乐志》而成，其文云：

> 夫乐本心术，故响浃肌髓，先王慎焉，务塞淫滥。敷训胄子，必歌九德，故能情感七始，化动八风。自雅声浸微，溺音腾沸，秦燔《乐经》，汉初绍复，制氏纪其铿锵，叔孙定其容与，于是《武德》兴乎高祖，《四时》广于孝文，虽摹《韶》《夏》，而颇袭秦旧，中和之响，阒其不还。暨武帝崇礼，始立乐府，总赵代之音，撮齐楚之气，延年以曼声协律，朱、马以骚体制歌，《桂华》杂曲，丽而不经，《赤雁》群篇，靡而非典，河间荐雅而罕御，

---

① ［汉］班固撰，［唐］颜师古注：《汉书》，第1072—1074页。

故汲黯致讥于《天马》也。至宣帝雅诗，颇效《鹿鸣》。逮及元成，稍广淫乐，正音乖俗，其难也如此。暨后汉郊庙，惟新雅章，辞虽典文，而律非夔、旷。[①]

这段话的前两句，可以说是化用《汉书·礼乐志》的"夫乐本情性，浃肌肤而臧骨髓"[②]而来。而"先王慎焉，务塞淫滥"两句，也明显地受到《汉书·礼乐志》所说的"然自《雅》《颂》之兴，而所承衰乱之音犹在，是谓淫过凶嫚之声，为设禁焉"[③]数句的启发。"务塞淫滥"四字，在篇中占有重要地位，纪昀评曰："'务塞淫滥'四字，为一篇之纲领。"[④]刘勰在《乐府》篇中反复致意而又为之感叹的也正围绕这一纲领。他对汉代失去具有中和之美的雅乐而感到遗憾，故感叹说"中和之响，阒其不还"。后文又说："淫辞在曲，正响焉生？"[⑤]赞中又说："韶响难追，郑声易启。"[⑥]这都是刘勰音乐美学思想的集中表现。刘勰的音乐美学思想是具有一定的保守性的，这种保守性也渊源于先秦儒家和汉儒。从另一方面来说，刘勰的"务塞淫滥"的乐论纲领又有一定的现实意义，从刘勰时代礼崩乐坏的现实情况看，齐梁时期比起汉代来是有过之而无不及的。

三、《文心雕龙》对《毛诗序》"四始""六义"的弘扬

《诗经》的"四始""六义"，就现在所看到的文献而论，最

---

① 范文澜：《文心雕龙注》，第101—102页。

② ［汉］班固撰，［唐］颜师古注：《汉书》，第1039页。

③ ［汉］班固撰，［唐］颜师古注：《汉书》，第1039页。

④ ［梁］刘勰撰，［清］黄叔琳注，［清］纪昀评：《文心雕龙辑注》，北京：中华书局，1957年，第75页。

⑤ 范文澜：《文心雕龙注》，第102页。

⑥ 范文澜：《文心雕龙注》，第103页。

早见于《毛诗序》（或称《诗大序》），《毛诗序》关于"六义""四始"的论述，上文已经引录。《诗经》的"六义"指的是风、赋、比、兴、雅、颂，这在汉代的《诗经》学中不见有什么争议。至于《诗经》的"四始"是指什么，在汉代就有三种说法：其一是《毛诗序》的说法，指风、小雅、大雅、颂。即《诗经》的四个组成部分。《毛诗正义》孔颖达疏引郑玄《答张逸》云："四始，'风'也，'小雅'也，'大雅'也，'颂'也。此四者，人君行之则为兴，废之则为衰。"①郑、孔是《毛诗》的权威传人，其说的影响是很大的。其二是司马迁的说法，他认为"四始"指"风""小雅""大雅""颂"的首篇，即指《关雎》《鹿鸣》《文王》《清庙》。《史记·孔子世家》云："《关雎》之乱以为'风'始，《鹿鸣》为'小雅'始，《文王》为'大雅'始，《清庙》为'颂'始。"②这一说影响也颇大。其三是纬书的说法，指"大雅"的《大明》，"小雅"的《四牡》《南有嘉鱼》《鸿雁》。其说见《毛诗序》"是谓四始"句孔颖达疏，在解释了《毛诗序》所谓的"四始"之后，又加案语说："案《诗纬·汎历枢》云：'《大明》在亥，水始也。《四牡》在寅，木始也。《嘉鱼》在巳，火始也。《鸿雁》在申，金始也。'与此不同者，纬文因金、木、水、火有四始之义，以《诗》文托之。又郑（指郑玄）作《六艺论》，引《春秋纬·演孔图》，云'诗含五际六情'者，郑以《汎历枢》云：'午亥之际为革命，卯酉之际为改正，辰在天门，出入候听。卯，《天保》也。酉，《祈父》也。午，《采芑》也。亥，《大明》也。然则亥为革命，一际也。亥又为天门出入候听，二际也。卯为阴阳交际，三际也。午为阳谢阴兴，四际也。酉为阴盛阳微，五际也。'其六情者，则《春秋》云：'喜、怒、哀、乐、好、恶'是也。《诗》既含此五际六情，故郑于《六艺论》

---

① ［汉］毛亨传，［汉］郑玄笺，［唐］孔颖达疏：《毛诗正义》，第 22 页。

② ［汉］司马迁：《史记》，北京：中华书局，1959 年，第 1936 页。

言之。"① 上文曾引《春秋纬·演孔图》说"诗含五际六情"（《文选·陆士衡〈文赋〉》李善注引），这就是最权威的注释。

上引关于"四始"的三种说法，纬书的说法早已为历史所淘汰，也不会取得刘勰的赞同。前两种说法到底哪一种是刘勰心目中的"四始"呢？《文心雕龙》一书言及"四始"的一共3处：其一见于《宗经》："《易》张十翼，《书》标七观，《诗》列四始，《礼》正五经，《春秋》五例，义既埏乎性情，辞亦匠于文理，故能开学养正，昭明有融。"② 其二见于《明诗》："自商暨周，雅颂圆备，四始彪炳，六义环深。子夏监绚素之章，子贡悟琢磨之句，故商、赐二子，可与言诗。"③ 其三见于《颂赞》："四始之至，颂居其极。颂者，容也，所以美盛德而述形容也。"④ "四始"虽三见于《文心雕龙》，但刘勰对它并未作任何解释。从《颂赞》篇的"四始之至，颂居其极"来看，刘勰心目中的"四始"显然是《毛诗序》所说的"风""小雅""大雅""颂"。司马迁的说法非来自《毛诗》，汉代传授《诗经》的有齐、鲁、韩、毛四家，《史记·儒林列传》只提齐、鲁、韩三家而未及毛公，可见非所师承。《儒林列传》开篇便感叹说："夫周室衰而《关雎》作，幽、厉微而礼乐坏。"⑤ 按《毛诗序》的说法，"《关雎》，后妃之德也。然则《关雎》《麟趾》之化，王者之风，故系之周公。……《周南》《召南》，正始之道，王化之基。是以《关雎》乐得淑女以配君子，爱在进贤，不淫其色……是《关雎》之义也。"⑥ 从《关雎》产生的时代而言，《毛诗序》认为是西周初的诗，所以

---

① ［汉］毛亨传，［汉］郑玄笺，［唐］孔颖达疏：《毛诗正义》，第22页。
② 范文澜：《文心雕龙注》，第21页。
③ 范文澜：《文心雕龙注》，第65页。
④ 范文澜：《文心雕龙注》，第156页。
⑤ ［汉］司马迁：《史记》，第3115页。
⑥ ［汉］毛亨传，［汉］郑玄笺，［唐］孔颖达疏：《毛诗正义》，第22—24页。

系之周公，推崇为"正始之道，王化之基"。从《毛诗序》所说的"风雅正变"的角度说，正风、正雅是太平盛世时代的产物，而变风、变雅是衰乱时代的产物。以美刺而言，正风、正雅主美，变风、变雅主刺。据此，则司马迁所说的"周室衰而《关雎》作"就与《毛诗序》的观点背道而驰了。近期笔者看到李金坤、祝诚先生的论文《刘勰诗经观平议》①，对刘勰的《诗经》观概括得颇为全面而系统，是一篇较优秀的论文，在谈到《文心雕龙·明诗》篇的"自商暨周，雅颂圆备，四始彪炳，六义环深"时，他们说："刘勰认为，从商朝到周朝，《雅》《颂》的体制完全具备了。《诗经》中的《关雎》《鹿鸣》《文王》《清庙》被分别排在《风》《小雅》《大雅》《颂》的第一篇，它们分别代表着《诗经》四部分，亦代表着全部《诗经》的内容，而这些作品都具有照人的光彩。"②笔者认为在这方面李、祝两先生有点失察。"四始"应指《诗经》的全部作品，刘勰说《诗经》的全部作品都具有照人的光彩是不过分的。"六义环深"是说《诗经》的风、赋、比、兴、雅、颂，既概括了《诗经》的体制，又概括了它的三种不同的表现手法，其论述是周到而深刻的。《文心雕龙·比兴》篇又说："《诗》文弘奥，包韫六义。"③与"六义环深"可以互相发明，也大体同旨。

刘勰对"六义"的解释多渊源于汉儒，但在继承之中又有所发展。《文心雕龙·颂赞》篇云："四始之至，颂居其极。颂者，容也，所以美盛德而述形容也。昔帝喾之世，咸墨为颂，以歌《九韶》。自《商颂》已下，文理允备。夫化偃一国谓之风，风正四方谓之雅，容告

---

① 参见中国《文心雕龙》学会编：《论刘勰及其〈文心雕龙〉》，北京：学苑出版社，2000年，第340—360页。

② 中国《文心雕龙》学会编：《论刘勰及其〈文心雕龙〉》，第343页。

③ 范文澜：《文心雕龙注》，第601页。

神明谓之颂。风雅序人，故事兼变正；颂主告神，故义必纯美。"①《毛诗序》对风雅颂的解释是："风，风（读讽）也，教也；风以动之，教以化之。……上以风化下，下以风刺上，主文而谲谏，言之者无罪，闻之者足以戒，故曰风。至于王道衰，礼义废，政教失，国异政，家殊俗，而变风、变雅作矣。国史明乎得失之迹，伤人伦之废，哀刑政之苛，吟咏情性，以风其上，达于事变而怀其旧俗者也。故变风发乎情，止乎礼义。发乎情，民之性也；止乎礼义，先王之泽也。是以一国之事，系一人之本，谓之风；言天下之事，形四方之风，谓之雅。雅者，正也，言王政之所由废兴也。政有大小，故有小雅焉，有大雅焉。颂者，美盛德之形容，以其成功告于神明者也。"②比起《毛诗序》来，刘勰对风雅颂的概括较为简略，每一种都是一言以蔽之。"化偃一国谓之风"，意谓教化覆盖一个诸侯国就叫作风，它涵盖了《毛诗序》所说的"风，风也，教也；风以动之，教以化之"，和"一国之事，系一人之本，谓之风"。首先强调的是风诗的教化作用。以十五"国风"之一的《周南》《召南》为例，《毛诗序》说："然则《关雎》《麟趾》之化，王者之风，故系之周公。南，言化自北而南也。《鹊巢》《驺虞》之德，诸侯之风也，先王之所以教，故系之召公。"③所谓"一国之事"，当指一国之教化，系之于周公、召公，就是系之于一人之本。刘勰所说的"化偃一国谓之风"，即由此而来。《文心雕龙》对"雅"的解释是"风正四方谓之雅"，即由"言天下之事，形四方之风，谓之雅。雅者，正也"而来。据《毛诗序》的注疏云："言诗人作诗，其用心如此。一国之政事善恶，皆系属一人之本意，如此而作诗者，谓之风。言道天下之政事，发

---

① 范文澜：《文心雕龙注》，第156—157页。
② ［汉］毛亨传，［汉］郑玄笺，［唐］孔颖达疏：《毛诗正义》，第6—21页。
③ ［汉］毛亨传，［汉］郑玄笺，［唐］孔颖达疏：《毛诗正义》，第22—23页。

见四方之风俗，如是而作诗者，谓之雅。言风雅之别，其大意如此也。'一人'者，作诗之人。其作诗者，道己一人之心耳。要所言一人心，乃是一国之心。诗人览一国之意以为己心，故一国之事系此一人使言之也。但所言者，直是诸侯之政，行风化于一国，故谓之风，以其狭故也。言天下之事，亦谓一人言之。诗人总天下之事，四方风俗，以为己意，以咏歌王政，故作诗道说天下之事，发见四方之风。所言者，乃是天子之政，施齐正于天下，故谓之雅，以其广故也。"①由此可知，风与雅的区别只是广狭之不同，地域之差别，雅有"正"的含义，所以刘勰一言以蔽之曰"风正四方谓之雅"，一语道尽了雅与风的联系与区别，可谓得《毛诗序》的精髓。至于刘勰对颂的解释，那就完全与《毛诗序》如出一辙了。

《毛诗序》对赋比兴没有做过解释，最早对它们做出解释的是东汉的经学家郑众、郑玄。郑玄在《周礼·大师》"教六诗：曰风，曰赋，曰比，曰兴，曰雅，曰颂"句注曰："风言圣贤治道之遗化也。赋之言铺，直铺陈今之政教善恶。比，见今之失，不敢斥言，取比类而言之。兴，见今之美，嫌于媚谀，取善事以喻劝之。雅，正也，言今之正者，以为后世法。颂之言诵也，容也，诵今之德，广以美之。"②下文，他又引郑司农（郑众）对比兴的解释说："比者，比方于物也。兴者，托事于物。"③郑众对比兴的解释显然比郑玄的说法更确当一些。刘勰对赋的诠释吸收了郑玄之说，而比兴的诠释则吸收了郑众之说。《文心雕龙·诠赋》篇说："《诗》有六义，其二曰赋。赋者，铺也。铺采摛文，体物写志也。"④这几

---

① ［汉］毛亨传，［汉］郑玄笺，［唐］孔颖达疏：《毛诗正义》，第19页。

② ［汉］郑玄注，［唐］贾公彦疏：《周礼注疏》，北京：北京大学出版社，2000年，第717—718页。

③ ［汉］郑玄注，［唐］贾公彦疏：《周礼注疏》，第718页。

④ 范文澜：《文心雕龙注》，第134页。

句话对汉儒之说继承中又有所发展。作为"六义"之一的赋本来是一种表现手法，但从战国后期它一变成为一种文体，从"六义之附庸"到"蔚成大国"的发展过程，刘勰是非常清楚的，所以他的"诠赋"既有对作为"六义"之一的"赋"的诠释，又有对赋这种文体的论述，而且后者更占主要地位。范文澜注引李详《黄注补正》曰："《毛诗·关雎序》诗有六义，二曰赋。《正义》云：'赋者，铺陈今之政教善恶，其言通正变，兼美刺。'又云：'直陈其事不譬喻者，皆赋辞。'案彦和铺采二语，特指词人之赋而言，非六义之本源也。"①其实李详的批评是局于一隅而未观衢路，"赋者，铺也"正是从六义之本源立意，而铺采二语则是刘勰的发展。《诠赋》是文体论，对于铺张扬厉、宏丽钜衍的大赋，刘勰是深有研究的，铺采二语哪能是专指"丽以淫"的词人之赋呢？主张"为情而造文""要约写真"的刘勰，焉能只对"淫丽滥繁"的词人之赋情有独钟呢？关于这一点还是纪昀评得好："铺采摛文，尽赋之体；体物写志，尽赋之旨。"②

附带指出，刘勰在《宗经》篇中还自创了一个"六义"："故文能宗经，体有六义：一则清深而不诡，二则风清而不杂，三则事信而不诞，四则义贞而不回，五则体约而不芜，六则文丽而不淫。"③这是与《毛诗序》完全不同的新"六义"，实际论述的是宗经的六种好处。这从另一个方面说明，他对"六义"一词是情有独钟的。

四、刘勰对《毛诗序》和汉儒"美刺比兴"说的继承与发展

"美刺比兴"是汉代诗学的重要范畴，有人甚至用"美刺"来概括汉代的诗学，如清代学者程廷祚说："汉儒言诗，不过美刺两

---

① 范文澜：《文心雕龙注》，第 136 页。
② 范文澜：《文心雕龙注》，第 136 页。
③ 范文澜：《文心雕龙注》，第 23 页。

端。"①《诗》的《小序》几乎每篇都首先指出是美诗还是刺诗，据朱自清先生说："《诗序》的主要意念是美刺，风雅各篇序中明言'美'的二十八，明言'刺'的一百二十九，两共一百五十七，占风雅诗全数百分之五十九强。"② 这如同小孩看电影，出现一个人物就问"好人坏人"一样，因为它毕竟是中国诗学发轫时代的产物。但《毛诗》的小序在确认美刺之后，往往又介绍了该诗的背景，对理解诗还是有很大帮助的。另外程廷祚也说得过分了一点，汉儒论《诗》也并非仅仅是美刺两端，它还有一个诗学体系。汉代的文学批评是以教化为中心的，美刺说正是教化说的产物。刘勰虽然不是主教化中心说者，但他对诗歌乃至文学的教化作用是非常重视的。《明诗》篇云："及大禹成功，九序惟歌；太康败德，五子咸讽；顺美匡恶，其来久矣。……逮楚国讽怨，则《离骚》为刺。……汉初四言，韦孟首唱，匡谏之义，继轨周人。"③ 他肯定了"顺美匡恶"是其来已久的优良传统，所以对于因怨而生讽刺的《离骚》和有"匡谏之义"的韦孟的四言《讽谏诗》，他都加以肯定。郑玄《诗谱序》说："论功颂德，所以将顺其美；刺过讥失，所以匡救其恶。"④ 此数句为刘勰"顺美匡恶"说所本。《奏启》篇所说的"《诗》刺谗人，投畀豺虎"⑤，吸收的是《毛诗·小雅·巷伯》的《小序》之说："《巷伯》，刺幽王也。寺人伤于谗，故作是诗也。"⑥

按《毛诗序》的说法，《诗经》中的风雅是分"正变"的，正风、正雅是太平盛世时代的产物，而变风、变雅则是政治衰乱时代

① ［清］程廷祚：《青溪集》卷二《诗论十三》，《金陵丛书乙集》本。
② 朱自清：《朱自清说诗·诗言志辨》，上海：上海古籍出版社，1998年，第67页。
③ 范文澜：《文心雕龙注》，第65—66页。
④ ［汉］毛亨传，［汉］郑玄笺，［唐］孔颖达疏：《毛诗正义》，第6页。
⑤ 范文澜：《文心雕龙注》，第423页。
⑥ ［汉］毛亨传，［汉］郑玄笺，［唐］孔颖达疏：《毛诗正义》，第896页。

的产物。这就是汉代《诗》学的"风雅正变"说。刘勰对"吟咏情性，以讽其上"的作品格外重视，并把它提升到"为情而造文""要约写真"的创作论的高度来认识。而"吟咏情性，以讽其上"的作品，恰恰是变风、变雅，这就不难看出刘勰在美刺方面更重视刺。刘勰心目中是有"风雅正变"观念的，他在《颂赞》篇说："风雅序人，事兼变正。"① 这个"变正"实际说的就是"正变"。《毛诗序》的"正变"是专对"风""雅"而言，"颂"是不分"正变"的，原因就是刘勰下文所说的"颂主告神，义必纯美。"② 因"颂"没有"正变"可言，是以成功告之于神明的，当然不会有什么讽刺可言，而纯粹是颂美。刘勰心目中的美刺与"风雅正变"的关系是泾渭分明的。《文心雕龙》提及"风雅正变"的虽然只有一处，但其思想已贯穿于许多篇之中，正变的动因是时代的盛衰，也就是说"正变"是系乎时的，刘勰对此有深刻的认识。《时序》篇中说："时运交移，质文代变，……逮姬文之盛德，《周南》勤而不怨；大王之化淳，《邠风》乐而不淫。幽、厉昏而《板》《荡》怒，平王微而《黍离》哀。故知歌谣文理，与世推移，风动于上，而波震于下者也。"③ 这完全是以"风雅正变"的观点来论述"质文沿时"的发展变化的。后文他又评论建安时代的诗歌时说："自献帝播迁，文学蓬转，……观其时文，雅好慷慨，良由世积乱离，风衰俗怨，并志深而笔长，故梗概而多气也。"④《毛诗序》所说的"风雅正变"，不过是局限于《诗经》一书，到刘勰的时代，文学与诗歌已经经历了一千多年的发展演变，从这一历史长河中来观察文学与时代的关系，刘勰更具有优势，所

---

① 范文澜：《文心雕龙注》，第 157 页。
② 《文心雕龙·颂赞》，范文澜：《文心雕龙注》，第 157 页。
③ 范文澜：《文心雕龙注》，第 671 页。
④ 《文心雕龙·时序》，范文澜：《文心雕龙注》，第 673—674 页。

以他在这方面大大地超过了汉儒的看法。《时序》中有两句名言："文变染乎世情，兴废系乎时序。"①这个概括，代表了时代的最高水平，也可以说是把"风雅正变"说提升到了一个新水平。

对于"比兴"说，刘勰是源于汉儒又高于汉儒。《文心雕龙》设专篇论比兴，是史无前例的。其《比兴》篇云："《诗》文弘奥，包韫六义，毛公述《传》，独标兴体，岂不以风通而赋同，比显而兴隐哉！故比者，附也；兴者，起也。附理者切类以指事，起情者依微以拟议。起情故兴体以立，附理故比例以生。比则蓄愤以斥言，兴则环譬以托讽。盖随时之义不一，故诗人之志有二也。"②刘勰所说的"附"，用他自己的话说就是"附理"；所谓"起"，就是"起情"。"附理"就是"切类以指事"。"起情"就是"依微以拟议"。这与郑众所说的"比者，比方于物也；兴者，托事于物"有点相近，而与郑玄所说相距较远。黄侃《文心雕龙札记》云：

> 《周礼·大师》先郑注曰："比者，比方于物也。（《诗》孔《疏》引而释之曰：'诸言如者，皆比辞也。'）兴者，托事于物也。（孔《疏》曰：'兴者，起也，取譬引类，起发己心，诗文诸举草木鸟兽以见意者，皆兴辞也。'）"后郑注曰："比，见今之失，不敢斥言，取比类以言之。兴，见今之美，嫌于媚谀，取善事以喻劝之。"……案：后郑以善恶分比兴，不如先郑注谊之确。且墙茨之言，《毛传》亦目为兴，焉见以恶类恶，即为比乎？至钟记室云："文已尽而意有余，兴也；因物喻志，比也。"其解比兴，又与诂训乖殊。彦和辨比兴之分，最为明晰。一曰起

---

① 范文澜：《文心雕龙注》，第675页。
② 范文澜：《文心雕龙注》，第601页。

情与附理，二曰斥言与环譬，介画憭然，妙得先郑之意矣。①

先郑指郑众，后郑指郑玄。范文澜《文心雕龙·比兴》篇注在引黄侃《札记》后加案语说："师说固得，然彦和解比兴，实亦兼用后郑说。"②单从刘勰的释"比"为"附"和"附理者切类以指事"两句，很难看出他与郑玄之说有什么相似之处，但下文刘勰又说过"比则蓄愤以斥言"，这与郑玄所说的"比，见今之失，不敢斥言，取比类以言之"就有点近似了。

对于"兴"的解释，郑众还说过一句话，是较少有人引用的。《周礼·大司乐》"以乐语教国子，兴"句下郑众注说："兴者，以善物喻善事。"③此注就与郑玄说的"取善事以喻劝之"相近，后郑之说或本之于先郑。但在对"兴"的解说上，二郑与刘勰还是有所不同的。郑玄把比兴与美刺联系起来，虽然大方向不错，但比未必都是刺，兴也未必都是美。据朱自清先生统计，在兴诗六十七篇之中，美诗仅占六篇，而刺诗竟达六十一篇之多。④可见二郑之说均不符合《诗经》的实际。刘勰与他们不同，在美刺方面他更重视刺，"比则蓄愤以斥言，兴则环譬以托讽"⑤，这简直把比兴全与刺联系起来了，当然如此说也有点矫枉过正。应当说比兴的手法是既有美也有刺的。刘勰对这一点并非不清楚，《比兴》篇第二段开头一段话便是明证："观夫兴之托谕，婉而成章，称名也小，取类也大。关雎有别，故后妃方德；尸鸠贞一，故夫人象义。义取其贞，无从（当

---

① 黄侃：《文心雕龙札记》，北京：商务印书馆，2017年，第164—165页。

② 范文澜：《文心雕龙注》，第604页。

③ ［汉］郑玄注，［唐］贾公彦疏：《周礼注疏》，北京：北京大学出版社，2000年，第676页。

④ 参见朱自清：《朱自清说诗·诗言志辨》，第67页。

⑤ 范文澜：《文心雕龙注》，第601页。

作'疑')于夷禽;德贵其别,不嫌于鸷鸟;明而未融,故发注而
后见也。"①刘勰所举《诗经》用"兴"这一表现手法的两例,一指《周
南·关雎》,一指《召南·鹊巢》,这两首诗都是兴诗。所谓"关
雎有别,故后妃方德"和"尸鸠贞一,故夫人象义",是用《毛诗序》
(指小序)的说法。《毛诗序》又说:"则《关雎》《麟趾》之化,
王者之风,故系之周公。南,言化自北而南也。《鹊巢》《驺虞》
之德,诸侯之风也,先王之所以教,故系之召公。《周南》《召南》,
正始之道,王化之基,是以《关雎》乐得淑女以配君子,忧在进贤,
不淫其色。哀窈窕,思贤才,而无伤善之心焉。是《关雎》之义也。"②
可见,《毛诗序》是把《关雎》《鹊巢》视为风化天下的诗篇。又
"关关雎鸠,在河之洲"两句郑玄注曰:"兴也。关关,和声也。
雎鸠,王雎也。鸟鸷而有别。……后妃说(悦)乐君子之德无不和
谐,又不淫其色,慎固幽深,若关雎之有别焉。然后可以风化天下。
夫妻有别则父子亲,父子亲则君臣敬,君臣敬则朝廷正,朝廷正则
王化成。"③最后还是落脚到王化上。可见风化天下是至关重要的。
我推测刘勰所以说"兴则环譬以托讽",是认为风含讽义,只有这
样理解,刘勰对"兴"的解释才不会自相矛盾。

刘勰论比兴的不同有一句重要的话,即"比显而兴隐"。《毛
诗序正义》说:"比之与兴,虽同是附托外物,比显而兴隐,当先
显而后隐,故比居兴先也。《毛传》特言兴也,为其理隐故也。"④
《毛诗正义》为贞观十六年孔颖达奉命所撰。《四库全书总目提要·毛
诗正义提要》云:"至唐贞观十六年,命孔颖达等因郑《笺》为《正义》,

---

① 范文澜:《文心雕龙注》,第 601 页。
② [汉]毛亨传,[汉]郑玄笺,[唐]孔颖达疏:《毛诗正义》,第 22—24 页。
③ [汉]毛亨传,[汉]郑玄笺,[唐]孔颖达疏:《毛诗正义》,第 25—26 页。
④ [汉]毛亨传,[汉]郑玄笺,[唐]孔颖达疏:《毛诗正义》,第 14 页。

乃论归一定，无复歧途。……其书以刘焯《毛诗义疏》、刘炫《毛诗述义》为稿本，故能融贯群言，包罗古义。"①刘焯、刘炫都是隋代人，郑《笺》中又不见"比显而兴隐"一语，那么最早说这一句话的人到底是谁呢？郑玄以后，"魏王肃作《毛诗注》《毛诗义驳》《毛诗奏事》《毛诗问难》诸书，以申毛难郑。……晋孙毓作《毛诗异同评》。"②这些书今已不存，无法查考有无"比显而兴隐"一语，以现存文献可征者，最早说"比显而兴隐"一语的，就是刘勰了。《正义》中的这句话有可能出自刘勰。"比显兴隐"之义，刘永济先生释义颇为精当，他说："舍人此篇以比显兴隐立论，义界最精。盖二者同以事物况譬，特有隐显之别，而无美恶之分。比者，著者先有此情。亟思倾泄，或嫌于径直，乃索物比方言之。兴者，作者虽先有此情，但蕴而未发，偶触于事物，与本情相符，因而兴起本情。前者属有意，后者出无心。有意者比附分明故显，无心者无端流露故隐。《困学纪闻》载李仲蒙《释赋比兴义》，语可参证。李曰：'叙物以言情谓之赋，情尽物也，索物以记情谓之比，情附物也，触物以起情谓之兴，物动情也。'曰索，曰记，事出有意；曰触，曰动，理本无心。隐显之异，分明可见。"③关于"比显而兴隐"，笔者想补充的一点是，兴之托喻，往往是较为深婉的，不容易为人所理解，所以刘勰说"明而未融，故发注而后见也"。刘勰又说兴的"起情"是"依微而拟议"，即依照隐微的含义来比拟，这也是造成"比显兴隐"的两个原因。

刘勰论"兴"还有一个重要观点，即"诗（讽）刺道丧，故兴

① ［清］纪昀总纂：《四库全书总目提要》，石家庄：河北人民出版社，2000年，第414页。

② ［清］纪昀总纂：《四库全书总目提要》，第414页。

③ 刘永济校释：《文心雕龙校释》，北京：中华书局，1962年，第142—143页。

义销亡"①。天启本《文心雕龙》曹学佺评曰："诗字当作讽，风近于兴，比近于赋，兴义销亡，故风气愈下。"②曹氏所说的"风近于兴"，与刘勰所理解的"兴"有点近似，以后唐人所说的"讽兴"，与刘勰所说的"兴"有一脉相承的关系。唐人元稹《授张籍秘书郎制》云："《传》云：'王泽竭而诗不作。'又曰：'采诗以观人风。'斯亦警予之一事也。以尔籍雅尚古文，不从流俗，切磨讽兴，有助政经。"③这里所说的"讽兴"即借物起兴以讽喻之义。这与刘勰所说的"兴则环譬以托讽"非常相似。

刘勰论比兴，在他那个时代，是一个高峰，无人能比得上他。钟嵘《诗品序》所说的"文已尽而意有余，兴也"④。与六义中的兴相去较远，所以黄侃说他"其解比兴，又与诂训乖殊"。我以为钟嵘所理解的"兴"，实际上是"兴味"，这与他论诗主"滋味"说有关。《文心雕龙·比兴》侧重论的是比，他把比分为四类："或喻于声，或方于貌，或拟于心，或譬于事。"并说"比类虽繁，以切至为贵"⑤，比起汉儒来，已有重要的发展。

五、刘勰对温柔敦厚诗教精神的继承与发展

朱自清先生曾说："在诗论上，我们有三个重要的，也可说是基本的观念：'诗言志'，'比兴'，'温柔敦厚'的'诗教'。后世论诗，都以这三者为金科玉律。'诗教'虽托为孔子的话，但似乎是《诗大序》的引申义。它与比兴相关最密。"⑥刘勰在《宗经》

① 《文心雕龙·比兴》，范文澜：《文心雕龙注》，第 602 页。
② 黄霖编著：《文心雕龙汇评》，上海：上海古籍出版社，2005 年，第 121 页。
③ ［唐］元稹撰，冀勤点校：《元稹集》卷四，补遗四，北京：中华书局，1982年，第 661 页。
④ ［梁］钟嵘著，周振甫译注：《诗品译注》，北京：中华书局，1998 年，第 19 页。
⑤ 范文澜：《文心雕龙注》，第 602 页。
⑥ 朱自清：《朱自清说诗·诗言志辨》，第 48 页。

篇中说：

> 《诗》主言志，诂训同《书》，摛《风》裁兴，藻辞谲喻，
> 温柔在诵，故最附深衷矣。[①]

这几句话的意思是说：《诗经》是抒情言志的，注解它同注解《尚书》一样困难，其中有《风》《雅》等不同类型的诗篇，又有比、兴等不同的表现手法，文辞华美，比喻曲折，讽诵起来，可以体会它"温柔敦厚"的特点，所以它最能贴近读者的内心。这里把"温柔敦厚"的《诗》教的全部内容都涵盖进去了，而且他是结合《诗大序》来理解《诗》教的，包括了美刺、比兴与"主文而谲谏"的内容。"藻辞"指"主文"而言，"谲喻"指"谲谏"而说。值得注意的是他认为要体会《诗经》"温柔敦厚"的特点，关键在于吟咏讽诵，只有这样才能与自己的心灵贴近，体会到它的"温柔敦厚"之美。这是用"温柔敦厚"对《诗经》进行审美观照，汉代《诗》学突出的是《诗经》的教化功能，而刘勰突出的是审美功能，这是刘勰对"温柔敦厚"的一个发展。

　　《文心雕龙》中以"温柔敦厚"四字连用者，全书不见一处，用"温柔"一词的全书也只有上引的一处，但从刘勰的美学思想来看，"温柔敦厚"的美学思想是贯穿在《文心雕龙》全书之中的。"温柔敦厚"的美学内涵是"中和之美"，"哀而不伤，乐而不淫"，"怨而不怒"，都是主张把情感控制在适度的范围内，在情感对立的两极中以求得不偏不倚的"中和之美"，克服"过犹不及"的偏向，所追求的是一种和谐之美。这正是刘勰美学思想的一个核心。在《乐府》篇中，刘勰感叹"中和之响，阒其不还"，就可见他对"中和之美"的呼唤。《文

---

① 范文澜：《文心雕龙注》，第22页。

心雕龙·序志》篇云："擘肌分理，唯务折衷。"① 折衷对刘勰来说，不仅仅是方法论的问题，而与他的美学理想密切相关，为此他在文质之间折衷，在雅俗之际折衷，在古今之间折衷，他这样做的目的正是在对立的两极中追求和谐，以期达到中和之美。所以笔者认为，《文心雕龙》虽未全文使用过"温柔敦厚"一语，但"温柔敦厚"的诗教对刘勰的影响是显著的。

---

① 范文澜：《文心雕龙注》，第 727 页。

《文心雕龙》与汉代赋学的渊源关系

汉代的赋学，由两个板块组成。一是汉代学者对以屈原为代表作家的"楚辞"的评论与研究，淮南王刘安、司马迁、班固、王逸等人，均对屈赋发表了许多评论，并且有过针锋相对的论争。一是汉代学者对汉赋的评论。司马相如、扬雄、司马迁、班固等人均有所论述。在概括汉代赋学的基础上，本文以《文心雕龙》的《辨骚》《诠赋》为中心，详细论述了刘勰对汉代赋学的继承与发展，同时也联系到《文心雕龙》其他各篇受汉代赋学的影响和启迪之处。进而论述了刘勰"依经立义"的宗经思想，"执正驭奇""酌奇而不失其贞，玩华而不坠其实"[①]"夸而有节，饰而不诬"[②]等创作原则，均与汉代赋学有密切的渊源关系。总之，刘勰既对汉代赋学及其争论做了历史总结，又创造性地发展了汉代赋学的积极成果，运用汉代赋学构造出自己的理论体系。

一、汉代围绕屈原《离骚》的一场争论

我们所说的汉代赋学，是由两个板块组成，一个板块是汉代学者对楚辞的评论，一个板块是他们对汉赋的评论。比起汉代的诗学来，汉代的赋学有两个特点：一是汉代的诗学，基本上就是《诗经》学，对汉代文人创作的四言诗、五言诗，未见有什么评论。汉代虽

---

① 《文心雕龙·辨骚》，范文澜：《文心雕龙注》，北京：人民文学出版社，1958年，第48页。

② 《文心雕龙·夸饰》，范文澜：《文心雕龙注》，第609页。

有"继轨周人"①的四言诗，但终汉之世，却不见有人评论汉代的四言诗或五言诗。西汉就设有乐府机关，也采集到不少乐府诗，但两汉时代也很少有人评论过乐府诗。尽管《汉书·礼乐志》和《汉书·艺文志》都提到过乐府诗，可以称得上评论的，不过是《汉书·艺文志》所说的"皆感于哀乐，缘事而发；亦可以观风俗，知薄厚云"②。

汉代的赋学就与诗学有所不同了，汉代学者围绕屈原的《离骚》有过一场热烈的争论，评价分歧很大。此其一。其二是，汉代的辞赋问世几十年后，便有评论发表。司马迁（约前145—前87）与司马相如（前179—前117）二人的生卒年相差不过三十年左右，而且都活动在汉武帝时代，但《史记·司马相如列传》对司马相如的辞赋已有评论，而且出现了赋家评赋的现象。

汉代围绕屈原《离骚》的一场论争，发难者是班固。其《离骚序》云：

> 昔在孝武，博览古文，淮南王安叙《离骚传》，以《国风》好色而不淫，《小雅》怨诽而不乱，若《离骚》者，可谓兼之。蝉蜕浊秽之中，浮游尘埃之外，皭然泥而不滓，推其志，虽与日月争光可也。斯论似过其真。……今若屈原，露才扬己，竞乎危国群小之间，以离谗贼。然责数怀王，怨恶椒、兰，愁神苦思，强非其人，忿怼不容，沉江而死，亦贬絜狂狷景行之士。多称昆仑、冥婚、宓妃、虚无之语，皆非法度之政，经义所载。谓之兼《诗》风雅，而与日月争光，过矣！然其文弘博丽雅，为辞赋宗。后世莫不斟酌其英华，则象其从容。③

① 《文心雕龙·明诗》，范文澜：《文心雕龙注》，第66页。
② ［汉］班固撰，［唐］颜师古注：《汉书》，北京：中华书局，1962年，第1756页。
③ 洪兴祖：《楚辞章句补注》，北京：中华书局，2005，第50—51页。

班固的《离骚序》是针对刘安的《离骚传》而发，班固所引的《离骚传》并非全文，全文已逸。司马迁在《史记·屈原贾生列传》中有一段文字，范文澜认为是刘安《离骚传》的序文，兹引录于下：

> 《国风》好色而不淫，《小雅》怨诽而不乱，若《离骚》者，可谓兼之矣。上称帝喾，下道齐桓，中述汤、武，以刺世事。明道德之广崇，治乱之条贯，靡不毕见。其文约，其辞微，其志洁，其行廉，其称文小而其指极大，举类迩而见义远。其志洁，故其称物芳。其行廉，故死而不容。自疏濯淖污泥之中，蝉蜕于浊秽，以浮游尘埃之外，不获世之滋垢，皭然泥而不滓者也。推此志也，虽与日月争光可也。①

司马迁的这段话还有上文："屈平疾王听之不聪也，谗谄之蔽明也，邪曲之害公也，方正之不容也，故忧愁幽思而作《离骚》。离骚者，犹离忧也。夫天者，人之始也；父母者，人之本也。人穷则反本，故劳苦倦极，未尝不呼天也；疾痛惨怛，未尝不呼父母也。屈平正道直行，竭忠尽智以事其君，谗人间之，可谓穷矣。信而见疑，忠而被谤，能无怨乎？屈平之作《离骚》，盖自怨生也。"②这段话是否也出自刘安，遽难断定。司马迁的这一大段文字，非常完整，很可能就是刘安《离骚传》的序文，至少有一部分是刘安的话。司马迁的《史记》，引用过《左传》《国语》的很多文字，大多不说出处，这是他的习惯。

班固的《离骚赞序》与上引《史记》的一段文字大同小异，都

---

① 范文澜：《文心雕龙注》，第50页。
② ［汉］司马迁：《史记》，北京：中华书局，1959年，第2482页。

是从屈原的遭遇出发，论述《离骚》的写作动因的。其认识的一致之处是，他们都认为"屈原以忠信见疑，忧愁幽思，而作《离骚》"。只是对《离骚》之"离"字的解释，迁、固有所不同。司马迁认为："《离骚》者，犹离忧也。"班固训"离"为遭，他说："离犹遭也，骚忧也，明己遭忧作辞也。"①

东汉的王逸，针对班固对屈原"露才扬己，显露君过"的指责，发表了与班固针锋相对的意见，他在《楚辞章句叙》中说：

> 且人臣之义，以忠正为高，以伏节为贤。故有危言以存国，杀身以成仁。是以伍子胥不恨于浮江，比干不悔于剖心，然后忠立而行成，荣显而名著。若夫怀道以迷国，详（佯）愚而不言，颠则不能扶，危则不能安，婉娩以顺上，逡巡以避患，虽保黄耇，终寿百年，盖志士之所耻，愚夫之所贱也。今若屈原，膺忠贞之质，体清洁之性，直若砥矢，言若丹青，进不隐其谋，退不顾其命，此诚绝世之行，俊彦之英也。而班固谓之"露才扬己""竞于群小之中，怨恨怀王，讥刺椒、兰，苟欲求进，强非其人，不见容纳，忿恚自沉"，是亏其高明，而损其清洁者也。昔伯夷、叔齐让国守分，不食周粟，遂饿而死，岂可复谓求于世而怨望哉。且《诗》人怨主刺上，曰："呜呼小子，未知臧否，匪面命之，言提其耳。"风谏之语，于斯为切。然仲尼论之，以为大雅。引此比彼，屈原之词，优游婉顺，宁以其君不智之故，欲提携其耳乎！而论者以为"露才扬己""怨刺其上""强非其人"，殆失厥中矣。②

对屈原沉江自杀的行为如何评价，班固与王逸的看法是全然不同的，

---

① ［汉］班固撰，［唐］颜师古注：《汉书》，第 1756 页。

② 洪兴祖：《楚辞章句补注》，第 49—50 页。

班固从"明哲保身"的哲学观点出发，指责屈原的自杀是偏激的行为，"责数怀王，怨恶椒、兰"是"露才扬己""强非其人"。王逸认为，如此评价屈原是贬低了屈原的人格，他认为屈原是有"绝世之行"的"俊彦之英"，大加赞扬屈原的人格美。对于能否"怨主刺上"的问题，班固与王逸的态度截然不同。王逸对此持肯定态度，他论证的方法是"依经立义"，并以《诗经·大雅·抑》中的"言提其耳"为例，来说明"怨主刺上"的合理性。《诗小序》说："《抑》，卫武公刺幽王，亦以自警也。"① 《抑》是大臣讽刺君主的诗，而且言辞激烈，但孔子仍然把它置于《大雅》之列，得到圣人的认可，为什么屈原不可以这样做呢？这是班、王争论的一个焦点。另外，班固认为《离骚》"多称昆仑、冥婚、宓妃、虚无之语，皆非法度之政，经义所载"。王逸对此，颇不以为然。他指出："夫《离骚》之文，依托《五经》以立义焉：'帝高阳之苗裔'，则'厥初生民，时惟姜嫄'也；'纫秋兰以为佩'，则'将翱将翔，佩玉琼琚'也；'夕揽洲之宿莽'，则《易》'潜龙毋用'也；'驷玉虬而乘鹥'，则'时乘六龙以御天'也；'就重华而陈词'，则《尚书》咎繇之谋谟也；'登昆仑而涉流沙'，则《禹贡》之敷土也。故智弥盛者其言博，才益多者其识远。"② 这是班、王争论的另一个焦点。前一焦点，王逸的观点是正确的。后一焦点，王逸的看法有些牵强。这就留待刘勰来做总结了。

二、《文心雕龙·辨骚》篇对汉代赋学的继承与发展

《辨骚》篇开篇第一段云：

---

① ［汉］毛亨传，［汉］郑玄笺，［唐］孔颖达疏：《毛诗正义》，北京：北京大学出版社，2000年，第1365页。

② 洪兴祖：《楚辞章句补注》，第50页。

自《风》《雅》寝声，莫或抽绪，奇文郁起，其《离骚》哉！固已轩翥诗人之后，奋飞辞家之前，岂去圣之未远，而楚人之多才乎！昔汉武爱《骚》，而淮南作《传》，以为《国风》好色而不淫，《小雅》怨诽而不乱，若《离骚》者，可谓兼之。蝉蜕秽浊之中，浮游尘埃之外，皭然涅而不缁，虽与日月争光可也。班固以为露才扬己，忿怼沉江；羿浇二姚，与左氏不合；昆仑悬圃，非经义所载；然其文辞丽雅，为词赋之宗，虽非明哲，可谓妙才。王逸以为诗人提耳，屈原婉顺，《离骚》之文，依经立义，驷虬乘鹥，则时乘六龙；昆仑流沙，则《禹贡》敷土；名儒辞赋，莫不拟其仪表，所谓金相玉质，百世无匹者也。及汉宣嗟叹，以为皆合经传。扬雄讽味，亦言体同诗雅。四家举以方经，而孟坚谓不合传，褒贬任声，抑扬过实，可谓鉴而弗精，玩而未核者也。①

这一段文字，除了开头与结尾，中间的大段文字，是概述汉代各家对《楚辞》（主要是《离骚》）的评论。他引了五家之说，上文已引刘安、班固、王逸三家之说，汉宣帝对《楚辞》的评论，范文澜注引《汉书·王褒传》："宣帝时，修武帝故事，讲论六艺群书，博尽奇异之好；征能为《楚辞》九江被公，召见诵读。……所幸宫馆，辄为歌颂，第其高下，以差赐帛。议者多以为淫靡不急。上曰：'"不有博弈者乎？为之犹贤乎已。"辞赋大者与古诗同义，小者辩丽可喜。辟如女工有绮縠，音乐有郑卫，今世俗犹皆以此虞说耳目，辞赋比之，尚有仁义风谕，鸟兽草木多闻之观，贤于倡优博弈远矣。'"②中间节去了1123字，所引的前段文字在《传》首，后段文字在接近《传》尾之处，使人容易误会宣帝的话是针对《楚辞》而言的，有的研究

----

① 范文澜：《文心雕龙注》，第45—46页。
② 范文澜：《文心雕龙注》，第53页。

者也做了这样的理解，认为"'辞赋之大者与古诗同义'，这里的'大者'指屈原的作品，'古诗'指《诗经》"①。周振甫先生的《文心雕龙注释》亦引《汉书·王褒传》作注②，这是值得商榷的。笔者认为，《王褒传》篇末所引汉宣帝的话，是指汉代创作的辞赋而言，不是对《楚辞》的评价。《王褒传》记汉宣帝征召善颂《楚辞》的被公，叙事有头无尾，但我们从刘歆《七略》的佚文中，找到一个较完全的答案。《北堂书钞》卷一一四引《七略》佚文云："孝宣皇帝诏征被公，见诵《楚辞》。被公羊裘，母老，每一诵，辄与粥。"③后文所叙的"第其高下，以差赐帛"，与被公无涉。范注引《王褒传》的文字，在"所幸宫馆，辄为歌颂"之前，节去了几句很关键的话，即"上令褒与张子侨等并待诏，数从褒等放猎，所幸宫馆，辄为歌颂，第其高下，以差赐帛"④。不难理解，王褒、张子侨等人所歌颂的就是他们自己所创作的辞赋，不是诵读《楚辞》，若诵读《楚辞》，只能像被公那样，被赐予一点粥米，或者给碗粥喝，是得不到赐帛的。《王褒传》结尾，有一段文字，可为我们作一佐证："其后太子体不安，苦忽忽善忘，不乐。诏使褒等皆之太子宫虞侍太子，朝夕诵读奇文及所自造作。疾平复，乃归。太子喜褒所为《甘泉》及《洞箫颂》，令后宫贵人左右皆诵读之。"⑤可见"所幸宫馆，辄为歌颂"云云，就是诵读《甘泉赋》之类的作品。至于所诵"奇文"，也可能包括《离骚》之类的作品，也可能另有所指，因语焉不详，

---

① 陆侃如、牟世金：《文心雕龙译注》上册，济南：齐鲁书社，1981 年，第 46 页注 31。

② 参见周振甫：《文心雕龙注释》，北京：人民文学出版社，1981 年，第 39 页注 11。

③ ［唐］虞世南：《北堂书钞》，北京：中国书店，1989 年，第 607 页。

④ ［汉］班固撰，［唐］颜师古注：《汉书》，第 2829 页。

⑤ ［汉］班固撰，［唐］颜师古注：《汉书》，第 2829 页。

也就难以得知了。所以汉宣帝的话，不是评价《楚辞》，而是评价的汉赋（辞赋）。《辨骚》篇提到的宣帝与扬雄对《楚辞》的评论，我们只能说出处不详了。

刘勰对汉代五家有关《楚辞》的争论，把焦点集中在"举以方经"和"谓不合传"两个对立的方面，他对这两种对立的意见均不完全同意，认为他们是"褒贬任声，抑扬过实，可谓鉴而弗精，玩而未核者也"。《辨骚》篇的第二段文章，便是用"依经立义"的方法，具体考察《离骚》哪些是"同于风雅者"，哪些是"异乎经典者"，以期辨别是非，得出正确的结论。刘勰指出《离骚》有"同于风雅"的四个方面，即"典诰之体""规讽之旨""比兴之义""忠怨之辞"。也有"异乎经典"的四个方面，即"诡异之辞""谲怪之谈""狷狭之志""荒淫之意"。[①]刘勰使用的方法或衡量标准与王逸是相同的，都公开打出了"依经立义"的旗号，刘勰仅把王逸的"依托五经以立义"改为"依经立义"，二者的意思是相同的，但他们得出的结论却不同。刘勰的结论，既不同于班固，也不同于王逸，而是折衷于班、王之间。他的结论比班、王二人具体而全面，在这方面可以说刘勰是源于汉儒而又高于汉儒。"依经立义"是"宗经"思想的派生物，自汉武帝"罢黜百家，独尊儒术"之后，儒家的五经获得尊崇的地位，宗经思想由此产生，刘勰的宗经也可以说是渊源于汉代。班固、王逸都有宗经思想，班固似乎更加严重。刘勰并没有摆脱汉人的宗经窠臼。这就给他的《辨骚》带来了局限，使他对《离骚》的"异乎经典"的四个方面，不但不能理解，反而加以排斥和贬低。刘勰不能理解《离骚》的浪漫主义的艺术特色，我们不能苛责，但是他对淮南王刘安对《离骚》所作的高度评价（司马迁是接受了这个评价的）不能基本上接受，这不能不说是刘勰宗经思想的局限所

---

① 范文澜：《文心雕龙注》，第46—47页。

造成的。刘安有浓厚的道家思想，司马迁也受黄老思想的影响，刘安能够如此高地评价《离骚》，司马迁又完全同意刘安的观点，这可能与他们较少受宗经思想的束缚有关。

刘勰在分析、比较了《离骚》与经典的异同之后，也得出了自己的结论，他说：

> 故论其典诰则如彼，语其夸诞则如此，固知《楚辞》者，体宪于三代，而风杂于战国，乃《雅》《颂》之博徒，而词赋之英杰也。观其骨鲠所树，肌肤所附，虽取镕经意，亦自铸伟辞。故《骚经》《九章》，朗丽以哀志；《九歌》《九辩》，绮靡以伤情；《远游》《天问》，瑰诡而慧巧；《招魂》《大招》，耀艳而采华；《卜居》标放言之致，《渔父》寄独往之才。故能气往轹古，辞来切今，惊采绝艳，难与并能矣。[①]

这段话代表了刘勰对《楚辞》的评价，他把《楚辞》的地位，定位在《诗经》与汉赋之间。所谓“博徒”，就是博弈之徒，汉宣帝曾引《论语·阳货》“不有博弈者乎？为之犹贤乎已”[②]，认为创作或诵读辞赋比玩博弈高一等。刘勰可能受此启发，认为楚辞比起被尊为经典的《诗经》，当然要次一等。这也是源于汉儒的看法。班固《两都赋序》云：“赋者，古诗之流也。”又说：“抑亦雅颂之亚也。”[③]把赋当作《诗经》之流亚，与刘勰把《楚辞》视为“《雅》《颂》之博徒”，其含义是相似的。所谓“词赋之英杰”，是说《楚辞》比汉赋要高一等，

---

① 范文澜：《文心雕龙注》，第47页。按：此段原文用敦煌写本改了三个字，“宪”原作“慢”，“杂”原作“雅”，“采华”原作“深华”。

② 杨伯峻译注：《论语译注》（第3版），北京：中华书局，2009年，第187页。

③ ［梁］萧统编，［唐］李善注：《文选》，上海：上海古籍出版社，1986年，第1、3页。

这就是刘勰对《楚辞》的定位，比起汉儒来，并没有太多的创造性。但后文对《楚辞》的一段评价，指出《楚辞》"虽取镕经意，亦自铸伟辞"，并对《楚辞》中的重要篇章的思想和艺术特色加以概括，在后段又从四个方面对其艺术描写加以赞美："故其叙情怨，则郁伊而易感；述离居，则怆怏而难怀；论山水，则循声而得貌；言节候，则披文而见时。是以枚、贾追风以入丽，马、扬沿波而得奇，其衣被词人，非一代也。"①不仅对《楚辞》做了艺术的审美观照和精辟的鉴赏，而且指出其影响是巨大的，这却是自出机杼的，发扬光大了汉代的赋学。

《辨骚》篇最大的理论贡献还在于最后一段文字："若能凭轼以倚《雅》《颂》，悬辔以驭楚篇，酌奇而不失其真（唐写本作'贞'），玩华而不坠其实，则顾盼可以驱辞力，欬唾可以穷文致，亦不复乞灵于长卿，假宠于子渊矣。"②刘勰虽然指出《离骚》有夸诞不经之处，但他首先认为它是在战国末期郁然而起的"奇文"。"酌奇"二句，在《文心雕龙》一书中，是发出熠熠光彩的精辟之论，是《文心雕龙》创作论的精髓，"贞"者，正也。"酌奇而不失其贞，玩华而不坠其实"，倡导的是"奇""正"结合，"华""实"结合，这是刘勰对创作的理想要求，也是他的美学理想的核心。由此生发，"奇正"成为《文心雕龙》的具有丰富内涵的美学范畴之一，并贯穿在《文心雕龙》的许多篇章之中。在《定势》篇中，刘勰认为"奇正虽反，必兼解以俱通"，并主张"执正以驭奇"，反对"逐奇而失正"。③在《知音》篇中，他把"观奇正"作为"六观"之一，在其他许多篇章中，把奇正扩展到"意"的奇正，"事"的奇正，"辞采"的

---

① 范文澜：《文心雕龙注》，第 47 页。
② 范文澜：《文心雕龙注》，第 48 页。
③ 范文澜：《文心雕龙注》，第 530、531 页。

奇正，风格的奇正等诸多方面，这不能不说是刘勰的创造性发展。

三、刘勰对汉赋的评论及其与汉代学者的渊源关系

汉代赋学的第二个板块是汉代学者对汉赋的评论。对汉代人来说，评论汉赋就是评论当代的作品。有不少是赋家评赋，或者是评论他人的作品，或者对写赋进行反思。汉代的学者和赋家对汉赋的评价分歧也是很大的。分歧主要有两点，一是对汉赋的社会作用有不同的看法，一是对汉赋的虚词滥说有不同的认识。司马迁与班固是肯定汉赋的社会作用的，扬雄后期则对汉赋的社会作用表示怀疑甚至否定。司马迁评司马相如的赋说："相如虽多虚辞滥说，然其要归引之节俭，此与《诗》之风谏何异？"[①]扬雄早年曾醉心于辞赋，对司马相如的赋十分折服，"每作赋，常拟之以为式"[②]。但后来他对赋的看法有了根本的转变，对赋采取否定的态度。最典型的言论是《法言·吾子》篇的几段话：

> 或问："吾子少而好赋？"曰："然。童子雕虫篆刻。"俄而曰："壮夫不为也。"或曰："赋可以讽乎？"曰："讽乎！讽则已，不已，吾恐不免于劝也。"
>
> 或曰："雾縠之组丽。"曰："女工之蠹矣。"
>
> 或问："景差、唐勒、宋玉、枚乘之赋也，益乎？"曰："必也淫。""淫则奈何？"曰："诗人之赋丽以则，辞人之赋丽以淫。如孔氏之门用赋也，则贾谊升堂，相如入室矣。如其不用何？"[③]

①　《史记·司马相如列传》，[汉]司马迁：《史记》，第3073页。

②　《汉书·扬雄传》，[汉]班固撰，[唐]颜师古注：《汉书》，第3515页。

③　汪荣宝撰，陈仲夫点校：《法言义疏》（上），北京：中华书局，1987年，第45、49—50页。

扬雄的这种认识，是从他多年作赋的亲身教训中获得的。扬雄写赋本有讽谏的意旨，他在《甘泉》《羽猎》《长杨》等赋的序言中都明确地提出是为讽谏而作。但他终于发现运用赋来讽谏是达不到预期的效果的。"往时武帝好神仙，相如上《大人赋》欲以讽，帝反缥缥有陵云之志。由是言之，赋劝而不止明矣。"①这种"劝百讽一""曲终奏雅"的辞赋，只能没其讽谕之义，赋家不过是皇帝的文学侍从之臣，类同俳优。扬雄的追悔，是有道理的。扬雄的反思和觉醒，颇有认识价值，但看法是带有片面性的。

班固对辞赋的评价与司马迁相近而与扬雄不同，其《两都赋序》云：

> 或曰："赋者，古诗之流也。"昔成、康没而《颂》声寝，王泽竭而《诗》不作。大汉初定，日不暇给。至于武、宣之世，乃崇礼官，考文章，内设金马石渠之署，外兴乐府协律之事，以兴废继绝，润色鸿业。是以众庶悦豫，福应尤盛。……故言语侍从之臣，若司马相如、虞丘寿王、东方朔、枚皋、王褒、刘向之属，朝夕论思，日月献纳。……或以抒下情以通讽谕，或以宣上德而尽忠孝，雍容揄扬，著于后嗣，抑亦《雅》《颂》之亚也。故孝成之世，论而录之，盖奏御者千有余篇，而后大汉之文章，炳焉与三代同风。②

班固对汉赋给予了全盘的肯定，他认为汉赋继承了《雅》《颂》传统，并且有两个方面的社会作用，一是"抒下情以通讽谕"，一是"宣

---

① 《汉书·扬雄传》，[汉]班固撰，[唐]颜师古注：《汉书》，第 3575 页。
② [梁]萧统编，[唐]李善注：《文选》，上海：上海古籍出版社，1986 年，第 1—3 页。

上德而尽忠孝"，这两个方面就是《毛诗序》所说的美与刺的作用。汉儒论诗，多从美刺两端立论，班固论辞赋也是如此。把为主上歌功颂德与忠孝联系起来，是汉代君权被神化以后的反映，具有明显的局限性，但却也符合当时赋作家的心理。班固说辞赋有"润色鸿业"的作用，这倒是班固的创造，汉赋的确反映了汉帝国的国力富强和帝国强大的脚步声。

班固在评论司马相如辞赋的成就时，对扬雄的"劝百讽一""文丽用寡"等观点表示异议。他在《汉书·司马相如传赞》中说："司马迁称'……相如虽多虚辞滥说，然要其归引之于节俭，此亦《诗》之风谏何异'。扬雄以为靡丽之赋，劝百而风一，犹骋郑卫之声，曲终而奏雅，不已戏乎！"①对汉赋的评价，扬雄与班固处于对立的两极。我们且看刘勰是如何处理这场争论的。

《文心雕龙·诠赋》篇的写法与《辨骚》篇不同，《辨骚》为"文之枢纽"，《诠赋》为文体论。刘勰在《序志》篇中，对文体论各篇的写作，界定了四个方面的写作宗旨，即"原始以表末，释名以章义，选文以定篇，敷理以举统。"②《诠赋》篇开篇云：

> 诗有六义，其二曰赋。赋者，铺也，铺采摛文，体物写志也。昔邵公称："公卿献诗，师箴，瞍赋。"传云："登高能赋，可为大夫。"诗序则同义，传说则异体，总其归涂，实相枝干。故刘向明（云）："不歌而颂。"班固称："古诗之流也。"
>
> 至如郑庄之赋"大隧"，士蒍之赋"狐裘"，结言短韵，词自己作，虽合赋体，明而未融。及灵均唱《骚》，始广声貌。然则赋也者，受命于诗人，而拓宇于《楚辞》也。于是荀况《礼》《智》，

---

① ［汉］班固撰，［唐］颜师古注：《汉书》，第 2609 页。
② 范文澜：《文心雕龙注》，第 727 页。

> 宋玉《风》《钓》，爰锡名号，与诗画境，六义附庸，蔚成大国。
> 述客主以首引，极声貌以穷文。斯盖别诗之原始，命赋之厥初也。[①]

上引的第一段文字，就是对赋的"释名章义"，可以说是全盘继承了汉儒的说法。"六义"用《毛诗序》的说法，即所谓"风、赋、比、兴、雅、颂"。居于"六义"之二的赋，只是一种表现手法，还不能成为一种文体。由一种表现手法衍为一种文体，首先与这种手法的特点有关，所以下文说："赋者，铺也，铺采摛文，体物写志也。"这几句话与汉儒郑玄《周礼·春官·大师》"教六诗"句下的注有一定的渊源关系。郑注云："赋之言铺，直铺陈今之政教善恶。"[②]刘勰由郑注加以发展，把郑注概括得不够全面的"直铺陈今之政教善恶"一句删去，加上自己概括出来的"铺采摛文，体物写志"八个字，就可以说是源于郑注又高于郑注了。李详《黄注补正》云："案彦和'铺采'二句，特指词人之赋而言，非六义之本源也。"[③]此说没有多少道理。《诠赋》首言"诗有六义，其二曰赋"。又训"赋"为"铺"，正是从六义溯源流。但是他面对的赋已经不是"大隧之中，其乐也融融"的赋，而是"与诗画境，蔚成大国"的赋，是经过从战国到魏晋六朝近一千年历史发展的赋，所以仅从六义溯源流而裹足不前是不够的。另外，"铺采摛文，体物写志"，也非仅指词人之赋而言，诗人之赋与词人之赋的分法是扬雄提出的，它们的区别就是"丽以则"和"丽以淫"的问题。所谓"丽以则"，就是文辞华丽而又合乎规矩法度。所谓"丽以淫"，就是过分的华丽，

---

① 范文澜：《文心雕龙注》，第134页。

② ［汉］郑玄注，［唐］贾公彦疏：《周礼注疏》，北京：北京大学出版社，2000年，第718页。

③ 转引自范文澜：《文心雕龙注》，第136页。

就是"淫丽滥繁"。但扬雄并未指出哪些人的赋是"诗人之赋",
哪些人的赋是"词人之赋",如果从对扬雄提问的话中推测,词人
之赋指的是景差、唐勒、宋玉、枚乘之赋,这也很难理解其所以然。
按照刘勰的说法,"宋发夸谈,实始淫丽"①,辞赋的淫丽之风,
是从宋玉开始的,以后应当是愈演愈烈,当以司马相如、扬雄为登
峰造极。班固的《汉书·艺文志》就持这种看法,他说:"大儒孙
卿及楚臣屈原,离谗忧国,皆作赋以风,咸有恻隐古诗之义。其后
宋玉、唐勒,汉兴枚乘、司马相如,下及扬子云,竞为侈丽闳衍之词,
没其风谕之义。是以扬子悔之,曰:'诗人之赋丽以则,词人之赋
丽以淫。'……"② 至于说到"如孔氏之门人用赋也,则贾谊升堂,
相如入室矣"③,扬雄对司马相如的评价是高于贾谊的。如果从"丽
则""丽淫"的角度来评价贾谊与相如的赋,我们自会得出贾谊的
赋是"丽以则"的,相如的赋是"丽以淫"的,为什么会是贾谊升堂,
相如入室呢?这不显然存在着矛盾吗?刘勰看到了这个矛盾,所以
他在《诠赋》中没有采纳扬雄"诗人之赋"与"词人之赋"的说法,
这从《诠赋》对汉代十位赋家的评论中可以看出。他说:"枚乘《兔园》,
举要以会新;相如《上林》,繁类以成艳;贾谊《鵩鸟》,致辨于
情理;子渊《洞箫》,穷变于声貌;孟坚《两都》,明绚以雅赡;
张衡《二京》,迅拔以宏富;子云《甘泉》,构深伟之风;延寿《灵光》,
含飞动之势;凡此十家,并辞赋之英杰也。"④ 刘勰没有用扬雄"丽
则""丽淫"的概念来衡量汉赋作家,他对汉代有代表性的十位赋
家都是肯定的。说司马相如的赋"繁类以成艳"并无贬义。在《诠

① 范文澜:《文心雕龙注》,第 135 页。
② [汉]班固撰,[唐]颜师古注:《汉书》,第 1756 页。
③ [汉]班固撰,[唐]颜师古注:《汉书》,第 1756 页。
④ 范文澜:《文心雕龙注》,第 135 页。

赋》篇中使用与"丽淫"意思相近的词语来评论赋家的有一处，即
"宋发巧（唐写本作'夸'）谈，实始淫丽"。他认为赋的"淫丽"
是从宋玉开始的，但并未说宋玉之赋是"词人之赋"。笔者认为刘
勰是有意将扬雄的"诗人之赋"与"词人之赋"的说法摒弃而不用的。

刘勰在追溯赋的发展史时，由先秦到魏晋，刘勰把赋的发展分
为四个阶段，第一个阶段是"明而未融"的阶段，举出的例证其一
是郑庄公与其母姜氏在隧道中相见时的赋诗。"公入而赋'大隧之
中，其乐也融融'。姜出而赋'大隧之中，其乐也洩洩'"①。其二
是晋大夫士芳看到晋献公宠信骊姬，骊姬和诸公子将发生内讧，"士
芳退而赋曰：'狐裘龙茸，一国三公，吾谁适从'"②。这种赋与
当时的赋诗言志并没有什么区别，充其量不过是赋的萌芽。因为《左
传》称其为赋，刘勰不过是因袭经传之说，未免有些牵强。但刘勰
此说也受了汉儒把赋视为"古诗之流"的影响。赋的发展的第二阶
段是以屈原的《离骚》为标志，即《诠赋》所云"灵均唱《骚》，
始广声貌"者也。由此，刘勰得出了一个结论：赋是"受命于诗人，
拓宇于《楚辞》"的。这个结论比起班固的论述前进了一步。班固
只看到了赋与《雅》《颂》的关系，而忽视了屈原的"拓宇"作用。
屈原的作品没有以赋名篇的，以赋名篇者始于荀况与宋玉，所以刘
勰说荀、宋二人"爰锡名号，与诗画境"。这是实事求是的评论。
到了"与诗画境"的地步，赋已经成为一种独立的文学样式，从"《诗》
有六义，其二曰赋"的"六义附庸"，而"蔚成大国"。赋的第三
发展阶段是汉代的大赋（辞赋）。刘勰在论述其发展时云：

---

① 《左传·隐公元年》，杨伯峻：《春秋左传注》（修订本），北京：中华书局，
1990年，第15页。

② 《左传·僖公五年》，杨伯峻：《春秋左传注》（修订本），第304页。

汉初词人，循流而作，陆贾扣其端，贾谊振其绪，枚马播其风，王扬骋其势，皋朔已下，品物毕图。繁积于宣时，校阅于成世，进御之赋，千有余首，讨其源流，信兴楚而盛汉矣。①

对汉代（主要是西汉）在赋的创作上有贡献的作家，刘勰提到了陆贾、贾谊、枚乘、司马相如、王褒、扬雄等八人，有的起了扣端、振绪的作用，有的在汉赋的发展上有所开拓，起了播风、骋势的推波助澜作用。西汉的高祖、惠、文三帝，还无暇顾及辞赋。汉景帝不喜欢辞赋，武帝和宣帝都是比较喜欢辞赋的人，说辞赋"繁积于宣时，校阅于成世，进御之赋千有余首"，刘勰用的是上引班固《两都赋序》"故孝成之世，论而录之，盖奏御者千有余篇"和《汉书·艺文志》的说法。《艺文志》曾说："至成帝时，以书颇散亡，使谒者陈农求遗书于天下。诏光禄大夫刘向校经传诸子诗赋，……每一书已，向辄条其篇目，撮其指意，录而奏之。"②这些仅限于资料的使用，并没有观点的继承。在论及辞赋的源流时，刘勰得出"兴楚而盛汉"的结论，其结论是正确的。

《诠赋》最能体现刘勰的美学理想，继承了汉代的赋学成果而又发扬光大了汉代赋学的还是后一段文字：

原夫登高之旨，盖睹物兴情。情以物兴，故义必明雅；物以情观，故词必巧丽。丽词雅义，符采相胜，如组织之品朱紫，画绘之著玄黄，文虽杂而有质，色虽糅而有本，此立赋之大体也。然逐末之俦，蔑弃其本。虽读千赋，愈惑体要，遂使繁华损枝，膏腴害骨，无贵（实）风轨，莫益劝戒，此扬子所以追悔于雕虫，

① 《文心雕龙·诠赋》，范文澜：《文心雕龙注》，第134—135页。
② ［汉］班固撰，［唐］颜师古注：《汉书》，第1701页。

贻诮于雾縠者也。①

刘勰从"登高能赋"的本义出发，把"睹物兴情"视为必然，又从情与物的关系，概括出作品的内容应当明确雅正，而文辞应当巧妙华丽，他要求华丽的文辞要和雅正的内容相结合，并把这种结合比作美玉与花纹相称，丝织品有了朱紫之色，绘画上有了玄黄等不同的色彩。班固论赋，只看中了辞赋的"或以抒下情以通讽谕，或以宣上德而尽忠孝"的作用，把文学作品的社会作用局限在带有御用色彩的狭小的范围之内，无视其审美作用。刘勰克服了班固的局限，对辞赋提出了更高的美学要求，并把这些当作"立赋之大体"，这是具有划时代意义的。难能可贵的是，刘勰在标举"立赋之大体"的同时，还批判了辞赋创作中的不良倾向，即弃本逐末的倾向，指责他们"繁华损枝，膏腴害骨"，写出赋来，既没有教育作用，对于劝戒也毫无益处。在这里，刘勰又一次吸收了汉儒的观点，扬雄在上引《法言·吾子》篇中追悔自己的"少而好赋"为"童子雕虫篆刻"，把"雾縠之组丽"视为"女工之蠹"。同时也隐约地吸收了《汉书·艺文志》批评一些赋家"竞为侈丽闳衍之词，没其风谕之义"的观点。

《诠赋》篇不仅仅是对汉代赋学的总结与继承，更多的是刘勰自抒机杼的创造。它虽然是文体论，但其理论价值远远超出文体论的范围，其思想内涵相当丰富。它是从先秦到魏晋的赋史概要，又是自成体系，史、论结合的赋学论文，围绕赋学的创作论、批评论、作家论等内容，无不涵盖其中。

刘勰对赋的评论不仅见于《诠赋》，还表现在《夸饰》篇中。他在此篇说：

---

① 范文澜：《文心雕龙注》，第136页。

　　自宋玉、景差，夸饰始盛。相如凭风，诡滥愈甚。故上林之馆，奔星与宛虹入轩；从禽之盛，飞廉与焦明俱获。及扬雄《甘泉》，酌其余波，语瑰奇，则假珍于玉树；言峻极，则颠坠于鬼神。至东都之比目，西京之海若，验理则理无不验，穷饰则饰犹未穷矣。又子云《羽猎》，鞭宓妃以饷屈原；张衡《羽猎》，困玄冥于朔野。娈彼洛神，既非罔两，惟此水师，亦非魑魅；而虚用滥形，不其疏乎！此欲夸其威而饰其事义暌刺也。至如气貌山海，体势宫殿，嵯峨揭业，熠耀焜煌之状，光采炜炜而欲然，声貌岌岌其将动矣。莫不因夸以成状，沿饰而得奇也。①

　　刘勰对司马相如、扬雄、张衡等人之赋，因夸饰过分而造成的"诡滥"和"虚用滥形"，用举实例的方式给予了批评与指责。汉代如此具体地对这种不良现象进行指责的还未见其人。司马迁在《史记·司马相如列传》中虽曾指出其赋"多虚辞滥说"，与刘勰所说的"虚用滥形"十分相近，但却语焉不详。扬雄批评"词人之赋丽以淫"也没有如此具体，而且侧重点与此不同。按照班固《汉书·艺文志》的说法，扬雄此言是针对辞赋的"竞为侈丽闳衍之词，没其风谕之义"而发。王充是"疾虚妄"的大家，《论衡》有"三增"（《语增》《儒增》《艺增》）"九虚"（《书虚》《变虚》《异虚》《感虚》《福虚》《祸虚》《龙虚》《雷虚》《道虚》）之篇，但却无一句指责汉赋虚妄之言。但这些都可引发刘勰对辞赋夸饰过度的思考，在精神实质上还是有所继承和借鉴。第一个用实例举证批评汉赋夸饰过分的是西晋的左思，其《三都赋序》云：

　　然相如赋《上林》，而引"卢橘夏熟"；扬雄赋《甘泉》，

---

　　① 范文澜：《文心雕龙注》，第608—609页。

而陈"玉树青葱";班固赋《西都》,而叹以"出比目";张衡赋《西京》,而述以"游海若"。假称珍怪,以为润色。若斯之类,匪富于兹。考之果木,则生非其壤;校之神物,则出非其所。于辞则易为藻饰,于义则虚而无征。①

此与刘勰所论,十分相似。可以说与刘勰有一定的渊源关系。因左思所论,不属于汉代的赋学,此不多置论。

上引《夸饰》篇的一段文字,刘勰所举汉赋的例证有正反两面,有些夸饰的描写,他认为是合理的,所以加以肯定,并赞许它们"莫不因夸以成状,沿饰而得奇"。他总结了正反两方面的经验与教训,给夸饰界定了一个总的原则,即"夸而有节,饰而不诬"。这是精辟之见。汉人与左思均无法企及。汉人论赋多从功效出发,重其"风谕之义",其所反对之"淫丽",也是因其"没其风谕之义"。王充是个不懂得艺术夸张的人,他即使接触到这个问题,也不可能解决得如刘勰这样完美。刘勰在这方面做出了前无古人的贡献。不当之处,请诸位专家指正。

---

① [清]严可均辑:《全晋文》(中册),北京:商务印书馆,1999年,第776页。

《文心雕龙》文体论的渊源与发展创新

《文心雕龙》五十篇，文体论就占了二十篇，这还未把《辨骚》篇统计在内。《辨骚》篇虽属"文之枢纽"部分，但也的确含有文体论的成分，不然《文心雕龙》的文体论就少了楚辞这一重要文体。《诠赋》篇虽然有一两句话言及楚辞，提到"灵均唱骚，始广声貌""宋发巧谈，实始淫丽"①，但刘勰在论及赋的起源时说了两句重要的话："然赋也者，受命于诗人，拓宇于楚辞也。"②这说明在刘勰的心目中，赋与楚辞不是一种文体。所以笔者认为，《辨骚》篇含有文体论的成分。有人把《辨骚》篇称为"文类之首"，是有一定道理的。

刘勰把论文体的二十篇称作"论文叙笔"。《总术》篇说："今之常言，有文有笔，以为无韵者笔也，有韵者文也。"③刘勰就是依照六朝"文笔之辨"的说法，来进行"论文叙笔"的。其篇章排列，也是有韵者在前，无韵者在后。

《文心雕龙》问世之后，有人就把它看作是论述古今各种文体的书。《梁书·刘勰传》说："勰撰《文心雕龙》五十篇，论古今文体。"④姚思廉把《文心雕龙》的题旨概括为"论古今文体"，可说是只见树木，不见森林。《梁书·刘勰传》引录了《文心雕龙·序志》篇的全文，不能说他没有看过《文心雕龙》，《序志》篇首言

---

① 《文心雕龙·诠赋》，范文澜：《文心雕龙注》，北京：人民文学出版社，1958年，第134、135页。

② 《文心雕龙·诠赋》，范文澜：《文心雕龙注》，第134页。

③ 范文澜：《文心雕龙注》，第655页。

④ ［唐］姚思廉：《梁书》，北京：中华书局，1973年，第712页。

"夫文心者，言为文之用心也"①，如果把"论古今文体"易为"言为文之用心"，也算没有歪曲题旨，不知姚思廉为什么单单看中了"论文叙笔"的这一部分，而且以偏概全，认为《文心雕龙》五十篇，就是论古今文体的。尽管姚思廉的看法不全面，但他却是第一个提出《文心雕龙》文体论的人。

一、《文心雕龙》文体论的历史渊源

《文心雕龙》文体论有着深厚的历史渊源，它几乎囊括了历史上有关文体的所有论述，又仔细研究了各种文体的写作特点和大量的作品，经过独具匠心的提炼和升华，形成了系统而深刻、精确而全面的文体论。

从汉代开始汉儒已经注意到各种文体的特点。《毛诗序》已经对《诗经》的特点进行了概括：

> 诗者，志之所之也，在心为志，发言为诗。情动于中而形于言，言之不足故嗟叹之，嗟叹之不足故永歌之，永歌之不足，不知手之舞之足之蹈之也。②

这比《尚书·尧典》中所说的"诗言志，歌永言，声依永，律和声"③，在对诗歌的"释名以章义"方面，已经进了一步。

刘歆的《七略》说："诗以言情。情者，志之符也。"④ 他把先秦传统的"诗言志"变成了"诗以言情"，并把情与志的关系，

---

① 范文澜：《文心雕龙注》，第 725 页。
② ［汉］毛亨传，［汉］郑玄笺，［唐］孔颖达疏：《毛诗正义》，北京：北京大学出版社，2000 年，第 7 页。
③ 李民、王健：《尚书译注》，上海：上海古籍出版社，2004 年，第 19 页。
④ ［唐］徐坚辑：《初学记》卷二十一，北京：中华书局，1985 年，第 500 页。

简单地概括为情乃心志的符契。

汉代的诗学主要是《诗经》学，《诗经》中又有风、雅、颂三种不同类别的作品，所以对风、雅、颂，《毛诗序》也进行了"释名以章义"：

> 故诗有六义焉：一曰风，二曰赋，三曰比，四曰兴，五曰雅，六曰颂。上以风化下，下以风刺上，主文而谲谏，言之者无罪，闻之者足以戒，故曰风。至于王道衰，礼义废，政教失，国异政，家殊俗，而变风、变雅作矣。国史明乎得失之迹，伤人伦之废，哀刑政之苛，吟咏情性，以风其上，达于事变而怀其旧俗者也。故变风发乎情，止乎礼义。发乎情，民之性也；止乎礼义，先王之泽也。是以一国之事，系一人之本，谓之风；言天下之事，形四方之风，谓之雅。雅者，正也，言王政之所由废兴也。政有大小，故有小雅焉，有大雅焉。颂者，美盛德之形容，以其成功告于神明者也。是谓四始，诗之至也。①

《毛诗序》不仅对风雅颂都有"释名以章义"，而且论及风雅正变、"四始"、"六义"，虽然它对风雅颂的释名有不太科学的地方，但对刘勰的文体论也有所影响。

汉代对文体的特点甚至包括对语言的要求，也不断有人进行过概括。汉武帝时代的公孙弘就曾说过："臣谨案诏书律令下者，明天人分际，通古今之义，文章尔雅，训辞深厚。"② 又《盐铁论·水旱》载大夫之言曰："议者，贵其辞约而指明，可于众人之听，不

---

① ［汉］毛亨传，［汉］郑玄笺，［唐］孔颖达疏：《毛诗正义》，第13—22页。
② ［汉］司马迁：《史记·儒林列传》，北京：中华书局，2013年，第3119页。

至繁文稠辞，多言害有司化俗之计。"① 又东汉安帝时的陈忠说："古者帝王有所号令，言必弘雅，辞必温丽。"② 扬雄还提到"诗人之赋丽以则，辞人之赋丽以淫"③ 的问题。这些论述不仅涉及到文体的特点和语言问题，而且还涉及到文体的风格。

《汉书·艺文志》"诗赋略"对诗赋已开始进行分类，除了歌诗一类称为"高祖歌诗"外，赋分为四类，即"屈原赋""陆贾赋""孙卿赋""客主赋"。这种分类从严格的意义上说，还算不上文体的分类，不过是作家作品的分类排列。但从他分的四类赋来看，这几类赋确有不同的特点，具有文体辨析的含义。刘师培《论文杂记》说：

> 《汉书·艺文志》叙诗赋为五种，而赋则析为四类：屈原以下二十家为一类，陆贾以下二十一家为一类，荀卿以下二十五家为一类，客主赋以下十二家为一类，而班《志》于区分之意，不注一词。近代校雠家，亦鲜有讨论及此者。自吾观之，客主赋以下十二家，皆汉代之总集类也；余则皆为分集。而分集之赋，复分三类：有写怀之赋，有骋辞之赋，有阐理之赋。写怀之赋，屈原以下二十家是也。骋辞之赋，陆贾以下二十一家是也。阐理之赋，荀卿以下二十五家是也。写怀之赋，其源出于《诗经》。骋词之赋，其源出于纵横家。阐理之赋，其源出于儒、道两家。观班《志》之分析诗赋，可以知诗歌之体，与赋不同，而骚体则同于赋体。至《文选》析赋、骚为二，则与班《志》之义迥殊矣。④

① 王利器校注：《盐铁论校注》，北京：中华书局，2015 年，第 478 页。

② ［南朝宋］范晔：《后汉书·周荣传》，北京：中华书局，1965 年，第 1537 页。

③ 汪荣宝撰，陈仲夫点校：《法言义疏·吾子》（上），北京：中华书局，1987 年，第 50 页。

④ 刘师培：《中国中古文学史 汉魏六朝专家文研究》，北京：商务印书馆，2010 年，第 174—175 页。

刘师培的看法虽然未必完全符合班固的原意，但他的分析确有一定的道理。班固的分类至少可以说有文体辨析的雏形，不是单纯的目录学。

对赋的"释名以章义"，班固还有两句话值得一提："不歌而诵谓之赋"（《汉书·艺文志》）和"赋者古诗之流也"（《两都赋序》）。班固的《两都赋序》和《典引序》虽非专门的文体论，但它们却触及到文体论的不少方面。其《两都赋序》云：

> 或曰：赋者，古诗之流也。昔成康没而《颂》声寝，王泽竭而《诗》不作。大汉初定，日不暇给。至于武、宣之世，乃崇礼官，考文章，内设金马石渠之署，外兴乐府协律之事，以兴废继绝，润色鸿业。是以众庶悦豫，福应尤盛。……故言语侍从之臣，若司马相如、虞丘寿王、东方朔、枚皋、王褒、刘向之属，朝夕论思，日月献纳。……或以抒下情而通讽谕，或以宣上德而尽忠孝。雍容揄扬，著于后嗣，抑亦《雅》《颂》之亚也。①

《两都赋序》称赋为"古诗之流"和"《雅》《颂》之亚"，对汉赋的发展和兴盛的原因，对汉赋的内容特点和"雍容揄扬"的风格特点，均有所涉及。另外还提到了汉赋前期的作家十一名。可以说《两都赋序》也是一篇赋论，它具有文体论的性质。

在汉代文体论的发展史上，蔡邕的《铭论》和《独断》很值得注意。其《铭论》云：

> 《春秋》之论铭也，曰："天子令德，诸侯言时计功，大夫称伐。"

---

① ［梁］萧统编，［唐］李善注：《文选》，上海：上海古籍出版社，1986年，第1—3页。

昔慎肃纳贡，铭之楛矢，所谓"天子令德"者也。若黄帝有巾几之法，孔甲有槃盂之诚，殷汤有甘誓之勒，龟鼎有丕显之铭。武王践阼，咨于太师，而作席几楹杖器械之铭十有八章。周庙金人，缄口书背，铭之以慎言，亦所以劝导人主，勖于令德者也。昔召公作诰，先王赐朕鼎，出于武当曾水。吕尚作周太师，而封于齐，其功铭于昆吾之冶。汉获齐侯宝樽于槐里，获宝鼎于美阳。仲山甫有补衮阙，式百辟之功。《周礼·司勋》，凡有大功者，铭之太常，所谓"诸侯言时计功"者也。宋大夫正考父，三命兹益恭，而莫侮其国；卫孔悝之父庄叔，随难汉阳，左右献公，卫国赖之，皆铭于鼎。晋魏颗获秦杜回于辅氏，铭功于景钟，所谓"大夫称伐"者也。①

蔡邕以"天子令德，诸侯言时计功，大夫称伐"为纲，论述了从黄帝至汉代铭文的历史发展。如果用《文心雕龙》的文体论"原始以表末，释名以章义，选文以定篇，敷理以举统"衡之于《铭论》，"原始以表末"者有之，"释名以章义"者有之，甚至可以说也有某些"敷理以举统"的成分。我们不妨将它和《文心雕龙·铭箴》篇作一比较：

昔帝轩刻舆几以弼违；大禹勒笋虡而招谏；成汤盘盂，著"日新"之规；武王《户》《席》，题必诚之训；周公"慎言"于《金人》，仲尼"革容"于欹器，列圣鉴戒，其来久矣。故铭者，名也，观器必也正名，审用贵乎慎德。盖臧武仲之论铭也，曰："天子令德，诸侯计功，大夫称伐。"夏铸九牧之金鼎，周勒肃慎之楛矢，"令德"之事也；吕望铭功于昆吾，仲山镂绩于庸器，"计功"

---

① ［汉］蔡邕著，邓安生编：《蔡邕集编年校注 下》，石家庄：河北教育出版社，2002 年，第 483 页。

之义也；魏颗纪勋于景钟，孔悝表勤于卫鼎，"称伐"之类也。……
详观众例，铭义见矣。①

两文都引了臧武仲之论铭，所举例证也有不少是相同的，蔡邕的《铭
论》对《文心雕龙·铭箴》篇的影响是显而易见的。

蔡邕的《独断》，涉及到十几种文体，不仅对每一种文体都进
行了"释名以章义"，而且对每一种文体的写作格式都有所论述。
如说："策书，策者，简也。……其制长二尺，短者半之，其次一
长一短……起年月日，称'皇帝曰'，以命诸侯王三公。""制书，
帝者制度之命也。其文曰'制'，诏三公、赦令、赎令之属是也"。"诏
书者，诏告也。有三品。其文曰'告某官，官如故事'，是为诏书。
群臣有所奏请，尚书令奏之，下有'制曰天子答之曰可，若下某官'
云云，亦曰诏书。群臣有所奏请，无尚书令奏'制'字，则答曰'以
奏如书，本官下所当至'，亦曰诏。戒书，戒敕刺史太守及三边营官，
被敕文曰'有诏敕某官'，是为戒敕也。世皆名此为策书，失之远
矣。凡群臣上书于天子者有四：一曰章，二曰奏，三曰表，四曰驳
议。"②并分别对四种问题的款式作了概括。后文又对"宗庙所歌"
三十一章（种）的章句和用途一一叙及，并介绍了"五帝三代乐之
别名"对文体与诗乐之体的辨析，对汉代多种文章的体裁及其内容
与创作特征，其辨析已经达到相当细致的程度。张少康先生在《文
心雕龙新探》中说："魏晋以前对文体特点的论述，一般还只是在
研究其名称及基本含义，大致都没有超出刘勰所说的'释名以章义'

① 范文澜：《文心雕龙注》，第193—194页。
② ［汉］蔡邕：《独断》，张少康、卢永璘编选：《先秦两汉文论选》，北京：
人民文学出版社，1996年，第649—650页。

的范围。"①窃以为蔡邕的文体论已经突破了这个范围，不仅仅是"释名以章义"而已。

曹丕的《典论·论文》的出现，标志着文体的研究已跨入了一个新的阶段，由于已经进入了文学的自觉时代，他已注意到作家的个性与才质在文体上的表现。他说：

> 王粲长于辞赋，徐干时有齐气，然粲之匹也。如粲之《初征》《登楼》《槐赋》《征思》，干之《玄猿》《漏卮》《圆扇》《橘赋》，虽张、蔡不过也。然于他文，未能称是。琳、瑀之章表书记，今之俊也。应玚和而不壮，刘桢壮而不密。孔融体气高妙，有过人者，然不能持论，理不胜辞，以至于杂以嘲戏。及其所善，扬、班俦也。……夫文，本同而末异。盖奏议宜雅，书论宜理，铭诔尚实，诗赋欲丽。此四科不同，故能之者偏也。唯通才能备其体。②

曹丕在这里所提出的"四科"八类的文体区分，概括了当时比较重要的文体，初步形成了一个系统。其文体论有几点值得注意。一是提出了不同的文体有不同的内容要求和语言要求，一是提出不同的作家和不同的文体有不同的风格。即所谓"奏议宜雅，书论宜理，铭诔尚实，诗赋欲丽"。而且提出了一个作家很难诸体兼备的观点。一个作家擅长某种文体，但不一定擅长另一种文体，即所谓偏善偏美问题。曹丕在《答卞兰教》中还说过："赋者，言事类之所附也。

---

① 张少康：《文心雕龙新探——刘勰文学理论体系及其渊源》，济南：齐鲁书社，1987年，第181页。

② ［三国］曹丕：《典论·论文》，郭绍虞主编：《中国历代文论选》（第1册），上海：上海古籍出版社，第158页。

颂者，美盛德之形容也。"①反映了他对赋、颂两种文体的认识。曹丕说赋是"事类之所附"，是一种新的概括，符合大赋列举许多同类事物以比附或婉转附物的写作特点。

在文体论的发展史上，曹丕之后傅玄的《七谟序》和《连珠序》值得注意。《七谟序》云：

> 昔枚乘作《七发》，而属文之士，若傅毅、刘广世、崔骃、李尤、桓麟、崔琦、刘梁、桓彬之徒，承其流而作之者纷焉，《七激》《七兴》《七依》《七款》《七说》《七蠲》《七举》《七设》之篇。于是通儒大才马季长、张平子，引其源而广之。马作《七厉》，张造《七辨》，或以恢大道而导幽滞，或以黜瑰参而托讽咏。扬辉播烈，垂于后世者，凡十有余篇。自大魏英贤迭作，有陈王《七启》、王氏《七释》、杨氏《七训》、刘氏《七华》、从父侍中《七诲》，并陵前而邈后，扬清风于儒林，亦数篇焉。世之贤明，多称《七激》工，余以为未尽善也。《七辨》似也，非张氏至思，比之《七激》，未为劣也。《七释》金曰妙哉，吾无间矣。若《七依》之卓轹一致，《七辨》之缠绵精巧，《七启》之奔逸壮丽。《七释》之精密闲理，亦近代之所希也。②

傅玄详细论述了由枚乘的《七发》到"七体"形成的历史演变过程，其论述相比此前的文体论不仅有新的特点，而且有所发展。上段的论述大体相当于刘勰文体论的"原始以表末"。下段评价了"七体"的多篇代表作的优劣及四篇代表作的艺术风格，这与刘勰文体

---

① ［清］严可均：《全三国文》卷六，《全上古三代秦汉六朝文》，石家庄：河北教育出版社，1997年，第71页。

② ［清］严可均：《全晋文》卷四十六，《全上古三代秦汉六朝文》，第475页。

论的"选文以定篇"已经很相似了。

又《连珠序》云：

> 所谓连珠者，兴于汉章帝之世，班固、贾逵、傅毅三子受诏作之，而蔡邕、张华之徒又广焉。其文体辞丽而言约，不指说事情，必假喻以达其旨，而贤者微悟，合于古诗劝兴之义。欲使历历如贯珠，易观而可悦，故谓之连珠也。班固喻美辞壮，文章弘丽，最得其体。蔡邕似论，言质而辞碎，然其旨笃矣。贾逵儒而不艳，傅毅文而不典。[①]

傅玄论连珠体，有对连珠体的形成和历史发展的论述，有对连珠体写作要求及特征的论述，有对连珠得名的"释名以章义"，也有对代表作家作品艺术风格的概括，刘勰文体论的四个组成部分，在《连珠序》中可以说已基本成型了，只是论述简略了一些。

傅玄之后，陆机在《文赋》中把文体分为十类，并概括出每种文体的创作特征和艺术风格：即所谓"诗缘情而绮靡，赋体物以浏亮。碑披文以相质，诔缠绵而凄怆。铭博约而温润，箴顿挫而清壮。颂优游以彬蔚，论精微而朗畅。奏平彻以闲雅，说炜晔而谲诳"[②]。

曹丕的《典论·论文》将八种文体分为四科，每科的风格特点概括只有一字；《文赋》将文体分为十类，对每种文体的体貌与风格，从内容到形式都有言简意赅的概括，与《典论·论文》相比，既细致又确切，对刘勰文体论"敷理以举统"方面是有明显影响的。

对刘勰的文体论影响最大者当推挚虞的《文章流别论》，其《文章流别集》三十卷已佚，《文章流别论》不过是辑得的佚文，但仍

---

① ［清］严可均：《全晋文》卷四十六，《全上古三代秦汉六朝文》，第 476 页。
② ［晋］陆机：《文赋》，郭绍虞主编：《中国历代文论选》（第 1 册），第 171 页。

然可见其文体论成就之一斑。现将其对三种主要文体的论述引录于下：

> 颂，诗之美者也。古者圣帝明王，功成治定而颂声兴。于是史录其篇，工歌其章，以奏于宗庙，告于鬼神。故颂之所美者，圣王之德也。则以为律吕，或以颂形，或以颂声，其细已甚，非古颂之意。昔班固为《安丰戴侯颂》，史岑为《出师颂》《和熹邓后颂》，与《鲁颂》体意相类；而文辞之异，古今之变也。扬雄《赵充国颂》，颂而似雅；傅毅《显宗颂》，文与《周颂》相似，而杂以《风》《雅》之意。若马融《广成》《上林》之属，纯为今赋之体而谓之颂，失之远矣。
>
> 赋者，敷陈之称，古诗之流也。古之作诗者，发乎情，止乎礼义。情之发，因辞以形之，礼义之旨，须事以明之，故有赋焉。所以假象尽辞，敷陈其志。前世为赋者，有孙卿、屈原，尚颇有古诗之义。至宋玉，则多淫浮之病矣。楚辞之赋，赋之善者也，故扬子称赋莫深于《离骚》。贾谊之作，屈原俦也。古诗之赋，以情义为主，以事类为佐；今之赋，以事形为本，以义正为助。情义为主，则言省而文有例矣；事形为本，则言富而辞无常矣。文之烦省，辞之险易，盖由于此。夫假象过大，则与类相远；逸辞过壮，则与事相违；辩言过理，则与义相失；丽靡过美，则与情相悖。此四过者，所以背大体而害政教，是以司马迁割相如之浮说，扬雄疾"辞人之赋丽以淫也"。
>
> 《书》云："诗言志，歌永言。"言其志谓之诗。……古之诗有三言、四言、五言、六言、七言、九言。古诗率以四言为体，而时有一句二句杂在四言之间。后世演之，遂以为篇。……夫诗虽以情志为本，而以成声为节。然则雅音之韵，四言为正，其余

虽备曲折之体，而非音之正也。^①

从《文章流别论》现存的佚文看，所论文体有颂、赋、诗、七、箴、铭、诔、哀辞、哀策、对问、碑、图谶等，它对文体的分类是比较细致的，如果全书存在，估计其文体分类不会少于三十多种。其论文体，释名章义者有之，其追溯诸种文体之起源和发展演变，类似于刘勰文体论的"原始以表末"。列举每种文体的著名作家和作品并进行评论，类似于刘勰的"选文以定篇"。又在文体论中融入了一些写作原则，并总结出某种文体的写作得失，类似于刘勰的"敷理以举统"。在文体论方面，对刘勰影响最大的可以说就是挚虞了。就连挚虞论诗比较保守的观点，也为刘勰所继承。如挚虞说："雅音之韵，四言为正，其余虽备曲折之体，而非音之正也。"^② 这与刘勰所说的"若夫四言正体，则雅润为本；五言流调，则清丽居宗"^③，有一脉相承的关系。

刘勰自言他的文体论是由四个部分组成，前辈学者如黄侃、叶长青等人曾用分段示例的方法来分析某段为"释名以章义"，某段为"原始以表末"，等等。如黄侃《文心雕龙札记》说："'原始以表末'四句，谓《明诗》篇以下至《书记》篇，每篇叙述之次第。兹举《颂赞》篇以示例：自'昔帝喾之世'起，至'相继于时矣'止，此'原始以表末'也。'颂者容也'二句，'释名以章义'也。'若夫子云之表充国'以下，此'选文以定篇'也。'原夫颂为典

---

① ［晋］挚虞：《文章流别论》，《全晋文》卷七十七，《全上古三代秦汉六朝文》，第 801—802 页。

② ［晋］挚虞：《文章流别论》，《全晋文》卷七十七，《全上古三代秦汉六朝文》，第 802 页。

③ 《文心雕龙·明诗》，范文澜：《文心雕龙注》，第 67 页。

雅'以下，此'敷理以举统'也。"①上文对《明诗》篇的分段示例，
沿用的是叶长青的说法。但我总感到这种分段示例的做法，也存在
一些问题。《明诗》篇被称为"原始以表末"的一段，并没有多少"表
末"的内容。所谓"表末"，就是讲演变或流变，"末"含末流之义。
被称为"选文以定篇"的一大段文字，对诗歌发展演变的论述，远
远超过上一段。"原始以表末"和"选文以定篇"两个段落明显的
在内容上存在交叉。所以分段示例的方法有割裂之嫌，未必就符合
刘勰的原意。不如把"原始以表末"四句话当作一个整体体系来看待。

二、《文心雕龙》文体论的发展与创新

从前文的论述可知，刘勰的文体论有着深厚的历史渊源。他总
结了历史上文体论研究的积极成果，他将历史上那些零星、片段、
不完整、不成熟的文体理论，经过归纳、总结和发展，构建出新的
文体理论体系。不仅是集其大成，而且进行了充实与提高，从而使
文体论跨入一个新的历史阶段。他对各种文体和作品所做的系统而
深入的研究，是前无古人的。其文体论的系统性、科学性和理论深度，
不仅是前无古人，而且是后无来者。

《文心雕龙》文体论二十篇的次序安排，是经过刘勰精心思考
的。他吸收了当时文笔之争的成果，排在前者都是有韵之文，列在
后者都是无韵之笔。从题目上看论述的是 34 种文体，有的篇章一
篇论一种文体，多数篇章一篇论两种文体，还有不少文体附在有关
篇章之中。《杂文》篇包括"对问""七""连珠"三类，《诏策》
篇包括"誓""诰""令""策书""制书""诏书""戒敕""戒""教"
等。《书记》篇除论述书信、笺记之外，还附带论及书记的各种支
流：谱、籍、簿、录、方、术、占、式、律、令、法、制、符、契、

---

① 黄侃：《文心雕龙札记》，北京：商务印书馆，2017 年，第 209—210 页。

券、疏、关、刺、解、牒、状、列、辞、谚等二十四种之多，总计论述的文体达80多种。而且其文体分类有主有次，有大有小。"文"（纯文学体裁）重在诗赋，"笔"（无韵之文章）重在史、传、诸子。其文体分类之细致与严密，前所未有。

《文心雕龙》文体论二十篇，每篇都由四个部分组成，刘勰在《序志》篇中概括为四句话："原始以表末，释名以章义，选文以定篇，敷理以举统。"这是刘勰文体论的模式，是他总结了历史上的文体论，经过提炼、发展而创造出来的模式。刘勰文体论的系统性与科学性，就表现在这四位一体的模式中。所谓"原始以表末"，就是论述每一体文章的起源和流变；所谓"释名以章义"，就是解释各种文体名称的含义，也就是从每种文章的命名上来阐明这类文章的性质；所谓"选文以定篇"，就是选出各种文体的代表作品来加以评定，也就是评论每种文体的代表作家和代表作品；所谓"敷理以举统"，就是敷陈事理来举出文章的体统，也就是说明每一体文章的规格要求或标准风格。现举《明诗》篇以示例：

> 大舜云："诗言志，歌永言"；圣谟所析，义已明矣。是以"在心为志，发言为诗"；舒文载实，其在兹乎！诗者，持也，持人情性；三百之蔽，义归无邪，持之为训，有符焉尔。人禀七情，应物斯感，感物吟志，莫非自然。[1]

此段即"释名以章义"也。在对诗的释名上，他吸收了《尚书·尧典》《毛诗序》和《诗纬·含神雾》的说法。在章义方面，运用了孔子论《诗》的"无邪"之旨，比前人的"释名以章义"，内容要丰富得多。

---

[1] 范文澜：《文心雕龙注》，第65页。

昔葛天乐辞，《玄鸟》在曲，黄帝《云门》，理不空弦。至尧有《大唐》之歌，舜造《南风》之诗，观其二文，辞达而已。及大禹成功，九序惟歌；太康败德，五子咸讽；顺美匡恶，其来久矣。①

此段即"原始以表末"也。刘勰将诗歌的源头，追溯到葛天氏时代的《玄鸟》和黄帝时代的《云门舞》，远古时代是诗乐舞三位一体的，说它们"理不空弦"指的就是诗与乐的关系，这是符合事实的。《大唐》之歌与《南风》之诗是徒歌，与音乐脱离了关系，尽管其真伪存在问题，但说它们比较质朴，仅仅是辞达而已，也是事实。以这些作品的内容为依据，指出诗歌自古就存在"顺美匡恶"的传统。此段虽然新意不多，"表末"不足，但基本上还是按照"原始以表末"的路数立论的。

下文是《明诗》的精彩部分：

自商暨周，《雅》《颂》圆备，四始彪炳，六义环深。子夏监"绚素"之章，子贡悟"琢磨"之句，故商、赐二子，可与言诗。自王泽殄竭，风人辍采；春秋观志，讽诵旧章，酬酢以为宾荣，吐纳而成身文。逮楚国讽怨，则《离骚》为刺。秦皇灭典，亦造《仙诗》。

汉初四言，韦孟首唱，匡谏之义，继轨周人。孝武爱文，柏梁列韵；严、马之徒，属辞无方。至成帝品录，三百余篇，朝章国采，亦云周备，而辞人遗翰，莫见五言，所以李陵、班婕妤见疑于后代也。按《召南·行露》，始肇半章；孺子《沧浪》，亦有全曲；《暇豫》优歌，远见春秋；《邪径》童谣，近在成世；阅时取证，

---

① 范文澜：《文心雕龙注》，第65页。

则五言久矣。又古诗佳丽，或称枚叔；其《孤竹》一篇，则傅毅之词；比采而推，两汉之作乎？观其结体散文，直而不野，婉转附物，怊怅切情，实五言之冠冕也。至于张衡《怨篇》，清典可味，《仙诗》缓歌，雅有新声。

暨建安之初，五言腾踊。文帝、陈思，纵辔以骋节；王、徐、应、刘，望路而争驱；并怜风月，狎池苑，述恩荣，叙酣宴，慷慨以任气，磊落以使才；造怀指事，不求纤密之巧；驱辞逐貌，唯取昭晰之能；此其所同也。及正始明道，诗杂仙心，何晏之徒，率多浮浅。唯嵇志清峻，阮旨遥深，故能标焉。若乃应璩《百一》，独立不惧，辞谲义贞，亦魏之遗直也。

晋世群才，稍入轻绮，张、潘、左、陆，比肩诗衢，采缛于正始，力柔于建安，或析文以为妙，或流靡以自妍，此其大略也。江左篇制，溺乎玄风，嗤笑徇务之志，崇盛忘机之谈，袁、孙以下，虽各有雕采，而辞趣一揆，莫能争雄，所以景纯仙篇，挺拔而为隽矣。宋初文咏，体有因革，庄老告退，而山水方滋，俪采百字之偶，争价一句之奇，情必极貌以写物，辞必穷力而追新，此近世之所竞也。故铺观列代，而情变之数可监；撮举同异，而纲领之要可明矣。[1]

叶长青《文心雕龙杂记》认为"'自商暨周'起，至'而纲领之要可明矣'，选文以定篇也"[2]。詹锳先生《文心雕龙义证》中引此而未置可否。叶长青的看法也很难说它不对。但我总觉得仅仅把这一大段文字说成是"选文以定篇"，是否符合刘勰的本意姑且不论，最重要的是这一大段话的内涵太丰富了，很难用"选文以定篇"来

① 范文澜：《文心雕龙注》，第65—67页。
② 叶长青：《文心雕龙杂记》，福州职业中学印刷，1933年，第118页。

涵盖。我们把上引一大段文字分为四个自然段，第一段是对商周以《诗经》为代表的诗歌的评价。"四始""六义"来源于《毛诗序》，又论到春秋时代的赋诗言志之风，从"风人辍采"之后又谈到楚辞的兴起，很明显，刘勰认为楚辞是由《诗经》演变而来的。第二段是评汉代诗歌，首论以韦孟为代表的四言诗，认为它继承了《诗经》用诗歌来讽谏的传统。并论述了汉代五言诗的起源。对相传为枚乘、傅毅所作的五言古诗（实为以《古诗十九首》为代表的无名氏五言诗），给予了高度评价，称其"婉转附物，怊怅切情，实五言之冠冕"。第三段是评价建安诗歌及其代表作家。建安时期是五言诗获得长足发展的时代，是诗歌发展史上的一个高峰，刘勰也是把它当作一个高峰看待的。他高度赞扬了建安诗人"慷慨以任气，磊落以使才；造怀指事，不求纤密之巧；驱辞逐貌，唯取昭晰之能"的特点，这个特点是建安风骨的体现，也是建安诗人时代风格的体现。建安之后，诗运转关，高峰难乎为继，势必滑坡。魏正始年间出现了反映老庄思想的哲理诗（玄言诗），把诗歌变成老庄哲学思想的讲义，这是玄学盛行在诗歌中的表现。刘勰对玄言诗是不满的，所以对玄言诗的代表作家何晏之徒的评价很低。但却能独标嵇康与阮籍，说"嵇志清峻，阮旨遥深"，还是很有眼光的。第四段是评论晋宋时期的诗歌及其作家。对晋代，他分为西晋、东晋两个阶段。他用"轻绮"二字来概括西晋诗风。所谓"轻绮"当指轻微地染上了绮靡之风，这与后文所说的"采缛于正始，力柔于建安，或析文以为妙，或流靡以自妍"是一致的。并指出张、潘、左、陆是西晋诗坛的代表作家。对东晋诗坛，首先指出其"溺乎玄风"的特点，然后批判了玄言诗人不关心国家大事，尚清谈的坏风气。在玄言诗人中，他独标郭璞，大概也和钟嵘一样，看出了郭璞的《游仙诗》"乃坎壈咏怀，非列仙之趣也"①。遗憾的是刘勰对东晋的大诗人陶渊明却未提一词。对于宋初的诗歌，刘勰指出它与前代诗风既有所继承，也有所革新。"庄老告退，而山水方滋"是精辟之见，道出了山水诗与玄言诗的递嬗演变关系。由于山水诗的兴起，出于模山范水的需要，诗风为之一变，出现了"俪采百字之偶，争价一句之奇，情必极貌以写物，辞必穷力而追新"的倾向。

《明诗》篇自"若夫四言正体"以下，为"敷理以举统"，重点论述的是四言诗与五言诗应有不同的风格特点，四言诗的标准风格是"雅润"，五言诗的标准风格是"清丽"。连类而及，由谈到作家擅长何种体裁来看他们的才情而定，并举例说明不同的作家因才情气质的不同，在创作上呈现出不同的风格，有的诗人可以四言、五言"兼善"，有的只能"偏美"于一种。至于三六杂言，不过是附带言及而已。

举一隅而三隅反，通过对《明诗》篇的分析，我们可以看到，刘勰的文体论，比起前人来，不仅是全面、深刻、精到，而且可以清楚地看到每种文体发展演变的轨迹。它处处贯穿着"通变"的观点，史的观念。不少《文心雕龙》的研究者指出刘勰的文体论就像分体的小文学史，就拿《明诗》篇来说，简直可以说它是从先秦到南朝宋的诗史，或者说是一部诗歌发展史。刘师培认为，挚虞所撰《文章志》《文章流别》已经具有文学史的性质。他说："文学史者，所以考历代文学之变迁也。古代之书，莫备于晋之挚虞。虞之所作，一曰《文章志》，一曰《文章流别》。志者，以人为纲者也；流别

---

① ［梁］钟嵘著，曹旭笺注：《诗品笺注》，北京：人民文学出版社，2009年，第145页。

者，以文体为纲者也。"① 以人为纲的《文章志》，我们无从知其详，估计可能就是文章作家的介绍或评论。以文体为纲的《文章流别论》，还有现存部分佚文。上文已经引录了它对诗赋颂等文体的论述，如果将它们与《文心雕龙》的《明诗》与《铨赋》相比，其高下不辩自明。刘师培既已指出《文章志》《文章流别》已经具有文学史的性质，则刘勰的文体论就更具有文学史的性质了。从"考历代文学之变迁"的角度看，刘勰的文体论要比挚虞高明得多。

刘勰对文体论的发展与创新，还表现在他的理论价值和意义上。他的文体论不是单纯的对文体特征的界定和描述，而是建立在对各种文体创作经验总结的基础之上的，所以他的文体论和创作论有着密切的关系。正如牟世金先生在《文心雕龙研究》中所说："文体论从历史发展上分别总结各种文体的具体经验，创作论则以这些具体经验为基础，提升为一般的、各体皆宜的共同法则或规律。这种相对的一实一虚、一纵一横、从个别到一般、从基础到提高的内在关系，充分说明，《文心》的理论体系是精密的。……由文体论的'原始以表末'酝酿成'通变'论，由对各体作品的繁略之评总结为'镕裁'论，由大量诗文创作（特别是建安文学）提炼为'风骨'论，由骚、赋、诸子的夸张描写而提出'夸饰'论，等等。总之，大量事实足以说明，刘勰的'论文叙笔'，其要旨是分体总结历代文学的实际写作经验，从而为他的创作论奠定了坚实的基础。"② 这是很有见地的看法。这说明刘勰的"论文叙笔"，已非文体论所能范围得了。

《文心雕龙》的文体论，由于他自出机杼的体系和创造，对后代的影响是深远的，其后的代表著作，当推明代吴讷的《文章辨体》

---

① 刘师培：《蒐集文章志材料方法》，《中国中古文学史讲义》，上海：上海古籍出版社，2006 年，第 110 页。

② 牟世金：《文心雕龙研究》，北京：人民文学出版社，1995 年，第 215—219 页。

和徐师曾的《文体明辨》①。《文章辨体》分各类文体为五十九种，《文体明辨》分文体为一百二十七种，在明代还可以算作是文体论的集大成之作，分类也比刘勰多，但它们都难以和刘勰相比。所以我们说刘勰的文体论在中国文学批评史上是空前的也是绝后的，是一个里程碑。不当之处，请海内外专家学者指正。

---

① 罗根泽先生将两书所选作品略去，专门抽出文体的序说部分，合成《文章辨体序说》和《文体明辨序说》，1962 年由人民文学出版社出版。

陆机《文赋》与《文心雕龙》的渊源关系

陆机《文赋》在我国古代的文学批评史和美学史上，都占有重要的地位。它是我国文学批评史上第一篇比较系统而完整地论述文学创作的专篇论文，而且对刘勰的《文心雕龙》产生了巨大的影响。这是人们有目共睹的。从美学史上说，从先秦到《文赋》产生之前，中国美学基本上是从哲学伦理学出发来探讨美与艺术的本质及其社会作用。汉代的《毛诗序》和曹丕的《典论·论文》虽然谈到了诗歌和文学创作的一些具体问题，但都很简略，无法和《文赋》相比。它们虽然对《文心雕龙》都有一定的影响，但却比不上《文赋》对《文心雕龙》的影响之大。笔者粗略地统计了一下张少康先生的《文赋集释》[①]，在"集注""总论"与"释义"中，各家提到《文心雕龙》的，竟达一百多处，可谓"满眼风光"。因为它们都是"言为文之用心"[②]的，刘勰又受了《文赋》多方面的影响，所以两者才会有千丝万缕的联系。清人章学诚说："刘勰氏出，本陆机氏说而昌论文心。"[③]这是中肯之论。1979 年，王元化先生在《文心雕龙创作论》中，对《文赋》与《文心雕龙》的关系进行了多方面的探讨，其中不乏真知灼见。2000 年，张少康先生发表了《〈文心雕龙〉对陆机

---

① 参见张少康：《文赋集释》，北京：人民文学出版社，2002 年。

② 《文心雕龙·序志》，范文澜：《文心雕龙注》，北京：人民文学出版社，1958 年，第 725 页。

③ ［清］章学诚：《文史通义·文德》，叶瑛校注：《文史通义校注》，北京：中华书局，1985 年，第 278 页。

〈文赋〉的继承和发展》一文①，全面而系统地论述了两者的关系。王、张两先生的著作在前，使我写此文时，感到"眼前有景道不得"，本文不过是学习他们著作的一点心得而已。下文我们分几个方面，对此略加论述。

一、陆机的"意不称物，文不逮意"说与刘勰的"半折心始"说

陆机《文赋》开篇小序云："余每观才士之所作，窃有以得其用心。夫放言遣辞，良多变矣。妍蚩好恶，可得而言。每自属文，尤见其情。恒患意不称物，文不逮意。"②这就是说，《文赋》的写作动机是在论述"文士"作文的"用心"的。而言及"为文之用心"，常常困扰作家的一个问题，就是"恒患意不称物，文不逮意"。文能否"逮意"，就是在具体写作过程中能否运用语言文字把构思中的意象，把想要表达的内容充分表达出来的问题。而表达是要运用言辞的，所以这实际上是"意"与"辞"的关系问题。创作主体的意，与客观世界的物两者有了距离，作者主观的意与表达的言辞之间有距离，就是"意不称物，文不逮意"。《文赋》的中心论题就是要解决这个问题的，这就是陆机所说的"文士"的"用心"。

《文心雕龙·序志》开篇便说："夫文心者，言为文之用心也。"这说明《文心雕龙》与《文赋》的写作动机是相同的。刘勰自言，他的书名所以取"文心"二字，是受了涓子《琴心》和王孙《巧心》的启发，但笔者揣想，他取"文心"二字做书名，与陆机昌言"文士"作文之"用心"是不无关系的。《文赋》的小序很简略，不过是提出几个问题，无法与《文心雕龙·序志》相比，但它提出的问题却

---

① 载《〈文心雕龙〉国际学术研讨会论文集》，台北：文史哲出版社，1999年。
② 张少康：《文赋集释》，第1页。

与《文心雕龙》有相通之处。对于"意不称物，文不逮意"，刘勰也有所表述，其《神思》篇云："方其搦翰，气倍辞前，暨乎篇成，半折心始。何则？意翻空而易奇，言征实而难巧也。"①"气倍辞前"的"气"，指的就是作者主观的情志，也就是陆机所说的"意"；所谓"半折心始"，是指作者主观的"意"，构思阶段的"意"。篇成之后，与作者所表达出来的"意"相比，却打了一个大折扣，或者说打了一个对折。也就是陆机所说的"文不逮意"。对这种现象和造成的原因，刘勰认为是"意翻空而易奇，言征实而难巧也"。陆机的解释一是"放言遣辞，良多变矣"，一是"盖非知之难，能之难也"②。二者的相同之处，都指出了构思与创作实践存在矛盾。如果从渊源关系而论，陆、刘二人之说，都渊源于《周易》《庄子》和魏晋玄学的"言意之辨"。语言和"意"的关系问题，是一个古老的哲学命题，《周易·系辞》就有"言不尽意"之说，但它又认为圣人通过建立卦象并加以解释的方法，便可曲尽其意。《庄子》中也有许多论述：《秋水篇》云："可以言论者，物之粗也；可以意致者，物之精也；言之所不能论，意之所不能致者，不期精粗焉。"③又《天道篇》说："语之所贵者，意也。意有所随。意之所随者，不可以言传也。"④《外物篇》又说："荃者所以在鱼，得鱼而忘荃；蹄者所以在兔，得兔而忘蹄；言者所以在意，得意而忘言。"⑤《庄子》认为，言和意是有差别的，言只能论物之粗，而意可以致物之精，因此，言是不能尽意的。意比言更重要，因此，得意可以忘言。

---

① 范文澜：《文心雕龙注》，第 494 页。

② 张少康：《文赋集释》，第 1 页。

③ ［清］郭庆藩撰，王孝鱼点校：《庄子集释》，北京：中华书局，2004 年，第 572 页。

④ ［清］郭庆藩撰，王孝鱼点校：《庄子集释》，第 488 页。

⑤ ［清］郭庆藩撰，王孝鱼点校：《庄子集释》，第 944 页。

到魏晋时，"言意之辨"成了玄学家经常讨论的重要题目。曹魏时的荀粲，针对《周易·系辞》"言不尽意"，而立象可以尽意的看法，提出不同的意见，认为："理之微者，非物象之可举也。今称'立象以尽意'，此非通于意外者也，'系辞焉以尽言'，此非言乎系表者也；斯则象外之意，系表之言，固蕴而不出矣。"[1] 这就是说，最精微的理和意，即使用立象的办法也表达不出，只能求之于"象外"和"系表（系辞之外）"。王弼在《周易略例·明象》中说："夫象者，出意者也；言者，明象者也。尽意莫若象，尽象莫若言。言生于象，故可寻言以观象；象生于意，故可寻象以观意。意以象尽，象以言著。故言者所以明象，得象而忘言；象者所以存意，得意而忘象。"[2] 这是一篇从认识论的角度解释《周易》的重要文章，其核心是对"意""象""言"三者关系的论述。《周易·系辞》认为"言"与"象"是可以"尽意"的。"圣人立象以尽意，设卦以尽情伪，系辞焉以尽其言。"[3] 王弼虽然继承了《周易》的观点，在这一点上他与荀粲有所不同，但他的基本倾向是主张"言不尽意"和"得意忘象"的。由于玄学的影响，魏晋人大多数是认为言语是难以直接"尽意"的，陆机也不例外。他的"意不称物，言不逮意"，也像王弼一样，在"言""意"之间设置了一个中介。只不过王弼设置的中介是"象"，而陆机设置的中介是"物"，王弼的"象"专指"卦象"，陆机的"物"指的社会与自然中的"物象"，比王弼的"象"要广泛得多。陆机的"物"，近似于刘勰的"物色"。陆机和刘勰虽然同受魏晋玄学家"言不尽意"说的影响，但他们又

---

① 《三国志·魏志·荀彧传》注引何劭《荀粲传》，［晋］陈寿撰，［宋］裴松之注：《三国志》，北京：中华书局，1959 年，第 319—320 页。

② 楼宇烈校释：《王弼集校释》，北京：中华书局，1980 年，第 609 页。

③ ［魏］王弼注，［唐］孔颖达疏：《周易正义》，北京：北京大学出版社，2000 年，第 343 页。

与玄学家有很大的不同。陆机可以说是第一次用"言""意""物"三者的关系来论文学创作，而且是从作家创作实践的角度来立论的，其思维的特点是形象思维，很少有玄学家的思辨性；刘勰的"半折心始"说受了陆机的不少启发，他论创作也大体像陆机那样，也是从"言""意""物"三者的关系或用与三者相关的范畴来论文的。从思维的方法看，刘勰的思维方法与玄学家相近，是具有思辨性的理论思维或逻辑思维。就此点来说，刘勰与玄学家近，而陆机与玄学家远。

二、《文赋》论艺术构思与《文心雕龙·神思》的渊源关系

《文赋》所讲的创作过程是以构思为核心的，《文心雕龙》在"文体论"之后，就开始进入创作论，创作论的首篇，即为《神思》。此篇为《文心雕龙》创作论的总纲，可见刘勰也是把构思作为创作论的核心。在论述创作的开始时，他们都注意到了作者必须集中精神，"澄心以凝思"①，排除外界的一切干扰，达到一种"虚静"的状态。陆机提出构思开始，必须"收视反听，耽思傍讯"②。"收视反听"即不视不听，有视而不见，听而不闻之意。"耽思傍讯"即深思熟虑，旁求博采。《文赋》的后文又说："罄澄心以凝思，眇众虑而为言。"③意谓写作过程中亦必须做到心境清明，思想集中，方能对涌上心头的种种意象进行深入地思考，精微而巧妙地组织成文。刘勰在《神思》篇中也提出在构思的开始，也必须凝神专注地进入"虚静"的状态："是以陶钧文思，贵在虚静，疏瀹五藏，澡

---

① 张少康：《文赋集释》，第 60 页。
② 张少康：《文赋集释》，第 36 页。
③ 张少康：《文赋集释》，第 60 页。

雪精神。"① 我们通常用"虚静说"来概括刘勰的这几句话，"虚静说"并不是陆机、刘勰的发明，早在先秦时期，《老子》《庄子》《管子》《荀子》等，都提出过"虚静说"，不过他们都是从认识论的角度来谈这个问题的，用之于文论，陆机是第一人，刘勰是受其影响的。在论述艺术构思的超时空方面，陆机与刘勰也有惊人的相似之处。陆机用"精骛八极，心游万仞。……观古今于须臾，抚四海于一瞬"② 来形容"来不可遏，去不可止"③ 的艺术想象有超越时空的特点，并指出艺术想象的结果，必然使得"情"与"物"逐渐鲜明，逐渐清晰，从而形成构思中的完整意象，即《文赋》所谓"情曈昽而弥鲜，物昭晰而互进"④。而刘勰据此发挥得则更加曲尽其妙："文之思也，其神远矣。故寂然凝虑，思接千载；悄焉动容，视通万里；吟咏之间，吐纳珠玉之声；眉睫之前，卷舒风云之色；其思理之致乎！故思理为妙，神与物游。……登山则情满于山，观海则意溢于海，我才之多少，将与风云而并驱矣。"⑤ 这一段话可以说是在陆机《文赋》的基础上发展起来的。所谓"思接千载""视通万里"，所言正是艺术构思的超越时间和空间的特点。不仅如此，刘勰还在陆机论述艺术构思的基础上，概括出一些很有理论深度的概念和美学范畴，他把艺术构思的"文思"概括为"神思"，强调其驰骋想象的神奇功效；把"心"与"物"的关系，概括为"神与物游"，并进一步提出了"神""志气""物"（物象）、"辞令"四者的关系："故思理为妙，神与物游。神居胸臆，而志气统其关键；物沿耳目，

---

① 范文澜：《文心雕龙注》，第 493 页。
② 张少康：《文赋集释》，第 36 页。
③ 张少康：《文赋集释》，第 241 页。
④ 张少康：《文赋集释》，第 36 页。
⑤ 范文澜：《文心雕龙注》，第 493—494 页。

而辞令管其枢机。枢机方通，则物无隐貌；关键将塞，则神有遁心。"①
他认为"志气"是统率"神思"的关键，"辞令"是体现"物象"
的枢纽，两者都是通过修养和学习而可以获得的。对于构思，陆机
极大地突出了想象，"精骛八极，心游万仞"，说明"耽思傍讯"
的思索联想能够进入不受限制的极其广阔的天地，这显然是受了《庄
子》所说的"出入六合，游乎九州"②"夫至人者，上窥青天，下
潜黄泉，挥斥八极，神气不变"③等说法的影响。由于陆机把艺术
想象与道家的遨游天地的思想结合起来，这样就深刻地阐发了想象
的巨大能动性，赋予了想象以一种和宇宙等同的力量，使艺术的境
界与天地的境界合一。构思离不开感情，所以陆机说，构思的过程，
就是"情瞳眬而弥鲜，物昭晰而互进"的过程，即使在进入写作过
程时，仍然离不开构思和想象。陆机在论述构思与想象时，提出"观
古今于须臾，抚四海于一瞬""笼天地于形内，挫万物于笔端"④。
但要达到这种境地诚非易事，这里还要做很多的工作，正像陆机所
说：还需要"倾群言之沥液，漱六艺之芳润。浮天渊以安流，濯下
泉而潜浸。于是沈辞怫悦，若游鱼衔钩，而出重渊之深；浮藻联翩，
若翰鸟缨缴，而坠曾云之峻。"⑤就是说，艺术想象不是凭空面壁
的空想，它必须要有所借助，它离不开语言，因为语言是思维的物
质外壳，这就需要从前人的著作和六经之中寻找精美的语言，这就
是所谓"倾群言之沥液，漱六艺之芳润"。但这种美丽的语言是经
过想象的触发而涌现出来的，陆机把这种涌现出来的美丽语言比作
流泉，而想象在其中是最为活跃的，忽而浮于天渊，忽而浸于下泉。

① 范文澜：《文心雕龙注》，第 493 页。
② 《庄子·在宥》，[清] 郭庆藩撰，王孝鱼点校：《庄子集释》，第 394 页。
③ 《庄子·田子方》，[清] 郭庆藩撰，王孝鱼点校：《庄子集释》，第 725 页。
④ 张少康：《文赋集释》，第 36、60 页。
⑤ 张少康：《文赋集释》，第 36 页。

在构思过程中寻找恰当的语言时，有时很困难，就像从九重深渊钓出鱼来；有时则比较容易，就像一箭射中飞鸟，眼看着飞鸟从层云中落下。陆机形象地描绘出从构思到艺术形象的形成，以及用恰如其分的语言表现出来的过程，多方面地概括出艺术想象的特点。同时，他又充分注意到在构思与想象过程中可能出现的各种复杂多变的情况："抱景者咸扣，怀响者必弹。或因枝以振叶，或沿波而讨源。或本隐以之显，或求易而得难。或虎变而兽扰，或龙见而鸟澜。或妥帖而易施，或岨峿而不安。罄澄心以凝思，眇众虑而为言。笼天地于形内，挫万物于笔端。"① 这实际上是说在构思形成意象之后开始按部就班进行写作时的种种情状。所谓"抱景者咸扣，怀响者必弹"，就是把自然界可见的形色与可闻的声音都让它进入作家的头脑，以供作家驱使，熔铸成所要创造的形象。作家还要分清枝与叶，波与源，隐与显，易与难等多种因素，要全身心地进入角色，用高度集中的想象，最终把天地万物笼罩在心中。这就是司马相如所说的"赋家之心，苞括宇宙。"② 刘勰对这一点也深有体会，其《神思》篇云："若情数诡杂，体变迁贸，拙辞或孕于巧义，庸事或萌于新意；视布于麻，虽云未费（贵），杼轴献功，焕然乃珍。至于思表纤旨，文外曲致，言所不追，笔固知止。至精而后阐其妙，至变而后通其数，伊挚不能言鼎，轮扁不能语斤，其微矣乎！"③ 又《明诗》篇云："若妙识所难，其易也将至；忽之为易，其难也方来。"④把创作中纷至沓来的复杂变化，也都揭示了出来，其中也明显地受到《文赋》的启发和影响。

---

① 张少康：《文赋集释》，第 60 页。

② ［西汉］司马相如：《答盛览问作赋》，［清］严可均编：《全上古三代秦汉三国六朝文·全汉文》卷二十二，上海：上海古籍出版社，2009 年，第 222 页。

③ 范文澜：《文心雕龙注》，第 495 页。

④ 范文澜：《文心雕龙注》，第 68 页。

值得注意的一点是，在论述艺术想象的特点时，陆、刘二人都注意到艺术想象是离不开虚构的。《文赋》所说的"课虚无而责有，扣寂寞而求音"①。"课虚无，从无象以求象也。扣寂寞，从无声以求声也。"②这两句话实际上说的是文章从无到有的创作过程，而在这个从无形、无象、无声到有形、有象、有声的过程中，艺术的想象和虚构是起了决定性的作用的。刘勰在《神思》篇所说的"规矩虚位，刻镂无形"。在"神思方运，万涂竞萌"③之际，对涌现在作家头脑中的纷纭杂沓的物象与万千思绪，仅仅进行梳理是不够的，也是被动的。这时就需要发挥艺术想象的能动性，即用虚构的方法对没有定位的意象使之规矩成型，对尚未成型的物象加以精雕细刻，才能使作品从无形、无象、无声到有形、有象、有声。陆机第一次接触到艺术创作中想象虚构的特点，这是他在艺术理论史上的一大贡献，但陆机谈的比较笼统，刘勰在陆机的基础上又向前发展了一步。直到近代的刘熙载才认识到"按实肖象易，凭虚构象难。能构象（指能凭虚构象），象乃生生不穷矣"④。牟世金先生指出："刘勰本陆机氏说而畅论'神思'，在想象虚构上，王僧虔《书赋》则是《文赋》与《神思》之间的桥梁。"⑤他引了载于《艺文类聚》卷七十四《巧艺部·书》所载《书赋》的几句话："情凭虚而测有，思沿想而图空，心经于则，目像其容，手以心麾，毫以手从。"⑥并在后文指出："'图空'二字揭示了艺术创作的微妙，想象虚构不仅是为了完成艺术创作，它本身就是在进行艺术创作，亦即所谓

---

① 张少康：《文赋集释》，第 89 页。
② 张少康：《文赋集释》，第 91 页。
③ 范文澜：《文心雕龙注》，第 493 页。
④ ［清］刘熙载：《艺概·赋概》，上海：上海古籍出版社，1978 年，第 99 页。
⑤ 牟世金：《文心雕龙研究》，北京：人民文学出版社，1995 年，第 331 页。
⑥ 转引自牟世金：《文心雕龙研究》，第 330 页。

'凭虚构象'。'图空'二字正是在想象过程中'凭虚构象'。……刘勰的'规矩虚位，刻镂无形'二句，就是'图空'二字的发挥，自然是又前进了一大步，所谓'规矩''刻镂'就是'图'，'虚位''无形'就是'空'。……由此可见，从陆机开始对想象虚构较为朦胧的认识，到刘勰已可谓基本上完成了。陆机只提出了艺术创作中从无到有的笼统要求，刘勰则把虚构和创造艺术形象结合起来，发现了凭虚构想象的具体道路。"① 这是很有见地的看法。

三、陆机的"穷形尽相"说与刘勰的"穷形尽相"之法

《文赋》有两句论创作的名言："虽离方而遁员，期穷形而尽相。"② 这两句话表面看来不难理解，但从已有的注释看，各家的分歧还是比较大的。张少康《文赋集释》引了九家之说，已可略见其分歧。李善注："方圆谓规矩也。言文章在有方圆规矩也。"《五臣注文选》吕向注："文之未见在于无，故虽不见方圆之形，终期尽物之象也。相，象也。"张凤翼《文选纂注》："言虽不泥于规矩，而亦曲尽乎物形也。"《文选瀹注》闵齐华注："泯方员之迹也。"《义门读书记》何焯说："二句盖亦张融所谓'文无定体，以有体为常'也。"《赋钞笺略》雷琳、张杏滨注："难变化乎规矩，亦曲尽乎物形。"《昭明文选大成》方廷珪注："离、遁，谓不守成法。形，物之形。相，物之象。思必穷其形，辞必尽其相。以上六句极形容文人用心之刻苦，尚未较量及工拙。"③ 以上各家都是清以前之人，今人徐复观《陆机文赋疏释》谓："按此处指古人文章之法式。谓难不为古人之法式所拘（离方遁员），但必须能穷尽题材所有之形

---

① 牟世金：《文心雕龙研究》，第 331 页。
② 张少康：《文赋集释》，第 99 页。
③ 按：以上所引均转引自张少康：《文赋集释》，第 103—104 页。

相。"① 张少康的按语说："李善注所说与诸家之说异，当以方说
为是。陆机这里正是强调文章不可有固定之死格式，当以曲尽其所
描写对象的形相为原则。钱锺书云：'"离方遁员"明谓僭规越矩，
李注大误；张融意谓文有惯体而无定体，何评尚膜隔一重。……"离
方圆以穷形相"即不囿陈规，力破余地，如苏轼《经进东坡文集事
略》卷六〇《书吴道子画后》："出新意于法度之中，寄妙理于豪
放之外。"'此可备一说。"② 张少康的《集释》还遗漏了一家之说，
那就是王元化先生的说法。1979 年王先生在其所著《文心雕龙创作
论》中，他认为："《比兴篇》是刘勰探讨艺术形象问题的专论，
其中所谓'诗人比兴，拟容取心'一语，可以说是他对于艺术形象
问题所提出的要旨和精髓。事实上，在刘勰以前，陆机已开始接触
到艺术形象问题了。《文赋》中曾经提到过'虽离方而遁员，期穷
形而尽相'的说法。过去注释家对陆机这句话的训释，语多汗漫。
如李善《文选注》：'方圆谓规矩也，言文章有方圆规矩也。'细
审原文，这种说法颇近穿凿。倘方圆解释作规矩，则陆机明明提出'离
方遁圆'的主张。'离''遁'二字同作避开之意，照理这应该是
说抛弃方圆规矩，而绝不会表示相反的意思，'言文章有方圆规矩'
的。何焯引南齐张融《门律》'夫文岂有常体，但以有体为常'来
注释这句话，也是比较迂晦令人费解的。案'离方遁圆'一语，实
寓有运用比喻之意。这句话直译出来就是：方者不可直言为方，而
须离方去说方；圆者不可直言为圆，而须遁圆去说圆。我国传统画
论中经常提到的'不似之似'，也就是'离方遁圆'的另一种说法。……
照陆机看来，'离方遁圆'是塑造艺术形象所必须采取的手段，而
'穷形尽相'则是塑造艺术形象所必须达到的目的。……《比兴篇》

① 转引自张少康：《文赋集释》，第 104 页。
② 张少康：《文赋集释》，第 104 页。

所谓'比类虽繁，以切至为贵，若刻鹄类鹜，则无所取焉'，正与此旨相同。'切至'也就是'穷形尽相'的意思。《诠赋篇》：'拟诸形容，则言务纤密；象其物宜，则理贵侧附。''侧附'也近于'离方遁圆'之义。不过，陆机所提出的'离方遁员，穷形尽相'的说法，只接触到艺术形象的形式问题，这种理解还是十分原始、十分粗糙的。比较起来，刘勰可以说向前跨进了一大步，他不仅从形式方面去探讨艺术形象问题，而且还从内容方面去探讨艺术形象问题。'诗人比兴，拟容取心'一语，就是他对艺术形象这两个不可偏废方面的阐明。"① 这是一个创造性的观点，而且对《文赋》和《文心雕龙》的研究都具有重要的意义。"穷形尽相"，相与象同义，虽然"形相"二字没有连用，但说它是形象的萌芽或胚胎，应当说是没有多大问题的。《文心雕龙》用过"意象"一词，没有使用过"形象"，但也并不能说《文心雕龙》与艺术形象无关。王先生从《比兴》篇找出"拟容取心"四字作为刘勰对艺术形象的阐明，也是可以成立的。他认为："'拟容取心'这句话里面的'容''心'二字，都属于艺术形象的范畴，它们代表了同一艺术形象的两面：在外者为'容'，在内者为'心'。前者是就艺术形象的形式而言，后者是就艺术形式的内容而言。'容'指的是客体之容，刘勰有时又把它叫做'名'或叫做'象'；实际上，这也就是针对艺术形象所提供的现实表象这一方面。'心'指的是客体之心，刘勰有时又把它叫做'理'或叫做'类'；……'拟容取心'合起来的意思就是：塑造艺术形象不仅要模拟现实的表象，而且还要摄取现实的意蕴，通过现实表象的描绘，以达到现实意蕴的揭示。"② 我认为王先生的看法基本上是可取的。但从《文赋》的"虽离方而遁员，期穷形而尽相"到《文

① 王元化：《文心雕龙讲疏》，上海：上海古籍出版社，1992年，第144—145页。
② 王元化：《文心雕龙讲疏》，第145—146页。

心雕龙》"拟容取心"，又感到王先生的论述还有几点未安之处。

　　首先的一点是，王先生对"离方遁圆"的解释是缺乏说服力的。要理解陆机的这两句话的完整意蕴，"虽"与"期"两个字不可忽视。这两句话可直译为：即使离开了方圆规矩，务必达到穷形尽相。李善注的错误，不在于把方圆当作规矩法度，而在于"言文章有方圆规矩也"一句，这一句话违背了陆机的原意。陆机在艺术构思与文辞表达方面是强调创造性与表达的"情貌不差"和"曲尽其妙"的，故言"虽杼轴于予怀，怵他人之我先"①，"信情貌之不差，故每变而在颜"②。前者强调的是创造性，后者强调的是艺术表现的完美和形象的完整，用刘勰的话说，就是"情貌无遗"③和"物无隐貌"④。陆机写《文赋》的最终目的，就是他在小序中所说的"他日殆可谓曲尽其妙"⑤。"穷形尽相"与"曲尽其妙"几乎是同义语，所不同的是前者揭橥艺术形象的问题，为了这一终极目的，他认为即使离开了规矩法度也在所不惜。古代不少文论家都主张文无定法，规矩法度常在有无之间，就是文无定法，有法度而不拘泥于法度。陆机的"虽离方而遁员，期穷形而尽相"这两句话，从艺术形象立论，关键的是后一句话，前一句话似与形象无关。王先生在《文心雕龙讲疏》中有一附录，对"离方遁圆"进行了补释，他说："《文赋》所用'方圆'一词，是颇接近于尹文的'命物之名'的。《尹文子上编》云：'名有三科，法有四呈，一曰命物之名，方圆黑白是也；二曰毁誉之名，善恶贵贱是也；三曰况谓之名，愚贤爱憎是也。'根据尹文所指出的名的三种逻辑意义来看，命物之名是

---

① 张少康：《文赋集释》，第 145 页。
② 张少康：《文赋集释》，第 60 页。
③ 《文心雕龙·物色》，范文澜：《文心雕龙注》，第 694 页。
④ 《文心雕龙·神思》，范文澜：《文心雕龙注》，第 493 页。
⑤ 张少康：《文赋集释》，第 1 页。

属于具体的，毁誉之名是属于抽象的，况谓之名是属于对比的。'方圆'这个词在古汉语中本有泛指物名之义。陆机正是在这个意义上，用'方圆'一词来代表文学的描写对象。"① 王先生的引文出自《尹文子·大道上》，此篇多次出现"方圆"一词，用来论述"形名之学"，《尹文子》开篇便是从"道"与"器"的关系来立论的。"道"是形而上的东西，是无形的；"器"是形而下的东西，是有形的具体事物。《尹文子·大道上》说："大道不称，众有必名。生于不称，则群形自得其方圆。名生于方圆，则众名得其所称也。"② 这几话的意思是说：大道是没有名称的，但道所生的万物必定是有名称的。由不称名的大道所派生出来的万物，它们的形体都是自得其方圆形状的。物体的名称就产生于它们的方和圆的形状中，这样各种物体就可以得到各自的名称了。这两处的"方圆"，指的是方形与圆形。亦泛指事物的形体、性状。王先生所引的"一曰命物之名，方圆黑白是也"。所谓"命物之名"，就是为世间万物所起的名字，所谓"方圆黑白是也"，就是物体有方的、圆的、黑的、白的，如方桌子、圆凳子、黑炭、白雪等，这里的方圆，仍然是泛指事物的形体、性状。还不是像王先生所说是"泛指物名"。用现在的话说，方圆黑白只是名词的中心词前边的形容词或限定词。只有在个别情况下，方圆才可以特指物名，因古代科学不发达，古人认为天是圆的，地是方的，因此"方圆"可特指天地。所以我认为"离方遁圆"不能"代表文学的描写对象"。其次，王元化先生把刘勰的"拟容取心"作为刘勰"对于艺术形象问题所提出的要旨和精髓"，而且认为刘勰对陆机所揭橥的艺术形象问题有所发展，其方向是对的，其论点是精辟的，但是还有需要完善的地方。"拟容取心"一语，

---

① 王元化：《文心雕龙讲疏》，第 150 页。
② 黄克剑释注：《公孙龙子》，北京：中华书局，2014 年，第 132 页。

陆侃如、牟世金先生在《文心雕龙译注》中把它译为"比拟事物的外貌，要摄取其精神实质"①，应当说这个译文是准确的。这两句话原来在《文心雕龙》中并没有引起研究者的注意，王先生把它与艺术形象联系起来，从此"拟容取心"成为人们的注目之点。但对刘勰的形象论仅仅注目于"拟容取心"，也还是不够的。刘勰是在《比兴》篇中提出"拟容取心"的，充其量不过是运用比兴来创造艺术形象的一种手法，在刘勰以《神思》篇为总纲的创作论中，《比兴》篇的地位无法与《神思》篇相比。从《神思》篇的"刻镂声律，萌芽比兴"②两句看，声律与比兴在构造艺术形象方面所起的作用大体是相当的，《文心雕龙》把《声律》排在第三十三，把《比兴》排在第三十六，与"刻镂声律，萌芽比兴"这两句话不无关系。笔者认为，陆机提出了"穷形尽相"的问题，也提出了某些"穷形尽相"之法，但更多的穷形尽相之法是刘勰提出的，他的穷形尽相之法有一个小系列。王元化先生也注意到这一点。他说："在陆机看来，'离方遁圆'是塑造艺术形象所必须采取的手段，而'穷形尽相'则是塑造艺术形象所必须达到的目的。因此，运用比喻是为了更生动地把对象的丰富形貌充分表现出来。《比兴篇》所谓'比类虽繁，以切至为贵，若刻鹄类鹜，则无所取焉'，正与此旨相同。'切至'也就是'穷形尽'相的意思。《诠赋篇》：'拟诸形容，则言务纤密；象其物宜，则理贵侧附。''侧附'也近于'离方遁圆'之义。"③除了对"离方遁圆"与艺术形象的联系难以成立之外，指出"切至"就是"穷形尽相"的意思还是可取的。由于王先生过分把注意力集中在"离方遁圆"上，没有把刘勰的对艺术形象的一系列的论述组

---

① 陆侃如、牟世金译注：《文心雕龙译注》，济南：齐鲁书社，2009 年，第 478 页。
② 范文澜：《文心雕龙注》，第 495 页。
③ 王元化：《文心雕龙讲疏》，第 145 页。

织在刘勰的艺术形象论中。要论述刘勰对陆机"穷形尽相"说的发挥，《物色》篇是很值得注意的篇章。其《物色》篇云：

> 写气图貌，既随物以宛转；属采附声，亦与心而徘徊。故灼灼状桃花之鲜，依依尽杨柳之貌，杲杲为出日之容，瀌瀌拟雨雪之状，喈喈逐黄鸟之声，喓喓学草虫之韵。皎日嘒星，一言穷理；参差沃若，两字穷形；并以少总多，情貌无遗矣。……体物为妙，功在密附。故巧言切状，如印之印泥，不加雕削，而曲写毫芥。……莫不因方以借巧，即势以会奇，善于适要，则虽旧弥新矣。是以四序纷回，而入兴贵闲；物色虽繁，而析辞尚简；使味飘飘而轻举，情晔晔而更新。古来辞人，异代接武，莫不参伍以相变，因革以为功，物色尽而情有余者，晓会通也。①

这里所提出的"写气图貌，既随物以宛转；属采附声，亦与心而徘徊"。以及"一言穷理""两字穷形""情貌无遗""密附""切状""曲写毫芥""使味飘飘而轻举，情晔晔而更新"等等，无一不是陆机的"穷形尽相"。"味飘飘而轻举，情晔晔而更新"，在句式上也受到陆机"情瞳眬而弥鲜，物昭晰而互进"的影响。而且在《文心雕龙》的其他篇章，也可以找到有关"穷形尽相"系列的表述。局限于一词一语，是很难将刘勰如何发展了陆机的"穷形尽相"阐述得完整和完美，这是我要补充的一点。

四、《文赋》在美学思想方面对《文心雕龙》的影响

《文赋》中有两段话，对了解陆机的美学思想有重要的意义。它们分别是：

---

① 范文澜：《文心雕龙注》，第693—694页。

　　诗缘情而绮靡，赋体物而浏亮。碑披文以相质，诔缠绵而凄
怆。铭博约而温润，箴顿挫而清壮。颂优游以彬蔚，论精微而朗畅。
奏平彻以闲雅，说炜晔而谲诳。

　　或托言于短韵，对穷迹而孤兴。俯寂寞而无友，仰寥廓而莫
承。譬偏弦之独张，含清唱而靡应。或寄辞于瘁音，言徒靡而弗华。
混妍蚩而成体，累良质而为瑕。象下管之偏疾，故虽应而不和。
或遗理以存异，徒寻虚而逐微。言寡情而鲜爱，辞浮漂而不归。
犹弦幺而徽急，故虽和而不悲。或奔放以谐合，务嘈囋而妖冶，
徒悦目而偶俗，故声高而曲下。寤《防露》与《桑间》，又虽悲
而不雅。或清虚以婉约，每除烦而去滥。阙大羹之遗味，同朱弦
之清氾。虽一唱而三叹，固既雅而不艳。①

　　王运熙、杨明先生的《魏晋南北朝文学批评史》据此概括出五
个字，即"应""和""悲""雅""艳"作为《文赋》的审美标准。
李泽厚、刘纲纪的《中国美学史》把上引《文赋》的两段话结合起
来加以论述，认为："陆机论述了'含清唱而靡应''应而不和''和
而不悲''悲而不雅''雅而不艳'五种文病。这些论述，显示了
陆机是从审美的角度来观察文学的，……实际上可以归结为两个方
面。一个方面是属于内容的，陆机要求文学要有丰富诚挚的感情，
不取'对穷迹而孤兴'的空洞贫乏，反对'言寡情而鲜爱'，批评'阙
大羹之遗味'；另一方面是属于文辞的，陆机要求辞藻的繁富艳美，
不取'言徒靡而弗华'，反对'徒悦目而偶俗'，批评一味地只知
'除烦而去滥'。显然，前一方面就是陆机所说的'缘情'，后一

---

　　① 张少康：《文赋集释》，第99、183页。

方面则属于他所说的'绮靡'。"①这样概括似乎有点失之简略和以偏概全，"诗缘情而绮靡"，只是陆机论十种文体风格或对十种文体进行审美判断，李、刘主编的《中国美学史》认为这些审美判断是"论不同文体的美"，用对诗歌一种的审美判断来概括陆机的美学思想似乎还不够全面。况且"诗缘情而绮靡"一句，也很难将"应""和""悲""雅""艳"概括进去。上文的五个字，最重要的是"和""雅""艳"三字。"或托言于短韵，对穷迹而孤兴。俯寂寞而无友，仰寥廓而莫承。譬偏弦之独张，含清唱而靡应"这一小段，主要说的是篇幅太小不足以成文，所以"应"并不代表陆机的美学思想。"悲"，主要指的是感动人的效果，"和"指的是和谐之美，也兼有中和之美的内涵。"雅""艳"二字可合组成"雅艳"一词，这是陆机美学思想的核心，兼及思想内容美与文辞美两个方面。另外，"其会意也尚巧，其遣言也贵妍"②，"尚巧"与"贵妍"也体现了陆机的美学思想，同时也是从内容与文辞两个方面着眼的，笔者不排斥"诗缘情而绮靡"是陆机美学思想的组成部分，只是不同意以偏概全而已。陆机的美学思想是文学自觉之后，人们日益重视文学的美学特点的新思潮的产物，是有进步意义的。刘勰的美学思想受陆机的影响十分显著。刘勰是很重视中和之美的，在《文心雕龙·乐府》篇中，他为"中和之响，阒其不还"和"淫辞在曲，正响焉生"③而发出感叹，这与陆机所说的"务嘈囋而妖冶，徒悦目而偶俗，故声高而曲下。寤《防露》与《桑间》，又虽悲而不雅"有一脉相承的关系。刘勰的美学思想的一个特点就是极力在对立的

---

① 李泽厚、刘纲纪主编：《中国美学史》第二卷，北京：中国社会科学出版社，1987年，第279页。

② 张少康：《文赋集释》，第132页。

③ 范文澜：《文心雕龙注》，第101、102页。

两极中寻求和谐之美，他在古与今之间折衷，在雅俗之际折衷，在文质之间折衷，这就是他在《序志》篇所说的"擘肌分理，唯务折衷"①。刘勰对"绮丽""雅艳"都是很重视的。他在《情采》篇说："庄周云'辩雕万物'，谓藻饰也。韩非云'艳乎辩说'，谓绮丽也。绮丽以艳说，藻饰以辩雕，文辞之变，于斯极矣。"②这说明刘勰对"绮丽"和"藻饰"是赞赏的。其《诠赋》篇云："情以物兴，故义必明雅；物以情睹，故词必巧丽。丽词雅义，符采相胜，如组织之品朱紫，画绘之著玄黄，文虽杂而有质，色虽糅而有本，此立赋之大体也。"③"丽词雅义"也体现了刘勰的美学观，而且他对文词的要求，不单要求"丽"，还要求"巧丽"，这与《文赋》的"其会意也尚巧，其遣言也贵妍"别无二致。刘勰对文辞的"艳"，多次流露出极大的赞赏。在《辨骚》篇中，他称赞屈原的作品"惊采绝艳，难与并能"和"金相玉式，艳溢锱毫"④。《诠赋》篇说"相如《上林》，繁类以成艳"⑤，又称赞"枚乘摘艳"⑥"景纯艳逸"⑦。又说："模经为式者，自入典雅之懿；效骚命篇者，必归艳逸之华。"⑧他把"典雅之懿"与"艳逸之华"列于同等的地位，足见对"艳逸"的倾心。

从以上论述可以得出一个结论，刘勰的美学思想十分接近陆机，陆机的美学思想是刘勰美学思想的一个最重要的渊源。他们二人所不同的是，由于刘勰受宗经思想的局限，他很强调儒家的伦理道德和文学的社会作用，而陆机虽然在《文赋》的最后一段也言及文学

① 范文澜：《文心雕龙注》，第 727 页。
② 范文澜：《文心雕龙注》，第 537 页。
③ 范文澜：《文心雕龙注》，第 136 页。
④ 范文澜：《文心雕龙注》，第 47、48 页。
⑤ 范文澜：《文心雕龙注》，第 135 页。
⑥ 《文心雕龙·杂文》，范文澜：《文心雕龙注》，第 254 页。
⑦ 《文心雕龙·才略》，范文澜：《文心雕龙注》，第 701 页。
⑧ 《文心雕龙·定势》，范文澜：《文心雕龙注》，第 530 页。

的社会作用有所谓"济文武于将坠，宣风声于不泯"①云云，但比起刘勰来，这种声音是微弱得多了。

五、几个相关问题的思考

《文心雕龙》与《文赋》既然有如此多的渊源关系，但刘勰对《文赋》的评价并不高。《文心雕龙·序志》篇列举了魏晋时代的六种文论著作(其中也包括《文赋》)，说它们"各照隅隙，鲜观衢路"，"陆《赋》巧而碎乱"②。《总术》篇又说："昔陆氏《文赋》，号为曲尽，然泛论纤悉，而实体未该。"③如何看待这个问题，目前已有三种不同的意见，王元化先生认为："《文赋》不是一篇通常的文论，而是一篇用赋体写成的文论，在形式上受到赋体的严格局限。刘勰就曾指出过《文赋》'巧而碎乱'的弊病。它缺乏整齐的层次和分明的条贯，往往把不同范畴的问题放在一起论述，时常呈现反复交错的情况。"④这就是说刘勰批评它"巧而碎乱"是有道理的。另一种意见认为："刘勰说：'《文赋》巧而碎乱'，这是很不正确的。如果与系统的理论著作相比，《文赋》显得零碎。但作为一篇以'赋'的形式谈文学创作的文章来看，它结构精密，条理清晰，语言简练，没有什么枝蔓和重复之处，堪称是一精心结撰之作，比刘勰《文心雕龙》的某些篇章要好。就词章华采来说，也为刘勰所不及。"⑤张少康先生认为："从《文赋》所存在的不足来看，这些批评应该说都是有道理的，但从对陆机《文赋》的整体评价来说，无疑是过

① 张少康：《文赋集释》，第261页。
② 范文澜：《文心雕龙注》，第726页。
③ 范文澜：《文心雕龙注》，第655页。
④ 王元化：《文心雕龙讲疏》，第149页。
⑤ 李泽厚、刘纲纪主编：《中国美学史》（第二卷上），第251页。

于片面了。所以骆鸿凯在《文选学》中说刘勰这些批评'皆疑少过'。"①
笔者比较同意张少康的看法。需要补充的是，刘勰所说的"实体未该"
其具体含义是什么，"实体"一词，陆机也用过，其《浮云赋》云：
"有轻虚之艳象，无实体之真形。"②这里的实体指实在而又具体
的物体，浮云就算不上实体。而刘勰所说的实体，当指主体或要点，
与陆机的"实体"含义有所不同。"该"即具备之义，说《文赋》"实
体未该"，意即批评主体没有树立起来，也没抓住要点，也就是说
《文赋》在论"立文之大体"上是有欠缺的。与《文心雕龙》相比，
《文赋》的确缺乏完整的体系，赋前的小序简略，缺乏像刘勰那样
论"文之枢纽"的总纲，说它"实体未该"不是没有道理的；但一
篇一千五百六十八字的《文赋》，篇幅不及《文心雕龙》的二十分
之一，它主要论述的就是构思、写作过程以及各种文病，要求它面
面俱到是不可能的，刘勰对它未免有些苛求。另外《文赋》在论各
种文病时给人的感觉是的确有些琐碎，也确有"把不同范畴的问题
放在一起论述，时常呈现反复交错的"现象，刘勰说它"巧而碎乱"
也不是没有道理，陆机多用形象的语言和比喻对构思和创作过程中
出现的变化情状进行形象的描述，比起《文心雕龙》来，它的逻辑
思维与论述的思辨性的确是少了很多。这也可能是刘勰看不上《文
赋》的一个原因。就整体而论，刘勰对《文赋》的评价的确有点片
面和不公允。

　　另外一个值得思考的问题是，《文赋》有无宗经思想的问题。
钱锺书先生对《文赋》"倾群言之沥液，漱六艺之芳润"两句，指
出"六艺""明指六经"，这是正确无疑的，并提出："盖陆机已

① 张少康：《〈文心雕龙〉对陆机〈文赋〉的继承和发展》，载《〈文心雕龙〉
国际学术研讨会论文集》，台北：文史哲出版社，1999年。
② ［西晋］陆机：《陆机文集》，上海：上海社会科学院出版社，2000年，第29页。

发《文心雕龙·宗经》之绪。……机《赋》始专为文词而求诸经，刘勰《雕龙》之《原道》《征圣》《宗经》三篇大畅厥旨。"① "群言"当指包括诸子百家在内的各种文章，也即《文赋》开篇所说的"先士之盛藻"②，将"群言"与"六艺"并列，而且又冠以"倾"字和"漱"字，哪里还有什么宗经的味道。即使再加上钱先生没有用作例证的"颐情志于《典》《坟》"③，把《三坟》《五典》当作经典，但这种经典不过是供作者颐养情志之用，是参考、借鉴，是经典为我所用，而没有对经典的尊崇，达不到刘勰的宗经高度。如论刘勰的宗经思想的渊源，当推荀子与扬雄，刘勰在这方面似没有受陆机多少影响。

最后值得思考的一个问题是：就是张少康先生在《〈文心雕龙〉对陆机〈文赋〉的继承和发展》一文中所提出的一个观点："如果没有陆机的《文赋》，大概也就不会有《文心雕龙》。"我觉得这两句话说得似乎过分了一点。《文心雕龙》的产生自有它的文化背景，我曾有专文论述，此不赘述④。我想补充说明的是，《文赋》对《文心雕龙》的最大影响，莫过于《神思》；但《神思》有深厚广博的渊源，除了渊源于道家和魏晋玄学之外，六朝的文坛艺苑中画论、书论中的有关论述，都为刘勰所取资，正像牟世金先生所说："《神思》篇的重要成就，并不仅仅是'本陆机氏说'而得。……六朝时期在文学艺术的各个方面都取得了突出的成就，以至被视为古代'最富有艺术精神的一个时代'，《神思》之论能够精到地阐述一些艺术构思的特殊规律，正是从这个最富有艺术精神的时代所得到的滋

---

① 钱锺书：《管锥编》（第三册），北京：中华书局，1979年，第1182—1183页。
② 张少康：《文赋集释》，第1页。
③ 张少康：《文赋集释》，第20页。
④ 参见本书《〈文心雕龙〉产生的文化背景》一文。

养。……此期是一个特重艺术构思的时代。……画论的'迁想妙得'，书论的'意在笔前'，加上文论的'神与物游'，可说是六朝艺术构思论的三绝，或者说是三大成就。而提出'神与物游'的神思论，既是集六朝艺术构思论之大成者，也是出现'迁想妙得''意在笔前'等论的时代产物。……这就是《神思》产生在齐梁之际的沃土。"①
我认为牟论比较符合实际。不当之处，望海内外专家指正。

---

① 牟世金：《文心雕龙研究》，第 323—327 页。

《文心雕龙》创作论与道家和魏晋玄学的渊源关系

笔者一向认为，《文心雕龙》的思想渊源以儒家思想为主导，但生活在齐梁时代的刘勰，并非纯儒，儒道释三教合流是当时的时代思潮，儒道玄佛各种思想的互相交融成为学术思想的风尚，在这种时代背景下产生的《文心雕龙》，要探究其思想渊源是相当复杂的，各种思想渊源像纠缠一样扭结在一起，使人难解难分。

一、《神思》篇与老庄和魏晋玄学的渊源关系

《文心雕龙》的创作论，最引人注意的是《神思》篇。《神思》是论述文学创作的构思和想象的。因本文只论《神思》篇与道家和魏晋玄学的渊源，其他方面不多置论。《神思》篇开篇就说："古人云：'形在江海之上，心存魏阙之下。'神思之谓也。"[①] 刘勰所引古人的这两句话，出自《庄子·让王》篇，刘勰认为"神"可以离开"形"而自由活动，而且可以超越时空的限制，具有"寂然凝虑，思接千载；悄焉动容，视通万里"[②] 的神奇作用，这正是继承了庄子的形神分离说。在形神关系上，庄子是重神不重形，甚至是重神遗形的。《神思》篇的第二段，刘勰又提出"是以陶钧文思，贵在虚静，疏瀹五藏，澡雪精神"[③] 的问题，这就是许多《文心雕龙》研究者所概括的"虚静说"。而在哲学的认识论上第一次提出这个

---

① 范文澜：《文心雕龙注》，北京：人民文学出版社，1958 年，第 493 页。
② 《文心雕龙·神思》，范文澜：《文心雕龙注》，第 493 页。
③ 范文澜：《文心雕龙注》，第 493 页。

问题的就是老子。老子说："致虚极，守静笃。万物并作，吾以观复。"①
老子把"致虚""守静"当作得道的一种手段或方法，这是使心境
空明宁静，不为杂念所乱、不为外物所惑的一种状态。处在这种状
态之中，才能观察万物的变化，看到万物的变化都要复归于本根。
这种静观变化正是老子"无为"主义的哲学基础。但老子的虚静说，
有否定人在具体感性认识中的作用，主张"绝学""弃智"，从而
陷入带有神秘色彩的直观认识论的泥淖。在《老子》一书中，"虚静"
二字并没有连为一词。

　　庄子的"虚静说"又把老子的"虚静说"向另一极端发展。《庄
子·天道》篇说："夫虚静恬淡寂漠无为者，天地之平而道德之至，
故帝王圣人休焉。休则虚，虚则实，实者伦（备）矣。虚则静，静
则动，动则得矣。静则无为，无为也则任事者责矣。……夫虚静恬
淡寂漠无为者，万物之本也。"②成玄英疏："四者（指虚静、恬淡、
寂漠、无为）异名而同实者也，叹无为之美，故具此四名。而天地
以此为平，道德用兹为至也。"③可见庄子的"虚静说"是可以与"无
为"划等号的。而且庄子的"虚静说"是与"休虑息心"（成玄英疏）
不可分的，是与他追求"物我两忘"相联的，仍然没有摆脱老子"绝
学""弃智"的影响。

　　"疏瀹五藏，澡雪精神"，几乎可以说是直接引用庄子的话。《庄
子·知北游》："汝斋戒，疏瀹而心，澡雪而精神。"④为刘勰所本。
如果说"虚静说"还不能完全说是受老庄思想的影响，因为还有荀

---

　　① ［魏］王弼注，楼宇烈校释：《老子道德经注》，北京：中华书局，2011 年，
第 39 页。

　　② ［晋］郭象注，［唐］成玄英疏，曹础基、黄兰发整理：《庄子注疏》，北京：
中华书局，2011 年，第 248—249 页。

　　③ ［晋］郭象注，［唐］成玄英疏，曹础基、黄兰发整理：《庄子注疏》，第 248 页。

　　④ ［晋］郭象注，［唐］成玄英疏，曹础基、黄兰发整理：《庄子注疏》，第 395 页。

子等人虚静说的影响，那么这种"疏瀹五藏，澡雪精神"的说法，则纯属是渊源于庄子了。

刘勰为了强调艺术形象构思中"神思"的作用，《神思》篇还使用了庄子寓言中的典故，所谓"独照之匠，窥意象而运斤"[①]，用的就是《庄子·徐无鬼》"运斤成风"的典故。而《神思》篇后文的"伊挚不能言鼎，轮扁不能语斤"[②]，上句用的是《吕氏春秋·本味》篇的典故，下句用的是《庄子·天运》篇"轮扁斫轮"的典故。庄子的寓言故事本身，已经多少突破了老庄之道排除知识和经验的局限，那种只可意会，不可言传，得之于心，应之于手的技巧，不管庄子说得如何神秘，实际上是离不开实践经验的。为了克服老庄之道绝学、弃智的局限，所以刘勰又提出"积学以储宝，酌理以富才，研阅以穷照，驯致以绎辞"[③]四个方面，即强调用学习来积累知识，用辨别事理来增长自己的才华，用自己的生活经验来获得对事物的真正理解，还要训练自己的情致来恰切地运用文辞。在这一点上可以说刘勰的神思论虽源于老、庄，却又大大地高于老庄。

魏晋玄学的言意之辨，也对刘勰的神思论产生了一定的影响。老、庄可以说是"言不尽意"一派的祖师爷。老子是个行"无言之教"的人，并主张"不如守中"[④]。"知者不言，言者不知。""善者不辩，辩者不善。"[⑤]《庄子·天道》篇在发挥老子"知者不言，言者不知"时，认为书、语、意都是不可言传的，可以言传的只是"糟魄"。其《天道》篇云："世之所贵者书也，书不过语，语有贵也。语之所贵者意也，意有所随。意之所随者，不可以言传也，而世因贵言

---

① 范文澜：《文心雕龙注》，第 493 页。
② 范文澜：《文心雕龙注》，第 495 页。
③ 《文心雕龙·神思》，范文澜：《文心雕龙注》，第 493 页。
④ ［魏］王弼注，楼宇烈校释：《老子道德经注》，第 15 页。
⑤ ［魏］王弼注，楼宇烈校释：《老子道德经注》，第 152、200 页。

传书。世虽贵之，我犹不足贵也，为其贵非其贵也。故视而可见者，形与色也；听而可闻者，名与声也。悲夫，世人以形色名声为足以得彼之情！夫形色名声果不足以得彼之情，则知者不言，言者不知，而世岂识之哉。"① 他又用轮扁斫轮的寓言，说明斫轮的技艺，"徐则甘而不固，疾则苦而不入。不徐不疾，得之于手而应于心，口不能言，有数存焉于其间，臣不能以喻臣之子，臣之子亦不能受之于臣"②。其《秋水》篇又云："可以言论者，物之粗也；可以意致者，物之精也；言之所不能论，意之所不能致者，不期精粗焉。"③ 其《外物》篇又云："筌者所以在鱼，得鱼而忘筌。言者所以在意，得意而忘言。"④

魏晋时代由于玄学的盛行，"言意之辨"成为玄学的一个重要论题。其中的代表人物就是王弼。王弼在《周易略例·明象》中说："夫象者，出意者也；言者，明象者也。尽意莫若象，尽象莫若言。言生于象，故可寻言以观象；象生于意，故可寻象以观意。意以尽象，象以言著。故言者可以明象，得象而忘言；象者可以存意，得意而忘象。犹蹄者所以在兔，得兔而忘蹄；筌者所以在鱼，得鱼而忘筌也。"⑤ 王弼以老庄思想解《易》，《周易·系辞》认为"言"与"象"是可以"尽意"的，故《系辞》说："圣人立象以尽意，设卦以尽情伪，系辞焉以尽言。"⑥ 王弼并没有完全继承《系辞》观点，他的基本倾向是主张"言不尽意"和"得意忘象"的。但他又力图把老庄的"言不尽意"和《系辞》的"言尽意"进行调和与

---

① ［晋］郭象注，［唐］成玄英疏，曹础基、黄兰发整理：《庄子注疏》，第265页。
② ［晋］郭象注，［唐］成玄英疏，曹础基、黄兰发整理：《庄子注疏》，第266页。
③ ［晋］郭象注，［唐］成玄英疏，曹础基、黄兰发整理：《庄子注疏》，第311页。
④ ［晋］郭象注，［唐］成玄英疏，曹础基、黄兰发整理：《庄子注疏》，第492—493页。
⑤ 楼宇烈校释：《王弼集校释》，北京：中华书局，1980年，第609页。
⑥ 黄寿祺、张善文译注：《周易译注》，北京：中华书局，2007年，第396页。

沟通。荀粲的《言不尽意论》，则对《易传》所谓"立象以尽意""系辞焉以尽言"的言尽意论持否定态度。而且他还提出"象外之意"说，关于这一点我们将在后文论《隐秀》篇的历史渊源时再加以论述。

《神思》篇在论述艺术构思与语言表达之间的关系时也接触到言意之间的关系，刘勰是主张言不尽意的。故云："方其搦翰，气倍辞前，暨乎篇成，半折心始。何则？意翻空而易奇，言征实而难巧也。"[1] 虽然在进行艺术构思之前，作者已经进入虚静状态，在构造意象的阶段，作者已经驰骋了丰富的想象，想象的翅膀已经超越了时空，但是在拿起笔来具体把意象落实到文词时，想表现的东西却不能完全表现出来，不得不打了一个大折扣。这就是刘勰所揭示的在文学创作上的"言不尽意"现象，这种现象最早是庄子在论道的时候提出的，魏晋的玄学家又把它发展了一步，但他们都是从哲学的角度或从认识论上提出这个问题的，把"言不尽意论"第一次用在文学创作上的是陆机，陆机在《文赋》中提到"意不称物，文不逮意"[2] 的问题，陆、刘二人都明显地受到庄子和魏晋玄学的影响。

刘勰在《序志》篇中又说："言不尽意，圣人所难。识在瓶管，何能矩矱。"[3] 这几句话可作为《神思》篇"言不尽意论"的补充。

二、《养气》篇与道家思想的渊源

《神思》篇与《养气》篇虽非姊妹篇，但是不少研究者指出两篇之间有密切的关系。清代的纪昀评此篇说："此非惟养气，实亦涵养文机，《神思》虚静之说，可以参观。彼疲困躁扰之余，乌有

---

① 范文澜：《文心雕龙注》，第 494 页。
② 张少康：《文赋集释》，北京：人民文学出版社，2002 年，第 1 页。
③ 范文澜：《文心雕龙注》，第 727 页。

清思逸致哉！"①黄侃先生在《文心雕龙札记》中说："养气谓爱精自保，与《风骨》篇所云诸气字不同。此篇之作，所以补《神思》篇之未备，而求文思常利之术也。"②

纪、黄二人都指出《养气》篇与《神思》篇特别是《神思》篇的虚静之说有密切的关系。其实这一点在《神思》篇中已有所暗示，《神思》篇有云："秉心养术，无务苦虑，含章司契，不必劳情也。"③这里所说的"秉心"，实为"养气"，在刘勰的心目中，"心""气""神"具有相近的含义。

《养气》篇开篇云：

> 昔王充著述，制养气之篇，验己而作，岂虚造哉！夫耳目鼻口，生之役也；心虑言辞，神之用也。率志委和，则理融而情畅；钻砺过分，则神疲而气衰；此性情之数也。④

一般论述"文气说"的人，常引孟子的"我善养吾浩然之气"⑤，或引曹丕的"文以气为主，气之清浊有体，不可力强而致"⑥。但是在《养气》篇中，刘勰对孟子的养气和曹丕的"文以气为主"等，未置一语，而开篇即言"王充著述，制养气之篇"。据王充《论衡·自纪篇》云，王充晚年因"贫无供养，志不娱快"，"乃作《养性》之书凡十六篇，养气自守，适食则酒，闭目塞聪，爱精自保，适辅

---

① ［梁］刘勰撰，［清］黄叔琳注，［清］纪昀评：《文心雕龙辑注》，北京：中华书局，1957年，第364页。

② 黄侃：《文心雕龙札记》，北京：商务印书馆，2017年，第193页。

③ 范文澜：《文心雕龙注》，第494页。

④ 范文澜：《文心雕龙注》，第646页。

⑤ 杨伯峻译注：《孟子译注》（第2版），北京：中华书局，2005年，第62页。

⑥ ［魏］曹丕：《典论·论文》，［清］严可均辑：《全三国文》（上册），北京：商务印书馆，1999年，第83页。

服药引导，庶几性命可延。斯须不老。"①王充此书虽然不传，但其大体内容，略可窥知。王充的养性之书，实为"养气自守""爱精自保"，且辅之于"服药引导"以求延年益寿的一本书。简言之即为道家养生的一本书。东汉为道教流行的时代，这也可见王充并非纯儒，他受到道教的影响。

刘勰把王充的"养性"改易一字，变成"养气"，并不是刘勰的疏忽，很可能是刘勰有意为之。既然王充自云"养性"是讲"养气自守"的，则养性与养气就没有多大的区别了。

范文澜在《养气》篇注（二）中说："彦和论文以循自然为原则，本篇大意，即基于此。盖精神寓于形体之中，用思过剧，则心神昏迷。故必逍遥针劳，谈笑药倦，使形与神常有余闲，始能用之不竭，发之常新，所谓游刃有余者是也。"②此说在揭示《养气》篇的题旨上，可谓言简意赅。他首先抓住了刘勰论文的一个原则问题，即遵循自然。老庄的整个哲学基础便是以自然为宗。老子提出的"道法自然"后来成为道家乃至魏晋玄学的圭臬。要探索《养气》篇与道家思想的渊源，首先必须注意《养气》与道家"自然"说的关系。

《养气》篇一个重要的观点便是"率志委和"与"从容率情"，所谓"率志委和"，就是随顺情志而获得自然所赋予的和气，"率志"与"率情"互文见义，情志一也。"率情"与"委和"最早的词语出处都见于庄子，《庄子·山木》云："形莫若缘，情莫若率，缘则不离，率则不劳。"③"率情"即原于"情莫若率"。郭象注："情不矫，故常逸。"④率情是自然的，矫情是人为的，虚伪的，违反

①　黄晖：《论衡集解》（附刘盼遂集解），北京：中华书局，1990年，第1208、1209页。

②　范文澜：《文心雕龙注》，第648页。

③　［晋］郭象注，［唐］成玄英疏，曹础基、黄兰发整理：《庄子注疏》，第367页。

④　［晋］郭象注，［唐］成玄英疏，曹础基、黄兰发整理：《庄子注疏》，第367页。

自然的。《庄子·知北游》云："生非汝有，是天地之委和也。"①
这是"委和"一词的最早出处。可见"率志委和"的说法本来就与
庄子有密切的渊源关系。

　　另外，将"养气"与"达至道之原，通自然之本"首先联系在
一起的也是庄子。《庄子·达生》篇云："是纯气之守也，非知巧
果敢之列……彼将处乎不淫之度，而藏乎无端之纪，游乎万物之所
终始，一其性，养其气，合其德，以通乎物之所造。夫若是者，其
天守全，其神无却，物奚自入焉。"②成玄英疏："夫不为外物侵
伤者，乃是保守纯和之气，养于恬淡之心而致之也，非关运役心智，
分别巧诈，勇决果敢而得之。"③"物之所造，自然也。既一性和德，
与物相应，故能达至道之原，通自然之本。"④语言是思想的物质外
壳，刘勰用庄子的语言绝非偶然，而是有意为之，受庄子的影响十分
明显。

　　再从用典方面来考察《养气》篇与庄子的渊源关系。范注《文
心雕龙·养气》篇注引《庄子》的典故凡三次，在"若夫器分有限，
智用无涯；或惭凫企鹤，沥辞镌思；于是精气内销，有似尾闾之波；
神志外伤，同乎牛山之木"数句下注云："《庄子·骈拇》'是故
凫胫虽短，续之则忧；鹤胫虽长，断之则悲。故性长非所断，性短
非所续，无所去忧也。'又《秋水》'天下之水，莫大于海，万川
归之，不知何时止而不盈；尾闾泄之，不知何时已而不虚。'"⑤在"常
弄闲于才锋，贾余于文勇，使刃发如新，膝理无滞"数句下注云："《庄

　　① ［晋］郭象注，［唐］成玄英疏，曹础基、黄兰发整理：《庄子注疏》，第394页。
　　② ［晋］郭象注，［唐］成玄英疏，曹础基、黄兰发整理：《庄子注疏》，第343—344页。
　　③ ［晋］郭象注，［唐］成玄英疏，曹础基、黄兰发整理：《庄子注疏》，第343页。
　　④ ［晋］郭象注，［唐］成玄英疏，曹础基、黄兰发整理：《庄子注疏》，第344页。
　　⑤ 范文澜：《文心雕龙注》，第648页。

子·养生主》'庖丁曰，臣之刀十九年矣，所解数千牛矣，而刀刃若新发于硎。'"①陆侃如、牟世金先生的《文心雕龙译注》于《养气》篇"智用无涯"下，又增引了一条《庄子·养生主》的文字："吾生也有涯，而知也无涯，以有涯随无涯，殆已。"②范注原引《金楼子·立言》注此，《金楼子》的作者萧绎（508—554）与刘勰是同时代人，陆、牟两先生认为引《金楼子》此注不确切，故改引《庄子》。詹锳先生的《文心雕龙义证》，注引《庄子》又增加了三处，其中尤为重要的一条就是在"从容率情"句下注引《庄子·山木》："情莫若率，……率则不劳。"又引林希逸注："率，循其自然之意。"③各家注本仅《养气》篇引《庄子》不下七八处之多，《庄子》与《文心雕龙》的渊源关系，是不言而自明的。尤其值得注意的一点是，《养气》篇两次使用《庄子·养生主》的典故。《养生主》是《庄子》中最短的一篇，除了开篇的一段议论以外，后文最引人注意的就是"庖丁解牛"的寓言。而这两处的意蕴都为刘勰《养气》篇所汲取。他处所引《庄子》，不管所论如何，都围绕一个中心，即顺应自然，不违背自然，否则，不为外物所伤，便会徒劳无功。庖丁解牛数千，历时十九年，而刀刃若新发于硎，为何良厨一年换一次刀，大众厨师却要一月换一次刀呢？关键就是庖丁能依天然之腠理，知道什么地方该下刀，什么地方该避开。刘勰用《庄子·骈拇》的典故也是同样的道理，鸭子腿短，鹤的腿长是天然形成的，不能违背自然为鸭子续腿或者把长长的鹤腿去掉一段。因为这样做是违背自然的。刘勰以庄子的自然之道用在文学创作上，认为作家需要养气，但养气必须符合自然之道，在写作时需要"从容率情，优柔

---

① 范文澜：《文心雕龙注》，第650页。
② 陆侃如、牟世金译注：《文心雕龙译注》，济南：齐鲁书社，2009年，第536页。
③ 詹锳：《文龙雕龙义证》（下册），上海：上海古籍出版社，1989年，第1577页。

适会"。在运笔时时常会发生头脑发昏、文思壅滞的情况，这时不要勉强，要"清和其心，调畅其气，烦而即舍，勿使塞滞，意得则舒怀以命笔，理伏则投笔以卷怀"①。刘勰的养气是把养性、养神、养生等糅合在一起的，但这一切都要随顺自然。所以范文澜说，"彦和论文以循自然为原则，本篇大意，即基于此"②。

近读王更生先生《文心雕龙管窥·刘勰〈文心雕龙〉"养气论"与道教》，使我很受启发。他提出："刘勰的'养气论'，其真正的本质，在论'养生'之学也。"③又说："刘勰的'养气论'既是借'养气'为名，行'养生'之实，则其'养气论'所涉及的对象，必有与众说不同的层面。究其内容，他完全不涉及道教的各种宗派，完全和道教所崇奉的'神''仙'无关。纯粹立足于文学理论的高度，假道教的'养生'理论，向从事创作的文人才士提出忠告。"④所谓"忠告"是指作者欲求文气通畅，必须闭明塞聪，爱精自保，庶几性命可延，斯须不老。另一方面还要"清和其心"，"调畅其气"，做适当"节宣"的养气功夫。

有些研究者在 20 世纪 80 年代末，已经注意到《养气》篇与道家的渊源关系，如张少康先生在《文心雕龙初探》中，对此做了一些有益的探索。他以《文心雕龙》的"神思论"为切入点，论述了"神思""虚静""养气"三者的关系，他指出"刘勰之所以把'神思''虚静''养气'联系起来，并且把养气问题作为专篇来论述，显然也是受庄子思想、特别是其论技艺创造故事影响的结果。……所谓'率志委和'，也就是庄子所提倡的保守'纯气'的意思。……

---

① 范文澜：《文心雕龙注》，第 647 页。
② 范文澜：《文心雕龙注》，第 648 页。
③ 王更生：《文心雕龙管窥》，台北：文史哲出版社，2007 年，第 129 页。
④ 王更生：《文心雕龙管窥》，第 133 页。

刘勰这种强调率性自然的思想，显然是和他在《原道》篇中提倡自然之美的思想完全一致的。这也是他受道家思想的影响在创作理论方面的重要表现之一。"①但是张少康先生并没有论及《养气》篇与道教养生学的关系。王更生先生在这方面做了一些新的探索，可以说从一方面扩展了《文心雕龙》的思想渊源。他认为《养气》篇中的"率志委和""器分有限，智用无涯""惭凫企鹤，沥辞镌思""清和其心，调畅其气""水停以鉴，火静而朗"以及"胎息之万术，卫气之一方"等，无一不是从道书中蜕出，足征刘勰的养气论，虽是博综各家，但道教"养生"之学，却如影随形活跃在字里行间。对于道教的养生学，王先生又进一步论证说：

> 道教重养生，且视"精""气""神"为人体生命存亡的关键，期能精足、气充、神全，因而特别致意于服气、行气、胎息诸术，视其为内修之法。在道书中论"养生""养性"之说里，"胎息法"首见于载籍者，当推西汉《淮南鸿烈·精神训》，其次是《太平经》，到范晔《后汉书·方术传·王真传》，始正式记载其人行胎息之方，说他"登五岳名山，行胎息胎食之方，漱舌下泉咽之，不绝房室"，至于形成胎息法的系统理论，为信众开方便法门的是东晋葛洪的《抱朴子·内篇·对俗》引《仙经》，言"胎息的重要"时说："服丹守一，与天相毕，还精胎息，延寿无极，此皆至道要言也。"后又在《释滞》篇进一步分析胎息法之要诀、效果与禁忌，……足见胎息在道教"养生"理论中的重要性。刘勰的《文心雕龙》"养气论"，特别是将自己体验所得的"节宣""清心""调气"三法，和道教的"胎息"作比较，推尊"胎息"为道术中导引、行气、

---

① 张少康：《文心雕龙新探——刘勰文学理论体系及其渊源》，济南：齐鲁书社，1987 年，第 60—61 页。

健身、旺神、养精的万应灵丹，则其假"养气"为名，行"养生"之实，更得到进一步的印证。①

　　有的研究者指出，刘勰的家世世代信奉道教，他受道教养生学的影响是完全有可能的，更重要的是在《养气》篇的文本中已经有所表现。就连不太同意在《庄子》和《抱朴子》中找线索、找根据的"龙学"家，也承认《养气》篇确实有一些道教的术语。只不过他认为："刘勰在《养气》篇中还硬把道家方士的'胎息''吐纳''卫气'之类长生久视之术，应用到文学创作活动中来，从而使一些精华和糟粕交织在一起。"② 道教的养生学具体化到《养气》篇中，是精华还是糟粕，看来目前还存在不同的看法，这一问题还有待于进一步研究。笔者认为，《养气》篇的主流意识，还是强调遵循自然，主张"率志委和"，比起这些来，道教的养生学似乎不占主要。这从《养气》篇的文本中略可窥知：

　　　　是以吐纳文艺，务在节宣，清和其心，调畅其气，烦而即舍，勿使壅滞，意得则舒怀以命笔，理伏则投笔以卷怀，逍遥以针劳，谈笑以药倦，常弄闲于才锋，贾余于文勇，使刃发如新，腠理无滞，虽非胎息之万术，斯亦卫气之一方也。③

　　上引文字的最后两句话，很值得推敲。刘勰所说的"吐纳""节宣""清和其心，调畅其气"云云，在刘勰看来，还算不上胎息的种种法术，只不过是养气的一种方法而已。考察"卫气"一词，一

---

① 王更生：《文心雕龙管窥》，第142—143页。
② 王元化：《文心雕龙讲疏》，上海：上海古籍出版社，1992年，第70页。
③ 范文澜：《文心雕龙注》，第647页。

是中医学的名词，为人体内饮食水谷所化生的精气，具有保护肌表，抗御外邪的作用。出自《灵枢经·本藏》："卫气者，所以温分肉，充皮肤，肥腠理，司开阖者也。"①中医学的"卫气"似乎与《文心雕龙》无关。另一用法就在《养气》篇中。所谓"卫气"，就是养气，或者说是守气，也即庄子所说的"守纯和之气"。

三、《风骨》篇与魏晋玄学的关系

"风骨"是《文心雕龙》的重要美学范畴，对它的内涵目前"龙学"界分歧较大，本文不多置论。笔者只想考察一下这个美学范畴的来源以及它与魏晋玄学的关系。

以风神和骨相论人，要比以此论文的时间久远得多。王充《论衡》专有一篇《骨相篇》，他在《骨相篇》中列举了从黄帝至汉代的邓通、倪宽等数十人的骨相，以此来论证人的贫贱富贵乃至人的性格皆与骨相有关。但此文与论文的风骨可以说没有关系，也与东汉以后的品藻人物没有多大关系。魏晋以来，士大夫重谈玄、尚清谈，爱品藻人物，本于玄旨、杂以清言的玄学大为流行，风气为之一变。

三国时魏人刘劭所著《人物志》，把玄学中的形神论和以才性、气质论人引入《人物志》中，他提倡神鉴，重视考察人的精神风韵特征。刘劭乃汉末魏初人，他生活的时代玄学还没有像后来那样盛行，《三国志》本传载散骑侍郎向朝廷举荐刘劭的话，其中有"臣数听其清谈，览其笃论"②的话语，可见他与玄学的清谈有一定的关系。《人物志》有玄学的影响不足为怪，可谓得风气之先。他说："物生有形，形有神精。能知精神，则穷理尽性。"③晋人葛洪在《抱朴子·清

---

① 姚春鹏译注：《黄帝内经》，北京：中华书局，2010年，第1196页。

② ［三国魏］刘劭著，伏俊琏译注：《人物志译注·附录》，上海：上海古籍出版社，2008年，第193页。

③ ［三国魏］刘劭著，伏俊琏译注：《人物志译注·九征第一》，第22页。

鉴》中说："区别臧否，瞻形得神。"① 他们都注意到以形得神的问题。汤用彤在《魏晋玄学论稿·言意之辨》中说："汉代相人以筋骨，魏晋识鉴在神明。"② 从王充的《骨相篇》到刘劭的《人物志》，正可以看出这种变化的端倪。

被称为"清言小品"的《世说新语》，在品藻人物时，已经使用了"风骨""风神""骨气"等概念。《世说新语》虽成书于南朝宋，但所记多为东晋人物的言行，这正是玄风大盛的时代。兹举数例如下：

> 旧目韩康伯，捋肘无风骨。（《轻诋》）③
> 时人道阮思旷骨气不如王右军。（《品藻》）④
> 羲之风骨清举。（《赏誉》注引《晋安帝纪》）⑤
> 天锡见其风神清令，言语如流。（《赏誉》）⑥

上引诸例的"风骨""风神""骨气"都是论人的，还没有成为文论的概念或范畴。在晋宋的史传人物中，也可偶见以"风骨"论人者。如：

> 其（指赫连勃勃）器识高爽，风骨魁奇，姚兴睹之而醉心，宋祖闻之而动色。⑦

---

① 杨明照校笺：《抱朴子外篇校笺》，北京：中华书局，1991 年，第 512 页。
② 汤用彤：《魏晋玄学论稿》，上海：上海古籍出版社，2005 年，第 31 页。
③ 徐震堮：《世说新语校笺》，北京：中华书局，2001 年，第 453 页。
④ 徐震堮：《世说新语校笺》，第 283 页。
⑤ 徐震堮：《世说新语校笺》，第 260 页。
⑥ 徐震堮：《世说新语校笺》，第 270 页。
⑦ ［唐］房玄龄等：《晋书·载记·赫连勃勃》，北京：中华书局，1974 年，第 3214 页。

（刘裕）身长七尺六寸，风骨奇特，家贫有大志，不事廉隅。[①]

史传中以"风骨"论人，与《世说新语》以风骨论人一样，都与玄学清言的品藻人物有关，可以说同受其影响。

到了齐梁时代，"风骨"这一范畴已经运用于绘画、书法的评论之中，成为品艺的美学范畴。南齐谢赫的《古画品录》在《序》中提出了绘画的六法："六法者何？一，气韵生动是也；二，骨法用笔是也；三，应物象形是也；四，随类赋彩是也；五，经营位置是也；六，传移模写是也。"[②]六法之中，"气韵生动"为最上，"骨法用笔"次之，最下者为"传移模写"。

《古画品录》把所品录的画家分为六品，评一品画家曹不兴说："不兴之迹，殆莫复传，唯秘阁之内，一龙而已。观其风骨，名岂虚成。"[③]评一品画家张墨、荀勖说："风范气候，极妙参神。但取精灵，遗其骨法。若拘以形体，则未见精粹。"[④]评二品画家顾骏之说："神韵气力，不逮前贤；精微谨细，有过往哲。"[⑤]又评五品画家晋明帝说："虽略于形色，颇得神气。"[⑥]从谢赫的品画标准和分品评论中，大体可以看出，他所谓的"风"就是"气韵生动"，他所谓的"骨"基本上就是"骨法用笔"。

其实在谢赫之前，《世说新语·巧艺》门有几则谈论绘画的记载，更能看出玄学风气影响下的名士清谈对绘画的影响。"戴安道中年

---

① ［梁］沈约：《宋书·武帝纪》，北京：中华书局，1974 年，第 1 页。

② ［南齐］谢赫、［陈］姚最：《古画品录》，北京：人民美术出版社，1959 年，第 1 页。

③ ［南齐］谢赫、［陈］姚最：《古画品录》，第 7 页。

④ ［南齐］谢赫、［陈］姚最：《古画品录》，第 8 页。

⑤ ［南齐］谢赫、［陈］姚最：《古画品录》，第 9 页。

⑥ ［南齐］谢赫、［陈］姚最：《古画品录》，第 20 页。

画行像甚精妙。庾道季看之,语戴云:'神明太俗,由卿世情未尽。'"①
清谈讲究名士风度,追求任诞、旷达,不涉世务,自命清高。所以
把"世情未尽"目为"太俗"。又言:"顾长康画裴叔则,颊上益
三毛。人问其故,顾曰:'裴楷俊朗有识具,正此是其识具。'看
画者寻之,定觉益三毛如有神明,殊胜未安时。"②人物画贵在表
现人物的神明,这犹如对人物进行神鉴一样,必要时可以在人物的
面颊上多画三根毛,通过形似的损益以达到神似的境界。又言:"顾
长康画人,或数年不点目精,人问其故,顾曰:'四体妍蚩,本无
关乎妙处,传神写照,正在阿堵中。'"③这说明人物的传神写照,
全在于点睛,四体画得好与坏,无关紧要。这几则绘画议论,虽然
没有使用"风骨"这一范畴,但从精神气韵上看,与玄学的关系反
觉比《古画品录》更为密切。

在晋宋以后的书法评论中,也可看到用"骨体""骨气"等论
书法者。晋卫夫人《笔阵图》云:"善笔力者多骨,不善笔力者多
肉。多骨微肉者谓之筋书,多肉微骨者谓之墨猪。多力丰筋者圣,
无力无筋者病。"④梁袁昂《古今书评》说:"王右军书如谢家子弟,
纵复不端正者,爽爽有一种风气。……隐居如吴兴小儿,形容虽未
成长,而骨体甚骏快。……蔡邕书骨气洞达,爽爽有神。"⑤梁武帝《答
陶弘景书》说:"纯骨无媚,纯肉无力。少墨浮涩,多墨笨钝。比
并皆然,任意所之,自然之理也。若抑扬得所,趣舍无违,值笔连
断,触势峰郁,扬波折节,中规合矩,分间下注,浓纤有方,肥瘦

---

① 徐震堮:《世说新语校笺》,第 387 页。

② 徐震堮:《世说新语校笺》,第 387 页。

③ 徐震堮:《世说新语校笺》,第 388 页。

④ ［唐］张彦远撰,刘石校点:《法书要录》卷之一,沈阳:辽宁教育出版社,
1998 年,第 3 页。

⑤ ［清］严可均辑:《全梁文》（下册）,北京:商务印书馆,1999 年,第 515 页。

相和，骨力相称，……棱棱凛凛，常有生气，适眼合心，便为甲科。"①
以上所引的这些书法评论文字，究竟与魏晋玄学有什么关系？张少
康先生曾做出肯定的回答。他说：

> 在当时的书法领域内，所提倡的风骨显然和在玄学清谈风气
> 影响下的那种名士风度有密切关系。像东晋时的顾恺之、卫夫人
> 以及南朝的王僧虔、谢赫、梁武帝、庾肩吾、陶弘景等人所提倡
> 的风骨，基本上还是指的清谈名士的精神风貌在作品中的表现。
> 和刘勰的风骨在含义上是有差别的。……刘勰的观点是既反映了
> 当时玄学思想的影响，又反映了儒家思想的影响的。……是与当
> 时重神不重形，重在自然不在雕饰的文艺思潮一致的，但同时它
> 也符合于儒家重内容的主张。从对风骨本身的理解来看，刘勰既
> 吸收了玄学清谈家的风清骨峻之说，又把儒家的精神风貌和经典
> 内容的思想力量融入其中，所以从这里也可以看出他儒、道结合
> 的文艺思想特征。②

这种看法是正确的，也颇为中肯。

四、《隐秀》篇与魏晋玄学的关系

何者曰隐，何者曰秀，《隐秀》篇有一段话表述得很清楚。它说：

> 隐也者，文外之重旨者也；秀也者，篇中之独拔者也。隐以
> 复意为工，秀以卓绝为巧，斯乃旧章之懿绩，才情之嘉会也。夫
> 隐之为体，义生文外，秘响傍通，伏采潜发，譬爻象之变互体，

---

① ［清］严可均辑：《全梁文》（上册），北京：商务印书馆，1999 年，第 58 页。
② 张少康：《文心雕龙新探——刘勰文学理论体系及其渊源》，第 138—139 页。

川渎之韫珠玉也。故互体变爻，而化成四象；珠玉潜水，而澜表方圆。①

《隐秀》篇还有两句名言，曰"情在辞外曰隐，状溢目前曰秀"②。这两句为宋人张戒《岁寒堂诗话》所引，而不见于明人所补《隐秀》篇的补文中，所以引起人们对补文真伪问题的怀疑。

刘勰所要求的"隐"，要有"文外之重旨""情在辞外""意生言外"，这和"言外之意"相近；"隐以复意为工"，就是要求所描写的情与事具有丰富的内涵。这种文尚曲隐的观点，刘勰在文之枢纽诸篇中已有所表述。《原道》篇所说的"符采复隐，精义艰深"③，《征圣》篇所说的"隐意以藏用""一字以褒贬""'四象'精义以曲隐，'五例'微辞以婉晦"。④《宗经》篇所说的"旨远辞文，言中事隐"⑤ 等，都与"隐"有内在的联系。所谓"秀"，就是"篇中之独拔者也"，"秀以卓绝为巧"，再结合张戒所引的"状溢目前曰秀"，大体可以知道"秀"是卓绝突出、出类拔萃的名章秀句，与陆机《文赋》所言"一篇之警策"相近。尽管有些论者不太同意"秀"与后代的"警句"相近⑥，但我还是认为"篇中之独拔"基本上承陆机"一篇之警策"的说法而来，和后世的警句相近。佳句欣赏在东晋时代已肇其端，此风气在《世说新语》中有所反映。这说明在晋代佳句、秀句、警句的欣赏之风已经形成，引起刘勰对它的注意

---

① 范文澜：《文心雕龙注》，第 632 页。

② 王利器：《文心雕龙校证》，上海：上海古籍出版社，1980 年，第 350 页。

③ 范文澜：《文心雕龙注》，第 2 页。

④ 范文澜：《文心雕龙注》，第 15—16 页。

⑤ 范文澜：《文心雕龙注》，第 21 页。

⑥ 张少康《文心雕龙新探——刘勰文学理论体系及其渊源》引钱锺书《管锥编》的说法，并对钱先生的说法有所发挥，用之于对"秀"的解释上。见《文心雕龙新探》，第 64—65 页。

是很自然的事情。

在论述刘勰"隐秀论"的历史渊源时，张少康先生在《文心雕龙新探》中做了比较详赡的论述，他说："刘勰的隐秀论也和其他的文学思想一样，具有它的深刻的历史渊源。我们考察隐秀论的来源，至少有以下三个方面的影响，隐秀的关键是在'隐'字上，因此考察这种隐秀论的历史渊源，我们也侧重在'隐'的方面。第一，是《周易》象征方法的启发。……第二，是总结《诗经》中比兴方法经验之结果。……第三，'微言大义'的春秋笔法对刘勰提出隐秀原则的影响。"① 其分析持之有据。遗憾的是他只论述了"隐"的历史渊源，而忽视了"秀"的渊源。由于他受了钱锺书先生《管锥编》论《文赋》的影响，极力证明"秀"非"警句"，从而也就割断了刘勰的隐秀论与陆机《文赋》所言"立片言以居要，乃一篇之警策"之联系。"隐秀"是刘勰创建的一个完整的美学范畴，是既可以看作创作论，又可以视为鉴赏论的一个重要范畴，隐与秀是互补的，又是对立统一的。"文外之重旨"与"情在辞外"，都是对"隐"的界定，既然是"文外之旨""辞外之情"，那就不能在言辞之表获得，对创作者来说就是要使作品有深厚的意蕴，不能一泄无余，把话说尽；对读者或鉴赏者来说，就需要运用"以意逆志"的方法，对"文外之旨""辞外之情"进行再创造。"篇中之挺拔"与"状溢目前"是刘勰对"秀"的界定，也是"秀"的两大特点。"秀"是作品中最突出、最挺拔的地方，也是作品中形象最鲜明、最生动的部分，也就是陆机所说的"一篇之警策"。"隐"是含蓄、隐曲的，"秀"是突出、鲜明的。"隐"与"秀"虽然不像"隐"与"显"那样具有明显的对立含义，但确实具有对立的内涵。这是我想补充说明的一点。因本篇所要论述的是魏晋玄学对刘勰"隐秀论"的影响，

---

① 张少康：《文心雕龙新探——刘勰文学理论体系及其渊源》，第76—81页。

其他方面的影响不多置论。

张少康先生在论述刘勰"隐秀论"的历史渊源时，除了上引三点之外还有第四点。他指出："隐秀的提出也是受玄佛'言不尽意'论影响之结果。刘勰《文心雕龙》中所反映的'言不尽意'论的影响，在《神思》《序志》等篇中固然有明显的表现，而从文学理论上来说，提倡'隐秀'正是'言不尽意'论最为突出的表现。隐秀所强调的要"情在辞外'、要有'文外之旨'，要做到'义生文外'，这都是提倡要有'言外之意'，而这正是以'言不尽意'论为其哲学思想基础的。"① 他并且举出魏晋著名玄学家王弼的《周易略例·明象》为例，认为它"正是从解释《易经》的言、象、意关系，来强调'得意忘言''寄言出意'的。"② 我很同意他的这看法。需要补充说明的是，王弼并不是一个彻底的言不尽意论者。因为王弼是以老、庄来注《易》，而《易传》是主张言能尽意的。《易·系辞上》说："圣人立象以尽意，设卦以尽情伪，系辞焉以尽其言，通而变之以尽利，鼓之舞之以尽神。"高亨先生注说："神是最高智慧之称。此言《易经》鼓舞人以尽其智慧。"③《易经》认为世上的万事万物都是可以认识的，这和庄子的不可知的认识论是完全对立的。王弼以《老》《庄》解《易》，对言意之辨而言，可以说是牵强的。《易传》主张"圣人立象以尽意，系辞焉以尽其言"是明确的。虽然王弼是骨子里主张言不尽意的，但是他无法解决《易传》的言尽意论与《庄子》的言不尽意的矛盾。他虽然提出"言者所以明象，得象而忘言；象者所以存意，得意而忘象"的看法，在王弼的《周易略例·明象》全篇中，无一语及于"象外之意"，所以用《周易略例·明象》来

---

① 张少康：《文心雕龙新探》，第83页。
② 张少康：《文心雕龙新探》，第84页。
③ 高亨：《周易大传今注》，济南：齐鲁书社，1979年，第542页。

论证刘勰的隐秀论与魏晋玄学的关系是不典型的。远不如荀粲的《言不尽意论》，他旗帜鲜明地批判《易传》的"圣人立象以尽意，系辞焉以尽其言"。他说：

> 盖理之微者，非物之象所举也。今称"立象以尽意"，此非通于意外者也；"系辞焉以尽言"，此非言乎系表者也。斯则象外之意，系表之言，固蕴而不出矣。①

王弼与荀粲都是三国魏人，其生活年代王弼略早于荀粲，据《三国志·魏志·荀彧传》注引何劭《荀粲传》说，荀粲是"好言道""尚玄远"的玄学清谈家，是个地地道道的言不尽意论者。荀粲认为精微的妙理玄道是不能为物象所包举殆尽的，"立象以尽意"，"系辞以尽言"都是不可能实现的。要认识道的精微与玄妙，只能求之于"象外之意"与"系表之言"，这标志着魏晋玄学从言不尽意论到追求言外之意与"象外之意"的过渡与转关。虽然我们还不能证明刘勰是否看到过荀粲的《言不尽意论》，但在魏晋时代言意之辨的言不尽意论已经成为一种思潮，而荀粲所强调的言外之意与象外之意，正是《庄子·秋水》所说的"可以言论者，物之粗也；可以意致者，物之精也；言之所不能论，意之所不能察致者，不期精粗焉"②的发挥，刘勰是不可能不了解的。荀粲是第一个提出"象外之意"的人，刘勰是第一个提出"文外之旨"的人，一个从哲学认识论的角度而提出，一个是从文学创作的角度而提出。这是我要补充的第一点。

刘勰的隐秀论关于"秀"的历史渊源，迄今为止，未见前辈学

---

① ［清］严可均辑：《全晋文》，北京：商务印书馆，1999 年，第 162 页。

② ［晋］郭象注，［唐］成玄英疏，曹础基、黄兰发整理：《庄子注疏》，第 311 页。

者和时贤有所论述，至多有人指出陆机《文赋》"立片言以居要，乃一篇之警策"与刘勰《隐秀》篇的关系。如纪昀评《文心雕龙·隐秀》篇曰："陆平原曰'一篇之警策'，其'秀'之谓乎？"① 至于"秀"的渊源，则少有论及者。笔者有一个不成熟的看法，认为对警策、秀句的重视与欣赏，与魏晋玄学清谈重视"至理名言"有密切的关系。号称清言小品的《世说新语》，为我们保存了一些最早也是最为珍贵的佳句欣赏史料：

> 谢公因子弟集聚，问："《毛诗》何句最佳？"遏（谢玄）称曰："昔我往矣，杨柳依依。今我来思，雨雪霏霏。"公曰："讦谟定命，远猷辰告。"谓此句偏有雅人深致。（《文学》）②

> 王孝伯在京，行散至其弟王睹户前，问："古诗中何句为最？"睹思未答。孝伯咏"所遇无故物，焉得不速老"。此句最佳。（《文学》）③

谢玄确实抓住了《毛诗》中的名句，"昔我往矣"四句，常为后人所称道。"依依"含不尽之情，"霏霏"状雨雪之状，这样的佳句也为刘勰所欣赏。"所遇无故物，焉得不速老"，着眼点主要在哲理上，玄学清言家很重至理名言，受此风气的影响由哲学而转向文学，这风气的形成需要有一个过程，虽然没有足够的资料证明它起于何时，但可以看出佳句欣赏文与玄学清谈的关系。虽然陆机比谢玄时代早，但并不能否定陆机也受到玄学清谈的影响。言不尽意者是，重视警策、秀句者亦是。

---

① 黄霖编著：《文心雕龙汇评》，上海：上海古籍出版，2005 年，第 132 页。
② 徐震堮：《世说新语校笺》，第 128 页。
③ 徐震堮：《世说新语校笺》，第 149 页。

《文心雕龙》文学真实论的思想渊源

1984年《文学遗产》第1期，发表了拙著《文心雕龙有关"写真实"问题的论述》，该文仅对刘勰有关论述进行了梳理勾勒和评价，未暇论及其思想渊源，本文在此基础上，重点探索一下刘勰论文学真实性的思想渊源，观察一下他从前人那里继承了什么，也探索一下他在这一问题上有哪些发展和创造，比前人多做了些什么。刘勰有关文学真实的论述，既贯串于他的"宗经""征圣"的纲领中，也贯串在批评论、创作论及文体论中。

在《文心雕龙·征圣》篇中，刘勰把"志足而言文，情信而辞巧"，当作"含章之玉牒，秉文之金科"①，他对这两句话的重要性，已强调到无以复加的程度。所谓"情信"，即作品所表现的感情真实，这是文学真实性的核心。而刘勰的这种思想，正渊源于先秦儒家。

"志足而言文"是刘勰直接化用孔子称美子产的话。"仲尼称子产曰：'志有之，言以足志，文以足言。不言谁知其志？言之无文，行而不远。'"②"情信而辞巧"是直接化用《礼记·表记》引孔子的话："子曰：'情欲信，辞欲巧。'"③刘勰与它们的渊源关系显而易见，而且没有多少发展，只不过强化了一下，提高到秉文的金科玉律的高度。

---

① 范文澜：《文心雕龙注》，北京：人民文学出版社，1958年，第15页。

② 《左传·襄公二十五年》，杨伯峻：《春秋左传注》（修订本），北京：中华书局，2009年，第1106页。

③ ［汉］郑玄注，［唐］孔颖达疏：《礼记正义》，北京：北京大学出版社，2000年，第1745页。

刘勰论述文学的真实，首先抓住情感的真实，可谓抓住了问题的核心，由此生发，他又提出"为情造文"和"要约写真"的主张。在《情采》篇中说："昔诗人什篇，为情而造文；辞人赋颂，为文而造情。何以明其然？盖风雅之兴，志思蓄愤，而吟咏情性，以讽其上，此为情而造文也；诸子之徒，心非郁陶，苟驰夸饰，鬻声钓世，此为文而造情也。故为情者要约而写真，为文者淫丽而烦滥。而后之作者，采滥忽真，远弃风雅，近师辞赋，故体情之制日疏，逐文之篇愈盛。故有志深轩冕，而泛咏皋壤；心缠几务，而虚述人外；真宰弗存，翩其反矣。"①

刘勰认为：只有表达真实的感情而进行的创作，才有真实性可言，才能做到"要约而写真"，所谓"要约而写真"，就是文辞简练而内容真实。他尖锐地批评了"为文而造情"的本末倒置现象，这种装腔作势的文章是造成"淫丽而烦滥""采滥忽真"的根本原因。同时，他还辛辣地讽刺了那些在创作上不讲真话的人，他们一心想在尘俗中追名逐利，却在歌唱山林隐逸的生活，内心没有真情实感，写出文章来只能适得其反。刘勰的这种批评是有针对性的，其批判的矛头是指向六朝的文风与士风的。

将诗人与辞人之作对立看待而又有所轩轾的是扬雄，他在《法言·吾子》中说："诗人之赋丽以则，辞人之赋丽以淫。"②扬雄对辞赋的批判对刘勰有一定影响，刘勰所说的"淫丽烦滥"与扬雄所说的"丽以淫"基本上是一致的。另外，东汉的唯物主义思想家王充，是以崇实和"疾虚妄"（《论衡·佚文》）而著称的，他在《论衡·对作》中说：

---

① 范文澜：《文心雕龙注》，第 538 页。
② 李守奎等译：《扬子法言译注》，哈尔滨：黑龙江人民出版社，2003 年，第 17 页。

是故《论衡》之造也，起众书并失实，虚妄之言胜真美也。故虚妄之语不黜，则华文不见息；华文放流，则实事不见用。故《论衡》者，所以铨轻重之言，立真伪之平，非苟调文饰辞为奇伟之观也。……世俗之性，好奇怪之语，说（悦）虚妄之文。何则？实事不能快意，而华虚惊耳动心也。是故才能之士，好谈论者增益实事，为美盛之语；用笔墨者造生空文，为虚妄之传。[①]

这里所说的"调文饰辞"与"造生空文"，与刘勰所批评的"为文而造情"在精神上是近似的，在一定程度上说，二者有点渊源关系，只是不太明显。

刘勰所主张的"真实"，并非是"唯真实论"，他是真善美的统一论者，我们仅举两个例证便可明白这一点。其一，刘勰在《宗经》篇中提出了"六义"，"一则情深而不诡，二则风清而不杂，三则事信而不诞，四则义直而不回，五则体约而不芜，六则文丽而不淫"[②]。"六义"，可用真、善、美三字来概括。一、三两条主要谈的是真，二、四两条主要谈的是善，五、六两条主要谈的是美。其二，刘勰反对老子将美与善对立起来。《老子》八十一章说："信言不美，美言不信；辩者不善，善者不辩。"[③]老子从疾伪的角度出发，提出这些看法，有其合理的内核，但他将"信"（真实）与"美""辩"与"善"对立起来，则不免失之偏颇，就连《老子》文章本身，也可看出美与善不是对立的。所以刘勰在《情采》篇中，指出老子美学观点上的矛盾："老子疾伪，极称美言不信；而五千精妙，则非

---

① 黄晖：《论衡校释》（附刘盼遂集解），北京：中华书局，1990 年，第 1179 页。
② 范文澜：《文心雕龙注》，第 23 页。
③ 陈鼓应：《老子注译及评介》，北京：中华书局，2010 年，第 348 页。

弃美矣。"①刘勰的批评是正确的。

刘勰的真、善、美统一，渊源于先秦儒家。有人认为中国的古代美学只有美与善的统一，没有真善美的统一。如捷克斯洛伐克的伍康妮就持这种看法，他认为中国的古代美学只讲美和善的统一，"没有达到亚里斯多德的全部美的定义，即艺术也是'美'与'真'的统一。"②国内学者也有类似的看法，在近年出版的《中国美学史》中，有的著者仍然主张孔子只讲美与善的统一，对真善美的统一只字未提。不错，孔子在音乐欣赏时，只谈到美与善的问题。如孔子在评价周乐《武》的时候，曾说过"尽美也，未尽善也"③的话，在评价舜乐《韶》的时候，赞美《韶》"尽美也，又尽善也"④。这里的确没有谈到"真"，但先秦儒家的《乐记》有段话很值得我们注意："诗，言其志也；歌，咏其声也；舞，动其容也；三者本于心然后乐器从之，是故情深而文明，气盛而化神，和顺积中而英华外发，惟乐不可以为伪。"⑤这里的确肯定了乐是真实的，不可弄虚作假。这应当是先秦儒家的共识，是评价乐的前提。退一步说，即便《乐记》是孔子之后所成，但孔子还有"修辞立其诚"（《易·文言》）、"情欲信，辞欲巧"的话，诚与信都与真实有关。从事物的联系来看，从整体着眼，先秦儒家还是主张真善美的统一的，这也是刘勰美学思想的渊源之一。

《文心雕龙》中所论文体有三十多种，一半以上不是纯文学作

① 范文澜：《文心雕龙注》，第 537 页。

② ［捷克］伍康妮：《春秋战国时代儒、墨、道三家在音乐思想上的斗争》，北京：人民音乐出版社，1960 年，第 51 页。

③ 《论语·八佾》，杨伯峻译注：《论语译注》（第 3 版），北京：中华书局，2009 年，第 33 页。

④ 《论语·八佾》，杨伯峻译注：《论语译注》（第 3 版），第 33 页。

⑤ ［汉］郑玄注，［唐］孔颖达疏：《礼记正义》，第 1295—1296 页。

品,刘勰论"写真实",对不同的文体要求也有所区别,他对史、传、铭、诔的真实问题,要求极高。这类作品描写对象是历史人物,不允许有较多的夸张与虚构。因此他主张"务信弃奇",反对"征贿鬻笔"①,对史传不真实的现象进行指斥,同时指出造成这种现象的原因:

> 然俗皆爱奇,莫顾实理。传闻而欲伟其事,录远而欲详其迹。于是弃同即异,穿凿傍说,旧史所无,我书则传,此讹滥之本原,而述远之巨蠹也。至于记编同时,时同多诡,虽定哀微词,而世情利害。勋荣之家,虽庸夫而尽饰;迍败之士,虽令德而常嗤,理欲吹霜煦露,寒暑笔端;此又同时之枉,可为叹息者也。②

在《诔碑》篇中,刘勰最推崇的碑版文字是蔡邕的《郭有道碑》和《陈太丘碑文》,所谓"陈郭二文,词无择言(败言)"③即指此。我们知道,东汉以来的"谀墓"之风很盛,就连写碑版文字的名家蔡邕也不能拔出流俗,他一生写了很多碑铭,自认为只有《郭有道碑》不因失真而惭愧。蔡邕曾对卢植说:"吾为碑铭多矣,皆有惭德,惟《郭有道》无惭色耳。"④刘勰推崇"郭陈二文",与此大有关系。

刘勰在史传、碑版文字方面所主张的"务信弃奇"与反对"征贿鬻笔",其思想渊源是较为深厚的,首先渊源于作为五经之一的《尚书》与《春秋》,刘勰根据我国古代"左史记事""右史记言"的说法,提出"言经则《尚书》,事经则《春秋》"⑤,也就是说

---

① 《文心雕龙·史传》,范文澜:《文心雕龙注》,第287、285页。

② 《文心雕龙·史传》,范文澜:《文心雕龙注》,第287页。

③ 《文心雕龙·诔碑》,范文澜:《文心雕龙注》,第214页。

④ [宋]范晔撰,[唐]李贤等注:《后汉书》卷六八《郭太传》,北京:中华书局,1965年,第2227页。

⑤ 《文心雕龙·史传》,范文澜:《文心雕龙注》,第283页。

记言的经典是《尚书》，记事的经典是《春秋》。对孔子的作《春秋》，刘勰是当作"宪章"的，在论到孔子作《春秋》时，刘勰赞美道：

> 夫子闵王道之缺，伤斯文之坠，静居以叹凤，临衢而泣麟，于是就太师以正《雅》《颂》，因鲁史以修《春秋》，举得失以表黜陟，征存亡以标劝戒；褒见一字，贵逾轩冕；贬在片言，诛深斧钺。①

为什么"孔子作《春秋》而乱臣贼子惧"，为什么"一字见褒贬"有如此大的威力，关键在于"良史之直笔"精神，也就是"实录无隐"的精神，而"真实"正是这种精神的精髓。

对于司马迁、班固的《史记》与《汉书》，刘勰是有褒有贬，称赞司马迁的"实录无隐之旨，博雅弘辩之才"，而不满意他的"爱奇反经之尤，条例踳落之失"②。司马迁的"实录"精神，成为刘勰所要吸收的思想营养。何谓实录？班固在《汉书·司马迁传赞》中说："其文直，其事核，不虚美，不隐恶，故谓之实录。"③

刘勰在《史传》篇所说的"征贿鬻笔"，是针对班固《汉书》说的，所据事实不详，到底是流言中伤，还是有事实根据，今天已不得其详。据《文心雕龙》范文澜注说，此说始自仲长统《昌言》，但《昌言》已佚，现在只能成为历史的一桩悬案了。撇开班固有无此事不说，东汉以来的"征贿鬻笔"与"谀墓"之风确是普遍存在的问题，而刘勰这一思想的渊源，除了前所叙述的之外，还可从汉、魏以来的时贤著作中找到。三国时代桓范的《世要论·铭诔》云：

---

① 《文心雕龙·史传》，范文澜：《文心雕龙注》，第283—284页。
② 《文心雕龙·史传》，范文澜：《文心雕龙注》，第284页。
③ ［汉］班固：《汉书》卷六二，北京：中华书局，1962年，第2737—2738页。

　　夫渝世富贵，乘时要世。爵以赂至，官以贿成。视常侍黄门，宾客假其气势，以致公卿牧守，所在宰莅，无清惠之政，而有饕餮之害。为臣无忠诚之行，而有奸欺之罪，背正向邪，附下（当作上，引者）罔下，此乃绳墨之所加，流放之所弃。而门生故吏，合集财货，刊石纪功，称述勋德。高邈伊、周，下陵管、晏，远追豹、产，近逾黄、邵。势重者称美，财富者文丽。后人相踵，称以为义，外若赞善，内为己发，上下相效，竞以为荣，其流之弊，乃至于此。欺曜当时，疑误后世，罪莫大焉。①

　　桓范之后，在晋安帝义熙年间，身为尚书祠部郎的裴松之，因感于"世立私碑，有乖事实"，曾上表要求禁断私碑（此表严可均《全宋文》卷十七拟题为《请禁私碑表》），其上表云：

　　碑铭之作，以明示后昆，自非殊功异德，无以允应兹典。大者道勋光远，世所宗推；其次节行高妙，遗烈可纪。若乃亮采登庸，绩用显著，敷化所莅，惠训融远，述咏所寄，有赖镌勒，非斯族也，则几乎僭黩矣。俗敝伪兴，华烦已久，是以孔悝之铭，行是人非；蔡邕制文，每有愧色。而自时厥后，其流弥多，预有臣吏，必为建立，勒铭寡取信之实，刊石成虚伪之常，真假相蒙，殆使合美者不贵，但论其功费，又不可称。不加禁裁，其散无已。以为诸欲立碑者，宜悉令言上，为朝议所许，然后听之。庶可以防遏无征，显彰茂实，使百世之下，知其不虚，则义信（伸）于仰止，道孚于来叶。②

---

① ［唐］魏徵等编：《群书治要》，天津：天津人民出版社，2015 年，第 455 页。
② ［梁］沈约：《宋书》卷六四《裴松之传》，北京：中华书局，1974 年，第 1699 页。

其时不仅南朝如此，北朝的典籍中也有类似的记载，北魏杨衒之的《洛阳伽蓝记》卷二《城东·魏尼昌寺》，记载了一个叫赵逸的隐士与时人的对话，这位隐士自云是晋武帝时人。"自永嘉以来，二百余年，建国称王者十有六君，吾皆游其都邑，目见其事，国破之后，观其史书，皆非实录，莫不推过于人，引善自向。"①赵逸居然活了二百多岁，成了二百余年历史的见证人，他总结史书失实的一段话是相当精辟的：

> 生时中庸之人耳，及其死也，碑文墓志，莫不穷天地之大德，尽生民之能事。为君共尧、舜连衡，为臣与伊、皋等迹。牧民之官，浮虎慕其清尘；执法之吏，埋轮谢其梗直。所谓生为盗跖，死为夷、齐，妄言伤正，华辞损实。②

杨衒之的《洛阳伽蓝记》的成书年代在刘勰卒后，我们所以引这条资料，旨在说明史、传、碑、诔的失实，从汉以来已为有识之士所共睹，刘勰对史、传、碑、诔等所要求的"真实"，既有深厚的历史渊源，也有现实的文化背景；既有先圣的垂训，也有前贤的影响和时贤的滋补与启发。

刘勰对文学真实性的最大贡献，还在于他以《夸饰》篇切入，论述了夸张与真实的关系，而且涉及到生活真实与艺术真实的关系。刘勰吸收了孟子、王充、左思等人对这一问题的积极思考与合理内核，又扬弃了他们的偏颇，成功而又富有创造性地解决了夸张与真实的辩证关系。《夸饰》篇顾名思义是论文学的夸张手法的，但是

---

① ［北魏］杨衒之撰，范祥雍校注：《洛阳伽蓝记》，上海：上海古籍出版社，1978 年，第 89 页。

② ［北魏］杨衒之撰，范祥雍校注：《洛阳伽蓝记》，第 89—90 页。

如果我们回顾一下先秦至魏晋南北朝有关"真实"问题的讨论，就会看到这样一种现象：有关"真实"的讨论，往往与夸张联系在一起。孟子在与咸丘蒙论《诗》时，曾说："故说《诗》者，不以文害辞，不以辞害志，以意逆志，是为得之。如以辞而已矣，《云汉》之诗曰：'周余黎民，靡有孑遗。'信斯言也，是周无遗民也。"①

"靡有孑遗"，语含夸张，孟子认为不要死抠字眼、胶柱鼓瑟地来理解，应善会其意，不要以辞害意。要用己之意去迎受作者之志，才不会歪曲作者的本意。初步涉及夸张不危害诗人的情志问题，重在如何理解夸张，但对于夸张与真实的统一关系，还没有解决得好。

王充是位"疾虚妄"的大师，他在"九虚"（《书虚》等九篇）和"三增"（《语增》《儒增》《艺增》）中，对历史典籍上的虚妄之言与增益夸张之言与事，一律放在"真实"的审判台上，一一辨明它的真伪，涉及的方面很多，在历史上产生过积极意义，对《文心雕龙》也有一定影响。但在处理夸张与真实的问题上，王充却有点胶柱鼓瑟，他基本上是将夸张与真实对立起来看待的。我们仅引数条，以见一斑：

> 儒书称尧、舜之德，至优至大，天下太平，一人不刑；又言文、武之隆，遗在成、康，刑错不用，四十余年。是欲称尧、舜，褒文、武也。夫为言不益，则美不足称；为文不渥，则事不足褒。尧、舜虽优，不能使一人不刑；文、武虽盛，不能使刑不用。言其犯刑者少，用刑希疏，可也；言其一人不刑，刑错不用，增之也。……儒书称楚养由基善射，射一杨叶，百发能百中之。是称其巧于射也。夫言其时射一杨叶中之，可也；言其百发而百中，增之也。②

---

① 杨伯峻：《孟子译注》（第 2 版），北京：中华书局，2005 年，第 215 页。
② 《论衡·儒增》，黄晖：《论衡校释》（附刘盼遂集解），第 359—361 页。

世俗所患，患言事增其实；著文垂辞，辞出溢其真，称美过其善，进恶没其罪。何则？俗人好奇，不奇，言不用也。故誉人不增其美，则闻者不快其意；毁人不益其恶，则听者不惬于心。闻一增以为十，见百益以为千……《诗》云："鹤鸣九皋，声闻于天。"言鹤鸣九折之泽，声犹闻于天，以喻君子修德穷僻，名犹达朝廷也。（言）其闻高远，可矣；言其闻于天，增之也。……《诗》曰："维周黎民，靡有孑遗。"是谓周宣王之时，遭大旱之灾也。诗人伤旱之甚，民被其害，言无有孑遗一人不愁痛者。夫旱甚，则有之矣；言无孑遗一人，增之也。①

王充把称美西周文、武之治的"刑错不用，四十余年"，称赞养由基善射的百步穿杨，百发百中，以及《诗经》所云"鹤鸣九皋，声闻于天""维周黎民，靡有孑遗"等，统谓之增益不实之词，甚至把它们与"虚妄之言"同等看待，这说明王充对文学必备的夸张特点不太理解。刘勰则不然，他在《夸饰》篇中说：

故自天地以降，豫入声貌，文辞所被，夸饰恒存。虽《诗》《书》雅言，风格训世，事必宜广，文亦过焉。是以言峻则嵩高极天，论狭则河不容舠，说多则"子孙千亿"，称少则"民靡孑遗"；襄陵举滔天之目，倒戈立漂杵之论：辞虽已甚，其义无害也。……大圣所录，以垂宪章。孟轲所云"说《诗》者不以文害辞，不以辞害意"也。②

刘勰明确提出，自从开天辟地以来，凡是涉及声音状貌的，只

---

① 《论衡·艺增》，黄晖：《论衡校释》（附刘盼遂集解），第381—386页。
② 范文澜：《文心雕龙注》，第608页。

要通过文辞表现出来，夸张与修饰就永恒地存在。也就是说，自有文学创作以来，夸饰就是永恒存在的创作规律。他举出的《诗》《书》中的文辞夸饰的例子，王充《论衡》中也提到过，而且比刘勰所举例证要多得多，王充把它们当作增益不实之辞，而刘勰却给了它们以合理合法的地位。"辞虽已甚，其义无害"的说法，渊源于《孟子》，所以刘勰在后文中引用了《孟子·万章》中的两句话，看来刘勰对孟子的说法是完全同意的。

但刘勰对"夸过其理，名实两乖"①的现象又是不赞成的。他追溯了夸饰发展的历史，对汉代大赋的夸张失实、虚而无征、诡滥过甚又有所批评：

> 自宋玉、景差，夸饰始盛。相如凭风，诡滥愈甚。故上林之馆，奔星与宛虹入轩；从禽之盛，飞廉与鹞鹣俱获。及扬雄《甘泉》，酌其余波，语瑰奇，则假珍于玉树；言峻极，则颠坠于鬼神。至《东都》之比目，《西京》之海若，验理则理无不（当作"可"）验，穷饰则饰犹未穷矣。又子云《羽猎》，鞭宓妃以饷屈原；张衡《羽猎》，困玄冥于朔野。娈彼洛神，既非罔两；惟此水师，亦非魑魅；而虚用滥形，不其疏乎？此欲夸其威而饰其事义暌刺也。②

刘勰将夸饰之风的盛行追溯到屈原以后楚辞作家宋玉、景差之流，这种看法似乎受到扬雄的影响。扬雄《法言·吾子》篇云："或问：'景差、唐勒、宋玉、枚乘之赋也益乎？'曰：'必也淫。''淫则奈何？'曰：'诗人之赋丽以则，辞人之赋丽以淫。'"③所谓

---

① 《文心雕龙·夸饰》，范文澜：《文心雕龙注》，第609页。
② 《文心雕龙·夸饰》，范文澜：《文心雕龙注》，第609页。
③ 李守奎等译：《扬子法言译注》，第17页。

"淫"，就是淫滥失真，用刘勰的话说，就是"诡滥"与"虚用滥形"，不合情理。范文澜注说："屈原，诗人之赋也，尚存比兴之义；宋玉以下，辞人之赋也，则夸饰弥盛矣。"① 堪称"诗人之赋"的作家，是否只有屈原一人，尚值得研究。刘勰没使用过"诗人之赋"与"辞人之赋"的提法，他把屈原视为"《风》《雅》寝声"之后，"奇文郁起"的作家，说屈原"轩翥诗人之后，奋飞辞家之前"②，又说《离骚》是"依经立义"的，它"同于《风》《雅》者"有四点：即"典诰之体""规讽之旨""比兴之义""忠怨之辞"；"异乎经典者"也有四点：即"诡异之辞""谲怪之谈""狷狭之志""荒淫之意"。③ 所以刘勰说："论其典诰则如彼，语其夸诞则如此。"④这种异乎经典的夸诞，是违背刘勰的"真实"原则的。从刘勰的举例来看，夸诞所指，有些是属于屈原的浪漫主义的创作方法。刘勰对浪漫主义的手法不太理解。王充论"真实"有与夸张手法对立的倾向，刘勰论"真实"有与浪漫主义的创作方法对立的倾向。他对于"夸饰始盛"的溯源，基本与扬雄一致，对于扬雄的"丽则""丽淫"之说，刘勰是接受了的。他在《诠赋》篇赞语中所说的"风归丽则，辞翦稊稗"⑤，其中的"丽则"即华丽而有法度，是渊源于扬雄的《法言·吾子》。

刘勰批评汉代辞赋的诡滥失真，还受有西晋文学家左思的影响，左思在《三都赋序》中说：

盖诗有六义焉，其二曰赋。扬雄曰："诗人之赋丽以则。"

① 范文澜：《文心雕龙注》，第611页。
② 《文心雕龙·辨骚》，范文澜：《文心雕龙注》，第45页。
③ 《文心雕龙·辨骚》，范文澜：《文心雕龙注》，第46—47页。
④ 《文心雕龙·辨骚》，范文澜：《文心雕龙注》，第47页。
⑤ 《文心雕龙·诠赋》，范文澜：《文心雕龙注》，第136页。

班固曰："赋者，古诗之流也。"先王采焉以观土风。见"绿竹
猗猗"，则知卫地淇澳之产；见"在其版屋"，则知秦野西戎之
宅。故能居然而辨八方。然相如赋《上林》，而引"卢橘夏熟"；
扬雄赋《甘泉》，而陈"玉树青葱"；班固赋《西都》，而叹以"出
比目"；张衡赋《西京》，而述以"游海若"。假称珍怪，以为
润色。若斯之类，匪啻于兹。考之果木，则生非其壤；校之神物，
则出非其所。于辞则易为藻饰，于义则虚而无征。且夫玉卮无当，
虽宝非用；侈言无验，虽丽非经。……余既思摹《二京》而赋《三都》，
其山川城邑，则稽之地图；其鸟兽草木，则验之方志；风谣歌舞，
各附其俗；魁梧长者，莫非其旧。何则？发言为诗者，咏其所志也；
升高能赋者，颂其所见也；美物者，贵依其本；赞事者，宜本其实。
匪本匪实，览者奚信！①

我们对照上引刘勰《夸饰》篇对汉赋诡滥愈甚的批判，可以看
出与左思《三都赋序》有密切的渊源关系。第一，批判的对象相同，
都是针对司马相如、扬雄、班固、张衡这四家之赋。第二，所举例
证也基本相同，只有司马相如的《上林赋》，二人所举例证不同，
左思举其"卢橘夏熟"，刘勰举其"上林之馆，奔星与宛虹入轩；
从禽之盛，飞廉与鹪鹩俱获"。扬雄《甘泉》之"玉树青葱"，班
固《西都》的"出比目"，张衡《西京》的"游海若"完全相同，
这绝非偶然，而是说明了刘勰吸收了左思的观点。但刘勰在吸收了
左思的观点之后又有所发展和创新。左思对合理的夸张没有进行阐
述，他的"真实"论重在描写征实，使人相信。刘勰反对的是"夸
过其理，名实两乖"，但他并不反对"因夸以成状，沿饰而得奇"②，

---

① ［梁］萧统编：《文选》，北京：中华书局，1977 年，第 74 页。
② 《文心雕龙·夸饰》，范文澜：《文心雕龙注》，第 609 页。

在夸饰与真实的统一方面，他提出的原则是"若能酌《诗》《书》之旷旨，翦扬、马之甚泰，使夸而有节，饰而不诬，亦可谓之懿也"[1]。所谓"夸而有节"就是要求夸张要有所节制，不能随心所欲，不能太过分。所谓"饰而不诬"，就是要求艺术加工要合乎情理，不要荒唐。这两句话与扬雄所说的"诗人之赋丽以则"在精神上是一致的，但比扬雄的提法明确而完善。左思提出的"侈言无验"与刘勰提出的"验理则理无不（可）验"，值得我们注意，实际上这里所说的"验"，含有"真实"的检验标准问题，他们或则要求用人情事理来检验，或则要求"稽之地图，验之方志"，这已经触及用生活真实或客观存在来检验艺术真实的问题了。在一千多年前，他们能提出这样的问题来，是难能可贵的。

文学作品的反映现实，不是刻板地、照相式地反映。它要艺术地再现真实，反映现象的本质特点，为此，一定程度的夸饰是必要的，允许的，刘勰不仅肯定了"夸饰恒存"的创作规律，而且对"因夸以成状，沿饰而得奇"的艺术效果给予热情的赞美。但现实主义的艺术夸张，要受到生活本身和客观现实的制约，要"有节"和"不诬"，还要"验之以理"，这样才符合艺术真实的要求。基于以上的认识，我们可以说，刘勰是夸饰与真实的统一论者。《夸饰》篇，从另一方面看，又是文学的"真实论"，而且涉及到生活真实与艺术真实的统一问题。刘勰总结了孟子、扬雄、王充、左思论真实与夸饰的得失，写成了《夸饰》篇，他的真实论，不仅是集以往之大成，源于他们而又高于他们，在继承之中，又有刘勰自己的发展与创造。

---

[1] 《文心雕龙·夸饰》，范文澜：《文心雕龙注》，第 609 页。

《文心雕龙》有关"写真实"问题的论述

"真实是艺术的生命"。我国的古典文论源远流长，在我国文艺理论发展的初期阶段，已经揭橥了文学的真实性问题。先秦时期的孔子和孟子，汉代的王充和晋代的左思，都有一些主张文学应当真实的言论。

刘勰的《文心雕龙》是一部体大思精的文艺理论专著，他针对六朝某些矫情虚伪的"采滥忽真""为文造情"①的文学，提出"要约而写真"②的主张，他将"写真"说贯穿在他的批评论、创作论和文体论中，成为全书的指导思想之一。本文试从以下几个方面，谈一点粗浅的看法。

一、酌奇而不失其真，玩华而不坠其实

《文心雕龙·辨骚》篇有两句常被人们征引的名言："酌奇而不失其真，玩华而不坠其实。"③对于这两句话，人们的认识与理解并不是完全一致的。自 1958 年以来，不少同志认为这是现实主义与浪漫主义两结合的理论主张。实际上，与其说它是"两结合"的理论，倒不如说是创作不要违背"真实"的原则更为恰当。刘勰在《辨骚》中对屈赋的评价，基本上是同意王逸的观点，认为《离骚》是"依经立义"的，这与刘勰"宗经"的基本文学纲领是密切相关的。

① 《文心雕龙·情采》，范文澜：《文心雕龙注》，北京：人民文学出版社，1958 年，第 538 页。

② 《文心雕龙·情采》，范文澜：《文心雕龙注》，第 538 页。

③ 范文澜：《文心雕龙注》，第 48 页。

在刘勰看来，凡是合乎儒家经典的，即"同于风雅者"，不论是"典诰之体""规讽之旨"，抑或是"比兴之义""忠怨之辞"[①]，都是真实可信并且值得肯定的。从刘勰《文心雕龙》的整个理论体系看，它是属于现实主义的理论体系，而不是属于浪漫主义或是"两结合"的理论体系。他分析评价《离骚》时，指出《离骚》有"异乎经典"的四个方面：

> 至于托云龙，说迂怪，丰隆求宓妃，鸩鸟媒娥女，诡异之辞也；康回倾地，夷羿彃日，木夫九首，土伯三目，谲怪之谈也；依彭咸之遗则，从子胥以自适，狷狭之志也；士女杂坐，乱而不分，指以为乐，娱酒不废，沉湎日夜，举以为欢，荒淫之意也；摘此四事，异乎经典者也。[②]

这里指出的"异乎经典"的四个方面，大抵有两个方面（即"诡异之辞"与"谲怪之谈"）应当是属于浪漫主义的手法。从"宗经"的观点出发，刘勰对"同于风雅者"与"异乎经典者"当然不能同等看待，所以他把"异乎经典"的某些东西目为"夸诞"，足见他对《离骚》的这种手法颇露微词。他把《离骚》目为"雅颂之博徒"，范文澜同志解释"博徒"乃贱者之称，这都说明了刘勰对浪漫主义的创作方法是不太理解的。

"酌奇而不失其真，玩华而不坠其实"，无非是要求"奇""真"一致，"华""实"结合，这与唐代现实主义的诗歌理论家所主张的"文质半取，风骚两挟"[③]是一致的。

---

① 《文心雕龙·辨骚》，范文澜：《文心雕龙注》，第46页。
② 《文心雕龙·辨骚》，范文澜：《文心雕龙注》，第46—47页。
③ 王克让注：《河岳英灵集注》，成都：巴蜀书社，2006年，第4页。

质言之，"酌奇而不失其真"云云，是要求想象、构思的奇特与文辞的华美都不能有损于真实，真实是创作的先决条件与绝对要求，这应当视为是刘勰重视"真实"的言论。

二、主张"为情造文"，反对"为文造情"

早在先秦时代，人们就已认识到文学是表现人的思想感情的，《尧典》中有所谓"诗言志"之说。晋代的陆机，在《文赋》中又提出"诗缘情而绮靡"[1]的说法。"言志"也好，"缘情"也好，总之，都离不开人的情志。《文心雕龙·明诗》篇，开宗明义地说："大舜云：'诗言志，歌永言。'圣谟所析，义已明矣。是以在心为志，发言为诗，舒文载实，其在兹乎？诗者，持也，持人情性。……人禀七情，应物斯感，感物吟志，莫非自然。"[2]这就说明了文学作品与作家情志的关系。因此，我们强调文学的真实性，首要的问题是"舒文载实"，情真、意真，文学作品要有真情实感，这是作品有无认识价值和能否感动读者的先决条件。论述文学的真实性，抓住了这一点，就算抓住了问题的核心和症结所在。

刘勰在论述文学的真实时，的确抓住了这个关键问题。在《情采》篇中，他说："昔诗人什篇，为情而造文；辞人赋颂，为文而造情。……故为情者要约而写真，为文者淫丽而烦滥。而后之作者，采滥忽真，远弃风雅，近师辞赋，故体情之制日疏，逐文之篇愈盛。故有志深轩冕，而泛咏皋壤；心缠几务，而虚述人外；真宰弗存，翩其反矣。"[3]刘勰认为：只有为表达真实的感情而进行的创作，才有真实性可言，才能做到"要约而写真"，即文章既少而精，不拖泥带水而又真实。他尖锐地批评了"为文而造情"的本末倒置现象，这种装腔作势的

---

① 张少康集释：《文赋集释》，北京：人民文学出版社，2002 年，第 99 页。
② 范文澜：《文心雕龙注》，第 65 页。
③ 范文澜：《文心雕龙注》，第 538 页。

文章是造成"淫丽而烦滥""采滥忽真"的根本原因。同时，他还辛辣地讽刺了那些在创作上不讲真话的人，他们一心想在尘俗中追名逐利，却在歌唱山林隐逸的生活，自视清高。其实，他们的创作，不过是用华丽的文辞来掩盖其心灵的卑污罢了。刘勰的批评是有针对性的，一方面是针对六朝的形式主义文风，同时也针对当时的士风，这两者是密不可分的。由此，也可以看出中国文学批评史上的一个规律，提倡"真实"的人，大多是有为而发，而非无的放矢。

"为情造文"既符合文学的真实原则，同时也符合文学的创作规律。至于"为文造情"，是违反文学创作的规律的，它必然产生矫情虚伪的形式主义的"瞒骗"文艺。刘勰的这种看法是很可贵的，在历史上产生了深远的影响，为不少文论家所继承。不少文论家都曾强调真情实感的重要性，如况周颐说："真字是词骨，情真、景真，所作必佳，且易脱稿。"[①] 王国维说："喜、怒、哀、乐，亦人心之一境界。故能写真景物真感情者，谓之有境界，否则，谓之无境界。"[②]

三、主张"务信弃奇"，反对"征贿鬻笔"等

在刘勰的时代，"文"的概念比较广泛，与后代纯文学的概念还存在着区别，所以刘勰论写作的真实，还包括史、传、铭、诔之类的真实。这类文体，在今天看来不属于文学作品，它的描写对象是历史事件与历史人物，它与诗赋等纯文学作品应该有所区别，应更重视真实，不允许较多的夸张和虚构，应当按照"实录"的原则来进行写作。何谓"实录"呢？班固在《汉书·司马迁传赞》中说："其

---

① ［清］况周颐著，孙克强导读：《蕙风词话》卷一，上海：上海古籍出版社，2009年，第6页。

② 王国维著，徐调孚校注：《校注人间词话》，北京：中华书局，2003年，第2页。

文直，其事核，不虚美，不隐恶，故谓之实录。"① 随着文学理论的发展，人们逐渐认识到对不同的文体应有不同的要求。曹丕在《典论·论文》中提出："奏议宜雅，书论宜理，铭诔尚实，诗赋欲丽。"② 所谓"铭诔尚实"，除了指铭诔在风格上应当崇尚质实而外，还应包括在内容上应崇尚真实。但是由于历史上的种种原因，就连史、传、铭、诔之类也往往失真。事实上"铭诔尚实"不过是一句空话，在封建社会很难做到。从东汉起，"谀墓"之风很盛，就连写碑版文字的名家也难以拔出流俗。如东汉的蔡邕，一生写了很多碑铭，自认为只有《郭有道碑》不因失真而惭愧③，其他就不必待言了。所以刘勰说："自后汉以来，碑碣云起，才锋所断，莫高蔡邕。观杨赐之碑，骨鲠训典。陈郭二文，词无择言。"④ 刘勰所以推崇蔡邕的《陈太丘碑文》与《郭有道碑》"词无择言"，据范文澜《文心雕龙注》的解释："《尚书·吕刑》：'罔有择言在身。'《孝经》：'口无择言，身无择行。'择，败也。"⑤ "词无择言"的基本精神就是没有不当的话，刘勰是从真实的角度来推崇"陈郭二文"的。

在《史传》篇中，刘勰对史传不真实的现象进行指斥，同时指出造成这种现象的原因：

> 然俗皆爱奇，莫顾实理。传闻而欲伟其事，录远而欲详其迹。

---

① ［汉］班固：《汉书》，北京：中华书局，1962 年，第 2738 页。

② ［魏］曹丕：《典论·论文》，穆克宏、郭丹：《魏晋南北朝文论全编》，上海：上海远东出版社，2012 年，第 12 页。

③ 《世说新语·德行》注引《续汉书》："郭泰字林宗，太原介休人。……及卒，蔡伯喈为作碑，曰：'吾为人作铭，未尝不有惭容，惟为《郭有道碑颂》无愧耳。'"又《后汉书》卷六十八《郭太传》："(郭太卒，) 同志者乃共刻石立碑，蔡邕为其文，既而谓涿郡卢植曰：'吾为碑铭多矣，皆有惭德，惟《郭有道》无惭色耳。'"

④ 《文心雕龙·诔碑》，范文澜：《文心雕龙注》，第 214 页。

⑤ 范文澜：《文心雕龙注》，第 223 页。

于是弃同即异，穿凿傍说，旧史所无，我书则传。此讹滥之本原，而述远之巨蠹也。至于记编同时，时同多诡，虽定哀微词，而世情利害。勋荣之家，虽庸夫而尽饰；迍败之士，虽令德而长嗤。理欲吹霜煦露，寒暑笔端：此又同时之枉，可为叹息者也！[①]

刘勰反对因"爱奇"而"莫顾实理"的不良倾向，提出史传的写作应遵循"实录无隐""按实而书"[②]的原则，继承了我国古代在史学上所主张的"信史"和"实录"的优良传统。特别可贵的一点是他对文人的"征贿鬻笔"现象进行了尖锐地批判。"勋荣之家，虽庸夫而尽饰；迍败之士，虽令德而长嗤。"这种批判是一语中的、入骨三分的。这虽然是对史传的"征贿鬻笔"而言，但也是对东汉以来"谀墓"之风的概括和批判。为人物作传，不从人物的真实事迹和品德出发，而是看门第、权势和财产，这样写出来的文章，只能是黑白颠倒，是非混淆，毫无真实可言。这种看法与魏桓范针对铭诔失实所说的"势重者称美，财富者文丽"[③]，及赵逸所说的"生为盗跖，死为夷齐"[④]的看法是一致的，同是尚实贵信、重视真实性的正确意见，同样具有鲜明的战斗性和针对性，在历史上起过进步的作用。

四、"真实"是刘勰的批评标准之一

在论述这一问题之前，我们有必要弄清什么是刘勰的批评标准，因为在这一问题上，目前学术界和《文心雕龙》研究者的意见并不

① 范文澜：《文心雕龙注》，第 287 页。
② 《文心雕龙·史传》，范文澜：《文心雕龙注》，第 284、286 页。
③ ［魏］桓范：《世要论》，［清］严可均辑：《全三国文》（下册），北京：商务印书馆，1999 年，第 389 页。
④ ［北魏］杨衒之撰，杨勇校笺：《洛阳伽蓝记校笺》（卷二），北京：中华书局，2006 年，第 83 页。

一致。有的同志认为"六观"（"一观位体，二观置辞，三观通变，四观奇正，五观事义，六观宫商"[①]）是刘勰的全部批评标准；有的同志认为"六义"是刘勰论文的六个批评标准[②]；有的同志认为"原道""宗经""征圣"是刘勰的政治标准，"六义"是刘勰的艺术标准[③]。我认为将"六义"视作刘勰的六个批评标准较为合理。这六点是："一则情深而不诡"；"二则风清而不杂"；"三则事信而不诞"；"四则义直而不回"；"五则体约而不芜"；"六则文丽而不淫"。这六个标准，又可用"真、善、美"三字概括。一、三两条主要谈的是真；二、四两条主要谈的是善；五、六两条主要谈的是美。"六义"包含着真善美的统一。刘勰将"情深而不诡"放在"六义"之首，又进一步用"事信而不诞"加以补充，足见刘勰不仅十分重视文学的真实性，而且把它作为批评标准之一。《原道》《宗经》《征圣》诸篇，应作为基本文学纲领来看待，它们与批评标准虽有联系但又有区别。"六义"不单是艺术标准，如果将真善美作为文艺的批评标准，它是三者的统一。如果用政治标准和艺术标准来衡量，它既有政治标准（如主张教化意义纯正而不杂乱，意义正当而不歪曲）的内涵，也有艺术标准的内涵。

五、《夸饰》篇是艺术真实的历史总结

《文心雕龙》洋洋五十篇，"体大而虑周"，刘勰论文十分重视"真实"问题，为什么没有一篇专论"真实"的篇章？我读郭绍虞先生主编的《中国历代文论选》（上）的时候看到，在王充的《论衡·对

---

① 《文心雕龙·知音》，范文澜：《文心雕龙注》，第 715 页。

② 参见陆侃如、牟世金：《刘勰和文心雕龙》，上海：上海古籍出版社，1978 年，第 27 页。

③ 参见缪俊杰：《刘勰的文学批评理论和批评实践》，《古代文艺理论研究丛刊》（第一辑），上海：上海古籍出版社，1979 年，第 148—168 页。

作篇》后，将《论衡·艺增篇》、左思《三都赋序》、《文心雕龙·夸饰》篇、刘师培《论美术与征实之学不同》作为《对作篇》的附录。这个编排次序给了我很大的启发。王充的《对作篇》，是从崇实的文学观点出发，来阐述《论衡》的写作动机的，附录中的几篇文章，都是论述文学的"真实"问题的。《文心雕龙》的《夸饰》篇，顾名思义是谈文学的夸张手法的，但从另一方面看，它又是从先秦到齐梁时代文学真实论的历史总结。

如果我们回顾一下先秦至魏晋南北朝有关文学真实的讨论，就会看到这样一种现象，有关"真实"的讨论，总和夸张问题联系在一起。

孟子在与人论诗时，就初步涉及到夸张与真实的统一问题，只是没有使用真实与夸张这些概念。孟子提出了"不以文害辞，不以辞害意，以意逆志，是为得之"①的论诗原则。他举出《诗经·大雅·云汉》的诗句"周余黎民，靡有孑遗"为例说："信斯言也，是周无遗民也。"②这就是说，对夸张的言辞，要从志、意上去理解它的精神实质，不要拘于字面而责备它不真实。在这一点上，哲学观点上是唯心主义的孟子倒比唯物主义的思想家王充要高明一些。王充常将真实与夸张对立起来，对真实作了胶柱鼓瑟的理解。

王充把称美西周文、武之治的"刑错不用，四十余年"③，称美养由基善射的百步穿杨，百发百中，以及《诗经》所云"鹤鸣九皋，声闻于天""维周黎民，靡有孑遗"等，统谓之增溢不实之词④，

① 杨伯峻译注：《孟子译注·万章上》（第2版），北京：中华书局，2005年，第215页。

② 杨伯峻译注：《孟子译注·万章上》（第2版），第215页。

③ 《儒增篇》，黄晖：《论衡校释》（附刘盼遂集解），北京：中华书局，1990年，第1179页。

④ 《艺增篇》，黄晖：《论衡校释》（附刘盼遂集解），第384页。

甚至把它们与"虚妄之言"同等看待，这说明王充对文学必备的夸张特点不太理解。刘勰则不然，他在《夸饰》篇中说：

> 故自天地以降，豫入声貌，文辞所被，夸饰恒存。虽《诗》《书》雅言，风格训世，事必宜广，文亦过焉。是以言峻则嵩高极天，论狭则河不容舠，说多则"子孙千亿"，称少则"民靡孑遗"，襄陵举滔天之目，倒戈立漂杵之论，辞虽已甚，其义无害也。……孟轲所云"说诗者不以文害辞，不以辞害意"也。①

刘勰明确指出，自有文学创作以来，夸饰是长久存在的创作规律，他举出的例子，正是王充所说的增溢不实之词。刘勰同意孟子的看法，但却扬弃了王充在这方面的片面性。

但刘勰对"夸过其理，名实两乖"的现象又是不赞成的。他追溯了夸饰发展的历史，对汉代大赋的夸张失实，虚而无征，诡滥过甚又有所批判。"自宋玉、景差，夸饰始盛，相如凭风，诡滥愈甚。故上林之馆，奔星与宛虹入轩；从禽之盛，飞廉而鹪鹩俱获。及扬雄《甘泉》，酌其余波，语瑰奇，则假珍于玉树，言峻极，则颠坠于鬼神。至《东都》之比目，《西京》之海若，验理则理无不验②，穷饰则饰犹未穷矣。……而虚用滥形，不其疏乎！"③这种批评与晋代左思在《三都赋序》中对汉赋的批评，基本精神是一致的。左思从文学的认识作用出发，要求写赋要重真实，从而对司马相如、扬雄、班固、张衡等人的铺张扬厉的大赋提出了批评。

---

① 范文澜：《文心雕龙注》，第 608 页。
② "验理则理无不验"句，纪（昀）评曰："不验当作可验。"纪说甚是。
③ 《文心雕龙·夸饰》，范文澜：《文心雕龙注》，第 608—609 页。

　　然相如赋《上林》，而引"卢橘夏熟"；扬雄赋《甘泉》，而陈"玉树青葱"；班固赋《西都》，而叹以"出比目"；张衡赋《西京》，而述以"游海若"。假称珍怪，以为润色。若斯之类，匪啻于兹。考之果木，则生非其壤；校之神物，则出非其所。于辞则易为藻饰，于义则虚而无征。且夫玉卮无当，虽宝非用；侈言无验，虽丽非经。①

　　进而，左思提出了这样一个重真实的理论根据："美物者贵依其本，赞事者宜本其实。匪本匪实，览者奚信。"②左思在批判汉赋的"虚而无征"与"侈言无验"方面，与刘勰所说的"验理则理无不(可)验"和"虚用滥形"是一脉相承的。但左思对于合理的夸张没有进行阐述，他的真实论重在描写征实，使人相信。刘勰在这方面则有所发展。他提出"若能酌《诗》《书》之旷旨，翦扬、马之甚泰，使夸而有节，饰而不巫，亦可谓之懿也"③。所谓"夸而有节"，就是要求夸张要有节制，不能随心所欲，不能太过分。所谓"饰而不诬"，就是要求艺术加工要合乎情理，不要荒唐。左思提出的"侈言无验"和刘勰提出的"验理则理无可验"，向来不大引起人们的注意，实际上这里所说的"验"，包括着真实的检验标准问题。他们要求用人情事理来检验，或"稽之地图，验之方志"④。这已经揭橥到用生活真实或客观存在来检验艺术真实的萌芽了。他们在一千多年前，能提出这样的问题来，是难能可贵的。

　　另外，刘勰提出的"夸而有节，饰而不诬"的原则，很接近于

---

　　① ［晋］左思：《三都赋序》，［清］严可均辑：《全晋文》（中册），北京：商务印书馆，1999年，第776页。

　　② ［晋］左思：《三都赋序》，［清］严可均辑：《全晋文》（中册），第776页。

　　③ 《文心雕龙·夸饰》，范文澜：《文心雕龙注》，第609页。

　　④ ［晋］左思：《三都赋序》，［清］严可均辑：《全晋文》（中册），第776页。

生活的真实与艺术的真实的统一。文学的反映现实，不是刻板地、照相式地反映，它要艺术地再现现实，反映现实的本质特点，为此，一定程度的夸饰是必要的，允许的。但现实主义的艺术夸张，要受到生活本身和客观现实的制约，要"有节"和"不诬"，还要"验之以 理"，这样才符合艺术真实的要求。基于以上的认识，我们可以说：《夸饰》篇，从另一方面说，是文学的真实论，而且主要论述的是艺术真实。刘勰总结了孟子、王充、左思的真实论，写成了《夸饰》篇，他继承了孟子和左思的真实论，吸收了王充真实的合理内核，可以说，刘勰的真实论，是集以往之大成，在批判继承之中，有他自己的创造和发展。

六、刘勰论艺术表现的真实

除了《夸饰》篇外，刘勰在他的创作论中极重视艺术表现的真实。在《物色》篇中，他提出"吟咏所发，志惟深远；体物为妙，功在密附"[1] 的主张。所谓"体物"的"密附"就是要求对自然界的物色作出形象逼真的反映，能做到"巧言切状，如印之印泥，不加雕削，而曲写毫芥，故能瞻言而见貌，印（即）字而知时"[2]。这种"曲写毫芥"的主张，已近乎我们今天所说的细节真实了。在《比兴》篇中，刘勰提出"拟容取心"的命题。他所说的"拟容取心"就包括了心和容（即神和形）两个方面。刘勰是神似与形似并重论者。神似形似都与"真实"紧密地联系在一起，都属于艺术真实的范畴。只有神似与形似的统一，在创作上才能达到"曲写毫芥""情貌无遗"的境地。

在对待比兴的问题上，刘勰主张用比必须贴切，要注意真实，

---

① 范文澜：《文心雕龙注》，第 694 页。
② 范文澜：《文心雕龙注》，第 694 页。

要酷似所比的事物。他说："比类虽繁，以切至为贵，若刻鹄类鹜，则无所取焉。"①刘勰对真实的要求，不放过任何细微末节，即使在文章的用典上，他也不忽略真实的问题。在《事类》篇中，他针对陆机《园葵》诗的用典，指出其"改事失真"②的问题，这虽然与我们所论述的真实有所区别，但以小见大，从中可以看出他将真实问题贯穿在他的创作论的各个方面。

七、刘勰为什么重视文学的真实性，如何使文学获得真实性

在我们粗略地勾勒出刘勰在创作论、批评论和文体论中重视文学的真实性的言论之后，还有必要再探讨一下刘勰为什么重视提倡文学的真实以及如何才能使文学获得真实性。

刘勰提倡真实，首先是来源于他对文学的性质和社会作用的认识。他认为"唯文章之用，实经典枝条"③。从而他要求一切文章都要"依经立义"④。在刘勰看来，儒家的经典是"明道"之文，不但具有不朽的价值，而且是真实可信的，因此他要求文学要"宗经""征圣"。他说："征之周孔，则文有师矣。是以子政论文，必征于圣，稚圭劝学，必宗于经。"⑤孔子曾提出"情欲信，辞欲巧"⑥的主张，在称美子产的时候，又说过"言以足志，文以足言"⑦的话，这本来是孔子评论人物的言论，刘勰将这几句话引入文论中，把"志

---

① 《文心雕龙·比兴》，范文澜：《文心雕龙注》，第 602 页。
② 《文心雕龙·事类》，范文澜：《文心雕龙注》，第 616 页。
③ 《文心雕龙·序志》，范文澜：《文心雕龙注》，第 726 页。
④ 《文心雕龙·辨骚》，范文澜：《文心雕龙注》，第 46 页。
⑤ 《文心雕龙·征圣》，范文澜：《文心雕龙注》，第 16 页。
⑥ 《礼记·表记》，转引自范文澜：《文心雕龙注·征圣》，第 18 页。
⑦ 《左传·襄公二十五年》，转引自范文澜：《文心雕龙注·征圣》，第 18 页。

足而言文，情信而辞巧"当作"含章之玉牒，秉文之金科"①，这样"情信而辞巧"的主张便成为刘勰真实论的基础。

如果刘勰将他的真实论仅仅建立在"宗经""征圣"的基础上，那么，他的真实论就没有多少现实意义了。事实并非如此，刘勰生活的时代，最高统治者溺情佛讲，当时玄风大盛而儒道衰微，刘勰正是利用儒家思想来批判玄风，用真实论作武器来批判当时的形式主义的浮华文风，批判"好浮华而不知实核"②的风气，批判"为文而造情"的不良倾向，指斥"征贿鬻笔"的恶习，指斥"近代辞人，率好诡巧"③的形式主义逆流。因此，我们可以说，刘勰所以提倡真实，是针对着六朝形式主义文学而发的，他的真实论是切中时弊的。

对于如何才能使文学获得真实的问题，刘勰根据不同的文体提出不同的要求。比如对于"史传"的写作，他要求作者认真研究史料，"阅石室，启金匮，抽裂帛，检残竹，欲其博练于稽古也。是以立义选言，宜依经以树则；劝戒与夺，必附圣以居宗。然后诠评昭整，苟滥不作矣"④。写作这类著作，一定要"务信弃奇"⑤。而对于纯文学的创作，刘勰则要求在情真、意真、景真、物真等内容真实的基础上，进一步达到艺术真实的境地。他允许使用想象、夸张等艺术手法，加上一些奇特的、华丽的成分，做到"酌奇而不失其真，玩华而不坠其实"和"夸而有节，饰而不诬"，使"奇""华"与"真""实"结合起来，从而达到幻想与真实相结合，生活真实与艺术真实相统一。他将想象与夸张视为达到艺术真实的桥梁。

为了真实地表现自然界的物色，刘勰提出作者要置身于千变万

---

① 《文心雕龙·征圣》，范文澜：《文心雕龙注》，第 15 页。
② 《文心雕龙·定势》，范文澜：《文心雕龙注》，第 531 页。
③ 《文心雕龙·定势》，范文澜：《文心雕龙注》，第 531 页。
④ 《文心雕龙·史传》，范文澜：《文心雕龙注》，第 286 页。
⑤ 《文心雕龙·史传》，范文澜：《文心雕龙注》，第 287 页。

化、品类众多的事物中，并充分利用作者的感觉器官（如眼、耳等），仔细地观察、体验，达到"心""物"交融，以此来反映自然界真实的物色。他说："是以诗人感物，联类不穷，流连万象之际，沈吟视听之区，写气图貌，既随物而宛转，属采附声，亦与心而徘徊。"①为了更进一步说明这个问题，他举出了创作上的某些实例："'灼灼'状桃花之鲜，'依依'尽杨柳之貌，'杲杲'为出日之容，'瀌瀌'拟雨雪之状，'喈喈'逐黄鸟之声，'喓喓'学草虫之韵。'皎日''嘒星'，一言穷理。'参差''沃若'，两字穷形。并以少总多，情貌无遗矣。"②所谓"以少总多，情貌无遗"，已经初步揭橥用典型化的手法，真实而无遗漏地反映自然万物的"情"和"貌"了。

八、刘勰真实论的局限和影响

由于时代的局限，刘勰还不可能认识到现实生活是文学创作的唯一源泉，在他看来，儒家的经典就是作家取之不尽、用之不竭的源泉，因此他不能从生活与实践的观点来论述生活真实与艺术真实的关系，他的真实论明显地打上了"宗经""征圣"的烙印。他虽然承认自然美是客观存在，在《原道》篇提出"傍及万物，动植皆文"，"无识之物，郁然有彩"③的说法，并且有时还将自然美与艺术美看得同样重要，承认"云霞雕色，有逾画工之妙；草木贲华，无待锦匠之奇"④。但他并没有明确认识到自然美是艺术美的源泉，艺术美是自然美的反映，或者说艺术真实是生活真实的反映。他在论述创作过程的"心物交融"时，有时夸大了"心"的主导因素。

---

① 《文心雕龙·物色》，范文澜：《文心雕龙注》，第693页。
② 《文心雕龙·物色》，范文澜：《文心雕龙注》，第693—694页。
③ 范文澜：《文心雕龙注》，第1页。
④ 《文心雕龙·原道》，范文澜：《文心雕龙注》，第1页。

从"心生而言立，言立而文明"①这一命题看，他认为"文"产生于"心"，这种客观唯心主义的文学起源论，使他无法论述清楚生活真实与艺术真实的关系，他的真实论多半局限于"感物吟志"和艺术表现，他对客观自然的理解比较狭窄，主要着眼于自然界的"物色"上，而没有旁及复杂的社会生活和现实世界上各色各样的人物。由于当时小说、戏曲还处在初期的发展阶段，在刘勰的《文心雕龙》中，还未把它们列入文学的范围内。相反他却把不属于文学的史、传、碑、诔等，列在文学的范围中。因此，对这类文体的写作真实，也难以上升为文学理论上的真实论。他所论述的三十五种文体，多数是与文学关系不大的，可见他对文学与非文学的界限，还有不够清楚的地方。属于纯文学体裁的，主要是体物的赋与抒情的诗、骚、乐府，所以刘勰的真实论，除了艺术表现的真实外，主要围绕抒情诗、骚赋与体物大赋的情真、意真、景真、物真，这与外国从叙事文学——小说、戏剧等来概括的真实论是不同的。

刘勰的真实论，就其系统性和完备程度上，在整个封建社会中，几乎没有人比得上他。在戏曲、小说理论出现以前，文论家的真实论没有超出刘勰论述的范围，他的"酌奇而不失其真，玩华而不坠其实"的主张，"为情造文""要约写真"的见解，"夸而有节，饰而不诬"的原则，对后代的创作和文论都发生过有益的影响。在他之后，文学作品中的夸张描写，已不再被视为"虚妄"和"失真"了。其后虽有少数人仍然胶柱鼓瑟地主张真实，像元代的盛如梓那样，主张"诗者记一时之实，只要据眼前实说，……一语不实便是欺，……这上面欺，将何往而不欺"②。但这种将真实绝对化，将生活真实与艺术真实完全对立起来的观点，已没有多少人赞同了。

---

① 《文心雕龙·原道》，范文澜：《文心雕龙注》，第1页。

② ［元］盛如梓：《庶斋老学丛谈》卷之上，《丛书集成初编》本。

宋代的沈括批评杜甫的《古柏行》中的诗句"霜皮溜雨四十围，黛色参天二千尺"说："四十围，乃是径七尺，无乃太细长乎？"[①]遭到很多人的讥笑和非议，看来"文辞所被，夸饰恒存"已经成为"不刊之鸿教"[②]了。

---

① ［宋］沈括著，侯真平校点：《梦溪笔谈》卷二十三，长沙：岳麓书社，2002年，第166页。

② 《文心雕龙·宗经》，范文澜：《文心雕龙注》，第21页。

《文心雕龙》与“风雅正变”

一、《诗大序》与郑玄《诗谱序》的“风雅正变”说概述

正变与诗歌发生关系，成为诗歌美学的一个范畴，是从汉代开始的。《诗大序》提出了变风、变雅的问题：

故诗有六义焉：一曰风，二曰赋，三曰比，四曰兴，五曰雅，六曰颂。上以风化下，下以风刺上，主文而谲谏，言之者无罪，闻之者足以戒，故曰风。至于王道衰，礼义废，政教失，国异政，家殊俗，而变风、变雅作矣。国史明乎得失之迹，伤人伦之废，哀刑政之苛，吟咏情性，以风其上，达于事变而怀其旧俗者也。故变风发乎情，止乎礼义。发乎情，民之性也；止乎礼义，先王之泽也。是以一国之事，系一人之本，谓之风；言天下之事，形四方之风，谓之雅。雅者，正也，言王政之所由废兴也。政有大小，故有小雅焉，有大雅焉。颂者，美盛德之形容，以其成功告于神明者也。是谓四始，诗之至也。然则《关雎》《麟趾》之化，王者之风，故系之周公。南，言化自北而南也。《鹊巢》《驺虞》之德，诸侯之风也，先王之所以教，故系之召公。《周南》《召南》，正始之道，王化之基。是以《关雎》乐得淑女，以配君子，忧在进贤，不淫其色；哀窈窕，思贤才，而无伤善之心焉。是《关

雎》之义也。①

《诗大序》是汉代诗学的纲领性文件，它涉及的问题很多，此处不多置论，笔者仅从正变的角度，揭示它的美学内涵，以及它对刘勰《文心雕龙》的影响。

有《变风》《变雅》，也必然存在《正风》《正雅》。《诗大序》虽未明确指出《正风》《正雅》，由于《正风》《正雅》与《变风》《变雅》产生的历史条件和社会背景截然不同，创作的目的也不相同，我们可以这样来理解：除《变风》《变雅》之外的《风》《雅》作品，都是《正风》《正雅》。东汉的郑玄，除了写《诗谱序》之外，还有一篇《六艺论》，可惜全文已佚，唐人孔颖达仅在《毛诗正义》中引用了某些片断，其中有"至周分为六诗"②一句，值得我们注意。郑玄对"六诗"的解释，我们已无法看到了，直到五代的齐己，在他所著的《诗骚旨格·六诗》中，我们才看到"六诗"的内容。所谓"六诗"，指《大雅》《小雅》《正风》《变风》《变大雅》《变小雅》。这很可能就是郑玄所谓的"六诗"。所以历史上《正风》《正雅》的名称是存在的。

《诗大序》将《诗经》中的风、小雅、大雅、颂称为"四始"。它对"四始"有一种定义性的解释："一国之事，系一人之本，谓之风；言天下之事，形四方之风，谓之雅。雅者，正也，言王政之所由废兴也。政有大小，故有小雅焉，有大雅焉。颂者，美盛德之形容，以其成功，告于神明者也。是谓四始，《诗》之至也。"孔颖达《毛诗正义疏》引郑玄《答张逸》云："四始，'风'也，'小雅'也，

---

① ［汉］毛亨传，［汉］郑玄笺，［唐］孔颖达疏：《毛诗正义》，北京：北京大学出版社，2000年，第13—24页。

② ［汉］毛亨传，［汉］郑玄笺，［唐］孔颖达疏：《毛诗正义》，第6页。

'大雅'也，'颂'也。此四者，人君行之则为兴，废之则为衰。"①
《毛诗正义》又引《郑笺》："始者，王道兴衰之所由。"②

　　"四始"既然是"风""小雅""大雅""颂"，包括不包括"变
风""变雅"，没有明确说明，从"四始"为"诗之至也"推断，"四
始"应当不包括"变风""变雅"。"至"是至极的意思，是《诗经》
作品中备受推崇的部分，从政教上说，它是"正始之道，王化之基"。
也就是说，这些作品都是能够"正"其初始之大道，是王业风化的
基本。上引《诗大序》的后一段，曾说："《周南》《召南》，正
始之道，王化之基"。"四始"之"始"字，与"正始"之"始"字，
其含义是相同的。后人又将"正始之道"称为"正始之音"。所以"四
始"在某种意义上说，也是"四正"。它不应含"变风""变雅"。

　　"四始"还有一种说法，即风、小雅、大雅、颂四种体裁的诗
排在第一篇的作品，称为"四始"。这种说法出自《史记·孔子世家》：
"《关雎》之乱以为'风'始，《鹿鸣》为'小雅'始，《文王》为'大雅'
始，《清庙》为'颂'始。"③此说比《诗大序》的说法更为分明，
司马迁是习《鲁诗》的，这种说法有可能源于《鲁诗》。这样，"四
始"不包含"变风""变雅"就很明确了。

　　"四始"之作，产生于政治清明、风教盛行的时候，与"变风""变
雅"产生的时代与社会环境截然不同。这就是《乐记》所说的"声
音之道，与政通矣"④。《诗大序》也有类似的说法："治世之音安，
以乐其政和；乱世之音怨，以怒其政乖；亡国之音哀，以思其民困。"⑤
《乐记》中也有这几句话，有人认为是《诗大序》抄引《乐记》，

---

① ［汉］毛亨传，［汉］郑玄笺，［唐］孔颖达疏：《毛诗正义》，第 22 页。
② ［汉］毛亨传，［汉］郑玄笺，［唐］孔颖达疏：《毛诗正义》，第 22 页。
③ ［汉］司马迁：《史记》，北京：中华书局，1959 年，第 1936 页。
④ ［清］严可均辑：《全梁文》上册，北京：商务印书馆，1999 年，第 14—15 页。
⑤ 采用钱锺书《管锥编》之断句法。

也有人认为《乐记》产生时代比《诗大序》还晚，到底是谁抄谁的，一时难以弄清，姑且不多置论。总之，《诗大序》与《乐记》对治世与乱世的艺术作品截然不同的风貌，其认识是一致的。刘勰的《文心雕龙·时序》有两句名言"文变染乎世情，兴废系乎时序"①，也是受《乐记》与《诗大序》的影响概括出来的精辟观点，而且涉及到"变"的问题。

其实《诗大序》对"变风""变雅"的产生条件，也有它自己的论述："至于王道衰，礼义废，政教失，国异政，家殊俗，而变风、变雅作焉。"这足以说明，"变风""变雅"是衰世礼崩乐坏、天子诸侯失政、风衰俗怨的产物。诗人"伤人伦之废，哀刑政之苛，吟咏情性，以风其上，达于事变而怀其旧俗者也"。这里又涉及到"变风""变雅"的另外两个特点：

其一是"变风""变雅"的讽刺特点，"风"即"讽"，对"正风""正雅"来说，"风"即"风化"，是在上者以风化下，是宣谕天子或诸侯的"正始之道，王化之基"，就诗歌的"美刺"两端来说，"正风""正雅"是"颂美"，而不含下讽刺上的问题。《颂》更不必说了，它本来是"颂美盛德"的，根本就不含讽刺。"正始"的"风""雅""颂"，都是一味的颂美。据古代经学家考证，"四始"之作均产生于周文王的时代，"风""大小雅""颂"都以文王诗为始，文王时代是个圣明的时代，百姓和士大夫歌颂犹恐不及，没有怨，也没有刺。《诗经》中的十五国风，只有《周南》《召南》二国风是"正风"，计二十五篇，其余的十三国风都是"变风"，《毛诗正义》对每一首诗都附有小序，"二南"二十五首的小序都是颂美的。以今天的观点来看，小序对诗作的主题认识，有不少是牵强附会的，或者说有些诗的主题被歪曲了，但《毛诗》是古代诗学的

---

① 范文澜：《文心雕龙注》，北京：人民文学出版社，1958年，第675页。

代表，汉代以前的《诗经》学，有齐、鲁、韩、毛四家，唯《毛诗》传了下来，《毛诗》的大小序，奠定了我国《诗》学的基础，也是中国古代诗学的发凡，其影响之大，是不可低估的。

前已叙及"正风"是什么意思，"变风"的内涵又如何呢？用极通俗的话说，"变风"标志着风向的改变，正风是颂美的，是以风化下，"变风"由颂美变为讽刺，是以下讽上，所以说风向改变了。由此可见，"正变"是与美刺密不可分的。刘勰的《文心雕龙》与美刺说的关系，我们留在另一篇文章中论述。

其二是"变风""变雅"具有"吟咏情性"的特点。《诗大序》说："变风发乎情，止乎礼义。发乎情，民之性也；止乎礼义，先王之泽也。"《诗大序》在谈到"正风"的时候，只强调美盛德和风化问题，没有强调"吟咏情性"，这一点颇令人费解。"诗者，志之所之也，在心为志，发言为诗"①，"正风"既是言志之作，焉能离开情呢？按《诗大序》的说法，"情动于中而形于言"便是诗，诗是离不开情的，但"言志"之说，最为古老，《尚书·尧典》就有"诗言志"的说法，这是"正经"。"吟咏情性"之说，比较晚出，最早见于《乐记》和《诗大序》，笔者试图做这种理解："言志"是"正"，"吟咏情性"是"变"。但"吟咏情性"不是随随便便地宣泄自己的情感，它还要受到一定的约束，还要归入"礼义"的规范，因此《诗大序》要求"发乎情，止乎礼义"，即不要突破礼义之大防，不要忘记先王之泽，这实质上还是主张"变"不离"正"。它强调了诗歌的美学特点，却又要纳入"正"的轨道。这与"温柔敦厚"的诗教，"主文而谲谏"的说法，构成了一个系列，成为汉代诗学的重要组成部分。正像张少康先生所说："汉儒开始对孔子所说的'兴观群怨'的'怨'作了明显的限制。'温柔敦厚'也好，'主文而谲谏'也好，'发

---

① ［汉］毛亨传，［汉］郑玄笺，［唐］孔颖达疏：《毛诗正义》，第7页。

乎情，止乎礼义'也好，都是为了强调对上层统治者及其政治措施
的批评必须要限制在统治者可以接受的范围之内；对社会黑暗的揭
发，不能越出封建伦理道德规范，不能触及统治者的地位和妨害封
建秩序的稳固，必须严格遵守'礼义'的界限，不许越雷池一步。"①
《诗大序》对于"变风""变雅"，表面看来并无多少贬抑，但实
际上他所推崇的还是"正风""正雅"及"颂"。对于歌功颂德的
作品，他没有任何限制，对"变风""变雅"的"吟咏情性，以风
其上"却加以限制，还是"崇正抑变"的观念在作怪。

《诗大序》之后，汉儒论及《诗经》"正变"的是东汉的郑玄，
他在《诗谱序》中说：

> 文、武之德，光熙前绪，以集大命于厥身，遂为天下父母，
> 使民有政有居。其时诗：《风》有《周南》《召南》，《雅》有《鹿
> 鸣》《文王》之属。及成王、周公致太平，制礼作乐，而有颂声
> 兴焉，盛之至也。本之由此《风》《雅》而来，故皆录之，谓之《诗》
> 之正经。②

这里所说的《周南》《召南》，都属于"正风"。《鹿鸣》是
《小雅》的首篇，《毛诗》小序云："鹿鸣，燕群臣嘉宾也。既饮
食之，又实币帛筐篚，以将其厚意，然后忠臣嘉宾，得尽其心矣。"③
意思是说，《鹿鸣》是人君燕饮群臣嘉宾的一首诗，人君既设飨以
饮之，又陈馔以食之，又把装满筐篚的币帛赏赐群臣嘉宾，天子以

---

① 张少康、卢永璘编选：《先秦两汉文论选》，北京：人民文学出版社，1996年，
"前言"，第23页。
② 《诗谱序》，郭绍虞主编：《中国历代文论选》第一册，上海：上海古籍出版
社，2001年，第70页。
③ ［汉］毛亨传，［汉］郑玄笺，［唐］孔颖达疏：《毛诗正义》，第648页。

此表示对群臣的厚意，群臣自然感恩不尽，所以要尽心尽力为人君效劳。君臣上下一片和乐，这当然是颂美人君的。《文王》是《大雅》的首篇。《毛诗》小序云："《文王》，文王受命作周也。"①意思是说，周文王是受天命而王天下而建立周邦的，这当然是歌颂文王的文治武功之作。《鹿鸣》《文王》，按照司马迁的说法，都是"四始"之一。至于"成王、周公致太平，制礼作乐，而有颂声兴焉"②，当然是指《周颂》了。郑玄把它们称为"《诗》之正经"其正统地位是确定了的。对《诗》之"正变"来说，这些作品是"正"，而不是"变"。郑玄把"正"，又加了个"经"字，更加突出了对"正"的推崇。

紧接上文，郑玄《诗谱序》又论到"变风""变雅"：

> 后王稍更陵迟，懿王始受谮亨（烹）齐哀公，夷身失礼之后，邶不尊贤。自是以下，厉也，幽也，政教尤衰，周室大坏。《十月之交》《民劳》《板》《荡》，勃尔俱作，众国纷然，刺怨相寻。五霸之末，上无天子，下无方伯，善者谁赏，恶者谁罚，纪纲绝矣！故孔子录懿王、夷王时诗，讫于陈灵公淫乱之事，谓之"变风""变雅"。以为勤民恤功，昭事上帝，则受颂声，弘福如彼；若违而弗用，则被劫杀，大祸如此。吉凶之所由，忧娱之萌渐，昭昭在斯，足作后王之鉴，于是止矣。③

郑玄对"变风""变雅"产生的历史政治条件的论述，和《诗大序》基本是相同的，但郑玄对周天子政治的衰败，叙述得更加具体。他

① ［汉］毛亨传，［汉］郑玄笺，［唐］孔颖达疏：《毛诗正义》，第1114页。
② ［汉］毛亨传，［汉］郑玄笺，［唐］孔颖达疏：《毛诗正义》，第7页。
③ 《诗谱序》，郭绍虞主编：《中国历代文论选》第一册，第70页。

把周天子的失政，从周懿王开始。《史记·周本纪》载："懿王之时，王室遂衰，诗人作刺。"①而周懿王失政的大事，便是听任谮言而烹杀齐哀公。据《史记·齐太公世家》载："哀公时，纪侯谮之周，周烹哀公，而立其弟静，是为胡公。"②实际上齐哀公也不是一个好的诸侯王。《史记索隐》引宋忠曰："哀公荒淫田游，国史作《还诗》以刺之也。"③可见，当周天子失政之时，诸侯也有失政的，也有诗作讽刺他们。懿王之子夷王，夷王之子厉王，厉王之子宣王，宣王之子幽王，简直是一代不如一代，政衰民怨，民不堪命，国人莫敢言，道路以目，他们不听大臣的劝谏，任意胡行，于是产生了许多的刺诗，《十月之交》《民劳》《板》《荡》便是代表作。《十月之交》是《小雅》的一篇，《毛诗》小序云："十月之交，大夫刺幽王也。《民劳》，召穆公刺厉王也。"④"《板》，凡伯刺厉王也。"⑤"《荡》，召穆公伤周室大坏也。厉王无道，天下荡荡，无纲纪文章，故作是诗也。"⑥这四篇作品，都是典型的"变雅"，讽刺的对象均非常清楚。都属于刺诗，此又可见"正变"与"美刺"是紧紧地连在一起的。清代的程廷祚说："汉儒论诗，不过美刺两端。"⑦虽然说得过于绝对，却也有一定道理，美刺确是汉代诗学的一个重要方面，从某种意义上说"美刺"就是"正变"，这是汉代诗学的大范畴。我们不可漫视之，在中国古典诗学中，"正变"(包括美刺)的影响之大，是不可低估的。

① ［汉］司马迁：《史记》，第 140 页。

② ［汉］司马迁：《史记》，第 1481 页。

③ ［汉］司马迁：《史记》，第 1481 页。

④ ［汉］毛亨传，［汉］郑玄笺，［唐］孔颖达疏：《毛诗正义》，第 840、1337 页。

⑤ ［汉］毛亨传，［汉］郑玄笺，［唐］孔颖达疏：《毛诗正义》，第 1344 页。

⑥ ［汉］毛亨传，［汉］郑玄笺，［唐］孔颖达疏：《毛诗正义》，第 1356 页。

⑦ ［清］程廷祚：《青溪集》卷二《诗论十三·再论刺诗》，《金陵丛书乙集》本。

郑玄的《诗谱序》还揭橥到《风》《雅》"正变"的认识作用与存在价值问题。孔子是"崇正抑变"的，《诗大序》《诗谱序》也是"崇正抑变"的。传说孔子曾删过《诗》，"变风""变雅"既非《诗》之"正经"，为何孔子不把它们删掉呢？《诗谱序》说，这些"刺怨相寻"的刺诗、怨诗，以及周懿王、周夷王时代的刺诗，直至揭露陈灵公淫乱之事的诗，孔子却录而存之，"谓之变风、变雅"。据郑玄的理解，孔子所以"正变"全录，是"正变"之作各有各的作用："以为勤民恤功，昭事上帝，则受颂声，弘福如彼。"① 这是指"正风""正雅"与《颂》说的，是正面教材，因圣明的天子以"勤民恤功"为务，可以向上帝表白，所以他们的下场是好的，自然受歌颂，享受上天所赐的洪福。反之，"若违而弗用，则被劫杀，大祸如此"②。"违而弗用"指不勤民恤功，不昭事上帝，这样不但听不到颂声，只可听到骂声，骂声还是轻的，甚或引来杀身之祸。周厉王失政，引起国人叛乱，厉王出奔。周幽王荒淫无道，被犬戎杀死在骊山之下。他们都没有好下场，讽刺他们的"变风""变雅"也便有了历史的垂戒作用。所以通过"变风""变雅"，可以认识"吉凶之所由，忧娱之萌渐"，"足作后王之鉴"，这正是"变风""变雅"未被删除的原因，也是"变风""变雅"的存在价值。

二、《文心雕龙》中的"正变"论

迄今为止，研究刘勰及其《文心雕龙》的学者们，只注意到他的"通变"论，还未注意到他的"正变"论。原因很简单，《文心雕龙》除《序志》外，共四十九篇，其中一篇曰《通变》，而"正变"却未有专篇，所以不为研究者所注意。另外一个原因是，"正变"

---

① ［汉］毛亨传，［汉］郑玄笺，［唐］孔颖达疏：《毛诗正义》，第10页。

② ［汉］毛亨传，［汉］郑玄笺，［唐］孔颖达疏：《毛诗正义》，第10页。

一词，在《文心雕龙》中很少出现。在《文心雕龙》全书中，"正变"二字连用者，仅有一处，而且是将"正变"颠倒过来，变成"变正"。《颂赞》篇云：

> 四始之至，颂居其极。颂者，容也，所以美盛德而述形容也。……夫化偃一国谓之风，风正四方谓之雅，容告神明谓之颂。风雅序人，事兼变正；颂主告神，义必纯美。①

刘勰所说的"四始"，指"风""小雅""大雅""颂"。这是用《诗大序》和郑玄《诗谱序》的说法，而不是司马迁的说法。刘勰对"风""雅""颂"的释义，完全是据《诗大序》。所谓"风雅序人，事兼变正"，意思是说《诗经》中的《风》《雅》是记叙人事的，所以有"正风""正雅"和"变风""变雅"。这还是本之于《诗大序》与郑玄《诗谱序》之说，根据当时的历史条件，刘勰对"风雅正变"说也不可能有所创新。他在《序志》篇曾说，在经学注释方面，"马郑（指马融与郑玄）诸儒，弘之已精，就有深解，未足立家"②。因此刘勰是不愿将精力专注于注经的章句之学上。另外，还有一个更重要的原因就是，《诗经》之后，出现了以《离骚》为代表的"楚辞"，以后又出现了汉代的大赋，或称"辞赋"。在诗歌领域，《诗经》是以四言为主，汉代及汉以后，虽有人间或写四言诗，但已非《诗经》之面目，充其量不过是继承了《诗经》"风雅"（包括"变风""变雅"）的"顺美匡恶"，即"美刺"的手法而已，"风雅寝声"③已成为不可改变的事实。故刘勰在《文心雕龙·辨骚》

---

① 范文澜：《文心雕龙注》，第156—157页。
② 范文澜：《文心雕龙注》，第726页。
③ 《文心雕龙·辨骚》，范文澜：《文心雕龙注》，第45页。

篇说:

> 自《风》《雅》寝声,莫或抽绪,奇文郁起,其《离骚》哉!
> 固已轩翥诗人之后,奋飞辞家之前,岂去圣之未远,而楚人之多
> 才乎!昔汉武爱《骚》,而淮南作《传》,以为"《国风》好色
> 而不淫,《小雅》怨诽而不乱,若《离骚》者,可谓兼之"。①

《离骚》出现于《风》《雅》销声匿迹之后,它和《风》《雅》
究竟是什么关系,曾引起汉代学者的广泛关注。而且也有不同的看
法,以刘勰的观点来看,《离骚》在"典诰之体""规讽之旨""比
兴之义""忠怨之辞"四个方面,是同于《风》《雅》的,而且主
要方面是同于"变风""变雅"。《离骚》的"怨诽"之情、"规
讽之旨""忠怨之辞"是有目共睹,其吟咏之情性正与"变风""变雅"
相似。淮南王刘安所作之《离骚传》谓其兼具"《国风》好色而不淫,
《小雅》怨诽而不乱",即孔子在《论语·八佾》中所说的"《关雎》
乐而不淫,哀而不伤"②之义。刘勰《文心雕龙·时序》篇说:"逮
姬文之德盛,《周南》勤而不怨;大王之化淳,《邠风》乐而不淫。"③
也即此义。这里刘勰已兼及《国风》之"正变"了。《邠风》按《诗
大序》的看法,已非"正风"。至于含"怨诽"之情的大雅、小雅,
肯定属于"变雅"无疑。因为只有哀政教之失,才能产生大、小"雅"
的怨诽之情。这就是说,汉代的部分学者是以"风雅正变"的观点
来理解《离骚》的。除了淮南王刘安之外,司马迁的《史记·屈原
列传》也说:"《国风》好色而不淫,《小雅》怨诽而不乱,若《离骚》

---

① 范文澜:《文心雕龙注》,第45页。
② 杨伯峻:《论语译注》,北京:中华书局,1980年,第30页。
③ 范文澜:《文心雕龙注》,第671页。

者，可谓兼之也。"① 这大概是照抄刘安的话而来。从汉代至刘勰，大体是把《离骚》及《楚辞》看作是"风雅正变"的产物。直到宋代的朱熹，仍然把《离骚》视为"风雅正变"的产物。他在《楚辞集注序》中论屈原说："虽其不知学于北方，以求周公、仲尼之道，而独驰骋于变"风"变"雅"之末流，以故醇儒庄士或羞称之。"② 把《离骚》看作是"风雅正变之末流"，未免将《离骚》贬低了，远不如刘勰的"因变得奇"说。

但《离骚》并非完全是"依经立义"的，以刘勰的两分法看，它也有"异乎经典"的四个方面：即"诡异之辞""谲怪之谈""狷狭之志""荒淫之意"③。刘勰对于《离骚》之"夸诞"是不甚理解的，对它的浪漫主义手法也不甚理解，所以目为"异乎经典"。但刘勰又给予《离骚》以很高的评价，把它目为"奇文"，看来在刘勰的心目中，《离骚》具有"因变得奇"的美学特征。他以"正变"或"变正"，推衍出与它们相同涵义的一个美学范畴，即"奇正"。《辨骚》篇有一句名言："酌奇而不失其贞。"④ "贞"者，正也。笔者认为"酌奇而不失其贞"是要求"奇"与"正"结合，也就是"变"与"正"结合，即要求"变而不失其正"。

"正"与"奇"，或"奇"与"正"，或"正变"与"变正"，在刘勰看来含义是相似的，可以这样说，"变正"在《文心雕龙》中已被刘勰转换为"奇正"，这一点我们可以在《文心雕龙》中找到例证。《风骨》篇云：

---

① ［汉］司马迁：《史记》，北京：中华书局，1959 年，第 2482 页。

② ［宋］朱熹撰，蒋立甫校点：《楚辞集注》，上海：上海古籍出版社，2001 年，第 2 页。

③ 范文澜：《文心雕龙注》，第 47 页。

④ 范文澜：《文心雕龙注》，第 48 页。

> 若夫镕铸经典之范，翔集子史之术，洞晓情变，曲昭文体，然后能孚甲新意，雕画奇辞。昭体故意新而不乱，晓变故辞奇而不黩。①

"晓变故辞奇"，"变"与"奇"是等位关系，刘勰大概就是通过"变"与"奇"的等位关系，将"变正"转换为"奇正"的，从而使"奇正"成了《文心雕龙》中具有对立统一内涵的美学范畴。

"奇正"在《文心雕龙》中涉及的面很广，可以说"奇正"是贯串于全书的范畴。前文通过《辨骚》篇的分析可以看出，就文章的思想内容而言，同于《风》《雅》的思想为"正"，异乎经典的思想为"奇"。在《正纬》篇中说"经正纬奇"②，这里的"正"与"奇"，含有"真"与"伪"的对立关系。刘勰指出纬书有"四伪"，"经正纬奇"是"四伪"之一。《正纬》开篇便说："夫神道阐幽，天命微显，马龙出而大《易》兴，神龟见而《洪范》耀。故《系辞》称：'河出图，洛出书，圣人则之。'斯之谓也。但世夐文隐，好生矫诞，真虽存矣，伪亦凭焉。"③这几句话的意思是说，根据自然之道可以阐明深奥的事理，使不明显的天命明显起来。马龙献出河图就产生了《易经》，神龟献出洛书就产生了《尚书》的《洪范》。《周易·系辞》所说的"河出图，洛出书，圣人则之"④，讲的就是这个道理。但历时久远，有关记载很不清楚，容易产生不实的假托；因此，真的虽然存在，假的也据此而出现了。纬书是一种托经义以宣扬符瑞迷信的著作，由于经书中偶见迷信传说，这就给纬书留下了假托的

---

① 范文澜：《文心雕龙注》，第514页。
② 范文澜：《文心雕龙注》，第30页。
③ 范文澜：《文心雕龙注》，第29页。
④ 《易·系辞上》，黄寿祺、张善文译注：《周易译注》，北京：中华书局，2007年，第403页。

余地，纬书可以说是钻了经书的空子。刘勰是"宗经"的，他认为儒家的"六经"是"恒久之至道，不刊之鸿教"①。凡经书上写的都是真的、正的，他评论纬书用的方法就是"按经验纬"，即按照"六经"去验证纬书，这样发现纬书"其伪有四"，故得出"经正纬奇"的结论②。很显然，这里的"正"与"奇"，就近乎"真"与"伪"了。

大体而言，刘勰是以儒家正统思想为"正"，以背离儒家正统思想为"奇"，刘勰在《文心雕龙·史传》篇中认为，司马迁的《史记》有"爱奇反经之尤"③，主要着眼于司马迁的"论术学，则崇黄老而薄五经；序货殖，则轻仁义而羞贫贱"④。司马迁突破了儒家正统思想的束缚，在刘勰看来，是"爱奇反经"⑤的过错，也可以说是"逐奇而失正"⑥。

除了内容的"奇正"，刘勰还论述到辞采的"奇正"，他把辞采分为"正辞"与"奇辞"两类。在《议对》篇中，他要求对"经典之体"的议，在明其大体、"枢纽经典"之后，要"标以显义，约于正辞"⑦。在《风骨》篇中，他要求在"洞晓情变，曲昭文体"之后，"然后能莩甲新意，雕画奇辞"。所谓"正辞"，殆指正面的、雅正的语言；所谓"奇辞"，指奇异的、新奇的、变化谲诡的语言。并要求不同种类、不同用途的文章，语言辞采的"奇正"应有所不同。在"正辞"与"奇辞"之间，我们还看不出刘勰的抑扬之义。那么，刘勰在讲文章"体势"的时候，崇正抑奇的倾向就十分明显了。刘

---

① 《文心雕龙·宗经》，范文澜：《文心雕龙注》，第21页。

② 《文心雕龙·正纬》，范文澜：《文心雕龙注》，第30页。

③ 范文澜：《文心雕龙注》，第248页。

④ ［宋］范晔撰，［唐］李贤等注：《后汉书·班彪传》卷四十，北京：中华书局，1965年，第1325页。

⑤ 《文心雕龙·史传》，范文澜：《文心雕龙注》，第284页。

⑥ 《文心雕龙·定势》，范文澜：《文心雕龙注》，第531页。

⑦ 《文心雕龙·议对》，范文澜：《文心雕龙注》，第438页。

勰在"体势"的总体上是主张"奇""正"并用的。所以他说:"然渊乎文者,并总群势:奇正虽反,必兼解以俱通;刚柔虽殊,必随时而适用。"[1]但在后文中,他又批判故作奇辞以迎合俗好的现象:

> 自近代辞人,率好诡巧,原其为体,讹势所变。厌黩旧式,故穿凿取新,察其讹意,似难而实无他术也,反正而已。故文反"正"为"乏",辞反正为奇。效奇之法,必颠倒文句;上字而抑下,中辞而出外;回互不常,则新色耳。[2]

意思是说:近代的作家,大都爱好奇巧。推原这种文章的体势,是从一种错误的趋势变化而来。由于作家们厌弃旧的体式,所以牵强地追求新奇。细看这种不正当的趋向,似乎难以用其他方法补救,只好反奇归正了。篆文的"正"字反写则为"乏"字,在辞句上把"正辞"反转过来就是"奇辞",效法"奇辞"的方法,必然把正常的辞序颠倒过来,应当写在上面的字写到下面去,把句中的字改到句外去;次序错乱而不正常,就算是新奇的辞采了。但这种"反正为奇",当然是不符合刘勰的美学理想的,所以刘勰要加以控制,提出"执正以驭奇",反对"逐奇而失正"[3]。这是传统的儒家崇正抑变思想在刘勰"奇正"论上的投射,刘勰虽然给予"变"与"奇"以一定的应用范围与发展空间,但到头来还得限制它,使"正"与"变"的对立,统一在"正"上。正像汉儒以情性之正、以"发于情,止乎礼义"来规范"变风""变雅"一样。《辨骚》篇所云"凭轼以

---

① 《文心雕龙·定势》,范文澜:《文心雕龙注》,第530页。
② 《文心雕龙·定势》,范文澜:《文心雕龙注》,第531页。
③ 《文心雕龙·定势》,范文澜:《文心雕龙注》,第531页。

倚《雅》《颂》，悬辔以驭楚篇，酌奇而不失其贞，玩华而不坠其实"①，也是"执正以驭奇"之义。

在《体性》篇中，刘勰还论到风格的"奇正"问题。他把文章风格，归纳为八种："一曰典雅，二曰远奥，三曰精约，四曰显附，五曰繁缛，六曰壮丽，七曰新奇，八曰轻靡。"②这八种风格是有高下雅俗之分的。刘勰最推崇的是"典雅""远奥"，贬得最低的是"新奇""轻靡"。什么样的风格是"新奇"呢？刘勰的解释是："新奇者，摈古竞今，危侧趣诡者也。"③也就是说，"新奇"是弃古趋新，以诡奇怪异为特色，这与"镕式经诰，方轨儒门"④的典雅风格，岂可同日而语？刘勰又于八体之中各拈出一字以示互相之间的对立："故雅与奇反，奥与显殊，繁与约舛，壮与轻乖。"⑤"雅"是"正"的同义语，"典""雅"均含"正"义，典正、雅正，都与儒家经典有关，所以说"镕式经诰，方轨儒门"。刘勰的崇正抑奇，于此表现得最为鲜明。在谈到风格形成的原因时，刘勰认为与作家的"才""气""学""习"密不可分："才有庸俊，气有刚柔，学有浅深，习有雅郑。"⑥所谓"雅郑"，对音乐来说是指雅乐与郑声，前者典雅，后者淫邪，"雅郑"实为"正"与"邪"，以"正变"与"正奇"方之，"邪"与"奇"是等位的。

从以上分析看，刘勰的"奇正"论，内涵颇为丰富、复杂，它直接渊源于传统儒家的"崇正抑变"的美学思想及汉儒的"风雅正变"说，他将"正变"变为"变正"，又将"变正"转换为"奇正"，"依

① 范文澜：《文心雕龙注》，第48页。
② 范文澜：《文心雕龙注》，第505页。
③ 《文心雕龙·体性》，范文澜：《文心雕龙注》，第505页。
④ 《文心雕龙·体性》，范文澜：《文心雕龙注》，第505页。
⑤ 《文心雕龙·体性》，范文澜：《文心雕龙注》，第505页。
⑥ 《文心雕龙·体性》，范文澜：《文心雕龙注》，第505页。

经立义""崇正抑变"的本色丝毫未减。刘勰突破汉儒的地方是承认了"因变得奇",《辨骚》篇对此表述得较为清楚。但刘勰也认识到,"变"也会"因变得衰",刘勰没用这个词,"因变得衰"①是清代的叶燮概括出来的,后文将有专章论述。这里略加分析刘勰在《文心雕龙》中"因变得衰"思想的表现。

《通变》篇云:"摧而论之,则黄唐淳而质,虞夏质而辨,商周丽而雅,楚汉侈而艳,魏晋浅而绮,宋初讹而新。从质及讹,弥近弥澹。何则?竞今疏古,风味气衰也。"②有人以为这是刘勰的文学退化论,实则不然。笔者认为,周振甫先生的分析颇为有理,他说:"文学发展的规律是什么呢?就是由淳质到辨丽到侈艳,这是向好的方面发展;但从辨丽到侈艳里,浮夸的风气开始萌生,因而由侈艳到浅绮到讹新,这是向坏的方面变化。……趋于正的变是变而通;趋于不正的变是变而衰。"③所以我们认为刘勰的"正变"论,是有因变得"奇"和因变得"衰"的内涵。

在批评鉴赏方面,刘勰也使用了"奇正"的范畴。在《文心雕龙·知音》篇中,刘勰提出"六观"的问题:

> 是以将阅文情,先标六观:一观位体,二观置辞,三观通变,四观奇正,五观事义,六观宫商。斯术既形,则优劣见矣。④

"六观"是批评鉴赏的方法论,因其没有明确的质的规定性,

---

① [清]叶燮著,霍松林校注:《原诗·内篇上》,北京:人民文学出版社,1979年,第8页。

② 范文澜:《文心雕龙注》,第520页。

③ [梁]刘勰著,周振甫注:《文心雕龙注释》,北京:人民文学出版社,1983年,第335—338页。

④ 范文澜:《文心雕龙注》,第715页。

还不能算批评鉴赏的六条标准。但联系其他各篇，还可找出"六观"质的规定性。范文澜注说："一观位体，《体性》等篇论之。二观置辞，《丽辞》等篇论之。三观通变，《通变》等篇论之。四观奇正，《定势》等篇论之……"[①]上文对《定势》篇的"奇正"论，已做了简单的分析，可知刘勰对"奇正"的要求主要有三点：一，对"奇正"要"兼解以俱通"[②]；二，主张"执正以驭奇"；三，反对"逐奇而失正"。"四观奇正"放在"三观通变"之后，说明它与"通变"的内涵是截然不同的，否则"六观"便成"五观"了。同时也说明"奇正"在刘勰心目中是占有重要位置的。《辨骚》篇的"酌奇而不失其贞，玩华而不坠其实"，说明刘勰论文颇重"奇""正"结合、华实并用。刘勰论文是最重折衷的，"奇正"含有刘勰的艺术辩证法，他不仅折衷于"雅""俗"之际，也折衷于"奇""正"之间，不然，他就不会将"观奇正"，作为批评鉴赏的一个标准来看待了。

在诗乐观上，刘勰完全继承了先秦儒家"崇正抑变""崇雅抑俗""重《韶》《夏》而轻郑声"的观点。这在《文心雕龙·乐府》篇中表现得较为集中：

> 夫乐本心术，故响浃肌髓，先王慎焉，务塞淫滥。……自雅声浸微，溺音腾沸。秦燔《乐经》，汉初绍复，制氏纪其铿锵，叔孙定其容与；于是《武德》兴乎高祖，《四时》广于孝文，虽摹《韶》《夏》，而颇袭秦旧，中和之响，阒其不还。……《桂华》杂曲，丽而不经；《赤雁》群篇，靡而非典。……至宣帝雅颂，诗效《鹿鸣》；迄及元、成，稍广淫乐，正音乖俗，其难也如此。……至于魏之三祖，气爽才丽，宰割辞调，音靡节平。观其"北上"

---

① 《文心雕龙·知音》，范文澜：《文心雕龙注》，第717页。
② 《文心雕龙·定势》，范文澜：《文心雕龙注》，第530页。

众引，"秋风"列篇，或述酺宴，或伤羁戍，志不出于淫荡，辞不离于哀思，虽三调之正声，实《韶》《夏》之郑曲也。[①]

乐府诗是合乐的，所以刘勰从诗、乐两方面来评论。他认为雅正的音乐渐渐衰落之后，淫邪的音乐便渐渐兴起了。秦始皇烧了《乐经》之后，汉初极力想恢复古乐，但像高祖时的《武德舞》、文帝时的《四时舞》，虽说是学习古代的《韶乐》和《大夏》，却是继承了秦乐，所以古代中正和平的乐调就难以再见了。像汉代的《安世房中歌·桂华》以及《郊祀歌·赤雁》，或者"丽而不经"，或者"靡而非典"，已失古乐之雅正。元帝、成帝时代，淫邪的音乐更加普遍，正音反而不合流俗。到了曹魏时代，曹操、曹丕等人的乐府诗，如《苦寒行》《燕歌行》等，或叙述宴饮，或哀叹出征，内容不免过分放纵，句句不离哀思，虽然是汉代《平调曲》《清调曲》《瑟调曲》这三调的"正声"，但比起《韶乐》和《大夏》来，只能算是淫邪的郑声了。这里姑且不论刘勰论述乐府诗的历史发展是否符合事实，我们且看在这段话中使用的概念与范畴。以"正变"的范畴观之，"雅声"、《韶》《夏》、"中和之响""正音""正声"，都属于"正"的范畴，是刘勰肯定和向往的。"溺音""不经""非典""淫乐""音靡""郑曲"，均属"变"而失"正"的各种形态。这是刘勰所贬抑和否定的。孔子在齐还听到过《韶乐》，对于《韶》《夏》，刘勰恐怕没有闻见过，完全是凭古代典籍的描述，似乎有点盲目崇拜古乐。对于孔子的"郑声淫，放郑声"，刘勰是全盘接受了。在诗乐观上，刘勰受先秦儒家"崇正抑变""崇雅抑郑"的思想影响是十分明显的。《乐府》篇对于"诗声俱郑"

---

① 范文澜：《文心雕龙注》，第 101—102 页。

的现象，刘勰不无感叹地说："淫辞在曲，正响焉生？"[①]该篇"赞"中又感慨"韶响难追，郑声易启"[②]，都是"崇雅抑郑"的嗣响。

通过以上分析，我们可以对刘勰的"正变"观、"奇正"论作一小结。"变正"与"奇正"内涵十分相近。刘勰的"变"与"奇"含义比较丰富多样，既承认"变"与"奇"，给它们一定的发展空间，又限制"变"与"奇"。刘勰肯定了"变"与"奇"的多样性："变"有"情变"，有"文变"；设体是"有常"的，"文变"是"无方"的；"变"有向好的方面"变"的，也有愈变愈坏，因变而衰的。对于"奇正"，刘勰认为有"因变得奇"，如《离骚》之"奇文郁起"；也有"逐奇失正""逐奇反经"的，他主张"执正以驭奇""酌奇而不失其贞"，再联系他在诗乐观上的"崇雅抑郑"，可以清楚地看到刘勰直接继承了先秦儒家特别是孔子的美学思想，这种美学思想带有浓厚的"宗经"色彩。在挽救六朝文风上虽有一定积极作用，但却限制了他对文学作品的正确评价。

三、"正变"论与刘勰前后的辨体批评的萌芽

汉儒的"风雅正变"说，区分出"正风""变风"与"正雅""变雅"，界定了它们的不同特征，但"风雅正变"还仅仅是《诗经》学的范畴，并不含有辨体批评的内涵。所谓"辨体"就是明辨文章的体式、风格、体裁等的源流演变，何者为"正"，何者为"变"。后代的辨体批评与"诗体正变"关系至为密切，其萌芽阶段约在魏晋之后。

曹丕（187—226）的《典论·论文》把文学体裁分为四类，四类中各有各的不同。他说：

---

① 《文心雕龙·乐府》，范文澜：《文心雕龙注》，第102页。
② 《文心雕龙·乐府》，范文澜：《文心雕龙注》，第103页。

> 夫文本同而末异，盖奏议宜雅，书论宜理，铭诔尚实，诗赋
> 欲丽。此四科不同，故能之者偏也；唯通才能备其体。①

所谓"本"，大致指一切文章的共性与本质、本体；所谓"末"，
指各种文体的不同的特点。奏议、书论，晋以后人称为无韵之笔；
铭诔、诗赋，晋以后人称为有韵之文。"雅""理""实""丽"
是四科（含八种文体）各具的特色。这种分法虽较粗糙，但对后代
文体辨析颇有影响。因未论源流，与"正变"尚无关系。

陆机（261—303)的《文赋》，比曹丕更进了一步，他概括出
十种文体的特点："诗缘情而绮靡，赋体物而浏亮。碑披文以相质，
诔缠绵而凄怆。铭博约而温润，箴顿挫而清壮。颂优游以彬蔚，论
精微而朗畅。奏平彻以闲雅，说炜晔而谲诳。"②但陆机只是孤立
地分论各文体的特点，亦与源流"正变"无关。

挚虞（？—311)的《文章流别论》，虽全书已佚，但从现存的
条目看，它是论各体文章的源流演变的，对同一文体的发展演变，
所叙较详，已不像曹丕和陆机那样，将一种或两种文体，仅用一字
或数字来概括其特点，而不及某一种文体的发展演变情况。至挚虞
为止，辨体批评才算初步形成了。现从严可均《全晋文》卷七十七
所辑《文章流别论》十二条中，举出两条以见一斑：

> 赋者，敷陈之称，古诗之流也。古之作诗者，发乎情，止乎
> 礼义。情之发，因辞以形之；礼义之旨，须事以明之，故有赋焉，
> 所以假象尽辞，敷陈其志。前世为赋者，有孙卿、屈原，尚颇有

---

① ［三国］曹丕：《典论·论文》，郭绍虞主编：《中国历代文论选》第 1 册，
第 158 页。

② 张少康集释：《文赋集释》，北京：人民文学出版社，2002 年，第 99 页。

古诗之义，至宋玉则多淫浮之病矣。《楚辞》之赋，赋之善者也。故扬子称赋莫深于《离骚》。贾谊之作，则屈原俦也。古诗之赋，以情义为主，以事类为佐。今之赋，以事形为本，以义正为助。情义为主，则言省而文有例矣；事形为本，则言当而辞无常矣。文之烦省，辞之险易，盖由于此。夫假象过大，则与类相远；逸辞过壮，则与事相违；辩言过理，则与义相失；丽靡过美，则与情相悖。此四过者，所以背大体而害政教。是以司马迁割相如之浮说，扬雄疾"辞人之赋丽以淫"。

《书》云："诗言志，歌永言。"言其志谓之诗。古有采诗之官，王者以知得失。古之诗有三言、四言、五言、六言、七言、九言。古诗率以四言为体，而时有一句二句杂在四言之间，后世演之，遂以为篇。古诗之三言者，"振振鹭，鹭于飞"之属是也，汉郊庙歌多用之。五言者，"谁谓雀无角，何以穿我屋"之属是也，于徘谐倡乐多用之。六言者，"我姑酌彼金罍"之属是也，乐府亦用之。……夫诗虽以情志为本，而以成声为节。然则雅音之韵，四言为正；其余虽备曲折之体，而非音之正也。[1]

挚虞《文章流别集》的分类已远比曹丕、陆机细密，因该书已佚，具体分多少门类不得其详，估计其所论文体数目，接近于《文选》。可贵的是，他对众多的文体都一一加以考订辨析，并结合实例加以评述，在文体论与辨体批评上又前进了一大步。后代的辨体批评，以论文体、风格的"源流演变"或"源流正变"为特色，它滥觞于"风雅正变说"。汉代的扬雄把赋分为"诗人之赋"与"辞

---

① ［晋］挚虞：《文章流别论》，［清］严可均辑：《全晋文》卷七十七，《全上古三代秦汉六朝文》，石家庄：河北教育出版社，1997 年，第 802 页。

人之赋"，并说"诗人之赋丽以则，辞人之赋丽以淫"①。所谓"则"，指合乎中正的法度。所谓"淫"，指过多的藻绘。这可以说是最早的辨体批评。这个观点为挚虞所吸收。挚虞论赋的源流，亦承袭了汉儒的说法，认为赋乃"古诗之流"。对"诗人之赋"与"辞人之赋"从何人起划线，挚虞也基本上继承了扬雄的说法，以屈原为界，屈赋为"诗人之赋"，宋玉以下则为"辞人之赋"。挚虞认为荀卿、屈原的赋有"古诗之义"，其说则源于班固。班固说："春秋之后，周道浸坏，聘问歌咏，不行于列国，学诗之士，逸在布衣，而贤人失志之赋作矣。大儒孙卿及楚臣屈原，离谗忧国，皆作赋以风，咸有恻隐古诗之义。其后宋玉、唐勒，汉兴，枚乘、司马相如，下及扬子云，竞为侈丽闳衍之词，没其风谕之义。"②"周道浸坏"正是"变风""变雅"产生的社会背景，"贤人失志而作赋"，与"变雅"悯政教之失而作诗在本质上是一致的。而所谓"恻隐古诗之义"，就是恻隐含悲地作赋对时政君主进行讽谏，这正是"变风""变雅"的特点。"从源流演变"而言，即"风""雅"一变而为"变风""变雅"，再变而为骚赋。尽管古代的源流说不太科学，他们不知道社会生活是文学创作的源泉，而往往从《五经》中溯源，从前人的作品中溯源，但直到清代，文论家仍然是这样认识的。清代学者程廷祚认为，诗（主要指《诗经》）"乃骚赋之大原"，他在论述诗与骚赋之同与异时说："既知诗与骚赋之所以同，又当知骚与赋之所以异。诗之体大而该，其用博而能通，是以兼六义而被管弦。骚则长于言幽怨之情，而不可以登清庙。赋能体万物之情状，而比兴之义缺焉。盖《风》《雅》

---

① 汪荣宝撰，陈仲夫点校：《法言义疏·吾子》（上），北京：中华书局，1987年，第50页。

② ［汉］班固撰、［唐］颜师古注：《汉书·艺文志·诗赋略论》，北京：中华书局，1962年，第1756页。

《颂》之再变而后有《离骚》，骚之体流而成赋。赋也者，体类于骚而义取乎诗者也。故有谓《离骚》为屈原之赋者，彼非即以赋命之也，明其不得为诗云尔。《骚》之出于《诗》，犹王者之支庶封建为列侯也。赋之出于《骚》，犹陈完之育于姜，而因代有其国也。《骚》之于《诗》远而近，赋之于《骚》近而远。《骚》主于幽深，赋宜于浏亮。"① 程廷祚对《诗》《骚》、赋三者的渊源关系与体式、风格之异同辨析得颇为细致，这与刘勰所言"赋者，受命于诗人，拓宇于楚辞"②的说法基本相似。可见在赋的辨体批评上，挚虞受到了《诗大序》、扬雄、班固等的影响，将"正变"说转化为"源流演变"说，为辨体批评奠定了基础。

　　如果说挚虞用"正变"说论赋之源流演变还未明确指出赋体何者为"正"、何者为"变"的话（实际上他主张诗人之赋为"正"，辞人之赋为"变"），那么他在论诗的源流演变时，用"正变"说的痕迹就更加明显了。挚虞所说的"古诗"，是指《诗经》。"古诗率以四言为体"，即是说《诗经》中的四言诗是正体，其余三言、五言、六言、七言、九言，在《诗经》中不过间或有一两句杂在四言中间，"后世演之，遂以为篇"。也就是说，三言诗、五言诗等都源于《诗经》，古代的诗可以合乐。从音乐的角度说，三言诗，汉代的郊庙歌多用它，五言与七言，"俳谐倡乐多用之"，这种说法不管事实如何，其本身就含有对五、七言诗乐歌的轻视。挚虞的结论是："夫诗虽以情志为本，而以成声为节。然则雅音之韵，四言为正；其余虽备曲折之体，而非音之正也。"明确指出，四言诗为"正"，其他各体为"变"。这一问题，曾引发一场争论。

---

① ［清］程廷祚撰，宋效永校点：《青溪集》卷三《骚赋论上》，合肥：黄山书社，2004 年，第 65—66 页。

② 《文心雕龙·诠赋》，范文澜：《文心雕龙注》，第 134 页。

刘勰大概受到挚虞的影响，也认为四言诗为"正体"。《文心雕龙·明诗》篇说："若夫四言正体，则雅润为本；五言流调，则清丽居宗。"①刘勰和挚虞一样，也是把四言诗当作"正体"，这里"流"的含义，不是流行的"流"，而是"流变"之流。"流调"即"变调"，是"正体"的流变或变种。挚虞着眼点在于音声的"正变"。刘勰的着眼点应偏重文字、风格，故用"雅润""清丽"二词概括之。"雅润"即典雅温润，或雅正温润；"清丽"，即清新流丽，或自然流丽。单纯从这两个词看，崇抑的倾向只是隐隐可见，因刘勰是最推崇"典雅"的，在八种风格中，"典雅"居于首位，与"丽"有关的"壮丽"排在第六，可见"雅润"与"清丽"相比，在刘勰心目中有着不小的差别。至于"正体"与"流调"的关系，实即"正"与"变"的关系，崇抑倾向就更加明显了。

比刘勰稍晚的钟嵘（约 468—518），在论述四言、五言诗时，与挚虞和刘勰是唱反调的，他首先给五言诗以正统的地位。《诗品序》说：

> 夫四言，文约意广，取效《风》《骚》，便可多得。每苦文繁而意少，故世罕习焉。五言居文词之要，是众作之有滋味者也，故云会于流俗。岂不以指事造情，穷情写物，最为详切者耶！②

"文约意广"是指文字简约而意蕴宽广，他认为效法《诗经》《楚辞》便可多得，实际上《楚辞》中并无纯正的四言诗，"取效《风》《骚》"改为"取效《风》《雅》"更为合适。"便可多得"，似

① 范文澜：《文心雕龙注》，第 67 页。
② ［梁］钟嵘著，曹旭集注：《诗品集注》，上海：上海古籍出版社，1994 年，第 36 页。

有容易写作之意，但后文又说"每苦文繁而意少"，正与"文约意广"相反，这说明写作四言诗并不容易，所以后代创作四言诗的人愈来愈少。说到五言诗，他认为五言诗在诗体中居于重要地位，最耐人品味，在艺术描写上能够既详细又切近事物的原貌，这实际上是说五言诗优于四言诗。以今天的观点看，五言诗比四言诗在语言组合上变化大，回旋余地宽，钟嵘所言符合诗歌发展的规律，其诗歌的美学观点在这一点上比刘勰有所进步。他把五言诗摆在正宗的地位，而且专门品评五言诗，在文学批评史上他是第一次独尊五言，前人把五言当作四言的变体，钟嵘却把五言视为"正体"，这实际上已含有"以变为正"的思想意蕴了，实为诗歌辨体批评的第一个里程碑。

刘勰的"通变"论

一、"通变"一词的来源及其内涵

"通变"一词，最早见于《易·系辞上》："极数知来之谓占，通变之谓事。"[1] 意思是说：穷尽卦爻变化以预测未来就叫占问，通晓事物的变化有所行动就叫作事。

"通变"，《易经》有时也称"变通"。《易·系辞下》云："刚柔者，立本者也；变通者，趣（趋）时者也。"[2] 高亨先生解释说："《易传》所谓时指当时之具体形势、环境与条件。人之行事有变通，乃急趋以应当时之需要也。天地万物之变通亦在趋时。"[3]

"通变"或"变通"在《易传》中，有时也分为单音词互文对应使用：

> 化而裁之谓之变，推而行之谓之通。（《系辞上》）[4]
> 化而裁之存乎变，推而行之存乎通。（《系辞上》）[5]

《易传》把形而上者叫作"道"，形而下者叫作"器"。所谓"化而裁之"，就是将道与器结合起来加以调整，这就叫"变"。合着道与器推衍运用，叫作"通"。形而上者，指文化制度等思想意识

---

[1] 高亨：《周易大传今注》，济南：齐鲁书社，1979年，第516页。
[2] 高亨：《周易大传今注》，第556页。
[3] 高亨：《周易大传今注》，第556页。
[4] 高亨：《周易大传今注》，第543页。
[5] 高亨：《周易大传今注》，第544页。

形态；形而下者，指天地万物等物质形态。"道"，即理论、方法、原则，所以属于形而上；"器"，指具体的物质性的东西，所以属于形而下。《易经》能充分反映人的思想、言论与活动，又能反映天地万物的变化，而人类事业在于利用道与器而加以变通，《易经》的卦爻象及卦爻辞足以指导人去做种种事业。"化而裁之存乎变"二句，是说万种物象的互相联系，道与器的调整和谐，就在于变，"存乎"即"在于"，意思是说将这些原则推广施行，就在于变通。

《易·系辞上》又用"宇宙之门"的开合说明"变"与"通"的关系：

> 是故阖户谓之坤，辟户谓之乾；一阖一辟谓之变，往来不穷谓之通。①

高亨先生注云："阖，闭也。辟，开也。坤为地，此坤谓地气，即阴气也。乾为天，此乾谓天气，即阳气也。秋冬之时，万物入，宇宙之门闭，是地之阴气当令，故曰：'阖户谓之坤。'春夏之时，万物出，宇宙之门开，是天之阳气当令，故曰：'辟户谓之乾。'宇宙之门一闭一开，万物一入一出，是谓之变。闭开入出，往来不穷，是谓之通。"②

春夏秋冬四时的变化，是阳气当令与阴气当令的递转变化，所以《易·系辞上》又说：

> 是故法象莫大乎天地，变通莫大乎四时，县（悬）象著明莫

---

① 高亨：《周易大传今注》，第 536—537 页。
② 高亨：《周易大传今注》，第 537 页。

大乎日月。①

也就是说，"变通"最显著的就是春夏秋冬四季。

《易·系辞下》又说：

> 通其变，使民不倦；神而化之，使民宜之。②

意思是说："通于事物之变化（包括前人之创造），使民利用不厌，加以神妙之改作，使民利用皆宜。"③

> 《易》，穷则变，变则通，通则久。④

高亨注："此举《易》道以明变化之必要。"⑤

"通其变"与"通变"义同，在《易·系辞上》已使用过一次：

> 参伍以变，错综其数，通其变，遂成天下之文。极其数，遂定天下之象。⑥

高亨注云："参读为三。伍读为五。三五代表较小而不定之数字。变指爻变从而卦变。《易经》各卦六爻之变三五不定。错，交错。综，综合。数指爻之位次。《易经》各卦六爻之数交错综合，形成爻位

---

① 高亨：《周易大传今注》，第 539 页。
② 高亨：《周易大传今注》，第 561 页。
③ 高亨：《周易大传今注》，第 562 页。
④ 《易·系辞下》，高亨：《周易大传今注》，第 562 页。
⑤ 高亨：《周易大传今注》，第 562 页。
⑥ 高亨：《周易大传今注》，第 532—533 页。

与爻位之关系。成犹定也。……事物必有关系,《易经》以卦爻之数反映事物之关系,故尽《易经》卦爻之数,则能定天下事物之象。"①

《易·系辞上》又言:

> 变而通之以尽利,鼓之舞之以尽神。②

高亨注:"神是最高智慧之称。此言《易经》鼓舞人以尽其智慧。"③

与"通变"义相近的,还有"会通""适变"二词:

> 圣人有以见天下之动,而观其会通,以行其典礼,系辞焉以断其吉凶,是故谓之爻。④

"观其会通",孔颖达疏谓"观看其物之会合变通"⑤。可见"会通"与"变通"义近。

《易·系辞下》谈到易道屡迁、变动不居时又说:

> 上下无常,刚柔相易,不可为典要,唯变所适。⑥

"唯变所适",韩康伯注云:"变动贵于适时,趣舍存乎会也。"⑦
上文曾引《系辞下》所言"变通者,趣时者也",与此处的"唯变所适"

---

① 高亨:《周易大传今注》,第532—533页。
② 高亨:《周易大传今注》,第542页。
③ 高亨:《周易大传今注》,第542页。
④ 《易·系辞上》,高亨:《周易大传今注》,第518页。
⑤ [魏]王弼注,[唐]孔颖达疏:《周易正义》,北京:北京大学出版社,2000年,第323页。
⑥ 高亨:《周易大传今注》,第587页。
⑦ [魏]王弼注,[唐]孔颖达疏:《周易正义》,第371页。

意思是相通的，都有随时所变以应急需之意。后来刘勰的《文心雕龙·通变》篇，把"唯变所适"简化为"适变"，将"会通"与"适变"相对成文，引入文论之中，有所谓"凭情以会通，负气以适变"①的说法，其美学内涵，留待后文论述。

寇效信先生在《文心雕龙美学范畴研究》一书中总结《易·系辞》的"通变"时说：

> 《易·系辞》的通变，是一个反映卦爻和事物发展变化的概念。它里面包含着变化的目的、条件、结果等因素，反映了我国古代哲学对事物运动变化契机的初步认识。"通"与"变"分开来解释，含义有些差别，但这种差别不是两个相反的概念之间的差别。"变"是变革、变化，"通"是通利，与"变化"相通，而不是像"不变""继承"那样与"变化""革新"相反。"通"与"变"合组成词之后，它们之间的这种差别就不显著了，而成为一个标示变化的概念和名词。②

寇效信先生的综合归纳基本上符合《易·系辞》多处出现的"通变"或"变通"的含义，但《易·系辞》中的"通变"并非只是事物发展变化的概括，"通变"不管合组成词也好，分而言之也好，还是含对立统一关系的，至少在《易·系辞》中的某种场合是有对立统一因素的。上引《易·系辞上》用"宇宙之门"的开合来说明"变"与"通"的关系，开与合就是对立的："阖户谓之坤，辟户谓之乾。""坤"与"乾"也是对立的："一阖一辟谓之变，往来不穷谓之通。"不

---

① 《文心雕龙·通变》，范文澜：《文心雕龙注》，北京：人民文学出版社，1958年，第521页。

② 寇效信：《文心雕龙美学范畴研究》，西安：陕西人民出版社，1997年，第194页。

仅"变"与"通"含义不同，"变"本身就含有矛盾的对立。矛盾是绝对的，无所不在的，没有矛盾就没有发展，就没有变化，这是毛泽东同志《矛盾论》的著名观点，在今天看来仍是正确的。寇效信先生还认为"通变"不是继承与革新的关系，也就是说，"通"不含继承因素。《易经》专家高亨先生在解释"通其变，使民不倦；神而化之，使民宜之"时，说明了"通变"是含继承前人的创造在内，含继承前代文化、意识形态的因素。

《易·系辞》产生之后，一直至齐梁时，学者对"通变"一词的理解与运用，大体有两种情况，一种是把"通变"作为事物发展变化的概念来使用，另一种是把"通变"作为继承与革新的对立统一。如班固《典引》说：

> 亚斯之代，通变神化，函光而未曜。若夫上稽乾则，降承龙翼，而炳诸典谟，以冠德卓绝者，莫崇乎陶唐。①

"亚斯之代"，"斯"指三皇五帝的时代，亚于这个时代，即晚于这个时代，便是指唐尧虞舜的时代。"通变神化，函光而未曜"二句，《文选·班固〈典引〉》李周翰注："变通神化，其光不见则难可知也。"②"若夫上稽乾则，降承龙翼"两句，李善注说："翼，法也。言陶唐上能考天之则，下能承龙之法也。龙法，龙图也。"③上下文联系起来看，"通变神化"，不能说与后文之"上考天之则，下能承龙之法"无关系，只是在陶唐之前，"亚斯之代"的初期，"通

---

① ［梁］萧统编，［唐］李善注：《文选》卷第四十八，上海：上海古籍出版社，1986年，第2159页。

② ［梁］萧统编，［唐］李善、吕延济等注：《六臣注文选》，北京：中华书局，1987年，第917—918页。

③ ［梁］萧统编，［唐］李善注：《文选》卷第四十八，第2159页。

变神化"，尚且含光而未曜而已。陶唐之时，"通变神化"已大放光芒了。所以这个"通变"，不能排斥有继承与革新对立统一之义。

《后汉书·崔骃传》载崔骃《达旨》云：

> 道无常稽，与时张弛，失仁为非，得义为是。君子通变，各审所履。①

这里所说的"通变"，为通晓变化之理或指通权达变，"通"与"变"不含明显之对立关系。

阮瑀《为曹公作书与孙权》：

> 故子胥知姑苏之有麋鹿，辅果识智伯之为赵禽。穆生谢病，以免楚难；邹阳北游，不同吴祸。此四士者，岂圣人哉？徒通变思深，以微知著耳。②

这里的"通变"，指能通晓发展变化，见微知著。

《庄子·在宥》说："得吾道者，上为皇而下为王。"郭象注："皇王之称，随世之上下耳。其于得通变之道，以应无穷，一也。"③

《庄子·徐无鬼》中有一段寓言：言濡需者（指矜夸之人），皆豕虱也。虱子寄生在猪身上，选择疏长之毛鬣，自以为广宫大囿，又投足乳旁之间，自以为温暖便利，"不知屠者之一旦鼓臂布草操

---

① ［南朝宋］范晔撰，［唐］李贤等注：《后汉书》卷五二，北京：中华书局，1965年，第1711页。

② ［梁］萧统编，［唐］李善注：《文选》卷第四十二，第1891页。

③ ［晋］郭象注，［唐］成玄英疏，曹础基、黄兰发整理：《庄子注疏》，北京：中华书局，2011年，第209页。

烟火，而己（指虬）与豕俱焦也"①。

在"此其所谓濡需者也"句下，郭象注："非夫通变邀世之才，而偷安乎一时之利者，皆豕虱者也。"②

郭象注的"通变"，似指洞晓发展变化或随时变化。

任昉的《百辟劝进今上笺》，写于齐末，是劝萧衍接受梁公封号而写给萧衍的一封信。其中有"某等不达通变，实有愚诚"③两句。《文选》卷四十李善注引《周易》曰："通其变，使民不倦。"④这两句前文已引录，并引用高亨注说明"通其变"的含义除了通达事物的发展变化外，尚包括前人的创造，故上文指出此处的"通"含继承前人创造之义。

通过以上的例证与简单的分析，我们大体可以得出这样的结论："通变"在《易经·系辞》中的用法与含义并非只有一种解释，并非只是单纯的发展变化，有时是含对立因素的，后人使用这一概念时，也呈现复杂的态势。但在刘勰之前，"通变"还未引入文论中，还未成为美学范畴，在《易经》中已成为一个哲学范畴。但哲学与美学关系是密切的，"通变"成为美学范畴是刘勰的创造，刘勰据以发展创造的思想渊源，便是《易传》。

二、对刘勰的"通变"美学内涵的几种不同理解与分歧

刘勰《文心雕龙》的第二十九篇为《通变》篇，对于此篇的主旨如何理解，关系到如何准确地把握"通变"这一美学范畴的问题。但对《通变》主旨的认识，迄今尚存在分歧。有代表性的观点，大

---

① ［晋］郭象注，［唐］成玄英疏，曹础基、黄兰发整理：《庄子注疏》，第452页。

② ［晋］郭象注，［唐］成玄英疏，曹础基、黄兰发整理：《庄子注疏》，第452页。

③ ［梁］萧统编，［唐］李善注：《文选》卷第四十，第1843页。

④ ［梁］萧统编，［唐］李善注：《文选》卷第四十，第1843页。

约有三种：

第一种观点认为，刘勰"通变"论的主旨，重在复古。最早提出这一观点的是清代学者纪昀。他在《文心雕龙·通变》篇的评语中说：

> 齐梁间风气绮靡，转相神圣，文士所作，如出一手，故彦和以通变立论，然求新于俗尚之中，则小智师心，转成纤仄，明之竟陵、公安，是其明征，故挽其返而求之古。盖当代之新声，既无非滥调，则古人之旧式，转属新声。复古而名以通变，盖以此尔。①

黄侃《文心雕龙札记》亦认为"通变"是为了复古。他说：

> 此篇大指，示人勿为循俗之文，宜反之于古。其要语曰："矫讹翻浅，还宗经诰，斯斟酌乎质文之间，而櫽括乎雅俗之际，可与言通变矣。"此则彦和之言通变，犹补偏救弊云尔。文有可变革者，有不可变革者。可变革者，遣辞捶字，宅句安章，随手之变，人各不同。不可变革者，规矩法律是也，虽历千载，而粲然如新，……彦和此篇，既以通变为旨，而章内乃历举古人转相因袭之文，可知通变之道，惟在师古，所谓变者，变世俗之文，非变古昔之法也。……彦和云："夸张声貌，汉初已极，自兹厥后，循环相因，虽轩翥出辙，而终入笼内。"明古有善作，虽工变者不能越其范围，知此，则通变之为复古，更无疑义矣。②

---

① ［梁］刘勰撰，［清］黄叔琳注，［清］纪昀评：《文心雕龙辑注》，北京：中华书局，1957 年，第 285—286 页。

② 黄侃：《文心雕龙札记》，北京：商务印书馆，2017 年，第 98 页。

范文澜亦主张"通变"重在复古，他在《文心雕龙·通变》篇注引纪昀评语之后，加案语说："纪氏之说是也。"后注又言："此篇题旨在变新复古，而通变之术，要在'资故实，酌新声'两语，缺一则疏矣。"①

郭绍虞《中国文学批评史》，在引录了《通变》篇的一段文字后，说："这完全以通变为复古了。因为这样通变，认清了文学的任务，认识了文学的本质，所以复古的主张反能成为革新。"②

刘永济的《文心雕龙校释》，首先对纪昀、黄侃的"通变复古说"，提出不同看法。他说：

> 本篇最启人疑者，即舍人论旨，是否主复古耳。纪评谓刘氏"复古而名通变者，盖当代之新声，既无非滥调，则古人之旧式，转属新声"。黄侃《札记》即申是说。然舍人首言"资于故实，酌于新声"，赞语复发文律日新，变则可久，趋时乘机，望今参古之义，则"竞今疏古"，固非所尚，泥古悖今，亦岂所喜？证以舍人他篇，每论一理，鉴周识圆，不为偏颇，知纪、黄所论，尚未的当。盖此篇本旨，在明穷变通久之理。所谓变者，非一切舍旧，亦非一切从古之谓也，其中必有可变与不可变者焉；变其可变者，而后不可变者得通。可变者何？舍人所谓文辞气力无方者是也。不可变者何？舍人所谓诗赋书记有常者是也。……舍人《通变》之作，盖欲通此穷途，变其末俗耳。然欲变末俗之弊，则当上法不弊之文，欲通文运之穷，则当明辨常变之理。"矫讹翻浅，还宗经诰"者，上法不弊之文也；"斟酌质文，檃括雅俗"者，

① 范文澜：《文心雕龙注》，第 522 页。
② 郭绍虞：《中国文学批评史》，上海：新文艺出版社，1956 年，第 90 页。

明辨常变之理也。故曰："可与言通变矣。"其非泥古，显然可知。①

我认为，刘永济先生的看法是正确的，对《通变》主旨的把握较为准确。刘勰的"通变"不是复古论，它是继承与革新、借鉴与发展、不变与可变的辩证统一。具体论述，留待后文。

第二种观点认为，刘勰的"通变"论是继承与革新的对立统一。

20世纪60年代以后，随着《文心雕龙》研究的深入，大多数学者已认识到"通变"不是复古。但"通变"的内涵是什么，又产生了两种不同的看法，迄今尚不能取得一致。

1961年，马茂元先生在《说通变》一文中，对"通变"作了这样的解释：

> 在文学发展的历史过程中，就其不变的实质而言则为"通"，就其日新月异的现象而言则为"变"。"通"与"变"对举成文，是一个问题的两方面，把"通变"连缀成一个完整的词义，则是就其对立统一的关系而说的。②

1963年，陆侃如师、牟世金先生在《文心雕龙选译·〈通变〉》篇的题解中说："（《通变》篇）说明文学创作既应继承古代遗产的优良传统，也应在继承的基础上有所发展革新。"③此后，又在1978年上海古籍出版社出版的《刘勰和文心雕龙》一书中说："刘勰在《通变》篇里集中讨论了文学创作上的继承与革新的问题。……

---

① 刘永济校释：《文心雕龙校释：附征引文录》，上海：上海古籍出版社，2010年，第102—103页。

② 马茂元：《说通变》，《江海学刊》1961年第6期。

③ ［梁］刘勰著，陆侃如、牟世金译注：《文心雕龙选译》下册，济南：山东人民出版社，1963年，第28页。

他称继承的关系为'通',称改革的情况为'变'。"①詹锳先生在 1980 年中华书局出版的《刘勰与文心雕龙》中说:"文学发展日新月异的现象叫作'变',而在变之中又有贯通古今的不变的因素叫作'通'。'通'与'变'是对立的统一。"②20 世纪 80 年代之后,赞成以上四位先生意见的人数颇多,兹不赘述。

还有些学者持第三种观点,他们认为,"通变"仅是讲变化发展,本身不含继承之意。这类观点以寇效信先生的《〈通变〉释疑》为代表。他认为:"刘勰在《文心雕龙》中,袭用了从《易·系辞》以来人们习用的'通变'一词,用来说明文学的发展变化。"③他引用《文心雕龙·通变》篇开篇一段文字:

> 夫设文之体有常,变文之数无方。何以明其然耶?凡诗赋书记,名理相因,此有常之体也;文辞气力,通变则久,此无方之数也。名理有常,体必资于故实;通变无方,数必酌于新声;故能骋无穷之路,饮不竭之源。④

寇效信认为:"这段话的行文采用'对置法',由许多两两相对的概念组织成文,显得错综复杂。但仔细推求,就可以明显地看出,'通变'就是变化发展的意思。刘勰并没有把'通'与'变'对举,而是把'通变'与'相因'作为两个对立的方面对举的。在文学发展过程中,'通变'的对象是'文辞气力'('文辞气力,通变则久'),

---

① 陆侃如、牟世金:《刘勰和文心雕龙》,上海:上海古籍出版社,1978 年,第 19—20 页。

② 詹锳:《刘勰与文心雕龙》,北京:中华书局,1980 年,第 66 页。

③ 寇效信:《〈通变〉释疑》,《陕西师大学报》(哲学社会科学版)1985 年第 4 期。

④ 范文澜:《文心雕龙注》,第 519 页。

而'相因'的对象是文章体制（'凡诗赋书记，名理相因'）；'通变'是'无方'的，没有一定的法式，而'相因'的文章体制之'名理'是'有常'的，有历史上形成的常规可循。在创作中，'通变'之'数'要'酌于新声'，而'相因'之'体'则必须'资于故实'。用现代术语来说，'通变'就是变化、革新，而'相因'则为继承；'通变'与'相因'构成了文学发展中对立统一的关系。"① 又说："刘勰有时把'通变'一词分开并提，如'变则堪久，通则不乏'。即使在这种场合，'通'与'变'也不是对立的，不是'通'为继承，'变'为革新，而是基本一致，都指变革。"②

　　寇效信的这一看法，是值得商榷的。他对《通变》篇开头一段文字的解释，孤立地看，不能说没有道理，但要从整体上把握《通变》篇的主旨，全面理解"通变"这一范畴的美学内涵，还不能说"通变"只是讲发展变化，与继承无关，不能说"通变"与"相因"是对立统一的关系，"通变"本身就是对立的统一。这一点寇效信先生在后文中也加以承认，他说：

　　　　诚然，《通变》篇是研究继承与革新的关系的。但这种关系，不是直接表现在"通"与"变"的对立统一中，而是表现在如下两个层次上：第一个层次，在研讨文章的继承与革新的关系时，刘勰首先把文章的内部构成分为"变"和"不变"两大类：文章体制和"文辞气力"。他认为，文章体制要继承，而文辞气力，则必须通变、革新。……

　　　　第二个层次，表现在"通变"这个概念的内涵之中。刘勰认为，"通变"不是凭空求变，而是在继承的基础上求得变化革新。"参

---

①　寇效信：《〈通变〉释疑》，《陕西师大学报》（哲学社会科学版）1985年第4期。
②　寇效信：《〈通变〉释疑》，《陕西师大学报》（哲学社会科学版）1985年第4期。

伍因革，通变之数也。""因"就是继承、因袭，"革"是变化、革新。"通变"的法则是继承与革新的统一。从"通变"这一概念的内涵来说，它应该是"因"与"革"的统一，是在继承的基础上的革新。[①]

由此可见，寇效信认为"通变"的语言词义不是继承与革新的统一，而"通变"的逻辑概念内涵是继承与革新的统一，这已经与上引马茂元、陆侃如、牟世金、詹锳诸先生的说法有点接近了。我们所说的"通变"正是作为一个重要的美学范畴来理解的。从上引《易·系辞》关于"通变"的多处用法，亦不能排斥"通变"在某种场合含继承之义。退一步说，即使《易·系辞》所有的"通变"不含继承与革新、变化对立统一之义，刘勰在使用"通变"一词时，仍可以赋予它新的内涵，在概念、范畴的含义上进行转换。"通变"在《易·系辞》中，就主要方面而言，是由卦爻的变化而推及万事万物的发展变化，充其量不过是一个哲学范畴，刘勰把它引入文论中，成为美学范畴，不能不对《易·系辞》的含义有所舍弃，赋予它新的内涵，把"通变"转换为论文学继承与革新的辩证统一关系，这是需要着重说明的一点。

三、刘勰"通变"论产生的文化背景

《文心雕龙·通变》篇是对上古到齐梁的文学发展概况所作的历史总结，又是针对从魏晋到齐梁文学的"新变"趋势而提出的文学主张，考察"通变"的产生，不能离开这一基本的文化背景。从建安时期开始，文学艺术逐渐摆脱经学的束缚而独立发展，进入了"文学的自觉时代"。而这种"自觉"是与在文学中发现"自我"、

---

① 寇效信：《〈通变〉释疑》，《陕西师大学报》（哲学社会科学版）1985年第4期。

认识自我的价值、追求个性解放和自由相联系的。这种自觉意识的觉醒，促进了文学创作的繁荣，所以建安时代是文学创作空前繁荣的时代，作者"盖将百计"，"彬彬之盛，大备于时矣"①。建安文学具有"以情纬文，以文被质"②的特点，在内容上重抒情，在形式上重文采，有文采缤纷的华丽藻饰。我们如果拿汉诗和《古诗十九首》与建安时代曹植的诗作比较，便可看出它们之间的不同。关于这一点，古代诗论家多有指出者。明代胡应麟《诗薮》说：

> 子建《名都》《白马》《美女》诸篇，辞极赡丽，然句颇尚工，语多致饰，视东西京乐府，天然古质，殊自不同。
>
> 严（羽）谓建安以前，气象浑沦，难以句摘，此但可论汉古诗。若"高台多悲风""明月照高楼""思君如流水"，多建安语也。子建、子桓工语甚多，如"丹霞夹明月，华星出云间""秋兰被长坂，朱华冒绿池"之类，句法字法，稍稍透露。③

建安诗人的诗作，在自然景色的描写上有不少已采用对偶句法，并且注意到文字的雕琢，可以看出一些用功的字面和在炼字上的斧凿痕迹。在赋的写作上，两汉的"体物浏亮"的大赋，建安作家已经不写了，曹植的《洛神赋》，曹丕的《寡妇赋》，王粲的《登楼赋》都是抒情的，而且颇富文采。这种创作倾向，反映在理论上，就是曹丕《典论·论文》所说的"诗赋欲丽"。到了晋代，诗文创作对

---

① ［梁］钟嵘：《诗品序》，曹旭集注：《诗品集注》，上海：上海古籍出版社，1994年，第17页。

② ［梁］沈约：《宋书》卷六七《谢灵运传论》，北京：中华书局，1974年，第1778页。

③ ［明］胡应麟：《诗薮·内编》卷二，上海：上海古籍出版社，1958年，第29、32页。

形式的讲求更进了一步。刘勰《文心雕龙·明诗》篇说："晋世群才，稍入轻绮。……采缛于正始，力柔于建安；或析文以为妙，或流靡以自妍：此其大略也。"① 宋以后，追新竞奇、尚丽辞、重藻饰的倾向更加严重，故刘勰云："宋初文咏，体有因革，庄老告退，而山水方滋；俪采百字之偶，争价一句之奇，情必极貌以写物，辞必穷力以追新：此近世之所竞也。"②

不少研究者指出，刘勰对六朝文学的"新变"是有所不满的，这也是事实。《通变》篇在论述从唐虞到宋初的文学递嬗演变时曾说：

> 是以九代咏歌，志合文则。黄歌"断竹"，质之至也；唐歌《在昔》，则广于黄世；虞歌《卿云》，则文于唐时；夏歌"雕墙"，缛于虞代；商周篇什，丽于夏年。至于序志述时，其揆一也。暨楚之骚文，矩式周人；汉之赋颂，影写楚世；魏之篇制，顾慕汉风；晋之辞章，瞻望魏采。榷而论之，则黄唐淳而质，虞夏质而辨，商周丽而雅，楚汉侈而艳，魏晋浅而绮，宋初讹而新。从质及讹，弥近弥澹。何则？竞今疏古，风味气衰也。③

对这段话的理解，也是分歧很多的。"九代"是指哪几个朝代，陆侃如、牟世金先生谓指黄帝、唐、虞、夏、商、周（包括楚国）、汉、魏、晋（包括宋初）九个朝代；周振甫先生《文心雕龙注释》认为"九代"指黄帝、唐、虞、夏、商、周、汉、魏、晋，楚属于周，宋、齐没有计入；寇效信先生认为，"九代"极言其多，非实指九个朝代，犹如历代、多代。寇说似不可从。所谓"志合文则"，是说九代诗

---

① 范文澜：《文心雕龙注》，第 67 页。
② 《文心雕龙·明诗》，范文澜：《文心雕龙注》，第 67 页。
③ 范文澜：《文心雕龙注》，第 519—520 页。

歌在情志的表达上是符合写作法则的。对九代的诗歌，刘勰肯定哪些朝代，批判哪些朝代，认识也不一致。寇效信认为，对黄帝、唐、虞、夏、商、周六代诗歌的"质文"变化，刘勰持肯定态度；对于楚、汉、魏、晋、宋各代，则持批判的态度。这恐怕把批判的范围扩大了，首先是误解了"楚汉侈而艳"的含义，这句话是说楚国和汉代的作品是铺张而尚辞采的，当指楚辞与汉代的大赋而言。刘勰在《文心雕龙·辨骚》篇高度评价了楚辞，说它"虽取镕经意，亦自铸伟辞"，"故能气往轹古，辞来切今，惊采绝艳，难与并能矣"①。赞中又说："不有屈原，岂见《离骚》？惊才风逸，壮志烟高。山川无极，情理实劳。金相玉式，艳溢锱毫。"②刘勰虽指出楚骚有异乎经典的四个方面，但丝毫没有贬低楚骚的价值和地位。不仅如此，《文心雕龙·序志》篇还把《辨骚》列入"文之枢纽"，不作为文体论中的一体，称为"变乎骚"，大有把《离骚》当作"通变"的楷模和艺术标本的味道，在《通变》篇中，焉能对它进行批判呢？刘勰对汉赋，也不是持否定态度的。《文心雕龙·诠赋》开篇即言："《诗》有六义，其二曰'赋'。'赋'者，铺也；铺采摛文，体物写志也。"③所谓"楚汉侈艳"的"侈"，就是铺张。"铺采摛文"是汉赋的文体特点，应当说是"志合文则"的。刘勰在《诠赋》篇中列举出赋的代表作家十名，除荀卿、宋玉之外，其他八家都是汉代赋家："枚乘《菟园》，举要以会新；相如《上林》，繁类以成艳；贾谊《鵩鸟》，致辨于情理；子渊《洞箫》，穷变于声貌；孟坚《两都》，明绚以雅赡；张衡《二京》，迅发以宏富；子云《甘泉》，构深玮之风；延寿《灵光》，

---

① 范文澜：《文心雕龙注》，第47页。
② 《文心雕龙·辨骚》，范文澜：《文心雕龙注》，第48页。
③ 范文澜：《文心雕龙注》，第134页。

含飞动之势：凡此十家，并辞赋之英杰也。"①从这些赞扬的话中，我们看不出丝毫的批判与否定。

《通变》篇又云："今才颖之士，刻意学文，多略汉篇，师范宋集；虽古今备阅，然近附而远疏矣。"②"近附而远疏"与"竞今疏古"，是同义语，都是刘勰所反对的。

"魏晋浅而绮"，是说魏晋的作品轻浅而绮丽，是正常的发展变化。"轻浅"是含贬意的，我理解"轻浅绮丽"主要指晋代文学，《明诗》篇说："晋世群才，稍入轻绮。"③众所周知，刘勰对建安文学评价是非常高的，在《明诗》篇中他用热情的语言赞扬建安文学说："暨建安之初，五言腾踊，文帝陈思，纵辔以骋节，王徐应刘，望路而争驱；并怜风月，狎池苑，述恩荣，叙酣宴，慷慨以任气，磊落以使才；造怀指事，不求纤密之巧；驱辞逐貌，唯取昭晰之能：此其所同也。"④《时序》篇又说："自献帝播迁，文学蓬转，建安之末，区宇方辑。魏武以相王之尊，雅爱诗章；文帝以副君之重，妙善辞赋；陈思以公子之豪，下笔琳琅；并体貌英逸，故俊才云蒸。……观其时文，雅好慷慨，良由世积乱离，风衰俗怨，并志深而笔长，故梗概而多气也。"⑤刘勰对文学史的分期与今天的研究者有所不同，可能把建安归入汉代。他所说的魏晋，不包括建安。但魏晋文学的发展变化，在刘勰心目中，并非是向坏的方面发展。从《明诗》与《时序》诸篇来看，刘勰对魏晋文学的评价还是褒多于贬的。何以明其然？且看《明诗》篇的论述：

---

① 范文澜：《文心雕龙注》，第 135 页。
② 范文澜：《文心雕龙注》，第 520 页。
③ 范文澜：《文心雕龙注》，第 67 页。
④ 范文澜：《文心雕龙注》，第 66—67 页。
⑤ 范文澜：《文心雕龙注》，第 673—674 页。

乃正始明道，诗杂仙心；何晏之徒，率多浮浅。唯嵇志清峻，阮旨遥深，故能标焉。若乃应璩《百一》，独立不惧，辞谲义贞，亦魏之遗直也。

晋世群才，稍入轻绮，张潘左陆，比肩诗衢，采缛于正始，力柔于建安；或析文以为妙，或流靡以自妍：此其大略也。江左篇制，溺乎玄风，嗤笑徇务之志，崇盛亡机之谈；袁孙已下，虽各有雕采，而辞趣一揆，莫与争雄。所以景纯仙篇，挺拔而为俊矣。①

所谓"正始明道，诗杂仙心"，是指在诗中反映老庄之道，这是玄言诗的弊端，刘勰、钟嵘都批判过玄言诗，这种"理过其辞，淡乎寡味"②的玄言诗，是诗歌发展中的异变，理应遭到刘、钟等人的批判。但正始时代的代表作家是阮籍与嵇康，从"嵇志清峻，阮旨遥深"的评价看，刘勰对他们是肯定的。刘勰对应璩也是肯定的。"辞谲"指其文辞变化奇异，一说"措辞婉转"；"义贞"即义正。所以对魏代，刘勰只对"始会合道家之言而韵之"的玄言诗的代表作家何晏之徒表示不满，不能说对魏之"通变"持否定态度。

对两晋，刘勰以"轻绮"二字概括"晋世群才"的诗风，亦不能说是持批判态度，"轻绮"即稍见绮丽。对西晋的代表作家，刘勰标举的是张（张载、张协、张亢兄弟三人）、潘（潘岳、潘尼叔侄二人）、左（左思）、陆（陆机、陆云兄弟二人），这是太康时代的代表作家，钟嵘称其为"三张、二陆、两潘、一左"③。刘、钟二家之看法大体一致。刘勰对晋代作家也是褒过于贬的。《时序》篇云：

---

① 范文澜：《文心雕龙注》，第67页。
② ［梁］钟嵘：《诗品序》，曹旭集注：《诗品集注》，第24页。
③ ［梁］钟嵘：《诗品序》，曹旭集注：《诗品集注》，第20页。

然晋虽不文，人才实盛：茂先摇笔而散珠，太冲动墨而横锦，岳湛曜联璧之华，机云标二俊之采，应傅三张之徒，孙挚成公之属，并结藻清英，流韵绮靡。前史以为运涉季世，人未尽才，诚哉斯谈，可为叹息。①

这里刘勰所评的"晋世群才"计十五人，即：张华（字茂先）、左思、潘岳、夏侯湛、陆机、陆云、应贞（应璩之子，晋武帝在华林园宴射，应贞赋诗最美）、傅玄、傅咸、孙楚、挚虞、成公绥、张载、张协、张亢等。"散珠"与"横锦"均指文采极美。"结藻清英，流韵绮靡"，评价还是比较高的。《时序》篇评东晋才俊云：

元皇中兴，披文建学，刘习礼吏而宠荣，景纯文敏而优擢。逮明帝秉哲，雅好文会，升储御极，孳孳讲艺，练情于诰策，振采于辞赋；庾以笔才逾亲，温以文思益厚，揄扬风流，亦彼时之汉武也。及成康促龄，穆哀短祚；简文勃兴，渊乎清峻，微言精理，函满玄席，澹思浓采，时洒文囿。至孝武不嗣，安恭已矣；其文史则有袁殷之曹，孙干之辈，虽才或浅深，珪璋足用。自中朝贵玄，江左称盛，因谈余气，流成文体。是以世极迍邅，而辞意夷泰，诗必柱下之旨归，赋乃漆园之义疏。故知文变染乎世情，兴废系乎时序，原始以要终，虽百世可知也。②

此处论及东晋作家有十多位，还包括三位帝王的创作及文采。论到的作家有郭璞（字景纯）、刘隗、刁协、庾亮、温峤、袁宏、殷仲文、

① 范文澜：《文心雕龙注》，第674页。
② 范文澜：《文心雕龙注》，第674—675页。

孙盛、干宝等，对他们都是肯定的，惟对东晋的玄言诗赋，颇露微词。对其不满，主要着眼于两点：一是在国家危机之秋，玄言诗的作者不关心世事，写一些平淡空洞的东西；二是他们的作品就像老庄哲学的讲义，从"通变"的观点看，已离开"通变"的正确轨道。在继承与革新方面，刘勰肯定了魏晋文学继承了前代的遗产，故言："魏之策制，顾慕汉风；晋之辞章，瞻望魏采。"① 问题是出在"变"上，玄言诗文的"变"，是离开了正确的轨道的。

对宋代文学的通变，刘勰在《通变》篇中一言以蔽之曰："宋初讹而新。"② "讹"在这里的意思，既非讹伪，亦非错误，而是指怪异、怪诞。"讹而新"就是怪异新奇。对于这种"新变"，刘勰是不满的。他在《定势》篇云："自近代辞人，率好诡巧，原其为体，讹势所变。厌黩旧式，故穿凿取新，察其讹意，似难而实无他术也，反正而已。"③ "诡巧"与"讹而新"义近。这段话可作"宋初讹而新"的注脚。范文澜注《定势》篇云："《通变》篇曰'宋初讹而新'。齐梁承流，穿凿益甚，如江淹《恨赋》'孤臣危涕，孽子坠心'。强改坠涕危心为'危涕坠心'，于辞不顺，好奇之过也。"④ 这种颠倒字句以求新奇的作风，刘勰称作"反正"，"辞反正为奇"。刘勰并非反对新奇，正像范文澜注所云："彦和非谓文不当新奇，但须不失正理耳。"⑤ 刘勰反对的是"讹而新""穿凿取新""逐奇失正"，因为它们是违背"通变"之理，同时也是违背"执正以驭奇"⑥ 的原则的。

---

① 《文心雕龙·通变》，范文澜：《文心雕龙注》，第520页。
② 范文澜：《文心雕龙注》，第520页。
③ 范文澜：《文心雕龙注》，第531页。
④ 范文澜：《文心雕龙注》，第535页。
⑤ 《文心雕龙·定势》，范文澜：《文心雕龙注》，第536页。
⑥ 《文心雕龙·定势》，范文澜：《文心雕龙注》，第531页。

再结合《文心雕龙》其他篇的论述，可知刘勰对宋代文学亦非全盘否定。《明诗》篇说："宋初文咏，体有因革；庄老告退，而山水方滋。"[①] 这里所说的"体有因革"是说在文体风格上有继承亦有革新，宋代出现了山水诗，谢灵运是写作山水诗的大家，刘勰多次批判过玄言诗，但没有批判过山水诗，山水诗取代了玄言诗，是诗歌发展的进步。《时序》篇谈到宋、齐诗歌的发展，刘勰是这样说的：

> 自宋武爱文，文帝彬雅；秉文之德，孝武多才，英采云构。自明帝以下，文理替矣。尔其缙绅之林，霞蔚而飙起：王袁联宗以龙章，颜谢重叶以凤采；何范张沈之徒，亦不可胜也。盖闻之于世，故略举大较。
>
> 暨皇齐驭宝，运集休明。太祖以圣武膺箓，高祖以睿文纂业，文帝以贰离含章，中宗以上哲兴运：并文明自天，缉遐景祚。今圣历方兴，文思光被；海岳降神，才英秀发；驭飞龙于天衢，驾骐骥于万里。经典礼章，跨周轹汉；唐虞之文，其鼎盛乎！鸿风懿采，短笔敢陈？疁言赞时，请寄明哲。[②]

《通变》篇论"从质及讹"的变化，止于宋初。宋代以后，刘勰采取"自郐以下无讥焉"[③] 的手法，从上下文看，刘勰会对齐梁以后之"新变"更加不满，但从上引《时序》篇的两段话可知，他对宋代文学的成就也说过不少好话。在评价齐代文学的概况时，刘

---

① 范文澜：《文心雕龙注》，第 67 页。
② 范文澜：《文心雕龙注》，第 675 页。
③ 《左传·襄公二十九年》，杨伯峻：《春秋左传注》（修订本），北京：中华书局，1981 年，第 1164 页。

勰还说过"今圣历方兴，文思光被；海岳降神，才英秀发"等话，看来刘勰对宋以后文学的"新变"，虽有所不满，但并非全盘否定，在很大程度上，他已接受了宋以后文学的"新变"。

《通变》篇说"从质及讹，弥近弥澹"，《时序》篇又对距刘勰最近的齐代文学及萧齐历代帝王说了如此多的好话，这不能不说是矛盾，这是违心之言还是说的真心话，很难遽然断定。但从《明诗》篇看，他对宋齐诗歌的评价尺度还是一气贯通的。刘勰因生于齐代，难免对皇齐有所美化，其中有些门面语，又有对当代文学思潮的认可。刘勰的"通变"观带有折衷色彩，与他思想中的矛盾是有密切关系的。这是许多研究者所忽视的。

《时序》篇的赞语说："蔚映十代，辞采九变。枢中所动，环流无倦。"[①]这几句话很值得注意。"蔚映"，言文采映照。"十代"，指唐、虞、夏、商、周、汉、魏、晋、宋、齐。一代有一代的文采，下一代必变上一代的文采，故曰十代之中辞采九变。由于刘勰的发展观是周而复始的，他认为这就如同枢纽在转动一样，永远不停地在循环转动，这就是刘勰心目中文学发展的循环圈，这与《通变》篇说的"文律运周"[②]义同，也具有同样的局限性。

在考察"通变"论产生的文化背景时，有的研究者指出：魏晋南北朝多元化的政治经济带来了多元化的文化艺术，在文学领域重独创、重新奇的观念已成为时代的主潮。齐梁文学沿着靡丽工巧、放荡的路径叠出"新变"，这加剧了一些深受风骚传统影响的批评家的不安与不满，便转而进行严肃的理性思考。刘勰的文学"通变"观就是适应着这个时代的呼唤而产生的。这种看法有可取之处，但似乎还不全面，他没有看到刘勰受时代新潮影响的一面。刘勰的"通

---

① 范文澜：《文心雕龙注》，第675页。
② 范文澜：《文心雕龙注》，第520页。

变"观，不可否认有补"新变"之偏、救时俗之弊的一面，不承认这一点，刘勰要求"矫讹翻浅，还宗经诰"①与反对"竞今疏古"就不可理解；但对齐梁文学的新思潮，刘勰半是不满半是接受了，不然在进行"通变"时何以要"望今制奇"②和"酌取新声"呢？

四、刘勰的"通变"论与《文心雕龙》理论体系的关系

"通变"论是贯穿《文心雕龙》全书的一个基本美学思想，研究刘勰的"通变"论不能局限于《通变》篇。张少康先生在《文心雕龙新探》一书中曾经指出：

> 《文心雕龙》的前五篇是论文学的总纲，而其中一个重要思想，或者说从通和变的角度来说，是要阐明通的基本内容和变的基本原则。《原道》《征圣》《宗经》三篇讲的正是通的基本内容，而《辨骚》《正纬》则是从正反两方面来说明变的基本原则。③

这样就把刘勰的"文之枢纽"与"通变"联系起来，所言有理。

"道"与"圣"的关系，是"道沿圣以垂文，圣因文以明道"④。又说"旁通而无滞，日用而不匮"⑤，这实际上与《通变》篇所说的"变则可久，通则不乏"⑥是同义语。"旁通"之"通"与"通变"之"通"义近，但内涵无后者丰富。《征圣》篇说："故知繁略殊形，隐显

---

① 《文心雕龙·通变》，范文澜：《文心雕龙注》，第520页。
② 《文心雕龙·通变》，范文澜：《文心雕龙注》，第521页。
③ 张少康：《文心雕龙新探——刘勰文学理论体系及其渊源》，济南：齐鲁书社，1987年，第141页。
④ 《文心雕龙·原道》，范文澜：《文心雕龙注》，第3页。
⑤ 《文心雕龙·原道》，范文澜：《文心雕龙注》，第3页。
⑥ 范文澜：《文心雕龙注》，第521页。

异术，抑引随时，变通会适，征之周孔，则文有师矣。"①"变通会适"在《通变》篇衍为"凭情以会通，负气以适变"两句。"征之周孔，则文有师矣"，强调的是继承儒家经典，但继承的目的是为了写好文章，也就是说，继承的目的是为了创新，而创新是在继承的前提下进行的。这样，"征圣"与"宗经"便与"通变"沟通起来。《宗经》篇说"是以楚艳汉侈"②，即《通变》篇所言"楚汉侈而艳"，所谓"楚艳汉侈"的流弊，即《通变》所云"魏晋浅而绮，宋初讹而新"。近代是"舍本追末"的，而"竞今疏古"之风是"离本弥甚"③，故《宗经》提出"正末归本"④，这与《通变》篇提出的"矫讹翻浅，还宗经诰"又是一脉相承的。

《文心雕龙·序志》篇说："盖《文心》之作也，本乎道，师乎圣，体乎经，酌乎纬，变乎骚，文之枢纽，亦云极也。"⑤这就是《文心雕龙》理论体系的总纲。篇名称《辨骚》，《序志》称"变乎骚"，实际上"辨"与"变"在古代是通用的。《庄子·逍遥游》说："若夫乘天地之正，而御六气之辩，以游无穷者，彼且恶乎待哉？"⑥郭庆藩《庄子集释》云："辩与正对文，辩读为变。《广雅》：'辩，变也。'……辩、变古通用。"⑦又"辩"通"辨"，许学夷的《诗源辩体》，是讲诗歌辨体批语的，"辩体"即"辨体"，所以"辨骚"即"变骚"。

从"风雅正变"的观点来看，《离骚》是《诗》之"变"，前

---

① 范文澜：《文心雕龙注》，第16页。

② 范文澜：《文心雕龙注》，第23页。

③ 《文心雕龙·序志》，范文澜：《文心雕龙注》，第726页。

④ 范文澜：《文心雕龙注》，第23页。

⑤ 范文澜：《文心雕龙注》，第727页。

⑥ ［清］郭庆藩撰，王孝鱼点校：《庄子集释》（第2版），北京：中华书局，2004年，第17页。

⑦ ［清］郭庆藩撰，王孝鱼点校：《庄子集释》（第2版），第21页。

人多有指出者。许学夷《诗源辩体》引《沧浪诗话》并加按语说：

> 严沧浪云："《风》《雅》《颂》既亡，一变而为《离骚》，（屈宋《楚辞》总名）再变而为西汉五言。"愚按：《三百篇》正流而为汉魏诸诗，（详见下卷）别出而乃为《骚》耳。[①]

《离骚》的"变"是否符合刘勰的"通变"观呢？不仅符合，而且是"通变"的典范。刘勰反对的是"竞今疏古，风味气衰"[②]的"变"，是"逐奇而失正"[③]的"变"，所赞成的是在"通"的基础上的"变"，是"执正以驭奇"的"变"，是在继承前代文学创造传统基础上的"变"。在诗歌领域，《诗经》是被尊为经典的，"经也者，恒久之道，不刊之鸿教也"[④]。它是不可改易的，是只能"通"不能"变"的"有常之体"。《诗经》一变而为楚骚，到底变得如何呢？这一问题在汉代就有争论。刘勰从汉人的两种不同意见中，纠正了他们各自的片面性，正确地阐明了《离骚》并没有违背经典的基本写作原则，而是运用"通变"原则创作出来的优秀作品，虽然《离骚》有"异乎经典"的四个方面，但他仍然认为《离骚》是后代"通变"的典范。在指出《离骚》"同乎经典"和"异乎经典"的四事之后，刘勰指出：

> 故论其典诰则如彼，语其夸诞则如此。固知《楚辞》者，体宪于三代，而风杂于战国；乃雅颂之博徒，而词赋之英杰也。观其骨鲠所树，肌肤所附，虽取镕经意，亦自铸伟辞。……故能气

---

① ［明］许学夷著，杜维沫校点：《诗源辩体》卷二，北京：人民文学出版社，1987年，第32页。

② 《文心雕龙·通变》，范文澜：《文心雕龙注》，第520页。

③ 《文心雕龙·定势》，范文澜：《文心雕龙注》，第531页。

④ 《文心雕龙·宗经》，范文澜：《文心雕龙注》，第21页。

往轹古，辞来切今，惊采绝艳，难与并能矣。①

后文又说："是以枚贾追风以入丽，马扬沿波而得奇，其衣被词人，非一代也。"② 如不是"通变"的典范，焉能沾溉一代代的词人呢？以经典为"通"，以《离骚》为"变"，刘勰概括出来"通变"的基本原则："若能凭轼以倚《雅》《颂》，悬辔以驭楚篇，酌奇而不失其贞，玩华而不坠其实，则顾盼可以驱辞力，欬唾可以穷文致。"③ 这种"通变"的准则也体现了刘勰的美学理想。

《楚辞》是"通变"的典范，而纬书是"通变"的反面典型，张少康先生最早提出这一论断。他认为："纬书和《楚辞》虽然都是'经'之变，然而，纬书变的结果是以虚假代替真实，'乖道谬典，亦已甚矣'。因此是不能提倡的。刘勰在《正纬》篇中指出纬书本来是应当'配经'的，然而实际上它们却大都是伪造之作。……为此，刘勰认为纬书之内容是荒诞虚妄而不可信的，他曾引用前人对纬书的批评，指出其'虚伪''浮假''僻谬''诡诞'，抛弃了圣人经典的传统，因此这种变是不值得肯定的。不过，刘勰认为纬书中的某些次要方面也是存在可取之处的，他指出纬书在'事丰奇伟，辞富膏腴'方面，虽'无益经典而有助文章'，而且可供'后来辞人，采摭英华'，也还起过一定的积极作用。"④

张少康先生提出的这一新见，是否符合刘勰写《正纬》篇的旨意，我以为尚可研究和讨论。刘永济先生《文心雕龙校释》在《文心雕龙》前五篇释义之末，有一段总述前五篇写作宗旨及相互关系的话，

① 《文心雕龙·辨骚》，范文澜：《文心雕龙注》，第47页。
② 《文心雕龙·辨骚》，范文澜：《文心雕龙注》，第47页。
③ 《文心雕龙·辨骚》，范文澜：《文心雕龙注》，第48页。
④ 张少康：《文心雕龙新探——刘勰文学理论体系及其渊源》，第145页。

说得颇为中肯，兹引录于下：

> 舍人自序，此五篇为文之枢纽。五篇之中，前三篇揭示论文要旨，于义属正。后二篇抉择真伪同异，于义属负。负者箴砭时俗，是曰破他。正者建立自说，是曰立己。而五篇义脉，仍相流贯。盖《正纬》者，恐其诬圣而乱经也。诬圣，则圣有不可征；乱经，则经有不可宗。二者足以伤道，故必明正其真伪，即所以翼圣而尊经也。《辨骚》者，骚辞接轨风雅，追迹经典，则亦师圣宗经之文也。然而后世浮诡之作，常托依之矣。浮诡足以违道，故必严辨其同异；同异辨，则屈赋之长与后世文家之短，不难自明。然则此篇之作，实有正本清源之功。其于翼圣尊经之旨，仍成一贯。而与《明诗》以下各篇，立意迥别。①

纬书往往"以谶为纬，淆乱经文"②。为了防止纬书的"诬圣乱经"，为"征圣""宗经"扫清障碍，同时也是为了羽翼于圣而尊宗于经，就必须把纬书的真伪问题弄清，辨纬书之失，证纬书之伪，是《正纬》的写作宗旨。我以为《正纬》的核心问题是辨真伪，以解决上述问题，似乎还谈不上作"通变"的反面典型，充其量纬书不过是一种讹变，或者说是讹妄。但刘永济把《文心雕龙》作为"枢纽"部分的前五篇认为是三正二负，亦有些不妥。"真伪"与"同异"性质是不同的。刘永济也承认《离骚》是"接轨风雅，追迹经典"的，是"师圣宗经之文"，这就与纬书不可同日而语了，《离骚》可作为"通变"的典范，不是刘勰心目中要"破"的对象，《正纬》才真正是"破"的对象。三正二负，应改为三正一变一负。这是一

---

① 刘永济校释：《文心雕龙校释·附征引文录》，第11页。
② 黄侃：《文心雕龙札记》，北京：商务印书馆，2017年，第16页。

点不足，其他方面其"释义"的论述是正确的，看出五篇的意脉相贯，不把《辨骚》当作文体论看待，其看法是可取的。

刘勰的"宗经"思想与"通变"论在《文心雕龙》的理论体系中到底是什么关系，学术界尚有不同的看法。一种观点认为，刘勰的"宗经"思想是他的文论体系中保守复古一面的体现，反映了他对儒家经典的过分推崇，这与他的"通变"思想是有矛盾的。另一种意见认为，"宗经"是为了把文章写好，"文能宗经，体有六义"①，是说"宗经"能给文章带来六种好处。"宗经"贯穿着"通变"精神，并具有继承优良传统的意义。有的同志甚至提出，从某种意义上说，"宗经"就是"通变"，"宗经"源出于"通变"。所以他尽管标榜"宗经"，实在只是一种手段。其"通变"理论的积极面可以甚至是完全突破了"宗经"的思想牢笼。

我认为《征圣》《宗经》中含有"通变"的思想因素，"宗经"与"通变"基本上没有矛盾，《通变》中也含有"宗经"的成分，"还宗经诰"即其例证，但"通变"不仅仅是"宗经"所能涵盖的，它还有"望今制奇""酌取新声"的一面，在这一点上不能说二者毫无矛盾，"差异就是矛盾"②。"宗经"不能说就是"通变"，也不能说"源于'通变'"。"宗经"有保守的倾向是不可否认的，"通变"确实突破了"宗经"思想的局限。这与刘勰的"唯务折衷"有关。刘勰在论文时，既要求符合儒家的正道，又要求文学要有美丽的文采。有的研究者指出："刘勰对一切文学观点、文学现象的评价都离不开这个根本的看法，这是他进行'折衷'时的去取的根本标准。由于刘勰要求文学必须符合儒家的正道，这就使他的'折衷'带有

---

① 《文心雕龙·宗经》，范文澜：《文心雕龙注》，第 23 页。
② 毛泽东：《矛盾论》，《毛泽东选集》第 1 卷，北京：人民出版社，1991 年，第 307 页。

相当浓厚的保守性。但与此同时，刘勰自己又在竭力打破这种保守性。这是一种复杂有趣的现象。不认识这一点，是很难正确了解刘勰的美学思想的。"① 这个分析颇为精到，用以说明"宗经"与"通变"的关系是比较合适的。

五、刘勰论"通变"的对象

"通变"的对象指构成文学作品诸要素的哪些方面要进行"通变"，对"通变"这一范畴内涵的理解不同，对"通变"对象的理解也随之而异。《通变》篇云："文辞气力，通变则久。"② 这就是说，文章的"文辞气力"是必须"通变"的，只有经过"通变"，文学作品才能流传久远，这是"通变"的功用，也是"通变"的对象之一。有人认为："'文辞气力'，是'通变'的对象，所谓'通变'，是对'文辞气力'的'通变'。"③ 我认为，把"通变"的对象仅限于"文辞气力"，是值得商榷的。

对"文辞气力"的解释，目前还存在种种分歧。一种意见认为，"文辞气力"是"文辞"的"气力"，"文辞"是修饰"气力"的定语，因此"文辞气力"指文辞的气势和力度，是属于形式技巧方面。另一种意见认为，"文辞"与"气力"是并列的两个词组，"文辞"就是"藻采"，"气力"就是"风骨"的别称。这样"文辞气力"就不仅仅是形式技巧了，而应包括内容与形式两个方面。两种说法，何者符合刘勰的原意，遽难断定。但有一点是可以肯定的，"通变"应包括内容与形式两个方面，"通变"的对象不仅仅是"文辞气力"。要弄清这个问题，还应联系《文心雕龙》其他各篇有关"通变"的

① 李泽厚、刘纲纪主编：《中国美学史》第二卷，北京：中国社会科学出版社，1987年，第612页。
② 范文澜：《文心雕龙注》，第519页。
③ 寇效信：《文心雕龙美学范畴研究》，西安：陕西人民出版社，1997年，第199页。

论述，来进行综合的考察。

我们既已肯定"通变"是继承与革新的统一，那么"通变"的对象即可分为"通"的对象与"变"的对象。刘勰的理论体系，"原道""征圣""宗经"占有颇为重要的地位，他所要继承的首先是儒家之道与自然之道，是圣人的文辞与儒家经典。学习经典的"志足而言文，情信而辞巧"以及"文成规矩，思合符契；或简言以达旨，或博文以该情"①，等等。刘勰认为，经典值得继承学习的东西太多了，"体要与微辞偕通，正言共精义并用"以及"圣文之雅丽""衔华而佩实"②等，哪一样不值得学习、继承？在《宗经》篇中，刘勰认为经典的根底是非常深厚的，表现出"枝叶峻茂"的态势，它具有"辞约而旨丰，事近而喻远"③的长处，永远是取之不尽、用之不竭的源泉，虽然历时已久，前贤用不完，后人学习也为时未晚。所以他说："是以往者虽旧，余味日新，后进追取而非晚，前修文用而未先，可谓太山遍雨，河润千里者也。"④明乎此，也就可以知道，刘勰为什么在《通变》篇提出"矫讹翻浅，还宗经诰"了。以上这些，都是"通"的对象。

"通"的对象主要是儒家经典和圣人文辞，它包括内容与形式两个方面，也包括各类文章的"有常之体"与写作的基本原则。"变"的对象，也不仅仅是"文辞气力"，也包括内容与形式两个方面。《风骨》篇说：

> 若夫镕铸经典之范，翔集子史之术，洞晓情变，曲昭文体，

---

① 《文心雕龙·征圣》，范文澜：《文心雕龙注》，第 15 页。
② 《文心雕龙·征圣》，范文澜：《文心雕龙注》，第 16 页。
③ 《文心雕龙·宗经》，范文澜：《文心雕龙注》，第 22 页。
④ 《文心雕龙·宗经》，范文澜：《文心雕龙注》，第 22 页。

然后能荐甲新意，雕画奇辞。昭体故意新而不乱，晓变故辞奇而不黩。若骨采未圆，风辞未练，而跨略旧规，驰骛新作，虽获巧意，危败亦多，岂空结奇字，纰缪而成经矣？①

这段话对理解"变"的对象，以及如何"变"都很有帮助。在进行"变"之前，首先要做好"变"的准备，即先要广泛地学习、继承、借鉴，也就是先要"通"。既要学习经书的典范，同时也要参考子书和史书的写作，这比《征圣》《宗经》的视野阔大，由经而及于子、史，刘勰又一次突破了"宗经"观的保守性，又一次超越了自我。同时把"通"的对象扩大了。不仅如此，他还要求要深知文学创作的发展变化情况，详悉各种文章的体式。这是"通"的第二个环节，它标志着"变"前的准备工作已经就绪。然后便"荐甲新意"与"雕画奇辞"，兼及"意"与"辞"两个方面，这表明"变"的对象是内容与形式两个方面。下文又从正反两个方面说明"变"的成功与失败。"昭体故意新而不乱，晓变故辞奇而不黩"，是说清楚了各种文章的体式，就能使文意新颖而不紊乱，懂得了创作的变化，就能使文辞奇特而无瑕疵。这种"变"是成功的；反之，如果"骨采未圆，风辞未练"，即在"风骨"方面未达要求，而就"跨略旧规，驰骛新作"，虽然能获得一些巧意，也会危败甚多，这种"变"是失败的。由此可见"意新""辞奇"都是"变"的对象。所以"通变"的对象，是比较广泛的。

六、刘勰论"通变"的任务与目的

"通变"的任务，有关研究者较少论及，独寇效信《文心雕龙美学范畴研究》列为专节进行了论述。他认为"通变"的任务是"斟

---

① 范文澜：《文心雕龙注》，第 514 页。

酌乎质文之间"，是否如此，尚值得研究。

任务，指担负的责任，或指所要完成的交派工作。又任务与目的是紧密联系在一起的，如社会主义建设的任务，是发展生产，实现四个现代化。实现四个现代化的目的，也可以说任务。实现四个现代化的最终目的，是为了提高全国人民的生活水平。对后者来说，实现四个现代化也可以说是历史赋予我们的使命，是一项艰巨而复杂的任务。

上文已经指出，刘勰的"通变"论，有补时俗之偏，救"新变"之弊的意旨，那么补偏救弊，就是"通变"的当务之急，也即是"通变"的首要任务。如何补偏救弊呢？刘勰提出："矫讹翻浅，还宗经诰。"这是针对"宋初讹而新"而发的。因此"通变"的任务，首先是"矫讹翻浅"，以纠正"竞今疏古"和"近附而远疏"①的弊病。

至于"斟酌乎质文之间，而櫽括乎雅俗之际，可与言通变矣"②，前两句应看作"通变"的方法。这几句意思是说，能在质文之间细加斟酌思考，在典雅与浅俗之际控引得当，方可说他懂得通变了。这种方法实际上是折衷方法，即在质朴与文采之间折衷，使得质文相称；在典雅与浅俗之间进行折衷，使得雅俗共赏，才算懂得"通变"。如果仅仅用"还宗经诰"的方法，来完成"矫讹翻浅"的任务，可能会走向复古，但刘勰的"通变"并非复古，紧接这两句之后，提出在"质文之间"与"雅俗之际"进行折衷，以"通变"之法示人，也就与复古划清了界限，在这里刘勰又一次突破了"宗经"的局限。

《风骨》篇所说的"若夫镕铸经典之范，翔集子史之术，洞晓情变，曲昭文体，然后能莩甲新意，雕画奇辞"，应视作"通变"的任务。前四句是"通"的任务，后两句是"变"的任务。"变"

---

① 《文心雕龙·通变》，范文澜：《文心雕龙注》，第520页。
② 《文心雕龙·通变》，范文澜：《文心雕龙注》，第520页。

的任务是在完成"通"的任务之后，即在"通"的基础上进行的。刘勰惟恐"变"过了头，后文又担心出"意新而不乱，辞奇而不黩"的问题。这实际上是对"通变"的任务进行规范。

完成任务，是为了达到一种目的。刘勰不是为"通变"而通变。"通变"的目的是为了使文学沿着正确的轨道发展，是为了使文学能够"骋无穷之路，饮不竭之源"①。所谓"文辞气力，通变则久""变则其久，通则不乏"等，都是"通变"的目的，只有"通变"，才能使文学永葆发展前进的活力，才能"日新其业"②。总之，"通变"的目的是为了使文学获得长久的发展而永不感到匮乏，而且是日新月异地向前发展。"凭情以会通，负气以适变"所要达到的美学效果，则是"采如宛虹之奋鬐，光若长离之振翼"③。也就是说，理想的"通变"，文采如同弯曲的彩虹的拱背，光芒好像五彩的凤凰振翅而飞。多么美啊！"通变"是刘勰美学理想之寄托，他用形象的比喻，对它进行了热情的礼赞。反之，如果不善于"通变"，不进行"通变"，"龌龊于偏解，矜激乎一致（指一得之见），此庭间之回骤，岂万里之逸步哉？"④后两句的意思是说，在庭院中来回兜圈子，即便是良马又哪能驰骋万里呢？

七、刘勰论"通变"的方法

《通变》篇有一段举汉代五位赋家夸张描写自然景色"循环相因"的例证：

> 夫夸张声貌，则汉初已极。自兹厥后，循环相因；虽轩翥出

① 《文心雕龙·通变》，范文澜：《文心雕龙注》，第519页。
② 《文心雕龙·通变》，范文澜：《文心雕龙注》，第521页。
③ 《文心雕龙·通变》，范文澜：《文心雕龙注》，第521页。
④ 《文心雕龙·通变》，范文澜：《文心雕龙注》，第521页。

辙，而终入笼内。枚乘《七发》云："通望兮东海，虹洞兮苍天。"
相如《上林》云："视之无端，察之无涯；日出东沼，月生西陂。"
马融《广成》云："天地虹洞，固无端涯；大明出东，月生西陂。"
扬雄《校猎》云："出入日月，天与地沓。"张衡《西京》云："日
月于是乎出入，象扶桑于濛汜。"此并广寓极状，而五家如一。
诸如此类，莫不相循；参伍因革，变通之数也。[1]

对这一段的理解，分歧颇多。黄侃云："明古有善作，虽工变者不
能越其范围。"[2]范文澜说："彦和虽举此五家为例，然非教人屋
下架屋，模拟取笑也。"[3]刘永济说："至举后世文例相循者五家，
正示人以通变之术，非教人模拟古人之文也。"[4]詹锳认为，举五
家之例有些举例不当，这些描写"变化不是大的"，"并没有把创
造的因素显示出来"[5]。牟世金认为："刘勰举枚乘等人的五例，
是用以说明'竞今疏古'的恶果……所以，刘勰举这五例，是对'竞
今疏古'的批判，根本不存在是否示人以法的问题。在讲这五例之前，
刘勰已先予指出：'夫夸张声貌，则汉初已极，自兹厥后，循环相
因；虽轩翥出辙，而终入笼内。'这分明是对汉初以来'夸张声貌'
的批判，所举五例正是批判的对象；再联系上文反对'近附而远疏'
的用意，问题就更清楚了。明乎此，我们就可断定后面所说'诸如
此类，莫不相循'，也是对'五家如一'的批判。最后一段才是讲'通
变之术'的，所以，'参伍因革，通变之数也'，应该是最后一段

①　《文心雕龙·通变》，范文澜：《文心雕龙注》，第 521 页。
②　黄侃：《文心雕龙札记》，第 98 页。
③　范文澜：《文心雕龙注》，第 527 页。
④　刘永济校释：《文心雕龙校释：附征引文录》，第 103—104 页。
⑤　詹锳：《刘勰与文心雕龙》，第 68 页。

的领句"①。所以在分段上，他与范文澜不同。寇效信认为："'夸张声貌'的五例，不能看作刘勰对'竞今疏古'的批判，而是正面例证，那么，'参伍因革，通变之数也'，就是从中引出的结论，理应看作本段的结句，而不能看作下段的领句。"②众说纷纭，莫衷一是。

我认为，刘勰所举"五家如一"的例子，用后代文论家和我们今天的词语说是"化用"，而不能视作抄袭模拟。"化用"即变化而用之，虽非自出机杼的创造，但还是有所变化的，作反面例证看是过分了一点，确实有"示人以变化之术"的味道，这是语言方面的"资于故实"。虽非理想的"通变"，但也初步符合"通变"的原则，至少可以说是"通变"的小技。《通变》篇用来概括"通变"方法的术语有两个，一个是"通变之数"，一个是"通变之术"。对于这二者的区别，向来无人注意。为了辨明二者的区别，我们有必要把"数"的含义弄清。

所谓"参伍因革，通变之数也"，本乎《易·系辞上》："参伍以变，错综其数，通其变，遂成天下之文。"③孔颖达疏："参，三也；伍，五也。或三或五，以相参合，以相改变。略举三五，诸数皆然也。"④刘勰此处的"参伍"指错综变化。"因革"，本是哲学范畴，即继承与革新的对立统一。扬雄《太玄》云："夫道有因有循，有革有化。因而循之，与道神之；革而化之，与时宜之。故因而能革，天道乃得；革而能因，天道乃驯。"⑤《法言·问道》

---

① 陆侃如、牟世金：《文心雕龙译注》，济南：齐鲁书社，1995年，第71页。

② 寇效信：《文心雕龙美学范畴研究》，第213页。

③ ［魏］王弼注，［唐］孔颖达疏：《周易正义》（十三经注疏）卷第七，第334页。

④ ［魏］王弼注，［唐］孔颖达疏：《周易正义》（十三经注疏）卷第七，第334页。

⑤ ［汉］扬雄撰，郑万耕校释：《太玄校释》，北京：北京师范大学出版社，1989年，第282页。

又说："可则因，否则革。"① 刘勰的"因革"与此是有联系的，它与"通变"语不同而义近。"通变之数"的"数"与"数字""数量"无关，也与三、五无关，是术数，与"方法"义近。但"数"除作为"方法"解释以外，还含有小技的意思。如《孟子·告子上》云："夫弈之为数，小数也。"② 赵岐注："数，技也。"③《淮南子·原道训》："夫临江而钓，旷日而不能盈罗，虽有钩箴芒距，微纶芳饵，加之以詹何、娟嬛之数，犹不能与网罟争得也。"④ 高诱注："数，术也。"⑤ 这两处的"数"，均指技术、技巧。后者言施小技，即便工具再好，技巧再精，也不会有大收获。

我们再考察一下刘勰其他地方"数"的用法与内涵，则知"通变之数"乃"通变"之小者。《总术》篇云：

> 是以执术驭篇，似善弈之穷数；弃术任心，如博塞之邀遇。……
> 若夫善弈之文，则术有恒数，按部整伍，以待情会，因时顺机，动不失正。数逢其极，机入其巧，则义味腾跃而生，辞气丛杂而至。⑥

刘勰将"执术驭篇"比作善于下棋的人要尽力讲究技巧。"穷数"，即穷尽技巧。后文的"数逢其极"之"数"，也是指技巧，这句的意见是说技巧达到极点。刘勰用这个比喻，显然受到《孟子》"弈之为数，小数也"的启发，因此，"通变之数"，可以理解为"通变"

① 李守奎等译注：《扬子法言译注》，哈尔滨：黑龙江人民出版社，2003年，第52页。

② ［汉］赵岐注，［宋］孙奭疏：《孟子注疏》，北京：北京大学出版社，2000年，第361页。

③ ［汉］赵岐注，［宋］孙奭疏：《孟子注疏》，第361页。

④ 刘文典撰，冯逸、乔华点校：《淮南鸿烈集解》（第2版），北京：中华书局，2013年，第14页。

⑤ 刘文典撰，冯逸、乔华点校：《淮南鸿烈集解》（第2版），第14页。

⑥ 范文澜：《文心雕龙注》，第656页。

的技巧。《通变》篇举汉代五家为例，不应算作反面例证与批判对象，应视作基本上是正面例证，是"通变"中的小变，或称为初级的"通变"。"夸张声貌"亦并非贬意。《夸饰》篇云："自天地以降，豫入声貌，文辞所被，夸饰恒存。"① 只要"夸而有节，饰而不诬"②，刘勰并不反对。但五家的小变，因循多，创新少，并非刘勰理想的"通变"，"五家如一"的描写，刘勰并不完全满意，说它微露贬义，亦未尝不可。但总的说来，"参伍因革"两句确系总结上文。

刘勰对汉代五位赋家的自然景色描写，虽然认为有因有革，但并不太满意，我们还可在《物色》篇找到例证。《物色》篇云：

> 古来辞人，异代接武，莫不参伍以相变，因革以为功，物色尽而情有余者，晓会通也。③

对于"物色"的描写，刘勰的要求是颇高的，仅仅"参伍因革"还不够，还需达到"物色尽而情有余"的境界，"五家如一"的描写，似乎还未达到这种境界，因此不是最佳的"通变"。

在《通变》篇中，刘勰除使用过"通变之数"外，还用过"通变之术"。他说："名理有常，体必资于故实；通变无方，数必酌于新声。故能骋无穷之路，饮不竭之源。然绠短者衔渴，足疲者辍途，非文理之数尽，乃通变之术疏耳。"④ 范文澜注云："而通变之术，要在'资故实，酌新声'两语，缺一则疏矣。"⑤ 这里的"术"，才真正是"通变"的方法。"资故实"指借鉴过去的作品，"酌新声"

---

① 范文澜：《文心雕龙注》，第 608 页。
② 《文心雕龙·夸饰》，范文澜：《文心雕龙注》，第 609 页。
③ 范文澜：《文心雕龙注》，第 694 页。
④ 范文澜：《文心雕龙注》，第 519 页。
⑤ 《文心雕龙·通变》，范文澜：《文心雕龙注》，第 522 页。

指参考新的作品，两者的结合，就是"通变"的基本方法。这是符合刘勰美学理想的"通变"，它高于从汉赋五家之例而概括出来的"通变之数"，如果说"通变之数"是小变的方法的话，"通变之术"就是大变的方法了。

刘勰认为"通变"是"无方"的，"无方"对"有常"而言，事物千变万化，革新离不开创造，人的变化能力与创造力是无限的，因此，"通变"也是无限的，这说明刘勰对"通变"的认识相当深刻，它不是凝固性的，不是封闭的，具有开放性和灵活性，千变万化，多姿多彩。因此"通变"的方法也是多方的，虽然"资故实"与"酌新声"可以称作"通变"的"要语"与基本方法，但它仅仅是多种方法的代表。我以为，刘勰在《通变》篇中，还提出了"通变"方法的系列，除了上述的两种方法之外，"斟酌乎质文之间，而櫽括乎雅俗之际"，"望今制奇，参古定法"等，皆为"通变"的方法。由此可以看出，"通变之术"的特点是在质朴与文采之间折衷，在典雅与浅俗之间折衷，在古与今之间折衷，这正是刘勰的基本方法论，合乎刘勰所说的"擘肌分理，唯务折衷"①。

此外，《通变》篇中还有一个"通变"方法与步骤的系列：

> 是以规略文统，宜宏大体。先博览以精阅，总纲纪而摄契；然后拓衢路，置关键，长辔远驭，从容按节。凭情以会通，负气以适变；……乃颖脱之文矣。②

也就是说，在进行"通变"的时候，要考虑好写作纲领，应掌握好主要的东西，首先要广泛地阅读历代佳作，抓住其中的要领，然后

---

① 《文心雕龙·序志》，范文澜：《文心雕龙注》，第727页。

② 范文澜：《文心雕龙注》，第521页。

开拓自己的写作路子，注意设置作品的关键，放长缰绳，驱马远行，安闲而有节奏地进行。凭借自己的感情来继承前人的佳作，依据自己的气质来适应革新。这样才能写出出类拔萃的文章。这是示人以"通变"之法，也把"通变"的步骤叙述得十分具体。

八、刘勰"通变"论的美学意义

我们在"通变"一词的来源部分（见本章第一节）已经指出，"通变"出自《易·系辞》。刘勰把它引入文论中，把《易传》中多数不含矛盾对立统一的"通变"，通过概念的转换，把它改造为继承与革新的对立统一。虽然经过刘勰的改造，但其美学思想仍与《易传》一脉相承。

《周易》认为，整个世界是以"一阴一阳"为始基的一个相反相成的有机统一体，而且认为，只有在互相对立的双方处在贯通、联结、平衡、统一的情况下，事物才有可能得到顺利的发展。对立面的和谐统一才能产生审美的愉悦，这与先秦时期儒家提出的"和"产生美是一致的。

《周易》认为，整个世界是在"阴""阳"这两种相反的力量的互相作用下不断运动、变化、生成、更新的。《易·系辞上》说："刚柔相推而生变化。"[①] 而整个自然和人类社会只有在变化中才能存在和发展。就自然来说，"日月相推而明生焉"，"寒暑相推而岁成焉"[②]。就人事来说，"通变之谓事"[③]，"功业见乎变"[④]，"通其变使民不倦，神而化之，使民宜之。易穷则变，变则通，通

---

① 高亨：《周易大传今注》，第507页。
② 《易·系辞下》，高亨：《周易大传今注》，第570页。
③ 《易·系辞上》，高亨：《周易大传今注》，第516页。
④ 《易·系辞下》，高亨：《周易大传今注》，第557页。

则久，是以自天祐之，吉无不利"①。所以《周易》认为"天地变化，圣人效之"②，"日新之谓盛德，生生之谓易"③。总而言之，人类应当效法自然，在变化中不断求得生存和发展，建功立业。

《周易》这种认为整个世界只能在运动变化中存在和发展的运动观，正是中国美学一向高度重视气势、力量、运动、韵律的美的哲理基石。世界是存在于生生不息的运动变化之中的，世界的美也要在生生不息的运动变化之中表现出来。没有和谐就不会有美，没有运动就没有和谐。

刘勰"通变"论的美学思想，其理论基础主要是《周易》。刘勰认为，文学是随着时代不断发展变化的。他看到了"从质及讹"的变化并对此有所不满；他看到了影响文学发展的许多对立的因素：古与今的对立，质与文的对立，奇与正的对立，雅与俗的对立。如何使这些对立的因素协调，求得和谐之美，他找到了"通变"。在古今对立的关系上，他采取"参古定法"④与"望今制奇"的办法。刘勰既欣赏质朴的美，又欣赏文采的华美，为求得两者的和谐，达到质文相称，他提出"斟酌乎质文之间"。典雅的风格是他所欣赏的，因为它是"镕式经诰，方轨儒门"⑤的风格。但风格是多种多样的，文苑中的单一风格看不到波谲云诡的多彩风姿，它具有不"偏执于一隅"的审美观，所以他又提出"櫽括乎雅俗之际"。奇与正虽然对立，但他并不崇正废奇，努力使奇正和谐，他提出"执正驭奇"，反对的是"逐奇而失正"。他在寻找对立因素的和谐统一的美感时，使用了"唯务折衷"的方法。在刘勰的思想中，"折衷"已不是单

---

① 《易·系辞下》，高亨：《周易大传今注》，第561页。
② 《易·系辞上》，高亨：《周易大传今注》，第540页。
③ 《易·系辞上》，高亨：《周易大传今注》，第515页。
④ 《文心雕龙·通变》，范文澜：《文心雕龙注》，第521页。
⑤ 《文心雕龙·体性》，范文澜：《文心雕龙注》，第505页。

纯的方法论的问题，而具有"中和"之美的内涵。折衷是刘勰美学思想的一大特色，他"通变"论的美学意义也表现在这里。

中国的传统美学重视运动之美、变化之美以及力度之美，这在刘勰的"通变"论中，亦有明显的表现。

九、刘勰"通变"论的局限

对于刘勰"通变"论的局限，研究者多有指出，综而论之，大约有以下几点：

其一，认为"通变"思想的连贯性和逻辑上的一致性，与把儒家经典当作顶峰的宗经思想是矛盾的，"这一矛盾，是刘勰朴素的文学进化思想与僵死的儒家正统思想之间矛盾的反映"[①]。

其二，认为"文律运周"与"日新其业"是相对立的，前者反映了刘勰文学史观的局限性。"他所了解的'通变'规律，是周而复始、循环不已的，'文律运周'就含有这个意思。"[②]"文学历史循环论才的确是刘勰通变理论中消极一面的要害，那就是《通变》赞中'文律运周，……而这种循环往复的'文律运周'思想与'日新其业'论旨，是刘勰通变理论中同时并立却又背道而驰的两种观点。"[③]

对于第一种观点，我认为那是刘勰"宗经"思想的局限，而并非"通变"论的局限。前已指出，刘勰的"通变"论，已突破了"宗经"的局限。

对于第二种观点，他们指出的局限的确存在。但应当如何看待"文律运周"呢？这种思想与《周易》的天道自然观和朴素辩证法

---

① 寇效信：《文心雕龙美学范畴研究》，第 208—209 页。
② 钟子翱、黄安祯：《刘勰论写作之道》，北京：长征出版社，1984 年，第 252—253 页。
③ 滕福海：《"通变"理论和〈文心雕龙〉的理论体系》，《文心雕龙学刊》第五辑，济南：齐鲁书社，1988 年，第 115 页。

有关。《周易》将四时的变化与人事的变化联系在一起，日月的运动，四时的变化是周而复始的。刘勰将天道自然的这一运动规律引入文论中，认为文学的发展变化也是周而复始的，存在一个循环圈。朴素辩证法的发展观，摆脱不了形而上学的影响，不懂得马列主义哲学的否定之否定的规律，对于历史文化的发展是沿着螺旋形的阶梯上升这一点，刘勰还不可能理解，"文律运周"的局限，在马列主义产生前所有人都未解决。对此，我们不能苛求刘勰。

刘勰对六朝文学"新变"的态度

一

在过去的文学批评史上，一谈到六朝文学的"新变"，往往就谈虎色变，总认为"新变"没有好下场。玄言诗来了一个"新变"，就成为模山范水的山水文学，再一"新变"，就成堆砌涂饰的事类文学。丽辞之外再来一个"新变"，那就变成调协宫商的声律文学，再来一个"新变"，于是成为艳歌丽曲之类的靡靡之音，愈变愈下，愈变愈漓，这样来看"新变"，只能得出"因变得衰"的结论。至于刘勰的《文心雕龙》，似乎与"新变"无多大关系。这一则是因为刘勰论文主张宗经、征圣，似乎与"新变"反其道而行之。再则刘勰是力矫时弊的，当时的"新变"在于俗尚之中，这正是刘勰批判的对象，似乎刘勰与"新变"挂不上钩。另外还有一种说法，认为刘勰已经指出过新变没有前途，便以"通变为复古"，这种复古的倾向"正是一个更大的新变"。我认为以上的看法值得商榷，刘勰对"新变"的态度，值得探讨一下。

刘勰的《文心雕龙》一书，没有使用过"新变"一词。《时序》篇云："文变染乎世情，兴废系乎时序"①，这里的"文变"指文学的发展变化，并非专指新变。有人认为《风骨》篇所言"昭体故意新而不乱，晓变故辞奇而不黩"②，这里就提出"新"与"变"来。姑且不论此中的"新""变"二字并未连缀成文，而且在两个对偶

---

① 范文澜：《文心雕龙注》，北京：人民文学出版社，1958年，第675页。
② 范文澜：《文心雕龙注》，第514页。

句中，也不是对举成文的，恐怕还不能据此二句，认为刘勰已提出"新变"来。刘勰是有意回避"新变"这个词呢？还是认为"新变"不足以表现他的发展观，而用另外的概念来代替它呢？我觉得后者的可能性较大。具体地说，他是用"通变"来代替"新变"的。"新变"与"通变"有什么分别，又有什么联系，这是后文将要论述的问题。

我们考察刘勰对"新变"的态度，首先应当把这一问题置在一定的历史联系中来考察，既要弄清什么是"新变"，又要弄清"新变"说是在什么历史背景下产生的。

在六朝典籍中（其中包括唐修六朝史书）使用"新变"概念的，我们可以找到三处。萧子显《南齐书·文学传论》云：

> 习玩为理，事久则渎，在乎文章，弥患凡旧。若无新变，不能代雄。建安一体，《典论》短长互出；潘、陆齐名，机、岳之文永异。江左风味，盛道家之言，郭璞举其灵变，许询极其名理，仲文玄气，犹不尽除，谢混情新，得名未盛。颜、谢并起，乃各擅奇；休、鲍后出，咸亦标世。朱蓝共妍，不相祖述。①

《梁书·庾肩吾传》云：

> 齐永明中，文士王融、谢朓、沈约文章始用四声，以为新变，至是转拘声韵，弥尚丽靡，复逾于往时。时太子与湘东王书论之曰："……比见京师文体，懦钝殊常，竞学浮疏，争为阐缓。玄冬修夜，思所不得，既殊比兴，正背《风》《骚》。若夫六典三礼，所施则有地，吉凶嘉宾，用之则有所。未闻吟咏情性，反拟《内则》之篇，操笔写志，更摹《酒诰》之作；迟迟春日，翻学《归藏》；

---

① ［梁］萧子显：《南齐书》卷五二，北京：中华书局，1972 年，第 908 页。

湛湛江水，遂同《大传》。……但以当世之作，历方古之才人，远则扬、马、曹、王，近则潘、陆、颜、谢，而观其遣辞用心，了不相似。若以今文为是，则古文为非；若昔贤可称，则今体宜弃。俱为盍各，则未之敢许。又时有效谢康乐、裴鸿胪文者，亦颇有惑焉。何者？谢客吐言天拔，出于自然，时有不拘，是其糟粕；裴氏乃是良史之才，了无篇什之美。是为学谢则不届其精华，但得其冗长；师裴则蔑绝其所长，惟得其所短。谢故巧不可阶，裴亦质不宜慕。……至如近世谢朓、沈约之诗，任昉、陆倕之笔，斯实文章之冠冕，述作之楷模。①

《南史·徐摛传》云：

> 摛幼好学，及长，遍览经史，属文好为新变，不拘旧体。②

我们所以不厌其详地引录前三段文字，一则明其讲"新变"的出处，但更重要的是着眼于"新变"说产生的历史背景，据此，我们可以得出以下几点认识。

第一，"新变"派批判的矛头是指向复古模拟派的，作家应当各有擅奇、标世之处，"朱蓝共妍，不相祖述"似乎就是他们的创作主张，而"若无新变，不能代雄"成了他们的理论纲领。这是比刘勰小二十二岁的萧子显的观点。

第二，齐梁时代的文学"新变"，是以永明体诗歌讲究声韵为核心的。诗歌"转拘声韵"之后，文风则"弥尚丽靡"，"丽靡"是六朝时尚，这与骈体文占统治地位有关，晋宋以后散文与诗歌日

---

① ［唐］姚思廉：《梁书》卷四十九，北京：中华书局，1973年，第690—691页。
② ［唐］李延寿：《南史》卷六十二，北京：中华书局，1975年，第1521页。

趋骈偶化，使人们更加有意识地注重到音律的问题。尚丽靡就要讲声韵，自永明体诗歌产生以后，重对偶、尚丽辞，这是当时不可缺一的新文采观，因此"新变"派是在形式技巧上更加讲求的一派，要让他们"还宗经诰"是不可能的。

第三，他们认为文学作品是"吟咏情性""操笔写志"的，无需模拟经典。但并不是一概反对学习前人的创作，前人的创作有可学的，有不可学的，这里就明显流露出"今体派"的观点。谢灵运是前代人，"吐言天拔，出于自然"，但学谢不能得其精华，只能得其冗长，谢是巧不可阶的，不宜取法。裴子野是近代人，但"了无篇什之美"，也不值得学习。唯有谢朓、沈约之诗，任昉、陆倕之笔，可以作为"述作之楷模"。

萧纲为什么反对裴子野呢？原来在齐梁时期的文坛上，存在着古今体之争的问题，裴子野是古体派的代表人物。《梁书·裴子野传》云：

> 子野与沛国刘显、南阳刘之遴、陈郡殷芸、陈留阮孝绪、吴郡顾协、京兆韦棱，皆博极群书，深相赏好，显尤推重之。……子野为文典而速，不尚丽靡之词，其制作多法古，与今文体异，当时或有诋诃者，及其末皆翕然重之。①

据日本学者林田慎之助考证，这个以裴子野为首的"古体派"文学集团，大约形成于天监十年前后。裴子野的《雕虫论》成书于齐代末年，在《文心雕龙》之前，因此应考虑《雕虫论》对《文心雕龙》

---

① ［唐］姚思廉：《梁书》卷三十，第443页。

《诗品》和《文选序》的影响。[①]

《雕虫论》批判的矛头，是直指“新变派”的“雕虫”二字，即指专尚丽靡的文章。他指出自宋大明以后，“闾阎年少，贵游总角，罔不摈落六艺，吟咏情性。学者以博依（指繁缛词华之文）为急务，谓章句为专鲁（把解释经书章句的儒者之学看成是愚鲁的事）。淫文破典，斐尔为功，无被于管弦，非止乎礼义，深心主卉木，远致极风云，其兴浮，其志弱。巧而不要，隐而不深，讨其宗途，亦有宋之风也。”[②]这与前引萧纲《与湘东王书》，可谓针锋相对。其实“古体派”与“今体派”的斗争，并非始于齐梁时代。魏晋以后，随着儒学的衰微和思想的解放，传统的文学观念被打破了，人们对文学的美学特征日益注意，文学不再是经学的附庸，而要蔚为大国，成为一门独立的艺术。自从晋代的陆机在《文赋》中提出“诗缘情而绮靡”[③]之后，文学日益要求要“吟咏情性”，而且对形式技巧的要求越来越趋向于追求新奇与华艳，又加晋宋时期的乐府民歌，如《子夜》《四时》吴歌、西曲，多大胆地描写男女恋情，文人竞相模仿，使“吟咏情性”的诗歌逐渐绮艳轻冶起来，这是一股不可阻挡的潮流，也是促使文学“新变”的原动力。比如宋代的贵族文人颜延之，为了打击代表新兴势力的鲍照一派，制造了“休鲍之论”[④]，把汤惠休的诗目为“委巷中歌谣”[⑤]，可是休鲍一派的诗，到了宋代后期，影响却远在颜延之之上，故钟嵘《诗品下》引其从祖钟宪

---

① 参见［日］林田慎之助著，陈曦钟译，周一良校：《裴子野〈雕虫论〉考证》，《古代文学理论研究丛刊》第六辑，上海：上海古籍出版社，1982年，第231—250页。

② ［清］严可均辑：《全上古三代秦汉三国六朝文·全梁文》卷五十三，石家庄：河北教育出版社，1997年，第535页。

③ 张少康：《文赋集释》，北京：人民文学出版社，2002年，第99页。

④ 钟嵘《诗品下》转引。

⑤ ［唐］李延寿：《南史》卷三十四《颜延之传》，第881页。

的话说："大明、泰始中，鲍、休美文，殊已动俗，惟此诸人，傅颜、陆体。用固执不移，颜诸暨最荷家声。"① 宋代诗坛上两派斗争的消长之势，说明新派力量在逐渐抬头，而且又直接影响到齐梁时代古体派与今体派的斗争。比如作为永明体诗歌代表人物的沈约，钟嵘《诗品》说："观休文众制，五言最优。详其文体，察其余论，固知宪章鲍明远也。"② 看来鲍体诗派到了齐梁，就成了今体派的同道者了。

根据以上的分析，我们可知，"今体派"就是"新变派"，"新变"的核心是重声律、讲骈偶、尚丽靡。从两派的交锋来看，"深心主卉木，远致极风云"的山水诗，是古体派所反对的，可以看作是"新变"之一种，但说事类诗是"新变"就值得讨论了。我们知道，钟嵘是激烈反对事类诗的。《诗品序》云："观古今胜语，多非补假，皆由直寻。颜延、谢庄尤为繁密，于时化之。故大明、泰始中，文章殆同书钞。近任昉、王元长等，词不贵奇，竟须新事，尔来作者，浸以成俗。遂乃句无虚语，语无虚字，拘挛补衲，蠹文已甚。但自然英旨，罕值其人。词既失高，则宜加事义，虽谢天才，且表学问，亦一理乎！"③ 这里钟嵘指出，事类诗是由颜延之、谢庄肇其端的，这两人均算不上今体派的人物，从颜与鲍的对立上，他应属于古体派。任昉、王元长确是齐梁今体派中的人物，萧纲在《与湘东王书》中，推崇"任昉、陆倕之笔"为"文章之冠冕，述作之楷模"④。王元长是齐永明声律说的创始人，故钟嵘说："王元长创其首，谢朓、

---

① ［梁］钟嵘著，曹旭集注：《诗品集注》，上海：上海古籍出版社，1994年，第432页。

② ［梁］钟嵘著，曹旭集注：《诗品集注》，第321页。

③ ［梁］钟嵘著，曹旭集注：《诗品集注》，第180—181页。

④ ［梁］萧纲：《与湘东王书》，［清］严可均辑：《全梁文》上册，北京：商务印书馆，1999年，第116页。

沈约扬其波。"①他们与今体派倒有些关系。不过,今体派既主张要"吟咏情性", "亦何贵于用事"?主张"若无新变,不能代雄"的萧子显,在《南齐书·文学传论》中谈到文章三体时,第二体即是对事类诗而发: "次则缉事比类,非对不发,博物可嘉,职成拘制。或全借古语,用申今情,崎岖牵引,直为偶说,唯睹事例,顿失精采,此则傅玄《五经》、应璩《指事》,虽不全似,可以类从。"②这里对缉事比类的事类诗评价并不高,只肯定了博物可嘉,其他基本都是贬意。所以把"事类诗"作为"新变"的一种,是值得怀疑的。

二

在弄清"新变"的内涵和古今文体的斗争与"新变"的关系之后,我们便比较容易考察刘勰与新变说的关系了。要考察这个问题,最重要的是考察《通变》篇,其次是考察《声律》《丽辞》《情采》等篇,由于事类诗是否属新变范围尚不能肯定(我倾向于"事类诗"不是新变),因此对《事类》篇的考察相对而言就不那么重要了。

有的同志在文章中指出: "从古今文体之争的背景来考察《文心雕龙》,《通变》篇就占了突出的关键的位置。"③这是很有见地的说法,同样适用于刘勰与新变说的关系。

"通变"二字的含义,是会通古今而变之,其侧重点在"变",它与"新变"有密切的联系,但又不同于"新变",而是有因有革的变,《通变》篇开宗明义地说:

夫设文之体有常,变文之数无方,何以明其然耶?凡诗赋书

---

① [梁] 钟嵘著,曹旭集注:《诗品集注》,第 340 页。
② [梁] 萧子显:《南齐书》卷五二,第 908 页。
③ 萧华荣:《齐梁文坛古今之争与〈文心雕龙〉》,中国《文心雕龙》学会编:《文心雕龙学刊》第二辑,济南:齐鲁书社,1984 年,第 95 页。

记，名理相因，此有常之体也；文辞气力，通变则久，此无方之数也。
名理有常，体必资于故实；通变无方，数必酌于新声。①

这里指出不变的只是诗赋等的体裁和它们的写作原理，而通变是无限的，这说明资于故实者少，而酌于新声的"变"多。

有人根据"黄唐淳而质，虞夏质而辨，商周丽而雅，楚汉侈而艳，魏晋浅而绮，宋初讹而新。从质及讹，弥近弥澹"②这一段文字，说刘勰认为文学的变化一代不如一代，是"文学退化论"的观点。实际上是曲解了刘勰的原意。刘勰认为从淳质到辨丽到侈艳，这是向好的方面合乎规律的发展，但从辨丽到侈艳里，浮夸的风气开始萌生。从侈艳到浅绮到讹新，这是向坏的方面变化，但其中还有可取的成分(绮和新不能完全否定)，这里确有对"新变"的不满之处。刘勰认为造成这种现象的原因，是"竞今疏古"③的结果，实际也是不善于通变的结果，救新变之弊，唯有通变。这一段文字旨在说明通变的重要性，并不是一代不如一代的"文学退化论"。"退化论"与刘勰的文学史观是格格不入的。

对于《通变》篇的论者，过去常被误解。纪昀认为《通变》是主复古的，他说：

> 齐梁间风气绮靡，转相神圣，文士所作，如出一手，故彦和以通变立论。然求新于俗尚之中，则小智师心，转成纤仄，明之竟陵、公安，是其明征，故挽其返而求之古。盖当代之新声，既

---

① 范文澜：《文心雕龙注》，第519页。
② 范文澜：《文心雕龙注》，第520页。
③ 《文心雕龙·通变》，范文澜：《文心雕龙注》，第520页。

无非滥调，则古人之旧式，转属新声。复古而名以通变，盖以此尔。①

黄侃的《文心雕龙札记》即申纪说，认为“通变之道，惟在师古”。他说：

> 此篇大指，示人勿为循俗之文，宜反之于古。其要语曰："矫
> 讹翻浅，还宗经诰。斯斟酌乎质文之间，而櫽括乎雅俗之际，可
> 与言通变矣。"此则彦和之言通变，犹补偏救弊云尔。……彦和
> 此篇，既以通变为旨，而章内乃历举古人转相因袭之文，可知通
> 变之道，惟在师古。所谓变者，变世俗之文，非变古昔之法也。②

刘永济在《文心雕龙校释》中，对纪、黄的说法，提出异议。他说：

> 本篇最启人疑者，即舍人论旨，是否主复古耳。纪评谓刘氏
> "复古而名通变者，盖当代之新声；既无非滥调，则古人之旧式，
> 转属新声。"黄侃《札记》即申是说。然舍人首言"资于故实，
> 酌于新声"，赞语复发文律日新，变则可久，趋时乘机，望今参
> 古之义，则"竞今疏古"固非所尚，泥古悖今，亦岂所喜？证以
> 舍人他篇，每论一理，鉴周识圆，不为偏颇，知纪、黄所论，尚
> 未的当。③

刘永济批纪、黄之说，甚为有理，对《通变》论旨领会比较确当，

---

① ［梁］刘勰撰，［清］黄叔琳注，［清］纪昀评：《文心雕龙辑注》，北京：中华书局，1957年，第285—286页。

② 黄侃：《文心雕龙札记》，北京：商务印书馆，2017年，第98页。

③ 刘永济校释：《文心雕龙校释：附征引文录》，上海：上海古籍出版社，2010年，第102页。

如果《通变》惟在复古，何"通变"之有？我们不否定刘勰对"新变"有不满之处，《通变》有补新变之偏，救时俗之弊的地方。但《通变》最根本的一点就是要变，通变之中含有新变的成分。刘勰一方面要求"新变"，要"望今制奇"，要求通变之法，"必酌于新声"，吸收新变的合理因素，因为只有这样，才能"骋无穷之路，饮不竭之源"①，为文变打开一条广阔的道路。另一方面刘勰又要求"参古定法"②，要"矫讹翻浅"，补偏救弊，"竞今疏古"是不行的，需要"还宗经诰"。两方面不可缺一，缺一则不可言通变也。

如果从古今文体两派斗争的角度来考察刘勰的《通变》篇，刘勰既不属于古体派，也不属于"新变"派，而是折衷于两派之间，自成一家，这合乎他的"同之与异，不屑古今，擘肌分理，唯务折衷"③的原则。从文学的历史发展规律来看，讲"通变"是正确的，它是继承、借鉴与革新创造的辩证统一，是使得文学艺术不断获得发展和繁荣，不断推陈出新的正确途径。但借鉴不能代替创造，复古在大多数情况下都是走不通的。以复古为革新的情况是有的，正如马克思所说："人们自己创造自己的历史，但是他们并不是随心所欲地创造，并不是在他们自己选定的条件下创造。一切已死的先辈们的传统，象梦魇一样纠缠着活人的头脑。当人们好象只是在忙于改造自己和周围的事物并创造前所未闻的事物时，恰好在这种革命危机时代，他们战战兢兢地请出亡灵来给他们以帮助，借用它们的名字、战斗口号和衣服，以便穿着这种久受崇敬的服装，用这种借来的语言，演出世界历史的新场面。"④用这种观点为指导来看古体派的复古和

---

① 《文心雕龙·通变》，范文澜：《文心雕龙注》，第519页。
② 《文心雕龙·通变》，范文澜：《文心雕龙注》，第521页。
③ 《文心雕龙·序志》，范文澜：《文心雕龙注》，第727页。
④ 《马克思 恩格斯选集》第一卷，北京：人民出版社，1972年，第603页。

刘勰的"宗经"和"还宗经诰",恐怕还算不上以复古为革新,不但齐梁古体派沾不上马克思这段话的灵光,连被批评界抬得很高的陈子昂也沾不上这段话的灵光。不是吗?如果用历史唯物主义的观点来看古体派与新变派的理论和创作实践,我认为"新变"派的理论和实践的品格均高于"古体派",尽管"新变"派有这样那样的问题,有过火的地方,当然也有值得批判的地方。

如果从《通变》篇还看不出刘勰是站在"新变"派一边的,我们从《声律》篇可以明显地看出这一倾向。《声律》篇与永明体声律说,在基本精神上是一致的,在这一方面,刘勰是站在"新变"派一边的。

晋宋以后,散文与诗歌都日趋骈偶化,人们很自然地注意到音律问题,于是永明体音律说便应运而生了。《南史·陆厥传》说:"时盛为文章,吴兴沈约、陈郡谢朓、琅琊王融以气类相推毂,汝南周颙善识声韵。约等文皆用宫商,将平上去入四声,以此制韵,有平头、上尾、蜂腰、鹤膝。五字之中,音韵悉异,两句之内,角徵不同,不可增减。世呼为'永明体'。"[1] 这里提到的沈约、谢朓、王融,周颙,除了沈约以外,谢朓、周颙均没留下谈论声律的记载,王融谈音律的记载,仅见于《诗品序》所引数句,想必著作已佚。沈约倒有不少谈论音律的文字留下,我们据此可和《声律》篇作些比较。沈约的《答陆厥书》与《文心雕龙·声律》所讨论的共同问题不多,故不多置论。值得注意的是他在《宋书·谢灵运传论》中的一段话:

> 夫五色相宣,八音协畅,由乎玄黄律吕,各适物宜。欲使宫羽相变,低昂互节,若前有浮声,则后须切响。一简之内,音韵尽殊;两句之中,轻重悉异。妙达此旨,始可言文。至于先士茂制,讽高历赏,子建"函京"之作,仲宣"霸岸"之篇,子荆"零雨"

---

[1] [唐]李延寿:《南史》卷四十八,第1195页。

之章，正长"朔风"之句，并直举胸情，非傍诗史。正以音律调韵，取高前式。自骚人以来，多历年代，虽文体稍精，而此秘未睹。至于高言妙句，音韵天成，皆暗与理合，匪由思至。[①]

这里沈约提出了"浮声""切响"的问题，但无解说。《声律》篇对此作了扼要的阐述：

凡声有飞沉，响有双叠，双声隔字而每舛，叠韵杂句而必睽；沉则响发而断，飞则声飏不还。并辘轳交往，逆鳞相比，迕其际会，则往蹇来连，其为疾病，亦文家之吃也。[②]

上引文字"声飏不还"之声，即沈约所谓"前有浮声"之声。刘勰所谓"响发而断"之响，亦即沈约"后须切响"之响，而且刘勰对"飞沉"作了具体解释："沉则响发而断，飞则声飏不还。"沈约要求一行之内的声与韵必须避免重复，两句之中的平上去入四声轻重要错开，刘勰则要求低昂互节，使高低之声像转动辘轳那样相互交错。他还提出了和、韵的问题："异音相从谓之和，同声相应谓之韵。"[③]在基本精神上，沈、刘二人的意见是一致的，而这些正是齐梁声律说的用意所在，是文学"新变"的产物。沈约很欣赏《文心雕龙》，谓《文心雕龙》"深得文理，常陈诸几案"[④]，其中一个重要的原因，恐怕就是在声律说等"新变"问题上，他们是有共同语言的。

纪昀评《声律》篇说："即沈休文《与陆厥书》而畅之，后世近体，

① ［梁］沈约：《宋书》卷六七《谢灵运传论》，北京：中华书局，1974年，第1779页。

② 《文心雕龙·声律》，范文澜：《文心雕龙注》，第552—553页。

③ 《文心雕龙·声律》，范文澜：《文心雕龙注》，第553页。

④ ［唐］姚思廉：《梁书》卷五十《刘勰传》，第712页。

遂从此制。齐梁文格卑靡，独此学独有千古，钟记室以私憾排之，未为公论也。"① 纪评指出《声律》篇是阐述沈约《与陆厥书》的观点，而不提沈约的《谢灵运传论》，可谓明察秋毫而不见舆薪，他指出声律之说"独有千古"，给后世的律诗、绝句等近体诗的声韵格律奠定了基础，评价还是颇高的。至于黄侃所云："彦和生于齐世，适当王、沈之时，又《文心》初成，将欲取定沈约，不得不枉道从人，以期见誉。观《南史》舍人传，言约既取读，大重之，谓深得文理，知隐侯所赏，独在此一篇矣。当其时，独持己说，不随波而靡者，惟有钟记室一人，其《诗品》下篇诋诃王、谢、沈三子，皆平心之论，非由于报宿憾而为之。……若举此一节而言，记室固优于舍人无算也。"② 说刘勰写作《声律》篇，是为了投合沈约所好，枉道从之，是缺乏根据的。沈约称《文心》"深得文理"，何以见得独赏《声律》一篇？为钟嵘辩解如此，却使刘勰蒙不白之冤，何厚此薄彼若斯之甚矣！

《文心雕龙·丽辞》篇是讲骈文对偶的，文尚骈俪和讲求声律一样，是六朝时尚，也是文学新变的结果。当时的骈文、骈赋，都是新体文学。《丽辞》篇说："造化赋形，支体必双，神理为用，事不孤立。"③ 这是用自然规律说明丽辞是天经地义的，合乎自然之道，只不过古代典籍中的丽辞，不是有意经营而得，而是"率然对尔"④。自汉代以来，开始"崇盛丽辞"，至魏晋"析句弥密"，以至达到"剖毫析厘"⑤ 的程度。通观《丽辞》全篇，刘勰没有对丽辞流露一句贬辞，而且在研究如何把骈文写得更好，立足于总结

---

① ［梁］刘勰撰，［清］黄叔琳注，［清］纪昀评：《文心雕龙辑注》，第306页。
② 黄侃：《文心雕龙札记》，第111页。
③ 范文澜：《文心雕龙注》，第588页。
④ 《文心雕龙·丽辞》，范文澜：《文心雕龙注》，第588页。
⑤ 《文心雕龙·丽辞》，范文澜：《文心雕龙注》，第588页。

写作经验。在这方面，刘勰也是站在今体派即新变派一边的。《丽辞》一篇，并无"侧重箴时"[①]之处。刘勰是不会反对骈俪文的，《文心雕龙》一书，就是用齐梁骈文写成的，这本身就是一个有力的证明。

再看《情采》篇。《情采》篇主张为文要以表达真情实感为上，再加上文采，这样的文章才是美的。情与采的关系，基本上可以用这几句话来概括："故情者，文之经，辞者，理之纬；经正而后纬成，理定而后辞畅，此立文之本源也。"[②]刘勰的情采观，简言之即要求情真采丽，反对情伪采滥。对于它的分析我们不多置论，我们主要想将刘勰的情采观与齐梁时代的人作一些比较，以辨别它与古今文体两派的关系。

我们先与沈约比较。沈约《谢灵运传论》云：

> 周室既衰，风流弥著。屈平、宋玉导清源于前，贾谊、相如振芳尘于后，英辞润金石，高义薄云天。自兹以降，情志愈广。王褒、刘向、扬、班、崔、蔡之徒，异轨同奔，递相师祖。虽清辞丽曲，时发乎篇；而芜音累气，固亦多矣。若夫平子艳发，文以情变，绝唱高踪，久无嗣响。至于建安，曹氏基命，二祖陈王，咸蓄盛藻。甫乃以情纬文，以文被质。自汉至魏，四百余年，辞人才子，文体三变。相如巧为形似之言，班固长于情理之说，子建、仲宣以气质为体，并标能擅美，独映当时，是以一世之士，各相慕习。……降及元康，潘、陆特秀，律异班、贾，体变曹、王，缛旨星稠，繁文绮合。缀平台之逸响，采南皮之高韵，遗风余烈，事极江右。[③]

这一段文字主要谈的是情和文的问题，用刘勰的话说，就是情和采的问题。沈约提出了情文互用的论点。文中情志并提，志只是情的同义语，这一点与刘勰相似。沈约又指出曹氏父子的创作是"以情纬文，以文被质"，即一方面要根据情以组织文辞，然后再用文采来修饰情。这一提法可以说与刘勰是惊人的相似。刘勰在《情采》篇中提出"情者文之经，辞者理之纬"，这是"以情纬文"的绝好说明。《情采》篇提出"文附质"和"质待文"的质文关系，也就是情采关系，与沈约的情文关系（情是主而文是宾）是一致的。沈约赞扬二祖、陈王是"咸蓄盛藻"，潘、陆是"缛旨星稠，繁文绮合"，其宗趣所在，偏重在文藻方面；刘勰则引用庄子、韩非子的话而加以阐述，指出"绮丽以艳说，藻饰以辩雕"是达到极点的"文辞之变"①，这一点二人也有相通之处，但刘勰反对过分追求藻饰，以致达到"文丽而烦滥"的程度，反对"繁采寡情"②，却是沈约不曾提出的。这是他们的不同，但总的看来，沈、刘二人的情采观是非常相似的。这说明刘勰不但在"声律"说方面站在"新变派"的沈约一边，在情采观上也多半是站在沈约一边的。到了齐梁的后期，新变派文人的情采观似又有了变化。比如萧绎在《金楼子·立言》中指出："至如文者，惟务绮縠纷披，宫徵靡曼，唇吻遒会，情灵摇荡。"③这与沈、刘的文采观已有较大的不同，这可能是新变派在齐梁后期的情采观，按照萧绎的看法，经书谈不上有文采，与刘勰不同。

通过对《情采》篇的分析和对比，我们大体上可以说，齐梁人

---

① 《文心雕龙·情采》，范文澜：《文心雕龙注》，第 537 页。
② 《文心雕龙·情采》，范文澜：《文心雕龙注》，第 539 页。
③ ［梁］萧绎撰，许逸民校笺：《金楼子校笺》，北京：中华书局，2011 年，第 966 页。

对文采的理解，包括对偶、声律、辞藻等方面。刘勰的情采观比较接近于新变派的沈约。

<h2 style="text-align:center">三</h2>

通过以上的考察，我们可以看出，刘勰的《文心雕龙》在不少地方是站在新变派一边的，过去太注意宗经的一面和力矫时代文风的方面，而对它的"酌取新声"，要求新变和望今趋时的一面重视不够。其实他的宗经最根本的目的还是要把文章写好，"文能宗经，体有六义"①就是绝好的说明，但是只宗经是写不出美文来的，文学要"日新其业"②"英华日新"③，"望今制奇"在所不免。我们过去对"若无新变，不能代雄"的新变天然合理论没有给予应有的注意和足够的评价，把他们讲求形式技巧目为形式主义。新变并非是越变越坏，越变越衰，新变的结果，往往带来文学的繁荣。就拿永明体声律说来说，它是古体诗向新体诗过渡的产物，近体诗的格律是它奠定的基础，它与日后唐诗的繁荣和百花齐放局面的出现有着密切的关系，声律说在文学史上有着不可磨灭的贡献。在一个时期偏重在形式技巧方面的探求并不是坏事，"单就形式美来说，对文学发展上也还是一个成就，因为没有南朝文士的讲求，便不可能有盛行于唐朝的文学。"④即便是对"宫体"诗文，也不能一概否定，近几年有几篇评论"宫体"诗的文章，也大多持这种观点，诗歌既然是"吟咏情性"的，男女之情为什么不可以表现呢？真正在宫体诗中写"肉体横陈"的作品有几首呢？宫体诗对男女之情的描写，其"香艳"程度并没有超过日后的香艳词曲，用不着大惊小怪。不

---

① 《文心雕龙·宗经》，范文澜：《文心雕龙注》，第23页。
② 《文心雕龙·通变》，范文澜：《文心雕龙注》，第521页。
③ 《文心雕龙·原道》，范文澜：《文心雕龙注》，第2页。
④ 范文澜：《中国通史简编》修订本第二编，北京：人民出版社，1964年，第413页。

少同志把陈子昂高唱"建安风骨",横扫"齐梁颓波"吹得神乎其神。实际上陈子昂在理论上没有什么建树,诗歌创作形象性也很差。"若风骨乏采,则鸷集翰林"①。杜甫论文就不废齐梁,转益多师,所以能成为诗国的一代圣手,这些问题,颇能给人以启发。

---

① 《文心雕龙·风骨》,范文澜:《文心雕龙注》,第514页。

用比较方法看齐梁文学思潮和古今文体之争

我国的文学，发展到建安时代，已经出现了新的情况，文学的特征日渐为人们所认识，曹丕在《典论·论文》中提出"诗赋欲丽"的问题，标志着文论家对文学审美特点的注意。这时的文学已经摆脱了经学的禁锢，从附庸地位而蔚为大国。我们习惯于用"文学的自觉"来概括这一时代文学的特点，而这种"自觉"是与在文学中发现自我，要求摆脱儒家伦理道德，追求个性的发展与自由相联系的，这是六朝文学"新变"的起点，也是齐梁文学新思潮的起点。

自建安以来，文学逐渐在发生新变。新变表现在两个方面：在内容上由"诗言志"过渡到"吟咏情性"，即从"言志"到"缘情"。在形式上日益重视辞藻的华美，以至出现讲对偶、重声律、尚丽辞的风气，陆机的"缘情绮靡"说可以说是魏晋文学的初步"新变"在理论上的概括。南朝宋的文学，在追新尚奇方面又向前跨进了一大步。

魏晋以降，特别是宋以后，虽然在文学创作上发生了许多变化，如在辞赋的写作上，由于日重骈偶，出现了骈体文。在诗歌创作方面，由于山水诗的兴起，更加助长了追新尚奇的风气，特别是"永明声律说"产生以后，将魏晋以来音韵研究的成果和专门为诗歌创作而制定的"四声八病"之说，应用于吟咏情性的诗歌，出现了"永明体"，更可以说是"新变"的直接产物。"新变"的概念引入文论，与"永明体"诗歌的出现几乎是同步的。《南史·陆厥传》说：

> 永明时盛为文章，吴兴沈约、陈郡谢朓、琅琊王融，以气类相推毂。汝南周颙善识声韵，约等文皆用宫商，将平上去入四声，以此制韵，有平头、上尾、蜂腰、鹤膝，五字之中音韵悉异，两句之中角徵不同，不可增减，世呼为"永明体"。①

这说明了"永明体"与人为的声律的关系。《梁书·庾肩吾传》说：

> 齐永明中，文士王融、谢朓、沈约始用四声，以为新变，至是转拘声韵，弥尚丽靡，复逾于往时。②

这里将"永明体"与"新变"直接联系起来。

在齐梁人看来，运用声病说于诗，就是"新变"。从此，"新变"作为一个文论概念，而屡见于六朝典籍之中，如《南史·徐摛传》云："摛幼好学，及长，遍览经史，属文好为新变，不拘旧体。"③这里将"新变"与"旧体"对立起来，从一个侧面说明了"新变"与"今文体派"就是一回事。

— 一 —

在齐梁两代中，鼓吹"新变"最力的是萧子显与萧纲。萧子显在《南齐书·文学传论》中说：

> 习玩为理，事久则渎。在乎文章，弥患凡旧。若无新变，不能代雄。建安一体，《典论》短长互出；潘、陆齐名，机、岳之文永异。江左风味，盛道家之言，郭璞举其灵变，许询极其名理。

---

① ［唐］李延寿：《南史》卷四十八，北京：中华书局，1975 年，第 1195 页。
② ［唐］姚思廉：《梁书》卷四十九，北京：中华书局，1973 年，第 690 页。
③ ［唐］李延寿：《南史》卷六十二，第 1521 页。

仲文玄气，犹不尽除，谢混清新，得名未盛。颜谢并起，乃各擅奇；
休鲍后出，咸亦标世。朱蓝共妍，不相祖述。①

这一段话，在"新变"理论中占有重要的地位，"若无新变，不能代雄"，
可说是"新变"派的纲领，它代表了"新变"派的文学发展观。萧
子显认为，没有"新变"，文学就没有出路。一代有一代之文学，
每个文学家必须有自己独特的贡献，才能算有"擅奇"和"标世"
之处，而且这种独擅之美，是不能互相祖述的，要靠自己的创新。"新
变"在他看来，简直成了文学的生命。他们提倡"新变"，是有针
对性的，其矛头是指向以裴子野为首的"古文体派"的，关于这一点，
萧纲在《与湘东王书》中论之甚详：

> 比见京师文体，懦钝殊常，竞学浮疏，争为阐缓。玄冬修夜，
> 思所不得，既殊比兴，正背《风》《骚》。若夫六典三礼，所施
> 则有地，吉凶嘉宾，用之则有所。未闻吟咏情性，反拟《内则》
> 之篇；操笔写志，更摹《酒诰》之作；迟迟春日，翻学《归藏》；
> 湛湛江水，遂同《大传》。……但以当世之作，历方古之才人，
> 远则扬、马、曹、王，近则潘、陆、颜、谢，而观其遣辞用心，
> 了不相似。若以今文为是，则古文为非；若昔贤可称，则今体宜
> 弃。俱为盍各，则未之敢许。又时有效谢康乐、裴鸿胪文者，亦
> 颇有惑焉。何者？谢客吐言天拔，出于自然，时有不拘，是其糟
> 粕；裴氏乃是良史之才，了无篇什之美。是为学谢则不屈其精华，
> 但得其冗长；师裴则蔑绝其所长，惟得其所短。谢故巧不可阶，
> 裴亦质不宜慕。……至如近世谢朓、沈约之诗，任昉、陆倕之笔，

---

① ［梁］萧子显：《南齐书》卷五二，北京：中华书局，1972 年，第 908 页。

斯实文章之冠冕，述作之楷模。①

这里所说的"京师文体"，实指以裴子野为首的"古文体派"，他们是齐梁文坛的复古派，萧纲认为复古派的毛病在于文字写得"懦钝殊常"，文章古板沉闷，与比兴之义和《风》《骚》之旨相背离。他认为作为文学作品的诗歌，应注意"吟咏情性"，不能走"宗经"的老路，更不能模拟典诰之体。不同的文章应有不同的写法，显而易见这是强调诗歌"吟咏情性"的特点和美学特征的。但他把继承与创新对立起来，把二者视为水火，"若以今文为是，则古文为非；若昔贤可称，则今体宜弃。俱为盍各，则未之敢许"。看来他是反对折衷于古今的，从中表现出他鲜明的"新变派"观点，这当然有其形而上学的一面。他反对拟古，但并不一概反对模拟，一视模拟对象而论。他指出谢灵运不可学，因为谢灵运"巧不可阶"，学他的结果只能得其冗长，不能得其精华；裴子野不值得学，因为他的文章"了无篇什之美"，文章太质朴。可学者只有近世的"谢朓、沈约之诗，任昉、陆倕之笔，斯实文章之冠冕，述作之楷模"。由此可知，他标举的诗文传统，是自谢朓、沈约而创始，是以"永明声律说"为中心的"新变派"的传统，从而流露出鲜明的此派观点。

据此也可看出，新变派与古文体派是处处对立、针锋相对的，它们产生的背景是以各自的主张为对立物，是相比较而存在，相对立而发展的，彼此的主张都是有为而发。我们再从"不尚丽靡之辞，其制作多法古，与今文体异"②的裴子野对"新变派"的画像中，对彼此的针锋相对就可以看得更清楚。裴子野《雕虫论》说：

---

① ［唐］姚思廉：《梁书》卷四十九，第 690—691 页。
② ［唐］姚思廉：《梁书》卷三十《裴子野传》，第 443 页。

　　古者四始六艺，总而为诗，既形四方之风，且彰君子之志，劝美惩恶，王化本焉。后之作者，思存枝叶，繁华蕴藻，用以自通。……爰及江左，称彼颜、谢，箴绣鞶帨，无取庙堂。宋初迄于元嘉，多为经史。大明之后，实好斯文。高才逸韵，颇谢前哲。波流相尚，滋有笃焉。自是闾阎年少，贵游总角，罔不摈落六艺，吟咏情性。学者以博依为急务，谓章句为专鲁。淫文破典，斐尔为功，无被于管弦，非止乎礼义，深心主卉木，远致极风云。其兴浮，其志弱。巧而不要，隐而不深。讨其宗途，亦有宋之风也。①

裴子野所重视的是诗歌的"劝美惩恶"的教化作用，称其为"王化之本"，他认为后代的作者忽视了这一根本问题，只在枝叶问题上下功夫，不过是用华丽的辞藻，来表现自己，他把弃本逐末、追求"繁华蕴藻"的风气，追溯到"悱恻芳芬"的"楚骚"和"靡漫容与"②的司马相如的大赋。至于五言诗，不过是沿着楚骚与司马相如藻饰的路子，"随声逐影"而已，而且愈演愈烈。东晋以后的颜延之、谢灵运，"箴绣鞶帨"（指讲究形式，过于华藻的作品），不再效法儒家的经典，以致发展到齐梁时代，"罔不摈落六艺，吟咏情性"，把写作繁缛词华之文当作"急务"，把解释经书章句的儒者之学看成是愚鲁的事。"淫文破典"，以创作词采华艳的文章为能事，在音乐上不能被之于管弦，在内容上不能"发乎情止乎礼义"。又热衷于"主卉木""极风云"的山水诗，比兴浮泛，情志屡弱，"巧而不要，隐而不深"，这就是宋代文风的恶劣影响。裴子野批判的锋芒直指齐梁"新变派"是毫无疑问的。为了挖"新变派"的老根，

---

　　① ［清］严可均辑：《全上古三代秦汉三国六朝文·全梁文》卷五十三，石家庄：河北教育出版社，1997年，第535页。

　　② ［清］严可均辑：《全上古三代秦汉三国六朝文·全梁文》卷五十三，第535页。

他追溯了"繁华蕴藻"创作风气形成的历史，把屈原的楚辞也包括在内，自不免有扩大化之嫌。就总的倾向来讲，古文体派对文学的美学特点是比较忽视的。从文学发展的角度看，不能不说"新变派"是新思潮的代表者，古文体派是较为保守的，"新变派"代表文学发展的新动向。

二

齐梁的文论家，大都卷入古今文体两派斗争的旋涡之中，并呈现出复杂纷纭的状态。古今派的代表人物是"（裴）子野与沛国刘显、南阳刘之遴、陈郡殷芸、陈留阮孝绪、吴郡顾协、京兆韦棱，皆博极群书，深相赏好，显尤推重之"①。据日本学者林田慎之助考证，这个以裴子野为首的"古文体派"文学集团，大约形成于梁武帝天监十年前后。裴子野的《雕虫论》成书于齐代末年，在《文心雕龙》之前，因此应考虑《雕虫论》对《文心雕龙》《诗品》和《文选序》的影响。②

"新变派"的人物，因"永明声律说"是新变问题的核心之一，按照钟嵘的说法，声病说是"王元长创其首，谢朓、沈约扬其波"③。他们三人当属"新变派"文人集团之内。其后萧子显、萧纲、萧绎为"新变"鼓吹最力，应视为"新变派"的核心成员。萧统虽为萧梁文学集团的人物，在新变上也曾要求"踵其事而增其华，变其本而加其厉"④，在这一方面说，他与"新变派"的观点是近似的。他认为文章和一切事物一样，是"随时变改"的，有所变改，必有所丢失。

<hr>

① ［唐］姚思廉：《梁书》卷三十《裴子野传》，第443页。

② 参见［日］林田慎之助著，陈曦钟译，周一良校：《裴子野〈雕虫论〉考证》，《古代文学理论研究丛刊》（第六辑），上海：上海古籍出版社，1982年，第231—250页。

③ ［梁］钟嵘著，曹旭集注：《诗品集注》，上海：上海古籍出版社，1994年，第340页。

④ ［梁］萧统：《文选序》，《文选》，上海：上海古籍出版社，1986年，第1页。

他用"椎轮"与"大辂"的关系和"增冰"与"积水"的关系为例，来说明文学发展的问题："若夫椎轮为大辂之始，大辂宁有椎轮之质？增冰为积水所成，积水曾微增冰之凛。"① 这也就是说，现代供皇帝祭祀时所乘的大辂车，是由古时的椎车进化而来的，这当然是一种进步，但大辂并不保存椎车那种原始质朴的形式；积水变成了层冰，改变了原来的形状，失去了水的形态，却获得了固体的形态和冰点以下的寒凛，事物在发展过程中可以获得新的品格，但又必须有所扬弃，旧的事物不可能原封不动地保存在发展变化了的新事物中，这是符合否定之否定的辩证规律的。一代有一代之文学，复古是行不通的，萧统的文学发展观与"新变派"也是近似的。

但萧统的文学观又与萧纲、萧绎等有所不同，他在《答湘东王求〈文集〉及〈诗苑英华〉书》中说："夫文典则累野，丽亦伤浮，能丽而不浮，典而不野，文质彬彬，有君子之致，吾尝欲为之，但恨未逮耳。"② 这说明他的文学观是折衷于文质之间、雅俗之际的。他的选文标准则是"事出于沉思，义归于翰藻"③，尽管对"事"与"义"的理解目前还存在分歧，但从中可以看出他对文学作品要求在内容与形式上必须通过深沉的构思并具有一定的文采，则是可以肯定的。"新变"的观点在他的选文标准上没有明显的表现。"新变派"都是主张"吟咏情性"的，对于"雕藻淫艳，倾炫心魂"④ 的作品，萧统是难以接受的，对于表现男女之情的作品，萧纲、萧绎是趋之若鹜，而萧统则讳莫如深。陶渊明写了一篇以爱情为主题的《闲情赋》，萧统却在《〈陶渊明集〉序》中说："白璧微瑕，惟在《闲情》

---

① ［梁］萧统：《文选序》，《文选》，第 1 页。
② ［清］严可均辑：《全上古三代秦汉三国六朝文·全梁文》卷二十，第 211 页。
③ ［梁］萧统：《文选序》，《文选》，第 3 页。
④ ［梁］萧子显：《南齐书》卷五二，第 908 页。

一赋，扬雄所谓劝百而讽一者，卒无讽谏，何足摇其笔端？惜哉，亡是可也！"①萧统对描写爱情的作品所采取的态度，与儒家卫道者的正统派文人倒是很相似的。

萧统的文学观，在某些方面受到《文心雕龙》一定程度的影响，此一问题不少同志已写过专文进行论述，兹不赘述。但刘勰对"新变"的态度，却是值得注意的。

三

提到刘勰，人们往往只注意他"还宗经诰"②的一面和对齐梁文风批判的方面，而对他的"酌取新声""望今制奇"③的一面则重视不够。如果我们考察一下《文心雕龙》的《通变》《声律》《丽辞》《情采》等篇，便会看到刘勰与"新变派"的关系。

"通变"二字的含义，是会通古今而变之，其侧重点在"变"，它与"新变"有密切的联系，但又不同于"新变"，而是有因有革的变。《通变》篇开宗明义地说：

> 夫设文之体有常，变文之数无方，何以明其然耶？凡诗赋书记，名理相因，此有常之体也；文辞气力，通变则久，此无方之数也。名理有常，体必资于故实；通变无方，数必酌于新声。④

这里指出不变的只是诗赋等的体裁和它们的写作原理，而通变是无限的，这说明资于故实者少，而酌于新声的"变"多。

---

① ［清］严可均辑：《全上古三代秦汉三国六朝文·全梁文》卷二十，第215页。

② 《文心雕龙·通变》，范文澜：《文心雕龙注》，北京：人民文学出版社，1958年，第520页。

③ 《文心雕龙·通变》，范文澜：《文心雕龙注》，第521页。

④ 范文澜：《文心雕龙注》，第519页。

我们不否定刘勰对"新变"有不满之处,《通变》有补新变之偏,救时俗之弊的地方,但《通变》最根本的一点就是要变,通变之中含有新变的成分。刘勰一方面要求"新变",要"望今制奇",要求通变之法,"必酌于新声",吸收新变的合理因素,因为只有这样,才能"骋无穷之路,饮不竭之源"①,为文变打开一条广阔的道路。另一方面刘勰又要求"参古定法",要"矫讹翻浅"、补偏救弊,"竞今疏古"②是不行的,需要"还宗经诰"。两方面不可缺一,缺一则不可言通变也。

如果从古今文体两派斗争的角度来考察刘勰的《通变》篇,刘勰既不属于古文体派,也不属于"新变"派,而是折衷于两派之间,自成一家,这合乎他的"同之与异,不屑古今,擘肌分理,唯务折衷"③的原则。从文学的历史发展规律来看,讲"通变"是正确的,它是继承、借鉴与革新创造的辩证统一,是使得文学艺术不断获得发展和繁荣,不断推陈出新的正确途径。但借鉴不能代替创造,复古在大多数情况下都是走不通的。

如果从《通变》篇还看不出刘勰是站在"新变"派一边的,我们从《声律》篇可以明显地看出这一倾向。《声律》篇与永明体声律说,在基本精神上是一致的。

《文心雕龙·丽辞》篇是讲骈文的对偶的,文尚骈俪和讲求声律一样,是六朝时尚,也是文学新变的结果。当时的骈文、骈赋,都是新体文学。《丽辞》篇说:"造化赋形,支体必双,神理为用,事不孤立。"④这是用自然规律说明丽辞是天经地义的,合乎自然

---

① 《文心雕龙·通变》,范文澜:《文心雕龙注》,第519页。
② 《文心雕龙·通变》,范文澜:《文心雕龙注》,第520页。
③ 《文心雕龙·序志》,范文澜:《文心雕龙注》,第727页。
④ 范文澜:《文心雕龙注》,第588页。

之道，只不过古代典籍中的丽辞，不是有意经营而得，而是"率然对尔"①。自汉代以来，开始"崇盛丽辞"，至魏晋"析句弥密"，以至达到"剖毫析厘"②的程度。通观《丽辞》全篇，刘勰没有对丽辞流露一句贬辞，而是研究如何把骈文写得更好，立足于总结写作经验。在这方面，刘勰也是站在今体派即新变派一边的。《丽辞》一篇，并无"侧重箴时"③之处。刘勰是不会反对骈俪文的，《文心雕龙》一书，就是用齐梁骈文写成的，这本身就是一个有力的证明。

再看《情采》篇。《情采》篇主张为文要以表达真感情为上，再加上文采。这样的文章才是美的。情与采的关系，基本上可以用这几句话来概括："故情者，文之经；辞者，理之纬；经正而后纬成，理定而后辞畅，此立文之本源也。"④刘勰的情采观，简言之即要求情真采丽，反对情伪采滥。对于它的分析我们不多置论，我们主要想将刘勰的情采观与齐梁时代的人作一些比较，以辨别它与古今文体两派的关系。

我们先与沈约比较。沈约《谢灵运传论》云：

> 周室既衰，风流弥著。屈平、宋玉导清源于前，贾谊、相如振芳尘于后，英辞润金石，高义薄云天。自兹以降，情志愈广。王褒、刘向、扬、班、崔、蔡之徒，异轨同奔，递相师祖。虽清辞丽曲，时发乎篇；而芜音累气，固亦多矣。若夫平子艳发，文以情变，绝唱高踪，久无嗣响。至于建安，曹氏基命，二祖陈王，咸蓄盛藻，

---

① 《文心雕龙·丽辞》，范文澜：《文心雕龙注》，第588页。

② 《文心雕龙·丽辞》，范文澜：《文心雕龙注》，第588页。

③ 刘永济校释：《文心雕龙校释：附征引文录》，上海：上海古籍出版社，2010年，第126页。

④ 《文心雕龙·情采》，范文澜：《文心雕龙注》，第538页。

甫乃以情纬文，以文被质。①

　　这一段文字主要谈的是情和文的问题，用刘勰的话说，就是情和采的问题。沈约提出了情文互用的论点。文中情志并提，志只是情的同义语，这一点与刘勰相似。沈约又指出曹氏父子的创作是"以情纬文，以文被质"，即一方面要根据情以组织文辞，然后再用文采来修饰情。这一提法可以说与刘勰是惊人的相似。刘勰在《情采》篇中提出"情者文之经，辞者理之纬"，这是"以情纬文"的绝好说明。《情采》篇提出"文附质"和"质待文"的质文关系，也就是情采关系与沈约的情文关系(情是主而文是宾)是一致的。沈约赞扬二祖、陈王是"咸蓄盛藻"，潘、陆是"缛旨星稠，繁文绮合"，其宗趣所在，偏重在文藻方面，刘勰则引用庄子、韩非子的话而加以阐述，指出"绮丽以艳说，藻饰以辩雕"是达到极点的"文辞之变"②，这一点二人也有相通之处，但刘勰反对过分追求藻饰，以致达到"文丽而烦滥"的程度，反对"繁采寡情"③，却是沈约不曾提出的。这是他们的不同，但总的看来，沈、刘二人的情采观是非常相似的。这说明刘勰不但在"声律"说方面站在"新变派"的沈约一边，在情采观上也多半是站在沈约一边的。到了齐梁的后期，"新变派"文人的情采观似又有了变化。比如萧绎在《金楼子·立言》中指出："至如文者，惟务绮縠纷披，宫徵靡曼，唇吻遒会，情灵摇荡。"④这与沈、刘的文采观已有较大的不同，这可能是新变派在齐梁后期的情采观，按照萧绎的看法，经书谈不上有文采，与刘

① ［梁］沈约：《宋书》卷六七《谢灵运传论》，第 1778 页。
② 《文心雕龙·情采》，范文澜：《文心雕龙注》，第 537 页。
③ 《文心雕龙·情采》，范文澜：《文心雕龙注》，第 539 页。
④ ［梁］萧绎撰，许逸民校笺：《金楼子校笺》，北京：中华书局，2011 年，第 966 页。

飔不同。

四

再看钟嵘与"古今文体派"的关系。前已指出"永明声律说"与"新变"有着密不可分的关系,在诗歌创作上,钟嵘是反对人为的音律(即"四声八病"之说)而主张自然音律的,《诗品序》云:

> 昔曹、刘殆文章之圣,陆、谢为体贰之才,锐精研思,千百年中,而不闻宫商之辨,四声之论。或谓前达偶然不见,岂其然乎?尝试言之:古曰诗赋,皆被之金竹,故非调五音,无以谐会。……故三祖之词,文或不工,而韵入歌唱。此重音韵之义也,与世之言宫商异矣。今既不被于管弦,亦何取于声律耶?……①

综而言之,钟嵘反对"四声八病"之说,有三点理由:一是"四声八病"古代未有。二是魏以后诗与音乐脱离了关系,诗由歌唱变成吟诵,不必讲究声律。三是声病说很繁琐,避忌甚多,致使"文多拘忌,伤其真美"②。殊不知诗由歌的音节变成吟的音节,其声律更应注意,音律协畅,并不妨碍"真美",钟嵘在这方面的看法是较为保守的。没有声律说,就不可能有律诗、绝句等近体诗,也不可能有唐诗的繁荣。裴子野指责齐梁诗"无被于管弦,非止于礼义"。虽未对"永明声律说"发表异议,但从要求诗歌被于管弦这一点看,他是企图使诗歌回到《诗经》的"诵诗三百,弦诗三百,歌诗三百,舞诗三百"③的古老时代去,在这一点上,比钟嵘更落后。

---

① [梁]钟嵘著,曹旭集注:《诗品集注》,第329—332页。
② [梁]钟嵘著,曹旭集注:《诗品集注》,第340页。
③ 吴毓江撰,孙启治点校:《墨子校注》,北京:中华书局,1993年,第705页。

钟嵘还激烈反对过"平典似《道德论》"①的玄言诗和"文章殆同书钞"②的"事类诗",从捍卫诗歌的抒情特点和艺术特点上着眼,这种批判是完全正确的,在理论上也有进步意义。有人认为"玄言诗"和"事类诗"都是"新变"的产物,这种说法缺乏足够的根据,玄言诗至南朝宋已销声匿迹,齐梁的古文体派与"新变派"对它均未置一词。至于"事类诗"的作者,被钟嵘点名批判的一共有四人。四人之中,颜延之、谢庄都不是"新变派"中的人物,但任昉、王元长与"新变派"有些关系。王元长是"永明声律说"的创始人,任昉是受萧纲称赞的人,萧纲曾言:"近世谢朓、沈约之诗,任昉、陆倕之笔,斯实文章之冠冕,述作之楷模。"③这与钟嵘的评价颇有分歧。但从为"新变"积极鼓吹的萧子显的《南齐书·文学传论》中,可以看出他对"事类诗"的评价并不高。他所概括的文章三体,第二体即是针对"事类诗"而发:"次则缉事比类,非对不发,博物可嘉,职成拘制。或全借古语,用申今情,崎岖牵引,直为偶说,唯睹事例,顿失精采,此则傅玄《五经》、应璩《指事》,虽不全似,可以类从。"④这里除了肯定事类诗的"博物可嘉"以外,其他基本都是贬意。尽管与钟嵘的批判不太相同,但从中可以看到"新变派"对"事类诗"也是不满的,看来"事类诗"与"新变派"并无多少关系,也不应看作是"新变"的产物。

钟嵘是主张诗歌应"吟咏情性"的,"吟咏情性"可以说是钟嵘诗歌批评的理论基础,也代表了他对诗歌本质特点的认识。"吟咏情性"最早见于《诗大序》,不过《诗大序》给"吟咏情性"附

---

① [梁]钟嵘著,曹旭集注:《诗品集注》,第24页。
② [梁]钟嵘著,曹旭集注:《诗品集注》,第181页。
③ [唐]姚思廉:《梁书》卷四十九,第691页。
④ [梁]萧子显:《南齐书》卷五二,第908页。

加了两个条件，一是"吟咏情性，以风其上"，把诗歌的美学功能拉到"劝善惩恶"的政治功用上去。二是"发乎情，止乎礼义"①，即用儒家的伦理道德来规范情性，限制情性。这样一来，《诗大序》所说出的"吟咏情性"，实际上是一个空架子、空招牌，与"诗言志"并无区别。钟嵘所提倡的"吟咏情性"却没有上述的二条限制，它沾上了一点时代的新潮，认为凡是"摇荡性情"的事物，均可"形诸舞咏"②。"嘉会寄诗以亲，离群托诗以怨，至于楚臣去境，汉妾辞宫，或骨横朔野，魂逐飞蓬；或负戈外戍，杀气雄边，塞客衣单，孀闺泪尽；或士有解佩出朝，一去忘反，女有扬蛾入宠，再盼倾国。凡斯种种，感荡心灵，非陈诗何以展其义？非长歌何以聘其情。"③看来钟嵘的"吟咏情性"所包括的内容比较广泛，钟嵘评诗，特重怨情，而对抒写男女之情的作品，有时却颇露微词。批评张华"儿女情多，风云气少"④就是证明。在这一点上，他与齐梁"新变派"所主张的"吟咏情性"是大相径庭的。

在文采观上，钟嵘主张"干之以风力，润之以丹采"⑤。他欣赏曹植的"词采华茂"⑥和陆机的"才高词赡，举体华美"⑦以及张协的"词采葱蒨"⑧，而又以刘桢的"雕润恨少"⑨为憾，足见他不反对文词的藻绘绮靡，对陆机的"诗缘情而绮靡"⑩，他是赞同的。

---

① ［汉］毛亨传，［汉］郑玄笺，［唐］孔颖达疏：《毛诗正义》，北京：北京大学出版社，2000年，第17、18页。

② ［梁］钟嵘著，曹旭集注：《诗品集注》，第1页。

③ ［梁］钟嵘著，曹旭集注：《诗品集注》，第47页。

④ ［梁］钟嵘著，曹旭集注：《诗品集注》，第216页。

⑤ ［梁］钟嵘著，曹旭集注：《诗品集注》，第39页。

⑥ ［梁］钟嵘著，曹旭集注：《诗品集注》，第97页。

⑦ ［梁］钟嵘著，曹旭集注：《诗品集注》，第132页。

⑧ ［梁］钟嵘著，曹旭集注：《诗品集注》，第149页。

⑨ ［梁］钟嵘著，曹旭集注：《诗品集注》，第110页。

⑩ 张少康：《文赋集释》，北京：人民文学出版社，2002年，第99页。

在这一点上，他与古文体派是格格不入的，而接近"新变派"。

<h1 style="text-align:center">五</h1>

北朝的颜之推 (531—591？) 是由梁朝而流入北朝的，颜之推
入齐，在公元 556 年 ①，当时他已三十六岁，文学观已基本形成。
他十九岁时，开始做萧纲的国右常侍，这种经历，说明他有可能受
到"新变派"文学新潮的影响，但《颜氏家训》是他的临终之作，
成书于隋开皇中。他曾经遭梁乱，历齐亡，见周灭，三次为虏，多
次面临杀身之祸，一生饱经沧桑。故《家训》一书，多老于世故之谈，
充满着明哲保身的思想。颜之推的思想比较复杂，观《家训》一书，
充满了儒家伦理道德的说教，其思想体系基本属儒家一派，但颜氏
并非纯儒，他是笃信"三世之事，信而有征"② 的佛教徒，并主张"内
外两教 (佛、儒)，本为一体"③。在文学思想上，他提出"夫文章者，
原出《五经》"④ 的命题，这种"宗经"的文学观，在当时是一种习尚，
刘勰的《文心雕龙》就持这种看法，但刘、颜的出发点和旨归都不
一样。刘勰认为"文能宗经，体有六义"⑤，认为宗经能给文章带
来六种好处，目的是为了写好文章。颜氏的宗经，强调的是经世致
用和学问修养，他把写文章摆在一个次要的位置上，当作一种"余

---

① 颜之推《观我生赋》自注云："之推闻梁人返国，故有奔齐之心，以丙子岁旦，
筮东行吉不，遇《泰》之《坎》，乃喜。"据此则知卜卦在丙子岁 (556) 春节，入齐当
在卜卦后。又自注云："水路七百里，一夜而至。"据此知入齐当在此年七八月，河
水涨时。

② ［南北朝］颜之推：《颜氏家训·归心》，庄辉明、章义和：《颜氏家训译注》，
上海：上海古籍出版社，1999 年，第 240 页。

③ ［南北朝］颜之推：《颜氏家训·归心》，庄辉明、章义和：《颜氏家训译注》，
第 241 页。

④ ［南北朝］颜之推：《颜氏家训·文章》，庄辉明、章义和：《颜氏家训译注》，
第 159 页。

⑤ 《文心雕龙·宗经》，范文澜：《文心雕龙注》，第 23 页。

事"。对于文学的社会作用，他虽然也指出"施用多途"的多种功能，但首先强调的是"敷显仁义，发明功德。……入其滋味，亦乐事也。行有余力，则可习之"①，这是孔子"行有余力，则以学文"②的翻版，在这一点上，《家训》与言"为文之用心"的《文心雕龙》是不可同日而语的。

在文学的内容与形式、思想与艺术的关系上，颜氏主张"文章当以理致为心肾，气调为筋骨，事义为皮肤，华丽为冠冕"③。他把文章的义理情致（属内容方面）比作人体内的重要器官心和肾，将文章的气韵格调，比作人体的筋骨，这两者是本，正如人体无心肾则不能存活，无筋骨则无法立体一样。至于文章的典故（事义）和辞藻（华丽），如同人的皮肤和冠冕一样，是外表的东西。显然，这是强调以思想内容为本，藻饰是末。他认为南北朝文风是"趋末弃本，率多浮艳"的，流露出对"新变"弊端的不满，他有"补偏救弊"的要求，但又认为"时俗如此，安能独违"，他只能"去泰去甚"，至于"改革体裁"的重任，那只有"盛才重誉"④的人才能完成。这反映了他"改革"文风的勇气是不足的，其中也有向当时社会风气妥协的一面。

颜氏将文章词藻的华丽，比作冠冕，排斥在人体之外，视为外加之物，说明他对文章的形式重视不够，在这一点上他不如刘勰在《文心雕龙·附会》篇所提出的文章"必以情志为神明，事义为骨髓，

① ［南北朝］颜之推：《颜氏家训·文章》，庄辉明、章义和：《颜氏家训译注》，第160页。

② 《论语·学而》，杨伯峻译注：《论语译注》（第3版），北京：中华书局，2009年，第4页。

③ ［南北朝］颜之推：《颜氏家训·文章》，庄辉明、章义和：《颜氏家训译注》，第174页。

④ ［南北朝］颜之推：《颜氏家训·文章》，庄辉明、章义和：《颜氏家训译注》，第174页。

辞采为肌肤，宫商为声气"①。

在文学的发展观和古今文体的对比上，颜氏提出古胜于今和古今"并须两存"的观点，《文章》篇说：

> 古人之文，宏材逸气，体度风格，去今实远；但缉缀疏朴，未为密致耳。今世音律谐靡，章句偶对，讳避精详，贤于往者多矣。宜以古之制裁为本，今之辞调为末，并须两存，不可偏废也。②

关于古今文章对比的问题，一切复古派都认为今不如古，其实这个问题是东汉的王充和晋代的葛洪早已解决了的问题，特别是葛洪，他在《抱朴子·钧世篇》中，鲜明地提出了今胜于古的文学观。他说："古者事事醇素，今则莫不雕饰，时移事改，理自然也。至于虋锦，丽而且坚，未可谓之减于蓑衣；辂辁妍而又牢，未可谓之不及椎车也。……若舟车之代步涉，文墨之改结绳，诸文作而善于前事，其功业相次千万者，不可复缕举也……何以独文章不如古邪！"③他还认为《尚书》不及当代的诏策奏议清富赡丽，《诗经》虽有华彩，但不及汉魏辞赋的汪秽博富。《诗》《书》二经，长期被尊为圣典，葛洪公然指出其文词不如后代，打破了传统的宗经、征圣的文学观，这是非常大胆的，不仅在当时起了振聋发聩的进步作用，对后代也有很大影响。萧统在《文选序》中所阐述的大辂椎轮之喻、踵事增华之说，"新变派"的"摈落六艺，吟咏情性"和"若无新变，不能代雄"的鼓吹，都可能从葛洪的论旨中吸收过营养。但颜之推却认为古文在"宏材逸气，体度风调"方面远胜于今世之文，

---

① 范文澜：《文心雕龙注》，第650页。
② 庄辉明、章义和：《颜氏家训译注》，第175页。
③ 杨明照校笺：《抱朴子外篇校笺下》，北京：中华书局，1991年，第77—78页。

他比古文体派稍优的一点是，他并不一味崇古，并不认为古人的文章一切皆好，承认古文在缀词属文方面比较粗疏古朴，不够细致，并承认今世之文在"音律谐靡，章句偶对"等方面，远远超过古人，此论尚含合理因素。他采取折衷古今的方法，让古今"并须两存"，但又主张"宜以古之制裁为本，今之辞调为末"，这种本末关系的认识，不能不说是倒置的。由此可以看出，在古今文体斗争中，他与古文体派的观点虽不尽相同，但基本上是偏于古文体派一边的。

颜之推强调文章与道德修养的一元化。"新变派"却主张立身行事与作文章可以分离。萧纲《诫当阳公大心书》说："立身之道，与文章异，立身先须谨重，文章且须放荡。"① 这是一种离经叛道的提法。按照中国传统的儒家观点，立身、道德修养与文章是一致的。"文章之于德行，犹十尺之于一丈"②。当然，强调文章与德行的统一，是无可厚非的，问题是颜之推强调此点，是从"明哲保身"的哲学思想出发的。他举出屈原等三十六位作家为例，得出"自古文人，多陷轻薄"③ 的结论，这个结论有许多并不符合事实。我们特别不能同意颜之推把伟大的爱国诗人屈原目为"露才扬己，显暴君过"④ 的人物，这是捃拾班固的牙慧，远不如《文心雕龙·程器》篇所指出的"文士之疵"那样公允。颜氏还认为造成文人"损败居多"的原因，是与文学本身的特点有关："文章之体，标举兴会，发引性

① ［清］严可均辑：《全上古三代秦汉三国六朝文·全梁文》卷十一，第116页。
② ［晋］葛洪：《抱朴子·外篇·文行》，杨明照校笺：《抱朴子外篇校笺 下》，第446页。
③ ［南北朝］颜之推：《颜氏家训·文章》，庄辉明、章义和：《颜氏家训译注》，第160页。
④ ［南北朝］颜之推：《颜氏家训·文章》，庄辉明、章义和：《颜氏家训译注》，第160页。

灵，使人矜伐，故忽于持操，果于进取。"① 似乎这是文人的职业病。鉴于这种情况，颜之推反对比较尖锐的讽刺文学，认为"讽刺之祸，速乎风尘"，告诫后代要"深宜防虑，以保元吉"②。颜之推如此认识作家的人格修养，势必会削弱文学的战斗性，对文学发展并无什么好处。

六

萧纲的立身与文章的分离之说，曾受到不少责难，认为他主张为文放荡，其目的是为"宫体诗"张目，实际上这多半是曲解了这段话的原意。"文章且须放荡"是指写文章不要太老实，太平板，要能放得开，不受检束，比如《庄子》的文章，汪洋恣肆；屈原的《离骚》被刘勰指为"诡异之辞"与"谲怪之谈"③的艺术描写，哪一点不是为文放荡的结果。就连现实主义的作品，也不乏腾挪跌宕，波澜起伏之笔。放荡如指章法结构，对文章又有何害？至于"吟咏情性"上如要求放荡，这就要具体分析了。

裴子野指责"新变派""摈落六艺，吟咏情性"，萧纲说："未闻吟咏情性，反拟《内则》之篇，操笔写志，更摹《酒诰》之作。"④双方均谈到"吟咏情性"问题，但萧纲在此并未对"吟咏情性"作任何解释，笔者找到萧纲两段文字，足以为"吟咏情性"作一注脚：

> 纲少好文章，于今二十五载矣。窃尝论之：日月参辰，火龙黼黻，尚且著于玄象，章乎人事，而况文辞可止，咏歌可辍乎？

① ［南北朝］颜之推：《颜氏家训·文章》，庄辉明、章义和：《颜氏家训译注》，第 160 页。

② ［南北朝］颜之推：《颜氏家训·文章》，庄辉明、章义和：《颜氏家训译注》，第 160 页。

③ 《文心雕龙·辨骚》，范文澜：《文心雕龙注》，第 46、47 页。

④ ［唐］姚思廉：《梁书》卷四十九，第 690 页。

不为壮夫，扬雄实小言破道；非谓君子，曹植亦小辩破言；论之科刑，罪在不赦。至如春庭落景，转蕙承风，秋雨且晴，檐楹初下，浮云生野，明月入楼，时命亲宾，乍动严驾，车渠屡酌，鹦鹉骤倾，伊昔三边，久留四战，胡雾连天，征旗拂日，时闻坞笛，遥听塞笳。或乡思凄然，或雄心愤薄，是以沉吟短翰，补缀庸音，寓目写心，因事而作。①

又《答新渝侯和诗书》云：

垂示三首，风云吐于行间，珠玉生于字里。跨蹑曹、左，含超潘、陆。双鬓向光，风流已绝。九梁插花，步摇为古。高楼怀怨，结眉表色。长门下泣，破粉成痕。复有影里细腰，令与真类；镜中好面，还将画等。此皆性情卓绝，新致英奇。故知吹箫入秦，方识来凤之巧；鸣瑟向赵，始睹驻云之曲。手指口诵，喜荷交并也。②

这两篇短文，是萧纲文学观和创作论的代表作。萧纲对轻视文学的扬雄和曹植表示极大的不满，因为扬雄说过写作辞赋是"童子雕虫篆刻"，"壮夫不为也"③。曹植说过"辞赋小道，固未足以揄扬大义，彰示来世也。……岂徒以翰墨为勋绩，辞赋为君子哉？"④ 萧纲想要表现的诗歌内容，虽不乏留连光景、饮酒赋诗等统治阶级的闲情

---

① ［梁］萧纲：《答张缵谢示集书》，［清］严可均辑：《全上古三代秦汉三国六朝文·全梁文》卷十一，第117—118页。

② ［清］严可均辑：《全上古三代秦汉三国六朝文·全梁文》卷十一，第118页。

③ ［汉］扬雄：《法言·吾子》，李守奎等译：《扬子法言译注》，哈尔滨：黑龙江人民出版社，2003年，第16页。

④ ［三国］曹植：《与杨德祖书》，［清］严可均辑：《全上古三代秦汉三国六朝文·全三国文》卷十六，第170页。

逸致，但也谈到反映边塞生活，表现"乡思"和"雄心"，提倡"寓目写心，因事而作"。可见他所概括的诗歌内容还是比较宽泛的。至于"影里细腰""镜中好面"，即描写妇女体态美的，他也同样欣赏，只此一点，可以说他的"吟咏情性"与齐梁绮艳的"宫体诗"有些关系。后代人诟病齐梁文风，反对"新变派"，往往把他们的理论主张与"宫体诗"混为一谈，虽然不为无因，实际上也不尽然。

"宫体诗"的产生与南朝社会和南朝新声乐府的发展有密切的关系。郭茂倩《乐府诗集》卷六十一论《杂曲歌辞》说：

> 自晋迁江左，下逮隋、唐，德泽寖微，风化不竟，去圣逾远，繁音日滋。艳曲兴于南歌，胡音生于北俗，哀淫靡漫之辞，迭作并起，以至陵夷。原其所由，盖不能制雅乐以相变，大抵多溺于郑卫，由是新声炽而雅音废矣。①

南朝之新声与雅乐之争，正如古今文体之争一样。新声与今体，成了不可遏制的潮流，"艳曲"的发达情形，我们可以从当时反对者之论调中见其真象。《南齐书》卷三十三《王僧虔传》说：

> 僧虔……以朝廷礼乐多违正典，民间竞造新声杂曲……自顷家竞新哇，人尚淫俗，务在噍杀，不顾音纪，流宕无崖，未知所极，排斥正曲，崇长烦淫。……故喧丑之制，日盛于廛里，风味之响，独尽于衣冠。②

又《太平御览》五百六十九引梁裴子野《宋略》云：

---

① ［宋］郭茂倩编：《乐府诗集》卷六十一，北京：中华书局，1979年，第884页。
② ［梁］萧子显：《南齐书》卷三十三，第594—595页。

> 先王作乐崇德,以格神人,通天下之至和,节群生之流放。……
> 及周道衰微,日失其序,乱俗先之以怨怒,国亡从之以哀思,优
> 杂子女,荡悦淫志,充庭广奏,则以鱼龙靡漫为瑰玮,会同享觐,
> 则以吴趋楚舞为妖妍。纤罗雾縠侈其衣,疏金镂玉砥其器。在上
> 班赐群臣,群下亦从风而靡。王侯将相,歌伎填室;鸿商富贾,
> 舞女成群。竞相夸大,互相争夺,如恐不及,莫为禁令,伤风败俗,
> 莫不在此。①

王、裴二人所攻击的对象,正是"发乎情,止乎礼义"的破产,
是礼崩乐"坏"的反映,是新声乐府发达的实录,也是南朝乐府的
一大特色,这是任何封建礼教的卫道士所难以扭转的。当时的社会
风气所以如此,归根结底,是与当时上层社会生活的糜烂腐朽有关,
上所好者,下必甚焉。思想解放的结果,遂不复知礼义为何物,在
这种社会风气下,甚至连皇家女子也要任情而动,恣意而行。《南
史·宋废帝纪》载:

> 山阴公主,淫恣过度。谓帝曰:"妾与陛下,虽男女有殊,
> 但托体先帝。陛下后宫数百,妾惟驸马一人,事不平均,一何至此!"
> 帝乃为立面首左右三十人。②

这件事的确是有史以来所未有,这说明儒家自两汉以来之道德观念
与权威,至此已荡然无存。

民间出现了"情词艳曲"的新乐府,一时文人竞相仿效,于是

---

① [宋]李昉编纂,夏剑钦校点:《太平御览》第五卷,石家庄:河北教育出版
社,1994年,第497页。

② [唐]李延寿:《南史》卷二,第71页。

在文人的拟乐府中开始出现体制短小、风格巧艳、缠绵悱恻、摇荡心魂的作品,对恋情作大胆地白描,出现了以女性为中心的艳情讴歌。鲍照肇其端,沈约继其后,当时虽无宫体之名,已有宫体之实了。民间的情词艳曲专在双关隐语上下功夫,文人则驰骋于声韵,至梁代便产生了"宫体"之名,"新变派"的代表人物萧纲确也写过不少"宫体诗"。对"宫体诗"如何评价,不是本文的任务,故不多置论。笔者所要说明的是:以描写女性为中心的宫体诗,就内容而论,在萧梁时代,已不是什么新鲜之物了,因此萧纲等要求的"新变",并不是号召人们写宫体诗。当然"新变"不仅是形式方面的问题,也应包含内容方面的创新,但由于齐梁诗歌在内容上没有做出榜样,所以他们所鼓吹的"新变",基本上只流于形式,但这并不等于是形式主义。

中国从孔子开始就是主张复古的,在礼方面主张"复周礼",在乐方面重雅乐而反对新乐。至此以后,有不少人总在各个方面主张复古。就文学史和批评史而论,复古与反复古的斗争几乎每个时代均有所表现。齐梁的古今文体之争,其实质就是复古与反复古的斗争,复古派所捍卫的是儒家的政教、王化,"新变派"所捍卫的是文学的自身发展历程中萌生的新动向、新观念、新形式和新品种,是文学"吟咏情性"的特点,它在理论和实践的品格上都高于复古派。由于"新学派"文人(复古派也同样如此)生活和视野比较狭窄,他们在创作实践上除了在形式上为唐诗的发展繁荣做了充分准备以外,在思想内容上的确没有新的开拓,但这是时代使然,也与他们的生活实践有关。早年在梁朝写过"宫体诗"的庾信,由于生活经历的变化,暮年却写出"动江关"的诗赋,就很能说明这一点。唐诗所以取得成功,不是陈子昂等人扯起复古的大旗,横扫齐梁余波的结果,而是由于李白、杜甫等大诗人,一方面善于向谢朓(李白是"一生低首谢宣城"的人物)、阴铿、何逊、庾信等学习(杜甫自言"苦学阴何颇用心"）；一方面又善于创新，在诗国有较多的开拓，杜甫是"转益多师"不废齐梁的，但又能高于齐梁、不步齐梁的后尘，关键还在于创造。"若无新变，不能代雄"对李、杜等大诗人同样是适用的，一个作家如果不能比他的先辈多提供一些新的东西，便不能成为一代之雄。在传统的封建社会对"今不如古"的复古思潮容易接受，这有根深蒂固的社会历史原因。在今天，用马列主义的观点为指导，用改革时代的眼光来看待历史上的论争，就可以获得一些新的认识。诚然，以"复古为革新"的情况是有的，马克思有过论述，但这要有特殊的历史条件和革新的实际内容。我基本同意张柽寿先生的观点，他认为隋儒李谔、王通以及初唐的王勃等对六朝诗文的批评，是"始终站在封建统治集团的立场上，固守僵死的儒家教条，妄图把已经向前发展了的文学拉回到古先哲王教化民众、正俗调风的老路上，以兹巩固两百年间一直处于风雨飘摇境地的封建王朝"[1]。张文对李谔的《上隋文帝革文华书》："江左齐梁，其弊弥盛，贵贱贤愚，唯务吟咏，遂复遗理存异，寻虚逐微，竞一韵之奇，争一字之巧。连篇累牍，不出月露之形；积案盈箱，唯是风云之状"[2]云云，逐一加以批评，证明李谔等"对六朝文学的否定，其实并不是矫正时弊，以图革新，而是地地道道的守旧复古。我以为，一向加上他们头上的那顶'诗文革新运动的前驱'的桂冠，是应该摘掉的"[3]。我对此观点表示赞同，李谔、王通等人的观点，实际上是捃拾了齐梁古文体派的衣钵。

---

① 张柽寿：《隋唐儒生对六朝诗文的批评》，《古代文学理论研究丛刊》第十辑，上海：上海古籍出版社，1985年，第197页。

② ［宋］李昉等编：《文苑英华》卷六七九，北京：中华书局，1966年，第3502页。

③ 张柽寿：《隋唐儒生对六朝诗文的批评》，《古代文学理论研究丛刊》第十辑，第205—206页。

《文心雕龙》批评鉴赏论的思想渊源

《文心雕龙·序志》篇云:

> 详观近代之论文者多矣:至于魏文述《典》,陈思序《书》,应玚《文论》,陆机《文赋》,仲洽《流别》,宏范《翰林》,各照隅隙,鲜观衢路;或臧否当时之才,或铨品前修之文,或泛举雅俗之旨,或撮题篇章之意。魏《典》密而不周,陈《书》辩而无当,应《论》华而疏略,陆《赋》巧而碎乱,《流别》精而少巧(当作"功"),《翰林》浅而寡要。又君山、公干之徒,吉甫、士龙之辈,泛议文意,往往间出,并未能振叶以寻根,观澜而索源。不述先哲之诰,无益后生之虑。[1]

从以上引文来看,刘勰对东汉桓谭(字君山,著有《新论》)以下的文论著作均有所不满。"魏文述《典》",指曹丕的《典论·论文》。"陈思序《书》",指曹植的《与杨德祖书》。"应玚《文论》",指应玚的《文质论》(今存,载《艺文类聚》卷二十二)。"仲洽《流别》",指挚虞的《文章流别论》(《晋书·挚虞传》说:"虞撰《文章志》四卷,注解《三辅决录》,又撰古文章,类聚区分为三十卷,名曰《流别集》,各为之论,辞理惬当,为世所重。"[2]《流别集》已佚,

---

① 《文心雕龙·序志》,范文澜:《文心雕龙注》,北京:人民文学出版社,1958年,第726页。

② [唐]房玄龄:《晋书》卷五十一《挚虞传》,北京:中华书局,1974年,第1427页。

严可均《全晋文》卷七十七辑得《流别论》十一条，全为范文澜《文心雕龙注》所录）。"宏范《翰林》"，指李充的《翰林论》（此书已佚，严可均《全晋文》卷五十三辑得八条，范注补充二条，今存计十条）。桓谭的《新论》全书已佚，严可均辑得三卷（见《全后汉文》卷十三），范注择其论文之言，摘引数条，又补充了《文心雕龙·哀吊》篇及《通变》篇所引《新论》两条。刘桢（公干）论文语无考，《风骨》与《定势》篇各引一条。吉甫，指应贞，论文语无考。士龙即陆云，他有《与兄平原书》三十五首（见《全晋文》卷一百二，范注引录论文的一首）。刘勰所引以上九家的论文之作，没有一家被他完全肯定的，近代论文者虽多，他一个人也看不上，刘勰简直可以说是齐梁文坛上的狂人，站在刘勰的立场上说，是"文章好恶，我自知之"，"体大而虑周"的《文心雕龙》确实是前无古人的。他的狂并非狂妄。

但从另一方面说，《文心雕龙》虽自出机杼，却又有深厚的渊源，他曾从先辈和前贤那里，吸收了许多营养，其吸收营养的根须扎得很深。《序志》中有这样几句话："有同乎旧谈者，非雷同也，势自不可异也。有异乎前论者，非苟异也，理自不可同也。"①黄侃《札记》评此论说："此义最要。同异是非，称心而论，本无成见，自少纷纭。故《文心》多袭前人之论，而不嫌其钞袭，未若世之君子必以己言为贵也。即如《颂赞》篇大意本之《文章流别》，《哀吊》篇亦有取于挚君，信乎通人之识，自有殊于流俗已。"②范文澜又补充说："《宗经》篇取王仲宣成文，不以为嫌，亦即此意。"③黄侃说刘勰"多袭前人之论"倒也是事实，不过他并未停足于"袭前人之论"上，而是在继承中有发展，有创造，并利用前人的积极思考的成果，

---

① 范文澜：《文心雕龙注》，第 727 页。
② 黄侃：《文心雕龙札记》，北京：商务印书馆，2017 年，第 210 页。
③ 范文澜：《文心雕龙注》，第 744 页。

建构自己的体系，实际上这是《文心雕龙》的思想渊源的问题。《文心》全书如此，批评鉴赏方面亦复如此。本文现将《文心雕龙》批评鉴赏论的思想渊源，略论于下。

一、《文心雕龙》批评标准的渊源

《文心雕龙》的批评标准，"龙学"界曾有各种不同的说法。笔者在《刘勰的批评标准系统论》一文中[①]，曾一一引录。笔者认为，刘勰在《文心雕龙》各篇的任何地方，均未明确地用几句话来概括他的批评标准，各家研究者对《文心雕龙》批评标准的认识，大多是根据刘勰对写作的要求概括出来的准则，或者是据论文的纲领概括出来的。而刘勰对写作的最高要求，我们可以在《征圣》篇找到："然则志足而言文，情信而辞巧，乃含章之玉牒，秉文之金科矣。"[②]刘勰把思想充实而语言要有文采，情感要真实而文辞要巧妙，当作写作的金科玉律，而且这两句话包含着两个基本方面，"志"和"情"属于思想内容的方面，"言"与"辞"属于形式技巧的方面；"足"与"信"是思想内容方面的规定性，"文"与"巧"是形式技巧方面的规定性。这两句话体现了刘勰论文要求文质并重，内容与形式结合的特点。刘勰论文是以"征圣""宗经"为纲领和基本指导思想的，他非常注意"依经立义"和"镕式经诰，方轨儒门"[③]，并说"征之周孔，则文有师矣"[④]。"志足而言文，情信而辞巧"这两句话，正是来源于儒家经典，《左传·襄公二十五年》引孔子的一段话说：

① 参见中国《文心雕龙》学会编：《文心雕龙研究荟萃》，上海：上海书店出版社，1992 年。

② 范文澜：《文心雕龙注》，第 15 页。

③ 《文心雕龙·体性》，范文澜：《文心雕龙注》，第 505 页。

④ 《文心雕龙·征圣》，范文澜：《文心雕龙注》，第 16 页。

　　仲尼曰："《志》有之：言以足志，文以足言。不言，谁知其志。言之无文，行而不远。"①

又《礼记·表记》引孔子的话说：

　　子曰："情欲信，辞欲巧。"②

刘勰的"志足而言文，情信而辞巧"，正脱胎于《左传》《礼记》所引孔子的话。这可以说是"依经立义"的刘勰衡文的最高批评标准，也是儒家经典衡文的标准，这个标准具有鲜明的儒家印记和"征圣""宗经"的色彩。

　　刘勰论文是注意到系统性的，用他自己的话说，他很重视各部分之间的"笼圈条贯"③。他的批评标准具有系统结构的特点，"志足而言文，情信而辞巧"虽然是刘勰论文最重要最基本的批评标准，但并非批评标准的全部，从这个基本标准出发，他的批评标准在全书中有许多"投射"，从而形成一个既有从属性又有谐和性的批评标准系列。《宗经》篇的"六义"是刘勰从"宗经""征圣"的总纲出发，沿着"志足而言文，情信而辞巧"的方向，在批评标准系统的第一个"投射"。"志足"和"情信"的标准，"投射"在"六义"中，变成"六义"中的一、三、四条，即"情深而不诡""事信而不诞"和"义直而不回"④。这"三义"可以说是刘勰评价作家作品的思想内容标准。"言文"与"辞巧"，"投射"在"六义"中，

---

　　① 《左传·襄公二十五年》，杨伯峻：《春秋左传注》（修订本），北京：中华书局，1981年，第1106页。

　　② 钱玄等注译：《礼记》，长沙：岳麓出版社，2001年，第734页。

　　③ 《文心雕龙·序志》，范文澜：《文心雕龙注》，第727页。

　　④ 《文心雕龙·宗经》，范文澜：《文心雕龙注》，第23页。

发展为"六义"中的二、五、六条，即"风清而不杂""体约而不芜""文丽而不淫"①，这"三义"是就风格文辞说的，是刘勰评价作家作品的艺术标准。这六条标准比起直接脱胎于儒家经典的"志足而言文，情信而辞巧"来，不仅丰富具体了，而且既有积极的提倡，也有消极的避忌。它们源于儒家经典，又高于儒家经典，有刘勰自己的发展和创造性，这正是刘勰的理论贡献。"六义"与上引两句话，作为一个系统具有协调性，也有某种对应的关系。但"六义"是从属于"志足而言文，情信而辞巧"的，因为刘勰认为，文章乃"经典枝条"，是从属经典的。既然"言以足志，文以足言"和"情欲信，辞欲巧"云云出自儒家经典，是圣人和经典著作所制定的衡文标准，而刘勰又把它奉为金科玉律，那么，据此而发展而成的"六义"，只能从属于前者。前者是刘勰批评标准的母系统，后者只是一个子系统。

《知音》篇的"六观"，比起"六义"来是更小的子系统。严格说来，"六观"只是鉴赏方法，它因缺乏规定性，很难说它是六条标准。但在古代的文学理论中，批评与鉴赏往往是结合在一起的，批评标准与鉴赏标准往往密不可分。"六观"的规定性，已经"投射"到其他各篇中。范文澜先生曾经指出："一观位体，《体性》等篇论之。二观置辞，《丽辞》等篇论之。三观通变，《通变》等篇论之。四观奇正，《定势》等篇论之。五观事义，《事类》等篇论之。六观宫商，《声律》等篇论之。大体如此，其细条当参伍错综以求之。"②从整体上看，"六观"多属刘勰的创造，从渊源关系看，"三观通变"的"通变"问题，与《易经》有密切的关系，具体论述，笔者在《试

---

① 《文心雕龙·宗经》，范文澜：《文心雕龙注》，第23页。
② 范文澜：《文心雕龙注》，第717页。

论〈易传〉对〈文心雕龙〉的影响》一文中已有论述①，此不赘述。

"六观宫商"，其规定性见于《声律》篇，此篇的渊源比较复杂。《声律》开篇说："夫音律所始，本于人声者也。声含宫商，肇自血气，先王因之，以制乐歌。故知器写人声，声非学器者也。"②此段文字，黄侃《札记》和范文澜《文心雕龙注》谓本之于《诗大序》"情发于声，声成文谓之音"③。黄、范二家并引唐人孔颖达（字冲远）疏说："原夫作乐之始，乐写人音，人音有大小高下之殊，乐器有宫徵商羽之异，依人音而制乐，托乐器以写人，是乐本效人，非人效乐。"④范注并指出"冲远数用彦和语，此亦其一也"⑤。黄、范二家以此反证刘勰《声律》篇开篇所言，渊源于《诗大序》，其看法不为无见。

《声律》篇又说："古之教歌，先揆以法，使疾呼中宫，徐呼中徵，夫商徵响高，宫羽声下，抗喉矫舌之异，廉肉相准，皦然可分。"⑥这段文字，上半段直接引自《韩非子·外储说右》："夫教歌者，使先呼而诎之，其声反清徵者，乃教之。一曰，教歌者先揆以法，疾呼中宫，徐呼中徵。疾不中宫，徐不中徵，不可谓教。"⑦而"廉肉"一词，则本于《乐记》："使其曲直繁瘠，廉肉节奏，足以感动人之善心而已矣。"⑧廉，即廉棱，指音的尖锐。肉，肥满，指音的

---

① 参见中国《文心雕龙》学会编：《文心雕龙研究》第三辑，北京：北京大学出版社，1997年，第97—110页。

② 范文澜：《文心雕龙注》，第552页。

③ 范文澜：《文心雕龙注》，第556页。

④ 范文澜：《文心雕龙注》，第556页。

⑤ 范文澜：《文心雕龙注》，第556页。

⑥ 范文澜：《文心雕龙注》，第552页。

⑦ ［清］王先慎撰，钟哲点校：《韩非子集解》，北京：中华书局，2013年，第324页。

⑧ 钱玄等注译：《礼记》，第526页。

圆满。"廉肉相准"，即音的尖锐与圆满合乎音律标准。应当指出，《文心雕龙》的《声律》篇，虽"寻根""索源"于先秦两汉，但古代的声律与六朝时代的声律并不相同，先秦两汉尚无专门的韵书，"李登在魏世撰《声类》十卷，为韵书之祖"①，"作文始用声律，实当推原于陈王（曹植）也"②。其后，刘宋时的范晔、谢庄，南朝齐的王融等人，都曾讨论过声律问题。直到齐永明年间出现了永明体和沈约撰写的《四声谱》，齐梁时代的声律论才正式形成。刘勰的声律论，最直接的渊源，便是以沈约、谢朓为代表的齐梁声律论。《声律》篇所说的"声有飞沉，响有双叠，双声隔字而每舛，叠韵杂句而必睽；沉则响发而断，飞则声扬不还"；"异音相从谓之和，同声相应谓之韵"③。实源于永明声律论。沈约《宋书·谢灵运传论》说："夫五色相宣，八音协畅，由乎玄黄律吕，各适物宜，欲使宫羽相变，低昂舛节。若前有浮声，则后须切响。一简之内，音韵尽殊；两句之中，轻重悉异。妙达此旨，始可言文。"④刘勰所说的"声有飞沉"指声有平仄，也就是沈约所说的"前有浮声（平声），后有切响（仄声）"。刘勰所说的和、韵问题，实际是平仄协调与押韵问题，也就是沈约所说的"宫羽相变，低昂舛节"与"一简之内，音韵尽殊，两句之中，轻重悉异"的问题。二者具有一脉相承的关系。沈约所以很欣赏《文心雕龙》，与《声律》篇旨契合沈约之说，是不无关系的。

二、刘勰批评、鉴赏论的思想渊源

《文心雕龙》的批评鉴赏论，集中于《知音》篇，但亦散见于

---

① 《文心雕龙·声律》，范文澜：《文心雕龙注》，第 555 页。

② 《文心雕龙·声律》，范文澜：《文心雕龙注》，第 555 页。

③ 范文澜：《文心雕龙注》，第 552、553 页。

④ ［梁］沈约：《宋书》卷六七，北京：中华书局，1974 年，第 1779 页。

其他各篇。刘勰用"知音"二字名篇，本于《吕氏春秋·本味》："伯牙鼓琴，钟子期听之，方鼓琴而志在泰山，钟子期曰：'善哉乎鼓琴，巍巍乎若泰山。'少选之间，而志在流水，钟子期又曰：'善哉乎鼓琴，汤汤乎若流水。'"①这个故事本身就是一篇优美的鉴赏史话。钟子期的知音，实际上就是对伯牙鼓琴的鉴赏。但要懂得音乐的语言，做到"志在山水，琴表其情"②，对双方来说都不是易事，所以钟子期死，伯牙终生不再鼓琴。刘勰由此引发，在《知音》篇中首先指出知音的困难：

> 知音其难哉！音实难知，知实难遇，逢其知音，千载其一乎！③

为什么说知音如此困难，刘勰指出四种原因：

一、"贱同而思古""贵古而贱今"。他以秦始皇、汉武帝为例来说明这个问题："昔《储说》始出，《子虚》初成，秦皇汉武，恨不同时；既同时矣，则韩囚而马轻。"这就是"所谓'日进前而不御，遥闻声而相思'也。"④这段话句句均有出处。《史记·韩非列传》说："人或传其书至秦，秦王见《孤愤》《五蠹》之书，曰：'嗟乎，寡人得见此人与之游，死不恨矣！'李斯曰：'此韩非之所著书也。'秦因急攻韩。韩王始不用非，及急，乃遣非使秦，秦王悦之，未信用。李斯、姚贾害之，毁之曰：'韩非，韩之诸公子也，今王并诸侯，非终为韩不为秦，此人之情也。今王不用，久留而归之，此自遗患也，

---

① 张双棣等译注：《吕氏春秋译注》，北京：中华书局，2012 年，第 113 页。
② 《文心雕龙·知音》，范文澜：《文心雕龙注》，第 715 页。
③ 范文澜：《文心雕龙注》，第 713 页。
④ 《文心雕龙·知音》，范文澜：《文心雕龙注》，第 713 页。

不如以过法诛之。'秦王以为然，下吏治非。"①又《汉书·司马相如传》："上读《子虚赋》而善之，曰：'朕独不得与此人同时哉！'(狗监) 得意曰：'臣邑人司马相如自言为此赋。'上惊，乃召问相如。相如曰：'有是。然此乃诸侯之事，未足观，请为天子游猎之赋。'……赋奏，天子以为郎。"②"日进前而不御，遥闻声而相思"，引自《鬼谷子·内楗》篇。应当指出，出处与思想渊源不能完全等同，我们所说的渊源主要是思想观点的继承。将这种"贵远贱今""贵古贱今"的不良倾向，提到一定的理论高度来加以指斥的，在刘勰之前，当推王充和葛洪。

王充《论衡·超奇》篇说："俗好高古而称所闻。前人之业，菜果甘甜；后人新造，蜜酪辛苦。(周) 长生家在会稽，生在今世，文章虽奇，论者犹谓稚于前人。"③《论衡·齐世》篇说："画工好画上代之人，秦、汉之士，功行谲奇，不肯图今世之士者，尊古卑今也。贵鹄贱鸡，鹄远而鸡近也。使当今说道深于孔、墨，名不得与之同；立行崇于曾、颜，声不得与之钧。何则？世俗之性，贱所见，贵所闻也。……杨子云作《太玄》，造《法言》，张伯松不肯一观，与之并肩，故贱其言。使子云在伯松前，伯松以为《金匮》矣。"④《论衡·案书》篇说："夫俗好珍古不贵今，谓今之文不如古书。夫古今一也。才有高下，言有是非，不论善恶而徒贵古，是谓古人贤今人也。……善 (当作'盖') 才有浅深，无有古今；文有真伪，无有故新。"⑤王充对尊古卑今、贵远贱近等的指斥，是非常深刻的，对刘勰批判"贵古贱今""贵同思古"，有直接的影响。

---

① 〔汉〕司马迁：《史记》卷六十三，北京：中华书局，2013 年，第 2155 页。
② 〔汉〕班固撰，〔唐〕颜师古注：《汉书》，北京：中华书局，2013 年，第 2533 页。
③ 黄晖：《论衡校释》，北京：中华书局，1990 年，第 615 页。
④ 黄晖：《论衡校释》，第 810—811 页。
⑤ 黄晖：《论衡校释》，第 1173 页。

葛洪在《抱朴子》中对"贵远贱近"的批判更为激烈，他从文学发展的观点着眼，在《抱朴子·钧世》篇中，大胆地指出："且夫《尚书》者，政事之集也。然未若近代之优文、诏策、军书、奏、议之清富赡丽也。《毛诗》者，华彩之辞也，然不及《上林》《羽猎》《二京》《三都》之汪濊博富也。然则古之子书，能胜今之作者，何也？然守株之徒，喽喽所玩，有耳无目，何肯谓尔？其于古人所作为神，今世所著为贱，贵远贱近，有自来矣。"① 葛洪已经突破了传统的"征圣""宗经"的文学观点，这一点为刘勰所不及。在《抱朴子·广譬》篇中，葛洪又说："贵远而贱近者，常人之用情也。信耳而疑目者，古今之所患也。是以秦王叹息于韩非之书而想其为人，汉武慷慨于相如之文而恨不同世。及既得之，终不能拔。或纳谗而诛之，或放之乎冗散。此盖叶公之好伪形，见真龙而失色也。"② 刘勰《知音》篇所批评的"贵同思古"，与葛洪所指斥的"贵远贱近"，不仅意旨相同，连例证都是完全相同的。刘勰之论渊源于葛洪，不言自明。

二、"文人相轻""崇己抑人"。这一不良倾向，妨碍对同辈或同等才力作家的作品的评论与鉴赏。刘勰以班固、曹植为例，来说明这个问题："至于班固、傅毅，文在伯仲，而固嗤毅云'下笔不能自休'。及陈思论才，亦深排孔璋，敬礼请润色，叹以为美谈；季绪好诋诃，方之于田巴，意亦见矣。故魏文称'文人相轻'，非虚谈也。"③ 此论本之于曹氏兄弟。曹丕《典论·论文》说："文人相轻，自古而然。傅毅之于班固，伯仲之间耳，而固小之。与弟超书曰：'武仲以能属文为兰台令史，下笔不能自休。'"④ "陈

---

① 杨明照：《抱朴子外篇校笺》（下），北京：中华书局，1997年，第69—71页。
② 杨明照：《抱朴子外篇校笺》（下），第348—349页。
③ 《文心雕龙·知音》，范文澜：《文心雕龙注》，第714页。
④ 郭绍虞主编：《中国历代文论选》第一册，上海：上海古籍出版社，2001年，第158页。

思深排孔璋"事，见曹植《与杨德祖书》："以孔璋之才，不闲于辞赋，而多自谓能与司马长卿同风，譬画虎不成反为狗也。……昔丁敬礼尝作小文，使仆润饰之；仆自以才不过若人，辞不为也。敬礼谓仆：'卿何所疑难，文之佳恶，吾自得之；后世谁知定吾文者邪？'吾尝叹此达言，以为美谈。……刘季绪才不能逮于作者，而好诋诃文章，掎摭利病。昔田巴毁五帝、罪三王、訾五霸于稷下，一旦而服千人。鲁连一说，使终身杜口。刘生之辩，未若田氏；今之仲连，求之不难，可无叹息乎。"①

至于"文情难鉴"的问题，不过是"音实难知"的同义语，造成这一现象的原因除了"贵古贱今""崇己抑人"以外，还有审美主体的"学不逮文""信伪迷真""知多偏好，人莫圆该"等主观方面的原因，以及审美客体的"篇章杂沓，质文交加"②等原因，所以纪昀评《知音》篇说："难字一篇之骨。"③由于鉴赏者仁者见仁，智者见智，爱憎不同，所以会出现"慷慨者逆声而击节，蕴藉者见密而高蹈，浮慧者观绮而跃心，爱奇者闻诡而惊听。会已则嗟讽，异我则沮弃，各执一隅之解，欲拟万端之变。"④这就更加使得"文情难鉴"了。此点亦受王充、葛洪的影响。《论衡·自纪》篇说："有美味于斯，俗人不嗜，狄牙甘食。有宝玉于是，俗人投之，卞和佩服。孰是孰非？可信者谁？礼俗相背，何事不然？鲁文逆祀，畔者五人，盖犹（当作'独'）是之语，高士不舍，俗夫不好；惑众之书，贤者欣颂，愚者逃顿。"⑤这种美丑不分、玉石混淆、"礼

① 郭绍虞主编：《中国历代文论选》第一册，第166页。

② 《文心雕龙·知音》，范文澜：《文心雕龙注》，第714页。

③ ［梁］刘勰撰，［清］黄叔琳注，［清］纪昀评：《文心雕龙辑注》，北京：中华书局，1957年，第418页。

④ 《文心雕龙·知音》，范文澜：《文心雕龙注》，第714页。

⑤ 黄晖：《论衡校释》，第1198页。

俗相背"的现象，不正是刘勰所说的"鲁臣以麟为麇，楚人以雉为凤，魏氏（民）以夜光为怪石，宋客以燕砾为宝珠"①吗？"文情难鉴"之感叹，王充与刘勰是共同的。

葛洪对"文情难鉴"的现象也有不少论述，《抱朴子·辞义》篇说："五味舛而并甘，众色乖而皆丽。近人之情，爱同憎异，贵乎合已，贱于殊途。夫文章之体，尤难详赏。"②这种"爱同憎异，贵乎合已，贱于殊途"的倾向，正与《知音》篇所说的"会已则嗟讽，异我则沮弃"意旨相同，所指责的都是党同伐异，这是造成"文情难鉴"和"文章之体，尤难详赏"的原因之一。《抱朴子·广譬》篇说："观听殊好，爱憎难同。飞鸟睹西施而惊逝，鱼鳖闻《九韶》而深沉。故衮藻之粲焕，不能悦裸乡之目；《采菱》之清音，不能快楚隶之耳。古公之仁，不能喻欲地之狄。端木之辩，不能释系马之庸。"③这里用众多的譬喻来说明由于爱憎不同、观听兴趣不同、文化修养不同，美的东西并不能为所有的人所欣赏。正如飞鸟不能欣赏西施的美，鱼鳖不能欣赏《九韶》之乐，裸体之乡的人不能欣赏花纹漂亮的衣服，楚国的奴隶欣赏不了《采菱》歌曲的清雅，古公亶父虽然很仁义对有侵略野心的狄人不能教喻，子贡虽善辩，但不能使养马的庸奴懂得他的道理。这里涉及审美主体与审美客体的矛盾问题，与刘勰在《知音》篇所说的"俗鉴之迷者，深废浅售，此庄周所以笑《折杨》，宋玉所以伤《白雪》"④是一脉相承的。《抱朴子·尚博》篇又说："若夫驰骋于诗论之中，周旋于传记之间，而以常情览巨异，以褊量测无涯，以至粗求至精，以甚浅揣甚

---

① 《文心雕龙·知音》，范文澜：《文心雕龙注》，第714页。
② 杨明照：《抱朴子外篇校笺》（下），第395页。
③ 杨明照：《抱朴子外篇校笺》（下），第388页。
④ 范文澜：《文心雕龙注》，第715页。

深，虽始自髫龀，讫于振素，犹不得也。夫赏其快者，必誉之以好；而不得晓者，必毁之以恶。自然之理也。"[1] 又云："德行为有事，优劣易见。文章微妙，其体难识，夫易见者粗也，难识者精也。夫唯粗也，故铨衡有定焉。夫唯精也，故品藻难一焉。"[2] 这也是说的"文情难鉴"。如何解决这个问题，葛洪提出"尚博"的概念。"尚博"的中心意旨，是不要仅仅局限于经书，要重视百家之言，不能眼睛只看着古代，还要注意今天的"文章著述"[3]。"百家之言，虽有步起，皆出硕儒之思，成才士之手，方之古人，不必悉减也。或有汪濊玄旷，合契作者，内辟不测之深源，外播不匮之远流。其所祖宗也高，其所绅绎也妙。变化不系滞于规矩之方圆，旁通不凝阂于一涂之逼促，是以偏嗜酸咸者，莫能知其味；用思有限者，不能得其神也。"[4] 从以上引文看，在鉴赏方面要想做到由褊量到无涯、由至粗到至精、由甚浅到甚深的变化，仅仅驰骋于诗论之中和传记之间还不够，这样可能白头到老也达不到，必须尚博。博览百家之言，求其变化，求其旁通，抛弃今文不如古文的观点，不要认为"今山不及古山之高，今海不及古海之广，今日不及古日之热，今月不及古月之朗"[5]。葛洪的论述，其思想高度与现实批判性，大大突破了传统"宗经""征圣"思想的藩篱，在这一点上为刘勰所不及。但葛洪"尚博"的主张，为刘勰所继承。《知音》篇云："凡操千曲然后晓声，观千剑而后识器，故圆照之象，务先博观。"[6]"操千曲"二句，从《新论》化出。《意林》引《新论》说："扬子云攻于赋，王君大习兵器。予欲从二子学，

---

① 杨明照：《抱朴子外篇校笺》（下），第 117 页。
② 杨明照：《抱朴子外篇校笺》（下），第 107 页。
③ 杨明照：《抱朴子外篇校笺》（下），第 116 页。
④ 杨明照：《抱朴子外篇校笺》（下），第 116 页。
⑤ 杨明照：《抱朴子外篇校笺》（下），第 120 页。
⑥ 范文澜：《文心雕龙注》，第 714 页。

子云曰：'能读千赋则善赋。'君大曰：'能观千剑则晓剑。'"①
但"博观"的思想渊源，却源于葛洪的《尚博》，二人提倡"博观"
的目的也是相似的，葛洪要解决衡文的"爱憎难同""铨衡有定"
与"品藻难一""以褊量测无涯"的问题。刘勰要解决的是"无私
于轻重，不偏于憎爱"②。所要达到的目的是"平理若衡，照辞如镜"③
的问题，二者的相似，十分明显。

刘勰的批评鉴赏论，清楚地认识到文学创造与批评鉴赏有各自
不同的特点。《知音》篇说："夫缀文者情动而辞发，观文者披文
以入情，沿波讨源，虽幽必显。"④作家的创作是一个由情到辞的过程。
批评鉴赏是一个由文而入情的过程，只有顺着"沿波讨源"的逆方
向，才能使隐幽变成显露。这种"披文入情""沿波讨源"的批评
鉴赏方法，实源于孟子。《孟子·万章上》说："故说诗者，不以
文害辞，不以辞害志，以意逆志，是为得之。"⑤《万章下》说："孟
子谓万章曰：一乡之善士，斯友一乡之善士；一国之善士，斯友一
国之善士；天下之善士，斯友天下之善士。以友天下之善士为未足，
又尚论古之人。颂其诗，读其书，不知其人，可乎？是以论其世也，
是尚友也。"⑥两段话可用"以意逆志""知人论世"来概括。这
是理解作家、作品的方法，也是孟子批评鉴赏论的特见。"以意逆志"
是"以已之意'迎受'诗人之志而加以'钩考'"⑦。这个过程也是"披
文入情"的过程。刘勰用了孟子的鉴赏方法，但并未用"以意逆志""知

① 郭丹主编：《先秦两汉文论全编》，上海：上海远东出版社，2012年，第645页。
② 《文心雕龙·知音》，范文澜：《文心雕龙注》，第715页。
③ 《文心雕龙·知音》，范文澜：《文心雕龙注》，第715页。
④ 范文澜：《文心雕龙注》，第715页。
⑤ 杨伯峻译注：《孟子译注》（第2版），北京：中华书局，2005年，第215页。
⑥ 杨伯峻译注：《孟子译注》（第2版），第251页。
⑦ 朱自清：《诗言志辨》，长沙：岳麓书社，2011年，第68页。

人论世"二语。刘勰在《夸饰》篇中,引孟子的话只有两句:"说诗者不以文害辞,不以辞害意也。"而略去了"以意逆志",但"以意逆志"的方法,刘勰是使用了的,这大概是"师其意不师其辞"吧。"知人论世",亦不见于《文心雕龙》,但刘勰确实已认识到,对作家所处时代的认识,是鉴赏作品必不可少的条件。如在《时序》篇中,刘勰认识到"歌谣文理,与世推移"①的规律。在评论建安作家时,刘勰说:"观其时文,雅好慷慨,良由世积乱离,风衰俗怨,并志深而笔长,故梗概而多气也。"②建安时代是个大动乱的时代,是个"献帝播迁,文学转蓬"③的时代,像曹操的《苦寒行》、陈琳的《饮马长城窟行》、王粲的《七哀诗》、曹植的《送应氏》等,正是动乱时代的反映。不了解这个时代,就不可能正确地评价这些作品,作品的"志深笔长""梗概多气"是由"世积乱离,风衰俗怨"造成的,这正是"知人论世"的看法。所以我们说"知人论世"的方法,刘勰是使用了的,这是对孟子鉴赏论的继承。

刘勰虽然强调知音之难,"文情难鉴",但又认为文情是可鉴的,虽然是古代的作品,"世远莫见其面",但"觇文辄见其心"④。关键是"识照"的深浅问题。他以"伯牙鼓琴"为例说:"夫志在山水,琴表其情,况形之笔端,理将焉匿。"⑤他认为文学作品所表现的情理,因系"形之笔端",是可以感知的,比理解音乐作品的情志要容易。但需要以心照理,以目照形。需要"目瞭""心敏"。《知音》篇云:"故心之照理,譬目之照形,目瞭则形无不分,心

---

① 《文心雕龙·时序》,范文澜:《文心雕龙注》,第671页。
② 《文心雕龙·时序》,范文澜:《文心雕龙注》,第673—674页。
③ 《文心雕龙·时序》,范文澜:《文心雕龙注》,第673页。
④ 《文心雕龙·知音》,范文澜:《文心雕龙注》,第715页。
⑤ 《文心雕龙·知音》,范文澜:《文心雕龙注》,第715页。

敏则理无不达。"①《孟子·离娄上》说:"存乎人者(考察一个人),莫良于眸子,眸子不能掩其恶,胸中正则眸子瞭焉,胸中不正,则眸子眊焉。"②这本是指考察人说的,王充在《论衡·佚文》篇引用孟子的话用之于论文方面:"望丰屋知名家,睹乔木知旧都,鸿文在国,圣世之验也。孟子相人以眸子焉,心清则眸子瞭,瞭者,目文瞭也。……故夫占迹以睹足,观文以知情。"③这与上引《知音》篇的话,其精神实质是一致的。

刘勰论鉴赏,主张"识深鉴奥",在《隐秀》篇中,刘勰要求鉴赏者能得"文外之重旨"④,这一方面受庄子及魏晋玄学家"言意之辨"的影响,同时也受到"季札观乐"的启发。《左传·襄公二十九年》记载:

> (吴公子札)请观于周乐,使工为之歌《周南》《召南》,曰:"美哉!始基之矣,犹未也,然勤而不怨矣。"为之歌《邶》《鄘》《卫》,曰:"美哉!渊乎!忧而不困者也。吾闻卫康叔、武公之德如是,是其《卫风》乎?"为之歌《王》,曰:"美哉!思而不惧,其周之东乎?"为之歌《郑》,曰:"美哉!其细已甚,民弗堪也,是其先亡乎?"为之歌《齐》,曰:"美哉,泱泱乎,大风也哉!表东海者,其大公乎?国未可量也。"为之歌《豳》,曰:"美哉!荡乎!乐而不淫,其周公之东乎?"为之歌《秦》,曰:"此之谓夏声,夫能夏则大,大之至也,其周之旧乎?"为之歌《魏》,曰:"美哉!沨沨乎!大而婉,险而易行,以德辅此,

---

① 范文澜:《文心雕龙注》,第715页。
② 杨伯峻译注:《孟子译注》(第2版),第177页。
③ 黄晖:《论衡校释》,第868—890页。
④ 范文澜:《文心雕龙注》,第632页。

则明主也。"为之歌《唐》，曰："思深哉！其有陶唐氏之遗民乎？不然，何忧之远也。"为之歌《陈》，曰："国无主，其能久乎？"自《郐》以下，无讥焉。……①

季札对《诗经》中的十五《国风》以及《小雅》《大雅》《颂》均有鉴赏性的评论，他的鉴赏可以说是体贴入微，是我国最早的文艺鉴赏史料。杜预注说："季札贤明才博，在吴虽已涉见此歌乐之文，然未闻中国雅声，故请此周乐，欲听其声，然后依声以参时政，知其兴衰也。闻《秦》诗谓之夏声，闻《颂》曰'五声和，八风平'，皆论声以参政也。"②"依声以参时政"确实道出了季札观乐的特点，这正是刘勰要求鉴赏要"识深鉴奥"、得"文外之重旨"的思想渊源。刘勰在《知音》篇中虽然没有提到季札观乐，但在《乐府》篇中却给了季札观乐以很高的评价："好乐无荒，晋风所以称远；伊其相谑，郑国所以云亡。季札观辞（乐），不直听声而已。"③

小结

在我们初步考察了刘勰批评鉴赏的思想渊源以后，可以得出几点结论，"依经立义"的刘勰在批评标准上受孔子的影响最深，在鉴赏方法、鉴赏实践及对批评鉴赏不良风气的批判上，季札、孟子、王充、曹丕、曹植、葛洪等人对其均有一定影响，尤其是葛洪影响最大。王充、葛洪反传统的思想，强烈地反对贵古贱今的鲜明战斗性，以及把五经看得不如今文的观点，刘勰有所吸收又有所扬弃，这是

---

① ［周］左丘明传，［晋］杜预注，［唐］孔颖达正义：《春秋左传正义》，北京：北京大学出版社，2000年，第1259—1265页。

② ［周］左丘明传，［晋］杜预注，［唐］孔颖达正义：《春秋左传正义》，第1272页。

③ 范文澜：《文心雕龙注》，第101页。

因为刘勰"依经立义""宗经""征圣"不可避免的局限所造成的，但刘勰也扬弃了前人的一些偏见。对于文学描写的夸张手法，刘勰吸收了孟子的"以意逆志"的鉴赏方法，却扬弃了王充视夸张为虚妄的胶柱鼓瑟的看法，曹植在批评论上有一个片面观点，认为批评家只有文章写得比批评对象好，才有资格批评别人："盖有南威之容，乃可论于淑媛；有龙渊之利，乃可议于断割。"① 刘勰强调批评鉴赏要"博观"，并不主张只有文章比别人写得好，才有资格批评别人。刘勰在《知音》篇中提出的"六观"，作为鉴赏方法，是全面而系统的，这是刘勰的创造，是刘勰比前人多做的工作，可以说是自出机杼，它体现了时代的要求，也是六朝文学新变在刘勰身上的反映，正如黑格尔所说："没有人能够真正地超出他的时代，正如没有人能够超出他的皮肤。"②

---

① 《与杨德祖书》，郭绍虞主编：《中国历代文论选》第一册，第 166 页。

② ［德］黑格尔著：《哲学史讲演录》（第一卷），贺麟、王太庆译，北京：商务印书馆，1959 年，第 56—57 页。

试论刘勰的鉴赏论与鉴赏观

近年来《文心雕龙》的研究取得很大的进展，论文和研究专著之多，可以说是空前的。有些问题，通过学术界的讨论，大家的认识更加明确一些；有些问题迄今尚难获得统一的认识，"风骨"的看法即其一例。有些同志深感《文心雕龙》诸方面的研究不太平衡，文体论的研究就很薄弱，这种意见是对的。但在《文心雕龙》研究领域，还有比文体论更薄弱的环节，那就是鉴赏论。大多数同志把《文心雕龙》五十篇，除了论文之枢纽的五篇以外，将其余各篇分为创作论、批评论、文体论三部分，没有给鉴赏论以一定的地位。只有个别的同志把它分为"创作论、风格论、文体论、鉴赏论"[①]。笔者认为，根据《文心雕龙》一书的实际情况，鉴赏论似有独立出来的必要。《文心雕龙》有鉴赏论的专篇，而且不止一篇。《文心雕龙》应分为创作论、文体论、鉴赏论、批评论、风格论五个部分。

近几年来，人们对文艺鉴赏颇为重视，书刊、报纸、广播电台、电视台都搞鉴赏，似乎已蔚然成风。但是对鉴赏理论和鉴赏史的研究却非常少。用马克思主义的文艺理论批判地总结刘勰的鉴赏论与文学鉴赏，可以丰富和补充文学鉴赏论，可以对写鉴赏文章的人提供一些借鉴。看来这是势所必行的事。本文打算就此问题，作一些初步的探索，以就正于学术界的同好。

---

① 参见［梁］刘勰著，周振甫注：《文心雕龙注释》，北京：人民文学出版社，1981年，第542页。

一、《知音》篇是鉴赏论

《文心雕龙》五十篇，有没有论述鉴赏的专篇，目前还有不同的看法。有的同志认为："《文心雕龙》中没有论述文学欣赏的专篇，但散见于他的文体论、创作论中和批评论中的有关意见还是不少的，其中也提出了一些值得重视的问题。"① 有的同志认为："《知音》是鉴赏论。"② 有的同志虽未明言《知音》是鉴赏论，但从他对《知音》篇的释义中，可以看出他是把《知音》当作鉴赏论的。刘永济先生《文心雕龙校释·知音》篇"释义"说：

> 文学之事，作者之外，有读者焉。假使作者之性情学术，才能识略，高矣美矣，其辞令华采，已尽工矣；而读者识鉴之精粗，赏会之深浅，其间差异，有同天壤。此舍人所以"惆怅于知音"也。善作者往矣，其所述造，犹能绵绵不绝者，实赖精识之士，能默契于寸心，神遇于千古矣。③

进而，刘永济指出"知识诠别"不同于鉴赏，他指出诗话家、笺注家、考证家、历史家在知识诠别方面的得失，继而指出："凡此诸家，固读书者所当为，然仅能为此，即谓已尽鉴赏之能事，获古人之精英，则亦未然也。朱子谓：'读《诗》者，当涵咏自得'，即舍人'深入''熟玩'之义，亦即余性灵领受之说，合而参之，鉴赏之事，不中不远矣。"④ 上引《知音》释义，虽杂有刘永济自著《文鉴篇》"性灵领受之说"的论文见解，但释义的主要方面是符合刘勰《知

---

① 牟世金：《刘勰论文学欣赏》，《社会科学战线》1980 年第 4 期。
② ［梁］刘勰著，周振甫注：《文心雕龙注释》，第 521 页。
③ 刘永济：《文心雕龙校释：附征引文录》，北京：中华书局，2010 年，第 169 页。
④ 刘永济：《文心雕龙校释：附征引文录》，第 170 页。

音》篇原义的。他把握《知音》篇的主旨比较准确，而且颇有见地。从以上引文我们可以看出，他把"深入""熟玩"与"鉴赏之事"联系起来，即是把《知音》篇当作鉴赏论的。

鉴赏与批评关系非常密切，鉴赏是批评的基础。"所谓文学鉴赏、也就是读者对文学作品的欣赏、认识和鉴别"①。鉴赏与批评的对象都是作品，有些问题自然会交叉在一起，很难绝对化地截然分开。但《知音》篇就其主导倾向来说，是偏重于鉴赏的，因此，我比较同意《知音》篇是鉴赏论的看法。刘勰所以用"知音"二字作为本篇的标题，是使用了《吕氏春秋》的典故。《吕氏春秋·本味》说："伯牙鼓琴，钟子期听之，方鼓琴而志在泰山，钟子期曰：'善哉乎鼓琴，巍巍乎若泰山。'少选之间，而志在流水；钟子期又曰：'善哉乎鼓琴，汤汤乎若流水。'"②这个故事本身就是一篇优美的鉴赏史话。钟子期的知音，实际就是对伯牙鼓琴的鉴赏，他能明鉴音乐的意境，懂得音乐的语言和作者的用心，所以钟子期知音的故事，成为千古传诵的佳话。刘勰的《知音》篇中，还引用这一故事，说明知音虽难，但文学鉴赏并非是不可知的："夫志在山水，琴表其情，况形之笔端，理将焉匿。"③刘勰所以感叹知音之难，也是受了伯牙与钟子期故事的影响。这一点，阅读《知音》篇，是皎然可知的。

在《知音》篇中，刘勰首先指出知音的困难。他开宗明义地说："知音其难哉！音实难知，知实难逢，逢其知音，千载其一乎！"④为什么知音如此困难，刘勰指出四种原因：

① 参见以群主编：《文学的基本原理》（下册），北京：作家出版社，1964年，第432页。

② 张双棣等译注：《吕氏春秋译注》（修订本），北京：北京大学出版社，2011年，第331页。

③ 《文心雕龙·知音》，范文澜：《文心雕龙注》，第715页。

④ 《文心雕龙·知音》，范文澜：《文心雕龙注》，第713页。

一、"贱同而思古","贵古贱今"。这一倾向妨碍对近、当代作家作品的鉴赏。他以秦始皇、汉武帝二主为例来说明这个问题。他说："昔《储说》始出，《子虚》初成，秦皇汉武，恨不同时；既同时矣，则韩囚而马轻。"这就是"所谓'日进前而不御，遥闻声而相思'也"①。

二、"文人相轻"，"崇己抑人"。这一不良倾向，妨碍对同辈或同等才力作家作品的鉴赏。他以班固和曹植二人为例，来论述这个问题：班固之于傅毅，文在伯仲之间，但班固看不起傅毅，在他与其弟班超的信中，讥笑傅毅"下笔不能自休"。"曹植论才，深排孔璋"之事，见于曹植的《与杨德祖书》。书云："以孔璋之才，不闲于辞赋，而多自谓能与司马长卿同风，譬画虎不成，还为狗也。"②"敬礼请润色，叹以为美谈，季绪好诋诃，方之于田巴"③之事，并见《与杨德祖书》中。故刘勰说："才实鸿懿，而崇己抑人者，班曹是也。"④

三、"信伪迷真"，玉石混淆。这一方面是"学不逮文"造成的，同时从玉石混淆的情况看，也说明"文情难鉴"⑤。这第三个问题，实即"鉴而弗精，玩而未核"⑥的一种表现形式。

四、"知多偏好，人莫圆该"⑦。这一条主要谈的是在鉴赏中经常出现的"仁者见仁，智者见智"的现象。造成这一现象的客观原因，是审美对象的复杂，即刘勰所说的"篇章杂沓，质文交加"⑧。

---

① 《文心雕龙·知音》，范文澜：《文心雕龙注》，第713页。
② ［清］严可均辑：《全三国文》（上册），北京：商务印书馆，1999年，第159页。
③ 《文心雕龙·知音》，范文澜：《文心雕龙注》，第714页。
④ 《文心雕龙·知音》，范文澜：《文心雕龙注》，第714页。
⑤ 《文心雕龙·知音》，范文澜：《文心雕龙注》，第714页。
⑥ 《文心雕龙·辨骚》，范文澜：《文心雕龙注》，第46页。
⑦ 《文心雕龙·知音》，范文澜：《文心雕龙注》，第714页。
⑧ 《文心雕龙·知音》，范文澜：《文心雕龙注》，第714页。

文学作品(审美客体)的内容、形式、风格是多种多样，千差万别的；但就鉴赏者(审美主体)而论，却有许多主观方面的因素在起作用，于是在鉴赏中便发生了这样一些情况："慷慨者逆声而击节，酝藉者见密而高蹈，浮慧者观绮而跃心，爱奇者闻诡而惊听。会己则嗟讽，异我则沮弃，各执一隅之解，欲拟万端之变，所谓'东向而望，不见西墙'也。"①

这四个问题，一、二是鉴赏中的不良倾向，应当加以反对。三是鉴赏能力问题。第四个问题，虽然刘勰不赞成，但这一问题却揭橥了鉴赏的规律问题，未可一概加以否定。这里涉及到鉴赏的主观性与鉴赏的多样性等规律问题："读者鉴赏文学作品不可能是纯客观地被注入的，必定带着读者自己的主观性，这种主观性除了时代的条件之外，是根据读者自己的立场观点、思想感情以及生活经验而形成的。"②刘勰要消除这种主观性，要求"无私于轻重，不偏于憎爱"，这种纯客观的要求，实际上是做不到的："刘勰所指摘的'慷慨者逆声而击节，……爱奇者闻诡而惊听'的情况，正说明了不同的读者，有不同的艺术趣味，不同的鉴赏要求。事实上，即使是同一读者，他的鉴赏要求也不是一成不变的。"③刘勰接触到文学鉴赏的多样性这一规律问题，由于他的局限，他并未将此视作规律，而认为这是一种偏狭，是"平理若衡，照辞如镜"④的大敌，从而加以指摘，这不能不说是刘勰认识上的局限。比刘勰稍后的萧子显在《南齐书·文学传论》中，也提到"机见殊门，赏悟纷杂"⑤的现象，所谓"赏悟纷杂"也包含有鉴赏的多样性问题，他对这一

---

① 《文心雕龙·知音》，范文澜：《文心雕龙注》，第714页。
② 以群主编：《文学的基本原理》(下册)，第439页。
③ 以群主编：《文学的基本原理》(下册)，第448页。
④ 《文心雕龙·知音》，范文澜：《文心雕龙注》，第715页。
⑤ [梁]萧子显：《南齐书》，北京：中华书局，1972年，第907页。

现象未置可否。

在《知音》篇中，刘勰用大半的篇幅论述了知音的困难，纪评说："难字一篇之骨。"[①] 这种看法不为无见。不过刘勰把知音看得如此困难，认为是千载难逢其一，是有点夸大的。但刘勰强调难，正是为了寻求解决困难的灵丹妙药。

刘勰认为，在鉴赏上如欲达到"平理若衡，照辞如镜"，首要之务在于"博观"。他说："凡操千曲而后晓声，观千剑而后识器，故圆照之象，务先博观。"[②] 所谓"博观"，并非指下文的"六观"。而是承上而来，指广博地阅读文学作品、通过比较来提高鉴赏能力，如同"晓声"者的"操千曲"和"识器"者的"观千剑"一样，鉴赏家需要阅读成千上万篇作品，只有博阅、饱参方能提高鉴赏能力，这是有一定道理的。至于具体的鉴赏方法，刘勰提出了"六观"的问题："是以将阅文情，先标六观：一观位体，二观置辞，三观通变，四观奇正，五观事义，六观宫商，斯术既形，则优劣见矣。"[③] "六观"的问题，有些同志把它当作刘勰的六项批评标准是不妥当的，当作艺术标准也不恰当。关于这个问题，牟世金同志在《刘勰论文学欣赏》一文中说得很好。他说："刘勰明明讲的是'斯术既形'，术只能是方法。所谓'圆照之象'，也是指全面考察作品的方法。这个方法就是'博观'。'六观'正是'博观'的具体内容。因此，'六观'不过是从六个方面来进行观察的方法，而不是六条衡量优劣的标准。……六个方面本身都基本上属于'文'，阅文情，就是从这六个方面着手，以深入探讨其表达的情。……'六观'的六个方面

---

① ［梁］刘勰撰，［清］黄叔琳注，［清］纪昀评：《文心雕龙辑注》，北京：中华书局，1957年，第418页。

② 《文心雕龙·知音》，范文澜：《文心雕龙注》，第714页。

③ 《文心雕龙·知音》，范文澜：《文心雕龙注》，第715页。

就是'波'，就是'叶'，观察这六个方面，就是为了'寻根''索源'。这样，'六观'就与批评标准毫不相干。……所谓'标准'，必须有某种程度的规定性，……这六个方面并未显示出任何规定性，因此，它本身就无法成其为衡量作品优劣的标准。"①这里所引的牟世金同志的话，除了说"六观"是"博观"的具体内容，我以为尚可商榷之外，其余的话，我基本上是同意的。"六观"是"披文"的方法，也是鉴赏的方法。

在论述了鉴赏方法之后，刘勰进一步提出他的鉴赏论：

> 夫缀文者情动而辞发，观文者披文以入情，沿波讨源，虽幽必显。……夫志在山水，琴表其情，况形之笔端，理将焉匿。故心之照理，譬目之照形，目瞭则形无不分，心敏则理无不达。……夫唯深识鉴奥，必欢然内怿，譬春台之熙众人，乐饵之止过客。盖闻兰为国香，服媚弥芬，书亦国华，玩泽（当为"绎"）方美。②

这一段话，是刘勰鉴赏论的核心。刘永济先生用"深入"与"熟玩"③四字来概括刘勰鉴赏论的核心，颇为精当。就文学的创作过程而言，是"情动而辞发"；就鉴赏过程而言，是"披文以入情"。这是两个相反的过程，故鉴赏家常称为"逆志"，它源于孟子的"以意逆志"④说。作品中的情，并非一目了然，有的直露，有的含蓄、幽深，鉴赏者要透过现象认识本质，由表及里，由浅入深，沿波讨源，方能洞见作者的用心，舍此不能"深入"。但"识照"浅也不能"深

---

① 牟世金：《刘勰论文学欣赏》，《社会科学战线》1980 年第 4 期。

② 《文心雕龙·知音》，范文澜：《文心雕龙注》，第 715 页。

③ 参见刘永济：《文心雕龙校释·附征引文录》，第 170 页。

④ 《孟子·万章上》，杨伯峻译注：《孟子译注》（第 2 版），北京：中华书局，2005 年，第 215 页。

入"。惟其入情深，才能洞见作品的美，获得美感享受，好像春天登台看到美景可以使人心情舒畅，又如音乐和美味可以留住过客一样。要深知作品的美，除了"深识鉴奥"以外，还要细细地体味，"玩绎方美"，这就是所谓"熟玩"了。

在刘勰鉴赏论的核心问题上，有几点值得注意：

首先，他强调情感在文学鉴赏中的重要性。他的鉴赏，不仅仅在欣赏形式美，"披文"的目的在于"入情"，情是创作的起点，又是欣赏的归宿。段更新同志在《论感情在文艺欣赏中的地位和作用》一文中引狄德罗的一段话来说明，"文艺作为欣赏对象而存在，在于它要首先地、直接地满足人们审美的感情需要。……狄德罗说：'艺术欣赏力究竟是什么呢？由于反复的经验而获得的敏捷性，它表示在能使它美化的情况下，抓住真实与良好的东西，并且迅速而强烈地为它所感动。'狄德罗的意见，一方面启示我们，不只要从艺术的形式上，而且要从艺术的内容上寻找艺术感受的根据；一方面又启示我们不只要从感官的感受上，而且要从心理的反应上理解艺术欣赏的实质。这就是说，文艺欣赏的意义不仅是人们的感官对于具体的、生动的、感性的艺术形象的感受，而且主要是人们的心灵由于文艺作品充满着美的思想感情所引起的感动和震撼。"[1]强调感情在文艺欣赏中的地位和作用，是抓住了文艺欣赏的实质的；但是这种看法，我们古代就有，刘勰即其一例。狄德罗所说的鉴赏者"由于反复的经验而获得的敏捷性"，刘勰又何尝没有论及呢？他说："故心之照理，譬目之照形，目瞭则形无不分，心敏则理无不达。""心敏"就是文艺欣赏中的"敏捷性"。

其次，刘勰不仅强调情感在欣赏中的作用，还注意到"照理"

---

[1] 段更新：《论感情在文艺欣赏中的地位和作用》，载《新文学论丛》（第4辑），北京：人民文学出版社出版，1981年。

的问题，这就揭橥了鉴赏过程的认识阶段问题，从"披文"到"入情"再到"照理"。这是从初级阶段（感性认识阶段）到高级阶段（理性认识阶段）的过程。这比某些没落的西方资产阶级学者千方百计地把文学鉴赏说成是一种"无意识的心理活动"或者是一种"形象的直觉"，认为文学鉴赏是排斥理性认识的，只是单纯的感性认识等论调，要高明得多。

复次，刘勰虽然强调知音之难，但他认为"音"是可知的。认识文学作品虽比认识有形之器要困难，但总比鉴赏音乐要容易些，因为文学是形之笔端的东西，情理是无法隐藏的。这种看法是对的。

二、《隐秀》篇也是鉴赏论

对于《隐秀》篇，除了补文的真伪问题尚存争论外，此篇的主旨是什么，也存在不同的认识。有的同志认为："从《声律》到《总术》的十二篇，虽然主要是讲写作技巧上的一些问题，但都不出如何用种种表现手段来抒情写物的范围，也就是说，它研究的不外是言与物和言与情两种关系。……《隐秀》要求'文外之重旨''篇中之独拔'等，这只能说是研究如何用表现形式为内容服务，仍不出言与物、情关系的范围。"[①] 有的同志认为："隐秀是讲修辞学上的婉曲和精警格。隐指婉曲，秀指精警。"[②] 这两种看法可归纳为一类，即《隐秀》属于创作论的范畴。另一种意见是《隐秀》属于风格论："《文心雕龙》在《体性》篇论述作家风格后，特列《风骨》一篇，把'风骨'作为刚性或阳性风格的典型形象，另外又设《隐秀》篇论述诗歌里的柔性和柔性风格。"[③] 笔者认为《隐秀》篇是讲鉴赏的，"隐"是欣赏和追求情在词外的艺术境界；"秀"是讲佳句欣赏。

---

① 陆侃如、牟世金：《文心雕龙泽注·引论》，济南：齐鲁书社，1995 年，第 54 页。

② ［梁］刘勰著，周振甫注：《文心雕龙注释》，第 436 页。

③ 詹锳：《〈文心雕龙〉的风格学》，北京：人民文学出版社，1982 年，第 104 页。

何以明其然？"将核其论，必征言焉"①。

《隐秀》篇云："隐也者，文外之重旨者也；秀也者，篇中之独拔者也。隐以复意为工，秀以卓绝为巧，斯乃旧章之懿绩，才情之嘉会也。"②张戒《岁寒堂诗话》引《文心雕龙·隐秀》曰："情在词外曰隐，状溢目前曰秀。"③这两句话虽不见于今本《文心雕龙》，也不见于《隐秀》篇补文，但属于《隐秀》的佚文是毫无问题的，因南宋时《隐秀》篇全文尚存。张戒所引的两句《隐秀》原文，对我们理解《隐秀》的主旨很有帮助。《隐秀》的旨义，刘永济先生的"释义"对我们颇有启发。他说：

> 《隐秀》之义，张戒《岁寒堂诗话》所引二语，最为明晰。"情在词外曰隐，状溢目前曰秀"。与梅圣俞所谓"含不尽之意见于言外，状难写之景如在目前"，语意相合。然言外之意，必由言得，目前之景，乃凭情显；言失其当，则意浮漂而不定，情丧其用，则景虚设而无功。言当者，作者之情怀虽未尽宣，而读者之心思已足领会，……于是言外之旨遂为文家所不能阙，赏会之士，亦以得其幽旨为可乐，故意逆之功，以求志为极则也。……文家言外之旨，往往即在文中警策处，读者逆志，亦即从此处而入。盖隐处即秀处也。④

刘永济先生处处从作者与读者两个方面结合来阐述《隐秀》的旨义，足见隐秀与鉴赏的关系，刘勰谈鉴赏，往往结合作家的创作并从鉴

---

① 《文心雕龙·辨骚》，范文澜：《文心雕龙注》，第 46 页。

② 范文澜：《文心雕龙注》，第 632 页。

③ ［宋］张戒著，陈应鸾笺注：《岁寒堂诗话笺注》，成都：四川大学出版社，1990 年，第 58 页。

④ 刘永济：《文心雕龙校释：附征引文录》，第 142—143 页。

赏的角度对作家提出创作要求，这是刘勰鉴赏论的特点之一。

另外，刘勰把隐秀当作"旧章之懿绩"①，足见他是从"旧章"(过去的作品)的欣赏中来体会隐秀的，他的立足点，是把自己当作一员赏会之士。

"情在词外曰隐，状溢目前曰秀"两句话，乃《隐秀》一篇之纲，它是刘勰的重要审美理论之一，而鉴赏正是一种审美的艺术活动，这一审美理论，对后代影响很大。前已指出，这两句话与梅圣俞的"含不尽之意见于言外"云云，语义相合。为了弄清这一审美理论的实质和它与文学鉴赏的关系，我们不妨征引一段欧阳修与梅圣俞的对话，欧阳修说：

> 圣俞尝语余曰："诗家虽率意，而造语亦难。若意新语工，得前人所未道者，斯为善也。必能状难写之景，如在目前；含不尽之意，见于言外，然后为至矣。贾岛云'竹笼拾山果，瓦瓶担石泉'，姚合云'马随山鹿放，鸡逐野禽栖'等是山邑荒僻，官况萧条；不如'县古槐根出，官清马骨高'为工也。"余曰："语之工者固如是。状难写之景，含不尽之意，何诗为然？"圣俞曰："作者得于心，览者会以意，殆难指陈以言也。虽然，亦可略道其仿佛。若严维'柳塘春水漫，花坞夕阳迟'，则天容时态，融和骀荡，岂不如在目前乎？又若温庭筠'鸡声茅店月，人迹板桥霜'，贾岛'怪禽啼旷野，落日恐行人'，则道路辛苦，羁愁旅思，岂不见于言外乎？"②

---

① 《文心雕龙·隐秀》，范文澜：《文心雕龙注》，第632页。
② ［宋］欧阳修著，郑文等校点：《六一诗话》，北京：人民文学出版社，1962年，第9–10页。

梅圣俞所举的这些诗句，所以能引起读者的美感，为读者所欣赏，是因为这些诗句，把生活情景描绘得历历如在目前，而又含蓄有味，有"韵外之致"和"味外之旨"①。读者通过这些诗句可以唤起对同类生活情景的联想、回味和补充，这样作品的美感就不仅仅是作品的言辞所呈现的，而且包括了艺术形象所引起的联想。作品的形象必须与读者的想象相结合，即"作者得于心"的艺术形象与"览者会以意"的鉴赏相结合。才能充分发挥艺术作品的审美作用。而刘勰《隐秀》篇所说的"情在词外曰隐，状溢目前曰秀"，是揭橥了这一审美理论的。有些同志认为六朝文论是重"形似"的时代，文论中的"神似""神韵说"是晚唐以后才出现的理论，六朝时仅在画论中使用过，还不曾引入文论中②。这种看法，从概念的使用上来看是有道理的，但综观刘勰的《文心雕龙》，他曾对"文贵形似"③流露不满，他虽然未使用"神似"和"韵味"的概念，但他要求"言外之重旨""情在词外""物色尽而情有余"④，这种审美理论，难道不与"味外之旨"一脉相承吗？梅圣俞的审美理论，固然是对司空图"韵味说"的发挥，但也可以说是直接继承了刘勰的隐秀论，"韵味"说在鉴赏史上的意义是不可低估的，其肇端，应追溯到刘勰的《隐秀》。

《隐秀》篇除了上文所论述的审美理论之外，还有秀句欣赏的问题。对于"篇中之独拔"和"状溢目前"的秀句，刘勰是非常欣

① ［唐］司空图：《司空表圣文集》卷二《与李生论诗书》，上海：上海古籍出版社，1994年，第24页。

② 参见牟世金：《中国古代文学艺术的形神问题》，《文学评论》1980年第1期；敏泽：《论魏晋至唐关于艺术形象的认识——兼论佛学输入对于艺术形象理论的影响》，《文学评论》1980年第1期。

③ 《文心雕龙·物色》，范文澜：《文心雕龙注》，第694页。

④ 《文心雕龙·物色》，范文澜：《文心雕龙注》，第694页。

赏的。《隐秀》篇有相当一部分篇幅是讲秀句欣赏的，补文因真伪尚存争论，姑且置而不论。没有补文的《隐秀》篇，在一叶阙文之后，尚存"'朔风动秋草，边马有归心'，气寒而事伤，此羁旅之怨曲也"①数句，这是秀句欣赏一段的尾巴。虽然有人说古诗浑朴，难以句摘，但佳句欣赏之风，晋宋已肇其端，《世说新语》中就保存了一些佳句欣赏的史料②。晋人张际曾搞过摘句褒贬，因其著作已不可见，我们从萧子显《南齐书·文学传论》中，仅可看到"张际摘句褒贬"一句话，已无法知道其具体内容了。所以在刘勰的时代摘句欣赏并没有任何值得奇怪的。

　　《隐秀》篇还论及了对秀句的要求，秀句的作用和秀句欣赏的美学效果。刘勰认为堪称秀句的并不太多，"篇章秀句，裁可百二"③。秀句的获得是"思合而自逢，非研虑之所果（当作'课'）也"④，赞中说"言之秀矣，万虑一交"⑤，可见秀句来之不易。秀句不是靠雕琢字句得来的，"雕削取巧，虽美非秀"⑥。他要求秀句"自然会妙，譬卉木之耀英华；润色取美，譬缯帛之染朱绿"⑦。隐秀的作用，可以为文苑增光，欣赏隐秀，可以获得"余味曲包"和"动心惊耳"⑧的美学效果。

─────────

　　① 《文心雕龙·隐秀》，范文澜：《文心雕龙注》，第 632 页。

　　② 详见拙作《〈世说新语〉中的文论概述》，载《古代文学理论研究》（第 3 辑），上海：上海古籍出版社，1981 年，第 102—112 页。

　　③ 《文心雕龙·隐秀》，范文澜：《文心雕龙注》，第 632 页。

　　④ 《文心雕龙·隐秀》，范文澜：《文心雕龙注》，第 632—633 页。

　　⑤ 《文心雕龙·隐秀》，范文澜：《文心雕龙注》，第 633 页。

　　⑥ 《文心雕龙·隐秀》，范文澜：《文心雕龙注》，第 633 页。

　　⑦ 《文心雕龙·隐秀》，范文澜：《文心雕龙注》，第 633 页。

　　⑧ 《文心雕龙·隐秀》，范文澜：《文心雕龙注》，第 633 页。

三、散见于《文心雕龙》其他各篇的鉴赏论

《文心雕龙》一书，除了《知音》《隐秀》等论述鉴赏的专篇外，还有一些散见于创作论、批评论、文体论中的论述鉴赏的有关意见，有的与专篇的论述互相发明，有的则弥补了专篇的不足，因此也不可忽视。

在《夸饰》篇，刘勰继承和发扬了孟子的鉴赏理论："说诗者不以文害辞，不以辞害志。"① 这是"以意逆志"的先决条件之一。刘勰承认"夸饰"能给人以美感，只要"夸而有节，饰而不诬"②，是可以做到"因夸以成状，沿饰而得奇"③的。夸饰并不违背艺术真实，可以产生"谈欢则字与笑并，论戚则声共泣偕"④的真实感，获得"发蕴而飞滞，披瞽而骇聋"⑤的艺术效果。在这一点上，刘勰比东汉的王充要高明，王充把《诗经》中的夸张诗句，当成"虚妄"之言对待⑥，同时也比宋代的沈括高明，沈括不能正确地欣赏杜甫《古柏行》"霜皮溜雨四十围，黛色参天二千尺"的名句是以夸张的手法极力描写古柏的高大，反而指责杜甫"四十围乃是径七尺，无乃太细长乎"？⑦这说明王充和沈括都不能正确地欣赏文艺作品的"夸饰"，从而给他们的文学鉴赏带来了胶柱鼓瑟的弊病。

有的同志认为："刘勰讲鉴赏，没有谈到作品对读者的影响。……《知音》篇没有谈到情思的邪正，是应该给予补充的。"⑧ 前一句

---

① 杨伯峻译注：《孟子译注》（第2版），第215页。
② 《文心雕龙·夸饰》，范文澜：《文心雕龙注》，第609页。
③ 《文心雕龙·夸饰》，范文澜：《文心雕龙注》，第609页。
④ 《文心雕龙·夸饰》，范文澜：《文心雕龙注》，第609页。
⑤ 《文心雕龙·夸饰》，范文澜：《文心雕龙注》，第609页。
⑥ 参见王充《论衡·艺增》篇。
⑦ 参见《梦溪笔谈》卷二十三《讥谑》。
⑧ 参见周振甫：《文心雕龙注释·知音》，"说明"，第524页。

如果仅指《知音》而言，倒也是事实；但刘勰在其他各篇，曾论及这两个问题。

《乐府》篇云："夫乐本心术，故响浃肌髓，先王慎焉，务塞淫滥，敷训胄子，必歌九德；故能情感七始，化动八风。"[1]这里指出音乐感人之深可以浸入到人们的灵魂深处，正因为这一点，统治阶级在教育贵族子弟时，十分注意防止淫辞滥曲蛊惑人心。纯正的音乐，可以"情感七始"，"化动八风"，这里刘勰对艺术作品的潜移默化的作用，对听众的教育和影响，以及"情之邪正"全讲到了。《诸子》篇还提出"弃邪采正"[2]的要求，从而补充了《知音》篇的不足。

不仅如此，刘勰还指出文艺鉴赏并不仅仅在于形式上的欣赏和美感享受，还要有更高的要求，通过鉴赏还要进窥社会和政治的盛衰、兴废。"师旷觇风于盛衰，季札鉴微于兴废"，"季札观辞，不直听声而已"[3]。这里刘勰又一次揭橥了文学鉴赏的一个规律，即鉴赏过程的认识阶段问题。

此外，刘勰还揭示了在文艺鉴赏上雅俗之间的不同风尚和斗争。在鉴赏上，雅俗共赏的现象是存在的，但由于不同的阶级阶层，不同文化教养的人兴趣爱好不同，反映在鉴赏上必然有不同的倾向和风尚。《乐府》篇云：

> 俗听飞驰，职竞新异，雅咏温恭，必欠伸鱼睨；奇辞切至，则拊髀雀跃：诗声俱郑，自此阶矣。[4]

---

[1] 范文澜：《文心雕龙注》，第 101 页。
[2] 范文澜：《文心雕龙注》，第 309 页。
[3] 《文心雕龙·乐府》，范文澜：《文心雕龙注》，第 101、102 页。
[4] 范文澜：《文心雕龙注》，第 102 页。

从对"俗听"和"诗声俱郑"的批评看，刘勰是崇雅抑俗或崇雅抑郑的。

《情采》篇说："繁采寡情，味之必厌。"① 《丽辞》篇说："碌碌丽辞，则昏睡耳目。"② 这都说明仅有华丽的辞藻，而没有激动人心的情感，是不能为读者所欣赏的。要打动读者，"必使情往会悲，文来引泣，乃其贵耳"③。刘勰往往从欣赏的角度提出对创作的要求，要求作家写出来的作品，"视之则锦绘，听之则丝簧，味之则甘腴，佩之则芬芳"④。这就是说，要在感官上给读者以美感，经得起品味。此外他还希望作品所描写的情景，要与读者相沟通，使读者有亲临其境的感觉，达到"叙情怨，则郁伊而易感；述离居，则怆怏而难怀；论山水，则循声而得貌；言节候，则披文而见时"⑤。

真正的艺术鉴赏，实际上是离不开艺术的再创造的，欣赏者必须进入艺术家所创造的艺术境界中去，用自己的生活经验去联想和补充，方能得到真正的美感享受。刘勰对于这一点没有明确的论述，这是他的鉴赏理论的不足之点。不过他提出"玩绎方美"和"情在词外""言外之重旨"等著名论点，多少接触到艺术再创造的问题。"书亦国华"说明文艺作品客观上存在着美，但这种美需反复玩味、研究方能充分领受，在"玩绎"的过程中，是离不开再创造的。另外，要了解词外之情，言外之旨，没有联想和再创造也是不可能的。

四、刘勰对作家作品的鉴赏

《文心雕龙》的作品评论，大多是他的鉴赏印象和审美的艺术

---

① 范文澜：《文心雕龙注》，第 539 页。
② 范文澜：《文心雕龙注》，第 589 页。
③ 《文心雕龙·哀吊》，范文澜：《文心雕龙注》，第 240 页。
④ 《文心雕龙·总术》，范文澜：《文心雕龙注》，第 656 页。
⑤ 《文心雕龙·辨骚》，范文澜：《文心雕龙注》，第 47 页。

感受，这一方面的艺术内容相当丰富，仅举数例，以见一斑：如评古诗说："观其结体散文，直而不野，婉转附物，怊怅切情，实五言之冠冕也。"① 评张衡的《怨诗》说："张衡怨篇，清典可味。"② 他批评汉代对《楚辞》的评论是："褒贬任声，抑扬过实，可谓鉴而弗精，玩而未核者也。"③ 从"鉴""玩"二字看来，刘勰正是把汉代的《楚辞》评论当作《楚辞》鉴赏来看待的，批评他们在鉴赏与玩味方面不精当，缺乏符合实际的查考。他自己评论《楚辞》说："观其骨鲠所树，肌肤所附，虽取镕经义，亦自铸伟词。故《离骚》《九章》，朗丽以哀志；《九歌》《九辩》，绮靡以伤情；《远游》《天问》，瑰诡而惠巧，《招魂》《招隐》，耀艳而深华，……故能气往轹古，辞来切今，惊采绝艳，难与并能矣！"④《诠赋》篇云："枚乘《菟园》，举要以会新；相如《上林》，繁类以成艳；贾谊《鹏鸟》，致辨于情理；子渊《洞箫》，穷变于声貌；孟坚《两都》，明绚以雅赡；张衡《二京》，迅发以宏富；子云《甘泉》，构深玮之风；延寿《灵光》，含飞动之势：凡此十家，并辞赋之英杰也。"⑤ 这类对作家作品艺术风格的品藻，与其说是评论，毋宁说是鉴赏，因为他所概括的，多是风格的辨别与鉴赏的印象，带有直感性。寓鉴赏于品藻之中，是他的作品评论的特点。

　　《文心雕龙》的二十篇文体论，每篇的"选文定篇"部分，是欣赏各类文体的代表作的，品藻作家作品甚多，因有许多不是文学作品，故略而不论。但往往在这些评论中，也可以看出他寓鉴赏于品藻之中的特点。如对于班固《汉书》中的"十志"，刘勰评论它

① 《文心雕龙·明诗》，范文澜：《文心雕龙注》，第66页。
② 《文心雕龙·明诗》，范文澜：《文心雕龙注》，第66页。
③ 《文心雕龙·辨骚》，范文澜：《文心雕龙注》，第46页。
④ 《文心雕龙·辨骚》，范文澜：《文心雕龙注》，第47页。
⑤ 范文澜：《文心雕龙注》，第135页。

们说："其十志该富，赞序弘丽，儒雅彬彬，信有遗味。"① 从"信有遗味"四字看来，依然是鉴赏的口吻。

五、刘勰的鉴赏观

在粗略地分析了刘勰的鉴赏论及作品鉴赏之后，我们有必要再进窥刘勰的鉴赏观，勾勒出他的审美观念。他的鉴赏观，体现在他对创作和具体作品的美学要求中。

《征圣》篇说："然则志足而言文，情信而辞巧，乃含章之玉牒，秉文之金科矣！"② 这是从孔子的"情欲信，辞欲巧"③ 等而脱胎出来的对文章内容和形式的基本要求，也是刘勰的基本鉴赏观。在《宗经》篇，他提出只有"辞约而旨丰，事近而喻远"④ 的作品，才永远值得欣赏："是以往者虽旧，而余味日新。"⑤ 进而，他根于宗经的观点，提出"六义"说，这是具有规定性的六项主张："一则情深而不诡，二则风清而不杂，三则事信而不诞，四则义直而不回，五则体约而不芜，六则文丽而不淫。"⑥ 这六条主张比"志足而言文，情信而辞巧"的要求要宽广得多，除了真、善、美的要求之外，还有风格的要求。但"六义"的规定性比较简略，比如风格问题，这里只谈到"体约而不芜"，而《体性》篇则归纳出八种风格类型："一曰典雅，二曰远奥，三曰精约，四曰显附，五曰繁缛，六曰壮丽，七曰新奇，八曰轻靡。"⑦ 从刘勰自己对"八体"的解释看，他对前六种风格类型基本上是肯定的，对后两种则颇露微词。

---

① 范文澜：《文心雕龙注》，第 284 页。
② 范文澜：《文心雕龙注》，第 15 页。
③ 《礼记·表记》，钱玄等注译：《礼记》，长沙：岳麓出版社，2001 年，第 734 页。
④ 范文澜：《文心雕龙注》，第 22 页。
⑤ 《文心雕龙·宗经》，范文澜：《文心雕龙注》，第 22 页。
⑥ 《文心雕龙·宗经》，范文澜：《文心雕龙注》，第 23 页。
⑦ 范文澜：《文心雕龙注》，第 505 页。

他最欣赏的是"典雅","典雅者,镕式经诰,方轨儒门者也"①。
他看重"典雅",正是因为典雅的作品是取法经典,依傍儒家立论的,
这与他"宗经""征圣"的纲领有关。刘勰所以不满意"新奇"与"轻
靡"的风格,是因为它们"摈古竞今,危侧趣诡"②,即抛弃古制,
竞创新体,在危险的侧径上走向怪异。而"轻靡"的作品,则是"浮
文弱植,缥缈附俗"③的,即文字浮靡,内容无力不能有所建树,
只能虚无缥缈而依附俗说。实际上这是对晋宋以来绮靡文风的不满。
如果结合刘勰对六朝绮靡文风的批判,则可以看得更加清楚。如《明
诗》云:"晋世群才,稍入轻绮,……采缛于正始,力柔于建安;
或析文以为妙,或流靡以自妍,此其大略也。……宋初文咏,体有
因革,庄老告退,而山水方滋;俪采百字之偶,争价一句之奇,情
必极貌以写物,辞必穷力而追新:此近世之所竞也。"④《通变》
云:"魏晋浅而绮,宋初讹而新,从质及讹,弥近弥澹。何则?竞
今疏古,风味气衰也。"⑤《定势》云:"自近代辞人,率尚诡巧,
原其为体,讹势所变,厌黩旧式,故穿凿取新。"⑥《物色》云:"自
近代以来,文贵形似,窥情风景之上,钻貌草木之中。"⑦《程器》
云:"而近代辞人,务华弃实。"⑧这些批判与对"新奇"与"轻靡"
风格的不满是一致的。

对于构成文学作品美的因素,从"六义"的规定性和"八体"
的倾向性来看,还不能尽窥刘勰的鉴赏观。比如对声律之美,"六

---

① 《文心雕龙·体性》,范文澜:《文心雕龙注》,第 505 页。
② 《文心雕龙·体性》,范文澜:《文心雕龙注》,第 505 页。
③ 《文心雕龙·体性》,范文澜:《文心雕龙注》,第 505 页。
④ 范文澜:《文心雕龙注》,第 67 页。
⑤ 范文澜:《文心雕龙注》,第 520 页。
⑥ 范文澜:《文心雕龙注》,第 531 页。
⑦ 范文澜:《文心雕龙注》,第 694 页。
⑧ 范文澜:《文心雕龙注》,第 718 页。

义""八体"均未言及。《知音》中提出的"六观",则弥补了这一不足。"六观宫商"即指考察作品的声律之美。诚然,"六观"只提出六个观察的方面,本身并无规定性,但"六观"中的每一个问题,刘勰几乎均有专篇论述,它的规定性,我们还是可以了解的。"一观位体",可以联系"因情立体,即体成势"①,即根据内容来确定体裁,根据体裁而构成一定的局势。从鉴赏的角度来说,就是看内容与体裁配合得如何,也就是情和体的离合问题。"二观置辞",意即观察章句的安排与辞采的运用,它的规定性见于《情采》《镕裁》《丽辞》《风骨》诸篇中。在《情采》中,刘勰主张"因情以敷采"②,反对"淫丽而烦滥"和"采滥辞诡",认为"繁采寡情"的作品没有什么欣赏价值,使人"味之必厌"③。《镕裁》提出练词(剪截浮词)的问题,反对辞的"繁杂",提出"芟繁剪秽"④的要求。《丽辞》是讲语音对偶之美的,也与"置辞"有关。《风骨》篇的骨采,是对文辞方面的美学要求:"结言端直,则文骨成焉。""练于骨者,析辞必精。"反对"瘠义肥辞",认为这是"繁杂失统"⑤的。上引诸例,可以概见刘勰"观置辞"的规定性。"三观通变"的问题,《通变》已有专篇论述:"通"就是"参古定法""矫讹翻浅,还宗经诰"。"变"即要求"酌于新声","望今制奇"⑥。他要求新变,但又不满晋宋以来的文学新变,主张以复古挽救近代新变之弊。"四观奇正",虽无专篇论述,但《定势》篇论及奇正问题,刘勰对于

① 《文心雕龙·定势》,范文澜:《文心雕龙注》,第 529 页。
② [梁]刘勰撰,[清]黄叔琳注,[清]纪昀评:《文心雕龙辑注》,第 297 页。
③ 《文心雕龙·情采》,范文澜:《文心雕龙注》,第 538、539 页。
④ 《文心雕龙·镕裁》,范文澜:《文心雕龙注》,第 544 页。
⑤ 《文心雕龙·风骨》,范文澜:《文心雕龙注》,第 513 页。
⑥ 《文心雕龙·通变》,范文澜:《文心雕龙注》,第 520、521 页。

奇正的基本态度是主张"执正以驭奇",反对"逐奇而失正"[①]。在刘勰的审美观中,奇正的位置是摆定了的。他不反对"奇",但主张对奇要控制使用。从《事类》篇,我们可以大体看到"五观事义"的规定性。刘勰认为用事得当,如"取事贵约"则是"众美"之一。用事要做到"援古以证今","用人若己",而且要用在关键之处。否则,如果把"微言美事"置于闲散之处,那就如同将金翠首饰缀在足胫上,将粉黛涂在胸脯上一样。至于"引事乖谬"[②]更是他所反对的。"六观宫商"问题,《声律》篇已有专门论述。如果声律不调,就如人的口吃一样;如声韵和谐,"则声转于吻,玲玲如振玉;辞靡于耳,累累如贯珠矣"。"异音相从谓之和,同声相应谓之韵","和韵"是刘勰对声律的基本要求。他根据"声有飞沉"(即平仄),主张"飞沉"交错使用;根据"响有双叠",提出"双声隔字而每舛,叠韵杂句而必睽"[③]。即不要将双声叠韵的复合词拆开使用。

综上所述,我们从刘勰的"六义""八体""六观"及其规定性上,大体可以看到刘勰对文学作品的内容、形式及风格方面的基本美学要求,从这三组二十个问题的积极提倡与消极避忌上,可以略窥刘勰的鉴赏观。将"六义""八体""六观"联系起来,可以基本勾勒出刘勰鉴赏观的体系。

当然,除此之外,还有一些散见于其他各篇的鉴赏观点。比如在四言诗与五言诗的对比上,他比较欣赏四言诗:"若夫四言正体,则雅润为本;五言流调,则清丽居宗。"[④]这与他"宗经"的文学纲领有关,因为《诗经》基本上是四言诗。他把雅润、清丽当作诗

---

① 《文心雕龙·定势》,范文澜:《文心雕龙注》,第531页。
② 《文心雕龙·事类》,范文澜:《文心雕龙注》,第614、617页。
③ 《文心雕龙·声律》,范文澜:《文心雕龙注》,第552、553页。
④ 《文心雕龙·明诗》,范文澜:《文心雕龙注》,第67页。

歌的极则，并提出"兼善"与"偏美"的鉴赏观。兼善当然高于偏美，但兼善者少，偏美者多，能欣赏"偏美"的作品，反映了他在鉴赏方面不求全责备的特点。

在音乐鉴赏方面，刘勰是崇雅抑俗或崇雅抑郑的。他对"雅声浸微，溺音腾沸"[1]的现象深为不满，他欣赏具有中和之美的《韶》《夏》，反对新乐与郑声，对"中和之响，阒其不还"[2]深表遗憾。

如何评价刘勰的鉴赏观，他的鉴赏观有无时代的烙印，这是本文最后论述的一个问题。

我们认为，刘勰的鉴赏观，就主导方面来看是进步的。马克思说："一件艺术品——任何其他的产品也是如此——创造了一个了解艺术而且能够欣赏美的公众。"[3]刘勰的鉴赏观，是植根于我国优秀的文学遗产和优良的文学传统之中的。他是由《诗经》《楚辞》、汉魏古诗、建安文学等优秀作品所创造出来的欣赏美的公众之一。对于晋以后的文学，特别是诗歌，他有所不满。他要求新变，但又不满意于晋宋以还的新变。他要求形式的华美，但又反对过分讲求这一点，反对淫滥。他有时披着复古的外衣来进行革新，因此，他的鉴赏观的确有不同流俗的一面。但一个人不能超出他的时代，刘勰的鉴赏观也深深地打上了时代的烙印。关于这一点，前人也偶然有指出者：如针对《明诗》的四言以"雅润为本"，五言以"清丽居宗"，纪昀评论说："此论却局于六朝习径，未得本原，夫雅润清丽，岂诗之极则哉！"[4]其实，刘勰的鉴赏观，局于六朝习径者，远不止这一点。比如对六朝文学的新变，刘勰的态度就很值得研究。

---

① 《文心雕龙·乐府》，范文澜：《文心雕龙注》，第 101 页。
② 《文心雕龙·乐府》，范文澜：《文心雕龙注》，第 101 页。
③ 《马克思 恩格斯论艺术》第一卷，北京：人民出版社，1963 年，第 207 页。
④ ［梁］刘勰撰，［清］黄叔琳注，［清］纪昀评：《文心雕龙辑注》，第 65 页。

从理论上，他是承认新变的，他认为文学从淳质到辨丽到侈艳，这是合乎规律的发展，是向好的方面发展；但从辨丽到侈艳，浮夸之风开始萌生，好中有坏；从侈艳到浅绮到讹新，这是向坏的方向发展，这是刘勰的文学发展观。但六朝文学的新变，与讲求声律、对偶、丽辞有关，从刘勰的考声律、辨章句、尚丽辞、重练字等方面看，却体现了他望今趋时的一面，他要求的新变与六朝文学的新变有些方面是共同的。他与萧纲、萧统、萧子显等人所不同的是：萧纲将今文与古制是对立起来的："若以今文为是，则古文为非；若昔贤可称，则今体宜弃，俱为盍各，则未之敢许。"① 而刘勰则要求"参古定法，望今制奇"。另外，萧子显鼓吹"若无新变，不能代雄"②。萧统对新变是"踵其事而增华，变其本而加厉"③ 的，而刘勰对新变是反对太过、太甚的，这是他们之间的区别。我们既要看到他们之间的区别，也要看到他们之间的联系。晋宋以还发生新变的文学，也产生了欣赏它的公众，刘勰在某种程度上，还是能欣赏它们的，并非与它们格格不入，这正是刘勰鉴赏观的时代烙印。

最后，还应指出：刘勰的鉴赏观也有不少保守落后的地方。他对四言诗与五言诗的优秀之作，虽均能欣赏，但他把四言诗看作正体，五言看作流调，这一点远不如钟嵘说得好。钟嵘说："夫四言文约意广，取效《风》《骚》，便可多得，每苦文繁而意少，故世罕习焉。五言居文辞之要，是众作之有滋味者也，故云会于流俗。"④

---

① ［梁］萧纲：《与湘东王书》，［清］严可均辑：《全梁文》上册，北京：商务印书馆，1999 年，第 115 页。
② ［梁］萧子显：《南齐书·文学传论》，北京：中华书局，1972 年，第 908 页。
③ ［梁］萧统：《文选·序》，［唐］李善注：《文选》，上海：上海古籍出版社，1986 年，第 1 页。
④ ［梁］钟嵘：《诗品·序》，周振甫译注：《诗品译注》，北京：中华书局，1998 年，第 19 页。

萧子显也说过"五言之制，独秀众品"①。就当时而论，这种看法是优于刘勰的。

在音乐鉴赏上，刘勰的鉴赏观与孔子近似，都十分欣赏具有中和之美的《韶》《夏》等典雅的古乐，而瞧不起民间兴起的新乐，刘勰对南朝的乐府民歌，如《子夜》《四时》《读曲》之类，是不屑一顾的，这不能不说是刘勰鉴赏观的落后保守和阶级偏见。

① ［梁］萧子显：《南齐书·文学传论》，第908页。

刘勰的批评标准系统论

一

半个多世纪以来，《文心雕龙》的论文多达近千篇，但是专门论述刘勰批评标准的论文却寥若晨星，而且多数是在论文和专著中偶尔语及这个问题，以致到目前为止，刘勰的批评究竟是什么，仍然是众说纷纭，莫衷一是。为了说明这个问题，我们有必要对研究现状作简单的历史回顾。

在笔者所看到的资料中，近代学者第一个明确提出刘勰的批评标准的，是罗根泽先生，他在所著《中国文学批评史》中指出：刘勰"认为因主观的见解不同，也可以使批评殊异。《知音》篇云：'篇章杂沓，质文交加，知多偏好，人莫圆该，……'此种论调好像同于法朗士的'天下无所谓客观的批评'，但刘勰却要设法屏除主观的偏见，建立一种客观的批评标准，就是他的六观法。"①继之，刘大杰先生在《中国文学发展史》中也指出《知音》篇的"六观"是刘勰的批评标准：刘勰"因为在批评上要避开主观的偏见与印象的褒贬，他于是提出了'六观'的标准。他说：'是以将阅文情，先标六观。一观位体，二观置辞，三观通变，四观奇正，五观事义，六观宫商，斯术既形，则优劣见矣。'……由这六个标准，去客观地品评文学作品的价值，比起那些印象派的主观批评来，所得的结论，自然要正确得多。"②黄海章先生在《刘勰的创作论与批评论》

---

① 罗根泽：《中国文学批评史》，上海：上海书店出版社，2003年，第245页。
② 刘大杰：《中国文学发展史》上册，北京：中华书局，1962年，第314—315页。

一文中认为刘勰的文学批评标准即"六观"的标准，并对"六观"逐一作了分析。[①]1980年中华书局出版的詹锳先生《刘勰与文心雕龙》和1981年人民文学出版社出版的敏泽同志的《中国文学理论批评史》也赞成"六观"为刘勰的批评标准，双方都作了简单的阐述，所不同的是敏泽指出："刘勰关于文学批评所提出的六项标准，和他的整个文学观点一样，都深深受着他的'征圣''宗经'等儒学观念的制约的。刘勰在这里提出的'六观'，实际上就是以《宗经》里的'六义'为根据的。"[②]

也有不少研究者不同意"六观"为刘勰的批评标准。如陆侃如、牟世金先生在1978年上海古籍出版社出版的《刘勰和文心雕龙》一书中，指出《宗经》篇的"六义"是刘勰论文的六个批评标准。"这六点既是刘勰对创作的要求，也是他论文的六个批评标准。"[③]并指出"六观""常被人误解为是刘勰的全部批评标准"[④]。缪俊杰同志认为："只能把'六观'解释为方法，决不可把'六观'解释为标准。……如果把'原道''征圣''宗经'看做刘勰的政治标准，把'六义'看做他的艺术标准，那么，人们对刘勰的文学批评实践就较容易理解了。"[⑤]1987年北京出版社出版的蔡钟翔、黄保真、成复旺著《中国文学理论史》，也认为"'六义'正是刘勰主张的

① 参见黄海章：《刘勰的创作论与批评论》，《中山大学学报》1958年第1期；又见黄海章：《中国文学批评论文集》，长沙：岳麓书社，1983年，第25—26页。

② 敏泽：《中国文学理论批评史》，北京：人民文学出版社，1981年，第223—224页。

③ 陆侃如、牟世金先生：《刘勰和文心雕龙》，上海：上海古籍出版社，1978年，第27页。

④ 陆侃如、牟世金先生：《刘勰和文心雕龙》，第29页。

⑤ 缪俊杰：《刘勰的文学批评理论和批评实践》，《古代文学理论研究》第一辑，上海：上海古籍出版社，1979年，第151—156页。

创作规范和批评标准。"①

　　另一种观点是将"六义"与"六观"结合，作为刘勰的批评标准。张文勋、杜东枝同志在 1980 年人民文学出版社出版的《文心雕龙简论》一书中说："刘勰在《知音》篇中，进一步提出'六观'说作为评价作品的标准。"②他们在分析了"六观"之后，又说："以上六条标准，概括而言之，实际上也只是两条，即思想性和艺术性两个方面，或者说社会内容和艺术形式两个方面的标准。……如果我们再参照《宗经》篇中提出的'六义'，问题就更清楚了。刘勰在'六义'中从'情''风''事''义''体''文'六个方面，提出了具体要求，作为衡量文学作品的最高标准。"③张文勋、杜东枝把"六观"与"六义"综合在一起，作为刘勰的批评标准，似比前此的有关论述，前进了一步。

　　1985 年齐鲁书社出版的毕万忱、李淼两同志合著的《文心雕龙论稿》，其中有《略论刘勰的文艺批评标准》一文，也主张"把《宗经》篇的'六义'和《知音》篇的'六观'结合起来，作为刘勰提出的互为表里的，包括思想和艺术两个方面的标准"④。

　　刘永济先生则将《宗经》篇的"六义"和《镕裁》篇的"三准"（"设情以位体""酌事以取类""撮辞以举要"）结合作为刘勰的论文标准。他在《文心雕龙校释》的《宗经》篇"释义"中说："舍人所标宗经六义，中包三事。三事者，孔子赞《易》所谓'意''言''书'，孟子论文所谓'志''辞''文'也。舍人《镕裁》篇亦有'设情''酌事''撮辞'之文，谓之三准。此篇之情深风清，'志'之事也。事信义直，'辞'

---

　　① 蔡钟翔、黄保真、成复旺：《中国文学理论史》（一），北京：北京出版社，1987 年，第 261 页。

　　② 张文勋、杜东枝：《文心雕龙简论》，北京：人民文学出版社，1980 年，第 101 页。

　　③ 张文勋、杜东枝：《文心雕龙简论》，第 104—105 页。

　　④ 毕万忱、李淼：《文心雕龙论稿》，济南：齐鲁书社，1985 年，第 150—151 页。

之事也。体约文丽，'文'之事也。三者旨约而义宏，不但为论文之标准，且已尽文家之能事。"①刘先生另有一篇《释刘勰的"三准"论》的文章，他把《文心雕龙》中所使用的批评术语，都用"情、事、辞"三事来概括归纳："《宗经》篇的'六义'即可用'三准'的'情''事''辞'概括它，《情采》篇的'情性''言''文采'，就是'情''事''辞'三项的别称。《风骨》篇用了许多名词，归纳起来，则'风''气''情''义''力'，属于'情'。'骸''体''骨''言''辞'，属于'事'。'采''藻''字''响''声''色'，属于'辞'。"②刘先生围绕"三准"，构造出"情""事""辞"各自的系统，加上各个术语的规定性，每个术语均可看作批评标准的一个要素。

王运熙先生在《文心雕龙探索》（1986年上海古籍出版社出版）一书中，有三篇文章涉及到刘勰的批评标准。在《刘勰论文学的作用和思想政治标准》一文中说：刘勰在《宗经篇》中提出"六义"的"第一、三、四项是就思想内容说的，也可以说是他评价作家作品的思想政治标准。其他三项是就语言风格说的，也可以说是他评价作家作品的艺术标准"③。在《刘勰论文学作品的范围、艺术特征和艺术标准》一文中说："刘勰对文学作品的要求，不但在于它们应当具有形态色泽和声韵之美等艺术特征方面，他还认为文采华美的特点应当与质朴雅正的特点互相结合，做到有文有质，文质彬彬。这是他对作品艺术性的比较全面的要求，也是他评价作家作品的艺术标准。"④这里的概括与上文略有不同。但王先生在《从〈文

---

① 刘永济校释：《文心雕龙校释：附征引文录》，上海：上海古籍出版社，2010年，第6—7页。

② 刘永济：《释刘勰的"三准"论》，《文学研究》1957年第2期。

③ 王运熙：《文心雕龙探索》，上海：上海古籍出版社，1986年，第166页。

④ 王运熙：《文心雕龙探索》，第190页。

心雕龙·风骨〉谈到建安风骨》一文中，又提出"《风骨》是《文心雕龙》全书中集中谈艺术标准的一个专篇"①。从而把"六义"中的三项艺术标准，与《风骨》篇提出的"风骨与采相合"沟通起来，将风骨作为刘勰的艺术标准。这一例证说明有些研究《文心雕龙》的专家，在不同的文章中，对刘勰的批评标准的把握，往往有所变化。类似的情况，在牟世金同志的论著中也可以看到。牟世金同志与陆侃如先生合著的《刘勰和文心雕龙》一书中曾指出：《宗经》篇的"六义"是刘勰论文的六个批评标准；但在《文心雕龙译注》的《引论》中，牟世金同志又提出："'原道'和'宗经'，就是刘勰文学批评的标准"，"从全书对作家作品的批评实践来看，刘勰基本上是用是否符合'自然之道'、是否违反'征圣''宗经'之旨这两个尺度，来衡量作家作品的"②。这与"六义"标准说，有些不同。

综上所述，可见对刘勰的文学批评标准，各家认识分歧还是较大的，即使同一研究者，前后发表的文章也往往有不同的认识。上引各家的论述，除认为"六义"是刘勰的艺术标准有些明显的不妥外，大多都有一定的道理，但也有一些偏颇。

二

笔者认为，刘勰的批评标准，存在着一个系统，他在任何地方均未明确地用几句话来概括他的批评标准。上引各家之说，大多是从刘勰对写作的要求概括出来的标准。而刘勰对写作的最高要求，我们可以在《征圣》篇找到几句话："然则志足而言文，情信而辞巧，乃含章之玉牒，秉文之金科矣。"③刘勰把思想充实而语言要有文采，情感要真实而文辞要巧妙，当作写作的金科玉律，而且这两句话包

---

① 王运熙：《文心雕龙探索》，第102页。
② 陆侃如、牟世金先生：《文心雕龙译注》，济南：齐鲁书社，1995年，第88页。
③ 范文澜：《文心雕龙注》，北京：人民文学出版社，1958年，第15页。

含着两个基本方面，"志"与"情"属于思想内容的方面，"言"与"辞"属于形式技巧的方面。"足"与"信"是思想内容方面的规定性，"文"与"巧"是形式技巧方面的规定性。这两句话体现了刘勰论文要求文质并重，内容与形式结合的特点。众所周知，刘勰论文是以"征圣""宗经"为纲领和基本指导思想的，他非常注意"依经立义"和"镕式经诰，方轨儒门"①，并说"征之周孔，则文有师矣"②。"志足而言文，情信而辞巧"两句话，正是来源于儒家的经典："言以足志，文以足言。"③"情欲信，辞欲巧"④。这完全符合刘勰论文的宗旨，可以说刘勰论文的最高批评标准，正是儒家经典论文的标准，所以这个标准，具有鲜明的儒家印记和"征圣""宗经"色彩。

以"体大而虑周"⑤著称的《文心雕龙》，其论文标准并不仅限于"志足而言文，情信而辞巧"两句话，《文心雕龙》具有完整的理论体系，而且它的体系是有系统性的，用刘勰自己的话说，他很注意全书各篇之间的"笼圈条贯"⑥，这表明他很注意各部分之间的联系结构系统。近年来有的研究者已注意到这个问题，关于这方面的论述，马白同志在《论〈文心雕龙〉的系统观念与系统方法》⑦一文中发表了不少很好的意见，此不赘述。既然《文心雕龙》已具有系统观念的萌芽，也使用过系统方法，那么我们在探索它的批评标准时，就可以用现代系统论的观点对他的批评标准进行"第三者

---

① 《文心雕龙·体性》，范文澜：《文心雕龙注》，第505页。

② 《文心雕龙·征圣》，范文澜：《文心雕龙注》，第16页。

③ 《左传·襄公二十五年》，杨伯峻：《春秋左传注》（修订本），北京：中华书局，1981年，第1106页。

④ 钱玄等注译：《礼记·表记》，长沙：岳麓出版社，2001年，第734页。

⑤ ［清］章学诚：《文史通义·诗话》，上海：上海古籍出版社，2008年，第179页。

⑥ 《文心雕龙·序志》，范文澜：《文心雕龙注》，第727页。

⑦ 参见《文心雕龙学刊》第四辑，济南：齐鲁书社，1986年，第234—253页。

的整理"。在系统论的观点看来，任何一个事物都是一个系统，所谓系统方法，就是要求把对象作为一个整体加以认识和改造的方法，就是把系统和环境的关系联系起来看成一个更大整体来考察对象的方法。也就是说，它是从整体出发，始终着眼于整体和部分，整体与环境相互作用，从而综合地处理问题，以达到最佳目的的一种方法。系统论要求我们，在解释一个系统时，不要"固执地认为某一种解释是唯一绝对的，我们要向着更加根本性的解释打开我们的眼界和心扉"①。把这种方法运用到刘勰文学批评标准的研究上，我们认为"志足而言文，情信而辞巧"虽然是刘勰论文的最重要、最根本的批评标准，但并非批评标准的全部，也不是"唯一绝对"标准，文学创作是复杂的，评论家对作品内容与形式的要求也不是单一的，而是多样而具体的。由这个基本的标准出发，他的批评标准在全书中有许多"投射"，从而形成一个既有从属性又有谐和性的批评标准系列。《宗经》篇的"六义"是刘勰从"宗经"的总纲出发，沿着"志足而言文，情信而辞巧"的方向，在批评标准系统的第一个"投射"。"志足"和"情信"的标准，"投射"在"六义"中，变成"六义"中的一、三、四条，即"情深而不诡""事信而不诞"和"文直而不回"②。正像有些同志所说的一样，这"三义"是就思想内容说的，可以说是刘勰评价作家作品的思想内容标准。"六义"中的二、五、六条，即"风清而不杂""体约而不芜""文丽而不淫"③，是就风格文辞方面说的，也可以说是就艺术形式方面说的，是评价作家作品的艺术标准。这六条标准比起直接脱胎于儒家经典著作的"志

---

① 参见［日］增成隆士：《美学应该追求体系吗？》，载《美学文艺学方法论》，北京：文化艺术出版社，1985 年，第 147 页。

② 《文心雕龙·宗经》，范文澜：《文心雕龙注》，第 23 页。

③ 《文心雕龙·宗经》，范文澜：《文心雕龙注》，第 23 页。

足而言文，情信而辞巧"来，不仅丰富具体了，而且既有积极的提倡，
也有消极的避忌，提倡什么反对什么均较鲜明；既有刘勰自己的创
造性，也有矫正时弊的针对性，是刘勰在批评标准方面做出的贡献。
从大的方面看，它与上引两句话是一致的，两者作为一个系统具有
协调性，有某种对应的关系。但"六义"是从属于"志足而言文，
情信而辞巧"的，按照刘勰的观点看，文章乃经典的枝条，是从属
于经典的。既然"言以足志，文以足言"和"情欲信，辞欲巧"云云，
出自儒家经典，是圣人和经典著作所制定的衡文标准，那么，据此
而经刘勰制定的"六义"，只能从属于前者。前者是刘勰批评标准
的母系统，后者只是一个子系统。

《知音》篇的"六观"，比起"六义"来是个更小的子系统。
严格说来，"六观"是六条鉴赏方法，它因为缺乏规定性，很难说
它是六条标准。但在古代的文学理论中，批评与鉴赏往往是结合在
一起的，批评标准与鉴赏标准往往密不可分，它们应属于批评标准
的同一系统。《知音》篇的"六观"虽无具体的规定性，但《文心
雕龙》的其他篇章中，我们可以清楚地看到"六观"的规定性，也
可以说："六观"的规定性已"投射"到其他篇章中。范文澜同志
曾经指出："一观位体，《体性》等篇论之。二观置辞，《丽辞》
等篇论之。三观通变，《通变》等篇论之。四观奇正，《定势》等
篇论之。五观事义，《事类》等篇论之。六观宫商，《声律》等篇
论之。大较如此，其细条当参伍错综以求之。"[①]"六观"的规定性，
结合《文心雕龙》的有关论述，是可以看出来的。

"一观位体"，"位体"的标准即《镕裁》篇所说"设情以位

---

① 范文澜：《文心雕龙注》，第 717 页。

体"①和《定势》篇所说"因情立体，即体成势"②。即要求根据内容来确定体裁，看一看体裁与内容配合得如何，文章的体制是否正。但要"正体制"，涉及到许多方面的问题，故《附会》篇说："夫才量学文，宜正体制。必以情志为神明，事义为骨髓，辞采为肌肤，宫商为声气。"③这几个方面的关系和结构层次处理得当，才能算体制正，位体正确。

"二观置辞"，意即观察章句的安排与辞采的运用，它的规定性见于《情采》《镕裁》《风骨》诸篇。在《情采》篇，刘勰主张"因情以敷采"④，主张"绮丽以艳说，藻饰以辩雕"，反对"淫丽而烦滥"和"采滥辞诡"⑤。《镕裁》篇提出练词（剪除浮词）的问题，反对辞的"繁杂"，提出"芟繁剪秽"⑥的要求。《丽辞》是讲语言对偶之美的，当然与"置辞"有关。他主张言对"贵在精巧"⑦，事对"务在允当"，"必使理圆事密，联璧其章，迭用奇偶，节以杂佩，乃其贵耳"。并且反对"气无奇类，文乏异采"的"碌碌丽辞"⑧。在《风骨》篇中，他主张"结言"要"端直"，"析辞"要"精"。

"三观通变"的问题，《通变》篇已有专篇论述。"通"就是要求"参古定法""矫讹翻浅，还宗经诰"⑨。"变"即要求"酌于新声""望今制奇"⑩。通变的规定性是比较明确的。

① 范文澜：《文心雕龙注》，第 543 页。

② 范文澜：《文心雕龙注》，第 529 页。

③ 范文澜：《文心雕龙注》，第 650 页。

④ ［梁］刘勰撰，［清］黄叔琳注，［清］纪昀评：《文心雕龙辑注》，北京：中华书局，1957 年，第 297 页。

⑤ 《文心雕龙·情采》，范文澜：《文心雕龙注》，第 537、538 页。

⑥ 范文澜：《文心雕龙注》，第 544 页。

⑦ 范文澜：《文心雕龙注》，第 589 页。

⑧ 《文心雕龙·丽辞》，范文澜：《文心雕龙注》，第 589 页。

⑨ 《文心雕龙·通变》，范文澜：《文心雕龙注》，第 520 页。

⑩ 《文心雕龙·通变》，范文澜：《文心雕龙注》，第 521 页。

"四观奇正"，在《定势》篇我们可以窥见其规定性。刘勰对奇正的基本态度是主张"执正以驭奇"，反对"逐奇而失正"①。

"五观事义"，在《事类》篇中我们大体可以看出其规定性。刘勰要求"取事贵约"，并且要"援古以证今""用人若己"，反对把"微言美事"用在闲散之处，更加反对"引事乖谬"②。

"六观宫商"的问题，我们可在《声律》篇看到其规定性。刘勰主张声韵应当和谐，要求"声转于吻，玲玲如振玉；辞靡于耳，累累如贯珠"。他还提出"和韵"的问题："异音相从谓之和，同声相应谓之韵。"③他根据"声有飞沉"（即平仄），主张"飞沉"要交错使用。并根据"响有双叠"，提出"双声隔字而每舛，叠韵杂句而必睽"④。即不要把双声叠韵的复合词拆开使用。

综上所述，通过对"六观"细条的"参伍错综"以求其规定性，我们可以看出"六观"可以构成一个含规定性的系统。笔者认为，含规定性的"六观"，是刘勰的六项鉴赏标准，它从属于刘勰批评标准的大系统之中，是刘勰批评标准系统中的一个子系统。"六观"既是方法，又是标准，它不是封闭式的，它的规定性要远比上文我们分析的丰富、具体，它已渗透许多篇章之中。

三

过去我们在研究刘勰的文学批评标准时，忽视了两个方面的问题，一是没有把刘勰的批评标准系统化，只是就其某一个子系统而立论，甚至排斥其他子系统，忽视了各个子系统之间的联系和协调性。把每一个子系统看作是封闭式的，实际上这种方法连刘勰本人

---

① 《文心雕龙·定势》，范文澜：《文心雕龙注》，第531页。
② 《文心雕龙·事类》，范文澜：《文心雕龙注》，第616、614、617、616页。
③ 《文心雕龙·声律》，范文澜：《文心雕龙注》，第553页。
④ 《文心雕龙·声律》，范文澜：《文心雕龙注》，第552页。

也是不赞成的。刘勰曾把只看到局部而未看到整体的现象讥为"各照隅隙，鲜观衢路"①，即要求看问题从整体上全面地把握它，这是对系统的朦胧要求。另一方面的问题是：在研究《文心雕龙》的批评实践时，赞成"六义"说为刘勰的文学批评标准的同志，仅从刘勰对作家作品的评论中，找出与"六义"各条相近的内容以证之，赞成"六观"说为批评标准的同志也同样是如此。而忽视了刘勰在一般标准的指导下，对不同的对象，使用了不同的批评标准或者是批评标准的若干要求。这实际上是忽视了系统整体的动态性原则，这条原则十分强调从系统的发展、变化、运动等方面去观察和把握系统的属性。笔者认为，刘勰的批评标准有它的发展变化过程。

前已指出，刘勰论文的基本纲领是"征圣"与"宗经"，他的批评标准的最高层次是"志足而言文，情信而辞巧"。这两句话直接脱胎于儒家经典，是刘勰的"征圣""宗经"观念在文学批评标准上的投射。我们所以不把"征圣""宗经"当作刘勰的批评标准，主要是着眼于它们是刘勰整个理论体系的指导思想，"笼圈"的范围比批评标准这个系统大得多。但在刘勰的批评实践中也偶尔出现用"宗经"的标准来衡量文学作品的现象，《辨骚》篇是典型的一例。他认为《离骚》既有"同于风雅"②的四个方面，也有"异乎经典"③的四个方面。刘勰用儒家经典的标准来衡量《离骚》，必然贬低《离骚》的浪漫主义创作方法。这是"宗经"标准的局限。其所以产生这种情况，一方面有历史的原因，因为汉代学者评价《离骚》，一派认为它是"依经立义"的，另一派认为它与《左传》记载不合，这种争论，引导着刘勰在评价《离骚》时，仍然以《离骚》与儒家经典

① 《文心雕龙·序志》，范文澜：《文心雕龙注》，第726页。
② 《文心雕龙·序志》，范文澜：《文心雕龙注》，第46页。
③ 《文心雕龙·辨骚》，范文澜：《文心雕龙注》，第47页。

的同异着眼。另一方面，也与刘勰"征圣""宗经"的文学观念有关。但在评价其他作家作品时，刘勰是很少使用与经典对比的方法。我认为这中间是刘勰批评标准的发展变化在起作用。

从"志足而言文，情信而辞巧"到"六义"说，其中也有发展变化。儒家经典论文，往往只局限于文质两方面，要求文质彬彬。"志足"与"情信"属于质的方面，"言文"与"辞巧"属于文的方面。"六义"说则多达六个方面，虽然我们可以将"六义"归纳为内容和形式两个方面，但比刘勰《征圣》篇中的"志足""情信"云云，要丰富具体，其中既有积极的提倡，也有消极的避忌，而且"风清而不杂"和"体约而不芜"两项，关涉到文章的风格问题，而风格是思想艺术的总体风貌，既非单纯的思想内容，也非单纯的艺术形式，由此可见，"六义"说比起"志足而言文，情信而辞巧"是有发展的。刘勰的时代，人们比较重视文学的审美要求，讲对偶、重声律、主用事成了时代的风尚，外界环境的变化不能不影响到刘勰的审美观点，也不能不影响到刘勰品评文学作品时所持标准的发展变化，《知音》篇提出的"六观"把"通变"的问题以及"事义""宫商"的问题都一一提出来，作为衡量作品优劣的方面，这正是时代思潮和文学思潮的产物，"六观"比"六义"可以清楚地看出刘勰的文学批评标准中有明显的变化，在"六观"中刘勰强调的是审美标准。世界上没有不变的政治标准，也没有不变的艺术标准，不同的时代，不同的批评家存在这个问题，即使在同一批评家身上，也存在这个问题，从刘勰的批评标准系统来看，他的批评标准是有发展变化的，具有动态性。

刘勰批评标准的动态性还可以从不同的批评对象中看出。《文心雕龙》全书"笼圈"的文体有35种之多，这还是比较大的类别，如果再加上论述中涉及的细类，数量就更多了。以今天的观点看，

35 种文体属于纯文学的不到一半，每一种文体刘勰都制定出写作方面的规格要求和风格方面的标准，从这里可以看出，刘勰在总的批评标准指导下，对各种不同的文体曾使用过不同的批评标准，这一问题也是许多同志所忽视的。刘勰论文，很注意不同的情况采用不同的处理办法，用他的话说，即"随时而适用"①，不同的文体不能用同一标准来要求。《定势》篇云："是以括囊杂体，功在铨别，宫商朱紫，随势各配。章表奏议，则准的乎典雅；赋颂歌诗，则羽仪乎清丽；符檄书移，则楷式于明断；史论序注，则师范于核要；箴铭碑诔，则体制于弘深；连珠七辞，则从事于巧艳。"② 这一段话不可漫视之，它涉及到 20 多种文体，刘勰把它分为六组，每组提出两字的创作要求，这种要求也就是批评标准。对于章表奏议，刘勰提出应"准的乎典雅"，"准的"即为标准。钟嵘在《诗品序》中所说的"喧议竞起，准的无依"③，就是有感于批评标准的混乱而发。因《文心雕龙》是用骈体文写成，对应部分的用词要错综变化，"羽仪""楷式""师范"等，也与"准的"有大致相似的含义，这表明刘勰在评价各类作品时，根据文体的不同，曾使用过不同的标准，这是批评标准在具体运用时的变化。即使同一文体刘勰有时也不用同一标准要求。在《明诗》篇中，刘勰对四言诗和五言诗，提出不同的准则要求："若夫四言正体，则雅润为本，五言流调，则清丽居宗。"④ 这说明刘勰没有把批评标准看成僵死的教条，也没有把它固定为一个模式，而是因地制宜，随时适变的，在这一点上也表现出他的批评标准系统的动态性。

---

① 《文心雕龙·定势》，范文澜：《文心雕龙注》，第 530 页。

② 《文心雕龙·定势》，范文澜：《文心雕龙注》，第 530 页。

③ ［梁］钟嵘著，曹旭集注：《诗品集注》，上海：上海古籍出版社，1994 年，第 62 页。

④ 范文澜：《文心雕龙注》，第 67 页。

四

最后我们探讨一下刘勰的批评标准系统与环境的关系，并进而评价刘勰批评标准的意义和局限。刘勰生活的时代，批评界是比较混乱的。正如钟嵘《诗品序》说："观王公缙绅之士，每博论之余，何尝不以诗为口实，随其嗜欲，商榷不同，淄渑并泛，朱紫相夺，喧议竞起，准的无依。"①《文心雕龙·知音》篇也说："篇章杂沓，质文交加，知多偏好，人莫圆该。慷慨者逆声而击节，酝籍者见密而高蹈，浮者观绮而跃心，爱奇者闻诡而惊听。会己则嗟讽，异我则沮弃，各执一隅之解，欲拟万端之变。所谓东向而望，不见西墙也。"②批评界的混乱和批评者的主观随意性，使刘勰感到有树立批评标准的必要。刘知几《史通·自序》说："词人属文，其体非一，譬甘辛殊味，丹素异彩。后来祖述，识昧圆通，家有诋诃，人相掎摭，故刘勰《文心》生焉。"③可见刘勰写作《文心雕龙》，在很大程度上有感于批评界的漫无准的，他想在漫无标准中理出个标准，这也说明了批评标准的确立在《文心雕龙》中占有较重要的地位。众所周知，刘勰对晋宋以来的文风是不满的，他特别反对"为文而造情"④和"讹滥""淫丽"的文风，而要矫正晋宋以来文风的流弊，首要的任务便是"模经为式"⑤，"还宗经诰"，这种"宗经"的思想反映在文学批评标准上，首先便是"志足而言文，情信而辞巧"。这个标准，涉及"情"与"辞"两个方面，是近乎一元化的标准。"情"与"辞"两个方面，是以情为主的，这不仅因为文章以"述志为本"，

---

① ［梁］钟嵘著，曹旭集注：《诗品集注》，第62页。

② 范文澜：《文心雕龙注》，第714页。

③ ［唐］刘知几撰，［清］浦起龙通释：《史通》，上海：上海古籍出版社，2015年，第263页。

④ 《文心雕龙·情采》，范文澜：《文心雕龙注》，第538页。

⑤ 《文心雕龙·定势》，范文澜：《文心雕龙注》，第530页。

还因为"情"与"辞"的关系在刘勰心目中是早已摆定了的:"故情者,文之经;辞者,理之纬;经正而后纬成,理定而后辞畅,此立文之本源也。"① 强调"志足""情信"为第一位的标准,对于"为文而造情"的文学,自有针砭意义。如果刘勰仅仅提出这个近乎一元化的标准,其批评标准的意义和价值将会受到较大的影响,我们只能说他是亦步亦趋的儒家信徒,而不能成为时代的弄潮儿。文学的发展和刘勰的理论体系本身都要求刘勰将近乎一元化的标准向多元化的标准发展,《宗经》篇的"六义"即是这种发展的产物,"六义"说完成了从近乎一元化的标准向多元化标准的转化,"六义"较鲜明地看出刘勰提供什么,反对什么,所反对者皆为六朝文风的流弊,"情深而不诡"是针对"为文而造情"的。"风清而不杂"是针对"风末力寡"②"繁杂失统"③ 的文风。"事信而不诞"是针对"真宰弗存"④、夸诞失实而发,其中也包括刘勰指斥的"勋荣之家,虽庸夫而尽饰;迍败之士,虽令德而常嗤"⑤。"义直而不回"似针对当时的轻艳文学而发,指"丽而不经""靡而非典"⑥ 的"淫辞",它们既入淫邪之思,自然就毫无义直可言了。纪昀评《乐府》篇"若夫艳歌婉娈,怨诗诀绝,淫辞在曲,正响焉生"一段说:"此乃折出本旨,其意为当时宫体竞尚轻艳发也。"⑦ 这种看法,似有一定道理。"体约而不芜",是针对文章的繁富冗长。黄侃解释"体约而不芜"说:"芟夷烦乱,剪截浮辞,体约之故也。"⑧ 晋宋以后,

---

① 《文心雕龙·情采》,范文澜:《文心雕龙注》,第 538 页。
② 《文心雕龙·封禅》,范文澜:《文心雕龙注》,第 394 页。
③ 《文心雕龙·风骨》,范文澜:《文心雕龙注》,第 513 页。
④ 《文心雕龙·情采》,范文澜:《文心雕龙注》,第 538 页。
⑤ 《文心雕龙·史传》,范文澜:《文心雕龙注》,第 287 页。
⑥ 《文心雕龙·乐府》,范文澜:《文心雕龙注》,第 101 页。
⑦ [梁]刘勰撰,[清]黄叔琳注,[清]纪昀评:《文心雕龙辑注》,第 76 页。
⑧ 黄侃:《文心雕龙札记》,北京:商务印书馆,2017 年,第 15 页。

有不少文章 (包括诗歌) 是 "颇以繁富为累"① 的。"文丽而不淫"，显然是针对 "淫丽而滥烦" 的文风而发。把刘勰的批评标准放在时代文风的环境中来考察，可以明显地看出它具有力矫时弊的战斗意义。"六观" 的鉴赏标准，体现出刘勰对文学美学特点的重视，"六观" 中刘勰仍然是把情性放在第一位，辞采放在第二位，在情性与辞采之外，刘勰还注意到通变、奇正、事义、宫商等，对六朝文学合理的 "新变"，刘勰给予一定程度的承认，这是刘勰随时适变的一面，应给予足够的肯定。

刘勰观察文学作品的方法，从情与辞两个方面，发展到情、事、辞三个方面，又发展到 "情志" "事义" "辞采" "宫商" 四个方面，并用人体作比拟，说明四者的关系："必以情志为神明，事义为骨髓，辞采为肌肤，宫商为声气。" 进而他又把这四个方面发展为 "六观"，形成多元的鉴赏标准，擘肌文理，愈来愈精细，这是刘勰高出时人的地方。

如果将刘勰的批评标准系统放在当时文学批评的环境中来考察，可以看出能形成批评标准完整的系统的，唯刘勰一人而已。比刘勰稍早的南齐谢赫，在《古画品录》中提出了 "六法"，"六法者何，一、气韵，生动是也，二、骨法，用笔是也，三、应物，象形是也，四、随类，赋彩是也，五、经营，位置是也，六、传移，模写是也。" (此断句用钱锺书先生说，见《管锥编》。) 祐曼著《中国美术史》说："南齐高帝时代 (479—482) 画家谢赫在绘画上建立了 '六法' 作为批评绘画的标准。"② 这也是多元化的批评标准，但谢赫的评画标准，除 "六法" 外没有其他系列。比刘勰稍晚的钟

---

① ［梁］钟嵘著，曹旭集注：《诗品集注》，第 160 页。

② 祐曼：《中国美术史》(增订本)，上海：新文艺出版社，1953 年，第 49 页。

嵘在《诗品序》中提出"干之以风力，润之以丹采"①。不少研究者认为这是钟嵘的诗歌批评标准。这个标准是近乎一元化的标准，大体与刘勰在《风骨》篇所主张的"风骨"与"采"相结合的标准相似。梁朝的萧统在《文选序》中标榜自己的选文标准是"事出于沉思，义归乎翰藻"②，至于文章的情志如何，却没有明确提出任何标准，这不免存在着偏重辞采的倾向，与刘、钟二人将情志放在第一位，辞采放在第二位有明显的区别。从这些比较中可以看出，刘勰的批评标准在齐梁时代不仅有完整的系统性，而且有较大的进步意义。

我对系统论还只是一知半解，在运用上可能还存在一些误解，但我觉得运用系统论来研究刘勰的批评标准，可以得出一些新的结论，从而也便于对刘勰的批评标准的属性和评价作出新的估价，不当之处，敬请海内外专家指正。

---

① ［梁］钟嵘著，曹旭集注：《诗品集注》，第 39 页。
② ［梁］萧统：《文选序》，《文选》，上海：上海古籍出版社，1986 年，第 3 页。

刘勰美学思想体系的特色
——"擘肌分理，唯务折衷"

刘勰在《文心雕龙·序志》篇中，开宗明义地说：

> 夫铨序一文为易，弥纶群言为难，虽复轻采毛发，深极骨髓，或有曲意密源，似近而远；辞所不载，亦不胜数矣。及其品列成文，有同乎旧谈者，非雷同也，势自不可异也；有异乎前论者，非苟异也，理自不可同也。同之与异，不屑古今，擘肌分理，唯务折衷。[①]

《序志》篇为全书之序，在这段话中，刘勰感叹弥纶群言之难，有时牵一发而动全局，有时感到为文用心的"曲意密源"，难以说清。另外一个苦衷就是论文时既怕雷同旧谈，又怕苟异前论，这是写作《文心雕龙》的甘苦之言，也是为建立自己的理论体系所做出的努力。为解决种种矛盾，他找到了一把钥匙，这把钥匙就是"不屑古今""唯务折衷"，靠着这把钥匙，刘勰打开了千门万户的理论殿堂的大门，在理论殿堂内经过他"擘肌分理"的一番整理，构造出自己美学理论结构的完整体系。因此，刘勰的"折衷"已远远超出方法论的范畴，成为有刘勰特色的美学体系的核心。

在相当一段时间内，人们对刘勰的"折衷"没有给予足够的重视，究其原因，可能是怕"折衷"论贬低了刘勰的理论价值，使刘勰变成折衷主义者。折衷主义曾经是被列宁批判过的，它被理解为把各

---

① 范文澜：《文心雕龙注》，北京：人民文学出版社，1958年，第727页。

种不同的思潮、观点和理论无原则地、机械地拼凑在一起，或者说它把唯物主义与唯心主义混合在一起，或者被称为"杂拌"，或者被指责为冒充辩证法，人们对折衷或折衷主义一词讳莫如深。实际上，刘勰的折衷与列宁批判的折衷主义根本不是一回事，马克思列宁主义的灵魂，就是对具体问题要做具体分析，因此大可不必杯弓蛇影般地忌讳"折衷"。

近年来，随着《文心雕龙》研究的深入，不少研究《文心雕龙》的同志已经注意到刘勰的"折衷"。有的从齐梁文论界存在三个不同的派别即古文体派、新变派、折衷派来研究《文心雕龙》；有的从古今文体之争的角度来研究《文心雕龙》，注意到刘勰文学思想的折衷倾向，但其论域还比较狭窄，既没有把折衷思想贯穿于全书之中，也没有将折衷在刘勰理论体系中的地位给予应有的评价。在这方面论述比较充分而且有新突破的是李泽厚、刘纲纪主编的《中国美学史》，其突破主要有三点：一、该书指出"擘肌分理，唯务折衷"确实是贯穿《文心雕龙》的基本方法，并指出这种方法论的渊源，是从荀子、《易传》而来的。二、该书大胆地肯定了新变派理论的合理内核，并指出："对新旧两派之争，现今的一些论者多偏袒旧派，认为有反对'形式主义'的积极作用云云，其实旧派以文章为劝善惩恶的工具，不值得赞赏。这种劝善惩恶将使文章成为千篇一律的空洞说教，同样是一种极其可厌的'形式主义'，而且失去了文学所应有的美。新派的观点虽有浅薄、庸俗、片面的地方，但它终究看到了文学所应有的审美特征，并且大力地强调了这种特征，促使文学从劝善惩恶的说教中解放出来，推动了文学的发展。"①这与我过去所写的文章的观点基本上是一致的。刘勰到底在折衷新

---

① 李泽厚、刘纲纪主编：《中国美学史》第二卷，北京：中国社会科学出版社，1987年，第603页。

旧两派中倾向于哪一派，我过去未敢下结论，《中国美学史》明确地指出，刘勰是倾向于新变派的。这一看法，笔者尚不敢苟同。三、在论《原道》篇时，《中国美学史》指出，刘勰是折衷于汉儒的宇宙论和魏晋玄学的本体论的，"刘勰对《周易》的理解，在根本上采取了汉儒的立场，但又吸取了道家、玄学的思想。刘勰对于'道'的理解是这三者'折衷'的产物，而最后是归于儒家的。"① 这些都是很有见地的看法。可惜，"折衷"在《文心雕龙》全书中的贯彻，未见论证。

本文打算在《中国美学史》的基础上，把刘勰的"折衷"在《文心雕龙》全书中的贯彻，作进一步的考察，同时把对刘勰用以折衷的美学范畴，作一系统的论述，以探讨刘勰的美学思想的特色，把折衷从方法论上升到刘勰美学思想的核心来加以认识。

一、《宗经》《征圣》篇的"折衷"倾向

《文心雕龙》的《原道》《征圣》《宗经》诸篇，刘勰在《序志》篇中自称为"文之枢纽"②，研究者多视为刘勰论文的纲领，也有人认为这几篇体现出刘勰的复古倾向，而没看出此中的"折衷"倾向。《原道》的折衷倾向，《中国美学史》已经论及，此不赘述，仅就《征圣》《宗经》的"折衷"倾向，略作论述。

"征圣""宗经"顾名思义，似乎旨在复古，与古文体派相近，实则并非尽然。《征圣》开篇即言"作者曰圣，述者曰明，陶铸性情，功在上哲"③，他把述作者的文章，看作是圣明的标志，其所重，不是"圣人"之人，而是他的文章，即所谓"圣因文而明道"。接着指出"政化贵文""事迹贵文""修身贵文"，反复强调的是"文"

---

① 李泽厚、刘纲纪主编：《中国美学史》第二卷，第 660 页。
② 《文心雕龙·序志》，范文澜：《文心雕龙注》，第 727 页。
③ 《文心雕龙·征圣》，范文澜：《文心雕龙注》，第 15 页。

的重要，他不仅要求"情信"，而且要求"辞巧"，把"志足而言文，情信而辞巧"当作"含章之玉牒，秉文之金科"①，可见他是将文章的内容美与形式美并重的。刘勰并不像古文体派那样，把文章看作是经典的附庸和宣传教化的工具。其次，刘勰的"征圣"，其着眼点是为了"文"，"征之周孔，则文有师矣"②，这说明征圣的目的是写好文章，并非要颂古非今，也不是把周公、孔子当作偶像看，刘勰所以把周孔当作文章宗师，多半是因为周孔的文学是雅丽而有文采的。孔子说过"郁郁乎文哉，吾从周"③的话，《征圣》篇所云"近褒周代，则郁哉可从"④指此而言，刘勰认为从商周时代起，已开始有雅丽的文章(见《通变》)，周孔当然不在话下，征圣主要是宗法周孔之雅丽。刘勰只是反对过分追求华丽，以致到了"浮诡"与"讹滥"的程度，这就是刘勰的"折衷"倾向。同样，《宗经》的目的也是为了把文章写好。《宗经》篇说："故文能宗经，体有六义：一则情深而不诡，二则风清而不杂，三则事信而不诞，四则义直而不回，五则体约而不芜，六则文丽而不淫。"⑤这段话的实质是宗经能给文章带来六种好处。曹学佺评论这段话说："此书以心为主，以风为用，故于六艺(当作'六义')首见之，而末则归之以文，所谓丽而不淫，即雕龙也。"⑥最后的两句话，颇能一语中的地道出《文心雕龙》的折衷倾向，古文派只重文章的"劝美惩恶"的功用，视华丽若畏途，把"摈落六艺，吟咏情性"的人视为大逆

---

① 《文心雕龙·征圣》，范文澜：《文心雕龙注》，第15页。

② 《文心雕龙·征圣》，范文澜：《文心雕龙注》，第16页。

③ 《论语·八佾》，杨伯峻译注：《论语译注》(第3版)，北京：中华书局，2009年，第28页。

④ 范文澜：《文心雕龙注》，第15页。

⑤ 范文澜：《文心雕龙注》，第23页。

⑥ 黄霖编著：《文心雕龙汇评》，上海：上海古籍出版社，2005年，第20页。

不道的"淫文破典"之徒，把"文章匿而采"，看作是"乱世之征"，认为"深心主卉木，远致极风云"①的山水文学全然要不得。"新变派"抛开文学的教化功用，一味追求"丽典新声"②，过分追求华丽的辞采，造成繁文缛采，轻靡、佻巧、淫冶之风泛滥，这两个极端都是刘勰所不取的，刘勰要求文学作品是"丽而不淫"的，《宗经》的折衷实在于此。不少同志指出，刘勰的《宗经》有补偏救弊之意，这话倒也不错。《宗经》篇说："是以楚艳汉侈，流弊不还，正末归本，不其懿欤！"③"艳"与"侈"的流弊，当然是"新变派"流弊。但刘勰的折衷两派之间，提出"丽而不淫"的原则，不也同时补救了古文体派忽视丽甚至不要丽的弊病吗？

二、《通变》篇是刘勰折衷美学思想的产物

《通变》篇，在刘勰的美学思想中占有重要的位置，其折衷美学思想表述得最充分，也最具特色，比起它来，《原道》《征圣》《宗经》就不显得那么重要了。《文心雕龙》全书没有使用过"新变"一词，周振甫先生说"《风骨》里提出'洞晓情变，曲昭文体，然后能孚甲新意，雕画奇辞'。《通变》就是进一步探讨晓变和昭体的问题。'昭体故意新而不乱，晓变故辞奇而不黩。'这里提出变和新来"④。但这并不意味着刘勰使用过"新变"一词，上引《通变》中的两句，上句之"新"与下句之"变"不是对举成文的。

从清代的纪昀，到近代学者黄侃，均以为刘勰是以复古而名以

---

① ［梁］裴子野：《雕虫论·序》，［清］严可均辑：《全上古三代秦汉三国六朝文·全梁文》卷五十三，石家庄：河北教育出版社，1997年，第535页。

② ［梁］钟嵘：《诗品上》，［清］严可均辑：《全上古三代秦汉三国六朝文·全梁文》卷五十五，第538页。

③ 范文澜：《文心雕龙注》，第23页。

④ ［梁］刘勰著，周振甫注：《文心雕龙注释》，北京：人民文学出版社，1983年，第335页。

通变的，纪评说："盖当代之新声，既无非滥调，则古人之旧式，转属新声。复古而名以通变，盖以此尔。"① 黄侃《札记》说："明古有善作，虽工者不能越其范围，知此，则通变之为复古，更无疑义矣。"② 实际上纪、黄二家是曲解了《通变》的旨意。《通变》的主旨是讲继承与革新的，并不是复古，刘勰不满意"新变"派的文风，但又承认文学是在不断发展变化的，通变的观念来源于《易传》，"变"指事物的运动变化，"通"指变化往来无穷，所以《易·系辞》说"穷则变，变则通，通则久"③，刘勰把《易经》中的通变引入文学批评中，作为一个美学范畴，折衷于古今文体之间，而形成具有刘勰特色的美学思想。《通变》篇云：

> 夫设文之体有常，变文之数无方，何以明其然耶？凡诗赋书记，名理相因，此有常之体也；文辞气力，通变则久，此无方之数也。名理有常，体必资于故实；通变无方，数必酌于新声：故能骋无穷之路，饮不竭之源。然绠短者衔渴，足疲者辍途，非文理之数尽，乃通变之术疏耳。④

刘勰认为各种文体的名称和写作理论，虽有一定之规，但文章变化的技术是没有一定之规的。文章只有不断地变化，才能永葆生命力。如何变呢，"有常"的东西要借鉴于古代，对于无方的通变，要取酌于新声。只有这样，才能骋无穷之路，饮不竭之源。否则，就像绠绳短了，汲不到深水而口渴，脚力不好的人走不了远路一样。

---

① ［梁］刘勰撰，［清］黄叔琳注，［清］纪昀评：《文心雕龙辑注》，北京：中华书局，1957年，第286页。

② 黄侃：《文心雕龙札记》，北京：商务印书馆，2017年，第98页。

③ 高亨：《周易大传今注》，济南：齐鲁书社，1979年，第562页。

④ 范文澜：《文心雕龙注》，第519页。

"新声"是什么，应当指新变派的创作是无疑问的，通常人们称新变派的创作为"丽典新声"。"资于故实"与"酌于新声"，正是一种折衷。《通变》篇又说：

> 暨楚之骚文，矩式周人；汉之赋颂，影写楚世；魏之篇制，顾慕汉风；晋之辞章，瞻望魏采。推而论之，则黄唐淳而质，虞夏质而辨，商周丽而雅，楚汉侈而艳，魏晋浅而绮，宋初讹而新。从质及讹，弥近弥澹。何则？竞今疏古，风味气衰也。①

这段话很容易让人产生误会，一则误认为刘勰是文学退化论者，好像文章自商周以后，一代不如一代，再则，误会刘勰是复古主义者。这段话的确与古文体派有相似之处。从刘勰的美学思想看，他首先要求创作要"新变"，不新变是没有出路的，但新变有变向好的方面，也会有变向坏的方面，刘勰写《通变》的目的就是研究怎样使创作向好的方面变，纠正或防止向坏的方面变。他认为晋宋以后的"浅而绮""讹而新"是"竞今疏古"造成的，匡正此弊的办法就是"矫讹翻浅，还宗经诰"②。而且还不能"近附而远疏"，齐梁作家不能"略汉篇"而仅"师宋集"，而应远师上古三代，继承源远而流长的文学遗产，但继承的目的是为了创新，是为了"日新其业"③。"还宗经诰"的说法，虽与古文体派有相似之处，但古文体派是模拟经诰，这从萧纲《与湘东王书》中可以看出：

> 若夫六典三礼，所施则有地；吉凶嘉宾，用之则有所。未闻

---

① 范文澜：《文心雕龙注》，第 520 页。
② 《文心雕龙·通变》，范文澜：《文心雕龙注》，第 520 页。
③ 《文心雕龙·通变》，范文澜：《文心雕龙注》，第 521 页。

> 吟咏情性，反拟《内则》之篇；操笔写志，更摹《酒诰》之作。
> 迟迟春日，翻学《归藏》；湛湛江水，遂同《大传》。①

这与刘勰所讲的"通变"，是有很大不同的。在刘勰看来，在文与质、雅与俗、古与今方面如偏执一隅而不求折衷，就是不懂通变之理。"斯斟酌乎质文之间，而隐括乎雅俗之际，可与言通变矣"②。古今文体的两派，不是"龊龊于偏解"，就是"矜激乎一致"，各执一端，不讲"折衷"，不懂"通变"，因此都成不了气候，只有拿出"趋时必果，乘机无怯"的勇力，在"通变之数"上"参伍因革"，才能使文学"日新其业"③。《通变》篇的赞语最后两句归结到"望今制奇，参古定法"④上，这是《通变》一篇之旨归。也是刘勰美学思想"唯务折衷"的体现。

三、刘勰用以"折衷"的美学范畴

范畴是认识事物的网上小结，考察刘勰用以折衷的美学范畴，对认识刘勰的折衷美学思想是大有裨益的。

在《通变》篇中，刘勰已使用了不少用以折衷的美学范畴，如"文"与"质"，"雅"与"俗"，"通"与"变"，等等。其他如"奇"与"正"、"刚"与"柔"、"典"与"华"的问题，刘勰也采取折衷的态度。《定势》篇云："奇正虽反，必兼解以俱通；刚柔虽殊，必随时而适用。若爱典而恶华，则兼通之理偏，似夏人争弓矢，执一不可以独射也。"⑤《定势》后文又说："旧练之才，则执正以驭奇；

---

① ［唐］姚思廉：《梁书》卷四十九，第 690 页。
② 《文心雕龙·通变》，范文澜：《文心雕龙注》，第 520 页。
③ 《文心雕龙·通变》，范文澜：《文心雕龙注》，第 521 页。
④ 范文澜：《文心雕龙注》，第 521 页。
⑤ 范文澜：《文心雕龙注》，第 530 页。

新学之锐，则逐奇而失正。"①

　　"正"与"奇"作为美学范畴与正变相近，因为奇由变来。传统的美学观是崇正黜变的，荀子就是如此，刘勰虽从《荀子》中借鉴了不少东西，但对荀子崇正黜变并不以为然，他认为奇正应兼顾，正确的态度是"执正以驭奇"，既反对爱典正而恶华丽的作风，也反对"逐奇而失正"。《文心雕龙·辨骚》篇有两句名言："酌奇而不失其贞，玩华而不坠其实。"②也是主张奇与贞（正）、华与实兼解俱通，同样具有折衷色彩。

　　刚与柔作为美学范畴实为阳刚之美与阴柔之美的问题。儒家的《易传》推崇刚健，孟子的"浩然之气"是"至大至刚"的，《老子》主张"柔弱胜刚强"③，这与他们的人生态度有关。《慎子》中有一则寓言很能说明这个问题：

　　　　商容有疾，老子曰，"先生无遗教以告弟子乎？"……容张口曰："我舌存乎？"曰："存。""吾齿存乎？"曰："亡。""知之乎？"老子曰："非谓其刚亡而弱存乎？"容曰："嘻，天下事尽矣！"④

　　商容传说为老子的老师，看来"刚亡而弱存"的道理是老子从他老师那里学来的。以后"柔弱胜刚强"成为老子哲学思想的一个重要方面。《老子》一书中，不止一次谈到这个问题，"柔弱胜刚强"一语出自《老子·三十六章》，《七十六章》又言"强大处下，柔

①　范文澜：《文心雕龙注》，第 531 页。
②　范文澜：《文心雕龙注》，第 48 页。
③　[魏]王弼注，楼宇烈校释：《老子道德经注校释》，北京：中华书局，2008年，第 89 页。
④　姜子夫主编：《遵生八笺》，北京：大众文艺出版社，2005 年，第 185 页。

弱处上"①。《七十八章》说"弱之胜强""柔之胜刚"②等，难怪《吕氏春秋》对老子一言以蔽之曰"老聃贵柔"③。刘勰折衷了《易传》和《老子》的"刚柔"论，把它从哲学上引入文学批评之中，作为两种美的类型，主张两者"随时而适用"折衷于其间，这是刘勰的贡献。

从刘勰的哲学思想看，他是接受了《易传》的朴素辩证法的，他看到了两种不同事物处于统一体中矛盾对立的统一，比如"文"与"质"这一对美学范畴，它们是互相依附的，古文体派的重质轻文和"新变"派的重文轻质，都是各执一隅，因此，不进行折衷是不行的。《情采》篇云：

> 圣贤书辞，总称文章，非采而何？夫水性虚而沦漪结，木体实而花萼振：文附质也。虎豹无文，则鞟同犬羊，犀兕有皮，而色资丹漆：质待文也。若乃综述性灵，敷写器象，镂心鸟迹之中，织辞鱼网之上，其为彪炳，缛采名矣。④

这段话论述文质关系最为精辟。虽然源于儒家的文质统一观，但又突破了儒家的局限性。"文附质""质待文"的说法，比儒家更明确地肯定了两者既不可分离，又不可偏废，儒家在文质关系上多少有点重质轻文的倾向，这里连重质轻文的影子也没有。此其一。另外，刘勰首先肯定自然物都是有质有文的。指出水有沦漪，木有华，虎豹之皮有花纹，那么人所创作的文学更应当有质有文，这是

---

① ［魏］王弼注，楼宇烈校释：《老子道德经注校释》，第 185 页。

② ［魏］王弼注，楼宇烈校释：《老子道德经注校释》，第 187 页。

③ 《吕氏春秋·不二》，王利器注疏：《吕氏春秋注疏》，成都：巴蜀书社，2002 年，第 2081 页。

④ 《文心雕龙·情采》，范文澜：《文心雕龙注》，第 537 页。

天经地义的事。这同《原道》中所说的"日月叠璧，以垂丽天之象；
山川焕绮，以铺理地之形。……龙凤以藻绘呈瑞，虎豹以炳蔚凝姿；
云霞雕色，有逾画工之妙；草木贲华，无待锦匠之奇"①是一致的。
即从"自然之道"的角度来看文质的统一，对文质关系作了自然哲
学的论证，并把它上升到宇宙普遍规律的高度，此其二。最后一点
是《情采》篇后文又说"文质附乎性情"，"辩丽本于情性"②，
这是儒家经典中无人道及的。按照这种说法，"性情"是比"质"
和"文"更为根本的东西，这个看法，露出了一个契机：我们知道"新
变派"的理论是特别注意"吟咏情性"的，这是"文学自觉"的信号，
也是"新变"派与古文体派争论的焦点之一。刘勰把"吟咏性情"
放在更根本的地位，是受"文学自觉"时代强调抒发作家主观情感
的影响，也是受"新变"派影响的结果，在这点上，又恰恰揭橥了
刘勰文质观的折衷特色。

四、从刘勰美学思想的理论结构中看其折衷特色

《文心雕龙》美学思想的理论结构，李泽厚、刘纲纪主编的《中
国美学史》分为八个相互联系的方面。第一，艺术本体论。这是首
章《原道》的主题。并认为同"文之枢纽"相关的五篇所要解决的
是艺术的美的本质及其与善和真的关系问题。第二，艺术想象论。
《神思》为主，《物色》与此有密切关系。第三，艺术作品分析论。
是对构成艺术美诸要素的剖析，其中《体性》《风骨》《情采》三
篇最为重要。第四，艺术的形式美法则。第五，艺术反映现实和表
达情感的三种基本形式。这种方式，自先秦以来，被概括为赋、比、
兴三种。第六，艺术家论，这是刘勰对艺术创作的主体的认识，表

---

① 范文澜：《文心雕龙注》，第 1 页。
② 范文澜：《文心雕龙注》，第 537、538 页。

现在《养气》《总术》《才略》《程器》诸篇。第七，艺术的鉴赏批评论，表现在《指瑕》《才略》《知音》诸篇。《隐秀》归入鉴赏论。第八，对艺术的历史和社会的考察，表现在《通变》《时序》《才略》诸篇。

《中国美学史》的这种分类法，与《文心雕龙》研究界通行的分类法有所不同。第二、第三、第四、第五多数学者归入创作论。从《明诗》到《书记》二十篇，一般研究者称为"文体论"，它占全书篇数的百分之四十，自不可忽视。《中国美学史》明确地说："有关文体的各种具体问题不在美学讨论之列。"①恐未必恰当。近年来有不少同志研究文体美学，出版了《诗歌美学》《散文美学》等专著。"文体论"中亦含有刘勰许多重要的美学思想，不应把它排斥在结构体系之外。综合各家之说，我们把《文心雕龙》的美学理论结构大致分为五类：一、本体论（或称纲领）；二、创作论；三、批评、鉴赏论；四、文体论；五、风格论。下面从五个方面，略谈其中所表现的折衷色彩。

"本体论"的折衷，前文已经叙及。创作论涉及的方面很多，其折衷倾向不是三言两语所能说清。可以这样说，整个创作论所研究的就是质与文、情与采的统一，它是以"立文之本源"②为前提，具体讨论的问题是如何把文章写好的问题。前文已指出刘勰文质论的折衷倾向。讲艺术构思与艺术想象的《神思》，其折衷表现比较复杂，学术界迄今尚无一致的意见。《神思》篇至少从两个方面可以看出它的折衷色彩：刘勰说："故思理为妙，神与物游。神居胸臆，而志气统其关键。"③在刘勰看来，艺术想象是人的精神活动过程，

---

① 李泽厚、刘纲纪主编：《中国美学史》第二卷，第 656 页。
② 《文心雕龙·情采》，范文澜：《文心雕龙注》，第 538 页。
③ 《文心雕龙·神思》，范文澜：《文心雕龙注》，第 493 页。

决定性的关键是作家的"志气"。"志气"的说法，源于孟子的"夫志，气之帅也；气，体之充也"①。这种气，也就是孟子所说的"至大至刚"的"浩然之气"②。孟子的"志"，主要指的是儒者治国平天下的志向、理想，孔子、孟子的志气，与儒家的政治伦理之"道"密切相关。但刘勰在《体性》篇又说："才力居中，肇自血气，气以实志，志以定言，吐纳英华，莫非情性。"③他依据汉人的元气论，明确地指出"气"是和人的肉体相关的"血气"，而且认为"才有庸俊，气有刚柔"，所以，"辞理庸俊，莫能翻其才；风趣刚柔，宁或改其气"④。这样刘勰就把"志气"同作家个性的才气、气质、性格等联系起来，这是魏晋以来重才、重个体的思想发展，究其实质，可以说是源于古而折衷于今。另外，《神思》篇说"陶钧文思，贵在虚静，疏瀹五藏，澡雪精神"⑤云云。这就是我们常说的"虚静说"。"虚静说"既与庄子有相通之处，又与荀子有密切关系。《荀子·解蔽》篇说：

> 故治之要在于知道。人何以知道？曰：心。心何以知？曰虚壹而静。心未尝不臧也，然而有所谓虚；心未尝不满也，然而有所谓一；心未尝不动也，然而有所谓静。人生而有知，知而有志。志也者，臧也。然而有所谓虚，不以所已臧害所将受谓之虚。心生而有知，知而有异，异也者，同时兼知之；同时兼知之，两也。然而有所谓一，不以夫一害此一谓之壹。心，卧则梦，偷则自行，

---

① 《孟子·公孙丑上》，杨伯峻译注：《孟子译注》（第2版），北京：中华书局，2005年，第62页。
② 《孟子·公孙丑上》，杨伯峻译注：《孟子译注》（第2版），第62页。
③ 范文澜：《文心雕龙注》，第506页。
④ 范文澜：《文心雕龙注》，第505页。
⑤ 范文澜：《文心雕龙注》，第493页。

使之则谋。故心未尝不动也。然而有所谓静，不以梦剧乱知谓之
静。……虚壹而静，谓之大清明。①

荀子是从"解蔽"的角度，即排除各种偏见、梦想对认识真理蒙蔽
的角度来谈"虚静"和"壹"的。所谓"虚"，就是集中自己的感知，
专一凝神，而不分散自己的注意力。所谓"静"，就是控制自己的
思虑使其不受外物及各种观念的干扰。

刘勰又指出，达到"虚静"的方法在于"疏瀹五藏，澡雪精神"。
这两句话出自《庄子·知北游》：

孔子问于老聃曰："今日晏闲，敢问至道？"老聃曰："汝齐（斋）
戒，疏瀹而心，澡雪而精神，掊击而知。夫道，窅然难言哉！将
为汝言其崖略。"②

这种说法，实际上又与《庄子》的"心斋"说密切相关。《庄子·人
间世》说：

若一志，无听之以耳而听之以心，无听之以心而听之以气。
听止于耳，心止于符。气也者，虚而待物者也。唯道集虚。虚者，
心斋也。③

上引两段话，虽然有点神秘，但却包含着庄子对审美的心理特

---

① ［清］王先谦撰，沈啸寰、王星贤整理：《荀子集解》，北京：中华书局，2012年，
第383—385页。

② ［清］王先谦撰，陈凡整理：《庄子集解》（第2版），西安：三秦出版社，
2005年，第302页。

③ ［清］王先谦撰，陈凡整理：《庄子集解》（第2版），第52页。

征的一些朴素而深刻的理解。庄子的审美是超功利的，为了这一点，他主张"掊击而知"（打破圣智），达到"离形去智，同于大通"①的境界。这就是庄子所谓的与"道"合一的虚静状态，这种状态摈弃了一切是非得失的思虑，达到物我两忘的境地。刘勰的"虚静说"既引用了庄子的话，说明刘勰也主张在艺术想象的审美感知中，有要求摆脱物欲私利束缚的倾向，这就是"虚"，同时也有要求感知与注意力高度集中的倾向，这就是"静"。只有处在这种情况下，才不致出现"神有遁心"②的现象，但崇拜荀学而又具有儒家积极入世思想的刘勰，与庄子的超功利观念是不能相容的，他也不会同意庄子的"掊击而知"，相反他却要将聪明智慧运之于"神思"之中，所以刘勰又辅之以"积学以储宝，酌理以富才"③，这与荀子《劝学》篇精神相通。最后达到的结果是"使玄解之宰，寻声律而定墨；独照之匠，窥意象而运斤"④。这四句又是用《庄子·人间世》的典故。可见《神思》是折衷于荀子、庄子之间，也就是折衷于儒家荀派与道家之间。由于这种折衷，刘勰把荀子单纯从认识论上所说的"虚静"，提高了一步，使它与庄子的审美感知联系起来，而他在肯定理智认识的提高有助于艺术想象、审美感知这一点上，又纠正了庄子的偏颇。此外，不少论者所说的刘勰的"心物二元论"也含有这种色彩，这里就略而不论了。

再看刘勰批评论的折衷，应当说批评论的折衷色彩是比较明显的。《知音》篇开篇即指出知音的困难，造成这种困难的原因，刘勰指出四点：一，由于人们"贵古贱今"；二，由于文人相轻而产

---

① 《庄子·大宗师》，［清］王先谦撰，陈凡整理：《庄子集解》（第2版），第52页。

② 《文心雕龙·神思》，范文澜：《文心雕龙注》，第493页。

③ 《文心雕龙·神思》，范文澜：《文心雕龙注》，第493页。

④ 《文心雕龙·神思》，范文澜：《文心雕龙注》，第493页。

生的"崇己抑人";三,由于"信伪迷真""学不逮文";四,由于"知多偏好,人莫圆该"①。这四点的主要精神,一是折衷于古今之间,一是反对批评的片面性。他讽刺持片面观念的批评者是"各执一隅之解,欲拟万端之变,所谓'东向而望,不见西墙'也"②。笔者认为刘勰反对"贵古贱今"既有历史的渊源,也有现实的针对性。从历史的渊源说,他汲取了王充、葛洪等人的见解。王充在《论衡·案书》中指出:"夫俗好珍古不贵今,谓今之文不如古书。夫古今一也,才有高下,言有是非,不论善恶而徒贵古,是谓古人贤今人也。……盖才有浅深,无有古今;文有伪真,无有故新。"③葛洪《抱朴子·钧世》说:"然守株之徒,……其于古人所作为神,今世所著为浅,贵远贱近,有自来矣。"④又《尚博》篇说:"俗士多云今山不及古山之高,今海不及古海之广,今日不及古日之热,今月不及古月之朗;……重所闻,轻所见,非一世之所患矣。"⑤刘勰吸收了王充、葛洪等人的反对"贵古贱今"的见解,又用"通变"的观点,论证古与今的关系,比王充、葛洪的论证,更有说服力,其现实意义,是既批判了古文体派的重古贱今的倾向,也在两派中间进行了折衷。刘勰在《知音》篇中所标榜的六观,"三观通变,四观奇正"⑥,前文已从美学范畴的角度说明了它们的折衷特色。"六观"中既有讲究文辞之美的,又有讲究声律之美的,这是古文体派不可能提出的,只有折衷于两派之间,才能提出"六观"来。从刘勰的批评实践上看,也可以证明其折衷特色。

---

① 《文心雕龙·知音》,范文澜:《文心雕龙注》,第 714 页。
② 《文心雕龙·知音》,范文澜:《文心雕龙注》,第 714 页。
③ 黄晖:《论衡校释》,北京:中华书局,1990 年,第 1173 页。
④ 杨明照:《抱朴子外篇校笺》(下),北京:中华书局,1997 年,第 71 页。
⑤ 杨明照:《抱朴子外篇校笺》(下),第 120 页。
⑥ 范文澜:《文心雕龙注》,第 717 页。

《体性》篇是刘勰风格论的主要篇章。开篇指出形成风格的四个要素："才""气""学""习"。我们知道儒家重道德修养，而修身重"学"与"习"。魏晋以后，玄风大炽，玄学家们比较重"才"与"气"。刘勰所说的四个要素，是折衷儒道两家之说的。另外，刘勰把风格分为八种，即所谓"八体"，"八体"之中虽有轩轾，但它却概括了古今文体的多种多样的风格，后四种风格：即繁缛、壮丽、新奇、轻靡，可以说是"新变派"风格的概括，其中对"新奇"与"轻靡"虽略露微词，但还承认它们是某种类型的美，并未偏废。应当说，这也含折衷因素。

文体论因涉及的篇章较多，其折衷倾向，我们仅就《明诗》《诠赋》等篇略加论证。《明诗》篇在开头的"释名以章义"中即露出折衷的倾向。"诗言志"是《尚书·尧典》的说法，可是刘勰却把《诗纬·含神雾》的说法与经典著作的说法相提并论。《诗纬·含神雾》为魏人宋均著，属纬书，与《河图》《洛书》为一类。从汉代开始，就有人批判纬书的虚妄。王充、桓谭都是批评谶纬之书的急先锋。刘勰对纬书的态度，既不像"疾其虚伪"的桓谭和"发其僻谬"的张衡，也不像"集纬以通经"的沛献王刘辅和"撰谶以定礼"[1]的曹褒，而是折衷于刘、曹、桓、张之间。认为纬书是"真""伪"相杂的，"真虽存矣，伪亦凭焉"[2]。并指出"经正纬奇"，"经显""纬隐"，把经书当作"圣训"，把纬书视为"神教"[3]。刘勰对纬书采取一分为二的态度，对它总体的评价是"无益经典而有助文章"[4]。这与《原道》篇对文学起源问题所表现的折衷有相似之处。在《明

---

① 《文心雕龙·正纬》，范文澜：《文心雕龙注》，第31页。
② 《文心雕龙·正纬》，范文澜：《文心雕龙注》，第29页。
③ 《文心雕龙·正纬》，范文澜：《文心雕龙注》，第30页。
④ 《文心雕龙·正纬》，范文澜：《文心雕龙注》，第31页。

诗》篇中，刘勰公然将纬书《诗纬·含神雾》（今存一卷辑佚本）对诗的定义"诗者，持也"与《尚书·尧典》的"诗言志"相提并论，并补充了"持人情性"，"持之为训，有符焉尔"①，前者为"圣训"，后者为"神教"，这是将《正纬》篇的折衷观点引入《明诗》之中。可见刘勰的"释名章义"之中，亦有折衷存焉。

《明诗》篇的"敷理以举统"部分说："若夫四言正体，则雅润为本；五言流调，则清丽居宗。华实异用，唯才所安。"②纪昀评此说："此论却局于六朝习径，未得本源。夫雅润清丽，岂诗之极则哉？"③纪昀的话虽未必正确，但却道出了一个事实，这几句话的确有"六朝习径"，"清丽"是永明体的一大特色。"以清丽为其特征的'永明体'，表现了齐梁时期不属于皇室的一般贵族文人的生活、思想感情和审美趣味"④，它和"艳丽"的宫体诗不同。所谓"四言正体"，是因《诗经》以四言句为主，把它当作"正体"，正是刘勰宗经文学观的体现，"雅润"即典雅温润。"流调"即流变的意思，并不含轻视之意，但是从宗经的观点看来，四言诗、五言诗何者为正，何者为变是不能混淆的。在"正"与"变"，"雅"与"丽"的比照之中，可以看出刘勰的折衷。"汉儒论《诗》，不过美刺两端"⑤，刘勰却重诗之雅丽，这大概是纪昀指责刘勰"局于六朝习径，未得本源"的原因，所谓"六朝习径"，正是刘勰沐浴在文学新变的潮流之中，自觉或不自觉所形成的习尚。

《诠赋》篇对赋"释名章义"说："诗有六义，其二曰赋。赋者，

---

① 《文心雕龙·明诗》，范文澜：《文心雕龙注》，第 65 页。

② 范文澜：《文心雕龙注》，第 67 页。

③ 黄霖编著：《文心雕龙汇评》，第 30 页。

④ 李泽厚、刘纲纪主编：《中国美学史》第二卷，第 552 页。

⑤ ［清］程廷祚：《青溪集》卷二《诗论十三》，《金陵丛书乙集》本。

铺也；铺采摛文，体物写志也。"① 训赋为铺，始于东汉的郑玄。《周礼·春官·大师》郑玄注说："赋之言铺，直铺陈今之政教善恶。"② 挚虞《文章流别论》说：

> 赋者，敷陈之称，古诗之流也。古之作诗者，发乎情，止乎礼义，情之发，因辞以形之，礼义之旨，须事以明之。故有赋焉，所以假象尽辞，敷陈其志。前世为赋者，有孙卿、屈原，尚颇有古诗之义，至宋玉则多有淫浮之病矣。……古诗之赋，以情义为主，以事类为佐。今之赋，以事形为本，以义正为助。情义为主，则言省而文有例矣；事形为本，则言当而辞无常矣。文之烦省，辞之险易，盖由于此。夫假象过大，则与类相远；逸辞过壮，则与事相违；辩言过理，则与义相失；丽靡过美，则与情相悖；此四过者，所以背大体而害政教。是以司马迁割相如之浮说，扬雄疾辞人之赋丽以淫。③

陆机《文赋》言："赋体物而浏亮。"④ 各家论赋都没说过"铺采摛文"的话，唯独刘勰把郑玄的"铺陈今之政教善恶"，改为"铺采摛文"。把陆机的"赋体物而浏亮"，吸收了挚虞之说，改为"体物写志"，情志与文采并重而更偏重于文采之美，这是发展了曹丕《典论·论文》的"诗赋欲丽"⑤ 说，在内容与形式上要求赋更加完美，

---

① 范文澜：《文心雕龙注》，第 134 页。

② ［汉］郑玄注，［唐］贾公彦疏：《周礼注疏》，北京：北京大学出版社，2000 年，第 718 页。

③ ［晋］挚虞：《文章流别论》，《全上古三代秦汉六朝文·全晋文》卷七十七，石家庄：河北教育出版社，1997 年，第 802 页。

④ 张少康：《文赋集释》，北京：人民文学出版社，第 99 页。

⑤ ［三国］曹丕：《典论·论文》，郭绍虞主编：《中国历代文论选》（第 1 册），上海：上海古籍出版社，第 158 页。

并且摈弃了郑玄的"政教善恶"的说教，其折衷于各家而又自出机杼的特色，是非常明显的。刘勰《诠赋》篇又说：

> 原夫登高之旨，盖睹物兴情。情以物兴，故义必明雅；物以情观，故词必巧丽。丽词雅义，符采相胜；如组织之品朱紫，画绘之著玄黄。文虽新而有质，色虽糅而有本。此立赋之大体也。[①]

这又是折衷于"文质之间"的看法。

五、折衷于古今文体之争的刘勰有无偏重

在古今中外的思想史上，在对立的两个思想派别之间采取折衷的思想家，不可能不偏不倚而没有任何偏向，保持绝对的中立，刘勰也不可能例外。李泽厚、刘纲纪主编的《中国美学史》第二卷下册，在分析《原道》《宗经》《征圣》三篇的倾向之后，得出结论说："他（指刘勰）极为重视文采的美。这样，他就同否定文采的美的复古派裴子野之流区别开来，而倒向了极为强调文采的美的'新变派'一边。""刘勰在复古派与'新变'派之间采取'折衷'立场，同时又明显地偏向'新变'派。"[②]这是很有胆识的看法，但笔者尚不敢苟同。《文心雕龙》的前三篇，虽有"折衷"色彩，但它原的是道，征的是圣，宗的是经，虽重文采，与新变派的文采观并不相同，刘勰推崇的文采是"雅丽"与"清丽"，"新变"派欣赏的是"艳丽"，其间还有很大的不同，以儒家经典为归依的刘勰，有保守的一面，这是不可否认的。通观《通变》篇的全文，在折衷于古今方面，有两处是上下文对应而谈古今的："体必资于故实"与"数必酌于新声"

---

① 范文澜：《文心雕龙注》，第136页。

② 李泽厚、刘纲纪主编：《中国美学史》第二卷，第615、619页。

对；"望今制奇"与"参古定法"对。在质、文与雅、俗之间，也未见轩轾，用他的话说是"斟酌乎质文之间，而檃括乎雅俗之际"①。但刘勰却单方面批判了由于"竞今疏古"所造成的"从质及讹，弥近弥澹"，批判了"近附而远疏"给文章造成的缺陷。而且还明确地提出"矫讹翻浅，还宗经诰"的主张，很明显，刘勰对"新变"派的批判胜过对复古派的指责。刘勰的"通变观"，既不同于古体派，也不同于"新变"派，"新变"派在对待古今问题上一个最大的毛病，是用形而上学的观点，将古今完全对立起来。萧纲说过这样的话："若以今文为是，则古文为非；若昔贤可称，则今体宜弃；俱为盍各，则未之敢许。"②萧纲把古文与今文视为水火，连折衷都不允许，这种观点离开文学发展的正确轨道，比裴子野一派还要远些。

另外，我们还应顾及这样一个事实，《文心雕龙》有不少地方是单方面批判"新变"派的，我们可随手征引几例：

> 俪采百字之偶，争价一句之奇，情必极貌以写物，辞必穷力而追新，此近世之所竞也。③
>
> 若夫艳歌婉娈，怨志诀绝，淫辞在曲，正响焉生？（《乐府》）纪评：此乃折出本旨，其意为当时宫体竞尚轻艳发也。④
>
> 于是习华随侈，流遁忘反。⑤
>
> 自近代辞人，率好诡巧，原其为体，讹势所变，厌黩旧式，

---

① 《文心雕龙·通变》，范文澜：《文心雕龙注》，第520页。

② ［梁］萧纲：《与湘东王书》，［唐］姚思廉：《梁书》卷四十九，北京：中华书局，1973年，第690页。

③ 《文心雕龙·明诗》，范文澜：《文心雕龙注》，第67页。

④ ［梁］刘勰撰，［清］黄叔琳注，［清］纪昀评：《文心雕龙辑注》，第102、113页。

⑤ 《文心雕龙·风骨》，范文澜：《文心雕龙注》，第514页。

故穿凿取新。①

> 唯文章之用，实经典枝条。……而去圣久远，文体解散，辞人爱奇，言贵浮诡，饰羽尚画，文绣鞶帨，离本弥甚，将遂讹滥。②

最后，我们还可以从《体性》篇的"八体"中来考察。八体之中，刘勰最崇尚的是"典雅"，"典雅者，镕式经诰，方轨儒门者也"。而对排在八体最末的"新奇""轻靡"则颇露微词："新奇者，摈古竞今，危侧趣诡者也。""轻靡者，浮文弱植，缥缈附俗者也。"③而"新奇"与"轻靡"正是对"新变"派风格的概括。从以上诸方面看，就整体而言，可以得出结论，刘勰折衷于古今文体之间，而又略微倾向于古文体派。

六、结语

刘勰的"唯务折衷"是贯穿在《文心雕龙》全书中的，从而形成他独具特色的美学思想体系。齐梁时代的上层统治者如梁武帝既尊儒又崇佛，他本身就是大的折衷主义者，他的折衷目的是为了调和矛盾，巩固其统治地位。刘勰的折衷与梁武帝不同，他折衷的目的是为了"文"的需要，是为了使文学的发展不走极端，他的折衷使文学批评避免了某些片面性，对构造刘勰的美学思想体系起了积极的作用。但也使他陷于种种矛盾之中，关于这点以后我将有专文论述，这里不多置论。最后需要指出的一点是，刘勰只在可折衷的地方进行折衷，而没有滥用折衷，他虽然"擘肌分理，唯务折衷"，但在不少地方，他的态度是鲜明的，比如他主张"为情而造文"，

---

① 《文心雕龙·定势》，范文澜：《文心雕龙注》，第531页。
② 《文心雕龙·序志》，范文澜：《文心雕龙注》，第726页。
③ 《文心雕龙·体性》，范文澜：《文心雕龙注》，第505页。

反对"为文而造情",主张"要约而写真",反对"淫丽而烦滥"①,在这些方面,他从不进行折衷。

---

① 《文心雕龙·序志》,范文澜:《文心雕龙注》,第 726 页。

评《〈文心雕龙〉的风格学》

——兼与詹锳先生商榷

詹锳先生的《〈文心雕龙〉的风格学》(以下简称《风格学》)，1982年已由人民文学出版社出版。这是近年来出版的《文心雕龙》研究著作中有数的专题研究著作之一，是一项新的研究成果。如果我们回顾一下《文心雕龙》有关风格的研究历史，在五十年代，还只有少数几篇文章。它们对《文心雕龙》风格学的研究，还仅仅局限于《体性》篇的有关论述上，论域还比较狭小；自《风格学》问世之后，方蔚为大观。詹著将刘勰的风格理论，贯穿在《文心雕龙》的整部书中，而且勾勒出一个完整的风格学体系。

《风格学》中结集的八篇论文，正如詹先生在《后记》中所说："本书虽然曾以单篇论文的形式发表过几篇，却并不是一个组织松散的论文集。其中《齐梁美学的风骨论》于1961年12月曾以《齐梁文艺批评中的风骨论》为题，在《光明日报·文学遗产》发表，后来即有计划地草撰《文心雕龙的风格学》。"[①]因此这八篇论文，是一个有机的整体。在本书里，有些篇章的排列顺序，作者是有意安排的。风格的形成首先和作家的个性相关，因此，第一篇就是《文心雕龙论风格与个性的关系》。在这篇里主要介绍的是《体性》篇的内容。《体性》篇说明了"才""气""学""习"对作品风格的影响，特别强调了气质和"学""习"对风格形成的重要性，而作家的才能对作品风格的影响谈得较少，因此另写了《文心雕龙论

① 詹锳：《〈文心雕龙〉的风格学》，北京：人民文学出版社，1982年，第161页。

才思和风格的关系》，以补释《体性》论之不足。

两篇风骨论(即《齐梁文艺批评中的风骨论》和《再论风骨》)，基本精神是一脉相承的。其基本论点，可以概括为以下几点：一、《文心雕龙》的"风骨论"与齐梁美学中的"风骨论"是一致的；二、反对黄侃"风即文意，骨即文辞"的说法，认为刘勰的"风骨论"是风格论；三、"风骨"指的究竟是什么风格呢？詹先生同意刘禹昌的说法，认为"风骨""具有清新、刚健、明朗、壮丽等美的特点，大致相当于后世批评家所说的'阳刚之美'的艺术风格"①；四、"风骨"论与西方美学相比较，大致与罗马时代的郎加纳斯(Longinus)的《论崇高》相类似。

近数十年来，主张"风骨论"即风格论的不乏其人，但对此进行系统而完整的论述，又把"风骨"确定为大致相当于"阳刚之美"的艺术风格，在近当代学者中，詹先生是第一人。

这样，在《体性》篇的八种风格类型之外，詹先生又在《风骨》篇中找到了刘勰理想的标准风格——"风骨"。刘勰论风格类型往往主张对称，正像《体性》篇所说："雅与奇反，奥与显殊，繁与约舛，壮与轻乖"②。那么，与"风骨"这一"阳刚之美"的艺术风格相对应的风格——即"阴柔之美"的艺术风格又是什么呢？詹先生找到了"隐秀"。众所周知，大约在元代，《隐秀》篇原文缺了一页，从"澜表方圆"以下至"朔风动秋草"之前的四百多字，为后人所补。清代以来的学者，都认为这四百多字的补文是假的，出自明代学者的伪造。詹镆先生在《〈文心雕龙〉的"隐秀"论》一文中，首先翻了数百年的旧案，力主《隐秀》篇的补文是真的。

---

① 詹镆：《〈文心雕龙〉的风格学》，第57页。

② 《文心雕龙·体性》，范文澜：《文心雕龙注》，北京：人民文学出版社，1958年，第505页。

他做了不少考证工作，认定补文是钱功甫在万历四十二年 (1614) 从阮华山处发现宋椠本《文心雕龙》，《隐秀》篇的补文即从阮华山宋本而来。宋本《文心雕龙》后归钱谦益，可能在绛云楼失火时一并烧掉，所以这个本子以后不见著录。明代不少学者都见过补文，其中不少人是精于鉴别的，如果是假的，是瞒不过这些人的眼睛的。在真伪问题上，詹先生是力排众议而独树一帜，其考证，不可谓无见。

在考订了《隐秀》篇补文的真伪问题之后，《风格学》进一步论述了《隐秀》篇的文学理论。它认为补文的文学理论与《文心雕龙》整个的文学理论体系是一致的，"'风骨'和'隐秀'是对立的两种风格，一偏于刚，一偏于柔"①。"'隐秀'并不是一种单一的风格类型。它具有'隐'和'秀'两种相反而实相成的特点。《隐秀》篇说：'夫隐之为体，义主文外，秘响傍通，伏采潜发。''秘响傍通，伏采潜发'和'状溢目前'是不是矛盾呢？表面上看来有点矛盾，但还是可以统一起来。因为'隐'主要指篇而言，'秀'主要指句而言，'隐秀'这种风格是由'隐篇'和'秀句'所组成的"②。最后詹先生得出的结论是："《文心雕龙》在《体性》篇论述作家风格后，特列《风骨》一篇，把'风骨'作为刚性或阳性风格的典型形象，另外又设《隐秀》篇论述诗歌里的柔情和柔性风格，而他在这方面的论述和南朝诗歌中风行一时的男女柔情和靡靡之音又有本质的不同。这正是《文心雕龙》风格学的可贵处。"③

《风格学》中《〈文心雕龙〉的"定势"论》，是颇具新见的一篇文章。"《文心雕龙·定势》篇究竟讲的是什么？自来是意见纷歧的。由于对'定势'的'势'字理解不同，形成了各式各样的

---

① 詹锳：《〈文心雕龙〉的风格学》，第 95 页。
② 詹锳：《〈文心雕龙〉的风格学》，第 96 页。
③ 詹锳：《〈文心雕龙〉的风格学》，第 104—105 页。

说法。"① 詹先生列举了名家对"势"的不同解释，认为有的"不得要领"，有的"只是作了局部的解释"。他认为："《定势》篇所以讲不清楚，主要的是由于《文心雕龙》的研究者大都从写作方法上，对这篇文章作枝枝节节的解说，而不知道《定势》的用语和观点都来源于《孙子兵法》。……《孙子》十三篇中就有《势篇》，曹操注说'用兵任势也'。《孙子兵法》中对'形''势'的分析是《文心雕龙·定势》篇的主要来源。"② 詹先生进而指出《定势》篇讲的是风格倾向。他说："在《定势》篇里，'势'和'体'联系起来，指的是作品的风格倾向，这种趋势本来是变化无定的。《通变》篇说'变文之数无方'，'势'就属于《通变》篇所谓'文辞气力'这一类的。这种趋势是顺乎自然的，但又有一定的规律性，势虽无定而有定，所以叫作'定势'。"③ "一位作家在不同的场合进行创作，由于'情致异区'，就会'文变殊术'，就会表现为不同的风格倾向。假如只有一种单调的风格，或者只爱一种单调的风格，那必然有很大的片面性，而不能成为一个伟大的作家。但是一位作家可以有多样化的风格倾向，具体到一篇作品里，却不能两种对立的风格同时存在。《定势》篇说：'若雅郑而共篇，则统（原作"总"）一之势离。'所以无定之中还是有定的。'多样化的统一'这一美学原理的提出，不仅在中国，甚至在全世界的古典文艺理论中来说，都是空前的。这不能不说是刘勰的极大创获。"④ 将《定势》篇与《孙子兵法》联系起来，从而确定"定势"论是论述风格倾向的，"在创作过程中，所谓'定势'，就是要选定主导的风格倾向"⑤，

---

① 詹锳：《〈文心雕龙〉的风格学》，第 62 页。
② 詹锳：《〈文心雕龙〉的风格学》，第 63 页。
③ 詹锳：《〈文心雕龙〉的风格学》，第 68 页。
④ 詹锳：《〈文心雕龙〉的风格学》，第 70—71 页。
⑤ 詹锳：《〈文心雕龙〉的风格学》，第 76 页。

这是詹先生的创见。

《风格学》中还论及《文心雕龙》的时代风格和文体风格。"一个时代的作家作品,在风格上有许多相同或相近的地方,这就是时代风格"①。虽然《文心雕龙》里并没有论时代风格的专篇,但在《文心雕龙》的《时序》《通变》《明诗》等篇里,以及其他篇章的某些地方,确有些论述涉及时代风格问题。比如《时序》篇论建安时代的文风说:"观其时文,雅好慷慨;良由世积乱离,风衰俗怨;并志深而笔长,故梗概而多气也。"②"这种时代风格的特点是激昂慷慨,富于气势,态度光明磊落,不从纤巧处着眼,而在刻画形象时,用词也准确鲜明。这就是所谓'建安风骨'或'建安风力'。……刘勰确实抓到了建安文学时代风格的特点,而且抓得很准。"③詹先生列举了许多有关的论述,进而总结说:"大体说来,刘勰对建安、正始、东西两晋文风的变化,概括得相当准确,评价也是比较适当的。尤其是他从许多社会因素方面来解释文学时代风格如何形成,具有极大的创造性。"④《风格学》还根据每种文体论的第四部分,也就是"敷理以举统"的部分,来建立文体风格论。它认为"所谓'举统'就是举出文章的'体统',也就是该体的标准风格"。⑤在《文心雕龙》上编的文体论部分,对各体文章的风格要求都有比较细致具体的论述,此外,在《定势》篇中,还对每一大类的共同风格要求,分别用两个字来进行概括,如说:"章表奏议,则准的乎典雅;赋颂歌诗,则羽仪乎清丽;符檄书移,则楷式于明断;史论序注,则

① 詹锳:《〈文心雕龙〉的风格学》,第95页。
② 范文澜:《文心雕龙注》,第674页。
③ 詹锳:《〈文心雕龙〉的风格学》,第120页。
④ 詹锳:《〈文心雕龙〉的风格学》,第125页。
⑤ 詹锳:《〈文心雕龙〉的风格学》,第131页。

师范于核要；箴铭碑诔，则体制于弘深；连珠七辞，则从事于巧艳。"①
詹先生认为："这一段话可以说是《文心雕龙》文体风格论的纲领。"②
以此为纲，他对文体风格论，分六大类，作了进一步的阐述。

综上所述，我们可以看出，《风格学》的八篇论文，共同围绕
着一个核心，而且构成了一个完整的风格学的理论体系。这个体系
的建立，是詹著的一大贡献，它在《文心雕龙》风格学的研究上，
大大地推进了一步。在《文心雕龙》风格学的研究领域，这是自抒
机杼的理论体系，而且是独树一帜的。他在这一研究领域内，发表
了许多创造性的见解，从他开始，将《文心雕龙》风格学的研究领
域扩大了，这是第一部研究《文心雕龙》风格学的专著，从这个意
义上来说，《风格学》的出版，具有某种划时代的意义。

《风格学》除了具有完整的体系之外，在内容上还有一个鲜明
的特点，即作者用现代美学的观点来研究《文心雕龙》的风格学，
而且注意到同西方美学理论进行比较。作者在《后记》中说："我
常把中国古典文论和西方文论比喻为中西医的关系。"③医学需要
中西医结合，文论的研究，"也需要本着马克思列宁主义的观点方法，
利用现代美学和修辞学的理论，去探索《文心雕龙》，才能发现这
部著作的精华，也才能在黄侃和范文澜同志著作的基础上，把《文
心雕龙》的研究推进一步"④。《风格学》在这一方面可以说做了
一点尝试。作者在中国文论和西方文论的比较研究上，也做了一些
尝试，比如在《〈文心雕龙〉论风格与个性的关系》一文中，作者
引用法国自然科学家布封在《论风格》里的一句名言："风格就是

---

① 范文澜：《文心雕龙注》，第530页。

② 詹锳：《〈文心雕龙〉的风格学》，第132页。

③ 詹锳：《〈文心雕龙〉的风格学》，第166页。

④ 詹锳：《〈文心雕龙〉的风格学》，第166页。

人本身。"①并且引用了黑格尔《美学》中的一段话："风格一般指的是个别艺术家在表现方式和笔调曲折等方面完全见出他的个性的一些特点。"②从而揭开了《体性》篇的美学思想。在同篇文章中，詹先生还数次引用了英国19世纪文学批评家约翰·罗斯金《论作品即作者》一文中的几段话，说明它和《体性》篇的理论有类似之处。于《再论"风骨"》一文，作者将《风骨》篇和罗马时代郎加纳斯的古典文艺理论名著《论崇高》来作比较，发现二者之间有很大的类似性③。另外在《〈文心雕龙〉的时代风格论》一文中，作者将刘勰论文学与时代的关系与丹纳的《艺术哲学》的有关论述进行了对比，说明有"类似的论点"。④在这些方面，作者做了一些尝试。这对于提高中国古典文论在世界美学史上的地位，是有必要的。比如在"定势论"中，作者指出刘勰"多样化的统一"这一美学原理的提出，在中国，乃至在全世界都是空前的。没有比较的研究，就难以得出这样的结论。

我们肯定《风格学》创立理论体系的首倡之功，并不意味着这部专著没有缺点，没有可商榷的地方，正如詹先生在《后记》中所说的，这是一个尝试，"可能还有不周密甚至错误的地方，仍希望海内专家和广大读者提出批评"⑤。我作为《风格学》的第一个读者，现提出一些不成熟的看法与詹先生进行商榷。

早在《风格学》出书之前，有些论文在单篇发表时，已有几位学者不同意詹先生的看法。如1980年中国社会科学出版社出版的《文学评论丛刊》（第七辑），发表了杨明照先生的《〈文心雕龙·隐秀》

---

① 詹锳：《〈文心雕龙〉的风格学》，第4页。
② 詹锳：《〈文心雕龙〉的风格学》，第4页。
③ 参见詹锳：《〈文心雕龙〉的风格学》，第53—56页。
④ 詹锳：《〈文心雕龙〉的风格学》，第126页。
⑤ 詹锳：《〈文心雕龙〉的风格学》，第166页。

篇补文质疑》和王达津先生的《论〈文心雕龙·隐秀〉篇补文真伪》，两文均对詹先生的《〈文心雕龙〉的"隐秀"论》提出不同的看法。对于《隐秀》篇的补文，詹先生力主其真，杨、王二先生则力证其伪。1981年《文学遗产》第2期发表了牟世金同志的《刘勰论"图风势"》一文，对詹先生的"风骨论"与"定势论"和"文体风格论"提出了不同的看法。1982年出版的《文学评论丛刊》（第十三辑），发表了涂光社同志《〈文心雕龙〉"定势论"浅说》，也对詹先生的"定势论"提出一些异议，等等。这说明《风格学》中的某些文章，颇为学术界所重视，而且反应强烈。

先说《隐秀》篇补文的真伪问题，笔者对补文的真伪问题，在看了詹著之后，始终是疑信参半。詹先生虽然做了不少考证，但我觉得仍有启人疑窦的地方。补文计四百一十三字，在原书中占一页，其中尚阙十字，分散于五处。每处不过阙二字。我们知道，《隐秀》篇在南宋时尚未散佚，张戒《岁寒堂诗话》所引《隐秀》篇的两句话"情在词外曰隐，状溢目前曰秀"①，不见于现存《隐秀》篇的原文，以情推之，当在所佚一页之中。但补文中并没有这两句话，阙文不过十字，且分五处，这两句话无法在补文中安置，这是补文真伪最启人疑窦之处。詹先生的考证并没有解决这个问题。另外，詹先生认为"隐秀论"是风格论，是论诗歌里面的柔情和柔性风格，也有值得商榷的地方。《隐秀》篇云："隐也者，文外之重旨者也，秀也者，篇中之独拔者也。隐以复意为工，秀以卓绝为巧，斯乃旧章之懿绩，才情之嘉会也。"② 这与张戒《岁寒堂诗话》所引两句话的意思是一脉相承的。刘勰处处将"隐"与"秀"分言之，足见"隐

---

① ［宋］张戒著，陈应鸾笺注：《岁寒堂诗话笺注》，成都：四川大学出版社，1990年，第58页。

② 范文澜：《文心雕龙注》，第632页。

秀"不是一种风格。那么，《隐秀》篇是讲什么的呢？笔者认为《隐秀》篇的主旨是论诗歌鉴赏的。刘永济先生《文心雕龙校释》说："《隐秀》主义，张戒《岁寒堂诗话》所引二语，最为明晰。'情在词外曰隐，状溢目前曰秀'。与梅圣俞所谓'含不尽之意见于言外，状难写之景如在目前'，语意相合。……于是言外之旨，遂为文家所不能阙，赏会之士，亦以得其幽旨为可乐，故意逆之功，以求志为极则也。"①如何求其言外之意，对作者来说，只能写得含蓄、委曲、婉转一些，对读者而言，读者通过形象所引起的联想，进行艺术的再创造，才能得其言外之旨，而且后者是更重要的。这样才能"沿隐以至显，因内而符外"②，所以"隐"主要是讲的追求"文外之重旨"的鉴赏。"秀"讲的是秀句，对创作而言，就是像陆机《文赋》所言"立片言而居要，乃一篇之警策"③，对读者而言，则为秀句欣赏。"隐"与"秀"两者如何结合起来，我以为刘永济先生说得很好："文家言外之旨，往往即在文中警策处，读者逆志，亦即从此处而入，盖隐处即秀处也。"④ "隐"与"秀"与创作有联系，但也离不开鉴赏，显而易见，"隐"与"秀"不是风格，更不是阴柔之美的风格，这可以从《隐秀》篇本身得到证明。《隐秀》篇一页阙文之后，尚存"'朔风动秋草，边马有归心'，气寒而事伤，此羁旅之怨曲也"⑤数句，这是秀句欣赏的尾巴。这两句诗造语悲壮苍凉，很像边塞诗中的名句，具有阳刚之美，恰与詹先生所说的阴柔之美相反。所谓秀句，用刘勰自己的话说"秀也者，篇中之独拔者也"，"秀以卓绝为巧"⑥。

① 刘永济：《文心雕龙校释：附征引文录》，北京：中华书局，2010 年，第 142 页。
② 《文心雕龙·体性》，范文澜：《文心雕龙注》，第 505 页。
③ 张少康：《文赋集释》，北京：人民文学出版社，2002 年，第 145 页。
④ 刘永济：《文心雕龙校释：附征引文录》，第 142 页。
⑤ 《文心雕龙·隐秀》，范文澜：《文心雕龙注》，第 632 页。
⑥ 《文心雕龙·隐秀》，范文澜：《文心雕龙注》，第 632 页。

本无所谓刚柔之分，有阳刚之美的，也有阴柔之美的，"春兰秋菊，各一时之秀也"①。这样看来，说"隐秀"是论诗歌里的柔情和柔性风格，是难以成立的。

《文心雕龙·风骨》篇讲的是什么，自明清学者迄于近代，众说纷纭，莫衷一是。《风格学》力主"风骨"是风格论，并具体化为指"阳刚之美"的艺术风格。这不是詹先生一人之见，他代表了一派的观点。对此目前仍有不同的看法。如牟世金同志说："'风骨'并不等于'风格'，如以'风骨'为风格的一种，则无异于改'数穷八体'为'数穷九体'，显然不能成立；如以'风骨'为一种"综合"性的、总的风格，这个'风格'就失去了风格的意义，不成其为风格了。只有艺术家所独具的某种艺术特色，才能谓之风格。……'风格即人'的名言是不可忽视的。离开具体的人而谈风格，就势必把文章的'体势'、文体的特点等，都和由作者艺术个性决定的风格特色混为一谈。不少论者就把《风骨》《定势》等列为刘勰的'风格论'。甚至说文体论中'敷理以举统'一项，也是讲'各种体裁的风格特点'。……这样，……一个作家，甚至同一作家的同一作品，就可能有多种'风格'同时存在了……离开具体的人，把风格的概念任意扩大，把风骨论、定势论、文体论等等，都说成是'风格论'，显然是有问题的。……'风骨'并不是'风格'，也不是对风格的总要求。而是一切文学创作的总要求。"②牟文针对《风格学》中的几篇文章，提出詹先生将风格的概念扩大化的问题，这是一个值得注意的问题。詹先生在《风格学》的《后记》中，除了阐述各篇之间的关系之外，同时对牟世金同志的批评提出一些答辩，

---

① ［汉］王逸注：《楚辞章句补注》，长春：吉林人民出版社，2005 年，第 85 页。

② 牟世金：《刘勰论"图风、势"——〈文心雕龙译注〉引论之一》，《文学遗产》1981 年第 2 期。

说明他对"风格"的理解，是根据黑格尔《美学》第一卷关于艺术家的《作风、风格和独创性》一节的论述和王朝闻主编的《美学概论》关于《艺术风格的本质》一节的论述。我们不能说这些"风格定义"是无关紧要的。但是要解决《文心雕龙》研究中的实际问题，却不能从定义出发，而要从《文心雕龙》的实际出发，对《文心雕龙》中的概念术语，只有观其会通，正其名用，然后才能庶得古人论文之真意。刘勰对"风"和"骨"常常分别言之，《风骨》篇说："是以怊怅述情，必始乎风；沉吟铺辞，莫先于骨。故辞之待骨，如体之树骸；情之含风，犹形之包气。结言端直，则文骨成焉；意气骏爽，则文风生焉。……练于骨者，析辞必精；深乎风者，述情必显，……若瘠义肥辞，繁杂失统，则无骨之征也；思不环周，索莫乏气，则无风之验也。"[①] 如果把"风骨"看作一种风格，验之上引文句，显然是无法相合的，这是我要补充说明的一点。另外，詹先生说："王朝闻主编的《美学概论》把创作个性放在《艺术家》一章里讲，把艺术风格和流派放在《艺术作品》一章里讲，他们不把风格等同于创作个性。"[②] 并且引用了《美学概论》对风格所下的定义。实际上这并不是一个定义，艺术风格是离不开创作个性的。在詹先生所引的称作风格定义的《美学概论》的一段话之后，还有几句很重要的话，詹先生没有引用，即："艺术风格与创作个性密切相关，它是后者的自然流露。……它存在于艺术家身上，而通过他所创造的艺术作品表现出来，即所谓'诚于中而形于外'。从'沿隐以至显，因内而符外'这个意义上说，艺术风格也就是创作个性的具体表现。不言而喻，艺术作品既然是艺术家的创造，那就不能不受艺术家主观方面所特有的种种条件的总和的制约；艺术作品中不能没

---

① 范文澜：《文心雕龙注》，第 513 页。
② 詹锳：《〈文心雕龙〉的风格学》，第 161 页。

有艺术家的'我'。"① 这与牟世金同志在《刘勰论"图风、势"》
一文中对风格的理解是"如出一辙"的。

《风格学》认为"风骨"是刘勰心目中理想的标准风格，还有
另一未安之处。《文心雕龙·体性》篇中刘勰所归纳的八种风格类
型，评价最高的风格类型是"典雅"，"典雅者，镕式经诰，方轨
儒门者也"②。由于刘勰把"宗经""征圣"作为基本的文学观点，
如《宗经》篇说："经也者，恒久之至道，不刊之鸿教也。"③ "典
雅"的风格是取法经典的，它应当是刘勰心目中最理想的标准风格，
"风骨"是不能与"典雅"相提并论的，因此也很难说"风骨"是
刘勰理想的标准风格了。

不同意"定势论"是"风格论"的，除了牟世金同志外，还有
涂光社同志。他在《〈文心雕龙〉"定势论"浅说》一文中说："詹
锳先生最近撰文，充分估计了《孙子》对《文心雕龙》定势论的影
响，可谓持之有故。不过，仅仅注意到这一点是不够的。文学是艺
术，其'势'还有艺术形式和艺术效果方面的特点，因此有必要了
解刘勰之前文学和艺术领域'势'论的情况；……中国古代文论自
成体系，古今术语绝少等同者，倘将含有风格因素的术语，如像《文
心》中的'体''体势''势'统统不加区别地释为风格，至少是
忽略了它们各自不能取代的特点，这样做造成了概念上的混乱。"④
涂文认为，"'定势'是创作过程择'术'的一部分，'势'与现

---

① 王朝闻主编：《美学概论》，北京：人民出版社，1981年，第281—282页。

② 《文心雕龙·体性》，范文澜：《文心雕龙注》，第505页。

③ 《文心雕龙·宗经》，范文澜：《文心雕龙注》，第21页。

④ 涂光社：《〈文心雕龙〉"定势论"浅说》，《文学评论丛刊》（第13辑），
北京：中国社会科学出版社，1982年，第38页。

代文论中的表现方式在概念上有某些相近之处"①。涂文的看法是值得思考的。

笔者认为，詹先生所建立的《文心雕龙》的风格学体系，似有将风格扩大化的倾向，《风格学》中的八篇文章，几乎有半数以上不属于风格论。詹先生虽然在《风格学》的第一篇文章中引用了黑格尔和马克思都曾引用过的法国自然科学家布封在《论风格》里的一句名言"风格就是人本身"，并且还引用黑格尔的话说："风格一般指的是个别艺术家在表现方式和笔调曲折等方面完全见出他的个性的一些特点。"但是他在"风骨论""定势论""隐秀论"和文体风格论中，都忽略了"风格即人"的名言，忽略了艺术家的创作个性与风格的密切关系。詹先生将某些在某一意义上说含有风格因素的东西混同为风格论，没有很好地把握艺术风格的本质。比如不同的题材或体裁，我们承认它们对形式不同的艺术风格会有一定的影响，但某种题材或体裁并不能形成任何艺术风格，只有通过艺术家去把握这些题材，运用某种体裁而创作出独具特色的艺术作品时，才形成为风格。就拿刘勰的"文体论"来说吧，"敷理以举统"部分，不过是刘勰根据大量同体裁的作品，概括出来的写作要求，这种要求并不成其为风格，正像《写作概论》上讲怎么写小说、怎么写通讯报道一样，各种文体的写作知识与写作要求并不能成为"文体风格论"。

"真正的风格，并不是艺术家的主观任意性的表现，而是艺术家个人的主观特性与作品对客观现实的真实反映相结合。这就是说，真正的风格，是作为创作主体的艺术家的主观性与他的作品对现实

---

① 涂光社:《〈文心雕龙〉"定势论"浅说》，《文学评论丛刊》（第 13 辑），第 45 页。

的反映的客观性两者的统一。"① 因此，可以说，离开艺术家、离开艺术作品，就无什么风格可言。我们承认"艺术风格和题材之间的内在联系"，也承认"艺术的特定体裁，对风格也有一定程度的制约作用。不同的体裁从不同的方面去概括生活，各有着与它自己相适应的特殊内容，因而带来了风格上的差异"②。但是"肯定题材、艺术体裁等因素和风格有关，这并不否定艺术家的创作个性在风格形成中的支配作用。主观条件不同的艺术家，用同一艺术体裁去表现同一的题材，也总会流露出创作个性上的不同特点。……这说明风格上的差异，主要取决于艺术家和创作个性的差异"③。上引的几段话，都是《美学概论》论《艺术风格的本质》一节中的原话，我认为詹先生在《文心雕龙》风格学的研究上，所以会出现扩大化的倾向，就在于把与风格有联系的因素，扩大为风格论，而去寻找离开具体的人的因素而存在的风格论。

---

① 王朝闻主编：《美学概论》，第 282 页。
② 王朝闻主编：《美学概论》，第 283 页。
③ 王朝闻主编：《美学概论》，第 284 页。

附　录

回忆《文心雕龙》学会成立三十年的艰难历程

　　1983 年 8 月 5 日，中国《文心雕龙》学会在青岛黄海饭店成立。学会所以能在这时成立，与 1982 年 10 月下旬在济南南郊宾馆召开的《文心雕龙》研讨会有密切的关系。这是国内第一次召开的以《文心雕龙》为议题的会议，是开创《文心雕龙》研究新局面的一次重要的会议。也是我第一次参加的《文心雕龙》研讨会。这次会议是由山东省文联、省文化局、省出版局、山东大学、山东师范大学等单位联合发起。90 多名与会同志在学术交流的同时，深感这样的学术交流极为必要。为了促进国内外的学术交流，扩大《龙》学在全世界的影响，推进《龙》学的研究发展，开创《龙》学的研究新局面，研讨会的各小组纷纷提出成立《文心雕龙》学会的要求。大会推举出王元化、孙昌熙、祖保泉、任孚先、牟世金五位先生为《文心雕龙》学会筹备小组，共推王元化先生为筹备组组长。以山东大学为学会基地，进行筹备工作；并由王元化、王运熙、王达津、周振甫、徐中玉、詹锳等十五位先生，联合发起向中央有关部门申请成立《文心雕龙》学会；编辑《文心雕龙学刊》，并由齐鲁书社出版发行。

　　经过半年多的筹备，申请成立中国《文心雕龙》学会的一切手续均已办好，在办好手续之后，牟世金先生到出版社去找我，告诉我一个信息：申办成立《文心雕龙》学会的事，有关部门已经批准，周扬同志题写刊名的《文心雕龙学刊》，已经在印刷过程中，不日即可印好。他还对我说：为了申报成立《文心雕龙》学会，他五次进京，拜访过周扬与张光年等同志。他付出的辛苦可想而知。不久我便收到了牟世金先生寄来的会议邀请函。1983年8月初，我从北京动身赴青岛。在列车的硬卧车厢中，正巧遇上新疆大学的马宏山先生，只见他满头大汗。身上的衣服全被汗水湿透了（当时的硬卧还没有空调）。1962年我在山大读研究生时，他在山大跟陆侃如先生进修过，专门师从陆先生进修《文心雕龙》。1963年陆先生曾经告诉我，马宏山是个30年代参加革命的老干部，在解放前曾在西安蹲过监狱，解放后曾经当过教育厅长，行政级别很高，是12级干部。我得知后对弃政从文的马先生肃然起敬。我和他已经20年没见了，见面之后格外亲热。他乘坐了四天四夜的火车，从祖国的西边陲到东海之滨，可以说是不远万里而来。当时我就想到这次会议一定比1982年的济南会规模大、人数多。果然，出席这次会议的竟有120多人。1983年8月5日，中国《文心雕龙》学会成立大会在青岛的黄海饭店隆重开幕。会上选举产生了中国《文心雕龙》学会第一届理事会，推举周扬同志为学会的名誉会长，选出张光年同志为学会会长，王元化、杨明照为副会长，牟世金为秘书长，并聘请了郭绍虞为顾问。

在学会第一届领导班子中，具体工作做得最多的是秘书长牟世金先生，他组织了两次年会（第二次年会是在1986年4月，在安徽屯溪召开，由安徽师范大学祖保泉等先生协办）和两次《文心雕龙》国际研讨会。（第一次国际会议规模较小，是1984年在上海举办的中日学者《文心雕龙》讨论会。）在齐鲁书社社长孟凡海、总编辑赵炳南的支持下，出版了《文心雕龙学刊》一至六辑，齐鲁书社未向学会要过一分钱，而且负责向入选文章发放稿费。1985年，他又以《文心雕龙》学会的名义，编选了厚厚一册《文心雕龙论文选编》，此书由人民文学出版社出版（出版时书名改为《文心雕龙研究论文集》）。书后有八十年代以前的《文心雕龙》研究论文索引，由他的研究生曾晓明协助牟先生完成，是当时最为完备的索引。可惜此书印数不大，出版社亏损了两万余元，为他日后完成的《文心雕龙研究》的出版造成阻力。1988年在广州召开的《文心雕龙》国际研讨会，有来自日本、俄罗斯、瑞士、意大利等国家和香港、澳门、台湾的代表，是规模比较大的第一次国际研讨会，协办单位出力最大的是暨南大学的副校长饶芄子先生，《文心雕龙研究荟萃》是由她和卓支中先生编选，并在王元化同志的帮助下，由上海书店1992年出版。1988年广州会议召开之时，牟世金先生已经知道他患有不治之症，他第一次带夫人参加会议。有一天他们夫妻俩来到我住的房间，牟先生让夫人赵璧清给我们两人照张像，我明白他的意思，他自知留给他的时间已经不多了，与老朋友、师兄弟合影留个纪念。看到面色苍白的世金兄，真有生离死别之感，我强忍着眼泪合完了影，心中有说不出来的滋味。1989年6月19日，年仅六十一岁的牟世金先生去世，他的去世不仅是《文心雕龙》学会的一大损失，也是《龙》学界的一大损失。

牟世金先生去世之后，接任秘书长的是汕头大学的马白先生，学会地址也由挂靠在山东大学改为挂靠在汕头大学。1990年11月10日至13日，在汕头大学召开了第三次年会，在这次会议的理事会上，理事们推选马白先生为秘书长。马白除了举办一次年会外，还出版了《文心雕龙学刊》第七辑，此书1992年由广东人民出版社年出版，得到了汕头大学学术基金的资助。这是《文心雕龙学刊》的最后一辑。从此开始了出版学刊拿钱的时代。1992年，马白离休后准备随女儿定居国外，主动地向学会领导提出辞职，会长张光年同志同意他的请求，在这种情况下，他召集了张少康、蔡钟翔、缪俊杰和我四人到他家开一个小会，当着我们四人的面，宣读了牟世金写给他的一封信，中心内容是推荐张少康为协会的秘书长。光年同志又说：我已年过八十，不宜再当会长了，学会也该换届了，我退下来之后，我建议张少康任会长。你们几位都要为协会担点担子，多为学会做点工作。

1992年10月，《文心雕龙》学会第四次年会，在协办单位山东枣庄市人民政府和枣庄师专的支持下，在枣庄薛国大酒店召开。这次年会进行了学会的换届选举。光年同志建议的由张少康任会长的事由于张少康的谦让发生了一点变化，他坚决不肯当会长，极力推举王运熙任会长。最后选举的结果是，原来的会长张光年与副会长王元化、杨明照，任名誉会长，王运熙先生任会长，张少康为常务副会长、法人代表，张文勋、缪俊杰为副会长，刘文忠为秘书长，蔡钟翔、林其锬为副秘书长。学会挂靠在北京大学，原来已经出版了七辑的《文心雕龙学刊》更名为《文心雕龙研究》，由北京大学出版社出版。当时的学会虽然主管单位是民政部，但没有注册资金的规定和年检，从学会成立之年开始，每年中国社会科学院有少量的资金资助，一年学会有五千元的拨款，资金来源于财政部，全国性的研究会和学会其拨款通过社科院科研处发放。我任秘书长之后，1991年度的财政部拨款五千元，因社科院科研处的通知寄到汕头大学，马白又转寄到张光年同志手中，光年同志又转到我手中，到我手中时，已经过期了。经我与负责拨款的社科院科研处王春生同志的多次交涉，王春生最后答应，

1992 年财政部再拨款时，多给《文心雕龙》学会五千元。1992 年，学会终于拿到一万元的拨款。当时学会连个账户、账号也没有。只有借用北京大学中文系的账户、账号。用这一万块钱我们开了两次年会，枣庄会用了五千元，用于与会同志的住宿补贴和退休同志的会务费补贴。社科院的这次拨款是最后一次，以后便与社科院脱钩，业务主管部门变成教育部。

1995 年 7 月 28 日至 31 日，《文心雕龙》国际学术讨论会在北京皇苑大酒店举行，会议是由中国《文心雕龙》学会和北京大学、韩国岭南中国语文学会、山东日照市联合召开的。台湾金瑞盛金银珠宝公司首席顾问宋春青先生资助会议人民币五万元。这次会议是学会常务副会长张少康筹备的。国内外专家 100 多人，提交论文 70 余篇。海内外学者来的比较多，仅八十岁以上的老专家就有八位，三个名誉会长张光年、王元化、杨明照都出席了会议。著名学者王利器、周振甫、徐中玉、王运熙、王达津、周勋初、张文勋、罗宗强等，台湾学者黄锦鋐、王更生、张敬等，香港学者黄维樑、罗思美等，日本学者冈村繁、兴膳宏等，俄罗斯学者李谢维奇，加拿大学者梁燕城，韩国学者李鸿镇，美国学者罗锦堂，马来西亚学者杨清龙等都出席了会议。

会议期间，由黄锦鋐、王更生、冈村繁、兴膳宏、周振甫、王利器、蔡宗阳、李景溁、黄景进、王运熙、张文勋、张少康、缪俊杰、蔡钟翔、刘文忠、邱世友、黄维樑、陈志诚、罗思美、宋春青、林中明、张可礼等二十二人发起，发出关于建立《文心雕龙》研究发展基金的倡议，倡议立即得到海内外学者的响应，当天就有 34 人为《文心雕龙》研究发展基金捐款。捐款名单和捐款数曾在学会秘书处编的《文心雕龙》研究通讯第一号上予以公布，因是自编自印的，印数甚少，没有发给广大会员。虽是亡羊补牢，但我觉得应该在这里给大家一个交待。捐款名单及捐款数如下：

1. 冈村繁（日本久留米大学） 日元拾万元

2. 兴膳宏（日本京都大学） 日元拾万元

3. 黄锦鋐（台湾师范大学） 美元壹仟元

4. 王更生（台湾师范大学） 美元伍佰元

5. 林中明（美国莱提斯公司） 美元伍佰元

6. 彭正雄（台湾文史哲出版社） 台币壹万肆仟元

7. 蔡宗阳（台湾师范大学） 台币壹万元

8. 李景溁（台湾中国文化大学） 美元贰佰元

9. 洪顺隆（台湾中国文化大学） 美元贰佰元

10. 黄景进（台湾政治大学） 人民币壹仟陆佰元

11. 黄维樑（香港中文大学） 港币贰仟元

12. 陈志诚（香港城市大学） 港币贰仟元

13. 罗思美（香港浸会大学） 港币贰仟元

14. 李鸿镇（韩国庆北大学） 美元贰佰元

15. 金周汉（韩国庆北大学） 美元壹佰元

16. 釜谷武志（日本神户大学） 日元壹万元

17. 方元珍（台湾空中大学） 美元壹佰元

18. 吕武志（台湾师范大学） 美元壹佰元

19. 许玫芳（台湾师范大学） 美元壹佰元

20. 吴玉茹（台北市立大安国民中学）台币贰仟柒佰伍拾元

21. 颜瑞芳（台湾师范大学） 台币贰仟柒佰伍拾元

22. 魏素足（台湾师范大学） 台币贰仟柒佰伍拾元

23. 冯水敏（台北市立师范学院） 台币贰仟柒佰伍拾元

24. 蔡宗齐（美国伊利诺伊州立大学）人民币伍佰元

25. 吕新昌（台湾万能工商专科学校） 人民币捌佰贰拾壹元捌角

26. 王利器（人民文学出版社）　　人民币壹仟元

27. 周振甫（中华书局）　　　　　人民币壹仟元

28. 王运熙（复旦大学）　　　　　人民币壹仟元

29. 张少康（北京大学）　　　　　人民币壹仟元

30. 张文勋（云南大学）　　　　　人民币壹仟元

31. 缪俊杰（人民日报）　　　　　人民币壹仟元

32. 蔡钟翔（中国人民大学）　　　人民币伍佰元

33. 刘文忠（人民文学出版社）　　人民币捌佰元

34. 张可礼（山东大学）　　　　　人民币捌佰元

　　会后，学会很快就建立了学会的账号，制定了《文心雕龙》学会研究发展基金章程，设立了基金管理委员会和基金监督委员会，缪俊杰为管理委员会主任，蔡钟翔、刘文忠为副主任，袁济喜、汪春泓为委员。监督委员会主任为王运熙，副主任为张少康、张文勋，张可礼、林其锬、石家宜、汪涌豪为委员。1998 年出版的《文心雕龙研究》第三辑，载有《关于建立〈文心雕龙〉学会研究发展基金的简况》。这个基金是起了巨大作用的，不仅用于出版《文心雕龙研究》，而且用作学会的注册资金。大约在 1998 年前后，民政部通知，不管是新成立的社会团体还是已经成立的社会团体，都要有至少 10 万元的注册资金，刚建立不久的研究发展基金，正好用在了学会的注册资金上，解决了燃眉之急。

　　1996 年 10 月 11 日至 14 日，在山东省委宣传部、日照市委、市人民政府的大力支持下，《文心雕龙》第五次年会在山东日照市召开。会议的全部筹备工作都是在当时的日照市委常委、宣传部长李连成同志的主持下进行的。此次年会进行了学会的换届选举，选出新理事 35 人，常务理事 15 人，继续推举张光年、王元化、杨明照为名誉会长，新聘徐中玉、祖保泉、吴林伯为顾问。选出会长王运熙，副会长张少康（常务）、缪俊杰、张文勋、蔡钟翔，推举刘文忠为秘书长，林其锬、刘联合、汪春泓为副秘书长。

1998年8月，《文心雕龙》第六次年会在湖南怀化召开，怀化师专协办，学会理事周绍恒在筹备过程中做了许多工作。

2000年4月，由《文心雕龙》学会、镇江市人民政府联合举办的《文心雕龙》国际研讨会在镇江召开。在会前原镇江市委书记，市人大常委会主任钱永波同志专门到北京在江苏饭店约见了张少康与刘文忠，商谈了筹备会议的有关事宜，学会又委托常务理事石家宜、理事孙蓉蓉两次去镇江与钱永波先生联系。经双方协商，决定在会前出版会议论文集，这在学会的历史上还是第一次。镇江市人民政府全额资助，学苑出版社的总编室主任郭强给予大力支持，50万字的精装本《论刘勰及其文心雕龙》及时出版，满足了会议的需要。会议期间，刘勰塑像、文心阁、《龙》学家签名碑揭幕，《文心雕龙》数据中心成立。在会议期间的一个晚上，学会进行了换届选举，增选了钱永波为常务理事。推选年过七十的会长王运熙先生为名誉会长，上届三位名誉会长继续任职。年过七十的张文勋为顾问。推选张少康为会长，詹福瑞为常务副会长兼秘书长，缪俊杰、蔡钟翔、刘文忠、林其锬为副会长。

2002年8月，《文心雕龙》学会第七次年会在常务副会长詹福瑞的筹备下，在保定河北大学召开。这次会议增选了涂光社、曹旭、党圣元、袁济喜、汪春泓等同志为副会长，河北大学文学院院长李金善为秘书长，并议定学会挂靠在河北大学。

2003年5月，学会与深圳大学、社科院文学研究所联合举办的《文心雕龙》国际研讨会在深圳大学召开。这次会名曰国际研讨会，海外代表来的很少，与北京、镇江的两次国际研讨会不可比论。会上发生了一件令我很遗憾的事。会长张少康突然提出辞职。我从深圳回京后，在京的几位副会长都处在沉默过程中。这时候需要有人站出来维护学会的存在，我虽然不当秘书长了，但我还是副会长，涉及到学会存亡的头等大事，总要有人出面联系。这时我找到了常务副会长詹福瑞同志，劝他出任会长与法人代表。因为会长是常务理事推选出来的，在暂时无法召开年会的情况下，我想出了一个办法，由我出面向各位常务理事发函，说明情况，征询由詹福瑞任会长的意见。发函19封，诸位都回了信，大家一致同意詹福瑞为会长和法人代表。连同我自己的一份，一共20份，收齐后我一并交给詹福瑞过目。这时詹福瑞才同意出任会长与法人代表。这件事按常规说应当由秘书长出面办理，但我考虑到李金善刚任秘书长不久，更换法人代表需要经过北京大学有关部门和教育部、民政部等部门，这些部门我却跑过多次，也认识不少人，所以我主动承担了这些跑腿的工作。变更法人是需要跑腿的。一切报表都填好之后，还要原法人任职期间的财务审计，财务审计要在会计事务所做。原法人要填写工作总结，因张少康远在香港，一式四份的表格我可以代张少康填写，但我无法代替张少康签名盖章。这时我想，张少康的图章有可能在京，我打电话问到少康夫人童老师，她给了我很大帮助，她不但找到了图章，而且答应把图章送到我认识的王桂玲会计那里，需要时让我去取。从我家去北大坐公交车单程就要两小时，工作效率太低，鉴于这种情况，詹福瑞在没有急事用车的时候，便让他的司机陈师傅拉着我跑北大、教育部、民政部等，这一切手续办好之后，詹福瑞一共给我派了八次车。其繁琐程度，远非第一次把张光年同志的法人证书变更为张少康时所可比拟。学会的第一个法人证书做得很讲究，有锦缎面的外套，并有民政部部长程子华的签名章，变更法人时，民政部社团司把旧的法人证书收回，把锦缎面的外套给了我。第二届法人为张少康，也盖有民政部部长的签名章，不过部长已换成多吉才让了，第三届法人为詹福瑞，部长的名字我已记不清了。当我把第二届法人证书交到民政部社团司一位工作人员手里的时候，我看到他随手就把旧的证书丢在废纸篓里，当时我心中动了一下，如果旧的法人证书他们不存盘，第一届的法人证书能够还给我该多好，我可以把它捐赠给《文心雕龙》数据中心，作为历史文献收藏起来。

2004年有一次年检，教育部已经把民政部的年检通知寄给河北大学《文心雕龙》学会秘书处，刚上任的秘书长李金善虽然接到通知，由于他过去没有做过年检，也不知道贻误年检会被取消学会的资格这样严重的后果，他因为工作忙，没有抓紧时间进行。教育部社团处见年检截止日期只剩三天了，不见《文心雕龙》学会与年检有关的资料上报，社团处的孔祥彬与我打了一次电话，我知道年检过期的严重性，立即打电话给秘书长李金善，让他火速进京办理年检。并与他约定在国家图书馆詹福瑞处会合。李金善急速带车进京，我与李金善汇合后，立即驱车去北大找会计王桂玲，王桂玲又带着我们去了一家会计事务所，求他们作急件处理，我和李金善坐在会计事务所立等。当我们拿到财务审计表时，此时已经天黑了，又发现审计表上还缺少一个图章非找王桂玲不可。于是我又在夜间10点去王桂玲家。这天晚上，李金善和司机在北京住了一个晚上，第二天李金善和我驱车去教育部，然后再去民政部，总算在年检的截止日期前通过了。这时我们才轻轻地松了一口气。从此也结束了学会挂靠在北大的历史，学会的财务移交图书馆学会的会计和出纳代管。

2005年8月，《文心雕龙》国际研讨会暨第八次年会在贵阳师范大学召开，事前学会委托理事张灯与贵州方面联系，协办单位为贵阳师大等。会长詹福瑞出席了这次会议。我与李金善先期到达了贵阳。

2007 年 8 月，在南京市中山陵园林局的支持下，《文心雕龙》国际研讨会暨第九次年会在南京国际会议中心召开。在会期的半年前，李金善约我去了一次南京，与中山陵园林局的同志商量了会议的有关事宜。在南京会议召开期间，詹福瑞率全国各大图书馆馆长出国访问，不能出席会议，委托我主持会议并主持换届选举。我根据在北京反复酝酿的名单，在理事会上讨论时又进行了补充提名，并在会议中心当场打印出候选人的名单，用无记名投票的方式，选举出理事会和常务理事，理事们共同推选詹福瑞为会长，左东岭为常务副会长、法人代表（因詹福瑞是图书馆学会的法人，按规定一人不能兼任两个社会团体的法人）。涂光社、曹旭、袁济喜、党圣元、李建中、汪春泓、李金善为副会长。陶礼天为秘书长。到年龄的三位副会长缪俊杰、刘文忠、林其锬以及常务理事穆克宏，一律安置为顾问，并商定从本次会议开始，顾问不再兼任常务理事和理事（因顾问大多年事已高，多有不能参加会议者，如任常务理事和理事，可能会出现与会的常务理事不能超过半数的情况），学会秘书处设在挂靠单位的首都师大。至南京会议胜利闭幕，我的历史任务已经完成，从副会长的岗位上高高兴兴地退了下来。

我退下来之后，只出席过学会新领导班子召开的两次会议，一次是 2006 年 12 月在首都师大国际文化大厦举办的《文心雕龙》研究与当代文艺学学科建设学术研讨会，一次是 2008 年 10 月在北京紫玉宾馆召开的《文心雕龙》研讨会。2008 年 9 月我突发脑梗，从此身体一蹶不振。由于身体原因，2009 年在芜湖召开的《文心雕龙》第十次年会和 2011 年在武汉召开的第十一次年会我都未能参加。这

次在我的母校山东大学召开的第十二次年会，也可能是我最后参加
的一次会议。

2013 年 7 月 10 日于北京寓所

编 后 记

　　这个文集收录了曾为中国《文心雕龙》学会的创立和发展做出重要贡献并先后担任学会秘书长和副会长的"龙学"前辈刘文忠先生的二十篇"龙学"论文和一篇有关学会成立以及发展过程的回忆录。这不是一本普通的论文集，而是基本包括了刘先生数十年间所有的"龙学"论文，而且，正是为了这本文集的编辑和出版，我才萌生了主编一套"龙学"丛书的想法；更重要的是，从计划编辑这本文集到今天最终编成，过去了只不过九个月时间，然而刘先生却未能等到文集的竣工，更看不到文集的出版了，这本文集寄寓了我们对先生深深的哀思，它的出版，也将是先生去世之后一个重要的学术纪念。

　　去年6月15日，我收到刘先生的微信，"良德先生：你的图片库有镇江文心园的刘勰塑像吗？如有请给我"，然后，先生发来了已经编好的一本文集的封面设计图，他希望把镇江文心园的刘勰塑像放在封面上，那本文集的名字叫《文心雕龙的思想渊源与古典散论》。我早就知道刘先生在编辑这本论文集，看到封面已经设计好，便随口问道："刘老师，您的书是哪个出版社啊？"先生回答说："自费印刷，没有出版社与书号。"听到这一回答，我感到非常惊讶，好久没有回复先生。老人家做了一辈子编辑，晚年要出本文集，却是以这样的方式，我一时语塞，不知该说什么了。思索良久，我对先生说："那您先印着，等我腾出时间看看能不能编一套龙学书，将您的著作纳入进来。"先生回答："书出版后一定寄给你几本，都是发表过的，上编九篇文章，是《文心雕龙》产生的时代背景与思想渊源，下编是古典散论六篇，印 170 册只需三千多元，用书号需要二万元。"看到这一回答，我心情更为沉重，就没有接着回复，而是直接给崇文书局的编辑朋友陶永跃先生发去了短信，表示我要编一套"龙学"丛书，不知他是否有兴趣。永跃先生当即回复，他全力支持。然后，我这样回复了刘先生："我正联系出版社，准备编一套龙学丛书，把您的著作纳入进来。"先生说："我的《文心雕龙》论文一共二十多篇，等我把文心雕龙的时代背景与渊源关系出版以后，我可以同意纳入你主编的这套书，但有的文章我都找不到了！会给你增加许多麻烦。"我回复道："刘老师，我想除了龙学论文，您的专著中与龙学有关的段落也可以摘出来，比如《正变通变新变》一书。除了您有的文章，其他我来找就行，请放心。"他说："我同意，那就太麻烦你了！谢谢啦！"接着，我跟他老人家谈了我的想法，一是他的文集要大体收录有关龙学的全部著述，二是我主编的这套"龙学"文集初步准备出版十种，并向他汇报了拟组稿的人选，先生听了之后说："好的，十人之中我是岁数最大的。"我半开玩笑说，我们这个作者队伍是老中青三代"龙学"传人，您就是我们的带头人。先生认真地回复："带头人不敢当。我的第一篇《文心雕龙》论文是世金兄约我写的《文心雕龙的鉴赏观与鉴赏论》。他编的论文选也选了，他对我帮助很大，八三年在青岛成立学会，我当选理事，也是他提的名，他才是真正的带头人。"这次微信谈话之后，我立即约请各位作者，同时着手搜集刘先生的"龙学"论著，并交由我的博士生杨来来同学先行作注释。令人万万没有想到的是，这次谈话仅仅过去了五个月，先生便驾鹤西归，连我们整理的文稿都没有看到！而今，文集编就，先生已然作古。此情历历，何堪言焉！

刘先生一生为他人作嫁衣裳，在做好编辑工作之余，自己仍笔耕不辍，著述宏富，于魏晋南北朝文学的普及和深入研究，均做出重要贡献。相比之下，先生的"龙学"论文数量不算多，只有二十来篇，却极富研究特色，那就是执着而集中地探索《文心雕龙》的思想渊源。这一探究不仅起步较早，而且至今亦无出其右者。这些论文虽写于若干年前，但今天看来，先生开阔的学术视野以及实事求是的研究思路，仍然是当下"龙学"所极为需要的。如论"隐秀"之"秀"曰："'秀'是卓绝突出、出类拔萃的名章秀句，与陆机《文赋》所言'一篇之警策'相近。尽管有些论者不太同意'秀'与后代的'警句'相近，但我还是认为'篇中之独拔'基本上承陆机'一篇之警策'的说法而来，和后世的警句相近。佳句欣赏在东晋时代已肇其端，此风气在《世说新语》中有所反映。这说明在晋代佳句、秀句、警句的欣赏之风已经形成，引起刘勰对它的注意是很自然的事情。"（《〈文心雕龙〉创作论与道家和魏晋玄学的渊源关系》）这样的论述看上去平淡无奇，实则有着慎重的衡量和取舍，更有着对六朝文学思潮的宏观把握，因而是稳妥而令人信服的，也是经得住历史检验的。类似之论，刘先生的二十多篇论文中可谓比比皆是。正所谓"往者唯旧，而余味日新"，相信这本特别的"龙学"文集能够带给新时代的《文心雕龙》研究者诸多新的启发，这应该也是先生所希望的。

良德记于壬寅年二月